늘푸른 소나무 1

김원일 소설전집 10

늘푸른 소나무 1

1판 1쇄 발행 | 2015년 8월 28일

지은이 | 김원일
펴낸이 | 정홍수
편집 | 김현숙 박지아
펴낸곳 | (주)도서출판 강
출판등록 | 2000년 8월 9일(제2000-185호)

주소 | 서울시 마포구 동교로 17안길 21(우 121-842)
전화 | 02-325-9566
팩시밀리 | 02-325-8486
전자우편 | gangpub@hanmail.net

값 18,000원
ISBN 978-89-8218-202-0 04810
     978-89-8218-133-7(세트)

이 도서의 국립중앙도서관 출판시도서목록(CIP)은 서지정보유통지원시스템 홈페이지(http://seoji.nl.go.kr)와 국가자료공동목록시스템(http://www.nl.go.kr/kolisnet)에서 이용하실 수 있습니다. (CIP제어번호: CIP2015021630)

김 원 일
소   설
전 10 집

김원일 장편소설

늘푸른 소나무 1

일러두기

1. 이 소설전집의 맞춤법 및 외래어 표기는 현행 맞춤법통일안에 따랐다.

2. 수록된 모든 작품은 최종적인 개고와 수정을 거쳤다.

3. 권별 장편소설 배열과 중단편소설집 배열은 발표 순서에 따르는 것을 원칙으로 하였으나, 여러 권짜리 소설 『늘푸른 소나무』와 『불의 제전』은 장편소설 끝자리에 배치하였고, 연작소설은 별도로 묶었다.

김 원 일
소   설
전 10 집

차   례

고절(高節)

"천지가 암흑이로다. 이 나라 백성의 갈 길이 캄캄하구나. 갑갑하다. 누구 없느냐? 무, 문을 열어라." 은곡 백하명이 눈을 뜨며 꺼져가는 목소리로 말했다. 그의 말은 기력이 까라져 머리맡에 앉은 몇 사람 귀에만 들렸다.

북정골 어른 백하중이 방문 쪽을 보며 형의 말을 알렸다. 방문 앞에 무릎 꿇어 수건으로 오열을 누르던 아낙이 은곡 안사람 되는 노마님 안씨였다. 그네가 방문을 열었다. 남도는 눈을 못 보고 한 해 겨울을 넘기기도 했는데, 근년에 없던 늦은 대설로 함박눈이 천지를 덮으며 내렸다. 퍼붓는 눈송이를 보던 은곡 눈이 다시 감겼다.

저녁밥으로 묽은 죽 한 공기를 채 비우지 못한 백하명은 어제 저녁 사랑에서, 유인석이 충청도 제천에서 의병장으로 활동하던 을미년(1895)에 둘째아들 편으로 보낸 창의(倡義) 격문 '팔도 열읍(列邑)에 고함'을 읽던 중 저고리 앞섶을 코피로 적시며 쓰러졌다. 그길로 그는 혼수상태로 들어갔다. 가족이 알기는 안씨가 자리끼를 들고 사랑으로 건너가서였다. 싸라기눈이 날리는 가운데 의원을 부르랴, 근방 인척에 통기하랴, 집안이 갑자기 부산해졌다. 백하명이 깨어났다 다시 혼절하기 여러 차례, 양력 2월 중순의 긴 밤이 지나고 날이 밝기도 한참이었다.

"벌써 낮참 아닌가. 뭘 하기에 이렇게 꾸물거리는지." 백하명 장자 상헌이 아우를 두고 혀를 찼다.

"동운사 부근 후미진 암자에 박혔겠거니. 개도 통한에 생살을 태우렷다." 백하중이 말했다.

"송정골 교리(校理) 어르신 양자 상진 군은 근간 소식이 없었지?" 백하명 내종동생 되는 이가 상헌에게 물었다. 상충을 입에 올리면 함께 떠오르는 인물이 박상진이었다.

"상충의 말로는 만주 간도나 경북 풍기에 있을 거라더니, 누구 말론 중화 대륙으로 들어갔다고 합디다. 세상이 바뀐 후론 동에 번쩍 서에 번쩍 하는 젊은이라놔서……"

"나라가 망하지 않았다면 박 군도 장래가 양양한 인물인데, 시대를 잘못 만났어."

박상진은 작년 일본에 강제병합되기 전 대한제국이 마지막으로 시행한 국가고시 법부 사법시험에 합격한 바 있었다. 첫 부임지가 평양재판소였으나 곧 나라가 망해버렸으니, 내 손으로 동지와 우국지사를 논죄함은 사람의 도리가 아니라며 사표를 내곤 향리 울산으로 내려왔다. 잠시 고향에 머물다 백상충과 함께 만주 간도로 들어갔는데, 지난해 10월 상충만 혼자 고향으로 돌아왔다. 그길로 백상충은 서책 보퉁이를 싸들고 선영과 가까운 언양 동운사로 들어가버렸다. 어젯밤부터 백하명은 정신이 설핏 돌아올 때마다 유언을 남기려는지 둘째아들을 찾았다.

"체온을 보전해야지, 한기가 해로워요." 백하중 옆에 모둠발로 앉았던 허의원이 방문을 닫으라고 말했다.

종갓집 웃어른의 임종을 지키려 근동 문중이 모인 사랑은 발 디딜 틈이 없었다. 촌수와 나이를 따져 머리 쪽은 당신 내종형제와 장자가 자리잡았고, 발치 쪽은 외숙부와 종질형제들이 앉아 있었다. 사랑 바깥마루와 지대에는 백하명 부자 처족 남정네와 아녀자들이 방안의 동정을 기웃거렸다.

백하명 부친이 한양 중앙관서에 있다 지방 벼슬아치로 내려와 선대 고향 언양군과 가까운 울산군 군수를 지내, 울산군수 댁이라면 추수 5천 석의 문한(文翰) 집안으로 울산과 언양 근동에서는 명망이 높았다. 그러나 조선 말기의 무너지던 국운처럼 당대에 집안 재산이 기울어 한 시절 영광이 간데없었고 이제 갓 번지레한 선비 체통만 남았으니, 그의 임종은 너른 집안 분위기를 더 침울하게 했다.

"끝이로다. 몇 발자국 앞을 내다볼 줄 몰랐던 무지의 소치로다. 한 시절 사돈네 문벌로 유세도 했건만, 이 무슨 봉변이랴. 고명딸 앞날이 가련하구나." 바깥채 쪽마루에 한쪽 다리를 접고 앉은 조익겸이 혼잣말을 읊조렸다. 그는 백하명 둘째아들 상충의 장인이었다. 본가가 개항장 부산포였으나 건어물 취집 독려차 장생포로 나왔던 길에 바깥사돈의 위독 소식을 전해 듣고 막 도착한 참이었다.

"어르신, 별채로 드시잖고 이렇게 한데에 계셔서야……" 행랑
채 가장인 석부리가 조익겸 앞에 상투머리를 조아렸다.

"바깥사돈이 이 지경인데 나야 어떤가. 모두 백서방을 기다리는
데 웬 걸음이 이렇게 더뎌. 또 야음 틈타 북지로 줄행랑 놓지 않았
는지 몰라" 하더니, 조익겸이 쭝덜거렸다. "이러다간 임종마저 놓
치겠는걸."

"작은서방님은 동운사에 계시옵니다. 그저께 동운사 주지스님
이 다녀갔습죠. 서방님께서 암자에 유하시며 두문불출 글만 읽는
다 했습니다."

조익겸이 짧게 기른 콧수염을 만지작거리며 안마당과 중문 밖
행랑마당을 둘러보았다. 눈치레를 했지만 너른 집안이 을씨년스
러웠다. 딸을 시집보낼 때의 번다하던 사돈댁 영화가 적막강산을
맞고 있음이 완연했다.

"집이란 인물과 다를 바 없네. 가꿔야 광이 나는 법인데 행랑채
좀 봐. 사람이 기거치 않으니 흉가가 다 됐어." 조익겸이 행랑채를
턱짓했다.

"지난 팔월대보름 쇠고 어르신께서 구서방네마저 밭뙈기 떼어
줘 내보냈습죠."

"아주 해방시켰단 말이군?"

"노비적(奴婢籍)이야 있으나마나 한 세상이 되잖았습니까. 어르
신이 양인으로 해방시켜줬지요."

"그럼 종은 자네 식솔만 남은 셈인가?"

"예, 나으리."

"철저히 망하는군." 조익겸이 한숨을 내쉬었다.

"허의원. 아무래도 오늘밤이 고비가 안 될까요?" 백하중이 녹두색으로 변한 형의 안색을 내려다보며 귀엣말로 물었다.

"글쎄요." 허의원이 환자의 손목을 잡고 진맥을 짚었다. 심장이 마지막 풀무질을 하고 있음을 그는 짐작했다.

"이러다간 상충이 임종을 놓치겠어." 백하중이 말했다.

"여봐라, 거기 누구 없느냐?" 백상헌이 작은아버지 말을 듣곤 붙장을 열고 머리를 내밀었다. 조익겸과 말을 나누던 부리아범이 지대로 올라와 머리를 조아렸다. "누구든 다시 보내봐라. 아무래도 석서방 그놈은 강원도 포수가 된 모양이다."

40리 길인 동운사로 두번째 파발을 띄우라는 상전 말이 떨어지자 부리아범이 바깥채로 나섰다. 그는 행랑채 헛간에서 장작 한아름을 안고 나오던 막내아들과 마주쳤다. 마른 체구에 키가 훌쩍 큰 어진이였다.

"차봉이 어딨냐?"

"방앗간에 갔어요."

"이 바쁜 날에 하필이면 방앗간이람."

"큰마님 심부름으로 나락가마 지고 나간걸요."

"네가 마중 좀 나가야겠다. 까치고개로 선걸음에 나서서, 집으로 오고 계실 작은서방님 얼른 모셔와. 어르신이 위중하시다고……언양 동운사 가는 길 알지?"

어진이 장작더미를 안채 부엌에 부리곤 집 뒤로 난 일각대문을 나섰다. 그가 교동 큰길로 빠지자 눈이 발목을 덮었고, 눈발이 앞을 가리며 퍼부었다. 세상이 하얘 하늘과 땅을 구분할 수 없는 중에 아이들과 개들이 좋아라 한길을 누볐다. 한참 숨차게 뛰던 어진이는 여염집 토담에 걸린 새끼줄을 보자 눈에 채어 헐거워진 짚신에 감발쳤다. 길가로 뻗은 왕소나무 가지가 숫눈 무게에 겨워 짚뭇 같은 눈더미를 쏟았다.

어진이 구영리로 넘는 까치고개 마루턱에 올라섰을 때, 길 아래쪽에서 가풀막으로 세 사람이 잰걸음을 놓고 있었다. 갓 쓴 두루마기 차림에 한쪽 다리를 절름거리는 이가 백상충이었다. 그 옆에 장삼자락을 펄럭이며 동운사 주지승 자운이 따랐다. 어제 밤이 이슥할 때 동운사로 떠났던 어진이 맏형 석서방이 앞장서서 길을 열었다. 어진이 내리막길로 쫓아 내려갔다.

"서방님, 어르신께서 위중하셔…… 문중 어르신이 죄 모여 계십니다."

어진이 말에, 넷이 큰걸음을 서둘렀다. 백상충이 다리를 저는 데다 가풀막 눈길이라 걸음이 뒤졌다.

"형님, 왜 이렇게 늦었어요? 모두 작은서방님을 얼마나 기다리시는데." 어진이 맏형에게 물었다.

"어제 밤중에 얼마나 고생한 줄 아니? 서방님이 본사에 유하지 않고 백련정에 계셨으니, 백련정이 동운사에서 반 마장 윗길 아닌가. 칠흑 같은 밤이지, 눈발은 치지, 암잣길이 눈에 묻혔으니 미끄러져 여러 번 골짜기에 처박혔어."

네 사람이 솟을대문 안으로 들어섰다. 퍼붓는 눈발 속에 안마당은 여러 갈래 울음이 섞갈렸다. 백상충은 사랑채 댓돌에 올라 미투리를 벗곤 덮어쓴 눈을 털지 않고 방안으로 들어섰다. 방안 사람들이 길을 터주자 그는 아버지 면전에 무릎을 꿇었다. 백하명 얼굴은 산 사람 안색이 아니었다.

"아버지, 소자 상충입니다. 제가 왔어요." 백상충 말에도 눈을 감은 백하명은 말이 없었다. 그가 목이 잠긴 소리로 아버지를 다시 불렀다.

백하명의 감긴 눈이 대추씨만큼 열렸으나 동자가 보이지 않았다. 둘째아들에게 남길 말이 있는지 백하명의 입술이 달싹거려 주위 사람이 귀를 세웠으나 아무 말도 들리지 않았다.

백하명이 숨을 거두기가 그로부터 얼마 뒤였다. 은곡 백하명 나이 예순둘, 양력으로 따져 1911년 2월 중순이요, 음력으로 경술년 섣달 그믐 무렵이었다.

은곡 백하명은 사마시(司馬試)를 거쳐 1882년(고종 19) 증광문과(增廣文科) 병과에 급제, 승정원 주서(注書) 벼슬을 받았다. 이태 뒤에 일어난 갑신정변이 사흘 만에 실패로 끝나고, 개화당파에 지우(知友)가 있다는 혐의를 받자 그는 벼슬을 내놓고 낙향했다. 은거한 선비로 초야에 묻혀 지내기 오랜 세월, 작년 8월 강제병합 이후로는 사랑에서 두문불출한 채 곡기를 거의 끊다시피 했다. 굳이 병명을 댄다면 망국의 통분으로 마음은 물론 몸마저 지탱할 기력을 잃은, 영양실조였다.

　양력 2월 하순, 비바람이 뿌려 망울진 매화꽃을 시샘하더니 3월을 앞두자 봄기운이 온 누리를 누볐다. 울산읍 중심부 학산리의 이 집 저 집 뜰에 피어난 매화나무가 가지마다 꽃눈을 달았다. 담장 밑이나 개골창에 늘어진 개나리도 가지 끝에 물이 올랐다. 봄은 그렇게 오고 있으나 세월은 예년 같지 않았다. 어느 집이나 대문과 상기둥에 붙이던 '입춘대길 건양다경(立春大吉 建陽多慶)' 글귀도 올해는 별로 눈에 띄지 않았다. 조선 마지막 임금이 되고 만 순종 즉위 네 해 만인 작년 8월 22일, 일본 꼭두각시 총리대신 이완용이 조선총감 데라우치와 조선 통치권을 일본 천황에게 양도하는 한일합병조약을 합의 조인하니, 그로써 조선 땅은 일본 변방으로 귀속되고 말았다. 일본의 조선 지배를 서구 열강 영란(영국)과 미국이 호의적으로 묵인한 이유는 아라사(러시아)의 동아시아 남진을 막는 데 일본이 방패막 구실을 해줄 수 있다는, 자기네 이익을 따진 계산에서였다.

　을사년(1905) 11월, 을사조약 제2차 한일협약은 당시 외무대신이었던 박제순이 고종으로부터 받았다는 가짜 위임장으로 대한제국을 대리하여 일본 측과 체결한 바 있었다. 그렇게 날강도질로 국권이 상실되자 민영환, 조병세, 홍만석 대신과 판서 김석진, 참판 송도순, 전 참판 이명제, 승지 이제윤, 이만도, 송동규, 장태수 등 많은 중신이 망국 통한의 비분 끝에 자결했다. 이어, 지방 이속(吏屬) 이상철, 유생 황현, 김도연, 이근주와, 신분이 낮은 민영환

14

마부를 비롯하여 천민 황돌쇠에 이르기까지, 그 외에도 대한제국 군사와 병졸, 은거한 많은 선비와 의병장들이 속속 자결함으로써 망국에 마지막 절의를 보였다. 거기에 유생 백하명 같은 분사(憤死)까지 합친다면 나라 잃은 통분으로 천수를 누리지 못하고 생을 마감한 지사가 봄이면 들녘에 무더기로 피는 민들레만큼이나 되리라. 또한, 작년에 강제병합이 체결되어 국권을 일본에 넘겨주자, 전 이조참판 민종식이 삼남 각 지방을 돌며 의병을 일으킬 준비를 갖춰 이듬해 정산 천리압에서 첫 궐기한 뒤, 전국적으로 의병이 불티처럼 일어났다. 그러나 일본군은 동학 봉기 때부터 조선 의병을 다루어온 경험을 살려 훈련 잘된 전투 병력과 신무기를 앞세워, '합방' 체결로 이미 예상했던 민중 저항을 무자비하게 진압하니, 궐기한 의병군은 덧없이 스러졌다. 밟아도 살아나는 질경이 풀처럼 의병이 곳곳에서 계속 분기했으나 날수가 갈수록 기세가 눅어들었다. 그럴 수밖에 없기는 농사나 짓다 의분 하나로 모여든 의병에게 구식 무기 화승총조차 개인별로 지급할 형편이 못 되어, 일본군과 대적하기에는 중과부적이 아닐 수 없었다. 끝내는 의병 세력이 한 군(郡)조차 제대로 누비지 못하다, 끝내 땅 밑으로 스며들고 동양의 강대국 청나라와 대국 아라사를 상대해 승전한 일본은 막강한 군대로 조선 땅을 철저히 유린했다.

　대한제국 통치권자인 고종 위임장을 위조하여 체결된 '보호조약'이, 다섯 해 만에 같은 과정을 거쳐 '합병조약'으로 바뀐 작년 한 해는, 시대의 급변에 아랑곳없이 시절의 순환에 따라 저물었다. 왜정 치하 음력 첫 달 첫날도 태양은 동쪽 바다를 뚫고 어느 해나

다름없이 솟아올랐다.

그 어둠의 시대가 와도 아이들은 예년처럼 연을 띄웠다. 방패연과 가오리연이 푸른 하늘에 나부꼈다. 연을 날리는 아이들 중에 백상충 아들 형세도 끼어 있었다. 그가 얼레채로 옆구리를 치며 사금파리 올린 연줄을 풀어내자 하늘을 차고 오르던 방패연이 자맥질했다.

"연사움 하카?" 구마모토가 조선말로 형세에게 말을 걸었다. 그의 부모는 작년에 조선으로 나와 학산리 저잣거리에 석유와 잡화를 파는 후지상점을 내고 있었다.

"연싸움은 안해."

형세가 풀어놓은 연실을 얼레에 감아들였다. 구마모토가 재빨리 형세 뒤로 돌아 자리바꿈했다. 두 연줄이 가위 꼴로 얽혔다. 툭. 연줄 하나가 끊겼다. 형세는 자기 연줄이 끊어진 줄 알고 날아가는 연을 보았다. 그러나 자기 연줄은 팽팽하고 연도 제대로 날고 있었다. 떨어져 나간 구마모토 연이 바람에 채며 멀리로 날아갔다.

"도련님, 어서 집에 가봐요. 아버님이 오셨답니다." 장바구니 들고 저자로 가던 삼월이다. 그녀는 백상충 처 조씨가 울산으로 시집올 때 부산포 친정에서 데려온 몸종이었다.

"아버지가, 정말?"

"진짓상 차리러 장에 가는 길이에요."

닷새 전, 칠일장으로 백하명의 발인날이었다. 수십 개의 만장을 앞세우고 종이꽃으로 치장한 상여가 솟을대문을 나서려는데, 조선인 보조헌병 강오무라를 앞세운 일본인 헌병 둘이 문 안으로 들이닥쳤다. 그들은 상제 중 백상충을 불문곡절 끌어냈다. 상충이 이유를 따지자 일본인 헌병 둘이 욕지거리를 퍼부으며 닥치는 대로 손찌검했다. 상충 코에서 피가 터져 팔승무명 상복이 붉게 얼룩졌다. 효건도 벗겨져 그들 발길에 밟혔다. 그들은 상충의 상복 위로 포승줄을 휘감쳤다. 도주할 사람이 아니니 장지에 다녀온 뒤 잡아가든 하라고 집안 어른들이 말렸으나 소용이 없었다. 문중과 근동 유생들, 옛 작인 식솔, 문상 왔거나 구경 온 읍내 사람 수백 명이 보는 가운데 백상충은 헌병분견소로 끌려갔다. 무슨 혐의인 지 아무도 몰랐다. 면회조차 되지 않다 닷새 만에 조사가 끝나 풀려나온 참이었다.

집으로 뛰던 형세는 기분이 좋았다. 그에게 아버지는 늘 두려운 분이지만 헌병대에서 풀려나셨다니 엄마 눈물이 그칠 테고 구마모토와 연싸움에서도 이겼다. 형세가 대문 안으로 들어가자 잿간 앞에서 차봉이 장작을 패고 있었다.

"차봉아, 내 연하고 구마모토 연하고 싸움했다." 형세가 자랑스럽게 말했다.

"도련님 연이 이겼어요?"

"쪽바리 연이 날아가버렸지."

"도련님, 다음부턴 일본애들과 놀지 말아요. 서방님이 아신담 경칠 거예요." 차봉이 오금에 힘을 주며 도끼를 머리 위로 치켜들었다. 제 형 석서방처럼 어깨가 넓고 몸이 툭박져 힘깨나 쓰는 장골이었다.

형세는 바깥마당을 거쳐 안마당으로 들어갔다. 안마당 가운데는 연못 달린 작은 정원이 꾸며졌고, 정원에 가려진 안쪽에 부엌 달린 네 칸 안채가 지대 위에 덩실하게 자리잡았다. 오른쪽 두 칸 바깥채는 장자 백상헌 식구가 기거했다. 중문 앞 왼쪽은 책방 딸린 사랑채였다. 사랑채 위에는 바깥채와 마주보고 아래채가 있었다. 두 칸 아래채 방은 백상충 식구가 썼다. 정원을 가운데 두고 마주선 사랑채와 아래채 뒤쪽은 텃밭이었다. 텃밭 위쪽으로 따로 떨어져 객을 재우는 별채와 신주를 모시는 사당이 있었다. 안채와 별채 사이 뒤쪽으로 기와 올린 담장을 끼고 뒷문이 나 있었다. 백군수 댁은 쉰다섯 칸으로 학산리에서 규모 있는 대갓집이었다.

형세는 정원 가장자리로 돌아들다 걸음을 멈추었다. 안채 마루 끝에 땅땅한 헌병이 앉아 있었다. 그가 옆구리에 찬 긴 칼을 보자 형세는 선겁하여 안채 부엌으로 갔다. 부엌 앞 우물가에서 조씨가 파릇한 봄미나리를 씻고 있었다.

"엄마, 아버지 건넌방에 계세요?" 형세가 안채 댓돌에 놓인 아버지 베신과 헌병을 곁눈질하며 물었다.

"큰아버님과 말씀 중이시다. 후딱 네 방으로 건너가 책 읽어." 조씨가 말했다. 그네의 핼쑥한 얼굴은 눈 가장자리로 핏줄이 얼비쳐 보였다. 시아버지 칠일장을 치르느라 다리 접고 쉴 짬이 없던데다, 서방마저 헌병대로 잡혀가자 마음고생이 심했던 터였다.

안채 건넌방에는 상복에 굴건 쓴 백상헌과 아우 상충이 백동화로를 사이에 두고 마주앉아 있었다. 닷새 동안 헌병대에서 고초를 당하고 나온 백상충 얼굴이 껑더리되었으나 꼿꼿하게 앉은 품은 기개가 늠름했다.

백하명이 별세함으로써 울산과 언양 근동의 성헌공파 당주에 오른 백상헌은 나이 서른다섯이었다. 슬하에 딸만 내리 넷을 둔 그는, 학문이 높았고 강직했던 선친과 달리 서책을 멀리했고 한량들과 어울려 놀기를 좋아했다.

"밖에 입초 선 헌병이 조선말을 아냐?"

"지난 동짓달에 조선으로 나왔다니 모를 테지요."

"헌병대는 쉬 내보낼 사람을 무슨 일로 중범 다루듯 문상객 앞에서 삿매질하고 묶어 갔어?"

"지난 정월 황해도 안악 지방에서 왜놈들이 조선인 백수십 명을 일거에 검거했다는 소문은 형님도 들으셨죠?"

"허의원한테 들었다. 그런데 산속 암자에 들어앉았던 너한테 무슨 추달할 게 있다고?"

"그분들이 모두 경성 경무총감부로 압송되어 문초를 당하고 있나 봅니다. 안명근 선생이 주모자로 몰린 것 같은데, 헌병대에서는 저하고 선생과의 관계를 따집디다."

"황해도 인물 안중근이 아니라 안명근? 금시초문이군."

"작년에 순국하신 안중근 선생님 종제 되는 분이십니다. 제가 서간도에 있을 때 그분 은사를 입은 바 있지요. 안선생께서 서간도에 조선 독립기지로 무관학교를 세우고자 작년 시월에 황해도로 들어와 군자금을 모았지요. 그러나 선생은 향리 근방만 도셨지 경기도 이남 땅은 밟은 바 없고, 저 역시 이 지방을 떠난 바 없잖았습니까. 그런데 연루된 사람을 문초하던 중 상진이와 제 이름이 거론된 것 같아요."

"상진이는 남북으로 동분서주하니 그렇다 치고, 너야말로 고향에 은거했으니 그 사단과 무관하지 않느냐?"

"눈엣가시 같은 저야 갈고리가 없어 제놈들이 못 잡아들이겠어요? 헌병대에서 더 조사할 게 없자 풀어주며, 당분간 집밖 출타를 근절한 금족령을 내렸습니다. 그래서 헌병이 지키는 거죠."

"풀어줬다고 눌러 있어도 될는지……" 백상헌이 바깥 동정에 귀를 기울이더니 물었다. "합방이 되고, 저 사람들이 조선인을 더 세게 몰아붙일 텐데, 당분간 몸을 피하는 게 어때?"

"나라가 망했는데 대륙 땅이면 모를까, 좁은 조선 땅에 숨을 곳이 있겠습니까. 목숨 부지하며 살기엔 감옥이나 바깥이나 마찬가지지요."

"말이 났으니 하는 말인데, 안중근 그분이 이등박문을 죽였다고 일본이 망조라도 들었냐? 대세는 이미 기울었어. 하늘이 조선을 버렸나봐. 우리 민족이 무슨 큰 죄를 졌다고 하늘이 이런 벌을 내리는지……" 백상헌의 낙담에 찬 말이었다.

"안중근 선생이야말로 세계 만방에 조선인의 기개를 드높이고 우리 민족에게 오죽 자긍심을 심어주셨습니까. 그 점만도 작은 거사가 아니죠."

"너는 만주로 들어갈 마음이 없는 모양이구나?" 백상헌이 화제를 바꾸었다.

"당분간 독서나 하며 고향에 있겠습니다."

"네 말은 그렇지만 바람 같은 너고 보니 언제 또 불쑥 떠나려는지." 백상헌이 처연한 눈길로 아우를 건너다보았다.

백상충이 열여덟 살에 장가를 들어, 집에 붙어 있기는 스무 살 때까지가 고작이었다. 그사이 고명딸을 얻었으나 홍역으로 곧 잃었다. 그 무렵까지 경서(經書)를 손에서 놓지 않던 그가 신학문을 배우기로 결심하게 된 계기가 박상진 백부 되는 교리 박시룡을 통해서였다.

　박상진은 백상충보다 나이가 세 살 수하로 갑신생(1884)이었다. 규장각 부제학을 지낸 박시규 아들로 울산 읍내에서 시오 리 북쪽 송정리에서 태어나자 가통을 이으려 후사가 없던 백부 박시룡 앞으로 출계되었다. 그는 향리에서 서당글을 익힌 뒤 열여섯 살까지는 백상충과 함께 양부 박시룡으로부터 유학(儒學)을 수학했다. 이어 그는 생부가 벼슬을 하던 한양으로 올라가 성균관 박사로 있던 왕산 허위 문하로 들어갔다. 뒷날 허위는 13도창의군을 총지휘하는 군사장에 오른 의병장으로, 1908년 1월 결사대 3백여 명을 이끌고 동대문 밖 30리까지 진격했으나 실패하고, 그해 6월 체포되어 9월에 사형당해 순국했다. 허위가 제자를 가르칠 때, 조선 청년들은 모름지기 신학문을 익혀 국권회복에 앞장서야 한다며 박상진에게도 양정의숙 입학을 권유했다. 그 조언에 따라 박상진은 법률과 경제를 전공하며 신학문을 익혔던 것이다.

　어릴 때는 과거 응시를 목표로 했으나 갑신정변 이후 그 제도가 폐지되자 초야의 젊은 선비로 묻혀 있던 백상충이 딸을 잃고 상심해하자, 한때 홍문관 시독(侍讀) 벼슬을 지냈고 백상충 소싯적에 유학을 강론한 바 있던 박시룡이 백하명을 설득하여 상충을 한양으로 보내어 신학문을 닦게 했다. 박시룡 말로는, 상충의 재주가 아까우니 시골에 썩혀두지 말고 상진이처럼 신학문을 익히게 한다면 필히 보국(報國)에 일조할 것이라 했다. 마침 고향에 들른 박상진과 함께 백상충은 한양으로 올라가 1901년에 설립된 보광학교에 입학했다. 그는 새 학문과 새 문물을 통해 새로운 세계에 눈을 떴다. 이듬해 그는 민족교육으로 이름났던 평양 숭실학교로 옮겨 그 학교에서 이태를 보냈다. 그동안 아들 형세를 두었으나 그 무렵부터 그는 자신이 나아갈 목표를 정했다. 을사년(1905) 11월 한일강제조약이 체결되자 그는 고향에 내려와 부친과 타협 끝에 의병운동에 쓸 자금 2백 원을 얻어 집을 나간 게, 두 해나 소식이 없었다. 1907년 3월, 한양 종로경찰서에서 울산 본가로 연락이 와서 백상헌과 상충 처 조씨가 한양으로 올라가니 그는 나인영 등과 을사오적(乙巳五賊) 암살 계획을 꾸미다 사전에 발각되어 구금되어 있었다. 그로부터 조씨는 아들 형세를 시가에 둔 채 마포 도화동에 사글셋방 한 칸을 빌려 이태 동안 마포감옥에 갇힌 서방을 옥바라지했다. 마포감옥에서 출감하자 백상충은 처를 울산 본가로 보내곤 선걸음에 의병장 이강년 휘하로 들어가 충청북도와 강원도 일대를 누비며 동오작대(東伍作隊) 중급 지휘관 기통(旗統)으로 종군했다. 그해 초여름, 이강년 의병부대는 충북 청원군 금수산 전투에서 일본군에게 크게 패했다. 이강년은 오른쪽 무릎에 총상을 입어 체포되었고, 백상충은 왼쪽다리에 총상을 입은 채 사선을 탈출했다. 서울로 압송된 이강년은 그해 10월 사형당해 순국했다. 백상충은 고향으로 내려와 달포 동안 다친 다리를 치료했으나 끝내 절름발이가 되고 말았다. 가을걷이가 한창일 무렵, 그는 아버지로부터 군자금을 타내더니 평양을 다녀온다며 집을 나간 게 또 이태 동안 귀향하지 않았다. 서간도로 들어갔던 것이다.

"너도 나이 서른이면 일신만 아니라 처자식도 생각해야지. 제수씨 보면 내가 죄를 진 듯 얼굴 대하기가 쑥스러워."

"형님 뵐 면목이 없습니다."

"거기에다 성치 못한 제수씨 몸이 이번 대상을 치르느라 더 허해졌다는 얘기를 들었다. 너도 알다시피 제수씨 심장이 좋지 않은 게 어제오늘이 아니잖냐. 이번에는 위통까지 심해 미음조차 겨우 넘기는데다 한차례 토혈이 있었다니, 그냥 묵혀둘 병이 아닌 것 같다."

"그러잖아도 안사람과 형세를 당분간 부산 처가로 보낼까 합니다. 제가 바깥출입이 자유롭지 못한 몸이라 석서방을 딸려 보냈으면 합니다."

"옳은 생각이다. 네가 자상한 위인이 못 되니, 제수씨가 친정에서 쉬며 약첩을 쓰면 효과가 있겠지. 아버지 삼우제를 넘기면 출발하도록 주선하거라."

형과 이야기를 마친 백상충이 대청으로 나섰다. 문 여닫는 소리에 헌병이 일어나 상충을 갈마보았다.

"네 방이 어디냐?" 헌병이 일본말로 물었다.

백상충이 일본말을 알아들었으나 대답하기 싫어 별당을 손가락질하곤 마당으로 내려섰다. 순사가 칼을 철렁이며 뒤를 따랐다. 아래채 건넌방에서는 형세의 글 읽는 소리가 낭랑했다.

세사(世事)

　어진이는 아침부터 도화골에 있는 열두 두렁 논을 객토하느라 물 마른 웅덩이의 찰진 황토를 지게로 져 날랐다. 차봉이는 잿간의 겨우내 묵은 재를 퍼내어 도화골 논으로 옮겼다. 도화골 논 객토 작업은 형제가 부지런을 떨어도 며칠은 걸려야 끝날 일이었다.

　도화골 논은 백군수 댁 논 중에 소출 좋은 옥답이었다. 집안 살림이 기울었다지만 아직 백군수 댁은 울산과 언양 근동 여기저기에 천둥지기 전답이 널렸고 그 전답은 소작으로 내어주었으나 가용에 필요한 돈으로 바꾸어질 테니, 도화골 논은 집안 1년 양식감으로 남은 셈이었다.

　을미년(1895) 전까지 백군수 댁은 태화강변 삼산들판에 일등호답 예순여 마지기가 있었다. 일본의 흉모 아래 그들 자객에 명성황후가 시해되고 단발령이 강제 시행되자 의병 궐기가 전국 규모로 확산될 무렵, 백하명이 의병 군자금을 대느라 절반을 처분했고, 나머지는 그 뒤 10년(을사년) 사이 마른논에 물 잦듯 남의 손에 넘어갔다. 의병운동에 매진하느라 백상충 또한 논마지기를 축내는 데 거들었던 셈이다.

함월산 남녘 허리쯤에 있는 환생사 뒤로 낮이 제법 길어져 늑장 부리던 해가 넘어가자, 형제는 일손을 거두었다. 산내리바람이 서늘하게 불어왔다.

"젠장, 종놈 팔자로 한평생 쟁기질하다 지게질하다 대궁밥이나 먹으며 늙는다니." 차봉이 논두렁에 앉아 태화강 하구 바다 쪽을 보며 푸념했다. 그쪽 하늘은 놀이 붉었다. "어진아, 너도 평생 종질하다 죽을 작정이냐? 가근방 세도가나 양반집은 관두고, 어르신도 다른 종을 소작붙이로 해방시켰는데 우리 식구만 왜 잡고 있어? 아버지는 종질이 지긋지긋하지도 않나봐."

차봉이 왕얼기짚신을 벗어 논두렁에 털며 말했으나 어진이는 대답 없이 빈 지게를 졌다. 어진이는 점심끼니로 호박죽을 먹어 저녁밥 생각밖에 없었다.

"맹추야. 네놈도 열일곱 살이면 소똥 벗겨질 나이 아냐? 속요량도 없어?"

"어서 집에 가 밥이나 먹자고. 말할 기력조차 없어."

차봉이 엉덩이를 털며 일어섰다. 형제는 말없이 논둑길로 걸었다. 묵정논 건넛마을은 불빛이 살아나고 있었다. 둑길 옆 동산이 어스름에 잠겨갔다. 형제가 객토하던 낮 동안 봄나물을 뜯느라 야산에 박혔던 계집애들 모습은 보이지 않았다.

"나 멀리 도망갈까봐." 차봉이 한마디를 불쑥 던졌다.

"도망가다니?"

"어르신 별세했을 때 난 집을 떠나기로 작정했어. 넌 그 소문 못 들었니? 나라 안에 철길 공사가 한창이래. 저 한양에서 전라도와 함경도 땅으로 철길 만드는 공사가 시작되어 인부가 벌떼처럼 몰린대. 일거리도 많고 품삯이 두둑하다더라."

어진이는 중형 속셈을 이해할 수 없었다. 세상이 넓어 집을 떠나도 밥 먹고 살 일거리가 있다지만, 이 바닥 떠나 어디로 간단 말인가. 그는 낯선 세계가 두려웠다. 사람이 자기 살던 곳을 떠나면 물고기가 물을 떠나듯 험한 꼴 당하기 십상이라 여겨졌다. 하긴 복산리 김생원 경우가 있긴 했다. 김생원은 작년에 부산과 울산 사이 '연필도로'라 일컫는 도로확장 공사 때 토지수용령으로 선암리 옥답 다섯 마지기를 헐값으로 보상받고 빼앗겼다. 그는 그 부당성을 호소하다 가옥마저 강제 철거당하고 주재소로 달려가 매를 맞고 풀려났다. 김생원이 화병으로 눕게 되자 대가족은 호구가 어려워 음력설 쇠곤 강원도 산골로 솔가했다. 서너 해 사이 기민(饑民)이 탄광이나 산판에 일터를 찾거나 숨어 화전을 부치려, 읍내만도 여러 가구가 벌써 떠났다.

"형, 그 말 정말로 하는 소리 아니지?"

"배고픈데 거짓말할 기력까지 어디 있니. 여자가 할 일도 많대. 인부들 밥 짓고 자갈 고르는 잡역 일도 있고. 깨분이하고 울산 바닥을 아주 떠나기로 했어. 우린 굳게 언약해뒀어."

어진이는 검은깨 많은 깨분이의 조붓한 모습이 떠올랐다. 최춘병 씨네 머슴 맹서방 딸인 깨분이와 중형이 그렇고 그런 사이란 소문을 곁귀로 들었는데 일이 그렇게 벌어질 줄은 뜻밖이었다. 중형의 대담한 계획도 놀랍지만 앳된 처녀 몸으로 혼인도 안한 남자를 따라나서겠다고 옹심 먹은 깨분이 용기가 더 가상했다.

"혼자도 아니고 둘이서?"

"겁보야, 세상이 예전과 한참 달라졌어. 개화세상이 닥쳐 사람들이 타지로 몰려나가. 천지개벽이 이를 두고 한 말이지. 저 만주나 노령이나 일본으로 가는 사람이 줄을 섰다는 말은 너도 들었지? 탄광으로, 대처로 사람들이 몰려든대."

"의병운동 할 사람이나, 신학문 공부할 지주 아들이나, 굶어 죽게 된 가족이 제 살던 곳을 떠나지 누가 함부로……"

"너하고 얘기하느니 장승한테 말하는 게 낫겠어."

어진이는 할 말이 없었다. 그가 읍내를 떠나 바깥세상에 나가보긴 주인댁 선산과 소작지가 있는 언양 반곡리 고하골이 고작이었다. 잇수가 읍내에서 40리 남짓했고, 형들과 함께 이틀 정도 그곳에서 농사일을 돕고 왔다. 그런데 중형은 나이 갓 스물에 낯설고 물선 타지로, 여자까지 달고 도망가겠다니 어진이는 가당찮은 중형 결심에 새삼 놀랐다.

"난 형 마음을 모르겠어."

"아무한테도 말하지 마. 넌 입이 무거우니 내가 귀띔하는 거야." 차봉이 아우 어깨를 치곤 웃었다. "삼월이가 널 좋아한다고 깨분이가 그러던데, 여태 아무 일 없어?"

"그게 무슨 말이야? 내 나이 몇 살인데……"

"양반집 자식이라면 너도 벌써 장가들어 자식까지 뒀을걸. 우리 같은 종놈이나 여태 장가 못 갔지. 깨분이 말론 삼월이가 너한테 꼭 시집가겠다고 상사병을 앓나봐."

"난 몰라. 처음 듣는 소린걸. 삼월이가 미쳤나봐."

"하여간 마을 처녀들 사이에 그런 소문이 돌아" 하곤, 차봉이 다짐을 놓았다. "조금 전에 했던 말, 내가 이 바닥에서 아주 없어질 때까지 비밀을 지켜야 돼."

형제가 열린 솟을대문으로 들어가 컴컴한 바깥마당을 질러가자 행랑채에서 너르네 지청구가 쏟아지고 있었다.

"이년아, 네년 때문에 바깥출입을 못하겠다. 못사는 친정에 아주 눌러붙으려 왔냐고 동네 사람이 입방아를 찧으니 내가 할 말이 있어야지. 네년이 며칠 사이 보아놓은 홀아비라도 있냐? 어느 잡놈과 눈 맞추겠다고 밤치장이 그렇게 요란해?" 방에 앉은 너르네가 부엌으로 난 쪽문을 열고 머리채를 감는 출가한 딸에게 타박을 놓던 참이었다.

차봉이 부엌 안을 들여다보며 그릇 씻는 형수보고, 어서 밥 달라고 채근했다. 머리채 감는 율포댁의 허벅진 어깻살이 방에서 비친 불빛에 물기로 번들거렸다. 그네는 너르네의 악패듯 하는 소리를 못 들은 척했다.

"허허, 어르신 삼우제 끝난 지 며칠째라고 언성 높여. 안채에서 큰기침하시겠다." 저녁밥상을 물린 부리아범이 처를 나무랐다.

"나도 참으려 했지만 저년 하는 짓 보고 역정 안 나게 됐어요. 삼우제 끝난 지 언젠데 시집으로 돌아갈 생각은 않고 저녁마다 밤마을을 나서다니. 뉘 집에 가는데 머리는 왜 빨아? 머릿내 난다고 입대는 넌이라도 있더냐?" 광대뼈 불거진 범상에 몸이 툭박진 너르네는 성격이 괄괄했고 입심이 걸었다.

"개도 제 요량이 있겠지. 설움 많은 애 너무 면박 주지 마." 부리아범이 쪽마루로 나서며 말했다. 그는 갸름한 얼굴에 콧날이 섰고 키가 훤칠해 명절날 다리미질한 옷을 차려입고 나서면 생원감이란 공치사를 듣곤 했다. 저녁밥 먹은 뒤 그가 가는 밤마을은 동패가 모이는 노첨지네 머슴방이었다.

차봉이와 어진이가 수챗가에서 손발 씻을 동안, 선돌이어멈이 개다리소반에 시동생 밥상을 보았다. 꽁보리밥이지만 고봉에 김치, 장찌개, 멸치젓이 찬으로 올랐다. 국그릇에서는 향긋한 쑥 내음이 났다.

"형님은 아직 안 돌아온 모양이지요?" 등잔걸이 호롱불 아래 차봉이 밥상을 받으며 형수에게 물었다.

석서방은 어제 어슴새벽에 집을 나서서 작은마님 부산 친정집으로 떠났다. 조익겸은 부산포 개항장에 객주점(客主店)을 열고 있었다.

"아침 일찍 나섰다면 도착할 짬도 됐는데……"

울산에서 부산까지 150리 길이라 걸음 날랜 장정이 신새벽에 길 나서면 해 떨어질 때쯤 도착하는 잇수였다.

차봉이와 어진이가 먹성 좋게 밥을 먹자, 그때까지 방문 옆 구석자리에 쪼그려 앉았던 선화가, 그 쑥 내가 뜯어와 끓인 국이야 하고 말했다. 행랑 식구 석씨 집안 막내인 선화는 당달봉사였다. 앞 못 보는 열다섯 살 계집애지만 용모가 아름다웠다.

"네가 쑥을 뜯었다고?" 차봉이 누이를 돌아보았다.

"한 바구니나 뜯어왔어. 작은마님께서 칭찬하시던걸. 못 먹는 풀은 한 잎도 섞이지 않았다고." 선화가 얼른 둘째오빠 입막음을 했다. 작년 이맘때 그녀가 뜯어온 쑥에는 쌍동바람꽃잎 따위의 먹지 못하는 풀이 섞여 태방을 먹었다.

부엌에서 나온 율포댁은 수건으로 머리채를 닦으며 건넌방으로 갔다. 선화가 언니 발소리를 듣곤 문지방을 더듬어 쪽마루를 건너갔다. 그녀가 언니를 뒤따라 건넌방으로 들어가자, 언니 쪽에서 건너오는 정향(丁香) 내음이 코끝에 스쳤다.

"언니, 시댁에 언제 갈 거예요?" 선화 말에 율포댁은 머리채를 빗을 뿐 대답이 없었다. "미역철이라 시댁이 바쁠 텐데……"

"나이도 몇 살 안 먹은 년이 붙여우 같은 말만 골라 뱉어. 소경 주제에 주는 밥이나 처먹어!" 율포댁이 역정을 냈다.

율포댁은 저고리를 입고 횃대에 걸린 수건을 머리에 썼다. 방문을 열고 쪽마루로 나섰다. 너르네는 안채 방방마다 지펴둔 군불을 보러 가고 없었다. 그네가 욕지거리를 퍼부을 때면 곧 요절을 낼 듯했으나 뒤끝은 늘 흐지부지했다. 율포댁은 솟을대문을 나섰다. 방구네 집으로 갈까, 예복이네 집으로 갈까 망설이다. 자기 처신을 두고 입방아 찧는 여편네들이 보기 싫어 동네마당을 질러갔다. 부드러운 밤바람이 부화 끓는 마음을 식혀주었다. 그네는 누가 볼까봐 수건 쓴 머리를 숙이고 저잣거리를 빠져나갔다. 학성공원 성벽을 끼고 걷는 길은 인가가 드문드문했다. 울산성적(蔚山城跡)은 임진왜란 때 울산 지방의 의병항쟁이 드세자, 가토 기요마사를 우두머리로 한 왜군이 울산 방어를 목적으로 쌓은 왜성(倭城)이었다. 울산 포구는 저희 섬나라와 바닷길이 가까워 조선 땅을 유린하는 전진기지로 썼다.

율포댁이 태화강 방죽에 올라서자 불어오는 강바람이 치마폭을 휘저었다. 그네가 봄을 부르는 시원한 강바람을 한껏 들이켜자, 먼바다로 떠난 서방의 체취이듯 가슴이 뛰었다.

"임자 어딨어요? 거기가 어디에요?" 율포댁은 수장된 서방이 강 건너에 있기나 하듯 어두운 강물을 보며 나직이 불렀다. 바다가 앗아간 서방이 정녕 살아 돌아올 수 없다면, 아닌 말로 뉘 보는 이 없는 깜깜한 방죽에서 힘 좋은 사내에게 겁탈이라도 당했으면 싶었다.

율포댁은 열아홉 살에 주인어르신 백하명의 배려로 종 신분을 벗고 갯가 율포로 시집갔다. 율포는 그네 고조부가 백군수 댁으로 팔려오기 전까지 고향이었다. 그네 고조부 윗대는 어부였는데 고조부대 어느 해 씨가 마른 흉어기를 맞아 식구가 굶어 죽을 처지에 이르자, 어린 자식 둘을 양식거리로 팔아버렸다. "이제 너는 다시 환적하여 고향 땅 율포로 시집가게 되었으니 여기서 닦은 행실대로 어른들 받들고 열심히 살아." 안씨부인이 시집가는 그녀에게 당부한 말이었다. 율포댁 신랑은 일곱 남매 중 다섯째로 심덕이 무던하고 부지런하여, 부부 금실이 좋았다. 이듬해 떡두꺼비 같은 아들을 낳았으나, 이태 전 방어잡이에 나섰던 서방이 태풍을 만나 배와 함께 수장되고 말았다. 그네는 서방을 잃었어도 아들 하나 보고 살기로 했는데, 세 살 난 아들마저 괴질로 잃은 게 작년 가을

이었다.

울포댁은 방죽에 앉아 어두운 강물을 넋 놓고 바라보다, 한숨을 쉬며 풀밭에 몸을 뉘었다. 그네는 눈을 감고 치마를 들쳐 고쟁이 안으로 손을 넣었다. 샅 사이를 손가락으로 희롱하며 얕은 숨을 새끈거리자, 밤을 도와 우는 물새 소리가 귓가에서 아득히 멀어졌다.

"울지만 말고 고개를 들거라." 저고리 고름으로 눈물을 찍는 율포댁에게 노마님 안씨가 말했다. "내 외숙모님께서는 열여섯에 소년 과부가 되셔서 일흔둘로 돌아가실 때까지 혈육 한 점 없이 홀로 사셨다. 층층의 웃어른을 받들어 모셨고 평생에 걸쳐 정숙하신 품행으로 노년에는 우러름을 받으셨지. 무명지를 깨물어 흐르는 피로 위독하신 시어머님을 살리시기도 하셨는데, 별세 후 그 효심이 근동에 알려져 현감이 마을에 정문을 세우게 하셨어."

"노마님, 주인어르신 별세 소식을 전해 듣고 친정걸음 삼아 다니러 왔을 뿐 다른 뜻은 없사옵니다."

독야청청한 사대부로 명망이 높았던 백하명의 죽음은 30리 남짓한 갯가 율포까지 알려져, 그곳 유지들이 읍내로 조상을 왔다. 율포댁도 그 소식을 듣자 핑곗거리를 찾던 참에 잘됐다 하고 그들을 뒤따라 시댁을 나섰던 것이다.

"오늘로 시댁에 돌아가거라. 출가외인인 너는 여기가 네 거할 데가 아니다. 본데 있게 자랐다면 갯가 사람들에게도 범절을 보여야지. 여자는 정절이 무엇보다 소중하느니라."

딸애를 따끔하게 꾸짖어 시댁으로 보내달라고 노마님께 일러바

친 너르네가 축담에서 안방에 귀기울이다 얼른 부엌으로 몸을 피했다.

행랑채로 건너온 율포댁은 보퉁이를 꾸렸다. 시가로 돌아간다는 인사를 차리려 했으나 집안 남정네들은 길 닦는 부역과 들일에 나가고 없었다.

"시집 식구 잘 모시고 살아. 속 터질 네 설움이야 내 배 가르고 나온 어미가 어찌 모르랴. 다 팔자소관으로 여기고 살아야지 어찌겠어. 구만리 장천 같은 네년 앞길 생각하면 어미도 가슴이 미어진다. 살다 보면 낙을 볼 날도 있겠지." 너르네가 동네마당까지 딸을 배웅하며 말했다.

보퉁이를 안은 율포댁이 동천강 나루를 향해 무거운 발걸음을 떼었다. 서방을 삼킨 시퍼런 바다가 벌써부터 그네의 눈앞에서 물보라를 일으켰다. 음력 정월 하순, 그 찬물에 허벅지살을 담가 미역을 따야 할 일이 악몽같게 여겨졌다. 그네는 그런 일쯤은 얼마든지 참아내며 살 수 있었다. 그러나 어디에 희망을 붙이고 허구한 날 물질을 해야 할는지, 그 세월이 아득했다. 그네가 젖은 눈으로 학산리 쪽을 돌아보다 걸음을 묶었다. 작대기를 짚은 선화가 저만큼에서 바삐 따라오고 있었다.

"선화야!" 율포댁이 달려가 선화를 껴안았다.

"언니 잘 가요." 선화가 눈을 번히 뜬 채 언니 손을 잡았다.

"부모님 순종하고 잘 있어. 넌 착하고 똑똑하니 잘 견뎌낼 거야." 율포댁이 선화의 땋은 머리채를 쓰다듬어주었다.

그날 저녁 무렵, 해가 기울자 잠잠하던 바람이 기를 세웠다. 저잣거리에 흙먼지가 일고 지푸라기가 날아올랐다. 행세깨나 하는 일행이 장터거리를 지나고 있었다. 옥색 도포에 비단띠를 맨 초로의 남자는 치장한 나귀를 탔고, 머리끈 맨 마부가 나귀 고삐를 잡았다. 또 한 마리 나귀등에는 왕골로 짠 고리짝 두 개가 실려 있었다. 나귀 두 마리 뒤로 패랭이 쓴 장정 둘이 지붕에 비단 씌우고 창에 문양 넣은 귀부인용 빈 가마를 메고 따랐다. 옥색 도포에 말을 탄 이는 조익겸이었다. 그는 울산 읍내 학산리 사돈댁으로 가는 길이었다. 사돈집에서 보낸 석서방 편에 딸이 아프다는 소식을 듣자 며칠 동안 바쁜 일을 대충 갈무리하고 길을 나선 참이었다. 어제 점심참에 부산을 떠나 기장에서 일박하며 그곳 보부상 임방을 둘러본 뒤, 아침에 나섰는데 울산에 도착하니 해가 서산마루에 걸렸다.

조익겸 집안은 고조부대부터 기장에서 터를 잡았으나, 벼슬길에 나선 자가 없었다. 증조부대에서 능참봉(陵參奉)이 겨우 나왔을 뿐, 이를테면 향반(鄕班)으로 중인계급이었다. 조익겸 조부대에 와서 가산을 착실히 늘려 만석꾼 토호로 일어섰고 전답이 철마산 이남에서 동해 갯가까지 널리게 되었다. 대전주(大錢主)가 된 그 대에서야 문한의 한미(寒微)를 벗고 진사 급제자가 나왔으니, 사람들이 그 집안을 조진사 댁이라 불렀다. 조진사 댁 둘째아들로 태어난 조익겸 부친은 분가를 하자 부산포로 나와 어물을 취급하는 장사를 벌여 크게 성공했고, 그는 몇 차례 일본 큐슈 지방으로 건너가 사무역(私貿易)에 손을 뻗기도 했으나 그 뜻까지 성취하지 못하고 죽었다. 아들대 조익겸 역시 상재에 밝아 이른바 한일수

호조규(1876년 병자조약 또는 강화조약) 이후, 부산 초량왜관(草梁倭館)에 설치된 일본 공관을 들락거리더니 그해 부산포가 개항되자 보부상 조직인 객주회(客主會)를 업고 선친대에서 못다 이룬 무역업에 본격적으로 뛰어들었다. 처음은 울산 이남 갯가의 말린 전복과 해삼을 독점하여 개항 이후 부산에 진출한 대표적인 일본 무역상 고니시키 상사에 팔아 넘기는 중개업을 시작했다. 그렇게 재산을 치적하자 숙원의 하나였던 사대부 집안과 사돈맺기를 원했으니, 진사 댁 집안임을 내세워 울산 백군수 댁에 청혼을 넣었다. 조익겸은 맏딸을 백군수 댁에 출가시키고 난 뒤 장사 수완을 더욱 떨쳐 무역업 물목을 넓혀, 건어물에 피륙도 취급했다. 춘궁기면 영세 농어민에게 장리빚을 놓고 이를 제철에 물건으로 대납케 했으니 곱절로 이문을 남기는 장사였다. 그는 부산 초량에 여각까지 열고 있었다.

"이리 오너라!" 백군수 댁 솟을대문 앞에서 마부가 외쳤다.

동네 아이들이 구경거리나 난듯 일행을 에두르자 말등에 허리를 세운 조익겸이 큰기침을 했다. 한 시절 사돈으로부터 당한 수모를 떠올리자 그가 죽고 없는 마당에 꺼릴 게 없었다.

부리아범이 별당으로 쫓음걸음을 해서, 부산 나으리님이 막 당도했다고 백상충에게 알렸다. 방에서 책을 읽던 상충이 방문을 열었다.

"어디로 모실깝쇼?"

"사당부터 들르셔야지."

의관을 갖춘 백상충이 다리를 절며 별당을 나섰다. 사당에 딸린 병풍과 제기 따위를 갈무리하던 방에 은곡 영위를 봉안하고 있었다.

백상충이 장인을 중문에서 맞아 사당으로 안내했다. 그가 먼저 방으로 들어 선친 영위를 봉안한 휘장을 열었다. 조익겸이 고인 위패에 절을 하자, 사돈 혼령이 당장 불호령이라도 내릴 것 같아 정수리가 근지러웠다. "역도 무리에게 붙어먹어 부귀영화를 실컷 누리시오. 며늘아기는 거뒀을망정 내 이제 바깥사돈은 사돈으로 대하지 않겠으니 그리 아시오!" 을사년 한일 제2차협약이 있던 해던가, 조익겸이 사돈댁을 방문했을 때 백하명이 사랑 방문조차 열지 않고 뱉던 말이었다. 어떤 모욕을 당하더라도 군자는 세 번까지 참는다 했거늘, 하며 조익겸은 분김을 눌렀다. 사돈의 호통에 그는 맞서지 않고 음전케 말했다. "사돈어른의 우국충정을 전들 왜 모르겠소이까. 그러나 아무리 몸부림쳐본들 조선은 망했어요. 아라사와 청국에도 이긴 나라가 바로 일본이란 사실을 이제라도 늦지 않으니 깨우치셔야지요." 그 말에 백하명이 불문곡절 말을 잘랐다. "선걸음에 돌아가시래도!" 더 참을 수 없는 모독이었으나 장삿속으로 단련된 조익겸인지라 그 자리에서 물러서지 않았다. "사돈어른, 시대는 달라졌소. 인물이란 모름지기 시대의 변천을 헤아릴 줄 알아야 하오. 사돈처럼 수구(守舊)를 고집하던 시대는 지났소. 고려를 버리고 조선을 건국한 이태조 대왕을 두고 당대에는 역리(逆理)가 순리(順理)를 꺾었다지만, 지금 누가 그 허물을 따져요. 그렇거늘……" 백하명이 방문을 열더니 조익겸 말을 꺾었다. "궤변은 듣기 싫소. 임자는 비천한 장돌림을 앞세워 백성의 재물을 늑탈하고, 양이(洋夷)의 패륜을 본받은 왜놈을 잠재우는 여각까지 경영하고 있지 않소. 재물이 그토록 소중하오? 나라면 인류의 도를 저버리느니 차라리 적빈을 택하겠소. 임자를 사돈으로 둔 게 조선님께 부끄러울 따름이오." 말을 마치자 백하명이 거칠게 방문을 닫았다. "물러가리다. 사돈의 무례한 언사를 두고 보리다. 내 눈에 흙이 들어가는 날까지 이 수모는 결코 잊지 않겠소!"

그때를 회상하자 조익겸은 머리꼭지로 치솟는 분기를 참을 수 없었다. 그는 한 번 절을 마치자 위패를 등뒤로 했다. 아무리 딸애를 맡겼지만 자신이 왜 이 망령 앞에 절까지 해야 하냐 싶었다. 사당을 나서자 그는 사위를 정면으로 보았다. 사당 안에서 기분을 잡친 탓만 아니라 그의 눈에 닿는 사위 백서방은 언제 보아도 마뜩지 않았다. 청명한 날 아침 출타길에 난데없이 상두꾼 선소리 듣듯, 백서방 몰골이 그의 마음을 부화로 끓게 했다. 그렇다고 애지중지 키운 고명딸이 사돈댁 식솔로 달렸으니 강 건너 불 보듯 무심할 수 없는 노릇이었다. 더구나 사위의 행실이 삼강오륜 법도에 어긋난다면 멱살 틀어쥐고 따귀라도 올려붙이련만 명색 광복운동에 매진하니 그렇게 풀 수 있는 화증이 아니어서 속만 탔다.

"형세어미 병이 그 정도라면 진작 연락할 일이지." 조익겸이 강기침 끝에 말했다.

"사랑으로 드시지요."

백상충이 앞서고 조익겸이 뒷짐을 지고 따랐다. 안채로 내려와 사랑채 모서리로 돌아들자 무명 상복을 입은 조씨가 기다리고 서 있었다. 조익겸 눈에 딸의 핏기 없는 안색이 가련했다. 조씨가 먼저 사랑마루로 올라 방문을 열었다. 조익겸이 방으로 들고 상충이 뒤따랐다. 조씨가 내놓은 방석에 앉자, 백상충이 장인에게 큰절을 올렸다. 조씨가 밖으로 나가 감주 두 그릇을 반상에 받쳐들고 왔다.

"헌병이 자네 일신을 감시한다더니 오늘은 뵈지 않구면."

"그저께 철수했으나 하루 한두 차례 들르지요."

"사돈 장례를 보고 부산으로 내려가 헌병본대 경무과장을 초치해 술자리를 가졌더랬지. 사업 이야기 끝에 자네에 대한 내사(內査)를 부탁했더니 며칠 후 통기해주더군. 자네를 울산 지방 불령선인(不逞鮮人) 일급으로 꼽더구면."

백상충은 말이 없었다. 속이 답답한 조익겸은 아무래도 한잔해야 말문이 트이겠다 싶어 문 앞에 앉은 딸에게 약주를 내오라고 일렀다.

"제 한 몸은 어떤들 괜찮습니다만 식구 건사를 잘 못해 장인어른 뵐 낯이 없습니다." 처가 밖으로 나가자 백상충이 입을 열었다.

"백서방, 자네도 처자식 아낄 나이가 되잖았는가. 타지로 나돌 만큼 나돌았고 광복운동도 해볼 만큼 해봤잖아. 망한 나라 일으켜 세우려 불구가 되도록 싸웠으면 됐지, 그래도 나라가 바로 서지 못했다면 무얼 더 바라겠는가. 내가 딸을 내놓은 지 햇수로 열두 해가 지났어."

"……"

"백서방, 생각 좀 해보게. 시대는 작년과 올해가 또 달라. 흐르는 물을 거스를 수 없듯 대세는 못 막아. 조선 천오백만 백성이 한 목숨으로 맹세하고 일어난다 해도 어림없어. 암, 어림없고말고. 그러니 이럴 땐 강한 쪽으로 몸을 기대거나, 뜻이 있어 그도 싫다면 차라리 강태공처럼 가는 세월 가게 두고 가솔이나 돌봄이……"

"장인어른, 아버지 위패 뵙고 나온 자리에서 차마 그런 말씀을 하실 수 있습니까?"

"자네를 앞에 뒀으니 이러는 게야. 자네가 어디 남인가? 남이라면 불에 뛰어들든 물에 뛰어들든 내가 왜 참견해!" 범절이 몸에 배어 그런 일이 없었는데 턱 세워 대거리하는 사위를 묵과할 수 없다는 듯 조익겸이 목소리를 높였다.

"오늘 살고 내일 죽는다 해도 저는 그럴 수는 없습니다."

"자넨 왜 그렇게 고지식해. 무릇 천도(天道)에는 춘하추동이 있고, 인사(人事)에는 동서남북이 있어. 이완용 백작도 말했듯이, 천도와 인사가 때에 따라 변역(變易)이 없다면 이는 실리를 잃고 끝내 무슨 일이든 성취할 수 없다 했거늘."

"그만 하십시오. 저는 추강 증조부님 후손입니다!" 장인이 이완용을 입에 올리자 백상충이 눈을 부릅떴다.

추강 백낙관은 헌종 임금 때 병조참판을 지낸 백홍수 아들로 백상충 증조부뻘 되는 문중 어른이었다. 어릴 때부터 성품이 강직하고 의기가 높았던 그는 고종 대에 이르러 일본 세력이 반도 땅에 넘쳐오자 이를 배척하기를 주장했으나 뜻을 이루지 못했다. 그는 한양 남산에 올라 봉화를 올리며 다시 성토하다 의금부에 체포되어 투옥당했다. 뒤미처 임오군란이 일어나 군졸들 손에 의금부에서 풀려나자, 모두 그를 백충신이라 불렀다. 그러나 그해 8월, 군란 주모자인 김장손 등이 잡혀 처형되매, 그는 제주도로 귀양 갔다 그곳에서 참형당했다.

"백서방, 자네의 절의와 의협심을 난들 왜 모르겠는가." 조익겸 목소리가 부드러워졌다. 그는 사위에게 타이르듯 말을 이었다. "장부가 한길로 뜻을 세움도 좋으나 그 뜻이 천도와 인사에 맞지 않으면 새 뜻으로 개선해본다는 도량도 가져봄직하잖는가. 후세 사람들이 정몽주의 절의를 높게 치지만, 태조 임금이 조선 왕조를 열 때 양팔이 되었던 정도전과 조준을 두고 욕질하는 소리를 듣지 못했어. 요즈음 역적이란 말이 가창되나 돌이켜보면 천기를 맞아 큰 나라가 새로 설 때 대붕의 큰 뜻을 모르는 참새 떼가 구멍에 숨어 재잘거리는 법이야."

조씨가 소반에 술상을 보아 왔다. 백하명이 붕우를 청하면 대작했기에 집에는 술이 떨어지지 않았다. 조씨가 내어온 술은 찹쌀로 빚은 약주였다. 술잔과 안주 그릇을 번상에 옮기고 조씨가 나갈 채비를 하자 조익겸이, 거기 앉거라 했다. 조씨는 세운 무릎에 이마를 겨룰 뿐 말이 없었다. 조익겸이 안쓰런 눈길로 딸을 건너다보았다. 딸 나이가 사위보다 한 살 위라 경진생(1880) 서른한 살이다. 서방이 집에 붙어 있지 않으니 대가족 시집살이가 가시방석이라 처녀 적 복숭아 같던 뺨이 홀쭉 여위었다. 그러나 별 가르친 것 없는데 천성이 착하여 백씨 문중에 누됨 없이 여필종부하는 딸이 그로서는 가상했다.

백상충이 장인 잔에 술을 치지 않자 조씨가 친정아버지 잔에 술을 따랐다. 서방 잔도 상에 올랐으나 술을 붓지 않다. 백상충은 술과 남초(담배)를 입에 대지 않았다.

"백서방, 내 더는 얘기 않겠네. 나도 바쁜 몸인데 자네가 남이라면 한가하게 이런 사설을 늘어놓겠는가. 나만 편케 살겠다고 하는 소리가 아닌 줄 자네도 알 테지. 가화만사성이라, 먼저 집안이 편안해야 국사도 살피는 법이네. 내 말은, 가장으로서 안사람과 자식도 생각해달라는 게야. 그들이 누굴 믿으며 사는가. 이애 안색만 봐도 속병이 보통 깊지 않아. 내일 딸애와 형세를 데리고 부산으로 내려가겠네."

"아버지, 저는 괜찮습니다. 대상 치른 지 얼마 안 되는데 어떻게 친정으로 떠나겠어요. 서방님 일신이 어찌될는지 모르고 조석으로 진지는 누가 대령하며……" 조씨가 말끝을 흐렸다.

"내 걱정은 마오. 몸 조섭 잘하고 돌아오구려."

그날 밤, 조익겸은 외손자 형세와 별채에서 잠을 잤다. 그가 데리고 온 노속은 행랑채에 빈방이 많아 그곳을 썼다.

이튿날 아침, 백상충과 집안 식구가 솟을대문 밖까지 나와 길 떠나는 일행을 배웅했다. 말 등에 앉은 조익겸이 사위와 사돈네 권솔을 둘러보다 행랑 식구에 눈이 머물었다. 어진이와 선화가 눈에 띄었다. 석서방과 차봉이는 외탁해서 강골형이라면, 아래 둘은 부리아범을 닮아 생김새가 멀쑥하고 곱상했다. 귀골로 빠진 어진이는 머리가 있다면 홍복상사 서기로 쓸 만했고 계집아이는 염려한 티를 갖춰 손쓸 데가 있다면 씨받이 헌첩(獻妾)감이 제격이다 싶었다. 조익겸은 눈을 말끔히 뜬 선화가 소경인 줄 몰랐던 것이다.

"서방님 조석 진지 수발은 내가 늘 해온 대로 네가 정성을 다해야 한다." 조씨가 삼월이에게 재삼 당부했다.

아침해가 솟아오른 해안 쪽 당고개 너머로 시린 바닷바람이 태화강을 거슬러 올라왔다. 수백 마리 갈가마귀 떼가 이른 아침부터 수다스레 우짖으며 먼길을 떠나고 있었다.

"작은마님, 몸조리 잘하시고 오세요!" "도련님, 외가에서도 책 읽어요!" 태화강 나루터까지 배웅 나온 부리아범과 삼월이가 멀어지는 나룻배를 향해 손을 흔들며 외쳤다.

장옷으로 얼굴을 감춘 조씨는 소리 죽여 울며 가마 휘장을 걷고 시가 쪽에 젖은 눈을 주었다. 찰랑이는 강물을 거슬러 물총새 한 마리가 날카로운 소리로 울며 뱃전을 스쳐갔다.

*

부산포로 근친 간 조씨가 아들을 데리고 울산 시가로 돌아오기는 한식을 앞뒤서였다. 친정 부모는 좀더 몸조리하고 시댁으로 가라며 딸을 붙잡았다. 그러나 조씨는 법도 따지는 집안의 며느리로서 시아버지 별세 후 처음 맞는 한식 성묘를 모른 체하고 친정에 눌러앉았을 수 없었다. 마침 석서방이 서방님 분부라며 형세를 시가로 데려가려 부산으로 왔기에 아들과 함께 길을 나선 참이었다. 조씨가 친정에 가 있기는 한 달이 채 못 되었으나 정성 들인 보약을 쓴 덕분에 기력을 회복하여 핏기 없던 뺨이 다홍으로 피어났다.

온 산과 들의 풋나무가 연초록으로 치장하고 푸른 보리밭 위로 종달새가 기운차게 나는 좋은 절기였다. 봄갈이가 시작되어 들판에는 흰옷이 점점이 흩어져 있었다.

형세는 세 해 동안 교동 글방에서 또래 아이들과 훈학을 익혔다. 그가 외가에서 울산으로 돌아오자, 보통학교가 입학 시기를 맞고 있었다. 백상충이 석서방을 부산으로 보낸 이유는 아들을 보통학교에 입학시키기 위해서였다.

백상충은 아들을 데리고 광무 11년(1907) 4월에 울산에서 처음 서양식 교육 과정으로 문을 연 울산보통학교로 가서 입학 수속을 마쳤다. 돌아오는 길에 읍내에서 한 곳뿐인 이발소에 들러 치렁하게 땋은 아들의 편발머리를 깎아주었다. 동자가 되어 돌아온 형세 모습을 보고 집안 사람들이 놀라워했다. 백상충이 제 자식을 일본 아이들처럼 배코칠 줄 상상조차 못한 일이었다. 만약 백하명이 살아 있었다면 난리가 났을 그 처사를 두고, 집안 사람들과 이웃의 쑥덕거림이 며칠 동안 끊이지 않았다. 백하명이 살아 장손 알머리를 본다면 틀림없이 면암(최익현) 일화를 들먹이며 아들을 호되게 책했을 터였다. 1895년, 조정이 개화정책을 적극 추진할 때 고향에 은거하던 면암을 수구파 두령이라 하여 서울로 압송해 유폐시킨 뒤, 개화파 내부대신 유길준 등이 면암에게 단발령에 따르기를 위협했다. 그러자 면암은, 내 머리를 자를지언정 내 머리카락은 자를 수 없다(吾頭可斷 吾髮不可斷)고 질타하며 단발을 완강히 거부했다. 그 뒤 면암은 수구유림(守舊儒林)을 대표하여 창의의 깃발을 올렸으나 일본군에 체포되어 적지 대마도에 감금된 몸이 되니, 왜가 주는 음식을 먹을 수 없다며 스스로 굶어, 순사했던 것이다.

집안 사람들의 쑥덕거림에도 백상충 해명이 없는 만큼, 안방 노마님 안씨 또한 한마디 상의 없이 종손 머리카락을 잘라버린 자식 행실을 두고 가타부타 말이 없었다.

백상충은 처와 아들이 부산 처가로 내려간 사이 헌병분견소로부터 사방 10리 안은 신고 없이 다닐 수 있는 허락을 받았으나, 집밖 출입을 않았다. 그는 아침저녁으로 사당에 들러 선고 영위에 참례하는 외, 별당에 들어앉아 책만 읽었다. 책을 읽다 지치면 봄볕 따사로운 별당 뜰을 거닐었다. 집안 식구들은 별당 뜰의 석류나무에 앉아 고운 소리로 우는 동박새를 물끄러미 바라보는 그를 더러 목격하곤 했다.

한식을 하루 앞두자, 백상충은 언양면 반곡리에 있는 선산에 성묘 다녀오는 허락을 받으러 헌병분견소로 나갔다.

"선고께서 별세하신 후 아직 유택 분향을 못한 몸입니다. 자식된 도리로 이런 불효가 어디 있겠소." 백상충이 분견소장 이와사키에게 말했다.

"안악 사건 수사가 한창 진행되고 있기에 어떠한 이유든 사킬로밖 백상 출타를 허가할 수 없소."

"만약 야반도주라도 한다면 어쩌겠어요?"

"반도 땅에서 체포되지 않을 자신이 있으면 도주하시오. 만약 백상이 체포되면 재판에서 실형 언도를 받을 것이오."

백상충은 무거운 걸음을 돌릴 수밖에 없었다. 그러나 도주 사건은 엉뚱한 쪽에서 터졌다. 백상충을 뺀 나머지 식구가 반곡리 선산에 한식 성묘를 다녀온 며칠 뒤였다. 간밤에 차봉이 겨울 동안 착실하게 키운 중소 한 마리까지 끌고 사라졌던 것이다. 차봉이만 아니라 맹서방 딸 깨분이까지 함께 자취를 감추었다. 둘은 떠나면서 아무에게도 언질을 남기지 않아 뒷공론이 동네 여자들 입에 화젯거리가 되었다.

"동학난리가 있던 갑오년(1894)에 법으로 종 제도를 금지시켰는데 뭣 땜에 야반도주해. 갈 데 있다면 주인한테 이실직고하고 대낮에 떳떳이 나서지." "아무렴, 그렇다고 백군수 댁에서 소까지 덤으로 주겠어?" "잡히면 노비법으로 벌 받는 대신 소도둑질한 죄로 경치게 되겠네." "깨분이도 가관이야. 처녀가 어딜 간다고 떠꺼머리 총각을 겁없이 따라나서." "쬐그만 게 오죽 영악스러웠니? 결국 일을 저질렀어." "갔다면 어디로 갔을까?" "그걸 알면 답삭 잡아오게."

둘이 어디로 도망갔는지 아무도 몰랐다. 어진이만이 중형과 깨분이가 충청도 땅 한밭이라든가, 경부선 철도와 갈림길이 될 호남선 철도 공사 현장을 찾아 떠났으리라 짐작했다. 그 역시 중형이 그렇게 빨리 집을 떠나리라곤 생각지 않았다. 어진이는 중형 귀띔을 통해 그러려니 짐작했지만, 누구한테 말하지 않았고 떠난 뒤에도 입을 다물고 있었다.

부리아범과 석서방이 도망친 두 연놈을 잡아오겠다며 새벽같이 길을 떠났다. 남북으로 나뉘어, 부리아범은 경주 쪽으로, 석서방은 부산 쪽으로 내려갔다. 집안이 하루 종일 먹장구름이 덮인듯했다. 그렇잖아도 농사철이 닥쳐 일꾼이 달리는 판에 실한 장정이 도망갔으니 일손이 제대로 잡힐 리 없었다.

"농사철을 코앞에 뒀는데 이 일을 어쩔꼬. 아무래도 백씨 문중이 갈 데까지 간 모양이다. 글쎄, 연놈이 야반도주할 테면 빈손으로 떠나지 왜 소까지 달고 가. 올해부터 농사일에 부려먹을 소가 더 아까워." 맏며느리 허씨가 속을 끓이며 아랫동서 조씨에게 푸념을 쏟았다.

"이런 사단이 생길 줄 누가 알았겠어요. 차봉이는 언양 성묘 갈 때도 제수 음식 지겟짐 지고 따라나섰는데……"

며느리 둘은 안채 부엌에서 소곤거렸지만, 행랑채 너르네는 집 떠난 자식과 깨분이를 두고 다리몽둥이가 부러질 연놈이라며 종일 악다귀를 퍼질렀다.

어둠이 내린 뒤였다. 백상헌 넷째딸을 업은 선화가 솟을대문 문지방에 앉아 골목길에 귀기울이고 있었다. 앞머리카락이 저녁바람에 흩날렸다. 동네마당 쪽에서 아이들 노랫소리가 들려왔다. 조밥이나 호박죽이라도 배불리 먹었는지 아이들이 달노래를 합창으로 불렀다.

달아 달아 밝은 달아 이태백이 놀던 달아 / 저기저기 저 달 속에 계수나무 박혔으니……

선화는 노래를 듣자 보름을 넘긴 지 한참이라 달이 없을 텐데 아이들이 왜 달노래를 부를까 싶었다. 어둠이 싫고 달이 그리워서일까, 그냥 불러보는 노래일까. 둘째오빠는 이 밤에도 깨분이 언니와 함께 산 넘고 들을 질러 다른 세상으로 가고 있겠지. 선화가 그런 생각을 하고 있자 집으로 다가오는 발소리가 들렸다. 아버지나 큰오빠라 여겨져, 차봉이 오빠는 어떻게 됐어요 하는 말이 입에서 떨어지려 했으나, 발소리는 식구가 아니었다. 선화는 집안 식구 발소리만 듣고 누구인지 정확하게 알아맞혔다. 발소리는 집 앞을 지나가는 행인 발소리가 아닌, 집안으로 들어오는 발소리였으나 집안 식구는 아니었다. 집안 남자 중 징 박힌 가죽신 신은 발소리는 큰서방님뿐이었다. 작은서방님 찾아온 장판관 아드님이 틀림없어. 선화는 발소리 임자를 맞혔다.

장경부가 신문을 말아 들고 솟을대문으로 들어섰다. 작년 강제 병합이 있기 전까지 백군수 댁은 솟을대문 지대가 닳으라 방문객으로 붐볐다. 인근 유생과 산림처사들이 백하명을 만나러 사랑채로 들랑거려 아낙들은 손님 수발에 바빴다. 객지로 떠돌던 백상충이 본가로 내려와 있을 때면 백하명보다 그를 만나러 오는 손님이 더 많았다. 백하명과 달리 상충을 만나러 오는 손님은 신분 차이가 없었다. 갖바치에서 개화복 신사, 농투성이에서 노비에 이르기까지 상충을 찾아와 우국 통한을 논하다 돌아갔다. 조선 땅이 일본의 한 변방이 되자, 울산이 군청 소재지였기에 순사주재소가 경찰서로 승격되고 헌병분견소가 설치되었다. 불령선인에 대한 사찰이 강화되자 백군수 댁은 저들의 이목을 모았다. 헌병대에서 밀정을 놓아 백군수 댁 내방객 명단을 작성했다. 백상충이 박상진과 함께 만주로 들어갔다 혼자 돌아온 뒤 언양 동운사로 은거해버리기도 했지만, 그런 염탐이 알려지고부터 백군수 댁에 사람 발길이 뜸해졌다. 백하명이 타계한 뒤로 상충이 집에 머물자 찾아오는 사람이 더러 있었으니 그중 하나가 장경부였다.

장경부는 울산 읍내에 몇 되지 않는 한양 유학생이었다. 그의 집안은 울산에서 평판난 세족으로 가세가 유복했고 인물도 많이 났다. 그의 조부가 상서원(尙瑞院) 판관을 지냈고 삼촌이 궁내부 (宮內府) 철도원 감독직을 시작으로 지금은 총독부 철도국 조선인 관리로 근무하고 있었다. 경부는 학업차 일찍 한양으로 올라가 가회동 삼촌집에 유숙하며 경성중학교를 마쳤고, 한성외국어학교에 입학했으나 1년 반을 다니다 폐병에 걸려 작년에 낙향했다. 그는 본가에서 요양하며 백상충과 교우를 텄다. 경부는 백상충을 형님 이라 부르며 따랐다. 그가 상충을 만나러 올 때는 일본어판 신간 서적이나 집에서 구독하는 『대동신보』나 『매일신보』를 가져왔다. 그의 부친 장순후는 대지주로 목재상까지 경영했는데, 개화사상 의 적극적인 수용자였다. 남 먼저 단발령을 따랐고 왜정시대를 맞 아 총독부 정책에 중용을 취했다. 장경부는 집안 등세를 타고 처 신이 자유로웠다.

　별당에서 책을 읽던 백상충이 상고머리에 학생복 입은 장경부 를 맞아들였다. 상충은 병자호란 때의 무장 유혁연의 『야당유고(野 堂遺稿)』를 읽던 참이었다.

　"형님, 노병대 의병장이 체포되셨습니다." 자리에 앉자 장경부 가 신문을 백상충에게 넘겨주었다.

　백상충이 등잔불에 신문을 펼쳐들었다. 노병대는 경북 상주인 으로 을사강제조약이 체결되자 창릉 참봉 벼슬을 버리고 속리산 으로 들어가 의병을 모집하니, 2백여 명이 그를 따랐다. 1908년 충청북도 보은전투에서 패전하여 일본군에 사로잡혀 10년형을 선고받았으나, 작년 합병특사로 풀려 나온 뒤 다시 의병을 모집하다 체포된 것이다.

"강기동, 김기석 의병장이 체포되더니 노대장도 잡혔군."

"형님이 노병대 어르신을 뵌 적 있다 했지요?"

"정미년(1907) 노대장은 보은에서, 우리 창의군은 충주에서 싸웠지. 이강년 대장께서 나를 연락차 보은으로 보내 그분을 뵌 적 있어. 하늘을 찌르던 의기가 눈에 선하네."

"옥중에서 단식자결한 장기석 대신, 합병을 통분하여 노령에서 자결한 이범진 전 아라사 공사님…… 올해도 손가락 꼽기 모자라게 지사가 연이어 순절하고 의병장도 속속 검거되는군요." 장경부가 분김을 삭이며 한숨을 깔았다.

밖에서 기침 소리가 났다.

"박생원입니다."

장경부가 방문을 열었다. 상투머리에 탕건 쓴 도정(道正) 박호문이 방으로 들어왔다. 장경부와 박호문이 인사를 나누었다.

"말씀 중인 모양인데 얘기하시지요."

"작년만 해도 의병 교전 횟수가 백삼십여 회에 이르렀다는 총독부 보고서를 본 적 있는데 올해 들어 그나마 위축된 모양입니다. 조선 팔도에 왜놈 헌병대, 경찰관서가 천육십여 개로 작년의 세 배나 늘어났으니 정보망이 어디 보통이겠습니까. 그렇다고 이렇게 당하고만 있을 수 없잖습니까." 장경부가 말하다 깊은 기침을 토했다. 그는 망국 화증으로 마음까지 앓고 있어 병이 쉬 나을 성싶지 않았다.

"기다림세. 때가 있을 것이니. 지금 나는 손발이 잘려 움직일 수가 없네." 젊은 혈기에 시국의 진상을 꿰뚫고 있는 경부를 대하면 백상충은 할 말이 없고, 감시가 떠나지 않고 금족령까지 내려진 마당에 자신이 할 수 있는 일이 없었다. 금족령을 무시하고 의병부대를 찾아 나선들 불편한 다리로 싸울 수 없었다.

"상진 형님이 빨리 귀국하셔야 할 텐데……" 장경부가 중얼거렸다.

"박군은 당분간 이쪽에 오지 않을걸세. 박군 국내 활동도 경북 풍기가 아니면 대구야." 백상충이 냉담하게 말했다.

장경부는 백상충의 침통한 표정을 보곤 더 묻지 않았다. 박상진과 함께 만주로 들어갈 때만 해도 둘 사이는 혈맹의 동지였으나 상충이 혼자 돌아온 뒤로 그의 입에서 박상진 이름이 거론되지 않았다. 장경부가 박상진 말을 꺼낼 때면 상충의 표정이 밝지 않아, 만주에서 둘 사이에 틈이 생겨 소원해졌겠거니 짐작했다.

"선생님, 공개 처형 소문 들으셨습니까?" 부친대 한때에 백군수댁 소작붙이였던 박생원은 백상충보다 너댓 살 위나 그에게 늘 선생 호칭을 썼다.

"공개 처형이라니요?"

"주재소 소사로 있는 교우 덕이가 퇴청길에 알려줍디다. 돌아올 울산 장날에 조선인 셋을 처형한다더군요. 셋 모두 범서면 사람인데, 여기서 언양으로 이어진 전화선을 끊은 모양입디다. 복구해놓으면 끊으니 왜놈들 정보 연락에 지장이 많았겠지요. 세번째로 야밤에 또 전화선을 끊고 나서 토지측량사업소를 방화했답니다. 주

모자 셋이 약식재판 받은 지 달포쯤 됐나 봅니다." 박생원은 동학
시조 수운 최제우 처족뻘이다. 그는 천도교 울산 교구를 관장하는
도정 직위에 있었고 일을 할 때도 용담가(龍潭歌)를 읊는 신실한
천도교 신도였다.

수운 최제우 처 박씨부인은 친정이 울산 유곡 마을이었다. 수운
이 양친을 잃고 살림이 어려워지자 스물한 살 때 처가인 울산으로
들어와 3년 뒤 금강산으로 방랑을 떠나기까지 울산 읍내 장터에서
무명을 팔아 생계를 유지했다. 그 뒤 수운이 득도하여 동학을 창
설하자 울산 유곡리 처족이 동학교도가 되었다. 1894년, 동학 봉
기가 삼남 지방을 휩쓸었다. 박생원 부친은 손병희가 이끄는 십만
호서군 병졸로 출병했으나 공주전투에서 전사했다. 박호문은 부
친이 죽자 가계를 떠맡았다. 그는 어릴 적부터 울산에서 첫째간다
는 도장(刀匠) 윤경흡 아래 은장도 만드는 세공을 익혔다. 울산은
신라 적부터 왜구의 침범이 잦아, 조선 태종 때에는 경상좌도 병
마절도사 군영이 울산 병영 마을에 설치되어 창, 군도, 활촉 따위
를 생산했다. 병영(兵營)이란 마을 이름도 그렇게 붙여졌다. 선조
때에는 경상좌도 수군절도사 군영이 병영에 있었고, 태화강 하구
장생포 건너 염포에는 수군(水軍) 만호영이 있어 병선을 만들기도
했다. 그래서 이 지방은 일찍부터 쇠붙이로 연장 만드는 기술이
발달하여 '울산 은장도'라 하면 나라 안에서 알아주는 전통공예품
이었다. 박호문은 윤경흡으로부터 기술을 전수받자 장도칼 만드
는 일이 생업이 되었다. 식칼이 아닌 장도를 만들어 장에 내다 파
는 일이 쉽지 않듯, 살림이 곤궁했으나 우국충정의 통한을 늘 가

슴에 삭이던 터라 백상충과 뜻이 맞았다. 그는 야밤에 백군수 댁 사랑채 뒷문을 이용하여 백상충을 면접하곤 바깥 동정을 전해주 었다.

박생원이 저고리 품에서 서찰을 꺼냈다. 집안 출입자에 대한 헌 병대와 주재소 감시가 심해지자 백상충은 중간 연락책을 박생원 으로 삼아 뜻이 맞는 이들과 연락을 취해왔다.

"경주 최규훈 진사 쪽과 표충사에서 전해 왔습니다."

백상충이 서찰 두 종을 읽었다. 그가 서찰을 호롱불에 댕겨 화 로에 얹자 한지가 밝게 타올랐다.

"무슨 소식입니까?" 장경부가 물었다.

"안악 사건에 신민회 사건으로 황해도와 평안도가 풍비박산이 됐어. 잡아들인 인사로 감옥마다 초만원이라는군. 삼백에 가까운 관련자가 문초 받고 있다니……"

"조작한 사건 아닙니까?"

"하늘이 다 아는 일이 아닌가."

"다른 소식은 없고요?" 박생원이 물었다.

"경상도도 트집거리를 잡는 모양 같소. 당분간 소식을 돈절하겠 다니 그렇게 알라는군."

셋이 뾰족한 대안 없는 나라 걱정을 나누었다.

"시국이 이러한데 장가를 꼭 가야 합니까?" 화제가 시들해지자 장경부가 다른 말을 꺼냈다.

"장부 나이 스물이면 늦었지요." 박생원이 말했다.

"양가 어르신끼리 언약하신 모양입니다. 어디로 도망도 못 가고,

어떡하지요?"

"나라 걱정보다 발등에 떨어진 불이 급하군요. 충도 효 다음에 세우는 뜻이라 들었습니다." 박생원이 말했다.

"손자 보기가 그렇게 급하신지. 개화됐다는 아버지가 이 문제만은 양보 못하겠다니……" 장경부가 기침을 쿨룩거렸다.

"저는 그럼 물러가겠습니다."

박생원이 자리에서 일어서자 장경부도 따라나섰다. 밤이 깊었다. 둘은 사랑채 뒷문을 통해 어둠 속으로 헤어졌다.

사랑채 뒤꼍으로 나와 별당을 살피던 조씨가 일각대문 밖으로 사라지는 두 사람을 보았다. 그네는 부엌으로 가서 서방이 마실 탕약사발과 자리끼를 소반에 받쳐 별당으로 내왔다.

백상충이 읽던 책을 덮고 알맞게 식은 탕약을 마실 동안, 조씨가 남편 잠자리를 보았다. 조씨가 빈 약사발을 들고 방을 나서려다 서방에게, 부리아범과 석서방이 아직 돌아오지 않았다고 말했다. 백상충이 문고리 잡는 처를 올려다보자 등잔불빛을 받은 폭넓은 무명 상복이 눈에 가득 찼다.

"형세는 자오?"

"잠자리에 들었습니다."

잠시 앉았다 가라는 백상충의 말에 조씨가 한쪽 무릎을 세워 앉았다. 시집온 지 열두 해째였으나 서방과 한 지붕 아래 살기는 햇수로 4년이 채 될까. 서방이 한 살 연하지만 그네는 과묵한 서방과 호젓이 있으면 왠지 소낙비 맞은 참새처럼 가슴부터 떨렸다. 첫날밤의 두근거림이 소롯이 살아났고, 지금도 그랬다. 그네는 떨리는 손으로 저고리 고름 매듭을 누르고 눈을 아래로 떴다.

"고생이 많소."

백상충이 처의 손을 잡고 반듯한 이마를 보았다. 처의 작은 입술이 수줍음에 떨고 있었다. 그가 그네 허리를 당겼다. 내가 객지로 떠돌다보니 이 여자를 따뜻이 보듬어준 적 없었잖나. 애틋한 감정이 허리춤 아래로 기운을 뻗었다.

"아버님 졸곡(卒哭)도 멀었는데 이러시면 아니 되십니다."

"아버지 별세하신 지 두 달이 가깝소. 내 신학문을 배우러 한양으로 올라갈 때 이미 구습의 지나친 격식은 버리기로 했소. 양이를 닮은 왜놈 짓이라 어머니가 반대하실 줄 알았는데 형세 삭발을 보고도 아무 말씀이 없지 않았소. 또한 부부 일심동체가 된 지 십여 성상이 흘렀건만 한솥밥 먹은 지 몇 년이나 되오. 구천에 계신 아버지도 이해하실 것이오." 왜정시대로 접어든 뒤 지명이 경성으로 바뀌었으나 백상충은 한양이란 예전 이름을 썼다.

백상충의 서두르는 손길이 처의 저고리 고름을 풀었다. 조씨가 막았으나 서방 손길은 거침이 없었다.

"정말 오늘만은 아니 됩니다. 차봉이 일로 집안이 온통 수심에 차 있는데……"

조씨가 서방을 보았다. 서방의 타는 눈과 입김을 만나자 그네는 눈을 감고 말았다. 정중동(靜中動)이듯, 고요하다가 한번 몸을 움직이면 그 기세를 누구도 꺾기 힘든 서방 성정을 그네는 알고 있었다. 뒤 가리지 않는 올곧은 성격이라 돌아가신 시아버님조차 둘째아들에게만은 목소리를 높이지 않았다.

백상충이 등잔불을 끄고 펴놓은 요로 처를 이끌었다. 겹겹으로 입은 처의 옷을 조급하게 벗기고 자신도 옷을 벗었다.

누가 별당을 기웃거리다 왜 등잔불이 꺼졌나 의심하지 않을까. 차봉이를 잡으러 간 행랑 식구가 중문 박차고 들이닥치지 않을까. 조씨는 조바심으로 떨며 쪽찐 머리 탓으로 얼굴을 방문께로 돌렸다. 서방과 잠자리를 함께했던 밤이 그 언제였던가 싶었다. 이런 일에는 마냥 서두르는 서방 몸을 받으며 조씨는 아득한 기억을 더듬었다. 다리에 총상을 입어 걸을 수 없이 쫓기는 몸인지라 어느 포목보상 등에 업혀 낮이면 숨고 밤길만 나서서 집으로 돌아왔을 때도 아니었다. 그해 겨울 들머리에 서방은 다시 집을 떠나 북지로 가버렸다. 밤이면 형세마저 시어머니 품에 빼앗기고 긴긴 날 밤을 독수공방으로 보내며 은장도를 베개 밑에 숨겨두고…… 조씨 눈에 한 줄기 눈물이 흘러내렸다.

백상충이 처의 몸에 제 몸을 포개었다. 그가 처의 비녀를 뽑으려 베개로 손을 뻗었다.

"아직은 잠자리에 들 시간이 아닙니다."

조씨가 번득 정신을 차리고 서방 손을 황급히 밀어냈다. 정신을 수습하자 친상(親喪) 중인 집안에서 이 무슨 해괴한 짓이냐는 꾸짖음이 그네를 긴장시켰다. 그러나 머리만 찬물에 담갔을 뿐 아래쪽으로부터 스며 나와 온몸을 휘저어 하늘 높이 그네를 태우는 흥분을 끊어버리기에는 때를 놓쳤다.

호롱불을 다시 켜고 조씨가 옷매무새를 수습했을 때야 안채에서 두런두런 말소리가 들렸다. 조씨는 빈 약사발을 들고 안채로 갔다. 축담 앞에 부리아범이 서 있었다. 백상헌과 허씨가 대청에 나와 섰다.

"연놈이 소 끌고 가는 걸 본 사람이 아무도 없더란 말이지?" 거나하게 취해 들어와 막 잠자리에 들려던 참이라 백상헌의 말본새가 거칠었다.

"동천걸을 따라 외동 넘어 입실까지 올라갔으나 둘을 본 사람이 없다 했습니다."

"잉어가 뛰니깐 망둥이도 따라 뛴다더니…… 그래, 갈 테면 다 떠나. 다 떠나버려!" 백상헌이 돌지 않는 혀로 소리치더니 비틀걸음으로 건넌방 문을 열자, 허씨가 서방을 부축했다.

종내 안방문은 열리지 않았고, 노마님 안씨는 기침조차 없었다. 잠들지 않았을 시어머니의 침묵이 조씨는 두려웠다.

*

농사가 제철을 맞아 백군수 댁 행랑 식구는 어슴새벽부터 땅거미가 내릴 때까지, 오줌 누며 내려다볼 짬도 없이 들일에 매달렸다. 못자리를 만들랴, 목화밭을 갈아 씨를 뿌리랴, 보리밭에 김을 매랴, 뽕밭도 손을 보랴…… 그 외에도 들일이 다투어 사람 손을 기다렸다. 거기에 웬 부역은 잦은지 마을 이장은 날마다 가구당 한 명씩을 빼내어갔다. 도로 보수 공사, 헌병대 훈련장 땅 고르기, 관청 부속건물 공사장 울력꾼 차출이었다. 일당이나 점심 끼니를 내지 않는 무보수 부역이었다. 작년에 행랑살이에서 해방된 구서방

56

이 자기 일 제쳐놓고 도와주긴 했으나 차봉이 도망가버려, 백군수 댁은 모심기 철이 끝나 한숨 돌릴 때까지라도 품꾼을 사야 할 형편이었다. 그러나 부리아범은 차봉이의 야반도주로 주인댁 보기가 죄진 밑이라 많은 일을 두 아들과 함께 불평 없이 다스려나갔다. 석서방 여섯 살 된 아들 선돌이도 어린 누이를 업고 쇠꼴 뜯으러 들로 나다녔다. 차봉이 중소를 끌고 갔지만 외양간에는 아직 두어 해 부려먹을 늙은 암소가 있었다. 청맹과니 선화만이 농사일을 할 수 없어 허씨 막내동이 아기업개로 집안에 남았으나 제집 식구가 벗어 내놓는 옷은 눈먼 그애가 빨아야 했다.

백군수 댁 두 며느리는 손에 흙 묻히는 일은 하지 않았으나 삼월이를 앞세워 부엌일, 빨래일, 바느질로 긴 하루해가 모자랐다. 작년 다르고 올해 다르다는 말이 실감 나게 백군수 댁 기운 가세는 달린 일손에서도 나타났던 것이다. 허씨는 다듬이질하면서 제살 길 찾아 작년 동지 무렵에 떠난 든침모를 농번기까지라도 잡아두지 못한 걸 아쉬워했다.

집안에서 일하지 않는 사람은 노마님 안씨와 백상헌, 상충 형제였다. 차봉이 도망갔을 때 가타부타 말이 없던 노마님은 바깥어른 타계 뒤 안방에만 칩거했고, 백상충은 별당에서 서책을 뒤적였다. 백상헌은 한량답게 교동 향교로, 학성관이나 남문루로 나가 계꾼과 어울려 바둑이나 골패로 소일하다 술집 순례를 끝으로 밤늦게 갈지자걸음으로 돌아왔다.

사랑채 뒤란 남새밭에도 무, 배추, 고추, 아욱, 가지 따위 씨앗을 뿌릴 절기였다. 일손이 나지 않아 미루어오던 남새밭을 갈려고 어진이가 괭이 들고 안채로 들어갔다.

"어진아, 이리 오너라." 형과 겸상하여 늦은 아침밥을 먹고 별당으로 올라가던 백상충이 어진이를 불렀다. 어진이 괭이를 놓고 상전 앞에 머리를 조아렸다. "오늘이 장날인데 무슨 소문 못 들었냐?"

"장터에 형틀을 세운다는 방이 붙었답니다."

"몇 시에 형살(刑殺)이 있는지 알아오너라."

상전 분부에 어진이 집을 나섰다. 북적대던 설밑 대목장을 넘기면 한동안 장바닥이 썰렁할 수밖에 없었다. 나무전이나 장이 설까 다른 전은 장꾼이 꾀지 않았다. 그러다 햇발이 길어지고 새잎 나는 청명, 한식 무렵부터 읍내 주위의 골골샅샅 마을 사람들이 장으로 모이기 시작했고, 장판이 활기를 되찾았다. 된고비 넘기는 춘궁기가 닥쳤지만 4월 중순에 접어든 요즘은 장이 그런대로 꼴을 갖추는데, 어진이 장터거리로 나섰을 때는 아침 무렵이라 장바닥이 휑뎅그렁했다. 어물전, 곡물전, 나무전은 아직 장이 설 기미조차 보이지 않았다. 포목전과 잡화전이 서는 곳만 장돌림들이 포장을 치거나 가마니 자릿전을 마련하고 있었다. 아침부터 대장간은 벌겋게 단 화덕에 풀무질을 해대고, 대장장이 두 사람이 손 맞추어 두들기는 메질과 망치질 장단이 잘 맞았다. 농사철이 닥치면 장거리 어디보다 장꾼 발길 잦은 곳이 대장간과 씨앗전이었다. 겨우내 헛간에 두었던 괭이, 쇠스랑, 삽에서부터 호미며 낫 따위의 연장 손질이 바쁜 탓이었다. 씨앗전 또한 해묵혀 갈무리했던 씨앗이 썩거나 허실되면 종자를 새로 구해야 했다.

어진이 쇠장 서는 아랫장터로 걸어가며, 누구에게 형살 시간을 물어볼까 하고 주위를 살폈다. 지물(紙物), 약종(藥種), 죽물(竹物) 전이 서는 곳에 한 무리 어른과 아이들이 울을 치고 있어 그는 그곳으로 갔다. 장정 넷이 두 패로 나뉘어 가위 꼴로 기둥을 겹쳐 세운 뒤 맞물린 부분을 새끼줄로 얽고 있었다. 총을 멘 일본 순사 둘이 작업을 감독하는 참이었다.

"일본인은 사람 죽일 때 단칼에 목을 친다던데 그게 아닌 모양이지?" 구경꾼이 옆사람에게 물었다.

"우리나라도 홍선 대감이 세도 잡던 시절에 천주학쟁이를 죽일 땐 희광이가 칼춤 추며 목을 쳤다더라."

꺾쇠 기둥을 양쪽에 세우라고 일본 순사가 저희 말로 지시하자 일꾼들이 그 말을 알아듣지 못해 눈만 끔벅거렸다. 순사가, 바보자식, 조선 종자는 멍충이들뿐이군 하며 허리에 찬 칼을 뽑아 칼끝으로 땅바닥에 그네틀 모양을 그렸다. 일꾼들은 가위 꼴로 얽은 기둥 두 개를 너댓 발 간격으로 마주보게 세우고 긴 기둥을 가로로 걸쳐 얹었다.

"몇 시에 사람을 죽인답디까?" 귀엣말로 이야기를 나누는 사람에게 어진이 물었다.

"점심참 때라지."

"왜 장터에서 죽여요?"

"장꾼이 많이 꾀었을 때 평행목에 사람 모가지를 매달 테지. 조선 종자들 그 꼴 보고 경거망동 말라고 말야."

집으로 달려온 어진이는 별당으로 가서 작은서방님께 듣고 보고 온 사실을 알렸다. 그는 채마밭에 괭이질을 시작하면서 복날

개 잡듯 올가미를 목에 걸어 평행목에 매다는 환상을 떨치지 못했다. 생각만 해도 끔직한 장면이었다. 일본인이 왜 조선 땅을 차지했는지, 그들이 왜 조선인을 트집 잡아 죽이는지 그는 제대로 알지 못했다. 종놈 자식은 죽자사자 일이나 하는 거지. 일본놈이 이 땅에서 활개쳐도 나야 어차피 종놈이니 더 못 될 게 뭐 있어. 그 죽음이 나하곤 상관없으니 생각지 말고 보지도 말자. 그는 그렇게 되뇌며 괭이질로 밭을 일구었다.

해가 정수리쯤 올랐을 때다.

"그사이 일을 많이 했군." 무명 두루마기에 흰 갓(白笠)으로 출타 차림을 한 백상충이 말했다.

"파종까지 마치려 합니다."

"나를 따라나서거라."

"예?"

"왜 그러느냐?"

"오늘 해질녘까지 기를 써야 끝날 일인뎁쇼. 서방님, 저는 일이나 하겠습니다."

"너도 조선인이라면 그런 형살을 봐둬야 하느니라."

감히 거역할 수 없는 상전 영이라 어진이는 괭이를 놓고 상전 뒤를 따랐다. 한낮 장터마당은 성시를 이루었다. 여기저기에서 물건 자랑을 왜자기는 장사꾼 목청이 높았다. 남사당패가 들어왔는지 나무전 쪽에는 풍물 두들겨대는 소리가 들렸다. 떡장수, 묵장수, 팥죽장수, 들병장수가 늘어앉은 좌판 앞은 거지 각설이타령이 구성졌다.

어진이 물목전을 흘끗거리며 생각하니 서방님 의중을 짐작할수 없었다. 조선인이라면 형살을 똑똑히 봐둬야 한다니. 그 말은 헌병대나 주재소 일본인이 해야 할 말이었다. 그래서 저들은 사람이 많이 꾀는 장날에 그 수작을 벌이려는 게 아닌가. 주인어르신 장례날도 그랬다. 꽃상여를 언양 선산으로 운구할 때, 근래 울산 읍내서는 보기 힘든 성대한 예장(禮葬)이라고 구경꾼들이 쑤군거렸다. 그때 헌병 셋이 들이닥쳐 작은서방님을 끌어내고 뭇사람 앞에서 보란듯 매질을 놓았다. 어진이는 형장을 보지 않고 달아나고 싶었다. 아버지가 따라나서라 했다면 당장 남사당패 놀이마당으로 내뺐을 터였다.

교수대가 설치된 곳에는 많은 구경꾼이 울을 쳤다. 백상충과 어진이 그곳으로 가자, 죽물전에 장도칼을 늘어놓고 앉았던 박생원이, 선생님 나오셨냐며 상충을 맞았다. 백상충이 사람들 어깨 너머로 교수대를 보았다. 교수대 앞 빈터에 일본인 순사가, 앞의 사람은 앉으라고 호령을 해댔다.

"갓골 함선생님도 나오셨습니다." 장경부였다.

장경부를 뒤따라 개화머리에 두루마기 차림의 키가 큰 함명돈이 다가왔다. 백상충과 함명돈이 인사를 나누었다. 함명돈은 상충보다 몇 살 연상이었다. 그는 일찍 한양 배재학당을 졸업한 뒤『한성순보』창간 때 기자를 지낸 이력이 있었다. 그 뒤 수민원(綏民院) 역관으로 있다가 을사년 국치(國恥) 이후 선대 고향인 울산 범서면 구영리 갓골로 내려와 은거하며 예배당을 세워 전도 사업을 하는 한편, 근동 아이들을 모아 글방을 열고 있었다.

한참을 기다리자 호루라기 소리가 들렸다.

"비켜. 썩 물러서. 축생 무리들아!" 일본인 순사가 고함쳤다.

구경꾼이 에워싼 가운데 손을 뒤로 젖혀 가슴과 팔을 결박한 조선인 셋이 끌려왔다. 하나는 알머리 총각이었고 둘은 상투 튼 서른 줄 사내였다. 피와 흙을 뒤발한 저고리는 고름이 달아나 마른 앙가슴이 보였다. 배꼽 아래 걸친 옹구바지도 넝마가 되었다. 모두 맨발이고, 총각은 다리까지 절뚝거렸다. 총을 멘 순사와 헌병이 사형수를 에두르고 형장으로 들어섰다. 조선인 보조헌병 강형사도 따라왔다.

"도정어른, 장군, 똑똑히 봐두시오. 저들이 조선인을 어떻게 죽이는가. 우리는 이 형살을 숨이 붙은 한 잊어선 안 될 것이오." 백상충이 말했다.

"구세주님, 저들을 천당으로 인도하소서. 저들은 의에 목마른 백성입니다." 함명돈이 눈을 감고 읊조렸다.

보조헌병 강형사가 교수대 앞 도마의자에 올라섰다.

"여기 모인 조선인들은 내 말을 분명하게 듣거라. 이 불령선인 세 놈은 통신선을 세 번에 걸쳐 무단 절단하고 토지조사사무소 건물을 방화하여 잠자던 내지인(內地人, 일본인)을 소사케 한 죄목으로, 재판 결과 교수형을 받게 되었다. 앞으로 누구든지 관공서나 내지인 가옥, 공공시설인 통신선, 교량, 도로를 방화 파괴하거나 내지인을 살인하는 불온한 무리는 교수형으로 공개 처형될 것이다. 일장기를 태우거나 발로 밟는 자도 극형을 면할 수 없다. 처형당할 죄수 놈들은 재산을 적몰당하게 될 것이다." 이어, 강형사

62

는 사형당할 셋의 인적 사항을 큰 소리로 읽었다. 그가 연설할 동안 순사와 헌병은 도마의자에 올라선 사형수 셋 목에 올가미를 걸었다.

"함선생님, 조선 백성이 언제까지 이런 모독을 당해야 합니까?" 장경부가 함명돈에게 말했다.

"하느님이 주신 고난으로 받아들여야지요."

어진이는 함선생 말을 이해할 수 없었다. 하느님이라면 울산예 배당에서 그림으로 본 수염 기른 서양인 야소(耶蘇)란 분의 아버지를 뜻하리라. 그런데 하느님이 서양 사람이 아닌 조선인에게 왜 고난을 준단 말인가? 울음소리가 들려 어진이 그쪽을 돌아보니 사형수 가족으로 보이는 사람들이 오열을 터뜨렸다. 도포 차림에 갓 쓴 이도 있어 사형수 중 하나는 지체 있는 집안으로 보였다. 어진이는 사형수 셋 중 가운데 사형수를 보았다. 양쪽 사형수는 체념한듯 눈을 감고 있었는데 가운데 사내만 미소를 머금고 있었다.

"동포들, 낙심하지 마시오. 필경 광복의 날을 맞을 것이오!" 그가 갑자기 외쳤다. "조선 광복 만세!"

조장이 눈짓하자 순사와 헌병이 사형수가 올라선 도마의자를 발길질로 걷어찼다. 의자가 치워지자 세 사형수는 팽팽한 올가미 줄에 매달렸다. 도열한 순사와 헌병이 만일의 사태에 대비하여 총 구를 구경꾼들에게 들이댔다. 구경꾼들은 숨소리조차 죽였고 어느 누구도 나서는 자가 없었다. 군중은 침묵했고, 아무 일도 일어나지 않았다.

입산(入山)

올해는 가뭄이 심했다. 물을 대야 할 논이 거북 등처럼 갈라지고 못자리 모가 노랗게 타들어갔다. 왜정 세월 첫해라 하늘마저 노기를 띠어 날이 이렇게 가물다며 농사꾼들 원성이 잦았다. 떡보리 풋바심으로 허기를 끄는 축은 그래도 나았다. 적빈한 토농이들은 송기를 벗기러 산으로 올라갔다. 들녘의 물 마른 개골창에 잉어나 붕어는 물론, 개구리마저 살아남지 않았다. 허핍한 백성은 아귀처럼 먹을 것을 찾아 산과 들로 헤매었다. '찔레꽃머리'를 넘기지 못해 삼남 지방에는 기아로 죽는 자가 속출했다. 근력이 약한 노인과 어린애들부터 먼저 숨을 거두었다. 쪽박 든 거지떼가 동네마다 쓸려 다녔다.

가뭄 끝에 장맛비가 내리기는 6월 중순에 접어들고였다. 장맛비가 일주일 밤낮으로 내렸다. 이제 곳곳에 홍수가 범람했고 집이 물에 잠겼으며 모판이 떠내려갔다. 그래도 가뭄 때보다는 나았다. 사람들은 세찬 빗줄기를 가리지 않고 모를 쪄 모심기에 바빴다. 본격적인 농번기가 닥쳤다. 모심기하는 사이 날이 개자, 보리 타작으로 알곡을 거두어들였고, 첫 모시(苧麻, 저마)를 채취했고, 목화밭에 풀을 뽑았고, 담배 모를 모종했다. 첫물 딸기가 나는 절기가 되니 농사꾼도 바쁜 중에 웃음꽃이 피었다. 싱그러운 자연만큼 사람들 마음도 넉넉해지게 마련이었다.

백군수 댁도 바쁜 농번기를 넘겼다. 행랑채 남정네들은 새벽별을 정수리에 받고 들로 나가 밤이 깊어서야 집으로 돌아왔다. 일에 휘뚜루마뚜루 휘둘리다 보니 날수가 어떻게 가는지 몰랐고, 어느 날 문득 찢어지는 매미 울음소리에 하지를 넘겼음을 알았다.

도화골 논에 모를 낸 뒤 열흘 만에 애벌매기를 했고, 스무 날 만에 첫 퇴비를 내었을 때였다. 어느 날, 헌병분견소 급사 점박이가 백군수 댁으로 왔다.

"소장 나으리님의 알현을 전하러 왔습니다." 떠꺼머리 급사 애가 백상충에게 말했다.

"네놈이 명색이 조선인이라면 말을 가려서 써. 분견소장이 임금님이라도 된단 말인가." 백상충이 급사 애를 꾸짖었다.

무슨 영문인지 몰라 가족이 저어하는 가운데 백상충이 흰 갓을 쓰고 출타복으로 갈아입고선 급사 애와 함께 집을 나섰다.

백상충이 경찰서와 나란히 붙은 헌병분견소로 들어가자, 급사 애가 그를 소장실로 안내했다. 소장 이와사키가 상충을 맞았는데 그의 표정이 의외로 부드러웠다.

"백상의 금족령을 해제하라는 지시가 내려왔소. 그동안 백상의 반성적 태도를 헌병대는 만족하게 생각하오. 관찰보고서를 우호적으로 작성해서 송부했소." 상충이 말이 없자 그가 물었다. "부산 본대 경무과장과는 어떤 사이요?"

장인이 그쪽으로 연줄을 댔음을 알았으나 백상충은 말하지 않았다.

"향후 거취는 어떻게 할 작정이오?" 상대의 침묵에 기분이 언짢아진 이와사키 목소리가 높아졌다.

"내일 선산부터 찾겠습니다. 자식 된 도리로 장지까지 배웅 못한 불효를 사죄함이 도리인 줄 아오. 이 지방을 떠날 생각은 없어요." 백상충이 일본말로 대답했다.

"얼마나 좋소. 백상이 내지 말을 거침없이 사용하니. 앞으로 내지 말을 쓰도록 하시오. 국어를 장려함은 우리 교육의 기본 방침이오." 백상충이 대답하지 않자 이와사키 목소리가 딱딱해졌다. "이제 조만간 황해도 안악 지방 불령선인 총독 암살 모의사건 공판이 경성 지방재판소에서 열릴 것이오. 공판에 회부된 국사범은 백육십여 명이오. 기타 불구속 혐의자에 대해선 그 죄과를 더 따지지 않고 석방하기로 결정했다는 공문이 하달되었소. 천황 폐하의 큰 은전이오."

전화벨이 울렸다. 이와사키가 자리에서 일어서며, 오무라 형사를 접견하라고 상충에게 말했다.

백상충이 형사실로 들어갔다. 보조헌병 강오무라가 수갑 채운 사내를 앉혀놓고 조서를 작성하다 상충을 맞았다. 그는 떠꺼머리 사내를 뒤쪽 흙바닥에 꿇어앉게 하고 상충에게 의자를 권했다.

"금족령 해제를 축하하오." 강형사가 서류철을 뒤적여 '백상충 철'을 골라내더니 서너 장 서류에 지문을 찍게 하곤, 이와사키와 똑같은 질문을 던졌다. "앞으로 거취를 알고 싶소."

"건강이 좋지 않아 동운사로 다시 정양갈까 하오."

"난 또 만주로 들어가는가 했더니……" 강형사가 지나가는 말 투로 물었다. "박상진과 연락 없소?"

"소식을 모르오."

"모두들 백상과 박상을 울산이 낳은 쌍룡(雙龍)이라던데?"

"상(尙)자 돌림이니 하는 소리겠지요. 상진은 왜 찾나요?"

"그놈에 관한 보고서를 제출하라는 공문이 하달됐는데, 본적이 여기라지만 없는 놈을 두고 뭘 쓸 게 있겠소."

"상진이 울산에 나타나더라도 죄가 없잖소?"

"요주의 관찰인물이지 딱 부러진 죄목이야 없지."

"내가 알기로 당분간 고향엔 걸음하지 않을 것이오."

"백상은 만주에서 박상과 어울렸잖소?"

"두만강 넘자 헤어졌소. 지난번에도 말했지만 갈 길이 달라 그 친구는 봉천(선양)으로 갔고 나는 북간도에 남았더랬소."

"들은 말 같군." 강형사가 화제를 바꾸었다. "동운사로 들어간 다 했겠다?" 무슨 궁리인가 하던 강형사가, 좋을 대로 하라며 머리를 끄덕였다.

*

    백상충이 언양 반곡 고하골 선산을 찾아 선고 묘소를 참례하고 온 이틀 뒤였다. 아침나절부터 햇살이 따가워 낮쯤이면 날씨가 찔 것 같았다. 바야흐로 초복 절기였다.

    백군수 댁 안채마당에 주인 식구와 행랑채 식구가 모였다. 백상충은 길 떠날 채비로 흰 갓을 반듯이 썼고 잣풀 올린 빳빳한 삼베 두루마기 차림이었다. 참최친(斬衰親)이라 거칠게 짠 삼베옷에 아랫도리에는 행전을 치고 갓신을 신었다. 그를 따라나설 어진이는 삼베 잠방이 차림이지만 새물이라 입성이 깔끔했다. 그을은 그의 얼굴이 흰 옷에 받쳐 질그릇 같았다. 북정골 어른 댁에서 빌려온 조랑말 원구에는 짐이 가득 실려 있었다.

    "어머니, 소자 떠나겠습니다. 어진이 편에 소식 올리지요." 백상충이 안씨에게 절을 올렸다.

    "어려운 시절이니 부디 조신하거라. 소상(小祥)까지는 세상사에 마음을 비워야 해. 네 아버지는 조부님 별세하시고 삼 년 대상(大祥) 마칠 동안 출타를 삼가셨고 주연(酒宴)과 가무(歌舞)를 돌아보지 않으셨다." 안씨 말은 둘째아들보다 나란히 선 맏아들이 들으라는 투였다.

    "동운사에서 반곡까지 한 마장 거리니 더러 소작지에 내려가보 거라." 백상헌이 아우에게 말했다. "김첨지 집에도 들러봐. 지난 첫 장마에 아버지 묘 뗏장이 유실되어 손질했다지만 장마가 한 차 례로 그치겠냐. 또한 김첨지가 변구가 좋으니 마름 말만 믿지 말고 작황을 직접 확인해야 해."

"알았습니다."

딸애 셋을 거느린 허씨 뒤로 형세를 치마폭에 안은 조씨가 젖은 눈을 슴벅거렸다. 일요일이라 형세는 학교에 가지 않았다. 주인 식구가 인사를 나눌 동안 행랑 식구는 조랑말 옆에 몰려 있었다.

"서방님 잘 모셔." 부리아범이 어진이에게 일렀다.

"늦어터진 자식아, 이 바쁜 삼복에 절간에 들어간다고 매미 행세할 생각은 아예 말아. 땔나무 부지런히 해두었다 읍내 나올 때 한 짐씩 지고 와." 너르네가 막내아들을 몰아세웠다.

"글피까지 조랑말 돌려주기로 해서 또 내려올 텐데요."

"어진아, 가자." 백상충이 앞장을 섰다.

어진이는 멜빵을 양어깨에 걸어 고리짝을 등짐졌다. 주인댁 식구에게 두루 인사하곤 조랑말 고삐를 잡고 행랑마당으로 나섰다. 솟을대문까지 따라나온 조씨가 아들에게, 인사 안 드리고 뭘 하냐고 말하자, 형세가 아버지께 절을 올렸다.

"할머니, 엄마 말씀 잘 듣고 공부 열심히 해. 내 절에서 내려올 때마다 공부 진도가 어떤지 시험을 내겠다."

여자들은 솟을대문 안에서 걸음 멈추고 남자들은 문밖까지 따라나와 백상충을 배웅했다. 어진이 무심코 돌아보니 맏형 뒤로 큰서방님 막내딸을 업은 선화가 눈에 띄었다. 선화는 돌아보는 제 오빠를 볼 수 없었을 텐데, 오빠 절 공부 많이 하라고 소리쳤다. 무슨 공부를 하라는 건지 어진이는 선화 말뜻을 알 수 없었다.

들일 나가는 이웃 사람들로부터 인사 받으며, 둘은 북정골과 교동리를 지나 태화강을 끼고 서쪽으로 나아갔다. 조랑말 워낭 소리만 달랑거릴 뿐 둘은 말이 없었다. 강바람이 불었지만 지열이 끓어 등짐 진 어진의 이마에 구슬땀이 맺혔다.

둘이 차운리를 넘어섰으니 한 마장쯤 갔을 때였다. 뒤쪽에서 땅을 차는 말발굽 소리가 요란했다. 어진이 뒤돌아보았다.

"서방님, 강, 강형사가 말을 타고 오는데요?"

"동네 밀정이 헌병대에 알린 게로군."

말을 세우고 뛰어내린 강형사 얼굴이 벌겋게 달아 있었다.

"절로 간다면 헌병대에 들러 인사쯤은 차려야지. 공부깨나 했다는 양반이 그 정도 예의도 몰라!" 강형사가 백상충에게 소리치곤, "짐을 내려 낱낱이 풀어헤쳐" 하고 어진이에게 말했다.

어진이는 등에 진 고리짝을 벗어 내려 고리짝 뚜껑을 열었다. 웬 짐이 가볍다 했더니 작은서방님이 여름 한철을 보낼 동안 입을 옷이었다. 강형사가 옷을 헤집었다. 주머니까지 털었으나 나오는 물건이 없었다. 고리짝 밑에는 약첩으로 허약국에서 조제한 부자탕이었다. 강형사가 약첩 몇 개를 헐어 검사했으나 종잇조각 하나 나오지 않았다.

"말 등짐도 내리라고." 강형사가 허리띠에 찬 수건으로 땀을 닦았다.

어진이는 양쪽 원구의 짐을 내렸다. 쌀 한 가마를 나누어 담은 부대와 광목 보퉁이였다. 어진이가 쌀부대를 열자 강형사가 허리에 찬 칼을 뽑아 부대 안을 찔렀다. 보퉁이는 서책이었고 지필연묵(紙筆硯墨)도 있었다. 강형사는 서른 권 남짓한 책 표제부터 살폈다. 경서와 유학자 문집이 대부분이었으나 장지연의 『만국사물기원역사(萬國事物紀原歷史)』도 있었다.

"이와쿠라 도모미 『국헌대강(國憲大綱)』? 이 책도 읽소?"

"오늘의 일본국 초석이 된 메이지 헌법 공부도 해보려고요."

"어디서 입수했소?"

"장판관 자제분 경부 군한테 빌렸어요."

책갈피에 무엇이 들었나 하고 책장을 들치던 강형사가 일본어 번역판 밀의 『자유론』 책장을 마지막으로 훑곤 일어섰다.

"백상은 양반 출신이라 팔자도 좋구먼. 삼복에 종까지 달고 신선놀음으로 절간에 휴양하는 팔자니."

"동운사는 선산과 지척이오. 여막살이 삼아 가는 거요."

"아전(衙典) 심부름꾼 일수(日守)쟁이 안하려 나는 열여덟 살에 혈혈단신 일본으로 건너갔소. 족보조차 갈아치우려다 이름만 오무라(大村)로 바꾸었소. 내지인이 되려 고생한 탓인지 거들먹거리는 조선 양반만 보면 화증이 끓구려. 더욱 백상같이 음흉한 양반을 보면!" 상충이 침묵하자, "백상은 언젠가 한번 나한테 걸려들 거요" 했다.

"무슨 원수가 졌다고 강형은 동포를 못살게 구오. 강형이 일본을 섬겨 당대에 권세를 누릴……"

"말조심해." 강형사가 백상충 말을 꺾었다. "백 년만 지나봐. 반도 땅에 당신 같은 조선족 순종은 한 명도 살아 있지 않을 테니. 대일본제국은 천지개벽할 때까지 이 땅을 영영세세 지배할 거야. 백상은 믿지 않겠지만, 난 믿어!"

백상충은 대꾸하지 않았다. 가도 좋다는 허락이 없으니 난장판으로 펼쳐놓은 짐을 챙겨 떠날 수 없었다. 어진이는 두 사람 눈치를 살피며 떨고 서 있었다.

"백상 속셈을 알아. 언젠가 꼬리 잡힐 날이 올 거요. 그러나 오늘은 갈 길을 가시오." 강형사가 손을 털었다. 그는 편자 밟고 말안장에 올라 말머리를 돌렸다.

"내 저놈을 어이 죽일꼬……" 백상충이 엉두덜거렸다.

어진이는 서둘러 고리짝을 정리하고 흩어진 책을 간추렸다. 그는 강형사가 미심쩍은 점을 짚고 다시 올까봐 잰걸음을 놓았으나 백상충이 절름걸음이라 행보가 느렸다. 둘은 태화강 상류를 따라 부지런히 걸었다. 언양으로 빠지자면 삼호다리를 건너야 했으나 강 따라 샛길을 잡았다. 한 마장쯤 걷자 구영리가 나섰고, 구영리 건넛마을이 함명돈 향리 갓골이었다. 백상충은 집 나서며 함명돈 댁에서나 진목나룻터의 재종형네 집에서 다리쉼을 하려 했으나 강형사를 만난 분김이 삭지 않아 내처 범서면 면사무소와 주재소가 있는 점촌을 거쳐갔다. 무학봉 아랫녘 사인골을 지나 둘은 태화강 지류가 부챗살을 펼친 동으로 나아갔다. 강바람이 선선하고 녹음 짙은 강변 풍경이 볼 만했다.

"반쯤 왔군. 저 소나무는 예나 지금이나 철마다 푸르건만……" 백상충이 혼잣말을 했다.

어진이도 소나무숲으로 덮인 무학봉을 보았다. 학이 춤을 추는 봉우리라 하여 이름을 얻은 무학봉 소나무숲에는 백로 떼가 노송 가지에 둥지 틀고 살았다. 백로 몇 마리가 흰 날개를 펼치고 숲 위로 날았다.

"산천은 의구하다지만 내 눈에는 옛 산천으로 아니 보이는군."
백상충이 어진이를 돌아보며 물었다. "너는 나라를 빼앗긴 슬픔이
어떤지를 아느냐?"

"제대로 아는 게 없습니다." 어진이 얼굴을 붉혔다.

"네가 말벗이라도 되려면 먼저 글부터 깨우쳐야겠구나."

어진이는 서방님 말을 듣자 이상한 생각이 들었다. 말벗이 없어
말벗 삼으려 나를 절간으로 데려가는 걸까. 차봉이형마저 가출해
집안에 할 일이 늘었는데 말벗 삼으려 종놈을 데려가다니. 그는
작은서방님 속뜻을 알 수 없었다.

둘은 대곡천을 따라 북으로 길을 꺾었다. 무학봉 서쪽 기슭에
있는 새인골에서 한실까지는 늘어진 한 마장 거리였다.

"동운사가 얼마 남지 않았으니 잠시 쉬어가자."

백상충 말에 어진이는 한실 마을 정자터에 말을 세웠다. 아름드
리 느티나무 그늘에 노인 몇이 평상에 앉아 더위를 식히고 있었다.

"뵈온 듯도 한데, 어디로 가시는 뉘십니까?" 심심하던 참인지
한 노인이 백상충에게 말을 건넸다.

백상충과 노인들이 인사 나누고 한담하는 사이 어진이는 고리
짝을 벗고 길갓집으로 들어가 물 한 바가지를 얻어 왔다. 백상충
이 먼저 목을 축였고 어진이도 허핍한 뱃구레를 채웠다.

탕건 쓴 노인이, 공대를 못해 예가 아니라며 수박 한 통을 쪼개
어 한 켜를 백상충에게 권했다. 다리는 절지만 종까지 거느리고
나선 행장으로 보아 지체 높은 집안 자제임을 알아본 촌로의 겸양

이었다. 어진이도 한 켜를 받자 돌아앉아 단물 밴 수박을 먹어치웠다.

"봄가뭄이 심해 올 농사가 어렵겠지요?" 백상충이 물었다.

"천수답은 모내기를 못 했지요. 그러나 우리가 언제 이팝 먹고 살았습니까." 한 노인이 대답했다.

"토지수용령이 뭡니까? 면소에서 나왔다며, 일본인과 조선인 서기가 산골짜기 밭뙈기를 죄 조사해 갔어요. 우린 당최 까막눈이라 뭐가 뭔지 모르지만, 일정 치하 시국이 어찌 돌아갑니까?" 장죽 빨던 노인이 물었다.

"총독부가 작년에 토지조사사업부터 실시하고 올 이월(음력)에 토지수용령을 공포해 전답을 강제로 빼앗거나 그들이 찍어낸 돈으로 헐값에 농토를 사들이고 있지요. 소문으로 들으셨는지 모르겠으나 왕실이 관리하던 역둔토(驛屯土) 구천만 평은 벌써 저들 손에 넘어갔습니다. 따져보십시오. 지금 울산장 시세로 현미 한 섬에 십사 원 십이 전입니다. 그렇다면 현미 한 섬으로 논 천사백 평을 살 수 있다는 계산이 나옵니다. 지금 울산 읍내 근방만 해도 일본인 손에 넘어간 농지가 부지기숩니다. 저 사람들은 조선 땅에 흉년 들기를 바라지요. 흉년 들어 농민이 땅을 내놓으면 모조리 사들이겠다는 수작 아닙니까."

"젊은 선비가 아는 게 많군요. 그렇다고 다랑이논조차 변변찮은 이 산골짜기 궁촌까지야 그 사람들 손이 뻗치겠어요. 우리야 선대로부터 호구나 겨우 잇는 실정인데 말입죠."

"그렇게 안심하실 일이 아닙니다. 올해 다르고 내년 다르게 저들 마수가 뻗쳐올 겝니다. 밭뙈기라도 내놓으시면 아니 됩니다. 후손 앞날을 봐서라도 땅은 꼭 지켜야지요."

몇 마디 이야기를 더 나누고 백상충과 어진이 다시 길을 나서니 어느덧 정오에 가까워 뙤약볕이 내리쬐었다. 이제부터 인가 없는 산속으로 물길 거슬러 올랐다. 오솔길로 오르기 잠시, 길은 없어지고 둘은 계곡으로 들어섰다. 오랜 세월 물살에 닳은 반반한 청석에 맑은 물이 쏟아져 흘렀다. 흰 포말이 부서져 떨어지는 작은 폭포 아래 소에는 은어가 노닐었다.

어진이는 앞장서서 조랑말 고삐를 당겨 도랑을 건너 바위 사이를 빠져나갔다. 그는 언양 땅에 이렇게 경치 좋은 곳도 있었던가 하고 감탄하며 계곡 절경을 구경했다. 제법 높은 지대로 올라오니 청량한 골바람과 계곡 물소리가 땀에 젖은 옷을 식혀주었다.

"저기를 보려무나. 저 절벽을 반구대(磐龜臺)라 불러."

어진이 계곡 건너 깎아지른 바위 벼랑을 보았다. 청석 벽면 아랫도리에 징이나 뾰족한 돌을 쪼아 새긴 듯한 희미한 그림이 그려져 있었다.

"고래며 늑대며 호랑이 그림이 보이느냐?"

"사람도 있고 사슴과 멧돼지도 있습니다."

이끼 낀 그림 형체는 오랜 세월 동안 비바람과 물살에 깎였으나 윤곽은 아직 뚜렷했다.

"저 그림을 그린 지가 몇 년쯤 된 것 같냐?"

"수백 년쯤…… 잘 모르겠습니다."

"사오천 년, 어쩌면 그보다 오래전이었을지 모른다."

어진이는 사오천 년 전이란 작은서방님 말이 실감나지 않았다. 저녁마을 나온 동네 어른들이 행랑방에 모여 옛날이야기를 한 차례씩 돌려가며 할 때 이런 말이 오갔다. "옛날옛적 호랑이 담배 피우던 시절이었지." "그 시절이 언젠데?" "신라 시절쯤 되겠지." "그렇다면 햇수로 몇 해 전인가?" "몰라. 까마득한 옛날이겠지." 어진이는 그 시절에도 이 깊은 산골짜기에 사람이 살았겠느냐 싶었다. 사람이 살지 않았다면 누가 바위벽에 그림을 그렸을까. 산신령이나 옥황상제일는지 몰랐다.

"선사 시대, 즉 청동기 시대나 신석기 시대 사람들이 저 바위벽에 그림을 그렸어. 어진아, 봐라. 고래 모양은 크게 그리고 늑대나 사람은 작게 그렸잖았느냐. 닭은 더 작게 그리고. 짐승 몸집에 따라 크고 작게 그린 그림이 재미있지 않느냐. 반구대 저 그림은 우리 먼 선조님들의 자연숭배 사상을 나타낸 게야."

"서방님은 사오천 년 전이란 걸 어떻게 아셨습니까?"

"평양에서 학교에 다닐 때 역사를 가르치던 선생께 여쭈어봤어. 우리 고장 바위벽에 이렇고 이런 그림이 있다 했더니 선생께서, 선사 시대 각석(刻石)이라 설명해주시더군."

어진이 바위벽에 다가가 새겨놓은 그림을 자세히 보았다. 사오천 년 전 조상이 새긴 그림이라곤 믿어지지 않는다. 갑옷인지 그물인지 네모와 동그라미를 겹으로 엮어 고리로 연결시킨 모양도 있었다.

"포은 선생을 아느냐?"

"모릅니다."

"정몽주 선생 호가 포은이니라. 고려 말 유학자요 절의가 굳었던 충신이었지. 그분이 이 반구대를 적지(謫地) 삼아 일 년 동안 유배 생활한 적이 있었어. 그러나 그 시절은 나라가 바뀌어도 어느 임금이나 모두 조선인이었지……" 백상충이 한숨을 깔았다. "가자. 조금 더 올라가면 화랑벽화가 있느니라."

청석으로 이루어진 계곡을 따라 한참 올라자가, 계곡물이 반원을 그리며 휘어지는 지점에 실히 몇백 명 사람이 들어앉을 널짱한 마당이 나섰다. 병풍 치듯 깎아지른 바위 절벽 아래 평평한 바닥도 태곳적부터 물살에 깎인 매끈한 청석이었다. 산골짜기에 웬 넓은 터가 있나 싶게 자연이 만들어놓은 조화가 오묘했다. 여울이 말굽 꼴을 이룬데다 여울 양쪽이 높게 벽을 쳐 바깥세상과 격리되어, 신선이나 선녀가 하늘에서 내려와 놀이 장소로 쓸 만한 도원경이었다. 이런 외진 곳에 의병이 숨는다면 감쪽같겠거니 싶었다.

"화랑도 이야기를 들은 적 있는가?" 백상충이 두루마기 소매에서 수건을 꺼내어 맑은 여울물에 헹구며 물었다.

"행랑방에 동네 어른이 모여 옛날옛적 얘기할 때 김유신 장군이며, 화랑소년 관창 얘기를 들은 적 있습니다."

"그렇다. 천사오백 년 전 신라 화랑도가 여기까지 와서 야영하며 심신을 수련했어. 애국심에 불타던 청소한 소년들이 말 타고 활 쏘며 무술을 닦았지. 수정 같은 이 물에 몸도 씻었을걸." 백상충이 물에 헹군 수건으로 땀을 닦았다.

어진이는 작은서방님과 이렇게 오랫동안 이야기를 나누어본 적 없었고, 자신을 종으로 여기지 않고 말벗해주는 데 황공했다. 그는 여울 건너 평상만 한 바위벽을 보았다.

"개울 건너 저 석벽 앞에 가보거라. 거기에도 그림이 그려졌고 글자까지 새겨져 있을 게야."

서방님 말에 어진이는 짚신발로 여울을 건넜다. 얕은 곳을 찾아 건너니 깊이가 무릎에 채 차지 않았다. 그는 바위벽 앞에 섰다. 갑옷인지 그물인지 반구대에서 본 고리 모양 문양이 그려져 있었고 오른쪽 아래에는 바둑판만한 크기에 3백여 자 한자가 새겨져 있었다.

"그 그림은 반구대에서 봤잖냐. 울산과 언양 땅을 파다 보면 그 시대 조상님이 썼던 돌도끼며 돌화살이며 빗살무늬토기도 많이 발굴되지. 그런데 거기에 새겨진 글자는 그 시대로부터 아주 후대, 신라 적 글씨니라." 뒤쪽에서 백상충이 말했다. "교동골에서 훈학을 익히던 어릴 적에 선비들 시회(詩會)를 따라 어느 여름철 여기로 처음 왔었다. 어르신들이 그 글자를 탁본하는 걸 보았지. 탁본한 옛 글귀를 머리 마주대어 풀이하더니, 아버지께서 내게도 그 뜻을 일러주셨느니라. 그 글은 화랑도 맹세를 적은 뜻 깊은 글이다. 너는 세속오계(世俗五戒)란 말을 들은 적 있는가?"

"듣지 못했습니다."

"신라 진평 임금 때, 원광법사란 고승이 지은 다섯 가지 계율로, 화랑도와 신라 청년들이 그 계율을 힘써 지켰어." 백상충이 갑자기 큰 소리로 장탄식을 읊었다. "오, 슬기롭고 용맹하던 선조들이여. 암흑의 세월을 맞아 구차스런 목숨으로 도생하는 못난 후손입니다. 제 땅조차 지키지 못해 하늘과 금수강산 보기가 부끄러울 따름입니다."

어진이 돌아보니 서방님이 수건으로 눈을 가리고 있었다.

화랑벽화 터에서 대곡천과 갈라져 연화산을 바라보며 동으로 오르기 반 마장, 동운사는 연화산 중턱에 자리잡았다. 해발 530미터 연화산이 서남으로 완만하게 비탈을 이룬 지점에 절이 앉았다. 절터는 남쪽과 동서쪽이 울을 치듯 낮은 산봉우리로 둘러싸였고 골짜기 쪽만 틔었다. 널찍한 절 마당에는 오랜 풍상을 견디어온 오층석탑과 석등이 자리했고 그 뒤로 아담한 법당이 골짜기를 굽어보고 있었다. 동운사는 양산 통도사 말사로 규모는 작으나 연조는 길어 신라 흥덕왕 때 지은 고찰이었다.

동운사에는 출가자(出家者) 여섯이 있었다. 조실승 운장, 울산 읍내로 나오면 백상충을 만나고 가는 주지승 자운, 의식(衣食)을 맡은 법해, 농사 소임을 맡은 벽암, 그리고 속복행자(俗服行者)로 시자와 동진출가(童眞出家)한 소년이었다. 비구니는 없으나 승려 공양을 돕는 보살 둘이 따로 살았다. 남쪽으로 다랑이를 이룬 채마밭 뒤 언덕 앞에 사관(변소)이 있었는데 언덕 모퉁이를 돌면 외돌아 앉은 퇴락한 초가에 마흔 접어든 골곳댁과 서른을 갓 넘긴 작은골곳댁이 화전을 일구어 밭농사를 지었다. 자식 없는 홀어미로 두 아낙은 자매였다.

동운사에 도착하여 두루 인사를 끝내자, 작은골곳댁이 둘을 위해 공양을 지었다. 얼굴이 해사하고 몸매가 호리한 여인이었다. 백상충은 요사(療舍) 마루에서, 어진이는 부엌에서 밥을 먹었다. 어진이는 식사를 끝내자 작은마님 분부대로 풍로에 숯불을 피워

서방님 약을 달였다.

산사에 밤이 왔다. 밤이 되자 높지 않은 산중턱인데 어진이는 드러내놓은 종아리가 서늘했다. 그는 속복행자가 아니지만 승려들의 하루 마지막 참선을 법당 뒷전에서 구경했다. 바깥은 풍경 소리와 바람 소리뿐, 법당 안의 고요함이 처음 겪어본 그에게는 이상한 감회를 불러일으켰고 가운데 앉은 본존불의 온화한 모습이 신비로웠다. 참선이 끝나고 절 식구가 잠자리에 들기는 이경(二更)에 들어서였다.

요사 골방에서 잠자리에 들었으나 어진이는 잠을 이룰 수 없었다. 옆에 누운 정길이란 연갑내기 행자가 간단없이 말을 걸어오기도 했지만, 잠을 청하려 해도 머릿속이 또랑하게 개어왔다. 그는 주인어른을 모시고 선산과 소작지가 있는 언양 반곡리로 들어가 하루이틀 묵기도 했으나 산속 절 방에서 잠을 자기는 처음이었다. 종놈 신세에 가리는 것도 많다며 자신을 꾸짖지만 마음자리가 편치 않았다. 돌쇠란 소년은 각다분한 하루 일과를 끝내고 잠자리에 들자마자 얕게 코를 골았다.

"열흘만 지나면 양산 통도사로 행자교육을 받으러 가는데 그 고생이 보통이 아니라는군요. 심신을 굳혀 잘 견뎌야 할 텐데……" 정길이 걱정했다. 그는 잠자리에 들자마자 속세의 삶과 다른 절 생활, 즉 예비행자 기간의 수련 과정을 어진이에게 장황하게 늘어놓았던 것이다. 괴어 있는 연못 같은 절 생활이 답답하던 참에 또래 말벗을 만나자 그도 반가울 수밖에 없었다. 어진이는 자기를 종놈으로 하대하지 않고 벗으로 대해주는 그가 고마웠다.

"통도사에 몇 달이나 있게 되나요?"

"석 달이랍디다."

"그러면 삭발하고 진짜 스님이 됩니까?"

"예비행자 기간이 일 년이니 다시 한 달을 채워야겠지요."

그때 여자 호곡 같은 짐승 울음소리가 길게 이어졌다. 그 소리를 신호로 이 산 저 산에서 뭇짐승이 따라 울었다. 명부전(冥府殿)이 요사채 옆에 있었는데 명부전은 시왕(十王)을 봉안하는 전각이며 명부란 말은 저승을 뜻한다고 정길로부터 들은 터라 어진은 짐승 울음소리를 듣자 소름이 돋았다. 그는 방문 쪽에 누워 있었는데 문살 창호지 사이로 달빛이 희미하게 비쳐들었다.

"밤중에 짐승이 방으로 뛰어들지 않습니까?" 어진이 물었다.

"그런 일은 없답니다. 늑대나 멧돼지나 곰이 절 마당까지 내려오지만 짐승도 부처님 자비를 느끼는지 승방까지 뛰어들어 해를 입히진 않지요. 사람이 짐승을 무서워하기보다 짐승이 사람을 더 무서워한답니다. 조실스님 말씀으로는 인간이 그만큼 때묻고 교활하다 보니……" 정길의 졸리운 목소리였다. 새벽 세시에 일어나 첫 예불을 시작으로 후원(부엌) 심부름하랴, 시자 노릇하랴, 부전(방 청소)하랴, 나무해 나르랴, 하루 일과가 종종걸음의 연속이었다.

왜 스님이 되려 했습니까, 하고 묻고 싶었으나 어진이는 입을 봉했다. 홑이불을 덮었는데 밤 기온이 떨어져 한기가 느껴졌다. 잠을 청하려 했으나 잡념이 끊이지 않았고, 반구대와 화랑 벽화가 눈앞에 어른거렸다. 장터에서 교수형을 당한 세 사람 얼굴까지 떠올랐다.

　이튿날, 어진이는 연화산 기슭에서 땔감나무를 한 짐 했다. 서방님 약을 달여드리곤 오후 세시가 지나 동운사를 떠날 때 조랑말 원구에 삭정이단을 실었다.

　"나흘 뒤 절로 올라올 때 도정어른을 뵙고 오너라." 떠나는 어진이에게 백상충이 말했다.

　어진이 읍내 학산리 집에 도착했을 때에는 밤이 깊었다.

*

　어진이는 혼자 도화골 논 김매기를 하고 있었다. 아침에 먹은 꽁보리밥이 낮이 되기 전에 방귀로 삭아버렸는지 점심때쯤에는 허리가 접혀 일이 줄지 않았다. 어제 여섯 마지기를 해치웠고 오늘 오전 세 마지기째니 아직 세 마지기 반이 남은 셈이었다. 어제 아침 아버지가 밀 타작에 나서며 이틀 만에 김매기를 끝내라 했기에 부지런을 떨면 해 떨어질 때쯤 일을 마칠 성싶었다.

　동운사로 들어가면 다리 뻗고 쉬게 될 거라며, 집안 식구는 어진이를 잠시도 손 재어놓을 틈 없게 볶아챘다. 동운사에서 내려온 이튿날인 그저께는 태화강변 삼밭의 삼대 베어 묶는 일감이 떨어졌다. 일 중에도 험한 일이 삼대 베기와 삼대 쪄서 껍질 벗기는 작업이었다. 어진이는 하루 낮 동안 펄로 찐득한 습지로 들어가 삼대를 베어 묶느라 톱날 같은 삼잎에 팔다리와 얼굴을 찢겼다. 저녁부터는 다발로 묶어놓은 삼대를 쪄다 나르느라, 그는 자정에야

82

잠자리에 들었다.

도화골로 올 때 들고 나온 두어 되들이 양푼 물을 다 마셨는데도 어진이는 뱃가죽과 등가죽이 맞붙은 듯 쓰라렸다. 종 신세야 면하든 말든 언제쯤 마음놓고 밥 실컷 먹을 수 있을까 하고 생각하며 그는 김을 매다 자주 허리 펴 학산리 쪽 논배미를 흘끗거렸다. 형수나 삼월이가 점심참 내어올 때가 지났다.

누군가 채반을 머리에 이고 바쁘게 들길로 걸어오고 있었다. 어진이 먼눈으로 보아도 날렵한 걸음새에 잘록한 허리로 보아 삼월이거니 싶었다. 삼월이의 먼 자태를 보자 차봉이형 말이 떠올라 그는 뺨이 달았다. 삼월이가 자기를 짝사랑한다니, 그 말이 믿어지지 않았다. 제까짓 게 벌써 남녀 사랑을 안다니. 삼월이가 조숙한지, 아니면 한 살 아래인 자신이 늦된 건지 알 수 없었다. 그는 일손을 거두고 논두렁으로 올라섰다. 발목에 붙은 거머리를 떼어내곤 도랑물에 손을 씻었다. 산자락 소나무 그늘에 앉아 보릿짚 모자를 부채 삼아 바람을 냈다. 찌는 한낮 더위라 바람기가 없었다.

한 손으로 머리에 인 채반을 받치느라 삼월이 저고리섶 한쪽이 들려 치마말기 사이로 겨드랑이 아래 뽀얀 살이 보였다. 그녀가 채반을 어진이 앞에 내려놓았다. 꽁보리밥 한 그릇에 열무김치와 고추장이었다. 그녀가 치마를 들치더니 달걀을 꺼내었다. 더위 탓만은 아닌데 어진이를 보는 그녀의 얼굴이 발갛게 익었다. 그녀가 주위를 살피더니 사람 눈길이 없자 어진이 옆에 다가앉았다.

"귀한 달걀이 웬 거야?" 어진이 물었다.

"너 먹이러 가져왔지."

삼월이는 늘 그랬다. 작년 여름 무렵부턴가, 어진이 키가 부쩍 자라고 어깨가 벌어져 장정 꼴을 갖추자 그를 보는 삼월이 눈길이 달랐다. 여름이면 콩국이나 호박전, 겨울이면 감주나 팥죽, 그렇게 계절마다 별미를 감추어두었다 그에게 살짝 선심을 쓰곤 했다. 어진이는 삼월이의 마음 씀씀이가 그저 좋았는데 차봉이형 말을 듣고부터 대하기가 서먹했다.

"달걀 몰래 가져오다 안채 마님께 들키면 어쩌려고?"

"우린 어디 짐승 새낀가. 사람 먹는 건 우리도 다 먹을 수 있어. 얼마나 시장했겠니. 내가 맛있게 비벼줄게."

삼월이 자별한 동기간이듯 어진이 쥔 밥그릇을 빼앗았다. 고봉이라 멧등처럼 솟은 밥그릇에 비빔밥을 만들 수 없어 빈 양푼에 밥을 부었다. 그녀는 꽁보리밥에 고추장 풀고 달걀을 깨어 넣곤 열무김치 건더기를 섞었다.

"작은서방님이 날 왜 절로 데려갔는지 모르겠어. 절에 밥해주고 빨래하고 소제하는 애들도 둘이나 있던데 말야."

"어쨌든 횡재잖아. 그런 널 보면 타고난 복이 따로 있는 것 같아." 삼월이 밥을 비비며 한숨을 포옥 쉬었다. "어서 먹어. 고추장에 참기름 듬뿍 쳤으니 맛있을 거야." 허기지게 먹는 어진이를 보며 삼월이가 또 한숨을 쉬었다. "난 어떡함 좋지?"

"뭘 말야?"

"이번 가을걷이하고 나면 시집가야 할 것 같아. 지난봄 마님이 부산 갔을 때, 거기 노마님이 그러셨대. 어린 나이에 작은마님 몸종으로 따라가서 고생 많았다며…… 맞춤한 자리가 있으니 나를 불러들여 시집보내겠다잖아."

"그런데 한숨은 왜 쉬어?"

"여각에서 일하는 총각인데, 얼굴 얽은 게 흠이라나……"

삼월이 막상 시집간다 하자 어진이는 서운한 마음부터 앞섰다. 삼월이를 사랑하기 때문이 아니었다. 작년과 올해에 걸쳐 행랑 식구 여럿이 집을 떠났고, 삼월이마저 떠나면 집안이 더 절간 같겠거니 여겨졌다. 비빔밥 한 그릇을 금세 비운 어진이 열무김치 국물로 입안을 헹구었다.

"어진아, 저녁 먹고 어두워지면 태화강 둑으로 나와. 너한테 꼭 할 말이 있어." 어진이 대답을 않자, 꼭 나와야 해 하고 그녀가 다짐했다.

삼월이 채반에 빈 그릇을 담아 머리에 이고 왔던 길을 돌아갔다. 어진이는 김을 매며 삼월이가 했던 말을 되새겨보았다. 왜 강둑에서 보자는 걸까. 내가 동운사로 올라간 사이 집안에 무슨 비밀스러운 일이 생긴 걸까. 헌병대 강형사가 작은서방님을 두고 삼월이에게 무슨 협박을 한 걸까. 혹시 차봉이형 말대로 삼월이가 내게 야릇한 마음을 품고 있나. 어진이 이런저런 생각을 엮었으나 짚이는 게 없었다. 마지막으로 짚어본 생각은 해괴망측한 상상이었다. 남자와 여자 사이의 별난 소문을 겯귀로 들어왔으나 남의 일이었고, 그런 사랑놀음을 해보았으면 하고 마음 두근거려본 적이 없었다.

어진이는 저녁밥을 먹고 나자 쇠여물을 외양간 여물통에 붓고 행랑마당을 나섰다.

"이년아. 종년에다 소경된 주제에 네가 글을 깨치겠다고? 망아

지 머리에 외뿔 돋겠다." 방에서 너르네가 선화를 볶아댔다. "도
련님 글 읽을 때 그 글 깨치려 별당 뜰에 턱받이하고 앉아 토끼 귀
를 세워? 하라는 빨래는 미뤄놓고 거기 앉았으면 아가리에 밥 들
어갈 줄 알았냐? 굶어서라도 어서 죽어. 평생 천덕꾸러기로 살 팔
자, 생전에 무슨 낙을 보겠다고. 아이구, 나는 왜 자식복도 이렇
게 없을꼬. 한 년은 청상에 과부 되고, 막내 저년은 소경이 되고,
한 놈은 도망질 가버렸으니…… 설움 많고 한도 많은 내 팔자야.
저승차사가 어서 걸레짝 같은 이내 육신부터 왜 데려가지 않는
지……"

너르네 넋두리를 듣는 선화는 저녁밥을 굶은 채 방구석에 말없
이 앉아 있었다.

어진이는 태화강 둑에 올라섰다. 강둑에는 더위를 피해 강바람
을 쐬러 마을 나온 사람이 드문드문했다. 엽초 쟁인 곰방대 빨며
한담을 나누는 노인네들도 있었다.

"옥전 마을 뒤 옥동 저수지 있지. 저수지 둑 아래 윗논 열한 마
지기를 작년에 왜놈이 매입했대. 그런데 올봄부터 윗논이 물꼬를
막아 아랫논에 물을 대주지 않는다잖아. 마을 사람들이 들고일어
나자, 주재소 순사들이 와서 방총(放銃)질을 해대 세 사람이나 다
쳤다지 뭐냐." 한 노인이 말했다.

"아랫논을 방매하면 저놈들이 그 논 사들이겠다는 소문이 그래
서 나온 말이군."

"절대 왜놈한테는 논을 안 팔겠다는 거야. 저수지야 대대로 내
려오는 마을 공동관리 못 아닌가. 그래서 수문을 새로 내고 산기

흙을 파서 물꼬 트는 작업이 한창이라지. 할 테면 해보라고, 마을 사람들이 힘을 합쳐 대적하고 나선 게지. 그러자 주동하던 청년을 주재소에서 유언부설죄로 잡아채 갔대."

"왜놈과 찹쌀궁합인 심씨 문중 논엔 물 대어준다 그러데?"

"듣자니 윗논을 사들인 왜놈은 농사 농자도 모르는 백수건달이 래. 동척(東洋拓殖株式會社)이 건달을 앞세워 뒷돈 대고, 그놈이 여기저기 허갈난 소지주 논을 매수하고 있대."

노인들 이야기를 들으며 어진이 주위를 살폈으나 삼월이 자태 는 보이지 않았다. 그는 하구 쪽으로 걸음을 옮겼다. 나루터에는 불빛이 보이고 취객이 부르는 뱃노래 가락이 아련하게 들려왔다.

우리가 살면 몇백 년 살며 / 오래 살아도 단 팔십이라 / 저문 강에 배 띄우니 / 물새 우는 소리도 처량쿠나 / 아으이어야 되어 차 / 배 넘어간다 / 검은 물을 가르고 배 나아간다……

"어진아, 어진이 맞지?"

어진이 돌아보니 장옷을 써 눈만 빼꼼 남긴 삼월이었다.

"사람들이 보면 남자하고 여자가 달밤에 어쩌고저쩌고, 소문나 겠네." 어진이 낮이면 부끄러워 감히 할 수 없는 말을 어둠을 핑계 삼아 뱉었다.

"너도 그런 소릴 할 줄 알구나. 소문 낼 테면 내라지. 세상이 어 디 예전 세상인가. 대낮에 태화강에 청춘남녀가 뱃놀이도 한다던 데. 너 그 소문 못 들었니? 일본 유학 갔다 방학 되어 집에 온 최부잣집 아들이 여자를 데리고 왔다는 소문 말이야. 부모 허락 없이 처녀를 집에 데려왔다고 난리래. 꽃무늬 있는 양산 쓰고 나타나자 최부자 모친이 불여우한테 홀린 듯 놀라 자빠졌다잖아. 입술은 쥐 잡아먹은 듯 새빨간 칠을 해서 말야."

"그건 그렇고, 무슨 일로 날 불러냈지?"

"날 따라와봐."

삼월이 앞서서 걸었다. 둘은 방죽 아랫길을 따라 강 하류로 내려갔다. 사람 자취가 끊기고 갈대밭이 나섰다. 태화강과 동천강이 만나는 내황 마을 앞은 백사장과 갈대밭이 넓게 펼쳐져 있었다. 삼월이 걸음을 멈추고 풀섶에 주저앉았다.

"앉아봐. 앉아야 얘기할 게 아냐." 삼월이가 말했다.

어진이는 삼월이 옆에 베개만한 간격을 두고 앉았다. 둘은 잠시 말을 잊었다. 갈대밭에서 풀벌레 울음소리가 들렸다. 반딧불 하나가 둘 앞에 맴을 돌며 지나갔다. 삼월이는 새근새근 숨만 쉴 뿐 말이 없었다.

"여긴 뱀이 많이 나오는 곳인데……" 답답해진 어진이가 말했다.

"어제 어물전에 나갔다 헌병대 강형사를 만났어."

"뭐라고?"

"강형사가, 네가 묻던 말을 꼭 그대로 묻더라. 작은서방님이 왜 널 데리고 동운사로 갔냐고."

"뭐라고 대답했어?"

"약도 달여드리고 시중도 드는 모양이라 그랬지."

삼월이 말을 듣자 어진이는 가슴이 할랑거렸다. 운수 나쁘면 자기도 헌병대로 끌려가 치도곤 당할는지 몰랐다. 그렇다면 삼월이가 강형사 밀정이란 말인가? 서방님과 동운사로 떠나던 날, 삼월이가 헌병대에 연락해서 강형사가 말 타고 뒤쫓아왔을까? 어진이는 그런 생각까지 들었다.

"어진아, 정말 뱀이 나오면 어쩌지?" 삼월이 목소리가 들뜨더니 어진이 옆에 바싹 다가앉았다. 그녀는 장옷을 벗고 한 손을 어진이 세운 무르팍에 슬그머니 얹었다. "내가 널 불러낸 건 강형사 얘기가 아니고, 사실은 말이야, 너를 늘 마음에 두었거든. 어젯밤에도 네 꿈 꿨어. 너랑 혼례 올리는 꿈 말이야."

삼월이 어진이 손을 자기 치마폭 위로 당겼다. 그녀가 내쉬는 숨결이 어진이 뺨에도 느껴졌다.

"너 무슨 소리 하는 거야?" 어진이 잡힌 손을 뺐다.

"네 나이 열일곱 아냐? 나는 열여덟. 우린 잘 어울리는 한 쌍이라고. 내일 동운사로 떠나면 언제쯤 내려올려는지 몰라 오늘 너한테 꼭 다짐 받기로 별렀어."

"무슨 다짐을? 난 아무 생각 없어. 도대체 장가라니? 차봉이형도 이렇게 된 마당에……"

"차봉이는 좋겠다. 마음 맞는 깨분이와 함께 떠났으니. 어진아, 우리도 종살이 치우고 도망가면 어떨까. 삼대 베느라 온통 찢겨진 네 얼굴 보니 마음이 얼마나 쓰리던지…… 망조 든 백씨 집 떠나 나랑 같이 만주 땅쯤, 아주 먼 데로 도망가. 너만 약속하면 난 부산으로 시집가지 않을 테야."

"난 못해. 장가도 안 갈 테야. 생각해본 적도 없고……" 어진이는 어마지두해져 상기된 얼굴을 저었다.

"사내 나이 열 살만 넘으면 다 정혼하는데 생각해본 적 없다니. 어진아, 날 좀 봐."

삼월이 갑자기 어진이 목을 껴안고 풀 위에 누웠다. 어진이 몸이 삼월이 몸에 포개어졌다. 그는 햇솜과 다른, 뭉클한 탄력에 정신이 아찔했다. 저고리 가슴께에 닿는 감촉은 분명 삼월이 탱탱한 젖이었다.

"내가 널 얼마나 좋아하는지 넌 모를 거야. 네게 이 말 하려 벼른 지 벌써 몇 달째……" 삼월이의 목소리가 흐느낌에 잦아들었다.

어진이 몸을 빼내려 했으나 삼월이가 꽉 껴안고 있어 힘을 쓸 수 없었다. 그는 여자 힘이 세다는 걸 처음 알았고, 처음 안 것은 그것만 아니었다. 삼월이 몸에서 처녀 내음인지, 미역 냄새 같기도 하고 들국 향내 같기도 한 내음이 났다. 그리고 오줌이라도 찬 듯 자신의 연장이 꼿꼿하게 힘을 세움을 알았다. 삼월이의 더운 숨결과 죄어오는 힘으로 그는 무엇에 홀린 듯했다. 그녀가 어진이 입에 자기 입술을 붙이자, 그는 숨조차 제대로 쉴 수 없었다. 어진이는 자신도 모르는 사이에 그녀를 밀치고 몸을 일으켰다. 도망치듯 방죽 위로 올라갔다.

"어진아, 누룽지 가져왔어. 이것 먹고 내 말 한마디만 더 듣고 가!" 삼월이가 외쳤다.

어진이는 못 들은 채 강바람을 가르며 내달았다.

이튿날 아침, 어진이 안채로 들어갔을 때 삼월이 보기가 부끄러웠다. 어쩌다 눈이 마주쳤을 때 그는 그녀 눈에서 섬광 같은 불꽃을 보았다. 어제 도화골 논에서 본 삼월이 눈이 아니었다. 어제는 따뜻한 불꽃이라면 오늘은 서늘한 불꽃이었다. 하루 사이 변해버린 눈빛이 그에게는 섬뜩했다.

어진이가 들로 나가 풀을 한 지게 해서 지고 점심 무렵에 집으로 돌아왔을 때, 선화가 큰서방님 막내딸을 업고 숫을대문 그늘을 서성이고 있었다.

"어진이오빠?"

"왜 그래?"

"나 가타카나 외웠다."

"무슨 말이니?"

"형세도련님 글 읽을 때 나도 들었지. 가타카나란 일본 글자야, 조선 글자는 가갸거겨지. 쓸 줄은 모르지만 읽을 줄은 다 알아. 이 랏샤이마세." 어제 저녁밥을 굶을 때 새치름하던 선화 얼굴이 간데없이 밝았다.

"이랏샤이라니, 그게 무슨 말이니?"

"어서 오십시오." 어진이 행랑채 마당으로 들어서자 지팡이 짚고 따라오던 선화가 말했다. "오빠, 오늘 아침에 우리 집 앞을 지나갔다 잠시 후 다시 돌아오곤 하는 이상한 발소리를 들었어. 경찰서 순사나 헌병대 형사가 맞을 거야."

"형사나 순산 줄 네가 어떻게 알아?"

"짚신발이 아니었어. 떼어놓는 소리가 일정하고 발소리에 울림이 있지. 그 사람들은 신을 끌며 걷는 법이 없어."

선화는 보통학교 생도가 체조시간에 줄을 서서 행진하듯 절도 있는 걸음새를 흉내 내었다. 어진이는 선화 추리에 한 줄기 서늘한 바람을 느꼈다. 두 살 터울로 열다섯 살이지만 저토록 똑똑한 선화를 누가 소경 계집애라고 무시하랴 싶었다. 선화는 눈뜬 사람 몇 갑절 귀가 밝아, 그런 뜻밖의 말로 멀쩡한 사람을 감탄케 했다. 발소리로 식구를 구별해냈고 사람 목소리로 표정을 알아맞혔다. 어디가 아파, 왜 눈물 흘리지? 하고 물어 상대를 놀라게 했다. 후각도 예민하여 안채 부엌 음식 냄새를 행랑마루에 앉아 알아맞혔다. 생각이 깊어 아침에 우는 새의 지저귐과 바람 소리로 그날 날씨가 어떤지를 알았다. 어진이가 한 말을 기억해두었다, 오빠, 오늘 오줌장군 내는 날 아냐? 하고 일러주었다. 주재소 순사나 헌병대 형사가 집 부근을 얼쩡거렸다는 선화 말도 그녀가 잘못 들은 발소리가 아닐 터였다.

어진이는 점심참을 먹은 뒤, 작은마님이 싸주는 단지 두 개와 옷가지 몇과 닥가죽(柂本皮) 신발 한 켤레를 봇짐으로 싸서 등짐 지고 동운사로 가려고 집을 나섰다. 이제 오빠 보기도 어렵겠네, 하는 선화 쫑알거림을 들으며 그는 북정골로 길을 잡았다. 주위를 살피고 걷지만 순사나 형사가 눈에 띄지 않았다. 도정 박생원 집이 있는 골목길로 꺾어들 때였다.

"너 거기 섰거라."

어진이가 돌아보니 길갓집 쪽마루 그늘에 앉아 부채질하던 헌병분견소 급사 점박이였다. 어진이는 그 앞을 지나쳤으나 그가 부채로 얼굴을 가리어 알아보지 못했다.

"뭣 땜에 그래요?"

"헌병대로 가야겠어."

어진이는 점박이를 따라 헌병대로 갔다. 점박이는 당꼬바지에 먹고무신을 신었으나 땅바닥을 울리는 순사 걸음을 흉내 냈다. 헌병대로 간 어진이는, 강형사가 보는 앞에서 봇짐 수색을 당했다. 단지 하나는 꿀에 인삼을 재었고 다른 단지 두 개는 다진 쇠고기와 멸치를 고추장과 참기름으로 볶은 밑반찬이었다.

"옷을 벗어." 강형사가 말했다.

홑등거리에 잠방이 차림이라 어진이는 금세 알몸이 되었다. 그는 몸을 옴츠리고 두 손으로 사타구니를 가렸다. 키가 홀쭉한데다 얼굴이 갸름하고 살결이 희어 옷을 입고 있으면 여위어 보였으나 벗은 몸은 농사일로 다져서 가슴팍과 팔뚝이 힘살로 탄탄했다. 쏘아보는 형사들 시선이 두렵기도 했지만 수치심으로 얼굴이 홍당무가 되었다. 강형사가 허리에 찬 칼을 뽑아 칼끝으로 사타구니를 가린 어진이 손을 겨누었다.

"손 떼."

어진이 손을 뗐다. 강형사가 거웃 사이 옴츠러든 생식기를 보았다. 어진이는 수치심을 치받고 끓어오르는 분김에 턱이 떨렸다. 그는 이 부끄러움을 평생 잊을 수 없을 것 같았다.

"돌아서서 가랑이 벌리고 엉덩이 들어."

강형사 말에 어진이 돌아서서 두 다리를 벌리고 허리를 숙였다. 그들이 찾는 쪽지는 발견되지 않았다.

"좋아, 돌아서." 강형사가 칼을 수평으로 뻗쳐 들더니 칼끝으로 어진이 목을 겨누었다. "네놈이 만약 백상 심부름꾼으로 누구에게 연락을 취할 경우, 헌병대에 신고하지 않는다면 목숨이 온전치 못할 것이다. 동운사로 백상을 방문하는 자, 또는 백상 심부름으로 편지를 전달할 때, 편지 받는 자는 지체 말고 헌병대에 신고해야 한다. 알겠느냐?"

"그, 그러겠습니다."

"오늘 여기에 온 것도 백상에게 고해 바칠 텐가?"

"입 다물겠습니다."

"모가지 걸고 천황 이름으로 맹세할 수 있는가?"

"예, 예."

"좋아. 옷 입어. 우리는 너를 철저히 감시할 것이다."

어진이는 봇짐을 지고 헌병대를 나서자 걸음을 재촉했다. 삼월이가 강형사 앞잡이일는지도 모른다는 생각이, 그녀를 의심하지 않으려 해도 자꾸 머릿속에 스쳤다. 도정 박생원 집에 들러 그를 만나고 오라는 서방님 분부가 있었지만 오늘은 그럴 수 없다고 단념했다. 점박이가 뒤쫓아올지 알 수 없어 그는 뒤꼭지가 근지러웠다.

어진이 난곡 마을을 저만큼 두었을 때, 길가 버드나무 그늘에 보릿짚 모자를 눌러쓴 중늙은이가 호미를 쥐고 쭈그려 앉아 어진이 쪽을 유심히 보고 있었다. 박생원이었다.

"도정어르신, 여기 계셨군요."

"헌병대로 달려가는 걸 집을 나서다 봤어. 뭘 조사하던?"

"짐과 온몸을 샅샅이 조사합니다. 강형사가 서방님 일거일동을 남김없이 보고하라고……"

"그렇다면 너는 어느 쪽 편이 돼야 하는지 알겠지? 네가 헌병대에서 아가리 벌리는 날이면 네놈 멱을 따고 말 테야."

박생원이 고의춤에 찬 날선 장도칼을 꺼내 보였다. 그러잖아도 그가 칼 만들어 파는 일을 업으로 삼다 보니 그 말이 어진이 가슴에 비수처럼 꽂혔다. 박생원이 허리춤에 손을 넣더니 종이쪽지를 어진이에게 주었다.

"이 서찰을 선생님께 전해. 도착할 때까지 조심하고. 또 그런 사단이 생기면 쪽지를 얼른 입에 넣고 삼켜버려."

어진이 쪽지를 받아 허리춤에 꽂았다. 박생원은 논두렁으로 내려서더니 논배미를 따라 멀어져 갔다. 어진이는 다시 길을 떠났다. 뛰다시피 걷는 얼굴이 땀으로 질벅했다. 어떡한다? 서방님 편에 서야 하냐, 강형사 명령에 따라야 하냐. 도대체 내가 왜 이런 일에 말려들게 됐지? 결론은 금세 내려졌다. 헌병대에서 알몸 수색 당한 수치를 겪지 않았더라도 그는 한동안 그 문제로 고심했을 것이다. 아니, 이쪽 저쪽 편에 설 수 없다면 서방님께 통사정해서 절에서 내려오는 쪽을 택했을지 몰랐다. 앞으로 위험스런 심부름은 피하기로 하고, 우선 헌병대에서 당한 일을 서방님께 말씀드리기로 작정했다.

동운사로 돌아온 어진이는 서방님께 박생원이 준 서찰과 함께 헌병대에서 알몸 수색을 당한 경위와 저들 협박 내용을 사실대로 말했다. 백상충은 어진이 눌변을 들으며 서찰을 읽었다. 자리 뜨지 못한 채 뜰에 심어진 백일홍을 멀거니 보고 서 있는 어진이에게 백상충이, "겁이 많은 네가 놀랐겠구나. 시장할 테니 공양부터 들거라" 하곤, 자기 방으로 들어갔다.

"약 달여 올릴까요?"

"오늘까진 행자가 하기로 했느니라."

그날부터 어진이는 백상충과 함께 지내는 산문 생활이 시작되었다. 상충이나 어진이에게 절 생활은 단조로운 나날이었다. 상충은 울산 본가에 칩거할 때와 달라진 점이 없었다. 그는 산책하는 외 산문 밖으로 나가지 않았고 독서로 소일했다.

집에 있다면 해뜨고 해질 때까지 농사일로 바쁠 어진이로서는 놀고먹는 절간 생활이 한가로운 나날이었다. 그래서 자신이 무엇 때문에 여름 한철을 매미 신세로 보내는지, 때때로 구름을 타고 앉은 느낌이었다. 삼복 절기에 보지 않아도 수고로움이 눈에 훤한 집안 식구를 생각할 적이면 죄를 짓고 있다는 미안한 마음에서 하루 몇 차례씩 울산 읍내 쪽이 절로 돌아보였다. 그렇다고 서방님은 서찰을 누구에게 전해주는 심부름 따위는 물론, 절 안에서도 그에게 일감을 내리지 않았다. 그는 놀고먹는 생활로 서방님 대하기가 민망했고 가시방석에 앉은 듯 마음이 늘 조마조마했다. 그가 아침저녁 시원할 때를 골라 나무를 한 짐씩 해다 나르는 일은 엄마가 시키기도 했지만 놀기 미안해서였다. 외돌아 앉은 초가의 두 보살이 가꾸는 채마밭 농사일도 심심풀이 삼아 거들었다.

도제(徒弟)

어진이가 동운사로 들어와서 열흘을 넘겼으니 산문 생활에도 제법 적응이 되었을 무렵이었다. 어진이는 서방님께 점심밥을 차려드리고 후원 부뚜막에서 밥을 먹었다. 서방님이 마실 탕약을 약사발에 짜고 있을 때 부엌을 빼꼼 들여다본 돌쇠가, 백처사(處士)께서 부른다는 전갈을 하고 갔다.

"들어와 앉거라." 방문을 열어놓은 채 책상 앞에 앉았던 백상충이 약사발을 들여놓는 어진이에게 말했다. 아침저녁 청소를 하러 서방님 처소로 들어갔지만 낮에 방으로 불러들이기는 처음이었다. "오늘부터 내가 네게 글을 가르치기로 했다. 사람으로 태어나 배움이 없다면 만물의 영장이라 할 수 없지. 지금은 양반이니 상민이니 노비니, 차별을 두는 시절도 아니다. 나 또한 너를 그렇게 대한 적 없었다. 누구나 뜻만 있고 길이 있다면 배워야 해."

"서방님, 고맙습니다."

어진이는 문득 선화가 떠올랐다. 눈먼 계집애조차 형세도련님 글 읽는 소리를 듣고 일본글을 깨치려는 마당에 사내장부로 태어났으면 언문만이라도 읽고 쓸 줄 알아야 하리라 여겨져, 무릎 꿇어 방바닥을 겨눈 그의 이마가 더욱 숙여졌다.

"오늘부터 너와 나는 하인과 주인이 아니라 스승과 제자 사이니 그리 알아 내가 가르치는 글을 열심히 깨치도록 하거라. 오늘부터 이 시간에는 내 방으로 와. 하루에 시간 반 정도 글을 가르쳐주마. 학행(學行)이란 스승도 중요하지만 모름지기 배우려는 자의 마음 자세에 달렸다. 용맹정진(勇猛精進)이란 말을 들었겠지?"

"정길 행자가 대승(大乘)에 이르는 길은 용맹정진뿐이라 합디다."

"학업도 마찬가지다. 용맹정진해서 거듭나야 하느니라. 내가 네게 가르칠 교본을 만들어보았다."

백상충이 문갑에서 두루마리를 내려 어진이 앞에 펼쳐놓았다. 그가 붓으로 쓴 조선글 기초교본이었다. 닿소리 열여덟 자와 홀소리 열 자, 자모가 모두 스물여덟 자였다. 겹닿소리 다섯 자와 겹홀소리 열두 자는 따로 적혀 있었다.

"내가 읽는 대로 따라 읽어라."

백상충이 설대로 기역 자를 짚으며 읽었다. 어진이 스승 발음대로 따라 읽었다. 몇 차례 되풀이해 닿소리와 홀소리를 익히자 백상충이 어진이에게 붓과 벼루를 내리며 익힌 글자를 한지에 쓰게 했다. 처음 붓을 쥔 어진이 운필은 지렁이가 기어가듯 제 꼴이 아니었다.

어진이는 일주일 만에 닿소리와 홀소리를 붙여서 읽는 가갸거 겨…… 호효후휴흐히ᅙ를 읽고 쓸 수 있게 되었다. 그런 발전이 있기까지 날마다 시간 반에서 두 시간 정도 스승으로부터 직접 가르침을 받기도 했지만 어진이 또한 노력을 게을리하지 않았다. 연화산에서 나무하며, 약을 달이며, 밭을 매며 쉬지 않고 글자를 외웠다. 속복행자들이 일을 하며 줄곧 『천수경(千手經)』 염불을 외듯, 그 역시 우리글을 외웠고 땅바닥에 꼬챙이로 글자를 쓰고 지웠다.

어진이 서방님을 스승으로 모신 지 열흘째 되는 날이었다. 스승 앞에서 교본을 보지 않고 쓰고 읽는 시험을 치렀다. 붓으로 쓴 글자가 제법 반듯하고 한 글자도 틀림 없이 수월하게 읽었다.

"머리가 영특하겠다 여겼더니, 잘못 보지 않았구나."

일을 잘했다고 부모나 상전이 칭찬할 때 어진이는 부끄러운 마음뿐이었는데 서방님의 이번 칭찬은 정말 기뻤다. 배워서 익히는 즐거움이 이런 게로구나 싶은데, 그는 귓불만 붉힐 뿐 아무 말도 못했다.

"일찍 우리나라는 신라시대부터 써온 이두라는 표기법이 있었다. 그러나 이두는 중국 글자인 한자의 음(소리)과 훈(새김)을 우리말로 적는 데 불과했다. 지금부터 약 오백 년 전 영특한 군주 세종 임금께서 학자들에게, 백성 누구나 쉽게 배워 널리 쓸 수 있는 우리글을 만들게 하셨다. 그것이 곧 훈민정음이다. 그러나 중국을 숭상해온 사대부들은 우리글을 업신여겨 언문이니 언서니, 심지어 암글, 아햇글이라 낮추어 홀대했지." 열린 뒷방문 대밭 사이로 새들의 지저귐과 서늘한 바람이 밀려들었다. "어진아, 조선의 역사를 유구한 반만년이라 일러왔다. 그동안 저 북방 오랑캐와 왜구의 간단없는 침략으로 이 강토가 산적같이 찢기고 백성이 도탄지고(塗炭之苦)를 겪었으나 우리 민족은 드높은 애국심과 저항정신으로 이를 극복하여 국토를 온전히 지켜왔다. 그러나 구미 열강의 동방 침략이 노골화된 사오십 년 전, 기반이 튼튼치 못한 왕권과 권력욕에 사로잡힌 위정자들의 자중지란으로 국력이 쇠하고, 결과적으로 백성을 배반한 왕실이 외세에 침탈되는 곤경을 자초하고 말았다. 현금, 이 나라를 빼앗은 왜놈이 기세도 등등하게 우리 백성을 식민지 노예로 만들려 우민동화(愚民同化) 정책을 실시하니, 이 나라가 오늘처럼 철저히 망국의 통분을 씹게 된 적이 없었느니라. 이 마당에 즈음하니 우리글과 말의 소중함이 더욱 가슴을 치는구나……"

어진이는 스승 말뜻을 헤아려 들을 수 없었다. 말벗이 그리운 서방님인지라 어쩌면 자기에게보다 당신 스스로에게 하는 말인지 몰랐다.

"네가 우리글을 읽고 쓸 수 있게 되었음은 보배보다 값진 재산을 가지게 되었음이라. 그것은 현시하는 재물이 아니라 마음의 재물이다. 사람이 눈에 보이는 재물만 탐하고 육신의 즐거움만 좇는다면 짐승과 다를 바 없을 것이다. 식욕과 성욕을 탐하고 좋은 의복 입고 좋은 집에 거함이란 일세의 영화가 될지언정 값없는 삶이다. 여기 출가자(出家者)들의 일심공력(一心功力)은 속세의 먼지를 털고 공(空) 속에서 보리(菩提)를 좇음이니, 어찌 보면 글공부와 같이 진정한 실상(實相)에 이르고자 함일 것이다. 이제부터 너는 모름지기 학문에 정진하라."

어진이는 스승의 말이 어려웠으나 뜻은 대충 짐작했다. 백상충이 문갑에서 두루마리를 꺼내어 어진이 앞에 펼쳤다.

"이제 이 글자를 읽어보아라."

"불힝할사 을사조약 오적의 농간이라. 천지도 허맹허고 일월도 무강하다. 국가가 요란헌데 창성인덜 편할소냐……" 어진이 목청을 가다듬어 글자를 읽었다.

"그 노랫글은 신태식 의병장께서 지으신 창의가(倡義歌)다. 신태식 어른은 경상북도 문경인으로 정미년(1907) 단양에서 의병을 일으켜, 내가 모셨던 이강년 대장님 부대와 합세해서 크게 용맹을 떨쳤으나 그해 구월 영평전투에서 나처럼 다리에 총상을 입고 체포되어 지금까지 옥중에 갇혀 계시다." 침통하게 말을 마친 백상충이 문갑에서 책을 내려 어진이에게 주며 말했다. "작년 도척 무리가 나라를 강탈하자 조선글로 된 이런 애국서는 놈들이 모두 회수해 불살라버렸으나 용케 암자에 간수해 무사할 수 있었다."

그 책은 신채호가 쓴 『을지문덕』으로, 1908년 휘문관에서 발행한 일흔아홉 쪽의 얄팍한 책자였다.

"가지고 가서 읽어라. 을지문덕은 고구려의 명장으로 중국 수나라 대군을 살수란 강에서 물리쳐 나라를 지킨 분이다. 그 책 이외에 네가 읽고 싶은 책은 내 허락 없이 가져가 읽어도 좋다. 읽은 후에는 반드시 독후감을 내게 보고해야 한다. 을지문덕을 읽다 보면 한문 문투가 많아 독해가 어려울 것이다. 내 내일부터 네게 천자문을 가르치마. 우리글을 익힌 후에는 한자를 익혀야 학문의 진경이 빠르느니라."

어진이는 책을 들고 방에서 물러나왔다. 서방님 약을 달이며, 연화산으로 땔나무를 하러 올라가며, 그는 열심히 그 책을 읽었다.

여름을 넘길 때까지 어진이는 백상충의 권학강문(勸學講文)에 힘입어 지식의 습득이 날로 발전했다. 비 온 뒤 죽순이나, 고기가 물을 만난 비유가 걸맞았다. 그 빠른 진경에는, 스승의 예습과 복습 확인이 철저했던 것이 주효했다. 이는 상전이 종에게, 오늘 그 일을 마치거라 하고 명령 내리면 잠시간을 줄여서 일의 끝장을 보아야 하듯, 그런 상명하복(上命下服) 관계가 작용하기도 했다. 어진이도 깨우치는 즐거움으로 스승 말씀을 열성으로 붙좇았다.

"너를 절로 데려올 때는 말벗 삼으며 여기저기 심부름을 시키려 했으나 아직 때가 일러 삼가다 보니 네게 글을 가르칠 짬을 내게 되었다." 백상충이 어진이를 대견해하며 말했다.

여름 동안 어진이는 산문에서 공부만 하지 않았다. 대여섯 차례 울산 읍내 본가를 다녀왔다. 절에서 내려갈 때는 지게에 땔감을 져다 날랐고 절로 돌아올 때는 작은마님이 챙겨준 시주쌀이나 서방님 옷, 책, 반찬감 따위를 가져왔다. 서방님 말을 좇아 헌병분견소에 들러 강형사에게 작은서방님 산문 생활을 적당히 보고하는 절차도 거쳤다. 한편, 장판관 댁에도 들러 장경부로부터 날짜 넘긴 신문이나 책을 빌려왔고, 오가는 길목에 있는 범서면 갓골 함명돈 선생 글방에서 자기가 배울 교본을 빌려오곤 했다. 함선생 서가에는 개화 이후 출간된 서책이 많았다. 『월남망국사(越南亡國史)』『국어문전음학(國語文典音學)』『노동야학독본』을 비롯해, 『혈의 누』『자유종』『설중매』 같은 신소설도 있었다. 그는 신소설이 재미있었다.

어느 날 어진이가, 조선글 책은 주재소에서 압수한다던데 이런 책은 괜찮냐고 함선생에게 묻자, 조선글 책 중에 압수하지 않는 책도 있다고 했다. 어진이가 학습교본이며 신소설을 읽은 뒤 돌려주고 다른 책을 빌려가자 함명돈은, 네가 늦게 글을 배웠으나 여기 글방 아이들보다 진도가 빠르다고 칭찬했다. 그의 글방은 예배당 옆에 지은 함석집이었고 마당에는 철제 그네틀, 시소란 놀이틀, 철봉대도 있었다. 글방 마당은 공부시간 외 점촌과 갓골 아이들 놀이터 구실도 했다. 생도 수는 스무댓 명 정도였다. 함선생은 생도들에게 성경과 야소교 노래를 가르쳐, 범서면 일대에서는 그 글방을 야소교 서당이라 불렀다.

어진이 읍내 본가로 네번째 내려갔을 때부터 박생원은 백상충과 서찰을 전하고 받는 새로운 연락 방법을 취했다. 어진이 절에서 내려올 때 서방님 서찰을 함선생 집에 맡겨놓고, 박생원이 그곳에 맡겨놓은 서찰을 가져옴으로써 헌병대 감시를 피할 수 있었다.

*

어느덧 뭉게구름이 자취를 감추더니 하늘색이 더욱 맑아졌다. 한낮의 서늘한 바람과 다사로운 볕살을 희롱하며 고추잠자리 떼가 절 마당에서 놀았다. 가을이 성큼 닥쳐왔다.

어진이 서방님 심부름으로 언양 면소로 나가 등잔용 석유 한 병,

공책 다섯 권, 철필 따위의 일용품을 사오던 날이었다. 돌아오는 길은 고하골을 거치는 마을길을 잡지 않고 야산을 질러 넘는 자드락길을 택했다. 반구대 앞을 거쳐 대곡천을 건너자, 저만큼 화랑벽화가 있는 윗길로 백마(白馬)를 끌고 세 사람이 앞서가고 있었다. 셋은 개화복 차림이었는데, 둘은 모자를 쓰고 있었다. 궁벽한 산골짜기에 웬 개화복이냐 싶어 어진이가 걸음을 재촉하여 그들을 따라잡았다. 가까이 가자 모자를 쓰지 않은 학생복 차림은 뒷모습만 보아도 장경부였다.

"장도령님!"

셋이 걸음을 멈추고 돌아보았다. 중절모 쓴 이는 함명돈 선생이었고 백마 말고삐를 잡은 이는 이태 전인가, 작은서방님과 함께 만주로 떠났던 박상진이었다.

"백군수 댁 행랑아이구먼. 그새 많이 컸어." 박상진이 납작모를 벗곤 수건으로 땀을 닦으며 말했다. 중키에 체격이 좋은 그는 국민복 윗도리에 홀태바지를 입어 관청 직원이나 헌병대 형사 같았다. 둥그스름한 얼굴에 남자다운 기상이 넘쳤다.

"손님이 오신다고 전하겠습니다" 하곤, 어진이 그들을 앞질러 뛰었다. 동운사로 올라온 그는 서방님께 장도령, 갓골 함선생, 송정리 교리어른 아드님이 오신다고 알렸다.

"그동안 안녕하셨습니까." 마당으로 들어선 장경부가 백상충에게 인사말을 했다.

"어서 오게." 백상충이 마루로 나섰다.

"여기야말로 심신이 절로 맑아지겠소." 함명돈이 말했다.

"형님, 오랜만입니다. 여기 계시면 세상 잡사쯤은 흐르는 물소리보다 멀게 들리겠군요." 박상진이 말했다.

"자넨 언제 왔는가?"

"그저께 내려왔습니다. 친상을 당하셨다던데 늦게나마 문안인사도 올릴 겸 들렀습니다."

그들이 방으로 들어왔다. 절간이라 대접할 것도 없다며 백상충은 어진이에게, 미숫가루라도 내어오라 일렀다.

"울산 헌병대서 자네를 지목하던데, 별일 없고?" 백상충이 박상진에게 물었다.

"제 환향은 아직 모를걸요. 몰래 왔다 떠나니깐요. 자금이 필요해 집에 들렀는데 여의치 않군요. 추수해야 어떻게 되겠다는 어르신 말씀에, 급전을 돌려달라 했습니다만…… 자금만 되면 대구로 나가겠는데 어찌될지 모르겠군요. 경주 처가에도 돈을 부탁해뒀거든요."

박상진이 백상충보다 수하이나 혼례는 빨랐다. 박시룡이 슬하에 아들이 없어 가통을 잇게 하려 동생 아들을 양자로 들여 일찍 장가보냈다. 당상관 벼슬이 대를 이었고, 상진 조부 박용복 대는 추수 7천 석 재산을 이룬 부자여서, 상진 처가도 집안이 좋았다. 월성 최씨 집안은 경주 읍내의 문벌이었다.

"집안 어르신들과 식구는 다 편안한가?" 백상충이 물었다.

"윗집 아랫집 부모님 다 강령하십니다. 요즘은 송정리 본가를 비워두고 녹동에서 거처하시더군요. 그쪽 집이 산골이라 여름 나기에 시원하겠지요."

녹동리는 송정리에서 서북쪽으로 25리, 도(道)가 다른 경북 월성군이었는데 교리 댁은 그곳에 여름용 별댁이 있었다.

"상진 형님이 무한, 중경을 거쳐 중국 대륙을 두루 섭렵하고 왔답니다." 장경부가 백상충을 보며 화제를 돌려잡았다. "진보파인 혁명동맹회가 선봉이 된 중화 대륙의 혁명 현장을 직접 목격했대요. 호남성, 광동성은 서구 열강에 경제원조를 애걸하는 청조(淸朝) 군주제를 타파하려 대중투쟁이 횃불을 올렸답니다. 자력갱생 민족운동이 이제야 대륙을 휩쓰니 때늦은 감이 있긴 합니다."

백상충은 어진이가 들여놓은 미숫가루 탄 물로 목을 축일 뿐 표정이 뻣뻣했다.

장경부는 울산 지방 국권회복운동의 두 마리 용으로 일컬어지는 백상충과 박상진 사이에 껄끄러운 그 무엇이 벽을 치고 있음을 실감했다. 백상충같이 말수 적고 강파른 성격보다 스스럼없이 속마음을 터놓는 박상진 대하기가 그로서는 마음이 편했다. 그렇지만 박상진이 외지에서 활동하니 그는 그 점이 아쉬웠다. 두 사람이 힘을 합친다면 울산 지방이 조선 팔도의 국권회복 심장부가 될텐데 무엇이 둘 사이를 갈라놓고 있는지 그로서는 안타까웠다. 박상진은 백상충을 형님으로 예전같이 받드는데 백상충의 냉정한 태도를 그는 이해할 수 없었다.

"조선으로 치자면 동학농민란과 유사한 데가 있는 의화단란(義和團亂) 이후, 청조가 자중지란의 홍역을 겪는다고 들었네" 하곤, 함명돈이 박상진에게 의견을 구했다. "내 낙향하여 나라 안팎 정세에 어둡지만 수구파니, 개혁파니, 혁명파니, 그들 싸움이 또 터진 게 아닌가? 한동안 유교 삼세설(三世說)을 근거하여 온건개혁을 주장하던 강유위가 서태후 등세에 밀려 일본으로 망명하고 개혁론자 다수가 처형됐다더니. 요즘 신문을 보니 양계초며 해외파인 손문 이름이 자주 오르내리더군. 그렇다면 지금 중국 대륙 혁명은 누가 주도하는가?"

"물론 혁명파이지요. 지난 오월 청조가 철도 국유령을 발표하여, 그때까지 민간인이 운영하던 철도를 담보로 서방 열강의 금융자본을 빌려 재정난을 타개하려 하자 혁명파가 매판자본을 막는다며 인민과 합세하여 반대투쟁을 벌인 거지요. 저도 현장에 있었습니다만 사천 지방 인민폭동은 대단했습니다. 조선 인민도 그 정도 단합된 힘으로 왜놈과 싸운다면 독립 승산이 아주 없다고만 볼 수 없습니다." 박상진이 말했다.

"이천오백 년 중국 정치사상을 이끌어온 공자의 유학을 바탕으로 서양 진보적 자유주의를 가미해 입헌군주국으로 나가느냐, 아니면 만주왕조(滿洲王朝, 청)를 타도하고 국민국가를 건설해 공화제(共和制)를 취하느냐…… 내 생각에도 개혁파와 혁명파 싸움은 난형난제 같애. 조선이 일본 속국으로 전락하지 않았더라면 우리도 그 문제가 걸림돌이 됐을 게야. 서양문물을 수입하되 정치 형태로는 복벽파(復辟派)와 개화파(開化派)로 나누어졌을 테지." 함명돈이 박상진 속뜻을 묻듯 말했다.

"군주에게 비굴했던 공자에 비해 왕양명 양심론이 혁명이론과 합일하지요. 혁명론자 주장도 그렇습니다. 왕양명 말대로, 마음은 곧 이성이니 사람의 행동은 직관적 깨우침이 이론과 일치돼야 합니다. 그러나 여태까지 중국은 논어를 법통 삼은 전통적 유교사상 고수로 오늘의 문명 낙후를 자초했고 외국 열강에 침탈당하는 화를 입었습니다. 우리나라 역시 똑같은 수순을 밟았지요. 의화단란을 통해 중국 인민이 이제야 그 수모를 자각하여 사회혁명에 눈을 뜬 셈이지요. 의화단란 이후 득세했던 개명정치론(開明政治論) 주창자인 개혁파들의 개량주의도 인민에게 통하지 않음이 이번 민국혁명(民國革命, 신해혁명)을 통해 백일하에 드러나고 있습니다. 계급 구별을 인정하던 공자의 군주제가 마지막 설 땅마저 잃고 있는 셈이지요. 저는 중국 다수 인민이 전통적인 유교사상에서 깨어나 혁명파를 열렬히 지지하고 있음을 현장에서 목격했습니다."

박상진의 열띤 말에 장경부가 머리를 끄덕였다. 경부는 존경 어린 눈빛으로 그를 보며, 당장 그를 따라 그가 가는 곳이면 어디든 함께하고 싶었다. 그렇게 광복운동에 매진하려 해도 병든 몸으로 풍찬노숙 마다하지 않고 동가식서가숙하기엔 몇 달을 제대로 버틸 수 없을 것 같았다. 발등에 떨어진 불로 자신의 혼사 문제 또한 코앞에 걸려 있었다.

"형님 말씀에 저 역시 동감입니다. 혁명파들이 청 왕조를 타도하고 새로운 인민정부를 설립한다면 조선과 동아시아 일대에 그 영향이 클 겁니다." 장경부가 동조자를 찾듯 백상충과 함명돈 얼굴을 살폈다.

함명돈은 덤덤했고 백상충은 숫제 못마땅한 낯색이었다.

"중국이 바야흐로 대 변혁기를 맞아 밖으로는 서구 열강의 침탈과 싸워야 하고 안으로는 보수와 혁신 틈바구니에서 갈등을 겪는 줄은 나도 알아." 백상충이 무겁게 입을 떼었다. 백성이란 널리 쓰이는 말을 두고 박상진이 인민이란 진보적 용어를 사용함이 그에게 거부감을 일으켰다. "그런데 혁명파라는 급진주의자들이 다윈의 진화론을 사회적 측면에서 받아들여 전통적인 주자학을 부정하고, 심지어 국가론까지 배척하여 무정부주의도 좋다는 식으로 나감을 나로선 찬동할 수 없어. 나 역시 탁상공론이 승한 주자학 폐습을 모르는 바 아니나 공맹사상을 깡그리 밟아 뭉개고 갈래 심한 서양 사상을 분별없이 받아들여 주장함은, 적을 앞에 두고 자중지란만 일삼는 꼴이지. 조선이 망한 교훈을 타산지석으로 삼아도 시원찮을 텐데 말야."

백상충 말에 함명돈이, 맞는 말이라며 긍정했다. 장경부는 어느 쪽에도 설 수 없었으나 아무래도 박상진 쪽에 마음이 기울었다. 박상진과 백상충은 서당 시절부터 단짝이었다. 구국운동도 뜻을 같이했으나, 이제 뜻이 갈려 백상충은 유학 이념의 공화제 법치 국가를 이상으로 삼는다면 박상진은 낡은 제도인 유학 이념을 타파하고 인민에 의한 혁명정부 수립을 주창하고 있었다. 경부가 생각하기론, 그래서 만주 땅에서 두 분이 논쟁을 벌여 두텁게 쌓은 의가 상해 상충 형님만 혈혈히 귀국했으리라⋯⋯ 장경부가 생각을 정리하자 의문이 조금 풀리는 느낌이었다. 상충 형님은 면암 (최익현)계 문인 출신 지사라면 상진 형님은 왕산(허위) 선생 수제자로 무인 출신 혁명가로 구분할 수 있지 않을까. 그러나 상충 형님은 면암보다 개명된 분이고 상진 형님 사상은 왕산을 앞지르고 있었다.

"중국 민국혁명이 조선이 망한 전철을 밟고 있으며, 국권이 강탈당한 지금의 조선 현실과는 상관이 없다는 말씀이시군요?" 장경부가 백상충에게 물었다.

"만약 역사 발전에 따라 만주 왕조(淸朝)가 무너지더라도 중국은 대혼란을 겪을 게 사필귀정이야. 각 지방마다 토호를 배경으로 할거하는 군벌세력 다툼이 문제거든. 서방 열강이 자기네 이익 따라 제가끔 군벌을 후원하며 대륙 잠식 발판으로 삼고 있잖나. 여기에 급진적 혁명운동파들이 노동자와 농민을 선동하니 소요가 그칠 날 없겠지. 이렇게 안으로 곪아터질 사이, 일본 또한 남의 나라 사정이라고 보고만 있겠는가. 그놈들 야심이 조선을 대륙 정복 발판으로 만들었으니, 장차 만주와 중화까지 세력을 확장하려 들게야. 그런 측면에서 보자면 이웃집 불은 불이고, 조선 장래는 더 암울할 수밖에. 조선은 조선인 힘이 아니고선 어디에도 도움 청할 데가 없어." 말을 맺은 백상충은 장경부가 아니라 박상진을 보았다.

장경부는 백상충의 번득이는 눈빛을 통해 박상진을 꾸짖고 있다고 판단했다. 중국 대륙 폭동 현장을 둘러보고 온들 이 나라의 암울한 현실을 혁파하는 데 무슨 도움이 되겠는가, 그렇게 반문하는 눈길이 분명했다.

"형님이 잘 보셨습니다. 지금 한창 양철통에 물 끓는 듯한 중국 대륙을 견문하고 돌아온 저로서는 조선이 중국과 궤를 같이할 입장이 못 된다는 판단을 내렸습니다. 땅덩어리가 작고 물산이 부족한 조선으로서 혁명의 길은 오직 네 가지 임무 수행뿐이라 결론 내렸습니다. 바로 비밀, 명령, 폭동, 암살입니다."

"상진 형님, 무슨 말입니까?" 박상진 말에 기침을 뱉던 장경부가 놀란 눈을 껌벅이며 물었다.

"작년만 해도 조선반도에 항일 의병 전투가 몇백 명 단위지만 천여 건이 넘었으나 올해 들어 서너 건, 그것도 수십 명 단위로 쇠락하고 말았어. 그러니 인민항쟁은 이제 중과부적이야. 그러므로 결사조직만이 항쟁의 지름길이지. 그래서 비밀조직을 확장해나간다, 그 조직을 강철 같은 명령 체계로 굳건히 지킨다, 크게는 폭동을 일으켜 일본 관청을 습격하는 방법과 작게는 결사단원을 양성해 일본 요인이나 매국노를 암살하는 길이야. 그게 곧 비밀, 명령, 폭동, 암살 네 가지 강령이란 말일세."

"무리일세, 무리야." 함명돈이 머리를 흔들었다. "내가 알기로 노일전쟁에 승리한 일본이 아라사 복수를 예견하여 정미년(1907)부터 다시 군비 확장을 시작한 게, 평시에는 이십오 개 사단, 전시에는 오십 개 사단까지 양성한다 했어. 평시 일 개 사단 편제가 보병 사 개 연대, 여기에 기병연대와 포병연대와 공병대와 치중병(輜重兵)연대와 통신대, 위생대, 야전병원을 편입시켰으니, 무려 팔천 병력 아닌가. 전시 편제는 만오천 명에서 이만 명까지 늘린다니, 이십오 개 사단이라면 그 막강한 전투원을 상상만 해봐. 거기에 신식 무기 화력을 갖추고 있지 않은가. 일본이 벌써 대포를 설치한 철군함을 만들었고 항공기까지 설계한다는 말을 들었어. 그러므로 조선 단독 무력혁명이란 꿈도 꿀 수 없네. 폭동과 암살로 몇몇을 처단한다고 판세를 뒤집을 수 없어. 내 생각으론 착실히 인재를 양성하며 후일을 도모함이 마땅하다고 봐."

"함선생님, 전들 왜 그걸 모르겠어요. 그러나 죽치고 앉아 있으면 조선은 왜놈의 영원한 속국이 되고 맙니다. 조선이 예부터 주권을 가진 독립국임을 만국에 알려야 하고 조선인이 죽지 않았다는 기개를 보여야지요. 서방 강대국은 물론 이웃 중국까지, 조선이 일본 속국이 되었으나 기필코 광복을 쟁취할 것임을 암살과 폭동을 통해 지속적으로 만국에 선전해야 합니다. 그것이 또한 조선인에게 긍지를 심어주는 길이고요. 최후 하나까지 조선 인민은 죽기를 각오하고 왜놈과 싸워야 합니다!" 박상진 목소리가 어느덧 높았다.

"그 점은 상진이 말에 일리가 있습니다. 양쪽을 동시에 추진해야 합니다. 무력으로 싸울 자는 싸우고, 인재를 양성할 자는 그쪽에 매진해야 합니다." 백상충이 절충안을 냈다.

"형님, 아닙니다. 병대 양성이면 모를까, 어느 세월까지 인재 양성에 기대를 걸겠다는 겁니까. 그동안 저놈들은 손 재어놓고 있겠습니까. 그러다 호기를 잃고 맙니다." 박상진이 백상충 말을 잘랐다.

"내가 무력투쟁에 반대하는 건 아닐세."

백상충 대답에, 장경부는 두 형이 살얼음을 밟으며 맞선다는 느낌으로 등골에 진땀이 났다.

"형님, 나뭇단이 쌓였다 칩시다. 누가 불을 댕기느냐 이겁니다. 불을 댕기지 않으면 나뭇단은 쌓인 채 썩어갈 겁니다. 누구 한 사람 용감하게 불을 댕기면 금세 활활 타오릅니다. 화기는 쇠붙이도 녹일 겁니다. 왜놈이 이 강토를 속속들이 짓밟기 전에 여기저기에 불을 댕기는 자가 나와야 합니다. 그 선도 역할을 우리가 맡아야지요."

"자네는 허위 군사장 아래에서, 나는 이강년 의병장 아래에서 그렇게 싸우지 않았는가. 그러나 의병 힘으론 역부족해서 좌초되고 말았네." 백상충이 말했다.

"좌초된 게 아닙니다. 우리는 지금도 투쟁하고 있어요. 저는 국권을 날강도 당했다 생각하지, 나라가 망했다고 생각해본 적 없습니다. 그러므로 여기서 절대 멈출 수 없습니다."

"국내는 의병조차 씨가 마르지 않았느냐."

"불길을 다시 일으켜야지요. 지금 인재 양성으로 십 년 이십 년 후를 내다본다면 그때는 실기한 홉니다. 조선 인민 반 이상이 동화돼버리고, 조선말도 못 쓰는 세상이 될 겝니다."

"그렇다면 안중근 의사와 같은 암살단을 지방마다 비밀히 조직해나가야 한다는 말씀 아닙니까?" 쏟아지던 기침을 가라앉힌 장경부가 물었다.

"맞아, 그거야. 비밀, 명령, 폭동, 암살, 네 가지 길이지" 하곤, 박상진이 함명돈과 백상충을 보았다. "이번 해삼위(海蔘威, 블라디보스토크)를 둘러오며 대종교(大倧敎) 간부와 과거 신민회에서 활동했던 간부, 경북 안동과 풍기 지방에서 서간도로 솔가한 혁신유림(革新儒林) 이상룡, 김동삼 선생을 만나 광복단 조직을 의논했습니다. 해외에 먼저 광복단을 조직하여 무력투쟁단체를 지원하는 겁니다. 이를테면 서간도에 있는 부민단(扶民團)이나 통화현에 있는 광복군 양성소인 신흥학교에 재정지원을 하는 거지요. 대종교에서 일차 창립자금을 대기로 하고 윤세복, 신채호, 이동휘, 이

갑 선생이 찬동했습니다. 그래서 광복단 국내 조직 문제를 협의코자 국내로 들어온 길에, 풍기에 들렀습니다. 제가 허위 스승 밑에서 수학할 때 함께 공부한 윤경순, 정태봉, 권병열 동지가 그곳에 은거하며 기회를 보고 있으니깐요. 김한종, 채기중 등 풍기에 은거한 동지들과 이틀 밤을 새우며, 국내에서도 광복단을 조직하기로 일차 합의를 보았습니다. 제가 한 번 더 강조하지만, 조선이 살길은 무력투쟁밖에 없습니다." 박상진이 결론을 내리듯 무력투쟁의 당위성과 실천 방법을 역설했다.

그들 넷은 저녁밥을 먹고 밤이 으슥토록 조선 독립에 관한 여러 말을 나누었다.

박상진이 치술령 넘어 녹동리로 밤길을 나서겠다고 하자, 모두 말렸다.

"이 밤중에 험한 재를 어찌 넘겠다는 건가? 호랑이가 출몰한다는데." 함명돈이 말했다.

"왜놈 헌병도 겁 안 나는데 호랑이가 대숩니까. 호식 당하지 않을 준비는 하고 다닙니다. 저 만주 땅에서도 밤길 행보는 수없이 했기에 지장 없습니다. 상충 형님도 아시잖아요. 우리가 국자가(연길)에서 밤길 걸어 도문에 도착한 적도 있잖았습니까. 내일 하루 녹동리 집에서 유하고 저는 경주를 거쳐 대구로 나가렵니다. 대구에 있는 우리 자금줄인 상덕태상회(尙德泰商會)에서 돈을 좀 빼내야 할 것 같습니다. 국치 특사로 석방된 후 만주로 들어갔다 대구 본가에 내려와 있는 우용대 동지 편에 자금 마련을 부탁해뒀습니다."

박상진은 작년에 집안 소유 전답을 일본 '미쓰이 물산회사'에 10

114

년 연부로 저당 잡히고 여기서 얻은 현금 3만 원을 출자하여, 총 자산금 10만 원으로 대구에 곡물상 상덕태란 상회를 설립했던 것이다. 평양인 김덕기, 전주인 오혁태가 나머지 자금을 출자하여 세 사람 이름자를 따서 회사를 만들었다. 국내에서 수거한 곡물을 만주 장춘 쪽으로 내다 파는데, 그쪽에도 곡물상을 설립하겠다는 취지였다. 여기서 얻어지는 이윤으로 국내외 광복운동 자금을 마련하고자 했다. 안희재가 설립한 부산의 백산상회(白山商會), 경북 왜관에 윤한병이 설립한 향산상회(香山商會)도 곡물상으로, 설립 취지가 같았고 상회끼리 연락망이 짜여져 있었다.

박상진이 일어나자 함명돈과 장경부도 따라나섰다.

"그럼 잘 가게." 백상충이 박상진에게 말했다.

"대구에서 열차 편으로 곧장 만주 봉천으로 들어가겠습니다. 간도에서 일차 조직을 완료하는 대로 국내 조직차 다시 귀국할 겁니다. 그때 형님 뵙게 되겠지요. 그동안 뜻을 같이할 동지를 모아주시고, 안녕히 계십시오." 말고삐를 쥔 박상진이 납작모자 챙을 쥐고 백상충에게 인사를 차렸다.

일행 셋은 그길로 총총히 절을 떠났다. 함명돈과 장경부는 아랫길로, 박상진은 홀로 말을 끌고 절 뒤쪽 연화산 계곡으로 빠졌다. 백마가 숲길에 가려 보이지 않을 때까지 백상충은 뒷짐지고 마당에 서 있었다. 열이틀 달빛에 풋나무는 함초롬히 젖었고, 섬돌 밑 귀뚜라미가 가을밤의 적막을 흩뜨렸다.

"그래, 향리로 오면 백마 타고 다니는 넌 나보다 똑똑하니깐. 허위 군사장님 수제자에다 전직 판사 영감 아닌가. 다리 병신인 나보다 용감히, 더 날쌔게 싸울 테지." 백상충은 박상진이 사라진 쪽을 보며 신음 같은 혼잣말을 중얼거렸다.

박상진은 군사장 허위 아래 종군했고, 백상충은 이강년 부대를 따라 종군했다. 두 의병장은 순국으로 타계했다. 그러나 세상 사람은 박상진을 허위 수제자로 칭송했으나 백상충을 이강년 수제자로 칭하지 않았다. 그 점은 박상진이 허위 아래 문무(文武)의 길을 수학한 명실공히 제자요 병력 560여 명을 거느린 영사(營司) 아래 초장(哨長)을 맡았다면, 백상충은 이강년을 좇아 초장 아랫격인 기통이란 중급 참모로 종군했다. 한편, 허위가 1908년 10월 22일 처형당하자 일본 관헌이 회장(會葬)을 금지했음에도 그는 스승 시신을 거두어 스승 고향 경북 칠곡군 임은으로 반장(返葬)하고 여막을 지어 1년 동안 문도(門徒)로서 스승에 대한 상례(喪禮)를 다했다. 당시 허위의 순국 직전 그의 백형이 작고했고 유족이 만주로 피난 중이어서 장례를 치를 가족이 없었기에 상진이 도맡아 예장을 치렀던 것이다. 그 사실이 여러 입을 통해 알려지자 뜻있는 사람들이, 그 스승에 그 제자라며 박상진을 더욱 장하게 여겼다.

*

어느덧 가을이 깊었다. 고개 숙인 벼포기를 시샘하듯 한두 차례 태풍이 억수를 동반하여 몰아쳤다. 아름드리 고사목이 뿌리째 뽑히고 성한 가지를 부러뜨리는 비바람이 연 사흘 휩쓸고 간 뒤, 갠

아침나절이었다.

"함선생 댁으로 내려가면 도정어른이 맡겨놓은 서찰이 있을 테니 찾아오너라. 잘 간직해서 와야 한다." 백상충이 어진이를 불러 일렀다.

어진이 그길로 절에서 내려가 함선생 댁에 들르니 피봉된 서찰이 세 통이었다.

"어제부터 너를 기다렸다. 선걸음에 나서서 한눈 팔지 말고 조심해서 가거라." 함명돈이 어진이에게 서찰을 건네주었다.

이튿날이었다. 어진이 돌쇠와 함께 아침공양하고 절 마당으로 나서니 조실승이 연못 옆 석등 앞에 지팡이 짚고 서 있었다. 일흔 아홉 고령이라 오랜 좌선도 늙음을 막지 못해 창안백발(蒼顏白髮) 말대로 등이 궁대같이 굽었다.

"석처사, 이리 오려무나." 태풍으로 무너진 요사 뒤꼍 석축을 손질하러 가던 어진이를 조실승이 불렀다.

조실승은 아직 상투를 틀지 못한 어진이를 두고 백상충과 동격인 처사란 말을 썼다. 어진이는 종과 상전을 같은 호칭으로, 살아온 연치를 따져도 자기 두 배에 가까운 작은서방님과 자신을 동격으로 불러줄 때마다 곤혹스러웠다. 지난봄 어느 날, 조실승이 어진이를 찬찬히 살피더니, "석처사는 출가할 상은 못 되구만" 하고 처사란 말을 썼다. 노승의 호칭에 법당에 있던 자운은 물론 두 소임 승려도 놀랐다. 그 뒤부터 절 사람들은 석군으로 부르던 호칭에서 석처사로 올림말을 쓰게 되었다. 선문에서는 위에서 그렇게 말하면 따를 뿐, 아래에서 위로 이유를 묻기가 송구스러웠다. 뜻을 헤아려 깨달을 뿐이었다.

조실승의 아침 포행(산책)이 드문 터라 어진이가 합장하며 절했다.

"석처사, 이 석등을 봐. 천수백 년 풍상을 겪어왔으나 아직 장하게 묵묵히 섰고나. 모진 태풍에 동(動) 없이 선(禪)한 자세로 말일세." 조실승이 석등 팔각 화사석(火舍石)을 쓰다듬었다.

"노스님을 보듯 합니다."

"이 나이까지 망상을 떨쳐보려 선정을 흉내 냈건만 무엇 하나 이룬 게 있어야지. 따져보면 인두겁 쓰고 태어나 잠시 살다 가는 것뿐이야. 만행(萬行)이 종국엔 무념(無念)에 귀착된다지만 나는 석등보다 증득(證得)의 수습(修習)이 부족해. 석처사, 여기 상대석 연잎 문양을 보게나. 비바람에 천수백여 년을 깎여도 문양 자취가 뚜렷하지 않은가. 그 옛적, 돌을 쪼아 이 석등을 만든 석공의 불심(佛心)에 내 어이 미칠꼬……"

공양간에서 설거지를 마친 정길 행자가 밥찌꺼기 담은 사발을 연못에 부었다. 그는 통도사에서 석 달 동안 행자 수업을 받고 동운사로 돌아온 지 며칠이 지났다. 밥찌꺼기가 수면이 파장을 일으키자 잉어가 모여들었다. 조실승이 연못으로 몸을 돌렸다.

"돌아올 석탄절날 방생을 기다리는 저 물고기 봐. 하물며 중생도 그럴진대, 이번 뇌성벽력에 저들인들 오죽 놀랐을까. 그러나 천진스런 행함대로 본리(本理)에 순종하는 인력(忍力)이여. 너들이야말로 진습(塵習)의 근원을 끊고 범행(梵行)의 닦음이로다. 극락세계에 가면 연못마다 팔공덕수(八功德水)가 넘친다더니, 내 왕생하여 너들로 현신할 수 있다면……" 조실승이 헛소리하듯, 어진이에게보다 자신에게 중언부언 읊었다.

"스님, 조실로 들지요. 아침 바람이 차갑습니다."

정길 행자가 조실승을 부축하여 법당으로 걸었다. 어진이는 여윈 체구를 지팡이에 의지하여 걷는 조실승 뒷모습을 물끄러미 바라보았다. 조실승은 이번만이 아니었다. 나무나 풀, 새나 벌레, 처마에 흔들리는 풍경을 보고도 거기에 생명력을 입혀 심장한 뜻을 담아 풀이했다. 어진이는 노승의 법어가 어려워 벽암에게 노스님 법어를 두고 물었다. 그의 말로는, 선정(禪定)을 익혀 돈오(頓悟)에 이르면 그런 법어를 할 수 있다고 일러주었다. 어진이는 벽암에게 선정과 돈오란 말뜻을 묻지 않을 수 없었다. 공부도 마찬가지였다. 뜻을 알려고 풀이글을 읽으면 풀이글 속에 뜻을 모르는 단어를 만나 스승에게 여쭙는 번거로움이 다반사였다.

"어진아."

상념에서 깨어난 어진이 요사로 돌아보니 서방님이 행장 차려 마루로 나서고 있었다. 백상충은 상중이라 흰 갓을 썼고 대님 위에 행전을 쳤다. 동운사로 온 지 석 달여, 서방님이 오랜만에 나들이 차림으로 나서서 어진이 적이 긴장했다.

백상충은 그동안 울산 본가에 두 차례 다녀왔고 언양 선영에 세차례 다녀온 외, 동운사를 떠나지 않았다. 반 마장 거리에 있는 백련정 선방에 하루나 이틀을 묵었다 오기가 고작이었다. 백련정은 건립연대가 확실치 않으나 고려 때로 추정되는 퇴락한 암자로 비어 있었다. 그는 헌병의 불시 검색에 대비해 금서(禁書)와 주요 문서를 그곳 마루청 아래 숨겨두고 있었다. 그동안 울산과 언양의 헌병대 헌병이 서너 차례 절을 둘러보고 가기도 했다.

"서방님, 읍내로 들어가시렵니까?" 어진이 물었다.

"선산으로 갈까 한다. 이번 태풍에 분묘가 어찌됐는지, 그곳 작황을 살펴봐야겠다. 너도 나설 채비를 하거라."

백상충의 말에 어진이는 자기 차림을 살펴보았다. 무명 바지저고리에 짚신을 꿰고 있었다. 걷어붙인 바짓가랑이와 저고리 소매가 흙으로 뒤발했으나 그로서는 차리고 나설 행장이 따로 없었다. 백상충이 절사람에게 출타 인사를 할 동안 그는 망태기에 '10전총서'로 발간된 『수신요령(修身要領)』만 담았다. 국한문 혼용 문고판이었다.

둘이 산채에서 내려와 대곡천에 당도하자, 며칠 사이 퍼부은 비바람으로 개울물이 불어 징검다리가 물에 잠겼다. 반구대 쪽으로 내려가도 대곡천 건너기가 예사롭지 않을 것 같았다. 더욱 백상충은 다리가 불편한 몸이었다. 그가 자갈바닥에 앉아 갓신을 벗고 행전을 풀었다.

"서방님, 제가 업어서 건너드리지요."

"내가 건너겠다."

"물이 깊지 않아 업고 건널 수 있겠습니다. 서방님을 업어 모시고 싶습니다."

"그럼 그렇게 해보자꾸나."

어진이는 서방님을, 아니 스승을 업고 물을 건넌다는 게 기쁨이요 영광이었다. 스승의 불편한 한쪽 다리 때문이 아니었다. 그는 스승을 업고 물살 센 여울목을 건넜다.

천전리 신당 마을까지 오자, 장승이 서 있는 동구에 마을 사람이 울을 치고 있었다. 어진이 사람들 어깨 너머로 안을 넘겨보니 장정 둘이 한 처녀를 뭇매질하고 있었다.

"어쩐 일로 연약한 여자를 무작하게 패는 거요?" 백상충이 앞으로 나서며 물었다.

"이년은 종년이요." 우락부락하게 생긴 장정이 웬 훼방꾼이냔 듯 백상충을 보고 눈을 부릅떴다가 옷갓한 차림을 훑어보곤 성깔을 누그러뜨렸다. "어제 야밤 주인마님 금가락지와 돈주머니를 훔쳐 도망쳤다 오늘 새벽 면소 객점거리에서 잡혔지 뭡니까. 운신 못하게 두들겨 패 주재소에 넘길 참입니다."

"그렇다면 훔쳐간 가락지와 돈주머니는 찾았소?"

"용케 고스란히 찾았습죠."

"그렇다면 꾸짖어 버릇을 고치게 하면 됐지, 과년한 처녀를 호랑이굴에 넘기다니. 나라가 망했기로서니 인심까지 이렇게 흉흉해서야……"

"도둑질한 종년이라 색주가에 팔아도 되련만 옥살이부터 단단히 시켜야 한다고, 나리어르신이 말씀했어요."

"이 고을에 어른이라면 내가 알 만한데, 한 시절 언양 현청에서 아전(衙前) 벼슬 지낸 한초시 맞지요?"

기세등등하던 두 장정이, 그렇다며 허리를 곱송그렸다.

"매질부터 거두게. 그 어른을 잠시 만나보고 가리다."

한초시는 적빈한 중인계급 출신이었으나 언양 현청 아전붙이로 지낼 때 관권을 빌미로 송사에 말려든 양민 약점을 잡아 토색질로 재산을 모은 인물이었다. 꼬리가 길지 못해 폄척되었을 때는 천전리에 착실하게 농토를 장만한 뒤였다. 그가 향리에 눌러앉아 지주 노릇을 한 지 십수 년이니 환갑 나이였다.

조선이 망하게 된 원인 중 한 가지도 거기에 기인했지만, 열한 살에 순조(1800~1834)가 왕위에 오르고, 이어 등극한 헌종(1835~1849) 대를 거쳐 철종(1850~1863) 대에 이르기까지, 외척 안동 김가 일파와 풍양 조가 일파가 번갈아 권력을 잡아 삼정(三政)이 문란하니, 매관매직(賣官賣職)으로 벼슬을 산 지방 아전들의 가렴주구가 극에 달했다. 세도정치의 관료체계는 탐욕과 뇌물, 사기와 횡령, 강압과 횡포로 그 부패함이 일찍이 유례를 찾기 힘들 정도였다. 그들은 파렴치한 수법으로 염치와 체모마저 내던지고 돈 버는 데 피눈이 되어 재산을 긁어모아, 수천 수만석꾼 지주가 되었다. 물고채(物古債), 부표채(付標債), 사정채(査正債), 도안채(都案債) 따위의 갖가지 명목으로 혈세를 짜내자, 이를 거부하거나 항의하면 형벌로 다스렸다. 그러자 백성들은 근역전(根役田)을 방매하거나, 무고한 살상을 피해 처자를 이끌고 도망하는 자가 속출했다. 흉년이 심한 해는 굶주려 병든 자식마저 잡아먹는 살식(殺食)까지 여러 지방에서 횡행했다. 갑오농민전쟁의 도화선이 된 전라도 고부 군수 조병갑도 별명 '조갈퀴' 그대로 탐관(貪官)의 대표적 인물이었고, 한초시 또한 그렇게 백성 재물을 늑탈한 오리(汚吏)였다.

백상충의 기상에 눌린 한초시네 머슴 둘이 손을 털며 넉장거리로 쓰러져 된신음을 짜는 처녀로부터 물러섰다. 주인나리와 통교가 있는 터에 백상충 행장으로 보아 그가 사대부 집안임을 짐작했던 것이다. 둘러선 사람들이 뭇매 맞은 처녀를 내려다보며 혀만 찰 뿐 뒤탈이 염려되는지 손쓸 엄두를 못 내자, 백상충이 어진이에게, 뒷수습해서 따라오라고 일렀다. 마음은 뻔했으나 남자도 아닌 처녀를 어떻게 손쓸 수 없어 어진이 둘러선 사람을 보았다. 한 아낙이 나서서 처녀를 업었다.

"뉘신지 고맙구려." 처녀를 업은 아낙이 말했다.

어진이는 아무 한 일이 없어 얼굴만 붉혔다. 백상충은 장정 둘과 마을 사람들 호위를 받으며 절름걸음으로 저만큼 앞서서 고샅길로 들어서고 있었다. 납작한 여염집 초가들 뒤로 언덕바지에 덩실한 골기와가 여러 채 보였다.

"동운사에 유하는 산림 처사셔." "젊은 선비 결기야 대단하지만 어디 초시어른이 호락호락 물러설까." 백상충을 따르던 마을 사람이 쑤군거렸다.

처녀를 업은 아낙은 대갓집 큰대문으로 들어서서 행랑채로 꺾어들었다. 어진이는 그 뒤를 따랐다. 아낙은 처녀를 행랑채 쪽마루에 앉혔다. 어진이는 장독대 앞에 서서, 차봉이형과 깨분이를 떠올렸다. 둘이 처녀처럼 붙잡혔다면 작은서방님은 주재소에 넘기거나 매질을 허락하지 않으리라 여겼다.

"내가 왜 도망가려 했는지 엄마도 아시죠? 그 영감님 수청을 어찌 들어요. 난 그런 짓 못해요. 마나님 가락지와 주머니도 훔치지 않았고……" 몸집이 듬직한 처녀가 곡지통을 터뜨렸다.

"어느 마을 도령이신지…… 이리 와 앉아요. 우리 정심이를 구해주셔서 고맙습니다." 아낙이 말했다.

"안채로 드신 어르신은 울산 읍내 백군수 댁 서방님이시고 저는 그 댁 행랑아입니다. 말씀 낮추세요."

어진이는 행랑채 쪽마루에 걸터앉아 아낙과 주거니받거니 말을 나누며, 안채로 들어간 서방님 나오기를 기다렸다. 안채 쪽에서 오가는 고함이 들렸다. 어진이 쭈뼛거리며 안채로 들어가자, 얼굴이 상기된 백상충이 고방 모퉁이를 돌아 나왔다.

"장유유서(長幼有序)도 모르는 놈이 뉘 앞에서 훈계야. 여봐라, 그 병신 녀석은 상종 못할 불한당이니 대문에 소금을 뿌려라!" 안채에서 쩌렁하게 질러대는 노인 고함이었다.

"어디 봅시다. 임자가 언제까지 영화를 누리는가. 사발통문을 돌려 근동 유생들에게 당신 허물을 징계하리다!" 백상충이 돌아보며 호통쳤다.

"저놈, 말버르장머리 보게. 네놈 성한 다리마저 병신 되고 싶어 그 발광이냐. 여봐라, 저놈을 그냥 내보낼 작정인가!"

안채에서 들려온 노인네 불호령에 이어, 처녀에게 몰매질했던 장정이 행랑마당으로 나왔다. 버티어 선 백상충을 보자 그들도 멈칫 섰다.

"뭣들 하는 거냐, 그놈을 당장 내치지 못하고!" 진솔 명주 바지 저고리에 정자관 쓴 노인이 버선발로 달려와 소리쳤다.

"갓만 썼으면 다요. 여기가 감히 뉘 댁이라고 언성 높여!" 힘꼴깨나 써보이는 장정이 백상충 두루마기 동정을 틀어쥐더니 대문간으로 끌고 나갔다.

124

"그 손 놓으시오. 댁네가 우리 서방님 멱살을 잡아채다니!" 어진이 참지 못해 그쪽으로 내달아 둘 사이에 끼어들었다. 그러자 장정이 어떻게 손을 썼는지 어진이는 뒤로 넘어져 엉덩방아를 찧었고, 백상충은 앞으로 꼬꾸라졌다. 어진이 옆구리로 매운 발길이 박혔다. 그는 아픈 줄 몰랐고 오직 서방님이 당하는 수모로 눈물부터 솟았다. 그는 무릎걸음으로 기어가 쓰러진 서방님을 안아 일으켰다. 장정이 엉긴 둘을 떼어놓으며 뒷덜미를 잡아채더니, 복땜거리 개 끌듯 둘을 대문께로 끌어냈다. 정심이란 처녀와 아낙이 그 작태를 보고 있었다.

"남의 젯상에 배 놓아라 감 놓아라 참견하더니 양반 체모에 꼴 좋수다." "양반이라면 언행부터 신중해야지." 머슴들의 비웃는 험구에 이어 육중한 대문이 닫혔다.

어진이는 서방님이 이토록 창피당할 줄 생각 밖이었고, 스승의 수모를 처음 목격한 셈이었다. 성격이 강파르고 기상이 넘쳐 언제나 당당하던 서방님이었다. 헌병대 형사나 주재소 순사 앞에서도 굽힘이 없던 이였다. 선비에서부터 상민까지, 재물 많은 자나 적빈한 자나 모두 당신을 우러렀고, 당신 앞에서는 걸음조차 조심했다. 그런데 읍내 아닌 한갓진 벽촌에서, 재물을 제법 이루었다 하나 그 댁 아래치들이 서방님을 패대기치는 행패를 부리다니. 어진이는 그들을 단숨에 해치울 용맹과 무예가 없어 서방님 봉변을 방치했음이 죄스러웠다. 일찍 태껸이라도 익혔다면 이런 일이 없었을 터였다.

"가자. 양두구육(羊頭狗肉) 탈을 쓴 이런 놈에겐 언설이 통하지 않는다. 병오년(1906), 내가 의병 군자금을 염출하러 들렀을 때 엇된 말로 둘러대던 그때 기억이 새롭구나.”

백상충이 젖혀진 갓을 바로 쓰고 옷에 묻은 흙을 털었다. 그는 멍청한 눈으로 보고만 있는 마을 사람들에게 한마디쯤 남기고 떠날까 하다 고샅길로 선걸음 걸었다. 어진이가 뒤따르며, 어디 다치신 데나 없으시냐고 물었으나 백상충은 대답이 없었다. 진현 마을 앞을 지날 때까지 둘은 묵묵히 걸었다. 노랗게 물든 버드나무 가로수가 바람결에 잎을 지웠다.

어진이는 서방님이 당한 굴욕을 자신이 당한 양 받아들였으나, 그 차이를 비교할 수 없었다. 서방님이 당한 봉욕은 자기에 비해 천 배 만 배나 크리라 짐작할 뿐이었다. 자기는 누가 뭐래도 비천한 노비였다. 장정이 처녀를 뭇매질하며, 능지처참해도 무방한 종년이라 말하지 않았던가. 그는 그 말에서 자신 역시 같은 신분임을 새삼 깨우쳤다. 절간에서 고된 일 하지 않고 글 배우며, 승려들로부터 처사 소리를 들을 동안, 그는 자신이 노비임을 잊어가고 있었다. 신소설을 읽으며 개명된 나라의 풍물을 그려보는 허영에 젖기도 했다. 그런데 그는 홀연히 자신의 위치를 돌아보게 되었다. 서방님에게 받은 인간적인 대접은 두 사람만의 관계였고, 스승 곁을 떠나는 날부터 예전대로 종살이로 살 수밖에 없는 팔자였다. 노비제도가 없어졌다지만 조선 팔도에는 아직 노비가 상존했고, 종이란 주인에게 순종하는 일꾼에 불과했다.

“어진아.” 백상충이 부드러운 목소리로 불렀다.

“예······” 어진이 목소리에 힘이 빠져 있었다.

"이 들녘의 여문 벼와 저 언덕의 서숙(조)이 보이느냐?" 백상충은 신당리에서 당한 수모가 언제였냐 싶게 마음의 평정을 찾고 있었다.

어진이는 서방님이 쉬 분김을 가라앉힌 게 의아스러웠다. 많이 배우고 생각하며 덕을 쌓은 때문일까. 아니면 불쾌한 기억을 애써 잊으려 함일까. 그는 그 속뜻은 알 수 없었다. 그런데 서방님은 자신이 선화처럼 청맹과니도 아닌데 온 들녘과 야산 자락을 덮은 알곡을 두고 조실승이 법어 하듯 엉뚱한 질문을 해온 것이다. 그는 새삼스레 길가 들녘과 낮은 구릉을 둘러보았다. 태풍으로 쓰러진 벼포기를 묶어 세우는 농부들 흰옷이 들판에 박혀 있었다.

"올해는 그런대로 평년작이 넘을 듯합니다. 모심기철에 가뭄이 심했으나 그 후 비가 알맞게 내렸습니다. 이번 태풍이 조금만 빨랐어도 소출이 꽤 빠졌을 겁니다."

"여무는 곡식을 보니 또 생각나는 게 없느냐?"

"예?" 하고 묻다, 어진이는 그제야 서방님이 뭘 묻는지 깨달았다. "곡식은 익을수록 머리를 숙이는 이치가 사람과 같다 하겠습니다. 아버지도 별세하신 어르신을 두고 그런 말씀을 하셨습니다. 어르신 언행은 익은 곡식과 같았다고요. 조실스님 법어를 들을 때도, 노스님이 그런 분이라 깨달았습니다."

"그렇다. 벼나 서숙이 열매의 무게로 머리 숙임은, 덕행을 쌓은 자가 자신을 낮춤과 같다. 네가 『천자문』 떼면 『소학』과 『논어』를 읽게 할 작정인데, 『논어』에 인자의지본야(仁者義之本也)란 말이 있다. 마음이 어진 자는 의를 행함이 근본이란 뜻이다."

"말씀을 잘 명심하겠습니다."

"그런데 이 곡식을 보니 달리 생각나는 게 없느냐?"

어진이 말문이 막혔다. 서방님은 곡식을 타작하여 곳간이나 뒤주에 여투었다 도정하여 밥을 지어먹게 될 것이란 뻔한 말을 듣겠다거나, 한 마지기 소출이 올해는 얼마쯤 되겠느냐를 두고 묻는 말이 아닐 터였다.

"이제 조선인이 농사를 지어도 이 곡식은 조선인이 먹지 못하고 일본으로 공출되어 그들 기름진 배를 채우게 될 게다. 작년 가을 왜놈 총독부가 조선 팔도 토지조사사업을 개시했고, 올봄에는 토지수용령을 공포했다. 나라를 빼앗기기 전에는 언양 읍내에 역참(驛站)이 있어 여기도 둔토(屯土)가 많았다. 조선 팔도 왕실이 관리하던 역둔토며 궁전(宮田) 구천여만 평을 저들이 빼앗았고, 이제 사유지마저 착취하니 조만간 조선인 모두는 왜놈 종이 되거나 유리걸식(流離乞食) 신세를 면치 못할 것이다. 한초시처럼 왜놈 발바닥 핥아주는 역적들은 이팝 먹고 영화를 누리겠지. 그러나 그런 놈은 이미 왜놈과 마찬가지니 조선인 피를 받았다고 할 수 없다." 백상충이 비분강개하더니 혼잣말을 중얼거렸다. "그런 뜻에서 상진은 무력투쟁이 화급하며 때를 놓치면 기회를 잃는다는 결론을 내렸으리라."

어진이는 서방님 말을 통해, 별세한 어르신이 의병 군자금을 대느라 팔아치운 삼산들판 예순 마지기도 조선인 중간 손을 거쳐 일본인에게 넘어갔음을 언뜻 생각했다.

"그렇다면 반곡에 있는 어르신네 농토도 언젠가는 저들한테 빼앗기겠군요?"

"우리 집안이 왜놈 앞잡이로 나서겠다고 무릎 꿇지 않는 한 그렇게 된다고 봐야지. 보아라, 왜놈들이 왜나막신 딸각대며 가재도구를 이고 지고 물밀듯 반도 땅으로 건너오고 있지 않느냐. 마치 가축을 습격하는 늑대 무리같이. 삼 년 전만 해도 조선으로 건너온 왜놈이 십만을 헤아렸는데 그사이 배로 늘어 이제 이십만에 이른다고 들었다." 백상충이 걸음을 멈추고 어진이 눈을 정시했다. "어진아, 내 말을 새겨듣거라. 내가 조금 전 네게 물은 말처럼, 곡식만 두고라도 생각의 갈래는 여러 길일 수 있다. 알곡을 보고 배불리 밥을 먹고 싶다는 생각에서부터, 곡식을 강탈해 가는 왜놈 식민지 정책에 이르기까지, 그렇게 두루 생각해볼 수 있다. 배움이란 그런 것이다. 생각의 폭을 넓혀가는 길이 곧 배움이다. 그런 뜻에서 보자면 스승이란 넓은 세상으로 길 나서는 제자에게 지팡이를 쥐여주는 구실에 불과해. 그러면 제자는 혼자 길을 떠나게 된다. 그때부터 단독으로 세상과 부딪치며 스스로 이겨나가야 한다. 한 포기 명아주풀에서도 도를 깨치는 스님같이, 자신이 거듭나며 깨달아 지혜를 쌓아가야 한다. 이는 곧 행함을 통해 얻게 되는 산지식이다. 신당리 한초시 처사를 보고 너는 무엇을 느꼈느냐? 사람으로 도리를 다하며 사는 길이 어떤 길이냐를 생각해야 할 것이다. 한초시 그놈은 백성을 늑탈했고 이제 왜놈 앞잡이가 된 도축보다 못한 인간이다. 그 처녀 가족이나, 내가 수모당할 때 보고만 있던 마을 사람이나, 그들을 통해 식민지 무단정치의 총검에 눌려 기 못 펴는 이 나라 백성의 억눌린 슬픔까지 헤아려보아야 한다. 그들도 한초시 소작붙이로 눌러 살다 보니 생각은 있어도 행동으로 옮길 용기가 없기 때문이다. 너는 나와 함께 또 보지 않았느냐. 장터마당에서 조선인 셋을 교수형으로 처단할 때, 숨죽이며 잠자코 있던 장꾼들을. 무리는 많았으나 총검 앞이라 대항할 용기를 갖지 못했다……"

예, 그렇습니다. 어진이 그렇게 대답하려다 입을 다물었다. 일본 헌병과 순사 수효는 적었으나 감히 그 총검 앞에 맨주먹으로 어떻게 맞선다는 말인가. 의분을 삭이며 자기에게 해가 돌아오지 않을까 소심증으로 떨고 있었음이 분명했다. 자기도 그런 마음이었음이 부끄러웠다.

"어진아, 조선인 마음을 왜놈에게 항거할 한 자루 총이나 검이 되게 일으켜 세우려면 어떤 교육이 필요하냐도 깊이 생각해야 한다. 배움이란 책을 많이 읽는 독서만 중요한 게 아니다. 책을 읽어 생각의 능력을 키우고 대의(大義)를 실천할 방향을 찾아 전진하는 데 더 큰 뜻이 있다. 어떤 고초가 있더라도 그 길이 대의라면 굳세게 나아가야 한다." 백상충은 어진이에게보다 자신에게 다짐하듯 말을 끝냈다.

어진이는 서방님 말씀을 통해 가슴 저릿하게 우국충정의 마음을 받아들였으나 대답할 말이 없었다. 그러나 서방님의 원대한 포부는 당신이 이루어나갈 길일 뿐, 비천하고 겁 많은 자기로서는 감히 따라갈 수 없는 길이라 단념했다. 나는 누구인가. 되물을수록 역시 소심한 종 신분일 뿐이었다.

백군수 댁에서 소작붙이로 내어준 스물세 마지기 논은 반곡리

고하골 일대에 흩어져 있었다. 종답(宗畓)은 고하골 동쪽 반곡천 가장자리에 널렸고 선산은 2백 미터 남짓한 진치산 남녘 중턱에 자리잡았다. 마름을 겸한 묘지기 김첨지 집은 백군수 댁 선산으로 오르는 종답 어귀에 있었다.

백상충과 어진이가 고하골 앞을 거쳐 김첨지 집을 저만큼 둔 선산 어귀로 들어서자, 김첨지네 식구가 태풍으로 쓰러진 종답 벼포기를 묶어 세우고 있었다. 김첨지 맏아들 기조가 들길로 오는 백상충과 어진이를 먼저 알아보았다.

"아버지, 읍내 작은서방님이 종 녀석을 달고 오는데요." 김기조가 허리를 폈다. 그는 체격이 건장하고 어깨가 벌어진 장골인데 짙은 눈썹에 쌍거풀진 큰 눈이 한눈에 보아도 이목구비가 훤했다.

일손을 거두고 길섶으로 올라선 김첨지네 식구가 백상충을 맞았다. 김첨지와 갈밭댁, 아들과 딸이었다.

"서방님, 그간 기체 만강하오신지요. 안방마님 큰서방님도 두루 강령하시고요." 김첨지가 상전 집안 안부를 물었다.

"집안은 편하다. 그동안 자네 집안은 무고한가. 이번 태풍에 선산이며 전답 피해는 없고?"

"작황에 큰 지장이 없겠습니다. 오늘 아침 선산으로 올라가봤는데 분묘도 안존하옵디다."

김첨지 말에 이어 갈밭댁이, 노독으로 피곤하실 텐데 어서 집으로 드시자며 총망히 앞서 걸었다. 돌피 묶음을 들고 서 있던 김첨지 딸 복례가 어진이를 말끄러미 보다 눈길이 마주치자 고개를 돌렸다. 김첨지는 자식들에게, 일을 서두르라 이르곤 주인을 모시고 집으로 오르는 오솔길로 꺾어들었다. 김첨지 집은 열댓 집 되는 고하골에서 산자락를 돌아앉은 독가였다. 초가삼간과 기와 올린 별채가 대숲에 싸여 있었다. 별채 방 두 칸은 주인댁 식구가 선산에 들렀다 하루 묵고 갈 때나 쓸까 평소에는 빈집이었다. 삽짝 안으로 들어서자 백상충이 김첨지에게, 하루를 유숙하고 가겠다고 말했다.

갈밭댁이 내어온 냉수를 마시고 백상충은 곧 선조 사당이 있는 뒷동산으로 올랐다. 김첨지가 앞섰고, 어진이가 백상충 뒤를 따랐다.

"서방님, 일정시대로 들어선 후 소작료가 천정부지로 오릅니다요." 김첨지가 돌아보며 말했다.

"조선 백성을 기아로 몰아넣겠다는 놈들 농간 아닌가. 토지조사령을 발동하고서도 농지 임대약정 관계는 법조문에 한마디도 비추지 않았으니 지주가 어떤 고율로 소작인을 착취하더라도 방관하겠다는 술책이지. 놈들은 이 나라 백성을 사람으로 대접하더냐."

"그렇게도 생각되군요. 작인들은 소작지 내놓고 유랑 걸식하다 만주로 땅 찾아 들어가고 제 땅 가진 지주는 곳간을 더 알차게 채우게 되었습죠."

"자네, 지금 누구 들으라 하는 소린가!" 백상충이 목소리를 높였다.

김첨지가 찔끔해하며 말문을 닫고 부지런히 걸음만 놓았다.

백상충은 사당에 들러 조상 위패에 참례를 마치자 그길로 선영이 있는 자드락길로 접어들었다. 김첨지가 제실에서 초석과 제기를 챙겨 어진이와 나누어 들고 앞서 걸었다.

동운사에서 백상충은 새벽 예불에 참석하지 않았으나 묘시(卯時) 들머리에 잠자리에서 일어나면 세수하고 의관을 갖춘 뒤 절 마당에서 선산 쪽을 향해 참례를 올리는 일이 하루 일과 첫 순서였다. 그래서 그는 선영에 들자 선고 묘부터 5대조 묘까지 제례(祭禮)의 격식을 갖추었다.

백상충이 별채에서 닭죽까지 오른 잘 차린 저녁밥상을 받았을 때였다. 바깥이 시끄럽더니 여러 사람이 김첨지 집 마당으로 들이닥쳤다. 김기조가 앞장을 섰다. 백상충이 바깥의 발소리에 방문을 열었다. 무리가 예닐곱 되는데 모두 고하골에 사는 백군수 댁 소작붙이로, 김기조가 읍내 주인댁 작은서방님이 거동하셨다고 알려 인사차 들른 참이었다.

"그간 기체 만강하옵신지요." "군수님 댁내도 두루 평강하옵지요." "동운사에 계시다는 소식은 집사(執事, 마름) 어른으로부터 듣고 있었습니다." 작인들이 손 모으고 굽신거렸다. 닭 한 마리 들거나 계란 꾸러미를 들고 온 사람도 있었다.

마루청에서 식구와 함께 밥상을 받던 김첨지가 마당으로 나서서, 서방님 진지 드시는 참인데 수선 떨어서야 되겠냐고 그들을 나무랐다. 작인들은 쭈뼛거리며 대문간 쪽으로 물러나 백상충의 식사가 끝나기를 기다렸다. 어진이는 김첨지네 식구 틈에 끼어 밥을 먹고 있었다. 그는 절에서 육고기는커녕 비린 생선조차 오르지 않은 나물 반찬만 먹었던 참에 밥상에 멸치젓이 올라 구미가 한껏 당긴 참이었다. 김기조가 밥상머리에 붙어 앉은 어진이를 보더니 눈꼬리 세워 댓돌로 올라섰다.

"이봐, 너는 행랑붙이 주제에 어느 자리라고 여기서 밥을 처먹어. 염치도 모르는 자식 같으니라고!" 김기조가 어진이를 꾸짖었다. 사내다운 기골에 목소리가 우람했다.

"잘못했습니다. 축담에서 먹겠습니다."

얼굴이 빨개진 어진이 얼른 수저와 밥그릇을 들고 일어섰다. 김기조 호령이 틀린 말은 아니었다. 전에도 주인댁 어른을 모시고 나왔을 때, 그는 김첨지네 식구와 함께 밥상 받아본 적 없었다. 노비와 양민은 차별을 두었으니, 아버지와 형들도 늘 부엌 앞 축담 흙바닥에 쪽상조차 못 받고 밥을 먹었다.

"내가 그리하도록 일렀다. 함께 먹도록 하거라. 어진이는 이제 우리 집 가노가 아니라 내게 공부 배우는 제자이니라. 그러니 너희들 나이도 엇비슷한데 함부로 하댓말 쓰지 말고 서로 공대하도록 해." 마당 건너 방문을 열어놓은 채 밥을 먹던 백상충이 참견했다.

백상충이 밥상을 물릴 즈음 뒤란 대숲에서부터 어스름이 내렸다. 별채 큰방에는 호롱불이 밝혀졌다. 김첨지와 작인들이 비로소 별채 큰방으로 들어와 차례대로 백상충에게 절을 하자 상충도 맞절로 그들을 맞았다.

"어르신 댁 은덕을 자자손손 잊지 않겠습니다."

"자자손손 은혜를 못 잊다니, 무슨 말씀이오?" 작인들이 입을 모아 비슷한 말을 하자 백상충은 영문을 몰라 어리둥절할 수밖에 없었다.

"올해 소작료를 사륙제에서 오오제로, 일 할만 올린 게 미천한 아랫것들을 살피시는 어르신 댁 은덕인 줄 아옵니다.""그 은덕에 감격하여 우리들은 올해 어느 지주 논보다 소출을 많이 내려 힘써 작농했습니다.""다른 지주는 선대부터 오오제였는데 이제야 오오제가 되었으니 오직 감지덕지할 뿐입니다." 작인들이 연방 머리 조아리며 한마디씩 읊었다.

"도대체 무슨 말입니까? 선고께서는 도조료(賭租料)를 낮추어 작인들 가세를 도와줌이 권농(勸農)의 참뜻이라 이르셨는데, 누가 일 할이나 올렸단 말이오? 가형이 그렇게 결정했어요?"

백상충의 말을 김첨지가 받아 그간 사정을 설명했다. 작년으로 나라가 국권을 잃자 일반적으로 논농사에 적용하는 타조법(打租法, 미리 예정한 비율로 실수확을 분배하는 것) 소작제 통상 관례가 평지풍파를 일으켰다 했다. 한 예로, 조선 왕실 재산이었던 이 지방 역둔토를 차지한 동척(東拓)은 조선인 작인에게 소작료를 6할 넘게까지 올림은 물론 경작권 계약조차 2년 시한부로 결정했다는 것이다. 동척의 일방적 조처에 토를 다는 작인에게는 경작권을 몰수하겠다니 울며 겨자 먹기로 그나마 농토를 붙잡지 않을 수 없는 실정이었다. 이농(移農)이란 선산과 누대로 살았던 고향집을 떠나 노부모와 처자식 거느리고 유랑걸식에 나섬을 뜻하기 때문이었다.

"조선인을 노예로 삼으려는 왜놈들 농업 정책이 그런 줄 나도 알고 있어요. 반도 땅을 저들이 독식하여 조선인은 종살이나 시키고 종살이 싫다면 저 북관(北關)이나, 만주 땅 아니면 노령(露領)으로 떠나라는 저들 술책을 여러분도 알고 있지 않나요? 그렇다고 조선인 지주들까지 덩달아 소작료를 올린다면 우리가 왜놈과 다를 게 뭐가 있겠습니까."

"옳은 말씀입니다. 소작지나마 잃게 되자 근동에도 살길 찾아 타지로 떠나는 가구가 생겨나고 있는 실정입지요. 그렇다 보니 조선인 지주도 덩달아 소작료를 인상하여, 올해 일 할이나 올랐습니다. 그러니 소작료는 육 할이 평균이요, 상등 수리답은 육 할 오 분까지 받고 있는 실정입니다. 물론 관청에서 새로 정한 지세(地稅)와 각종 세금이 엄청 올라 지주측 부담이 크게 늘었음은 까막눈인 우리들도 듣는 소문이 있는데 왜 모르겠습니까." 소작붙이 중늙은 이가 말했다.

"언제 가형이 다녀갔소?" 백상충이 김첨지를 보고 물었다.

"한 달에 한두 번 납시지요. 그러나 설령 일 할이 올랐다곤 하나 이제 도조료를 오오제로 하는 지주는 군수님 댁밖에 없어, 근동에 칭송이 자자합지요. 그래서 별세하신 어르신 송덕비를 못둑에 세우기로 작인들이 결정을 본 모양입니다."

"여러분이 선고 송덕비를 세운다? 땅 가진 게 자랑이라고 송덕비를 세워요?" 백상충이 헛웃음을 웃었다.

"세워얍지요. 우리가 죽고 난 후대까지 공덕을 기려야지요." 아낙이 맞장구쳤다.

"그만둬요. 그런 겉치레는 아무 쓸모없어요. 거기에 들일 돈이 있다면 어려운 가용에 보태십시오."

백상충이 잘라 말하자, 작인들은 입을 다물고 저들끼리 눈짓을 나누었다. 작인 하나가 쭈뼛거리며 말을 꺼냈다.

136

"우리들만 뜻을 맞춘 게 아니라 인근 작인들 모두 제 논 임자 지주님 송덕비를 세운다고 야단입니다. 석남고개 비석돌이 동이 날 지경입지요. 그러나 우리 뜻은 그 성질이 다릅니다."

"때아니게 지주들 송덕비를 다투어 세우다니. 지주가 작인에게 농지를 그저 나눠주기라도 합니까?" 백상충이 가소롭다는 듯 웃었다. "듣자 하니 점점 해괴한 소리만 하는구려. 소작료를 육 할이나 받아먹으며 그들이 자기 송덕비까지 세워주기를 바라다니."

"사실은 그게 아니라……" 김첨지가 작인들 입을 서둘러 막고 나섰다. "지주들이 소작료를 고율로 인상하고도 경작권 기한조차 동척처럼 이 년으로 못박자, 작인들은 그나마도 내후년에 소작지를 잃게 될까봐 송덕비부터…… 그러나 여기 이 사람들 뜻은 그게 아니라, 정말 백군수 댁 은혜에 보은코자 송덕비다운 송덕비를 세우겠다는 겁니다."

"알았어요. 그만 하시오. 무슨 뜻인 줄 알겠습니다." 김첨지의 설명을 백상충이 잘랐다. "그렇다면 더더욱 여러분은 내 앞에서 다시는 송덕비 말을 꺼내지 마시오. 만약 송덕비를 세운다면 그 비를 못물에 처넣고 말겠어요. 가형에게도 그 뜻을 전하리다."

백상충의 다지름에 작인들은 아무 말도 못했다. 어색한 침묵 속에 잠시 더 앉았던 작인들이, 먼길 행보에 피곤하시겠다며 백상충에게 인사하곤 방에서 물러났다.

갈밭댁이 별채 큰방으로 건너와 군불 지핀 방바닥을 걸레질하곤 백상충 이부자리를 깔았다.

"갈밭네, 내일 조반을 서둘러주구려. 일찍 나서리다."

갈밭댁이 나가자 백상충이 잠자리에 들었다. 호롱불을 끄니 봉창으로 희미한 달빛이 스며들었다.

안채 건넌방은 김첨지 모친과 기조 형제가 거처했는데, 어진이도 틈에 끼어 자게 되었다. 뒷산에서 따왔다는 햇밤을 화롯불에 구워 먹고 밤이 으슥해서야 그들도 잠자리에 들었다. 어진이 윗목에 눕고 그 옆이 기조 자리였다. 여염집 사정이 그렇듯 따로 이불이 없어 둘은 절어빠진 이불을 함께 썼다. 목침을 벤 기조가 어진이 쪽으로 돌아누웠다.

"종놈 신분에 양반을 스승으로 모시다니. 지렁이가 용으로 승천한다는 흰소리가 바로 임자를 두고 한 말이구려. 임자는 아직 면천(免賤)조차 못한 팔자 아니오? 면천했다 한들 머리 큰 종놈을 어느 양반이 제자로 받아주겠소. 아무리 개화된 세상이기로서니, 나로선 그 조화를 모르겠구려." 하댓말을 쓰지 말라는 주인어른 충고가 있어 김기조가 올림말을 썼는데 그는 어진이보다 한 살 위였으나 명색 양민이라 종놈이란 말을 입에 밴 듯 썼다.

어진이는 대답할 말이 없었다. 자신이 생각해도 어떻게 하다 작은서방님에게 제자 소리를 듣게 되었는지 알 수 없었다. 몇 년 전, 소년 적만 해도 행랑채에는 네 가구 노비가 살아 또래 머슴애들로 북적거렸고, 서사(書士)네 자식도 한 울타리 안에 살았다. 만약 그들이 아직도 주인댁을 떠나지 않았다면 자신이 아닌 다른 아이가 간택되어 서방님 심부름꾼이 될 수 있었다. 집을 떠나 외로운 처지가 된 서방님이 가까이에 아랫아이를 두다 보니 심심풀이 삼아 글을 가르치려 했으리라. 그렇게 따져보면 자기는 운이 좋았다 말할 수밖에 없었다.

"망태기에 든 서책이 임자가 읽는 책이구려. 종놈 팔자에 글은 읽어 뭘 하겠다는 거요?" 김기조가 다시 물었다.

"나도 모르겠어요. 주인어르신 말씀 좇아 그냥 읽지요."

"글 읽으니 재미있소?"

"재미라기보다……" 세상 이치와 인간의 도리를 널리 배워 지식과 덕으로 삼고 싶다고 말했으면 싶었으나 주제넘는 소리라며 타박 맞을까봐 어진이가 말꼬리를 사렸다.

김기조가 봉창에 스민 달빛으로 어럼풋이 드러난 아랫목을 기웃이 넘겨다보았다. 아랫목 노친네 자리는 비어 있었다. 갈밭댁이 광솔불을 밝히고 부엌에서 음식을 만드는 기척으로 보아 노친네도 일을 돕는 참이었다.

"임자 생긴 게 꼭 계집애 같구려. 살결도 부드럽고. 서방님과 함께 절간에서 산다니 혹시 서방님에게 밤마다 비역질당하는 건 아니오? 마나님 둔 양반이 절간에서 독수공방으로 지낼 수야 없겠지. 또한 저렇게 결기 세고 모난 양반은 여자보다 곱상한 사내 녀석을 좋아하는 법이거든."

"비역질이 뭔데요?"

"남자들끼리 하는 그 짓, 모르오?"

"……"

"임자는 정말 얼뜨구려. 남자들끼리도 흘레를 붙는단 말이오. 자식은 못 낳지만. 감옥살이하는 죄수나 염불보다 잿밥에 솔깃해하는 중들도 더러 자기네들끼리 그 짓 재미를 본다던데, 동운사에 그런 중놈 없소?"

김기조가 하는 말이 음충스러워 어진이는 흉물스런 짐승을 옆에 둔 듯 몸이 얼어왔다. 한편, 강건한 신체와 잘생긴 용모도 그러려니와 그의 당당한 어투가 어진이 기를 꺾이게 했다. 또한 기조가 서방님까지 손바닥에 가지고 놀듯 빈정거려 어진이 심기를 상하게 했으나, 그의 그런 만용이 어디서 생겨나는지 짐작할 수 없었다.

"비역질을 모른다면 용두질쯤은 해봤겠지요?"

"용두질?"

"키만 멀대지 임자는 아무것도 모르는구려. 그따위 쓰잘 데 없는 서책 읽기보담 내가 더 달콤한 걸 가르쳐주겠소."

김기조가 어진이 고의춤 아래로 손을 밀어넣었다. 떨던 어진이가 기조 손을 잡았다. 어진이는 자기 자신에게 외쳤다. 아니, 작은서방님 꾸짖는 목소리를 환청으로 들었다. 배움이란 책을 읽는 게 중요한 게 아니라 실천할 때 값어치 있다고 했다.

"이러지 마시오!"

어진이 일어나 앉으며 이불을 걷어 젖혔다. 그가 베던 목침을 들어 기조를 내리칠 듯 겨누자, 음충스런 짐승 같은 김기조 실체가 보였다.

"임자, 왜 그래요? 종놈이 누굴 치려고. 나야말로 물불 안 가리는 종자라고. 내가 임자한테 맞고 있을 것 같소? 쳐보시오. 목침으로 날 쳐봐요!" 김기조가 일어나 앉더니 머리통을 어진이 턱밑으로 들이밀었다.

"난 댁을 칠 수 없어요. 종놈이라 업신여김은 당해도 되지만 서방님까지 모독하다니. 참을 수 없어서…… 미안합니다."

"임자 하난 찍소리도 못하게 조질 수 있소. 내 손에 코피 한번 터져보겠소?" 김기조가 어진이 멱살을 틀어쥐었다.

"내가 잘못했으니 날 때려요." 어진이 눈을 감았다. 한초시 댁 행랑마당에서 멱살 틀어쥐었던 서방님이 떠올랐다.

"서방님과 동행했으니 내가 참는 수밖에. 종놈 주제에 서책 읽는다고 날 우습게 보았다간 큰코다칠 줄 아시오!"

김기조가 어진이 멱살을 놓더니 자리에 누워 이불로 몸을 감았다. 어진이도 자리에 누웠으나 이불을 함께 쓸 마음이 없어 벽 쪽으로 몸을 돌려 새우잠을 청했다.

이튿날, 날이 채 밝기 전 어슴새벽에 갈밭댁이 마당으로 내려서니 별채 댓돌에 백상충 신발이 보이지 않았다. 그는 잠자리에서 일어나 선산으로 올라갔던 것이다. 주인어른 당부가 있었기에 갈밭댁은 이른 아침밥을 지었다.

아침식사를 마치자, 두 사람은 곧 길 떠날 채비를 했다. 갈밭댁이 밤사이 만든 인절미를 한 보자기 싸서 내놓으며, 절로 돌아가시면 스님들과 드시라 했다.

"양식 어려운 철에 뭘 이런 걸 준비했어요."

"우리야 주인님 덕분에 걱정 없이 살잖습니까. 햇곡으로 빚었으니 찰질 겁니다." 갈밭댁이 소사스럽게 말했다.

어진이 갈밭댁으로부터 떡 꾸러미를 받아 망태기에 담았다.

둘은 곧 길을 나섰다. 동산 위로 해가 떠올랐다. 바람이 선선한 맑은 가을 날씨였다. 동운사로 가자면 고하골에서 북쪽으로 길을 잡아야 했기에 앞서 걷던 어진이는 삼거리 목에서 어제 왔던 길로 접어들었다.

"아랫길로 내려가." 따라오던 백상충이 말했다.

둘은 언양 면소를 향해 걸었다. 어진이는 한초시가 사는 마을을 거쳐가기 싫어 길을 돌려잡겠거니 여겼으나 서방님이 가자는 방향이 아무래도 엉뚱했다. 반곡리에서 언양 면사무소까지는 반 마장 거리였다. 그런데 산모롱이를 돌아 직동리 초입에 들어서자 백상충이 면소로 트인 달구지길을 버리고 화장산 아래로 빠지는 논둑길로 들어섰다.

"서방님, 어찌 길을 잘못……"

"우리는 밀양 표충사로 가고 있어. 여기서 육십 리, 높은 간월재를 넘는 험로다. 부지런히 걸어도 해 떨어지기 전에 절에 도착할지 모르겠구나. 내 다리가 성치 못하니……"

표충사에는 무슨 일로 갑니까, 하고 묻고 싶었으나 어진이는 입을 다물고 길 앞쪽을 바라보았다. 야트막한 화장산에 가려 신불산과 간월산 높은 봉우리를 볼 수 없었다. 울산 읍내 바닥만 맴돌다 더 넓은 세상으로 나서는구나. 미지의 그 세계가 불안한 희망으로 마음을 떨게 했다.

화장산 서쪽 옆구리를 끼고 능산 마을 앞을 지나 둘은 태화강에 걸린 섶다리를 건넜다. 그동안의 폭우로 물살이 세어 섶다리 받침 기둥이 위태로울 정도였다. 25리 아래쪽 진목 다리께만 해도 대곡천, 보은천, 둔기천이 합쳐 태화강 강폭이 넓었으나 용화사 앞은 강 상류에 해당되어 강폭이 좁아 물살이 골을 깊게 파서 흘렀다.

울주군, 밀양군, 청도군 꼭지점인 해발 1,240미터의 가지산에서 서남쪽으로 발원하여 석남사 계곡으로 흘러내리는 태화강은 산이 깊고 숲이 울창해 웬만한 홍수에도 물빛이 흐리지 않았다. 사철 물이 맑은 만큼 태화강변 미나리꽝은 청결하기가 소문나 '언양 미나리'는 일찍부터 궁궐에 진상되는 지방 토산물목으로, 수라상에 오를 정도로 이름을 얻고 있었다. 그러나 태풍의 급우(急雨)로 미나리꽝이 모두 물에 잠겼다.

둘은 동남향으로 걸음을 재촉하여 소래골못을 지나 산비알 마을 등억골이란 화전촌까지 왔으니, 반곡리에서 20리 정도를 걸었다. 등억골은 비탈이 급한 산중턱에 화전부치 예닐곱 집이 흩어져 있었다. 골짜기 개울 건너는 높이가 가지산과 비슷한 신불산과 간월산이 형제봉처럼 우뚝 솟아 있었다. 고개를 꺾고 보아야 산마루께를 가늠할 수 있는 산이었다. 소나무와 섞인 떨기나무는 이미 단풍이 들었다. 두 산 사이 활 궁대의 줌통께에 해당되는 간월재조차 하늘 가운데 걸려 있었다.

골짜기 벼랑길을 걷던 어진이 저만큼 길 앞쪽에 간짓대에 수박등을 내다 건 숫막(客店)을 보았다.

"잿길 타기 전에 잠시 쉬어가야겠구나." 백상충이 말했다.

길가 좁장한 빈터 나무 아래 내놓은 평상에 길손 다섯이 쉬고 있었다. 흰 목화송이 달린 대패랭이(竹平凉子)를 쓴 등짐장수 셋은 개다리소반에 술판을 벌였고 둘은 내외인 듯 평상에 걸터앉아 있었다. 여인은 소복이었다. 등짐장수들은 가까이 오는 둘을 보자

초면인데도 한결같게, 어서 오시라며 반겨 맞았다. 그들은 서둘러 잔을 비우고 주모를 불렀다.

"이제 일곱이 됐으니 나서도록 합시다. 더 지체했다간 저물어서야 구천골에 들겠어요." 소금장수가 짚신을 꿰더니 물미장을 들었다. 백상충이 평상에 앉으며 어진이에게 물 한 그릇을 얻어오라 일렀다.

"선다님, 한참 쉬어 가실 작정이십니까?" 창대수염의 건어물장수가 백상충에게 물었다.

"먼저 떠나시오. 우리는 다리쉼하고 재를 넘으리다."

백상충 말에 등짐장수 셋이 눈을 맞추며 웃었다. 상충은 그들을 못 본 체 어진이가 날라온 물을 마셨다.

"선다님께선 아직 간월재 소문을 못 들으신 모양이군요. 우리는 여태 함께 떠날 길손을 기다렸습니다." 얼굴이 팔조하게 생긴 등짐장수가 미역타래를 등짐 지며 말했다.

"간월재에는 호랑이가 있어 대낮에도 사람을 해쳐요. 올해 들어 간월재 잿길에서 호식(虎食) 당한 자가 대여섯이나 된답니다." 주모가 말했다.

"내 지난해 상달에 이 잿길을 넘었는데, 그때 일행이 넷이었소. 그런 소문이 없더니 웬 호랑이가?"

"운문산과 가지산 쪽에서 호랑이 한 식구가 이쪽으로 살림을 난 모양이라 그럽디다. 올해 들어 천황산, 향봉산, 간월산, 신불산 일대를 황소만한 호랑이들이 설친다지 뭡니까. 그래서 산간 화전촌은 해만 지면 문밖 출입을 못해요." 건어물장수가 걸빵을 어깨걸이하며 백상충의 말을 받았다. "선다님, 을사조약이 체결되자 왜놈들이 조선인 총포 소지를 금지시키지 않았습니까. 사냥꾼이 짐승을 못 잡게 되니 산채 호랑이와 곰이 새끼쳐가며 활개치지 뭡니까. 경북 오지 청송만 하더라도 호랑이가 대촌까지 내려와 분탕치곤 황소를 물어갔답디다."

"듣고 보니 그럴듯한 말이구려. 호환까지 당하는 말세가 됐으니……" 백상충이 건어물장수 틀거지를 유심히 보며 말했다. 대명천지에 여럿 앞에서 왜놈이란 말을 겁없이 쓰는 그가 예사롭지 않았다. 상충은 호랑이를 두 차례 본 적 있었다. 종성에서 두만강 얼음판을 넘어 서간도로 들어갈 때 이깔나무숲에서였고, 한번은 의병으로 종군했을 때 속리산 위쪽 이화령 부근이었다.

"우리가 일행 오기를 기다렸으니 쉬 나서기로 합시다. 배내천까지 내려가야 안심할 수 있어요." 백상충처럼 백립 쓴 사내가 말했다.

"의견이 그렇다면 함께 나서야겠구려."

일행 일곱은 개울을 건너 신불산과 간월산 사이 협곡으로 빠져들었다. 간월폭포를 넘고부터 비탈이 가팔라 모두 된숨을 쉬었다. 앞뒤로 벽을 쳐 가운데 걷는 여인 걸음이 절름거리는 백상충만큼 더뎠다.

해발 5백 미터 높드리까지 오르자 단풍진 갈잎 잡목숲이 키를 세우더니 소나무, 참나무, 상수리나무 따위의 큰키나무가 군락을 이루었다. 부근에 벌채장이 있는지 나무 베어 넘기는 소리와 통나무 굴려 내리는 소리가 천둥 치듯 들렸다.

"십 년쯤 지나면 조선 땅 산이란 산은 알머리가 되겠어. 삼림 울창한 곳마다 왜놈들이 마구잡이로 베어내니……" 오지랖 넓게 돌아다녀 견문 넓은 때문인지 앞장서서 길을 열던 건어물장수가 혼잣말을 싱둥거렸다.

"이토 히로부미(伊藤博文)가 조선통감으로 앉자마자 을사년(1906)에 조만(朝滿) 국경 지방 삼림벌채 조례부터 만들지 않았소. 두고 보시오. 저놈들 삼림 수탈이야말로 농지 수탈보다 심할 테니." 백상충이 말했다.

"선다님 말씀이 옳습니다. 그런데 어떡하다 다리를 다치셨습니까?"

"의병에 종군했다 총상을 입었소."

산으로 오를수록 숲 사이로 난 오솔길이 호젓했다. 해가 정수리에 올랐을 텐데 낙엽 재인 길은 숲이 짙어 어스레했다. 간월산 쪽에서 포효하는 소리가 들렸다. 호랑이 외 그런 소리를 낼 짐승은 없었다. 일행은 호랑이를 만날까봐 사방을 살피며 산길을 탔다. 친정집 친상(親喪)을 치르고 서방과 함께 시가로 가는 여인은 다람쥐나 족제비가 부스럭거리는 소리만 내어도 선겁 들려 멈추곤 했다. 겁을 먹기는 어진이도 마찬가지였다. 고라니인지 노루인지 낙엽을 차며 날쌔게 뛰는 짐승도 있었다.

간월재 잿마루는 해발 9백 미터가 넘었다. 잿마루까지 올라왔을 땐 해가 설핏 기울었다. 잿마루는 억새밭이 넓었다. 일행은 잿마루에서 쉬어 가기로 했다.

어진이는 사방이 트인 넓은 세상을 두루 살폈다. 산이 연봉을 이루고 단풍 든 산색이 고왔다. 조실승 말이 아니더라도 대자연의 웅장한 자태에 비긴다면 산중에 있는 사람은 한낱 티끌에 불과했다. 그는 처음으로 높은 산에 올라왔고, 넓은 세상으로 나왔음을 실감했다.

"자네는 경치에 넋이 빠졌군. 이런 산은 처음 올라와보는가?" 건어물장수가 물었다.

"그렇습니다요."

"금강산쯤 올라간다면 오줌을 질금질금 싸겠다."

"금강산이 그렇게 좋은가요?"

"일만이천 봉이란 노래도 있잖은가. 기기묘묘한 봉우리가 일만이천에 이르니 하늘 아래 가장 아름다운 산이지. 난 두 차례나 올랐어. 자넨 우리나라 산 중 무슨 산에 가보고 싶냐?"

"백두산요." 어진이 엉겁결에 대답했다. 백두산은 우리나라 산 중 가장 높아 반도 땅으로 뻗어 내린 모든 산이 그 산의 맥을 이어받았다는 동네 어른 말을 들은 적이 있었다.

"내가 아직 그 영산(靈山)에는 오르지 못했단 말야. 언젠가 기회가 있겠지. 신령한 천지 물로 오장육부를 씻어야 진정 조선 남아라 할 수 있지."

돌팍에 앉아 땀을 닦던 백상충이 어진이를 불렀다. 그는 어진이 망태기에서 떡 보퉁이를 풀게 하여, 여럿이 나누어 먹었다. 마루터기 센바람에 땀을 식히고 일행은 길을 서둘렀다.

간월재에서 내리막길로 한 마장쯤 내려가면 배내천에 닿았다. 가장자리에 이천골이란 산간 마을이 있었다. 이천골부터 다시 서쪽으로 산길을 타서 천황산과 향봉산을 잇는 해발 6백 미터 재를 넘으면 고원분지에 사자평이란 산촌이 나섰다. 표충사는 사자평 아래에 있었다.

내리닫이 길에서부터 백상충은 앞장선 건어물장수를 따라 붙었다. 간월재 잿마루에서 통성명한 둘은 오랜 벗을 만난 듯 담소를 즐겼다. 건어물장수 이름은 곽돌로 본향은 양산군 갯가 서생면이었다. 그는 장생포에서 받아온 건어물을 밀양, 청도, 월성 지방 산촌에 내다 팔고 그쪽 목물(木製物)이나 가죽, 버섯, 꿀을 거두어 장생포 객주에 넘겼다. 나이 서른넷인 그는 처를 여윈 홀아비였는데 하찮은 신분임에도 시국관이 뚜렷해 백상충과 의기투합되었다. 그는 말끝마다 망국지탄(亡國之歎)을 들먹여, 우락부락한 생김새대로 의분형이었다.

젊은 내외는 죽전리에서 일행과 헤어졌고, 등짐장수 셋은 사자평을 지나 표충사 입구 삼거리에서 헤어지게 되었다.

"곽서방, 장생포에서 이쪽으로 나오는 길이면 동운사로 걸음 내주시오. 우리 흉금 터놓고 세상 이야기나 실컷 나눕시다. 내 이렇게 명산대찰로 유람하는 팔자지만 통분한 마음은 새기고 사오." 백상충이 곽돌의 손을 잡고 아쉬운 작별인사를 했다.

"두 파수 후쯤 다시 이쪽으로 나올 때 동운사에 들르지요. 일개 부상(負商)이 선다님 같은 존귀한 분을 노상 상봉하게 되어 배운 바 많았습니다. 뵈올 때까지 무사태평하십시오." 곽돌이 보부상 격식의 배례(拜禮)를 여러 차례 하곤 길을 떠났다.

송림 울울한 옥류동천 계곡으로 접어들 때는 해가 서녘 하늘 아래로 기울었다. 바위를 치며 흘러내리는 물소리가 기운찼다. 표충사 일주문이 보이자 백상충이 걸음을 멈추었다.

"내가 동운사를 나설 때 이미 목적지를 표충사로 정해두었다. 우리가 여기에 온 목적을 어느 누구한테도 발설해선 아니 된다. 알겠느냐?" 백상충이 명령조로 말했다.

"그러겠습니다." 어떤 사연인지 모르는 채 어진이가 대답했다. 그는 서방님의 표충사 걸음을 전부터 사권 승려를 만나러 간다고 짐작했다. 등짐장수 곽돌과 헤어질 때 명산대찰 유람을 들먹였기에 그러려니 생각했던 것이다.

"내가 여기 온 줄은 아는 사람이 없다. 울산 본가에 가더라도 발설하지 마."

백상충의 다지름에, 어진이는 삼월이가 떠올랐다. 태화강 둑에서 어색한 만남이 있은 뒤 몇 차례 울산 본가로 내려갔을 때 서로 외면했던 처지였으나 그는 삼월이가 헌병대 강형사 밀정일지 모른다는 혐의를 아직도 머릿속에 두고 있었다.

"표충사는 우리나라 사찰 중 유래가 깊은 대찰로, 호국불교(護國佛敎)의 근원지이니라……" 일주문에서부터 절까지 아름드리 송림이 울창한 돌바닥길을 오를 때, 백상충은 자상한 스승답게 표충사 유래를 설명했다.

밀양군 단양면 천황산 서남쪽에 위치한 표충사는 신라 태종무열왕 1년(654)에 창건되었는데 처음 절 이름은 죽림사였다. 흥덕왕 4년(829)에는 인도 승려 황면선사가 지금의 자리에 중창하여 영정사라 이름을 고치고 삼층석탑을 세워 부처님 진신사리(眞身舍利)를 봉안했다고 전해진다. 진성여왕 때는 보우국사가 우리나라

제일의 선수행(禪修行) 사찰로 만들었고, 고려 충렬왕 12년(1286)에는 『삼국유사』를 지은 일연 국사가 천여 명 승려를 모아 불법을 일으키기도 했다니, 절 규모가 웅장했음을 짐작할 만했다.

"사명대사란 고승 이야기를 들은 적 있느냐?"

"임진란 때 큰 공을 세운 유정스님 아닙니까. 용맹과 작전이 신출귀몰해 이순신 장군과 쌍벽을 이뤘다는 그분 일화를 들은 적 있습니다." 어진이 제 총명을 자랑하는 아이처럼 대답했다. 축지법까지 썼다는 사명대사 도술은 민담으로 전해져 여럿 모인 자리에 옛이야기가 나오면 한 차례쯤 그 일화가 화제에 올랐던 것이다.

"그분은 여기 무안면에서 탄생하셨다. 임진왜란 때는 승군도총섭(僧軍都摠攝)으로, 정유재란 때는 울산 땅 도산에서 왜구와 싸워 크게 이겨 동지중추부사 자리에 오르셨다. 전쟁이 끝나자 국서를 휴대하고 일본으로 건너가 강화조약을 맺고 우리나라 포로 삼천오백 명을 인솔해서 귀국하셨지……"

둘은 '表忠寺'란 현판이 붙은 절 문에 당도했다.

표충사는 백여 동 건물로 이루어진 대찰이었다. 본존불상을 모신 대웅전만도 동운사 법당에 비해 실히 대여섯 배 될 만했고 대홍원전(大弘願殿) 앞에 있는 오층석탑은 동운사 석탑보다 규모가 두 배나 컸다.

요사 앞에는 먼길 걸어온 나귀 예닐곱 필이 여물을 먹으며 쉬고 있었다. 요사 옆 개울에서 세수하고 돌아오던 옷갓한 중년 남정네 둘이 백상충을 보자 바삐 다가와 저간의 친상(親喪)과 옥고(獄苦)를 위로했다. 승려도 아니요 행자도 아닌 노복들 모습도 요사 주위에 얼쩡거렸다. 오십 줄에 든 승려가 요사로 건너와, 먼길 행보에 수고가 많았다며 백상충을 반겼다. 어진이는 그제야 표충사에서 모임이 있음을 눈치챘다. 동운사를 떠나기 전날, 갓골 함선생 댁에서 서찰 세 통을 비밀히 받아와 작은서방님께 전해준 것도 이 모임 연락이려니 싶었다. 그 점은 그날 밤 여러 지방에서 온 노복 여섯과 함께 어진이 요사에서 숙박하게 되었을 때 분명하게 드러났다. 그들이 모시고 온 주인어른들이 우국지사란 점이었다. 견마잡이로 따라온 노복들은 어진이보다 나이가 위였다.

"주인어른 뜻이 그러할진대 저 역시 나라를 위해 한 목숨 바칠 각오가 돼 있습니다." "강도 무리에게 나라를 빼앗겼다고 주저앉을 수야 없지요. 어떤 방법으로든 왜놈과 싸워야 합니다." "저의 집 셋째도련님은 광복운동의 웅지를 품고 간도로 건너갔습니다." 노복들이 혈기 세워 뱉는 말이었다.

이튿날, 날이 밝았다.

어제 오후부터 새벽까지 속속 표충사에 도착한 근동 유생들은 간단한 아침공양을 마치자 표충서원 마룻방으로 모였다. 회의 참석자는 열셋으로 표충사 승려 셋이 절 대표로 나오고 열은 대구, 경주, 창녕, 밀양, 울산, 양산, 청도 지방에서 모인 유생들과 서상암에 은신 중인 부산인 김조경이었다. 유생 중 백상충처럼 의병에 종군했거나 개화 물결을 타고 신교육을 받은 사람도 섞여 있었다.

상견례를 나눈 뒤, 표충사 주지 일각이 먼저 말문을 떼었다.

"월성인 최명환 처사는 근간 득병하여 모임에 참석치 못했으나 회의에 합의된 의견을 따르겠다는 위임 서찰을 보내왔습니다. 청도인 이정희 처사는 북지 간도에 출타 중이라 이번 모임에 빠졌습니다……" 일각이 좌중을 둘러보며 합장했다. "이 민족 사표로 추앙받는 사명선사님 위패와 유품을 안치한 호국성지 표충사에서 결사의 모임을 가지게 된 건 대자대비하신 부처님의 굽어살피심이라 감은하나이다. 관세음보살……" 일각은 감았던 눈을 뜨곤 합장한 손을 거두었다. 그때부터 여윈 목 어디에서 샘솟는지 목소리에 울림이 깊었다. "무릇 국가가 있어야 영토와 백성이 있고, 그 연후에야 그 땅에서 생업에 종사하는 자, 학문을 닦는 자, 득도에 이르고자 하는 승려도 있게 마련인데, 우리는 불행하게도 작년에 국치민욕을 당해 나라를 빼앗기고 말았습니다. 중생이 팔풍오욕(八風五慾)에서 헤매게 되었으니 예토(穢土)가 따로 있음이 아니요 국가 없는 이 땅이 예토라, 여기 선문만도 작년 국치 이후 참선단식 끝에 순절한 의승(義僧)이 여섯 분에 이릅니다. 대승의 참뜻이 상구보리 하화중생(上求菩提 下化衆生)이라 했을진대, 예토에서 유리걸식하는 중생을 건지는 길이 우리가 해야 할 소임이요, 우선 국권을 회복하지 않고서는 이 땅에서 정토구현(淨土具現)의 소망을 이룰 수 없습니다……" 이어 일각은 지난 양력 6월로 총독부가 팔도도총섭 제도를 폐지했고, 호국성지 표충사를 눈엣가시로 여겨 통도사 말사로 편입시켰음을 상기했다. 한편, 일본 조동종(曹洞宗)이 반도 땅 사찰 관리권, 포교권, 재산권을 주장하는 마당에, 불교계조차 이럴진대 저들이 저지르는 사회 각층의 만행을 보고 있을 수 없어, 항일 대적 방법을 숙고해보자는 데 모임의 뜻이 있다고 말을 맺었다.

먼저 발언에 나선 사람은 밀양인 전홍표였다. 그는 을사년 한일 협상조약으로 나라의 외교권을 일본에 강탈당하자 뜻한 바 있어 향리에 동화중학교를 설립하여 생도들에게 암암리에 민족교육을 실시해 오다 올해 들어 학교가 재단법인이 아니란 구실로 폐쇄령이 내려졌다. 왜경은 전홍표 교장을 배일사상을 고무케 하는 위험 인물로 지목했던 것이다.

"작년 국치 이후 반도 땅에서 무력항쟁은 한계점에 도달했습니다. 국치 이후 가을에 들자 총독부는 여단 규모의 병력을 팔도에 상주시켰고, 경상북도 일월산 일대와 황해도 구월산 일대의 의병 부대에 살육전을 전개하자, 그나마 꺼져가던 의병 활동이 전국적으로 잠적한 실정입니다. 잔류 의병들도 만주와 연해주 쪽으로 옮아갔고……"

전홍표의 설명에 더러 마루청이 꺼져라 한숨 쉬며 머리를 주억거리는 사람도 있었다.

"저는 여러 장로님처럼 학식 높은 유가 출신이 아닌데 대구 지인들 천거로 말석을 차지해 죄송합니다." 가부좌한 대구인 우용대가 말문을 틔우더니 목소리를 높였다. "전선생님 하신 말씀이 틀리지 않으나 우리가 어디 왜놈들 철권 무단통치를 몰라 이렇게 모였습니까? 뜻이 있으면 길이 있습니다. 우리는 지금 국권회복에 한줌 피를 바치겠다고 그 길을 찾아 모였습니다. 비관론을 되풀이하자면 살길이 안 보입니다. 무신년(1908)까지도 오천여에 달하던 사립학교가 작년 총독부 학무국의 폐쇄령에 따라 천구백여로 급격히 줄어든 것은 저도 신문을 통해 읽은 바 있습니다."

백상충은 체구가 작은 우용대를 유심히 보았다. 좌중에서 가장 연하이나 강기가 있어 보였다. 그가 동운사에 들렀던 박상진이 대구에서 만나기로 한 인물임을 알았다.

부산인 김조경이 나섰다. 그는 올 5월 부산경찰부 폭탄투척 사건 주모자로, 거사가 미수에 그쳤으나 몸을 피해 표충사로 들어와 천황산 깊숙이 들어앉은 서상암에 은신 중이었다. 우용대와 함께 갓을 쓰지 않은 개화머리 둘 중 하나였다.

"우리 유생을 대표할 만한 의암(유인석) 선생께서도 무신년에 의병부대를 이끌고 해삼위로 떠나며, 나라의 운명이 지금 어느 지경에 있는고, 천심이 이 행차에 달렸다(國命今何境 天心付此行)고 말씀하셨지만, 이 땅을 떠나 싸우는 분은 그쪽에서 싸우고 국내에 남아 싸우는 사람은 여기 이 땅을 지키며 싸워야 할 것입니다. 그러한즉 구국항쟁 두 갈래 길은 급전론으로 무력투쟁과 장기적 안목으로 민족계몽, 즉 실무역행주의(實務力行主義)로 나아가는 길이 있을 것입니다."

"우선 회합 명칭부터 정하기로 합시다." 나이 지긋한 경주인 최규훈 진사가 말했다.

백상충은 시종 입을 다물고 있었다.

결사 명칭을 정하는 데는 의견이 분분했다. '구국단(救國團)' '조선혈맹회(朝鮮血盟會)' '선명회(鮮命會)' '국권회복영남유림회(國權恢復嶺南儒林會)' '대한광복회(大韓光復會)'와 같은 명칭이 물망에 오르고, 일각은 사명대사 호를 따서 '송운회(松雲會)'란 의견을 냈다. 좌중은 나이 든 측 온건론이 득세하여 결사 명칭은 '영남유림회'로 결정을 보았다. 그렇게 결정되기까지 열다섯 명 중 장로로 밀양인 변진사 의견에 노장측 동조자가 많았던 것이다. 그들은 대체로 복벽주의자(復辟主義者)들이었다. 변진사 이름은 변정기로 그는 조선 초 김종직과 함께 밀양 땅을 '추로지향(鄒魯之鄕)'으로 일컫게 만든 춘정 변계량 직계 후손이었다.

"여기 모이신 분들이 유림처사이긴 하나 이름이 너무 점잖습니다. 어차피 구국을 위해 신명을 바치기로 했다면 명칭은 누가 들어도 애국심 끓는 단체명으로 지어야 할 것입니다. 저는 대한광복단이 적당하다고 봅니다. 해삼위와 서간도 지방에 그 이름으로 무력투쟁을 지원하는 단체가 결성 중에 있고, 풍기와 안동 지방 우국지사들도 그 명칭으로 단체 결성을 준비하고 있습니다. 대한광복단을 명칭으로 하면 뒷날 그쪽 세력과 제휴 통합도 가능할 것입니다."

우용대 발언을 듣고 보니 백상충은 대한광복단에 대해 박상진으로부터 들은 말이 있었기에 우용대 역시 박상진과 뜻을 함께하거나 그 사주를 받고 있음을 짐작했다.

"저는 우동지 말에 동의합니다." 김조경이 찬성하고 나섰다.

변진사는 '영남유림회'를 찬성하며 그 이유로, 결사 명칭을 너무 강하게 정하면 왜경 감시에 탄로되기 쉬우므로 외유내강의 뜻대로 명칭은 온건하게 정하되 실천 의지는 군건히 하자고 주장한 터였다. 그러나 우용대, 김조경, 백상충을 비롯한 장년층이, 유림회란 예부터 고을마다 유사한 명칭이 많고 구국결사 의지가 약하다는 이유를 내세웠다. 다시 토의에 들어간 결과 '회'를 '단'으로,

끝 자만 바꾸는 쪽으로 결론이 났다.

주의주장이 대쪽 같은 유생들 모임이라 결사 명칭을 결정하는 데도 반나절을 보냈다. 점심공양은 깨죽 한 공기와 작설차가 나왔다. 점심시간 뒤 휴식할 때, 우용대가 백상충에게 인사를 청해 왔다. 그는 상충보다 몇 살 아래였다.

"백선생 말씀은 서간도에서 만난 고헌(박상진 호) 형님으로부터 들었으나 이제야 뵙게 되었군요. 반갑습니다."

"저도 상진이한테 성함을 들은 바 있습니다. 상진이는 다시 북지로 갔나요?"

"몇 달 됐나요, 대구서 사흘 유하다 떠났습니다. 다시 귀국할 땐 총포를 반입해 오겠다더군요. 고헌 형과는 지난 정월 서간도 경학사(耕學社)에서 만나 인사를 나눴지요. 뜻이 같아 의형제를 맺었습니다. 저로 말하자면 정미의병(1907) 때 경북 상주 지방에서 활동하신 정환직 의병부대의 산남의병진(山南義兵陣)에 참여하다 피체되어 대구감옥에 갇힌 바 있습죠. 경술국치로 출감하자 서간도로 들어갔지요. 그러나 고헌 형에 비하면 저야 한갓 졸장에 불과합니다." 우용대가 겸손을 차려 말했다. 대구 약전골 태생의 그는 누대로 약종상을 하던 중인계급 출신으로 일찍 한학을 수학한 뒤 한양으로 올라가 한성의학교에서 1년간 신의학을 공부하기도 했다. 낙향 뒤로 선친을 도와 약국을 경영하던 중, 1905년 한일강제협약이 조인되어 조선의 외교권을 일본에 박탈당했다. 우용대는 대구 약종업 대표단 일원으로 한양으로 올라가 대안문 앞에서 그 부당성을 두고 복합(伏閤)했을 때가 스무 살이었다. 그는 그길로 일본 관헌에 체포되어 두 달여 감옥 생활을 겪다 출옥하자 산남의 병진 선봉장으로 맹활약하여 그 이름이 경북 중부 지방에 알려졌다. 그 뒤 그는 생업을 놓고 본격적인 구국 대열에 나섰으니, 간도와 대구를 오르내리며 뜻맞는 동지를 규합 중이었다.

"그러셨군요. 장한 일을 했습니다." 백상충이 머리를 끄덕였으나 그는 다시 한번 쓸쓸한 비애를 씹지 않을 수 없었다. 고헌 박상진이라면 허위 군사장 수제자, 판사시험 합격자, 열혈 애국열사로 그 명성이 국내는 물론 만주 일대에까지 알려졌고 우용대가 그렇듯, 흠모하여 따르는 자가 많았다.

회의는 오후에 속개되었다.

영남유림단 실천 방향 설정은 명칭을 정하기보다 더 힘이 들 수밖에 없었다. 의병활동 같은 무력항쟁으로 나아가느냐, 민중계도적 차원의 실무역행주의로 나아가느냐의 방향 설정에는 그들의 의견이 반쪽으로 나누어졌고, 반쪽으로 나누어진 중에도 여러 갈래 수정안이 나왔다. 해가 질 무렵까지 의견이 모아지지 않았으므로 강령 초안은 손을 대지 못한 채, 여러 사람이 다투어 발언에 나서 설왕설래가 이어졌다.

백상충은 두 가지를 다 수용하자는 의견을 냈다. 그러나 무력항쟁은 의병 같은 단체행동이 국내에서 불가능한 실정이기에 일본 관공서 폭파, 소수 정예로 안중근 의사 같은 저격 암살은 가능하리란 단서를 달았다. 그의 의견은 어느덧 박상진의 동운사 발언과 뜻을 같이하고 있었다.

"……전민족적 국권회복 투쟁은 이제부터 시작입니다. 도이(島

夷) 무리에게 국권을 강탈당한 것은 매국노 몇몇을 앞세운 저놈들의 간교한 술책일 뿐, 위로 임금님은 물론, 아래로 우리 동포는 저들에게 나라를 넘겨준 적 없습니다."

백상충의 강경 발언은 네댓 사람 동조자를 얻었으나 변진사를 비롯하여 실무역행을 내세운 나이 든 축으로부터는 호응이 신통치 않았다.

"조선이 장차 독립하는 길은 조선 백성이 몽매에서 깨어나는 방법밖에 없습니다. 현금 조선은 무력으로 저들을 당할 수 없으니 실력 배양부터 해야 할 겁니다. 교육을 윗길로 잡아야 해요." 중학교 설립자다운 밀양인 전홍표 발언이었다.

"옳은 말씀이오." 변진사가 동의했다.

유림들이 표충서원 마루방 문을 닫은 채 종일 회의할 동안 상전을 모시고 온 노복들은 할 일이 없었다. 50리 밖 밀양 읍내 경찰서나 헌병대, 또는 단양면 주재소에서 결사모임을 염탐하러 오지 않나 하여 표충사 일대는 젊은 승려들이 경비를 맡고 있었다. 하인들이 어젯밤의 철저부심했던 애국심과 딴판으로 아침부터 한가로운 의견을 냈다.

"오랜만에 명산대찰로 구경 나왔으니 두루 다녀봅시다. 상전님들은 표충사서 일박 더 하고 내일 헤어진다니 우리야 할 일이 없잖습니까." "시오 리 밖이라 길이 멀기는 하지만 삼복에도 석류알 같은 얼음이 언다는 얼음골 구경이나 다녀옵시다. 얼음골은 겨울엔 훈훈한 물이 나온다잖습니까." "사자평 널마루가 장관이라던데요. 산 중턱에 백오십만 평이나 되는 억새밭이 있고 거기서 보면 사방 백 리 안쪽 산이 한눈에 잡힌답디다." 유림들의 분분한 의견과 달리, 그들은 행선지를 재약산 층층폭포로 쉬 타협을 보았다. 곡주도 있어야 한다는 말에 돈 몇 푼씩을 추렴하여 절 밑 마을에서 막걸리 한 말을 받아왔다. 그들은 곧 재약산 폭포 구경을 나섰다. 어진이는 추렴돈을 못 낸데다 그들을 따라나서기 찜찜하여, 자기는 남아 급한 연락이 있으면 재약산으로 여러분을 부르러 가겠다며 발뺌했다.

혼자 남은 어진이는 건물이 백 채가 넘는 절 안을 둘러보았다. 사미승이 응진전(應眞殿)을 두고 설명했다.

"이 절은 신라시대 홍덕왕 셋째왕자가 문둥병에 걸렸을 때 여기 영산 약수를 먹고 병이 나았다 하여 오랫동안 영정사(靈井寺)로 불렸습니다. 사명선사님의 고향인 무안면에 충혼을 기리기 위해 나라에서 세워준 표충사(表忠祠)란 사당이 있었는데, 사명선사님 법손이신 월파선사께서 선사님 유품을 이 대찰로 옮겨오면서 절 이름도 표충사로 고치게 되었지요. 그때가 헌종 임금 오년이니, 지금부터 칠십 년 남짓 되었나 봅니다."

"임진란 때 선조대왕이 하사하신 저 옷과 청룡은월도와 산고동 나팔이 다 진짜 유품입니까?" 어진이 물었다.

"그렇습니다. 존귀한 유품이지요."

어진이는 3백여 년 전 사명대사가 사용했다는 3백여 점 유품을 보자 고승의 생전 모습을 뵈온 듯 경건한 마음이 들어 합장했다. 어젯밤 요사 골방에서도 귀가 닳도록 들어온 사명대사 행적이 성자의 자취로 눈앞에 현시되고 있었다. 승군(僧軍)을 통솔 지휘하여 가삿자락 날리며 질풍같이 내달아 왜군을 물리친 늠름한 기상이야말로, 자신은 죽었다 살아난다 해도 그런 용맹에 이를 수 없다고 체념했다.

"저 청동함은향완(青銅含銀享垸)을 보십시오. 선조대왕께서 사명선사님 충절을 기려 내리신 향롭니다. 저 향로야말로 조선 땅에서 하나밖에 없는 향로이지요. 은으로 입사된 범(梵)자 무늬며, 연꽃 무늬, 여의주 무늬, 당초 무늬가 정교하고 아름답지 않습니까? 고려 때에 만들어진 걸작품이라 들었습니다."

어진이는 유리로 된 네모 함 속에 들어 있는 향로를 가까이에서 들여다보았다. 은으로 입사된 무늬는 옛적 어느 장인 솜씨인지 섬세하고 우아했다.

어진이 절 구경을 두루 마치자 해가 서산 솔밭 위로 기울었다. 볕살이 엷어지고 소슬바람에 가랑잎이 흩날렸다. 그때까지 유림들의 표충서원 회합은 끝나지 않고 있었다. 어진이는 우화루 지대에 앉아 기우는 햇발 아래 망태기에 담아온 『수신요령』을 소리 내어 읽었다. 노승이 천천히 다가오더니 어진이 앞에 서서 책 읽는 그를 내려다보았다. 어진이 독서삼매에 빠져 있자 노승이 주장자로 땅바닥을 쳤다.

"처사, 보게나."

어진이 책 읽기를 멈추고 고개를 들었다. 선계에서 내려왔는지 관 속에서 일어났는지 홀연히 나타난 파파승이 눈앞에 서 있었다. 그는 책을 덮고 일어나 합장하며 절을 했다.

"독경을 들으니 글 익힌 지 오래되지 않았군. 처사는 누구 따라 여기로 왔는가?"

"울산 땅 백군수 어르신 댁 서방님 모시고 왔습니다."

"은곡 처사 자제분이군. 젊은 백처사도 때를 잘못 만났어. 울산 땅 정기를 한 몸에 받았으나 동면한 개구리가 지상에 나오니 춘삼월이 아니라 북풍한설 정월이라……"

노승이 머리를 끄덕이더니 부리부리한 눈으로 어진이를 보았다. 어진이는 그 눈길을 마주볼 수 없었다. 연세는 동운사 조실승보다 아래로 일흔 초반쯤이었는데 허리가 꼿꼿하고 주름이 별로 없었다. 솔방울 눈과, 짙은 눈썹과, 동지 팥죽 옹서래미 누른 듯한 큰 귓밥이 눈에 띄었다.

"처사 속명이 무엇인고?" 노승이 물었다.

"어진이라 하옵니다. 성은 석가고요."

"무슨 해 생이며 생일은 언제던고?"

"갑오년(1894) 삼월 초닷샛날이라 들었습니다."

"석어진이라 했겠다. 아이 적에 엄청 어질었나 보군?" 노승이 손마디 셈으로 육십사괘를 짚곤 물었다.

어진이 대답을 못했지만 자신의 유아기 이야기를 부모로부터 들은 바 있었다. 새벽닭이 울 때 태어났으나 아기가 첫울음을 터뜨리지 않아 사산한 줄로 알았다 했다. 전해에 흉년이 들어 보릿고개를 부황으로 넘겨 뱃속에서 너무 곯은 나머지 죽어서 나왔나 했는데 해가 동산에 오를 때야 목구멍이 틔어 여린 소리로 울음을 울었다는 것이다. 어미가 먹는 것이 적다 보니 햇곡이 날 철까지 젖이 말랐으나 아기는 통 보챌 줄 몰랐다. 몸이 엿가락같이 꼬여 숨길이 붙은 게 가상했다. 1년이 되어서야 겨우 뒤집기를 했고 그로부터 석 달 뒤 벽을 짚고 떨리는 새다리를 세웠다. 말도 다른 아기들보다 늦었다. 부모는 자식 꼴이 그러니 사람 구실하기 글렀다고 체념했는데, 몸은 약했으나 병치레 안하는 게 다행이었다.

"어릴 적 이름은 순동이라 불렀습니다. 제가 예닐곱 살 적에, 돌아가신 주인어르신께서 어진이라 부르게 했습니다."

"그랬군. 처사 눈이 그러하다. 어진 눈이로다. 그러나……"

노승이 잠시 말을 멈추었으나 어진이는 뒷말을 짐작했다. "처사 눈을 보면 계집애처럼 겁이 많아. 사내다운 뚝심이 모자라 글을 읽어도 팔자가 고쳐지지 않겠어……" 동운사 주지승 자운이 자기 눈을 두고 말한 바 있었다.

"내 어젯밤 꿈에 동자(童子)를 보았지. 피 묻은 손에 애솔 한 그루를 받쳐 들고 저잣거리로 내려가더만. 쯔쯔, 피 묻은 손으로 저잣거리로 내려가다니. 애솔을 어디에 심겠다고……" 어진이는 꿈풀이를 이해할 수 없었는데, 노승이 말을 이었다. "산으로 올라온다면 애솔이 만고풍상을 이겨 왕소나무가 될 수 있으련만 글쎄, 동자가 저잣거리로 내려가지 않나. 내가 길을 막으려 따라갔으나 늙은이 기력이 달려 놓치고 말았어. 동자 걸음이 날래기도 하더군."

시자승이 이쪽으로 와서 노승 앞에 서더니 합장했다.

"방장스님, 아랫마을 보살 한 분이 업혀 왔어요. 통증이 심한데다 사색입니다. 급히 의중당에 드셔야겠습니다."

"각공한테 맡기지."

"각공스님도 손쓸 수 없다 해서……"

"그래? 그렇담 나라는 못 구해도 중생제도는 해야지. 그러나 내 무슨 재주가 있어 명계에 들 중생을 구해."

방장승이 주장자를 짚고 걷자 저녁 바람에 떨어지는 은행잎이 등을 후려쳤다. 어진이는 노승을 보며, 애솔을 든 동자 꿈이 무슨 뜻일까 곰곰 생각했으나 얕은 지혜로 의미를 알 수 없었다.

그날은 표충서원 마룻방에 밤이 으슥토록 등잔불이 꺼지지 않았다. 내일 아침이면 먼길 행보를 나서야 했기에 그들은 삼경에 잠자리에 들어야 했으나 그때까지 강령 초안이 마련되지 않았다. 조선이 붕당(朋黨)의 지조 있는 비판이 있었기에 5백 년 종사가 굳건했다지만 사색(四色) 파쟁 또한 실보다 해가 컸다는 점을 인정하면서도, 그들은 따지고 또 따졌다. 더욱 광복운동의 길을 왕정복귀를 목표로 하느냐, 아니면 공화제로 하느냐의 문제는 노장측과 장년측 대립이 심각했다. 조선조에 군주 은덕 아래 벼슬을 살았거나 왕권정치의 정통성을 존중하는 노장측에게는 국권회복이 곧 조선 왕조 재건으로 풀이될 수밖에 없었다. 복벽주의의 대표적인 인물이 밀양인 변정기였다. 유학에 몰두하여 평생 경서만 읽어온 노장측으로선 공화제란 말조차 양이의 폐습이라 치부할 만했다. 그러나 부산인 김조경을 비롯하여 대구인 우용대와 백상충 등 신학문을 공부한 장년측은 군주제가 구시대 유물로 국권을 잃게 된 것도 세습제 군주정치에 있었음을 역설했던 것이다. 서구 열강이 기본적 제도로 도입한 공화제 정치만이 백성을 살리고 나라 기틀을 다질 수 있는 길이니 정치는 백성이 존경하는 인물을 중심으로 한 합의제가 되어야 마땅하다는 의견이었다. 그러나 승려들도 노장측 의견에 둘이 동조하여 복벽주의자가 공화제주의자에 비추어 여덟 대 다섯이라, 역시 노장측 주장이 우세했다. 그러나 백상충을 비롯한 다섯은 오늘의 조선 현실이 변혁기에 처해 있기에 입헌 군주제가 마땅하다는 주장을 끝까지 굽히지 않았다.

"제가 다시 한말씀 드리겠습니다." 공화제를 주장하던 우용대가 나섰다. "지난 동절기에 제가 서간도에 유할 때도 우국지사들 사이에 복벽파 유림과 혁신 유림으로 나뉘어 그런 설전이 있었습니다. 그러나 따져보자면 조선 왕조가 국권을 상실한 지 이제 두 해째, 어르신들 말씀에 합당성이 있으나 새로운 세대가 성장한다면 세계 조류에 따라 앞으로는 공화제가 우세할 게 자명한 이칩니다. 저는 제 주장을 꺾고 일단 승복하겠습니다만 한마디 덧붙인다면, 지금 우리는 조선이 국권을 회복한 후가 아니라 국권회복의 투쟁 방안을 강구키 위해 여기에 모였다는 점입니다. 군주제냐 공화제냐로 벌써 두 시간 넘게 설전이 오고가는데, 고양이 목에 방울을 달 쥐는 뽑지 않고 방울을 단 고양이만 연상하는 우스갯말이 바로 이런 경우라 봅니다. 논쟁을 일단 덮어두기로 함이 옳은 줄 압니다." 우용대 말에 화제가 비로소 일단락되었다.

영남유림단 발기인들은 이튿날 새벽같이 표충서원에 다시 모여, 임시 의장을 맡았던 좌중 연장자인 밀양인 변정기를 단장으로 뽑았다. 실무위원은 표충사 승려 대표 셋 중에 교무승과 재무승이 연락책과 자금책을 분담키로 했고, 유림단 임시본부를 표충사에 두기로 했다. 그리고 강령, 포고문, 실행 세칙을 정하여 한 통씩 필사함으로써 첫 회합을 마쳤을 때는 정오 무렵이었다. 필사본은 한문과 한글, 두 가지로 만들었다.

한글로 된 강령은 다음과 같았다.

嶺南儒林團은 朝鮮의 獨立된 國權을 光復하기 爲하여 生命을 犧牲함에 供함은 勿論, 一生의 目的을 達成치 못할 時는 子子孫孫이 이를 繼承하여 讐敵 日本을 朝鮮 땅에서 完全히 驅逐하고 國權을 光復할 날까지 絶對 不變할 것임을 天地神明께 盟誓함.

한글로 된 포고문은 다음과 같았다.

朝鮮 四千 年의 宗社는 回進되고 우리 二千萬 同胞의 生靈은 奴隷가 되었도다. 島夷의 虐政 蠻行이 一路 月增하는 現今에, 回告컨대 血淚의 痛憤을 禁할 수 없어 祖國의 光復을 回復하려 함이 본 嶺南儒林團의 成立 趣旨이다.

同胞들은 各自의 能力에 따라 우리를 後援하여 後日 嶺南儒林團의 意氣가 宣揚됨을 期待하라. 各 資産家는 事前 貯蓄하였다 本 儒林團의 要求가 있을 時 이에 應하여 義捐하기 待望한다. 만약 우리의 秘密을 漏泄하거나, 또한 우리의 要求에 不應時는 正律에 依하여 處斷할 것이다.

嶺南儒林團 邊正基 外 發起人 12人 一同

한글로 된 실행 세칙은 다음과 같았다.

一. 嶺南儒林團은 國內外의 모든 抗日救國團體와 連繫를 맺고 祖國 光復과 愛國愛族 運動에 뜻을 同한다.

二. 嶺南 地方인 密陽, 梁山, 蔚山, 淸道, 月城, 大邱, 釜山에 各 支部를 둔다. 支部에는 支部長을 두고, 支部는 계속 擴張해나간다.

三. 嶺南儒林團은 武力部와 文治部로 나눈다. 武力部 部長은 釜山人 김조경, 文治部 部長은 密陽人 전홍표로 한다. 武力部는 暴惡한 日本人과 朝鮮人 反逆分子를 逋脫할 烈士를 養成한다. 文治部는 各級 學校 朝鮮人 敎師를 同調者로 確保하여 書塾, 書堂, 私立 普通學校, 各種 實業學校를 支部마다 設立해 民族 敎育을 指導케 하고, 讀書指導로 淸少한 愛國 同志를 養成케 한다.

四. 武力部는 訓練된 同志를 中國과 露國에 보내어 銃砲와 火藥을 求入케 하고, 文治部는 民族 讀本 敎材를 만들어 普及케 한다.

五. 所要 資金은 各 支部長이 義務로 月 五十圓을 納付하고, 支部長, 一般, 富豪, 會員의 義捐金으로 充當한다.

회의를 끝내자, 음력 9월 15일에 2차 회합을 갖기로 했다.

영남유림단이 2차 회합을 갖게 될 음력 9월 15일까지 단장은 다른 구국 항일조직과 유대 관계를 맡기로 했고, 각 지방 지부장은 자기 관내 의연금 확보와 뜻을 같이할 동지 규합에 힘쓰기로 약속했다.

우용대는 백상충과 헤어질 때, 대구 상덕태상회의 곡물 수출건으로 조만간 만주 봉천으로 들어갈 예정이며 서간도 조선인 구국단체와 영남유림단 연계 관계를 모색해보겠다고 말했다. 상진 형님을 만나면 안부를 전하겠다는 말도 했다. 다음 회합 때까지는 대구로 돌아올 예정이니 그때 뵙자며 상충과 악수를 나누었다.

표충사에 남게 될 사람을 제외한 아홉 명의 발기인은 데리고 온 노복과 함께 각자 자기 집으로 떠났다. 해가 서쪽 하늘로 기울 무렵이었다.

백상충과 어진이가 이천골에 도착했을 때는 배천내 골짜기가 저물었다. 맹수가 설친다는 간월재를 밤길에 넘을 수 없어 둘은 그곳 객점을 찾아들었다. 무리 지어 간월재를 함께 넘을 길손 네댓이 객점 봉놋방에 유숙해 있었다. 일행은 동트기가 바쁘게 잿길을 타고 올랐다. 백상충과 어진이가 등억리 숫막에서 얼요기하고 동운사에 도착하기는 한낮을 넘겨서였다.

저녁공양을 끝내자 백상충이 어진이를 자기 방으로 불렀다. 상충은 어진이에게 표충사에서의 영남유림단 결성 과정을 대충 들려주었고, 한글로 된 강령, 포고문, 실행 세칙을 어진이로 하여금 읽게 한 뒤, 비밀을 철저히 지킬 것을 서약케 했다.

"……비록 신분이 낮았으나 경상도 영덕인으로 신돌석이란 의병장이 있었다. 평해 땅에서 많은 왜군을 무찌르고 그 이름이 높으매 아동주졸(兒童走卒)에게까지 흠모의 대상이 되었느니라. 내가 모신 이강년 대장님께서도 그분 용기와 담력을 칭찬하며, 내 그렇게 못하니 물러나 당신을 양도 도의장(兩道 都義將)으로 삼겠다는 말씀까지 하셨느니라. 이제 너도 글을 깨치고 뜻을 세울 나이가 되었으니 너를 영남유림단 울산지부 단원으로 삼겠다. 앞으로 나와 함께 왜적을 무찌르고 조국이 광복을 찾을 날까지 싸워야 할 것이다."

어진이는 대답을 못했다. 저는 한낱 종 자식으로 그런 큰일을 함께 도모할 자격이 없습니다. 그러나 주인어른, 아니 스승 앞에서 어찌 그런 말을 할 수 있으며, 주인이 자문(自刎)이라도 하라면 어찌 그 말을 거역할 수 있으랴. 어진이는 참담한 마음으로 떨고 있었다.

"어찌 대답을 못하느냐?" 백상충 말이 서릿발 같았다.

"서방님 말씀을 받들어 모시겠습니다."

백상충의 다음 말은 어진이로 하여금 더욱 간 졸이게 했다. 간이 졸아드는 정도가 아니라 동운사를 떠났으면 싶은 마음이었다. 세상살이 이치에는 까막눈인 채 종살이로 살며 땅이나 파는 팔자가 나을 것 같았다. 비로소 자신이 그 어떤 올가미에 목이 걸렸음을 깨달았다.

"나는 영남유림단원으로 문치부가 아니라 무력부 부원이다. 그러므로 무력부는 무기가 입수되는 대로 원수 무리를 하나하나 척살할 것이니 너 역시 의연하게 그 길로 나서야 할 것이다. 그러자면 그날이 오기까지 너는 더욱 면학에 힘쓸 것이며 심신 단련도 게을리 말아야 하리라. 저 만주 땅에서 작년에 순국하신 안중근 선생께서는 조선의 수적 이토를 살해하기 전 결사동지 앞에서 단지(斷指)하여 혈서로 맹세했으나 단지까지는 못하더라도……"

백상충이 말을 끊고 문갑에서 필사본 한 권을 내렸다. 표지장을 넘기니 백지 서첩이었다. 그는 연적의 물을 벼루에 부었다. 하얗게 질린 얼굴로 떨고 있던 어진이는 서방님 뜻을 알 수 없었지만 늘 해오던 일인 만큼 얼른 벼루에 먹부터 갈았다. 백상충이 붓을 들어 서첩에 이렇게 썼다.

蔚山人 白尙忠
蔚山人 石어진이

백상충이 줌치를 열어 은장도를 꺼내더니 칼집을 뽑았다. 호롱불 아래 칼날이 번쩍였다. 어진이 숨을 들이켜는 사이, 칼날이 백상충 왼손 약손가락 끝을 베었다. 그는 방바닥에 떨어진 피를 오른손 엄지에 찍어 자기 이름 아래에 지문을 새겼다.

"너도 여기에 맹세의 표시를 하거라."

어진이는 서방님으로부터 은장도를 받았다. 어느새 온몸이 진땀으로 젖어 있었다. 건너다보는 서방님 눈길을 느끼자 자기 역시 결행하지 않고 이 자리를 빠져나갈 수 없었다. 그는 낫날로 풀을 베듯 칼날로 약손가락 끝을 그었다. 피가 방바닥에 떨어졌다. 그는 떨며 지문을 찍었다.

"많이 베었어. 행자에게 말린 쑥을 얻어 손가락에 붙여라."

백상충 말에 어진이는 벤 손가락을 싸쥐고 방에서 물러났다. 이마에서 흘러내린 땀이 눈을 적셔 맑은 밤하늘 별빛조차 보이지 않았다.

이튿날 아침, 백상충은 어진이를 데리고 울산 학산리 본가로 들어갔다. 그날부터 백상충은 영남유림단 울산지부 조직책으로 영남유림단 단원 포섭과, 자금에 필요한 의연금 모금과, 별도로 고등보통학교 과정의 간이학교를 세우기 위한 모금운동도 함께 벌여나갔다.

작년의 강제병합 이후 조선총독부는 학교 정비법을 발동하여 각종 민족학교에 철퇴를 가하여 문을 닫게 하고, 철저한 황민화(皇民化) 교육을 실시했다. 그 결과 조선 전토에 보통학교는 관립 2, 공립 328, 사립 25개교만 남겨, 학생 수는 4만 4천여 명밖에 되지 않았다. 중학 과정의 고등보통학교는 관립 2, 사립 1개교밖에 없었고, 여자고등보통학교가 관립 1, 사립 2개교를 합쳐, 학생 수래야 불과 천 명 안쪽이었다. 그러나 간이 실업학교로 2년에서 3년 과정의 농업공립학교가 15개 있었고, 일반 사립학교 823개교, 종교 계통에서 세운 학교가 494개교가 있었다. 이용익이 1905년에 세운 보성전문학교가 유일한 고등교육기관이었다. 지금 실정으로 조선인으로서는 고등보통학교 인가를 얻기가 아주 힘들었기에 백상충은 중학 과정의 3년제 간이 사립학교 설립을 목표로 했다. 그러나 헌병대와 경찰서 턱밑에 앉아 감시받는 그로서는 행동이 자유로울 수 없었다. 단원이 되기를 혈서로 맹세한 도정 박생원과 장경부를 앞세워 활용하는 한편, 함명돈을 통해 문치부 단원이 될 만한 사람은 따로 모집했다. 그리고 자신은 나들이를 신중히 했다. 그가 출타할 때면 뒤에는 언제나 헌병대 급사 점박이나 밀정 같아 보이는 자가 얼쩡거렸다.

번뇌(煩惱)

백상충이 학교 설립 문제와 모금운동을 벌이느라 동운사로 돌아가지 않고 울산 본가에 머물렀으므로, 어진이 역시 집에 남게 되었다. 어진이의 생활은 예전 행랑채 머슴살이로 돌아갔다. 새벽부터 저물 때까지 가을걷이가 바쁜 농사일이 줄을 서서 그를 기다렸다. 참깨와 들깨를 거두어들여 타작하고 고추, 수수, 콩, 녹두도 수확이 바쁜 절기였다. 잡초와 부들, 다북쑥도 틈틈이 베어 헛간에 쌓았다. 겨울 보리밭을 재경(再耕)하랴, 아녀자들의 바쁜 일손 탓으로 목화 따기도 그의 손을 빌렸다. 울산과 장생포 사이 달구지길을 자동길로 확장하는 부역에 동원되기도 했다. 그 울력 일은 점심조차 굶어가며 일본인 감독관 지휘를 받아야 했기에 쉴 짬조차 주어지지 않았다.

"왜정시대 들고 하루도 부역 없는 날이 없으며, 부역 못 나오는 집은 품삯대로 하루 십 전 벌금까지 물어야 하니……" 울력꾼들의 불평이 많았으나 게으름 피우는 자는 발길질이 따랐기에 해질 녘까지 녹초가 되도록 괭이질이나 삽질을 해야 했다.

어진이는 그렇게 휘뚜루마뚜루 일에 몰리다가도 작은서방님이 찾는다는 전갈이 있으면, 멀고 가까운 거리의 심부름을 나다녀야 했다. 백상충은 어진이 일과가 틈낼 짬이 없는 줄 짐작할 텐데도, 극기 훈련을 시키려는 속셈인지 짐짓 이렇게 묻기도 했다. "그 글 다 읽었느냐? 읽었다면 뜻을 풀이해봐. 천자문은 책을 보지 않고 어디까지 쓸 수 있느냐?" 그렇다 보니 어진이는 밤이 되어도 각다분한 몸으로 호롱불 아래 머리방아 찧어가며 공부를 하지 않을 수 없었다.

"아이구, 저 얼간이가 무슨 대학자가 되겠다고 서책을 달고 다녀. 이 자식아, 네 처지를 알아야지. 작은서방님이 읽으란다고, 너도 거름 지고 장에 따라가는 꼴을 자청해? 네놈이 책을 읽어 뭘 어쩌 겠다는 거냐? 심어놓은 모종한테 글 읽어주면 저절로 자라 열매 맺기라도 한단 말인가." 너르네 지청구가 끊이지 않았다.

"저 짓도 타고난 업보야. 너무 면박 주지 말아." 부리아범이 처 를 타이르곤 했다.

"임자는 입 닥쳐요. 다른 말은 못해도 이번 가을걷이 끝나면 큰 서방님께 그 말은 꼭 해요. 우리도 종살이 더 할 수 없으니 배내기 논밭이나 나눠달라고요. 임자가 어리석고 늦어빠져 우리 식구만 종놈으로 매여 살잖아요. 이 집 떠나면 저 자식도 책 안 읽을 테고, 나도 눈감기 전에 면천(免賤)이나 해보게."

너르네 말에 부리아범이 머쓱해져 애꿎게 곰방대만 빨았다. 그런 말이 오고갈 적이면 선화 얼굴이 서러워졌다. 날마다 도화골 논으로 나가 요령 달린 줄을 흔들며 참새를 쫓느라고 얼굴이 까무 족족 그을린 그녀였다.

어진이가 작은서방님 심부름으로 장생포 어느 선주(船主) 집에 서찰을 전하고 돌아온 날이었다. 그날, 그는 부모가 부엌 뒤꼍에 서 나누는 말을 엿들었다.

"헌병대와 주재소 사람들이 요즘 집 주위에 부쩍 얼씬거려요. 올가미 씌울 건덕지를 찾고 있나봐요." 버치에 서방 무명 두루마 기를 담그고 풀을 먹이던 너르네 말이었다. 한가윗날이 가까워 식 구들 추석치레가 바빴다.

"밤이 되면 별당에 청년회 회원이며 농민회 회원들이 들랑거려. 헌병대서 눈치챘는지 출입자를 조사해. 강형사가 큰애보고, 어젯 밤에 집에 온 주먹코가 누구냐고 묻더라잖아. 나락 져다 나를 소 빌리러 왔다고 둘러댔대." 숫돌에 낫날을 세우던 부리아범이 말 했다.

"작은서방님이 절에 유할 때는 집안이 조용했는데 집에만 계시 면 살쾡이 눈이 사방에서 번쩍거려."

"작은서방님이 어진이를 자주 심부름 보내니, 그애도 경칠 일 만날까 걱정이야. 무슨 심부름으로 어딜 갔다 오냐고 물어도 녀석 이 통 대꾸를 안하니……"

"임자 말처럼 업본지, 개도 저러다 불에 대기 십상이야. 작은서 방님이 또 의병운동을 꾸미는 게 아닌지 몰라. 그러니 이번 추수 끝나면 우리 식구도 이 집에서 나가자니깐요."

"우리마저 떠나면 어르신 댁 일은 누가 하고? 삼월이도 추수 끝나면 부산포로 영 간다던데."

"삼월이야 가든 말든 이 댁 농사일을 우리가 맡아야 된다는 법이 어딨어요. 이 없으면 잇몸으로 먹겠지. 왠지 백군수 댁에 더 붙어살다간 날벼락 맞을 것만 같아요. 어르신 별세 후 이 집은 흉가라고 입방아 찧는 소리가 예사로 안 들려요."

부모의 그런 대화를 엿듣자 어진이는 혈서로 맹세한 작은서방님과의 약속이 떠올라 탱자나무를 타고 앉은 마음이었다. 앞으로 헌병대에서 알몸 수색이 아닌 곤장질을 당할는지 알 수 없었다. 글을 익힘이, 농사일이, 위험한 심부름이, 부역 일이, 아니 숨쉬고 살아감조차 모두 부질없게 여겨졌다.

추석날, 깨끗한 옷을 입어도, 올벼를 찧은 기름기 흐르는 쌀밥에 고기 반찬을 먹어도, 중천에 뜬 보름달을 보아도 어진이 마음이 예전처럼 즐겁지 않았다. 추석날이면 태화강 모래톱에서 남정네들은 마을대항 씨름대회와 줄다리기시합을 벌였고 아녀자들은 길쌈하기 경쟁을 했는데, 왜정시대로 들어선 올해는 그런 놀이마당도 없이 쓸쓸하게 넘겼다.

해는 지고 달 떠온다 강강수월래 / 하늘에는 베틀 놓고 강강수월래 / 구름 잡아 잉아 걸고 강강수월래 / 별은 잡아 무늬 놓고 강강수월래 / 째작째작 잘도 짠다 강강수월래⋯⋯

동네마당에서는 하루뿐인 포식과 새 옷이 아쉬운 듯 아이들이 부르는 노래만이 가을 바람에 실려 백군수 댁까지 들려왔다. 아이들은 강강수월래(强羌水越來)란 말이 왜적이 바다를 건너 쳐들어온다는 뜻인 줄 아는지 모르는지, 신바람이 실려 있지 않았다. 일본과 바닷길이 가까운 울산 지방은 아주 먼 시절부터 고운 옷으로 단장한 아녀자들이 달 좋은 보름날이면 태화강변 모래톱에서 강강수월래 놀이를 했다. 3, 40명이 손에 손을 잡고 뛰며 원을 그려 빙빙 돌아가는데, 먹임소리가 빨라지면 강강수월래 소리가 잦아지고 원형돌기도 한층 빨라지다 재빨리 한데 섞여, 오른 흥으로 춤추었다.

도화골 논 열두 두렁을 벼베기하는 날이었다. 행랑채 식구 남자가 모두 동원되었다. 남자래야 부리아범과 장자 석서방, 어진이였다. 논물을 뺄 때 마디도열병이 돌아 소출을 걱정했으나 여름내 정성을 들인 덕분에 알곡이 충실했다.

해가 정수리에 오르자 선돌이어멈과 삼월이 들로 점심참을 내어왔다. 벼 베는 날은 머슴 생일이란 말대로 고깃국에 자반이 올라 반찬이 걸었다. 부리아범과 석서방은 막걸리로 목축임부터 했다. 자배기에 담아온 밥을 삼월이 밥그릇마다 폈다. 다른 사람 밥그릇은 숟가락만 대도 밥알이 떨어질 듯 고봉으로 퍼담았으나 어진이 밥그릇은 슬슬 퍼담아 그릇 입을 가릴 정도였다.

"막내삼촌도 장골인데 네 밥 담는 게 의붓자식 눈칫밥 먹이는 꼴이구나. 오늘 같은 날 실컷 못 먹는다면 언제 포식하겠니." 주걱질을 눈여겨보던 선돌이어멈이 삼월이를 나무랐다.

삼월이 말대꾸를 않았으나 어진이를 보는 눈길이 곱지 않았다.

선돌이어멈이 자기 숟가락으로 시동생 밥그릇에 몇 숟가락을 보태었다.

선화가 지팡이 앞세워 논둑길을 오고 있었다. 어진이는 벼베기 하는 날도 작은서방님 심부름 전갈일까 하고 가슴이 뜨끔했다. 선화는 무당촌에 들렀다 들밥 얻어먹으러 나선 참이었다. 선화는 장차 판수가 되어 입살이라도 하겠다는 속셈인지 점바치들이 사는 웅달말로 자주 걸음하고 있었다.

점심참 먹은 뒤 어른들이 한담하는 동안 어진이는 논배미를 베고 누웠다. 꼬까참새인지 도요새인지 새 떼가 태화강 하구 쪽으로 날고 있었다. 여름 한철을 북쪽 노령 땅에서 보내고 따뜻한 남쪽에서 겨울을 넘기려는 철새 이동 절기라 하늘에는 밤낮으로 철새 떼 우짖음이 그치지 않았다. 그는 새 떼를 보며, 너들이야말로 행복하다고 생각했다. 절에서 내려온 뒤, 그는 손에 일이 잡히지 않았다. 절에서 놀며 공부나 했던 탓인지 이제는 농사일이 지겨웠다. 영남유림단 단원으로 서약한 뒤부터 늘 간 졸이는 걱정거리가 따랐다. 자신이야말로 이럴 수도 저럴 수도 없는 반풍수가 된 꼴이었다. 늘 악다구니만 퍼붓는 어머니, 소처럼 일만 하는 아버지와 맏형, 불쌍한 선화, 쌀쌀맞게 대하는 삼월이까지 보기 싫었다. 그는 말수가 더 줄었다.

*

아침부터 비가 내렸다. 어진이는 봉당에서 새끼타래로 섬을 만

176

들고 있었다. 작은마님이 행랑채로 내려와 어진이에게, 서방님이 부르신다고 일렀다. 어진이 일손을 놓고 별당으로 가자 댓돌에는 신발이 여러 켤레였다.

"서방님, 어진이 왔습니다."

"동천강 건너 한참 가면 신현리란 마을이 나온다. 마을의 큰 기와집이 박참봉 댁이다. 어르신이 병환 중이라 내가 문병을 가야겠으나, 어려운 사정을 서찰에 적었다. 서찰을 전하면 부탁해놓은 걸 주실 테니 다녀오너라. 서찰은 어르신께 직접 전해야 한다." 방에서 나온 백상충이 어진이에게 서찰을 주었다.

읍내에서 신현리는 동천강 나루 건너 20리 남짓한 잇수였다. 무룡산 턱에 걸린 가운데고개에 올라서면 고조부대까지 어진이 집안 고향이며 시집간 누님이 사는 율포 앞바다가 한눈에 잡혔다.

어진이 서방님 서찰 심부름을 할 때는 속옷에 만들어 단 비밀 주머니에 접은 종이를 갈무리했다. 그는 헛간에 걸린 도롱이를 입고 삿갓을 썼다. 마당으로 나서자 뒤에서 부르는 소리가 있어 돌아보니 행랑채 처마 아래에 서 있는 삼월이였다.

"어디 가니?" 삼월이가 물었다.

"작은서방님 심부름 가."

"어디로?"

"율포 쪽 신현리."

알았다는 듯 삼월이 빗발을 가르고 안채로 뛰어갔다. 어진이 대문을 나서며 주위를 살폈으나 통행인이 없었다.

추수 끝난 황량한 들이 가을비에 젖고 있었다. 어진이 눈에 빈

들을 지키며 비를 맞는 허수아비가 처량했다. 처량하기는 자기 신세나 시집간 누님도 마찬가지였다. 신현리에 들렀다 짬이 나면 율포로 가서 누님을 뵙고 오리라 생각했다.

신현리로 들어간 어진이 참봉어른을 뵈오니, 노인은 병환 중이라 자리보전하고 있었다. 힘들게 몸을 일으킨 박참봉이 시중들던 처를 물린 뒤 어진이가 내놓은 백상충 서찰을 읽었다.

"그 어른에 그 아들이다. 장할지고……" 박참봉이 서찰을 화롯불에 사르곤 문갑 서랍에서 겉봉된 봉투를 꺼내어 어진이에게 주었다. "이건 지난번에 약속했던 돈이라 일러라. 한눈 팔지 말고 곧장 돌아가 백군한테 전해."

박참봉 당부 말에 어진이는 율포 걸음을 단념했다. 봉투가 두툼한 것으로 보아 큰돈임에 틀림없었다. 그는 서찰을 간직해 왔던 속옷 주머니에 봉투를 넣었다.

어진이 동천강을 건너왔을 때는 비가 그치지 않은 을씨년스러운 날씨라 사방이 으스레했다. 나루터 사공집 쪽마루에 길손 너댓이 비를 피해 앉아 배를 기다리고 있었다. 그들 중에 헌병대 소사 점박이 모습이 보여 간이 콩알만해진 어진이가 얼른 삿갓을 눌러 내렸다. 절벅거리는 발소리가 뱃전 쪽으로 빠르게 다가왔다. 배에서 내린 길손이 셋이었으나 어진이는 점박이가 자기를 겨냥해 다가옴을 눈치챘다.

"여태 네놈을 기다렸다." 점박이가 어진이 허리춤을 잡고 사공집 뒤꼍으로 끌고 갔다. 그는 어진이 몸을 샅샅이 수색하더니 속옷에 든 봉투를 찾아냈다. 그는 어진이 팔을 뒤로 잦혀 허리에 찬

포승줄로 그를 묶었다.

그길로 어진이는 읍내 헌병분견소로 연행되었다. 일본인 헌병이 본채 목조건물 뒤에 있는 컴컴한 토방으로 어진이를 데리고 갔다. 헌병은 어진이를 알몸으로 벗기더니 팔다리를 따로 묶었다. 그가 통나무 문짝을 닫곤 바깥에서 자물쇠를 채웠다.

어진이는 새가슴으로 떨며 생각을 간추렸다. 예전의 태형은 죄인을 형틀에 묶어놓고 곤장으로 볼기를 쳤다 했다. 많이 치면 30대로, 웬만한 장정도 20대를 맞으면 실신한다고 들었다. 그러나 왜놈들 태형은 그 정도가 훨씬 심하다는 것이다. 모진 난장질을 당할 게 틀림없었다. 영남유림단을 토설해버릴까? 서방님을 보더라도 그럴 수 없었다. 만약 토설한다면 나는 울산 땅을 떠나야 하리라. 아니, 유림단원이 자기를 가만두지 않을 것이다. 그는 모르쇠로 버티며 참는 데까지 참아보기로 마음을 정했다. 이렇게 되기까지 틀림없이 삼월이가 밀고했으리라. 어진이 삼월이의 괘씸한 처사를 곱씹고 있자, 토방문이 열렸다. 팔소매 걷어붙인 헌병 둘이 곤봉을 들고 들어왔다. 새파랗게 질린 어진이 몸을 옹송그렸다. 그들은 불문곡직 어진이를 곤봉으로 패기 시작했다. 무작한 난장질이었다. 어진이 비명을 질렀으나 처음 한동안 아픔을 느꼈을 때뿐이었다.

강형사가 어진이를 본격적으로 취조하기는 초경(初更)을 넘겨서였다. 그동안 어진이는 여러 차례 뭇매질로 초주검이 되어 있었다. 취조실로 끌려온 어진이는 산적이 된 볼기를 의자에 걸치기는 했으나 몸을 제대로 가누지 못했다.

"사실대로 말해. 너는 백상과 한몸으로 붙어다녔으니 그놈이 무슨 흉계를 꾸미는지 알고 있어. 이실직고하지 않는다면 네놈은 여기서 송장이 되어 나가는 줄 알아. 헌병대가 사람을 어떻게 취급하는 덴 줄은 너도 알지?"

강형사 말에 어진이는 대답할 기력도, 할 말도 없었다. 순간, 후려치는 주먹질에 한쪽 뺨이 얼얼했다.

"저는 서방님 몸종으로 심부름만 했을……"

"아직 정신 못 차리는군!"

강형사가 어진이 뒤에 섰는 점박이에게 눈짓을 보냈다. 점박이가 쇠젓가락을 어진이 손가락 사이에 끼우더니 젓가락이 휘어져라 손가락을 비틀었다.

"거두어들인 돈을 어디다 쓴다던? 그걸 말해! 네가 받은 돈이 거금 이백 원이야. 백가가 그 돈으로 뭘 한다던?"

손가락 고통이 어떻게나 심했던지 어진이 몸이 널브러졌다.

"빗물을 먹여. 배 터져 죽게 아주 만땅꼬로!" 강형사가 어진이 정강이뼈를 구둣발로 차며 소리쳤다.

점박이가 어진이 머리채를 틀어쥐고 밖으로 나갔다. 어진이의 어리치는 머릿속에 번뜩, 장터마당에서 교수형에 처해진 셋의 얼굴이 눈앞에 보였다. 애젊은 나이에 물고문으로 죽기에는 너무 억울했다. 늦봄부터 가을까지, 종으로서 감히 누릴 수 없었던 절간 생활이 빗발 속에 흘러갔다. 내가 왜 서방님 심부름꾼으로 간택되어 동운사로 들어가게 되었던가. 서방님은 왜 내게 글을 가르치려 마음먹었을까. 그분과 나는 왜 격에 맞지도 않는 스승과 제자 관계로 맺어졌나. 서방님이 혈서로 맹세하라 했을 때, 종이 어찌 유림단원이 될 수 있냐고 말하고 왜 장도로 손가락을 베었던가……어진이는 속으로 울부짖었다.

취조실 뒤에 느릅나무 한 그루가 있었다. 그 옆 형틀에 누인 어진이는 열십자 꼴로 묶였다. 느릅나무 잎에서 떨어지는 빗발이 얼굴과 가슴을 쳤다. 점박이가 수건을 뭉쳐 어진이 입속에 쑤셔 박았다.

"네놈 명줄은 이제 하늘에 매였다."

점박이가 말하곤 취조실로 돌아갔다. 취조실 남폿불이 꺼지고, 근무자들이 모두 퇴근했다. 사위가 조용한 중에 웅성거리는 소리가 여리게 들렸다. 철창에 갇힌 자들의 말소리 같았다. 작은서방님이 잡혀왔을까? 박생원, 장경부, 함명돈 선생은? 별당에 들랑거리던 청년들은? 어진이 머릿속에 그들 모습이 스쳤다.

떨어지는 빗물이 벌어진 어진이 입과 가쁘게 콧숨 쉬는 콧속으로 흘러들었다. 속기침이 터졌으나 수건이 입을 막아 기침을 토해 낼 수 없었다. 가슴이 찢어지다 못해 터질 듯 아팠다. 그는 비가 그쳐주기를 바라며 깜깜한 하늘을 보았다. 고통을 더 참지 못해 목을 옆으로 돌렸다. 몇 차례 그 짓을 하자 목이 약간 돌아갔다. 숨쉬기가 조금 수월해졌다. 몸은 아무런 감각이 없었다.

시간이 얼마 흘렀을까. 배가 불렀고 가슴이 터질 듯 숨쉬기가 괴로웠다. 비는 그치지 않고 쉬엄쉬엄 내렸다. 머릿속이 흐릿해져 갔다. 그가 속으로 마지막 고함을 질렀다. 아버지, 엄마, 나 죽어요. 형님, 선화야 잘 있거라! 어진이는 정신을 잃었다.

날이 밝기 전에 비가 그치고 하늘이 트여왔다.

"명줄이 길군." 출근한 강형사가 형틀에 묶인 어진이를 내려다보며 중얼거렸다. 그는 어진이 입마개를 뽑았다.

그날, 강형사는 종일 도정 박생원을 취조했다. 백상충과 장경부는 일본말에 익숙해 일본인 헌병이 맡았다. 넘겨짚은 협박, 손찌검과 발길질, 공중에 거꾸로 매단 채 곤봉질 등 갖은 고문을 했으나 박생원은 정보를 흘리지 않았다. 그는 의지가 굳고 장도처럼 매서운 사람이었다. 장경부는 아버지 장판관이 뒷돈을 쓴데다 폐결핵을 앓고 있어 고문을 당하지 않아 발뺌하기가 쉬웠다. 둘에 비해 백상충은 그 방면에 이력이 난 터였고 울산 지방 큰 인물이라 분견소장이 직접 다루었다.

백상충, 박생원, 장경부는 3년 과정의 고등보통학교를 설립하려 부지 매입과 건물 신축에 따른 모금운동을 벌인다고 말했다. 학교 부지 위치를 복산 마을 뒤로 정하고, 땅 임자 윤학관과 교섭이 진행 중이란 말도 셋의 한결같은 주장이었다. 낮쯤 윤학관이 참고인으로 헌병대에 연행당했다. 강형사가 윤학관에게 그 사실을 확인한 결과, 잡종지 만 평 매매건으로 백상충과 장경부를 만났음을 시인했다. 향토 교육 발전을 위해 시세 반값에 팔라는 저들 말이 탐탁찮아 계약을 미루고 있다 했다. 울산 지방 토호인 윤학관은 사찰 대상 명단에 올라 있지 않은 온건한 지주였다.

"불령선인 네놈들한테 도 학무국에서 인가를 허가할 것 같냐?" 강형사가 박생원에게 윽박질렀다.

인가 건은 장경부가 제 부친을 내세워 교섭하기에 자기는 모른다고 박생원이 발뺌했다. 취조가 그쪽으로 풀린다면 올가미를 씌울 새로운 정보가 나올 리 없었고 취조 명분이 서지 않았다.

백상충이 동운사에서 내려와 부지런히 바깥출입을 하고부터 '조센징 오니게이사츠(鬼警察)'로 불리는 강형사는 큰 음모가 있음을 눈치채고 보름에 걸쳐 용의주도하게 그 주위를 내사했다. 그렇게 친 그물인데 피라미조차 걸려 올라오지 않자 안달이 난 그는 순진한 어진이를 더 협박해보기로 마음을 굳혔다.

토방에 홀로 갇힌 어진이는 아직도 거론되지 않는 영남유림단 조직에 대해 따져보았다. 목에 칼이 들어오더라도 서방님이 그 조직을 실토할 것 같지 않았다. 그렇다면 내가 먼저 실토해 석방되면 멀리로 도망치자. 평생 울산 땅을 밟지 말자. 어진이 그런 마음을 먹자 작은서방님 얼굴이 눈앞에 선연히 떠올랐다. 만약 자신이 실토한다면 잡혀 들어온 이들은 물론, 밀양 표충사에 모였던 유생들이 고문 끝에 감옥소로 넘어갈 것이다. 버틸 때까지 버티다 보면, 종놈이라 역시 아는 게 없군 하며 강형사가 풀어주리라는 데 기대를 거는 수밖에 없었다.

강형사가 어진이를 다시 취조하기는 저녁 무렵부터였다. 밤새워 노천에서 빗물 고문을 당한데다 하루를 굶은 어진이는 정신이 반쯤 나간 상태였다.

"……아무것도 모릅니다. 서방님 시키는 대로 심부름만 했습니다. 종놈한테 서방님이 무얼 믿고 여러 말씀이 있었겠습니까. 저는 가라면 갔고 오라면 왔습니다."

"그래?" 강형사가 입가에 비웃음을 띠더니 목소리가 한결 부드러워졌다. "네놈이 백상한테 글을 배우는 줄은 나도 알아. 장상한 테 책을 빌려가는 줄도 알지. 날 속이지 마. 나는 너처럼 인간 대접 못 받는 종놈을 동정할 수 있지만 거짓말은 용서 못해. 정직하지 못한 인간은 개돼지와 같으니깐."

"행자가 글을 익히기에 저도 심심풀이로…… 제 처지가 그런지라…… 읍내로 들어와 농사일이 바빠 글도 놓고……"

어진이는 고하골에서 표충사로 갈 때 서방님이 했던 말이 생각났다. 배움이란 독서만이 아니다. 독서를 통해 대의를 실천할 방법을 찾아 나아가는 데 더 큰 뜻이 있느니라……

"이번 일을 정직하게 자백하면 너를 소장님께 천거해 헌병대 소사로 쓸 수 있다. 여기 근무는 조선인으로서 영광이지."

"할, 할 말이 없습니다."

"그렇다면 일어서!"

어진이 엉거주춤 일어서는 순간, 강형사 발길이 그의 뱃구레를 내질렀다. 어진이 판자벽에 머리를 찧으며 쑤셔박혔다.

그날 밤, 어진이는 숙직실로 끌려가 숙직당번으로 남은 일본인 헌병 옆에 포승에 묶인 채 꼿꼿이 서서 뜬눈으로 밤을 밝혔다. 눈을 감거나 몸이 흔들리면 당번이 싸리회초리를 내리쳤다. 그의 윗몸은 멍자국과 피로 얼룩졌고 머리는 산발이 되어 어깨를 덮었다.

이튿날 아침부터 강형사는 취조실에 어진이를 앉히고 조삿글(調書)을 받았다. 어진이는 서방님과 함께 동운사에서 지낸 생활을 낱낱이 읊었다. 그로서도 기억의 한계가 있어 첫여름부터 가을까지 날짜 짚어가며 일과를 말하기가 곤혹스러웠고 졸음까지 퍼부어 말이 헛나가기도 했다.

"…… 그날도 아침공양 들고 나무 한 짐 해왔고, 점심에는 행자와 신라 때 불교 이야기하고, 이차돈 목에 흰 피가…… 보살님 채마밭 매어주고……"

어진이 말을 엮다 더듬거나 생각을 간추릴 짬을 가지면 강형사가 싸리회초리를 내리쳤다.

"그 대목을 자세히 말해. 백상이 무슨 말을 하며 그 책을 권했어? 책 읽은 소감을 말해." 강형사는 어진이 말 중 중요하다 싶은 대목에 이르면 숨 돌릴 틈 없게 다구쳤다.

말이 삐끗하면 그 꼬투리를 빌미로 모든 게 탄로 날 판이라 어진이는 회초리를 맞을 때마다 정신을 바짝 가다듬곤 했다. 함선생 댁을 서찰 연락처로 삼은 것과 표충사 나들이만은 어떤 일이 있어도 입에 올려서 안 된다고 작심하여 신경을 곤두세우다 보니 입술에 맴도는 그 말이 오히려 튀어나오려 해 입이 몸살을 앓을 정도였다.

"넌 이름 그대로 어진 젊은이야." 협박에도 지친 강형사가 어조를 느슨히 바꾸었다. "내가 일본으로 도망쳐 오사카 전구 만드는 공장 직공으로 있을 때, 너를 닮은 한 놈과 친했지. 그 공장에는 조선인 직공이 대여섯 됐어. 그런데 갱이치란 조선인 동료가 날마다 밤이면 야키이모(군고구마)를 사다 날라 합숙소 조선인 직공에게 나누어준단 말야. 우린 배를 쫄쫄 곯며 하루 열네 시간씩 일하다 보니 야키이모가 얼마나 맛있던지, 갱이치를 늘 우러러봤다. 어느 날 주재소 순사가 조선인 직공들만 묶어 갔어. 매달 완제품

전구가 스무 개 정도씩 없어진다는 도둑 누명을 쓴 거야. 이틀 동안 매질을 당하다 못해 내가 순사에게 갱이치를 추달해보라고 자백했어. 갱이치가 범인으로 잡혔지. 야키이모는 그자가 전구를 빼내 내다 팔아 사왔던 게야. 난 그 인연으로 주재소 고츠가이(심부름꾼)로 발탁되는 기회를 잡았어. 너도 이번에 공을 세우면 그런 기회를 잡을 수 있어. 바른말만 하면 내가 헌병대 고츠가이로 취직을 보장해주마." 강형사가 은근짜로 구슬렀다.

조삿글 받기가 저녁 무렵까지 계속되니 어진이는 살아 있는지 죽어 있는지 모를 상태여서 만사가 귀찮았다. 모든 걸 토설해버렸으면 속이 후련할 것 같고, 차라리 죽어버렸으면 싶을 정도로 자포자기 상태에 이르렀을 때, 강형사가 싸리매를 내던졌다. 창밖 서쪽 하늘에 놀이 타오르고 있었다.

그날 밤, 어진이는 헌병분견소로 끌려온 지 사흘 만에 처음으로 소금물 적신 주먹밥 한 덩이를 먹었다. 포승줄에 묶여 있었으나 단잠에 곯아떨어질 수 있었다.

이튿날은 아침부터 심문관을 바꾸어 조선말을 어느 정도 알아듣는 헌병 상등병이 백상충과 어진이의 대질심문을 맡았다. 강형사도 뒷전에 입회했다. 백상충도 숱한 봉욕을 겪은 터라 옷매무새는 흐트러졌고 온몸은 피멍으로 얼룩졌다. 그러나 헌병 질문에 대답하는 자세가 꼿꼿했고 일본말을 어진이에게 통역할 때도 스승으로 가르칠 때처럼 근엄했다.

"……약을 달여주는 정성이 기특하여 심심풀이로 네게 글을 가르쳤다고 말했다. ……네게 심부름을 시켰으나 서찰 내용을 말한 바 없었다 했다. ……이 헌병이 네게 조선글로 된 책을 몇 권 읽었느냐고 묻고 있다……"

백상충이 어진이에게 말을 할 때 바라보는 눈동자가 평소와 다름없었으나, 어진이는 그 눈길이 강형사 눈길보다 두려웠다. 너는 조선인이다. 나라가 주권을 찾을 때까지 싸우기로 너와 나는 혈서로 맹세하지 않았느냐. 스승 눈은 그렇게 다그치고 있었다.

어진이 헌병분견소에서 풀려나기는 그날 해가 지고 저뭇할 무렵이었다. 어진이 비틀걸음으로 헌병대 정문을 나서자, 너르네가 달려와 쓰러지려는 그를 껴안았다. 어진이는 엄마 품에 안긴 채 늘어졌다. 그의 흐릿한 눈에 작은마님과 삼월이 얼굴이 설핏 들어왔다.

집으로 돌아온 어진이는 몸져눕고 말았다. 머리에는 열이 끓었다. 미음을 끓여 입안에 흘려 넣어도 죄 토해냈다. 며칠을 헌병대 앞에서 장맞이하느라 늑탈이 되었던 어진이 부모도 자정께에 잠에 들자 선화는 밤새 찬 수건으로 오빠 이마를 식혀가며 간병했다. 가위눌려 깨어난 어진이가 헛소리를 내지르면 선화가 오빠 손을 잡고 열에 들뜬 흥분을 가라앉혀주었다.

박생원, 장경부는 백상충과 어진이의 대질심문이 있기 전에 풀려났고, 백상충은 어진이가 석방된 이튿날 아침에 놓여났다. 백상충은 집으로 돌아오자 행랑채에 들러 어진이부터 찾았다. 어진이는 누운 채 서방님을 맞았다.

"장하다. 너야말로 지조 있는 군자로다. 내 너를 무슨 말로 칭송해야 할지 모르겠구나." 백상충이 어진이 손을 잡고 한 말이었다.

그는 울을 친 집안 식구를 둘러보다 처를 보았다. "나는 몸을 과히 상하지 않았으니 어진이를 보살피구려. 어혈 푸는 약첩을 지어오고 원기가 회복될 때까지 조석 수발은 안채 부엌에서 맡아주오."

백상충 말에 집안 식구들이 놀랐다. 종 자식 조석 끼니 수발을 안채 부엌에서 하라는 분부는 아무리 개명된 세상이라도 사대부 집에서 있을 수 없는 일이었다. 그러나 그 영이 백상충 입에서 떨어진지라 아무도 입을 떼지 않았다.

그날부터 박생원, 장경부, 함명돈, 그 외 백군수 댁을 들랑거리는 이웃 사람들이 어진이가 누운 방에 들러, 헌병대에서 당한 고초를 위로했다. 호박죽이나 녹두죽을 쑤어오는 이웃도 있었고 학산보통학교 조선인 선생 처는, 어진이에게 먹이라며 꿀 한 단지를 보내오기도 했다. 그동안 어진이가 백상충을 도와 무슨 일을 했는지 알기는 몇 사람에 불과했고, 사실 그는 주인 심부름으로 서찰을 전하고 받아오는 정도가 고작이었다. 그러나 어진이가 비밀결사요원이며, 헌병대의 갖은 고문에도 실토 않고 버텨냈다는 과장된 소문이 여러 입을 통해 울산 근동에 퍼졌다. 발이 달린 소문이란 한 입을 건널수록 새끼를 쳐, 양반들까지 한갓 어린 종을 문병가서 그 앞에 무릎 꿇는다는 말까지 왜자겨댔다. 선화는 그런 소문을 귀동냥하고 와서 어진이에게 들려주었다. 선화 말을 전해 들은 어진이 입장은 괴로울 수밖에 없었다. 자신이 영남유림단 조직을 토설하지 않기는 사명감에서라기보다 그 사실을 발설하면 고초를 더 당하게 될 것이며, 토설 끝에 석방되더라도 이 바닥에 있을 수 없다는 불안감이 더 크게 작용했다. 그는 몇 차례 입을 열위기도 있었지만 운이 좋아 모면할 수 있었을 뿐이었다. 만약 아직까지 헌병대에 갇혀 고문을 받았다면 실토해버렸을는지도 몰랐다. 그러기에 그에게는 여러 사람의 상찬이 마음에 짐이 되었다. 한편, 어진이는 이제 다시 작은서방님에게 글을 배우지 않고 책을 읽지 않으리라 작심했다. 서방님에게 말씀드려 서찰 심부름도 하지 않으리라 다짐했다. 그러면 마음 졸일 일이나 헌병대에 잡혀갈 이유가 없었다. 그는 농사꾼 종놈으로 돌아가리라 마음먹었다.

헌병분견소에서 나온 지 닷새째 되는 날부터 어진이는 자리 털고 일어났다. 한창 자라는 몸이라 회복이 빨랐다.

해거름 무렵이었다. 어진이는 행랑 쪽마루에 걸터앉아 생각에 잠겨 있었다. 내일부터는 가을걷이 뒤치다꺼리를 해야 했다. 그는 앞으로 농사일이나 하며 살리라 결심했지만 왠지 그 일이 시답잖게 여겨졌다. 그동안 읽은 여러 책만 눈앞에 선히 떠올랐다. 그가 시름에 잠겨 있을 때, 마을 나가 놀던 형세가 대문 안으로 뛰어들며, 부산 외할아버지가 말 타고 온다고 외쳤다. 그 말에 집안 식구가 마중을 나갔다.

말 등에 의젓이 앉은 조익겸과 고삐 잡은 마부가 학산리 동네마당을 거쳐오고 있었다. 말 뒤에는 어린 계집애가 보퉁이를 안고 뒤따랐다. 조익겸과 마부의 차림새가 지난 3월 울산에 들렀을 때와 판이하게 달라졌다. 조익겸은 상투머리의 갓과 도포를 구시대 유물인 양 갈아치워 양태 좁고 원통 높은 중절모에 검은 연미복을 입었고 흰 와이셔츠에는 자주색 나비넥타이를 매고 있었다. 턱수염을 깨끗이 밀고 콧수염을 짧게 붙여, 고관이나 행세하는 일본인이 아니면 개화신사로 보기 제격이었다. 마부도 조선옷 바지저고리에 패랭이 쓴 차림이 아닌, 대한제국 시절 신식군대 복장에 상모 달린 벙거지를 쓰고 있었다. 신발도 목 긴 운동화였고 행전 아닌 각반을 치고 있었다.

마부와 분이란 계집아이를 행랑마당에 떨어뜨려 놓고 안채로 올라온 조익겸은 먼저 사당에 들러 사돈 백하명 위패 앞에 향을 살라 참배했다. 그는 사위 백상충 안내로 별당에 들었다.

"가내 평강하온지요." 절을 마친 백상충이 인사말을 했다.

"다 잘 지내지. 장사란 모름지기 시대를 타야 하는데, 경기가 좋아." 사위가 말이 없자 조익겸이 말머리를 바꾸었다. "그런데 자네는 이번에 또 사단을 일으켜 헌병대로 불려갔더군."

"부산포에 계시며 제 소문에 소상하시군요."

"듣자 하니 자네가 고등보통학교를 세우겠다고? 물론 정식 인가가 안 날 테니 간이학교겠지만. 그렇다면 자네가 신설 학교 교장으로 앉을 참인가?"

"제가 하는 일에 너무 심려치 마십시오."

"걱정을 안한다고 잊는다면 오죽 좋아. 나도 그러고 싶네. 그건 그렇고, 백서방, 출타복 입고 나를 따라나서게."

"부산까지 그 소문이 퍼졌을 리 없을 텐데, 여기 헌병대에 들렀다 오시는 길입니까?"

"자네 신상은 부산에 앉았어도 손바닥 보듯 환해. 그러잖아도 이쪽으로 걸음할 일이 있던 참에, 부산 헌병본대 경무과장이 며칠 말미를 주면 이쪽으로 순시차 나서겠다 해서, 그분 모셔오느라 지체했어."

"어디로 가자시는 겁니까?"

"하곡루에 나카지마 경무과장 모시고 울산 각 기관장 합석 연회가 있어. 이 기회에 두루 인사해두면 이로울 거야."

"저는 사양하겠습니다. 상중인데다 제가 술을 못하는 줄 아시지 않습니까. 그런 자리가 제게는 불편합니다."

"상 중인 몸인 줄 알고, 자네가 끼면 내 체면 깎일 자린 줄 알면서 이러는 게 누구를 위해선가? 자네도 강고집 죽일 때는 좀 죽이라고. 기회란 자주 있는 게 아냐. 술자리라고 꼭 술을 마셔야 하는가. 입에 대었다 떼는 시늉만 내면 됐지." 조익겸이 자리 차고 일어서며 조끼주머니에서 금줄 달린 회중시계를 꺼내 시간을 보았다.

"제가 있으면 연회 분위기가 어색할 겁니다. 저 또한 그들과 대면해서 마주앉을 마음도 없고요."

"백서방, 자넨 왜 그렇게 늘 고지식한가. 자네가 학교를 만들겠다고 나서도 여기 기관장들을 한두 번은 만나얄 게 아닌가. 학교 설립 수속을 하자면 고개 숙일 일도 있을 테지. 그러니 나를 의지 삼아 인사라도 차려두면 좋지 않은가. 아닌 말로 꼭 수갑 찰 일 생긴 다음에 그 사람들을 면대해야 직성이 풀리겠다 이건가? 사람이 앞을 보면 옆도 살필 줄 알아야 하고, 강과 유에 조화를 찾아 처신해야지. 군수와 보통학교 교장은 물론, 조선인 참사 두 분도 올 거야. 여기가 타관 땅인데 나 역시 끼게 될 자리는 아니지. 원님 덕에 나발 분다고, 나카지마 과장과 동행하다 보니 그런 자리가 마련됐고, 나보다 자네야말로 좋은 기회 아닌가."

"그럼 상견례만 하고 저는 곧 물러 나오겠습니다." 잠시 생각에 잠겼던 백상충이 따라나섰다.

"사돈어른 소상도 안 넘겼으니 앉아 있기 거북하면 자네 좋도록 처신해." 말코지에 걸린 출타복을 입는 사위의 흰갓과 거친 베옷 두루마기를 보며 조익겸이 말했다.

저녁밥상을 준비 중이던 조씨가 대문까지 따라나와 출타 이유도 모른 채 친정아버지와 서방 등에 대고 다녀오시라 인사했다.

바깥은 저물었다. 가을도 깊어 저녁 바람이 싸늘했다. 여염집 토담 위로 가지가 휘어지게 달린 감이 어둠 속에 붉은 모습을 감추어가고 있었다. 조익겸은 팔자걸음으로 앞서 걷고 백상충이 절름걸음으로 뒤를 따랐다.

"장인어르신도 이번 학교 설립에 기부금을 일조해주시면 고맙겠습니다."

"그거야 어렵지 않지만 자네 처신에 달렸어. 앞으로 일절 광복운동, 그 말 입에 담고 싶지도 않네만, 제발 그런 일에서 손을 떼고 조용히 육영사업에만 전념한다면야……"

백상충은 대답하지 않았다. 그는 자기 말을 후회했다.

둘은 저잣거리를 거쳐 옥교리 쪽으로 내려갔다. 하곡루는 울산 읍내에 있는 행세깨나 하는 자들이 출입하는 세 군데 요릿집 중 하나로, 하곡(河曲)은 울산의 신라 때 지명이었다. 청등을 내다 걸어 불을 밝힌 하곡루 높다란 대문이 저만큼 보였다.

조익겸과 백상충이 하곡루 대문 안으로 들어서자, 연당을 싸고 있는 정원 뒤로 남포등을 밝혀 여섯 칸 안채가 훤했다. 뒤채에는 손님이 있는지 여자 노랫소리가 들렸다. 섬나라를 휩쓸고 반도까지 유행되는 '새하얀 후지산 기슭'이었다.

"나으리님, 어서 오십시오." 흰색 사(紗)저고리에 옥색 치마귀를 날리며 기모(妓母)가 버선발로 댓돌로 내려섰다.

건넌방에서 쪽머리에 용잠 꽂은 기생 다섯이 차례대로 마루로 나서더니 박속 같은 얼굴에 미소를 머금고 둘을 맞았다. 조익겸이 다섯 여자를 일별하다 키가 크고 몸매가 호리한 여자와 눈을 맞추며 그녀를 옆에 두기로 점찍었다.

"우리가 먼저 온 게로군." 조익겸이 기모에게 말했다.

"신발을 따로 치워두었습니다. 군수님, 경찰서장님, 참사님이 먼저 오셨어요."

마당에 선 백상충을 보고 기생 하나가, 선다님도 어서 드세요 했다. 별채에서 갓쟁이 셋이 술 취한 걸음으로 나왔다.

"왜 그렇게 섰는가, 들지 않고." 조익겸이 사위를 채근했다.

"아무래도 제 올 자리가 못 되나 봅니다. 모셔다 드린 셈치고 저는 물러가겠습니다."

"허허, 여기까지 와서 돌아가다니……" 조익겸이 혀를 찼다. 그는 사위를 더 붙잡지 않았다.

"어느 나리가 거동한다고 방방의 기생을 다 빼내가. 외상 손은 손이 아니더냐." 대문을 나서는 취객이 투덜거렸다.

백상충은 취객 셋 중 가형이 섞여 있음을 설핏 보았다. 그는 장경부 귀띔을 설마 했으나 우연찮게 확인한 셈이었다. 백군수 댁 장자가 하곡루 기생 하나에 빠졌다는 말을, 하곡루에 출입하는 장판관이 처에게, 장판관 처가 백군수 댁 출입이 잦은 아들에게 언질을 주었던 것이다.

비틀걸음 걷는 취객 셋과 엇갈려 하오리(羽織) 차림에 게다를 끌며 누구인가 바삐 하곡루로 오고 있었다. 학성보통학교 교장 스에요시였다.

백상충은 어두운 밤길을 걸으며 날로 허물어져 내리는 가세를 생각했다. 암울한 세월을 주색잡기로 달래며 요릿집에서 재물을 탕진하는 형이나, 영남유림단 의연금으로 햇곡 30석을 헌납하기로 작심한 자기나, 형제가 기우는 가세의 기둥뿌리마저 뽑자며 경쟁하는 꼴이었다.

백상충은 집에서 저녁밥을 먹었으나 조익겸은 밤이 깊도록 돌아오지 않았다. 마부와 분이란 계집애는 일찍 행랑채에서 잠에 들었다. 조씨는 삼경이 넘게까지 잠자리에 들지 않고 친정아버지를 기다렸다. 그러나 조익겸은 나카지마 부산 헌병본대 경무과장과 함께 하곡루에서 일박했다. 둘은 다른 방을 썼고, 객고를 풀어야 한다는 기모의 수청 제의를 사양하지 않았다. 기생 둘이 간택되어 둘을 수발했다.

조익겸을 모시고 뒤채 사랑방에 든 기생 이름이 연비라 했다. 고향이 경주로 끼니가 어려운 집안이었으나 어릴 적부터 용모가 아름다워 열다섯 나이에 관기(官妓)로 뽑혀 가무를 익히자, 객사(客舍)를 출입하기 열일곱 살에 머리를 얹었다니, 이 바닥 세월이 다섯 해째였다. 작년의 강제병합 이후 객사가 문을 닫자 울산으로 팔려 왔다 했다.

방에는 초롱이 불을 밝혔고 아랫목에는 금침이 마련되어 있었다. 조익겸이 옷을 벗으며 사위를 떠올렸다. 그가 술판에 끼지 않은 게 다행이었다. 사위를 먼저 보내고 하곡루에 남기에는 체면이 말이 아니었다.

"나으리님, 불을 꺼도 되온지요?"

"좋도록 하거라."

연비가 등롱의 촛불을 끄고 돌아앉아 버선과 겉옷을 벗었다. 연비는 속치마를 입은 채 몸을 사리며 먼저 누운 남자 곁에 몸을 붙였다. 남자를 감는 몸짓에 감칠맛이 있었고 속살이 의외로 뜨거웠다.

이튿날 아침, 조익겸이 눈을 뜨니 창호지 문살에 햇살이 쬐고 있었다. 연비는 자리를 빠져나가고 없었다. 옷을 챙겨 입으며 시계를 보니 아침 열시 반이 넘어섰다. 그가 기침을 하자 기모가 들어와 아침 인사를 올렸다. 뒤따라 연비가 세숫물을 방으로 날랐다. 밤사이의 질탕했던 수작질과 감청이 언제였나 싶게 연비의 얼굴은 잘 닦인 차돌같이 정숙했다.

"나카지마 과장님은 헌병대로 먼저 납셨습니다. 어르신을 그쪽에서 뵙자고 전하시더군요." 기모의 말이었다.

조익겸은 세수를 한 뒤 늦은 아침상을 받았다. 모시조개에 달걀 풀어 넣은 북엇국이 상에 올랐다. 그는 밥그릇과 국그릇을 비워내곤 기모를 불러 약조대로 술값과 기생 일곱 화대를 현금으로 치렀다. 연비에게는 따로 용채 30전을 내렸다.

조익겸은 그길로 헌병분견소로 들러 나카지마를 송별했다. 나카지마는 병졸 하나를 거느리고 왔는데, 그들은 돌아가는 길에 양산 헌병분견소를 순시하고 그곳에서 일박한다 했다. 조익겸은 숙식비에 쓰라며 촌지 금일봉을 나카지마에게 건네주고 양산 헌병분견소 야찬에 보태라며 5원을 희사했다. 그가 사돈집으로 돌아오기는 오후 들어서였다. 그는 사위를 보자 하곡루와 헌병대에서 저들이 들려준 학교 설립의 제반 문제점을 전해주었다.

첫째, 학교 설립에 따른 모금을 할 때 기부자와 기부액은 헌병대에 신고해야 한다. 둘째, 헌병대로서는 강습소 이상 급 정규 고등보통학교 과정의 학교 설립에 반대한다는 의견서를 도 학무국에 낼 작정이다. 셋째, 만약 강습소 급 학교 설립이 인가되어 문을 열면 교유(敎諭, 고등보통학교 교사)는 군청 당국과 헌병대에서 추천하는 자를 임용해야 한다는 점이었다.

이 사실이 곧 통고될 거라고 조익겸이 사위에게 알려주었다. 묵묵히 듣던 백상충의 표정이 침울했다. 자기 집은 물론, 장경부와 박생원 집 마루 밑과 짚가리까지 수색하는 과정에서 기밀서류는 발견당하지 않았지만 의연금을 낸 명부를 압수당했고, 그 사람들을 경찰서와 헌병대로 연행하여 조사가 한창인 요즘이었다.

"백서방, 자네에게 또 가택 연금령이 내려질지 모르겠어. 내 생각에 당분간 울산 읍내를 떠나는 게 좋을 것 같아."

"지금은 떠날 수 없습니다. 여기서 꺾인다면 저들이 우리가 추진한 일을 두고 얼마나 가소롭게 여기겠습니까. 또한 압수당한 모금액조차 찾아낼 구실을 잃고 맙니다. 여길 떠나더라도 학교 설립 추진만은 지반을 다져놓고 떠날 생각입니다."

"그렇다면 또 북지인가? 불쌍한 처자식 남겨두고?"

"이 지방에 머물며 학교가 서는 걸 봐야지요."

"백서방, 그렇다면 겨울 넘길 동안 내 있는 데로 내려와 있게. 해운대나 동래온천 쪽은 정양하기도 좋으니. 방학이 되면 형세와 어미도 함께 내려와 지내면 좋잖은가."

"동운사로 들어갈 작정입니다. 절 가까이에 겨울 날 동안 오두막을 한 채 지을까 합니다. 형세가 방학을 맞으면 안사람과 같이 와서 지낼 수 있겠지요."

"그렇다면 할 수 없지. 아무리 개화된 세상이라지만 내어놓은 딸자식이 어디 자식인가. 내 품 떠나면 남의 식구지." 조익겸이 자리에서 일어났다. "내 장생포로 나가 그곳 어물 도가와 임방을 둘러보고 오겠네. 내일 아침 부산으로 출발할 참이야. 형세 어미한테도 말해놓았지만 떠나는 길에 삼월이를 데리고 가겠네. 좋은 혼처감이 있어. 대신 데리고 온 계집애를 남겨두겠어. 형세어미가 몸이 허하니 잔심부름이나 시키게."

조익겸은 안사돈이 거처하는 방문 닫힌 안방을 곁눈질하곤 안채마당을 나섰다. 그는 마부에게 말을 내어오게 하고 행랑채를 둘러보다 대문께를 서성거리는 선화를 보았다.

"애야, 이리 오려무나."

선화가 다가오더니 알맞은 거리에서 멈춰 서며 어른을 말끔히 올려다보았다. 조익겸이 계집애 눈길에 섬뜩 놀라다 그제야 눈동자가 정상이 아님을 알았다.

"너, 내가 보이느냐?"

"앞을 못 봅니다만 형세도련님 외할아버님이십니다."

"한집안 식구도 아닌데 소경이 어찌 나를 알아보느냐?"

"첫마디를 빼고 조금 쉰 목소리로 알아들었습니다."

"눈뜬 아이보다 낫구나. 지금 몇 살인가?"

"열다섯 살이옵니다."

"절세가인이 될 용자인데, 아깝고나……"

조익겸이 앞을 못 본다니 안심하고 선화의 머리부터 발끝까지 찬찬히 살폈다. 반듯한 이마와 오똑한 콧날, 붉은 입술에 잘 빠진 턱선이, 한마디로 선연한 얼굴이었다. 막 젖가슴이 생기는지 품이 작은 저고리 가슴께가 도도록했다. 기워 입은 무명치마 아래 갈라 터진 종아리가 썰렁했다. 행랑살이 자식으로 청맹과니라니. 조익 겸이, 아깝고나 하는 말을 흘렸지만 마음으로는 아름답다고 속말 을 읊었다.

해가 서산으로 떨어졌다.

어진이는 늙은 암소에 쟁기 얹어 벼를 베어낸 도화골 논을 가을 갈이하고 돌아왔다. 작년부터 시작한 쟁기질에 아직 장독이 삭지 않은 몸이라 집으로 들어설 때는 쓰러질 정도로 몸이 무거웠다. 농사일 중에도 힘드는 일이 쟁기질이었고, 꼴머슴이 쟁기 부릴 줄 알게 되면 주인이 새경을 올려주었다.

어진이는 저녁밥을 먹고 툇마루에 나앉았다. 어깻죽지가 돌덩 이라도 매단 듯 묵직하고 장딴지가 아렸다. 땅거미 내린 행랑마당 이 닳아라 안채로 이웃 여자들 발걸음이 잦았다.

"선화야, 웬 여자들이 이렇게 싸대. 안채에 무슨 일이 있니?" 방에서 나오는 선화에게 어진이가 물었다.

"오빠, 그것도 몰라? 내일 아침에 삼월이언니가 부산포로 아주 떠난대. 작별인사 한다고 동네 여자들이 오잖아."

어진이는 가을걷이 끝나면 삼월이가 떠날 줄 알았고, 작은마님 친정아버지가 분이란 계집애를 데려오자 삼월이가 가겠구나 짐작했다. 어쨌든 그로서는 삼월이가 떠난다니 체증이 내려가듯 속이 후련했다. 그는 삼월이가 헌병대 밀정이라 믿었다. 신현리로 서방님 심부름 가던 비 오는 날에 자기 행선지를 물은 게 수상했으나 그는 그동안 그녀에게 아무 말도 하지 않았다. 안채 부엌에서 달인 약사발은 삼월이가 내어왔기에 물어볼 기회가 있었으나 벼르기만 하다 만 꼴이었다. 어차피 자신은 그런 일에서 손을 뗄 테고, 삼월이도 부산으로 떠날 터라 따지고 싶지 않았다. 막상 말을 꺼내려 해도 보짱이 없었다.

어진이는 방으로 들어가 맨방바닥에 깍지 낀 팔을 베고 누웠다. 피곤과 식곤증으로 설핏 초저녁잠에 들었을 때였다. 어진아, 하고 밖에서 낮게 부르는 소리가 났다. 삼월이였다.

"약사발은 마루에 두고 가." 어진이 잠꼬대하듯 받았다.

"나 좀 잠시만 봐." 삼월이 목소리가 간절했다.

태화강 둑 사건 이후 늘 냉담하던 그녀가 웬일인가 싶어 어진이는 일어나 앉았다. 방문을 열자 삼월이가 약사발 들고 오도카니 서 있었다.

"나 내일 아침 울산 영 떠나는 줄 알지?" 어진이 말이 없자 삼월이가, "지난번 태화강 방죽, 거기로 나와. 떠나기 전 너한테 꼭 할 말이 있어" 했다.

　삼월이 약사발을 툇마루에 놓고 안채 쪽으로 사라졌다. 탕약은 장독과 어혈을 푸는 한편 경기(驚氣) 다스리는 데 좋다는 삼황사심탕(三黃瀉心湯)으로, 서방 말에 따라 조씨가 달이는 약이었다. 어진이는 알맞게 식은 탕약을 마시며 태화강으로 나갈까 말까 망설였다. 삼월이가 헌병대에 밀고한 걸 울산 떠나기 전에 속죄하겠다는 속셈일까 하고 생각하자, 밀고에 따른 변명 외 다른 할 말이 있을 것 같지 않았다. 헌병대에서 온몸이 산적이 되어 나왔으니 잘못했다는 말이라도 들으면 반분이 풀릴 것 같았다.

　어진이는 집을 나섰다. 달이 없었으나 집집마다 봉창이 밝아 길이 어둡지 않았다. 겨우살이 준비가 바쁜 철이라 어느 집이나 다듬이질 소리가 들렸다. 태화강까지 걸을 동안 삼월이에 대한 그의 마음도 방망이질에 다스려지는 베올처럼 부드럽게 풀렸다. 둘은 어릴 적부터 이 나이 되도록 한 울타리 안에서 동기간처럼 지내왔다. 어린 시절, 함께 어울려 봄이면 산을 헤매며 칡을 캐어 먹었고 진달래꽃을 꺾어 꽃즙을 배앓이하도록 먹었다. 여름철이면 태화강으로 나가 같이 멱을 감았고, 가을이면 들을 휘지르며 메뚜기를 잡았다. 물이 불은 개울을 서로 업어 건네주기도 했다. 어느 해던가, 달집에 불 놓는 구경하러 함월산으로 오르던 정월 대보름날 밤, 자신이 허방을 짚어 서너 길 벼랑에 떨어져 꼼짝할 수 없었을 때 삼월이가 어른을 불러 빨리 손을 쓸 수 있게 해준 적도 있었다. 그런 삼월이가 아주 떠나버린다. 집안에 퍼지던 그녀의 웃음소리도 사라지리라. 작년에 구서방네 가족과 침모가 떠났고 올해는 차봉이형에 삼월이마저 떠나면 집안이 더 쓸쓸하리라 여겨졌다.

태화강 방죽은 어진이 마음처럼 쓸쓸했다. 사람 자취도 끊겼고 으악새 소리에 창공을 나는 기러기 울음이 적막을 자아냈다. 어슴 풋이 드러난 방죽길에 장옷 쓴 여자 그림자가 보였다.

어진이와 삼월이는 지난번처럼 방죽 아랫길을 따라 강 하류로 말없이 걸었다.

"그만 앉자. 넌 아직 몸도 좋지 않은데." 삼월이 정이 스민 목소 리로 말했다.

둘은 나란히 앉았다. 어진이는 바람결에 건너오는 분내음을 맡 았다. 자기가 먼저 미안하다는 말부터 꺼내겠거니 하고 그는 앞쪽 만 바라보았다. 바람과 어둠 건너 내황 마을 불빛이 별이듯 반짝 였다.

"어진아, 미안해." 삼월이 조그맣게 말했다. 어진이는 잠자코 있었다. "너와 작은서방님이 헌병대에 갇혀 있을 동안 집안 식구 들은 날마다 정문 앞을 서성거렸지. 그날은 네가 잡혀 들어간 첫 날이었어. 비가 쏟아지던 밤에 헌병대 돌담을 돌 때 네 비명도 들 었어. 순진한 너를 저놈들이 저렇게도 모질게 패는구나. 비를 철 철 맞으며 돌담에 기대어 울었어…… 무슨 재주로 널 구해낼 길 없을까 하는 안타까운 마음으로……"

장옷으로 얼굴을 가린 삼월이 목소리가 설움에 잠기더니 훌쩍 거리며 울기 시작했다. 삼월이가 울든 말든 어진이는 복장이 터질 노릇이었다. 야바위꾼처럼 나를 속이려 들어. 꾸며대는 말과 거짓 눈물을 내가 모를 줄 알고. 이 말이 목울대를 치받았으나 그는 뱉지 못했다.

"지난 초여름, 여기 강둑에서 말야······" 어진이의 마음을 아는지 모르는지 삼월이는 어깨까지 들먹이며 말을 이었다. "그런 일이 있고 난 후부터 난 너를 미워했어. 네가 정말 미웠어. 너 죽이고 나도 죽고 싶었어. 그러나 진정으로 너를 미워했던 건 아냐. 너를 너무 좋아했기에, 미치게 사랑했기에 너를 미워할 수밖에 없었어. 그러나 넌 내 타는 속마음도 모른 채 한마디 말없이 작은서방님 따라 동운사로 올라가버렸지······ 그 긴긴 여름 한철을 나는 울 밑에 핀 상사화(相思花)를 보며 네 생각만 했어. 연한 보라색 꽃송이를 보며, 잎 날 때 꽃이 없고 꽃이 필 때 잎이 없는······ 너와 나의 맺지 못할 인연을 생각했지. 나는 밥도 못 먹고, 살아갈 희망도 잃은 채 미쳐 죽을 것만 같았어. 그러던 어느 날, 꿈결같게 네가 동운사에서 내려오고······ 그토록 그리웠던 네 무심한 얼굴을 보면 미움이 발작처럼 일어나고······"

삼월이는 세운 무릎에 얼굴을 묻고 드러내어 오열을 쏟았다. 삼월이 말이 예상했던 쪽과 다르게 풀리자 어진이는 할 말이 없었다. 어찌 보면 울며 쏟아내는 삼월이 말이 진정인 것 같기도 했다. 그는 멍하니 내황 쪽 불빛만 바라보았다. 으악새가 물결을 이루며 쓸려갔다. 풀벌레 소리가 늦가을 밤의 적막을 일깨우며 숨가쁘게 울었다.

"너도 언젠가는 장가갈 테지. 면천하고, 참한 색시 얻어 자식 낳고 살게 될 테지. 그래, 그렇게 되고 말 거야. 옛적 삼월이 까맣게 잊고 깨소금같이 잘살아. 잘살아보라고!"

삼월이가 말을 맺더니 일어났다. 그녀는 왔던 길로 느껴 울며 달려갔다. 장옷과 치마귀가 어둠 속에 너풀거렸다. 어진이도 엉거주춤 일어섰다. 그는 삼월이의 말이 횡설수설 사랑타령으로 들렸지 감정이 맹했다.

"너 정말 말 다했어? 그 말 하겠다고 나를 불러냈어?" 어진이가 뒤따르며 외쳤다.

삼월이 걸음을 멈추고 몸을 돌렸다.

"그래, 그 말뿐이다. 난 이제야 본정신을 차렸어. 난 내일 부산포로 아주 떠나. 원망도 이젠 끝났어. 나는 내 갈 길로, 너는 너 갈 길로, 우린 제가끔 자기 길로 갈 뿐이야!"

어진이는 삼월이를 마주보고 섰다. 그는 기어코 별러온 말을 해 버리기로 작심했다. 이런 기회는 다시 오지 않을 터였다.

"너 작은서방님 하는 일과 내가 서방님 심부름 다니는 걸 늘 캐고 있었지? 지난봄부터…… 눈치채고 있었으나 설마 그럴 리 있겠냐 했는데, 넌 기어코……" 어진이, 비 오던 날 내가 신당리에 간 걸 헌병대에 고자질했잖아 하고 막 말하려는 참이었다.

"나쁜 자식!"

삼월이 어진이의 뺨을 후려쳤다. 얼결에 당한 손찌검이라 어진이는 뺨을 쓰다듬으며 삼월이를 멍청히 보기만 했다. 엄마 이외 여자로부터 뺨을 얻어맞기는 처음이었다.

"고문당하고 나더니 너 아주 미쳐버렸어. 너야말로 엉뚱한 애로구나." 삼월이가 쏘아붙였다. "종놈 새끼야, 넌 나를 그런 밀대꾼으로밖에 보지 않았냐!"

"그렇다면 누가 헌병대에……"

"그놈들이 어떤 놈인데 네 나다니는 수작을 모를 것 같애? 내 속시원히 말해주지. 지난봄 형세 외할아버님이 오셨을 때, 부산 나으리님의 간곡한 분부가 계셔, 작은서방님 하는 일을 아는 대로 부산포 나다니는 봇짐장수 인편에 늘 보고해왔어. 금지옥엽 외동딸 출가시켜놓고 사위 하는 일을 염려하는 나리님이 뭐가 어째서 나빠! 종놈 새끼야, 정신 차리고 살아! 내가 헌병대 밀대꾼이라고? 너야말로 개 같은 자식이군!"

삼월이의 쏘아붙임에 어진이는 대꾸할 말이 없었다. 오해를 해도 크게 한 자신의 실책을 깨달았다.

"그렇다면 미안해. 너한테 그런 소리 들으니……"

"귀청에 박히게 똑똑히 말해주마. 내가 인편에 부산포로 그런 소식 전했기로서니 부산 나리님이 여기 헌병대에 고자질하는 창귀(悵鬼) 노릇 했겠어? 아무리 밉상이라도 자기 딸 거느린 사윈데 헌병대에서 뭇매질 당하게 버려두었겠냐 말이다."

삼월이 몸을 돌려 뛰어갔다. 어진이는 바보가 된 듯 멀뚱히 서서 어둠 속에 잠겨가는 그녀의 뒷 자태를 보다 엉덩방아를 찧듯 시든 풀에 주저앉았다. 비스듬한 방죽에 등을 붙여 누워버렸다. 한동안 이를 갈았던 삼월이를 향한 미움이 사라지자 부끄러움과 참담함으로 쥐구멍에라도 숨고 싶은 마음이었다. 종놈 새끼란 욕설을 들어도 분한 마음이 들지 않았다.

조익겸이 삼월이를 데리고 부산으로 떠난 지 열흘이 지났다. 장인이 떠난 뒤 백상충은 헌병분견소나 주재소 눈치를 가리지 않고 학교 설립에 따른 모금운동을 대놓고 전개했다. 아침부터 저녁까지 절름거리는 다리로 여러 사람의 협조를 구하려 읍내 근동 방문 길에 나섰다. 그러나 그는 어진이를 대동하거나 심부름을 시키지 않았다. "농사일 하는 틈틈이 너는 천자문과 동몽선습을 익혀두어라. 언제 틈이 나면 시험을 보겠다." 어느 날, 백상충이 어진이에게 그렇게 말했으나 시험 내겠다는 말은 잊은 듯 더 묻지 않았다. 서찰을 전하고 받아오는 심부름은 박생원이 동원한 천도교도 몇이 맡았다.

장날이면 백상충은 장터로 나가 장꾼이 많이 꾀는 길목을 잡아 사람을 모아선 조선인이 왜 신교육을 배워야 하냐에 대해 강연했다. 강연 끝에는 학교 설립에 따른 모금운동에 형편대로 희사해달라고 부탁했다. 울산 읍내에는 고등보통학교가 없었고 기독교계 강습소가 있었으나 작년에 폐쇄되었다.

백상충의 강연에는 주재소 순사와 헌병대 헌병이 발언의 까탈을 잡으려 사람들 틈에 섞여 있었다. 그러나 올가미 걸 꼬투리를 잡아낼 수 없었다. 저들의 듣는 귀를 염두에 두고 한 말인지 그는 강연 중에 이런 말도 섞어 넣었다. "……오늘의 일본도 불과 육십 년 전에는 조선과 생활 수준이 비슷했습니다. 그러나 서양 신문명을 받아들이고 신교육을 통한 국민 계몽으로 오늘의 강력한 국가를 일으켰습니다……" 일본을 두둔하는 말인지, 조선인도 배우고 깨우쳐 광복을 찾아야 한다는 말인지 아리송한 발언이었다. 장꾼들은 백상충의 강연에서 그가 힘주어 강조하는 부분을 새겨들었고, 왜 저런 말을 할까란 대목에서는 순사나 헌병, 밀정으로 보이는 자가 구경꾼 중에 숨어 있는지 주위를 살폈다.

장날은 가을걷이한 곡식을 내다 팔랴, 겨우살이 준비하랴, 읍내 장판은 몰려나온 장꾼들로 붐볐다. 장꾼이 가장 많이 꾀는 오시 중간 참에 백상충은 장터마당에서 강연했다. 강연장에서의 모금은 장꾼들 춤지 사정이 어렵고 서로 눈치 보느라 시원치 않았으나 백상충의 기죽지 않은 연설만으로도 선전 효과는 컸다. 파장 무렵이면 늘 그렇듯 장에 나온 김에 백상충을 만나보고 가겠다며 근동 사람이 몰려와 백군수 댁 솟을대문은 문지방이 닳을 정도였다. 백상충은 이제 울산 땅에 마지막 남은 대쪽 같은 선비로 소문나 그의 손이라도 잡아보려는 이들까지 들이닥쳤다. 백군수 댁 솟을대문 건넛집 추녀 아래는 일본인 순사나 점박이가 보초를 섰다. 보초는 백군수 댁으로 들랑거리는 사람들 신분을 따지거나 출입을 제재하지 않았으나 네놈들 거동을 보고 있다는, 감시 역할이었다.

백상충이 중심이 되어 읍내에 고등보통학교 과정의 간이학교를 세운다는 소문은 널리 퍼져 있었다. 그 일로 헌병대에서 고초를 당하고 나왔으나 조금도 굽힘이 없는 그의 기개에 감복한 사람이 많았다. 그래서 자식을 보통학교에 넣은 끼니 거르지 않고 사는 사람 중에 기부금을 보내오는 사람도 있었고, 농투성이들은 돈이 없다 보니 농사지은 현물을 팔아 보태라며 놓고 가기도 했다.

기부금 낸 사람은 이름, 살고 있는 마을, 기부액을 장부에 올렸는데 그 일은 장경부가 맡았다. 인사치레는 백상충이 나섰는데, 명색 양반 신분으로 상민이나 연하를 가리지 않고 올림말을 쓰는 그를 모두 우러러보았다. "고맙습니다. 훌륭한 학교를 만들어 이 은덕에 보답하겠습니다. 학교를 세우면 실습농장도 갖추어 생도 스스로 학자금을 보탤 수 있게 할 작정이니 자제분이 보통학교를 마치거나, 독학으로 보통학교 이수한 실력을 갖췄다고 인정되면 고등보통학교 과정을 꼭 배우게 하십시오. 이제 조선인도 깨쳐야 합니다."

그러던 어느 장날, 백상충이 집으로 찾아온 사람들 앞에 한마디를 더 보탤 수밖에 없었다. "그저께 제가 헌병분견소로 불려가서, 내일부터 모금운동에서 손을 떼라는 명령을 받았습니다. 저는 당분간 산사로 들어가 생도를 가르칠 교재를 만들겠습니다. 그러나 학교가 문을 열 때까지 후원자로 뒷일에 계속 힘쓰겠습니다." 사실이 그랬다. 헌병분견소가 보기에 백상충을 다시 옭아맬 혐의를 잡을 수 없었으나 그가 읍내 안팎을 휘젓고 다니자 일차적으로 모금운동에서 손을 떼게 했다. 명령을 어길 때는 가택연금이 내려지고, 두번째 경고를 위반하면 유치장 수감이 불가피하다는 이와사키 분견소장의 엄명이었다.

*

백상충과 장경부는 기다리던 박생원이 오자 곧 장판관 댁으로 나섰다. 세 사람은 교동 쪽 길을 잡았다. 장판관 댁은 교동에서 가장 큰 쉰아홉 칸 대가였다.

"혼사 문제를 두고 어머니를 협박한 게 효과가 있었나봐요. 그렇다면 내가 나설 수밖에, 하고 아버지도 반승낙하셨답니다." 길을 걸으며 장경부가 말했다.

"자네 춘부장께서 재단이사장으로 앉는 데야 트집거리를 잡을 수 없겠지." 백상충이 말했다.

"지난번 형님 설득이 아버지 마음을 움직였어요. 방목사님도 설득 작전을 펴고 있고요. 이사장직만 수락하시면 교실 짓기야 덤으로 따라오겠죠."

방목사는 읍내에 하나뿐인 야소교 예배당인 울산예배당 담임목사였다. 그는 흙벽돌을 손수 찍어 회당을 세울 만큼 전도사업에 열중하여, 근간에 신도 수가 많이 불어났다.

"야소교 쪽은 내 발이 닿지 않으니 어쨌든 방목사를 통해 그쪽 계통과도 손잡아야 돼."

박생원은 말없이 몇 발 처져 뒤따랐다. 그는 미행을 염려하여 뒤쪽을 돌아보곤 했다.

장판관 댁으로 들어가자 목재소 사무장 주씨가 셋을 사랑채로 안내했다. 주인장 일송 장순후는 신식 문물을 받아들여 사랑채를 서양식 응접실로 꾸며두었다. 저녁상을 물린 장순후가 사랑채로 나왔다. 키가 크고 몸이 굵은 그는 개화머리에 콧수염을 길렀고, 마고자 차림이었다.

"경상도서 읍치고 둘째가라면 서러운 울산에 상급 교육기관이 하나쯤 있어야 된다고 늘 생각해왔고, 내 언제던가 군수를 만났을 때도 그런 말을 했네. 그런데 자네들이 갑자기 그 문제를 들고 나서니 무슨 꿍심이 있는지 알 수 없어." 응접의자에 앉자 장순후가 말문을 열었다.

"저희 뜻이 어르신 생각과 같습니다. 그렇게 인재를 양성한다면 우리 지방 개화도 촉진될 것입니다." 백상충이 말했다.

"헌병소장 말로는 육영을 핑계로 역모의 속셈이 있다며, 자네를 찍어 말하던데?"

"색안경 끼면 그렇게 보일 테지요."

백상충은 장순후로부터 빈정거림을 듣는 게 불쾌했으나 재력 면에서나 일본인 신임으로 보나 이 일 추진은 울산 바닥에 그 이외 달리 인물이 없었다.

"일송 어르신, 그저께 백선생께서 헌병대로 또 불려갔습니다. 학교 설립에서 일절 손을 떼라는 소장 영을 받아 일선에서 물러설 수밖에 없는 처집니다. 모쪼록 어르신이 나서야 할 것 같습니다. 어르신이 학교를 설립한다면 누가 감히 앞을 막겠습니까." 박생원 이 끼어들었다.

"난 박생원이 백군과 자별한 사이인 줄 미처 몰랐소. 『용담유 사』 뒤적이며 떠꺼머리 교도나 모아 도정 노릇 하는 줄로만 알았 는데……" 장순후가 시큰둥 말을 받았다. 장바닥에 쭈그리고 앉 아 장도를 파는 상민을 상대하기가 무엇하다는 태도였다. 그는 동 학패가 기세를 올렸던 15년 전, 그들 작패로 재산에 큰 손실을 입 은 적이 있었다.

"아버지가 추진위원장을 맡아주셔야겠습니다." 장경부가 단도직입으로 말했다.

"네가 이 아비와 흥정하겠다는 거냐?"

"흥정이 아니라…… 세월을 멀게 내다보셔야 합니다. 학교를 세우면 아버지 명망에 덕이 될 테고 후세에 업적으로 남을 겁니다. 지금 중국을 보십시오. 혁명의 새 물결이 대륙 땅에 넘칩니다. 썩은 청나라는 조만간 무너질 겁니다. 지난 오월 철도 국유령을 반대해 일어난 무장봉기, 그 혁명 추진세력이 누구라 보십니까. 바로 신교육을 통해 배운 젊은 애국주의자들입니다. 조선인 또한 신교육을 통해 연부역강한 세력으로 키워나가야 할 책임이 우리 손에 달렸습니다." 장경부의 핼쑥한 얼굴이 달아올랐다.

"신지식을 빙자한 그런 농간쯤은 나도 가릴 줄 안다. 중화를 우리 현실과 비교해? 너는 이 아비를 교육하려 들지 마."

"학교 설립 문제가 여기서 막힌다면 저는 일본으로 건너가겠습니다. 시골에 박혔기도 지겹고, 중단한 학업을 계속해야겠어요. 결혼은 학업 마치고 생각해볼게요."

"아비를 협박하기냐?"

"제 뜻이 그렇습니다."

"백군, 쟤 말 들어봐. 이게 협박이 아니고 뭔가." 장순후가 아들을 손가락질하며 열을 올렸다. "아무리 개화된 세상이기로서니 자식을 아비 마음대로 장가들일 수 없게 됐으니 이 무슨 망존가. 백군, 자네도 신교육 받았잖나. 그런데 뉘 영에 순종해 몇 살에 장가갔어? 나는 열다섯 살에 갔네만, 이애가 지금 몇 살이야? 애늙은이가 다

됐지 않았냐. 자식을 장가들이는 데 신부 집안 쪽이 아니라 자식 놈한테 흥정 받는 경우도 있던가?"

"공교롭게도 일이 동시에 진행되어서 그렇지, 두 문제는 별 상관이 없습니다." 화제가 자식 혼사 문제로 돌자 백상충은 일이 쉽게 풀릴 것임을 직감했다. 그는 다소곳한 목소리로 장순후의 노여움을 어루었다. "향토의 육영에 저토록 열성인 경부 군을 봐서라도 이번 청은 들어주십시오. 자제분이 옳은 일을 실천하고 있음은 어르신도 아시지 않습니까."

"이거 완전히 짜고 왔군." 장순후가 백상충 말을 흘려들으며 안쓰러운 눈길로 기침을 뱉는 아들을 건너다보았다. "이애의 병을 이름하여 가을병이라 하지 않던가. 날이 차가워지면 미열이 끓고 식욕조차 떨어지게 마련이지. 몸은 나날이 말라 피골이 상접하게 되는 병을 두고, 유학이라? 이 녀석아, 말이 될 소리를 해. 정양해도 시원찮은데 매일 저렇게 쏘댈 기력이 어디서 나는지 모르겠어. 남의 귀한 딸 데려오고 털썩 자리에 누워버린담 무슨 면목으로 사돈집을 봐."

"일송 어르신, 그러하오니 장도령님 청을 들어주십시오. 부지대금과 경지 정리에 필요한 돈은 모금으로 마련하겠습니다. 한 푼 두 푼 모인 그 돈은 이 나라 백성의 피땀입니다. 그분들 성의를 봐서라도 주저앉을 수 없습니다. 어르신께서 비바람 가릴 교실만 지어주시면 됩니다." 박생원이 학교 문제를 아퀴지어 말했다.

장순후는 장토, 임야 외에도 읍내에서 유일한 목재소와 제재소를 경영하고 있었다. 조선 땅으로 나와 읍내에 정착하는 일본인

주택, 상점과 관공서 신축, 증축이 그곳 목재를 썼다. 그 점만으로도 일본인들은 장순후를 무시할 수 없었다.

"그렇다면 나도 조건을 달겠다." 장순후가 아들을 보며 말했다. "내가 이 일을 맡게 되면 지금까지 학교 설립을 추진해온 사람은 모두 손을 떼어달라는 게야. 물론 경부 너도 물러나야 해. 너는 네 일신에 신경 써서 건강을 회복할 때까지 부모와 의원 지시를 따라야 한다는 조건이다. 또한, 다행히 인가가 나와 내년 봄부터 정지작업에 들어가 교사를 신축하게 된다면 학교 운영방침 또한 그 누구도 간섭해선 안 돼. 학교는 내가 임명한 운영이사들 재량으로 키워나갈 테니깐."

"아버지, 그래도 그동안 힘써 추진한 공으로 상충 형님은 운영위원에 넣어주셔야지요. 형님이 감투를 원할 분이 아니지만 형님 보고 모금에 응해준 많은 사람이 있잖습니까."

"넌 입 닫고 있어. 백군이 이 일에 나서면 되려는 일도 안 돼. 설립 추진위원에 앉을 사람만도 조선인이 넷이라면 일본인도 두셋은 들어가야 일이 수월하게 풀려." 장순후는 그 문제까지 계산해 둔 듯했다.

"어르신, 다른 건 몰라도 일본인은 안 됩니다. 제가 빠져도 좋으니 추진위원이나 운영위원은 모두 조선인으로 해야 합니다. 설령 일이 더뎌지더라도 명분이 꺾이면 시작을 아니함만 못합니다." 백상충이 반박했다.

"명분이란 말 뒤에 감춘 자네 속뜻을 내 모르는 바 아니지만……스에요시 보통학교 교장과 나카무라 산림조합장은 비록 내지인이라도 식견과 양식을 갖춘 인품들 아닌가?"

"식견과 양식 차원이 아니라 그들이 일본인이란 데 문제가 있습니다."

"조선인이라면 총독부로부터 백작 작위나 벼슬 받은 사람도 좋다는 말인가?"

"그런 매국노는 거론하실 필요가 없습니다. 어쨌든 개교할 때까지 일본인 참여를 배제한다는 조건 외 어르신 처분에 따르겠습니다. 설마하니 관제 사숙을 만들지는 않을 테니깐요. 이렇게 찾아뵌 것도 어르신 인품을 믿기 때문입니다."

백상충의 말에 장순후가 자네도 그런 아첨말을 할 줄 아는군 하듯 실소를 짓곤, 오래 뜸을 들인 생각인지 표정을 근엄하게 고쳐 말을 매조졌다.

"천지가 개벽하는 세상을 만나 내 중용으로 처신하지만 핏줄의 근원하며 이 땅에 목숨 부지함이 어느 뿌리에 인연했던가는 헤아릴 줄 알아. 그러니 자네들은 나를 믿고 조용히 생업에 골몰하게. 장바닥에서 외쳐대는 짓거리도 집어치우고. 나라는 사람이 될성부르지 않은 일은 아예 거들떠보지 않지만, 한번 시작한 일은 하늘이 무너져도 끝장을 보는 성미야. 인가가 나면 교실은 우리 목재를 쓰게." 이어 그는 목재소 사무장 주씨를 불러 내일 당장 모금자 명부와 모금액을 인계 받도록 하고 사업 계획서를 짜도록 지시했다.

여러 이야기가 더 있었으나 학교 설립에 따른 일체 업무는 장순후가 맡기로 했고, 군청 앞에 있는 일송상사에 '고등보통학교 설립추진사무소' 현판을 걸기로 했다. 그리고 장경부 혼사 문제는 올해를 넘기지 않고 택일하여 예식을 올린다는 조건 아래 일단락 되었다.

백상충은 장판관 댁 대문을 나서며 집에 남게 된 장경부를 대문 간으로 불러냈다. 그는 경부에게, 내일 아침에 갓골 함선생을 방 문하여 오늘 저녁 결과를 보고하고, 추진위원에 함선생이 반드시 천거되도록 아버지께 언질을 주라고 말했다. 백상충은 학교가 문 을 열 때 함명돈을 교장으로 내정하고 있었다. 그러나 그와의 잦 은 접촉이 헌병대 눈에 트집거리가 될까봐 모금운동을 시작한 뒤 로 함명돈 집 방문을 삼간 채, 박생원과 장경부 편에 소식을 전하 곤 했다.

"이제야 한숨 돌린 것 같습니다. 일송 어르신께서 결심을 굳힌 이상 학교는 문을 연 것과 다름없습니다. 선생님은 감사 역할만 하면 될 테니깐요." 열사흘 밝은 달이라 훤한 한길을 걸으며 박생 원이 백상충에게 말했다. 흙먼지가 날리는 한길이 휑뎅그렁했다.

"도정어른, 뒷일을 부탁하오. 경부 군은 무리하면 안 될 몸이니 연락은 도정어른이 맡아주시오. 유림단에 낼 의연금과 학교 설립 모금은 양쪽을 잘 구별해야 합니다. 나는 내일 일찍 동운사로 떠 나겠소. 함선생 댁에는 들르지 않겠어요. 글피가 표충사 회합이 있는 날이니깐요. 당분간은 읍내로 들어오지 않을 테니 연락은 종 전같이 함선생 댁을 이용하세요."

"보관한 의연금은 첫닭 울 때 집으로 가져가겠습니다."

둘은 장터거리에서 헤어졌다. 백상충은 장순후가 나선 이상 학교 설립 건은 당분간 잊어도 되리라 생각했다.

백상충이 영남유림단 울산지부 책임을 맡고 의연금을 모금할 때 그는 주재소나 헌병대 탄로를 염려하여 두 가지 방법을 썼다. 모금을 두 종류로 하되 유림단원으로 가입시킬 동지나 우국충정이 강한 자는 유림단 자금으로, 그렇지 못할 때는 학교 설립 모금에 충당키로 했다. 만약 의연금을 모으는 중 헌병대에 꼬리가 잡혀 일을 그르칠 경우에는 유림단 의연금도 학교 설립 모금 쪽으로 돌려 발뺌 구실을 마련한다는 계책이었다. 그러면서 비밀리에 조직된 청년들 상조회인 울산청년회와 범서청년회, 언양청년회 회원의 유림단 단원 가입을 적극 추진했다.

백상충이 닫힌 솟을대문을 밀고 집으로 들어섰다. 삐걱이는 돌쩌귀 소리에 행랑채 쪽마루에 앉아 너르네와 말을 나누던 조씨가 서방을 맞았다.

"늦었소." 뒷짐진 백상충이 안채로 걸었다.

"드시는 대로 어머님이 뵙자 하십니다."

"무슨 일이 있었소?"

"오늘 장시에 부리아범이 벼 열다섯 섬을 내다 팔자, 어머님이 그 사실을 아시고…… 심중이 편치 않으신 모양입니다."

"그건 내가 형님께 말씀드렸는데 어머니가 아직 모르고 계셨소? 어머니를 뵈오리다."

백상충이 처를 앞질러 안채 마당으로 들어갔다. 안방 밝은 문살에 안씨 그림자가 드리워져 있었다. 상충이 댓돌 아래 서서, 소자이제 들어왔다고 말했다.

"들어왔다 가거라."

백상충이 방안으로 들어갔다. 그는 어머니 면전에 무릎을 꿇고 절을 올렸다. 안씨가 물끄러미 흰갓 쓴 아들을 건너다보았다. 지아비 타계 후 뒤란 채마밭 나들이 외 방에만 칩거해온 안씨는 그사이 폭삭 늙어 앞머리에 서리가 내렸다.

"네가 학교를 세우려 한다는 말은 듣고 있었다. 오늘 장에 내다 판 햇곡도 그 비용 충당인가?"

"가세가 예전만 못한 때 못난 자식이 곳간을 축내어 죄송합니다."

"내 그걸 탓하려는 게 아니다. 부엌 살림은 아녀자가 쓰기 나름이니 남은 식구도 한갓진데 아무렴 조석 끼니 갈망이야 못하랴. 아버님이 살아 계셔도 그런 일이라면 곳간 문을 여실 것이다. 그러나 이 어미가 하고 싶은 말은, 아직 소상도 치르기 전인데 네 하는 행실이 눈 밖에 나기 때문이다. 가례(家禮)를 좇자면 속사(俗事)를 끊고 여막살이를 해도 시원찮은 죄인 아닌가. 아무리 시대가 시묘살이를 원치 않는다 하나 너는 해도 너무하구나. 지금 너는 세상일로 동분서주하니 유가 법도를 따져서도 이럴 수 있겠느냐?"

찬찬한 목소리였으나 어머니 꾸짖음이 상충에게는 어릴 적 종아리 치던 회초리만큼 따가웠다.

"소자 잘못했으나 더 큰일을 위해…… 명계의 아버지도 소자 소망을 헤아릴 겁니다." 백상충이 얼굴을 들지 못했다.

"최질(衰絰, 상복)로 위패를 지켜야 할 맏상주 또한 저잣거리로 나돌아 주기(酒氣)가 그칠 날 없이 야음에 돌아오니…… 규범에 어긋나지 않게 자식을 훈육하노라 이 나이가 되었건만 정성이 모

216

자란 부덕의 소치임을 깨달았다."

안씨가 말을 맺곤 옆으로 돌아앉아 나비등잔 불꽃을 바라보았다. 할 말 다했다는 태도였는데 그 옆모습이 비감에 젖어 있었다. 그는 말을 못 꺼낸 채 한켠에 쌓인 서예 연습지를 보았다. 안씨는 자수에 능해 작년까지만도 여덟 폭 병풍 십장생도(十長生圖)를 이태 걸러 한 첩씩 완성했다. 그러나 지아비를 보내고 눈이 흐려진 뒤론 『한중록』이며 『계축일기』 같은 내간체 필사로 낮 시간을 보내고 있었다.

"내일 산문으로 들어간다니 올라가 쉬도록 하거라."

"편히 주무십시오."

백상충이 절을 하고 밖으로 나왔다. 축담 아래 조씨가 달빛을 함초롬히 받고 서 있었다. 바깥은 밤 기온이 떨어져 쌀쌀했다. 섬돌 밑 귀뚜라미가 청승스레 가을밤의 적막을 찢었다. 상충이 별당으로 걷자 조씨가 발소리 죽여 뒤따랐다.

"여장은 다 꾸려두었소?" 백상충이 물었다.

"둘째아버님 댁에서 말을 빌렸고 시주미도 준비해뒀습니다."

별당 앞에 오자 조씨가 먼저 방으로 들어가 등잔에 불을 밝혔다. 방은 따뜻했고 아랫목에는 침구가 펴져 있었다. 상충이 벗는 의관을 조씨가 받아 횃대에 걸었다. 다른 날 같으면 편히 주무시라며 물러가련만 조씨가 방문 앞에 무릎을 세워 앉아 눈길을 깔았다.

"내일 떠나신다니 아무래도 오늘 말씀 올려야겠습니다." 조씨가 어렵게 말문을 떼었다.

백상충이 처를 바라보자 조씨가 무어라 말하는데 그의 귀에 잘

들리지 않았다.

"뭘 그렇게 어려워하오. 내가 너무 재미성 없는 위인이라 탈이지만 어려워 말고 말하구려. 형세 문제요, 아니면 부산집에서 무슨 통기라도?"

"다름이 아니옵고…… 태기가 있은 지 오래되었습니다. 진작 말씀드리려 했으나 소상도 안 넘기고…… 집안은 물론이려니와 하늘 보기 부끄러운 망측한 행실이라……" 조씨가 옷고름으로 입을 막았다.

"태기가 있다고요?"

백상충은 아버지 별세 뒤 아내와 몸을 섞었던 지난 청명과 곡우 사이, 차봉이 도망갔던 봄날 밤이 떠올랐다. 그는 몸을 사리던 처를 억지부려 제 욕심을 탐했고, 그런 일은 그때가 유일했다. 불찰이 있다면 아기를 밴 처가 아니라 자신에게 있었다. 친상당한 자식된 몸으로 소상도 치르기 전에 제 계집과 살을 섞다니. 천하에 그토록 불효한 자식이 또 어디 있겠는가. 이는 반상(班常)의 높낮이를 따지기 전, 금수와 다를 바 없는 짓의 대가로 생겨난 열매인 셈이었다. 그의 눈앞에 어머니 얼굴이 떠올랐다. 한편, 손 귀한 집안에 그 얼마나 바라던 자식인가. 백상충의 눈에 등잔 불꽃이 두셋으로 얼비쳐 보였다.

"가문을 더럽혀 누대의 봉욕을 받느니 차라리 자결하려 여러 번 모진 마음을 먹었으나 심지가 약해 차마……" 조씨 흐느낌이 절절했다.

"그 일로 자결이라니. 다시는 그런 말 입 밖에 내지 마시오. 그런데, 집안에 누가 아는 사람 있소?"

"아직은 짐작 못합니다만, 요대를 해도 배는 자꾸 불러오고……
서방님, 이 일을 어찌하면 좋겠습니까?" 조씨가 눈물 젖은 얼굴을
들었다.

"내 이제 동운사로 들어가면 오두막 한 채를 지으리다. 겨울 동
안 형세와 함께 그곳으로 와서 지내도록 하시오. 그러면 남의 이
목은 피할 수 있을 것이니." 생각을 정리한 백상충의 말이었다.

"서방님이 동운사로 올라가시면 저는 어머님 허락을 얻어 형세
데리고 친정으로 갈까 했더랬습니다. 그러나 그 일은 차후 문제요
어차피 집안 어른들이 아실 텐데, 입이 열이라도 찾을 구실이 없
으니……"

"그 문제는 더 두고 방책을 마련해봅시다. 미안하오. 불효한 자
식 탓으로 임자가 큰 근심을 안게 됐으니…… 조선과 문중 대하기
가 부끄러울 따름이오." 백상충이 어깨를 늘어뜨리고 고개를 꺾었
다. 부모에게 불효한 금수 같은 자식이 나라에 충성한들 무슨 소
용이 있으랴 싶었다. 그는 한순간의 음욕을 참지 못한 실수로 많
은 사람으로부터 받게 될 비난을 떠올렸다. 선고의 소상에 이어
출산이라. 곰곰이 생각할수록 문제가 컸고 자신이 져야 할 업보가
눈덩이처럼 불어났다. 그러나 지금은 낙담만 하고 있을 때가 아니
라 산모에게 용기를 주어야 할 책임이 자신에게 있었다. "마음이
편치 못하면 태아에게도 영향이 미친다 들었소. 그 문제는 내가
알아 처리할 테니 부인은 과히 심려치 말고 몸 조섭이나 잘하구려."

"배냇아기를 지우려 혼자 갖은 처방을 했으나 그 일이 여의치

않았습니다. 서방님, 이 자리에서 자문하라면 영에 따르겠습니다."
조씨가 품에서 은장도를 꺼내놓곤 넙죽 엎드려 서방 무릎 앞에 이마를 찧었다.

"모든 책임은 못난 내 불찰이니 수습은 내가 하리다. 자문이라니. 당치 않는 소리 거두시오. 형세를 보더라도 감히 그런 말을 해서야 되겠소." 백상충이 침통한 어조로 말했다.

밤이 깊은 그 시간, 행랑채 골방에 혼자 누운 어진이는 잠을 이루지 못하고 몸을 뒤척였다. 봉창으로 달빛이 비쳐들었다. 귀뚜라미 소리가 청랑한 중에 가랑잎 쓸어 붙이는 바람 소리가 스산했다.

날이 밝으면 어진이는 작은서방님 모시고 다시 동운사로 올라가야 했다. 봄이 올 때까지 서방님이 거기 머문다 했으니 그는 다시 절밥 먹으며 불목하니로 생활하게 될 터였다. 그러자면 산문에 있더라도 영남유림단 연락 일로 간 졸이는 심부름을 다니게 될 테고 서방님으로부터 면학을 독려받을 게 뻔했다. 유림단 심부름은 헌병대를 연상하지 않을 수 없었고, 학문의 배움이란 식자우환(識字憂患)이란 말처럼 번뇌만 불러올 터였다. 그는 그런 일에서 영원히 놓여나려 했는데, 그 올가미를 다시 목에 걸게 된 셈이었다. 서방님으로부터 헤어나려 해도 무슨 전생의 인연인지 엄동 한 시절을 또 함께 보내야 하는지, 그는 생각할수록 가슴이 답답해 왔다.

"아닙니다. 저는 동운사로 올라가지 않겠습니다. 농한기라 집안에 할 일은 없으나 그냥 여기 남겠습니다. 유림단 단원에서 제 이름을 빼주십시오. 저 같은 종놈에겐 유림이란 말이 어울리지 않습니다." 작은마님으로부터, 내일 서방님 모시고 동운사로 갈 채비를 하라는 말을 들었을 때 그는 작은서방님 뵙고 그 말을 하기로 별렀다. 그러나 막상 서방님을 보자 그럴 용기가 나지 않았다.

헌병대에서 당한 고초가 살아나자 가을밤의 외로움과 겹쳐 어진이는 몸을 떨었다. 부산포로 간 삼월이는 이제 시집갔겠지. 차봉이형과 깨분이는 어디서 무얼 하며 사는지. 나도 이 집을 아주 떠났으면…… 뜬사리처럼 살아가야 할 종놈 주제에 그런 생각을 엮는다고 뜻대로 풀릴 팔자가 아니었다.

함월산 환생사에서 치는 저녁예불 타종 소리가 아련하게 들려왔다. 어진이는 바람결에 묻혀오는 종소리를 듣자 어릴 적 노마님 길잡이로 환생사에 오르던 추억이 떠올랐다. 유가를 존숭하던 선비 집안이라 돌아가신 어르신은 아녀자의 절 출입을 탐탁잖게 여겼으나, 노마님은 집에 들른 환생사 원명이란 노승 설법에 감동하여 한동안 절에 다닌 적이 있었다. 어진이는 여러 차례 노마님을 모시고 환생사에 갔고, 철없이 풀꽃 꺾으며 산길을 걷던 그 시절이 그리웠다. 이태 정도 절기마다 절을 찾다 월명이 열반하고, 어르신 말씀이 있었던지 노마님은 절 출입을 끊었다. 그러나 그때 벌써 절과 나와 인연이 맺어졌던가. 어진이는 그런 생각도 해보았다.

잡념에 이끌리다 어진이는 밤이 깊어서야 잠이 들었다.

무상(無常)

백상충과 어진이가 동운사에 도착하자, 절 식구들이 두 사람을 반겨 맞았다. 둘이 헌병대에 갇혔다 나온 일이며, 특히 어진이가 갖은 악형을 당하면서도 꿋꿋하게 견뎌냈다는 소문은 산문에서도 알고 있었다. 주지 자운은 지계(持戒)의 닦음 없이 형극을 어떻게 참아냈냐며 어진이의 고초를 위로했다.

"섬나라 놈들이 백제로부터 불교를 받아들여 이날까지 부처님을 모셨다지만 어찌 극락왕생을 바라겠는가. 석처사같이 연소한 애를 그토록 매질하다니. 죽어 팔열지옥(八熱地獄)에서 윤회할 금수들이다." 주지 자운의 은결든 말이었다.

조실승만이 당신 처소에 칩거한 채 얼굴을 내밀지 않았다. 백상충과 어진이가 조실로 건너가 뜨락에서 인사를 올렸다. 방문을 연 조실승은 침침한 눈으로 둘을 보며 머리만 주억거릴 뿐 달리 말이 없었다.

어진이는 감자 몇 개로 점심을 대신하곤 짚신 벗을 짬도 없게 길을 나섰다. 시주쌀 한 가마를 부려놓은 조랑말을 북정골 어른 댁에 당일로 돌려주어야 했다. 백하명 아우 북정골 어른 백하중은 조랑말 편에 내일 대구부로 나선다 했다. 그는 전답을 정리하여 대구로 솔가할 계획을 세우고 있어, 가을 들고부터 그쪽 나들이가 잦았다. 달성 서씨 처가가 대구에 터를 잡고 있어 그는 거기서 베전 점방을 내려 계획하고 있었다.

이튿날, 아침 일찍 학산리 집을 나서라는 작은서방님 분부가 있어 어진이가 40리 길을 쉴 짬 없게 걸어 동운사로 다시 돌아오니 서방님이 없었다. 벽암 말로는, 백처사가 급한 용무로 밀양 표충사로 떠났다 했다.

"백처사 말씀이, 자네는 그동안 『천자문』을 하루 세 벌씩, 사흘 동안 아홉 벌을 써두라 이르셨어. 그리고 『소학(小學)』과 『근사록(近思錄)』을 읽어, 다음에 물을 때 대답에 막힘이 없어야 한다는 말씀도 계셨고."

그날부터 어진이는 다른 할 일이 없어 서방님 방으로 들어가 벼루에 먹을 갈았다. 붓을 잡고 천자문 한 획을 그을 적마다 서방님이 했던 말을 명심했다. "서사(書寫)를 할 때면 오로지 잡념을 물리쳐 마음을 집중하고 자세를 바르게 가져 정성을 기울여야 한다. 글이란 마음의 거울이라 일렀다. 글씨를 보면 글 쓸 때의 마음을 알 수 있느니라." 그는 깜냥껏 정성을 들여 『천자문』 한 벌을 필사했으나 글씨가 마음에 차지 않았다. 지난 여름 한철보다 글씨가 조잡스러워지고 붓끝에 힘이 서지 않아 내리긋는 획이 바르지 못했다. 내 처지에 글공부가 당하냐에서부터, 서방님 심부름과 강형사의 삿매질, 삼월이 모습까지 글자 앞에 어른거렸다. 삼월이만 떠오르면 왠지 아랫도리 연장이 힘을 세워 그는 사관으로 달려가곤 했다.

어진이 『천자문』 세 벌 쓰기를 마치자, 『소학』과 『근사록』 읽을 짬도 못 낸 채 저녁 무렵이었다. 눈치 보지 않고 절밥 먹으려면 공양간 일을 도와야 했다. 쪽마루에 지팡이 짚고 나앉아 몇 잎 남지 않은 절 마당의 아름드리 은행나무를 보던 조실승이 공양간으로 가는 어진이를 불렀다.

"석처사, 이승에서 처음 견욕(見辱)을 겪었다며? 그자들이 석처사를 어떻게 하던가?" 지팡이에 턱을 괸 조실승이 물었다. 어진이 헌병대에서 당한 고문을 대충 들려주자 노승이, "잠시 앉게나. 내가 부처님 애기 하나 해주지" 했다.

겨울 들머리로 닥쳐 조락하는 절 마당 풋나무를 바라보며 조실승이 느릿느릿 들려준 부처님 일화는 다음과 같았다.

불타가 사바티 남쪽 교외 제타 숲 정사에 있을 때, 푸라냐라는 비구가 서쪽 수나 나라로 전도를 떠나기에 앞서 불타의 마지막 가르침을 받고자 찾아왔다. 불타가, 수나 사람은 성정이 난폭해 그들이 만약 그대를 욕질하며 창피를 준다면 어떻게 하겠느냐고 푸라냐에게 물었다. 푸라냐는, 어진 수나 사람이 주먹으로 자신을 때리지 않았다 여기겠노라고 대답했다. 불타는, 수나 사람이 주먹으로 그대를 때렸다면 그때는 어떡하겠냐고 푸라냐에게 다시 물었다. 어진 수나 사람이 채찍이나 몽둥이로 자기를 때리지 않았다 여기겠습니다, 하고 푸라냐가 대답했다. 그렇다면 수나 사람이 채찍이나 몽둥이로 그대를 때렸다면, 하고 불타가 또다시 물었다. 푸라냐는, 어진 수나 사람이 저를 칼로 찌르지 않았다 여기겠노라고 대답했다. 불타가 마지막으로 물었다. 만약 수나 사람이 그대를 칼로 찔러 생명을 빼앗는다면? 그 물음에 푸라냐는 이렇게 대답했다고 조실승이 말했다. "세존이시여, 세존의 제자들 중에는 육신의 괴로움을 못 참아 스스로 목숨을 끊으려던 제자도 있었습니다. 그렇지만 저는 '이제 나는 스스로 원하지 않고 목숨을 끊을 수 있다'고 여길 뿐 어진 수나 사람을 원망하지 않겠습니다." 합죽한 입으로 조실승이 말을 마쳤다.

어진이는 푸라냐의 전도 행각에 앞선 마음가짐을 생각해보았다. 죽임을 당함조차 원망 없이 받아들이겠다는 푸라냐의 마음을 순교로 받아들이면 이해할 것 같고, 그런 마음을 갖기까지 불심(佛心)의 본질은 이해할 수 없었다. 세상에 자기 목숨보다 귀중한 게 어디 있습니까? 어진이 조실승께 묻고 싶었다.

"석처사, 자비심 넘치는 푸라냐에게 세존께서 무슨 말씀을 하셨겠어?" 조실승이 잔잔한 미소를 띠며 물었다.

"어질고 착하다고 칭찬하셨겠지요."

"옳은 답이다. 그렇다. 세존께서는 푸라냐의 굳은 결의를 칭찬하며 전도 여행을 허락하셨다. 세존께서는 푸라냐에게 '장하고 장하도다. 그와 같은 인욕(忍辱)의 마음을 가졌다면 그대가 하고자 하는 대로 행하라'고 말씀하셨지. 석처사, 내가 왜 이 말을 들려준 줄 아는가?"

"진리를 전하는 거룩한 일에 목숨 두려워 말라는 말씀 아닙니까. 신라 적 이차돈 선사처럼 말입니다." 어진이가 자신 있게 대답했다.

"진리 속에 들어 있는 겨자씨만 찾아냈어." 조실승 혀를 차곤 말했다. "세존께서는 푸라냐를 통해 순교의 마음을 먼저 본 게 아니지. 부처님이 본 것은 인욕이니라. 어떠한 경우도 참고 참아 성내는 감정을 없앨 때 삼라만상의 모든 생명은 어질고 착하게 보이지. 도적 얼굴에서도 부처님을 보듯, 미움이 일체 사라져. 일체유심조(一切唯心造)가 그 말이다."

"조실스님은 저를 보고 출가할 상이 못 된다 말씀하셨는데, 어찌 푸라냐의 인욕 이야기를 들려주셨습니까?"

조실승이 몸을 일으켰다. 어진이도 따라 일어섰다.

"석처사가 푸라냐 마음을 갖는다면, 그대를 능멸하고 매질한 헌병대 사람을 미워하지 않게 될 게야."

"헌병대 그자들을 수나 사람처럼 어질게 보라고요?"

"그러하다. 원수의 하는 일이 어떻다 해도, 내 마음이 내게 거짓으로 짓는 해독보다 못할 것이다." 조실승이 『법구경(法句經)』에서 따온 말을 읊었다.

"저는 그들을 어질다 믿을 수 없습니다. 눈에 흙 들어가기 전에 절대 그들을 착하게 볼 수 없어요!" 어진이 자신도 모르게 목소리를 높였다. 그는 채 삭지 않은 온몸의 피멍과 상처자국을 당장 조실승께 보여주고 싶었다. 그러나 노승은 할 말 다했음인지 당신 처소로 몸을 돌렸다.

*

어진이는 서방님이 돌아올 때까지 낮 동안은 필사하고 밤이면 등잔불 아래 책을 읽었다. 그러나 머릿속은 잡념이 끊어지지 않았다. 조실승이 말한 푸라냐 비구의 일화도 그의 마음을 괴롭혔다. 인욕의 마음을 가지면 원수조차 어질게 보인다는 풀이가 어려웠다. 상전 영에 따르기 싫어도 종이기에 참는 데 단련되었다면 이 또한 인욕이라 할 수 있을까. 동운사로 다시 올라오게 되기도 따지고 보면 서방님 말을 거역하지 않고 참는 데서 빚어진 결과였다. 그러나 조실승은 몇 단계 높여, 참고 또 참아 원수조차 미워하지 말고 어질게 보면 그가 부처로 보인다고 설법했다. 내가 강형사를 어떻게 부처로 볼 수 있을까. 서방님 역시 그런 원수와 대적하겠다고 영남유림단에 가담하지 않았던가. 어느 쪽이 진리인가. 부처님 가르침이 진리라 말한다면, 서방님은 진리와 역행하여 원수를 복수하기로 맹세하지 않았던가. 불교 경전을 익혀 실천한다면 삼라만상의 모든 생명이 착하게만 보일까. 그래서 스님들은 땅에서 기는 벌레조차 무심코 밟을까봐 육총(六總, 바닥을 성글게 엮는) 짚신을 신는 걸까. 그것이 자비의 실천일까? 어진이는 상념의 갈피에서 헤매며, 언젠가 실력이 붙으면 불교 경전을 독파하리라 생각했다. 그런 의문이 새로운 면학의 길로 인도함을 깨닫지 못한 채, 그의 마음을 사로잡고 있었다.

백상충이 동운사로 돌아오기로 약속한 날 저녁 무렵, 어진이는 일주문 밖까지 나가 서방님을 기다렸다. 저녁공양을 서방님 먼저 먹기 송구스러워 어두워질 때까지 길섶에 앉았다. 밤이 되자 달빛을 밟고 대곡천까지 마중 나갔다. 그러나 그날 밤 백상충은 돌아오지 않았다.

백상충이 동운사로 오기는 이튿날 해가 동산 위로 올랐을 때였다. 그는 혼자걸음이 아니었고 반곡리 고하골 사람 다섯을 거느리고 왔다. 그들은 백군수 댁 묘지기 겸 마름인 김첨지와 아들 기조, 작인 둘에 지관(地官)이었다.

절 마당을 나서서 일주문으로 뛰던 어진이는 일행 중 앞서서 올라오는 김기조를 보곤 걸음을 멈추었다. 기조를 보자 맹수를 보듯 섬뜩한 느낌부터 들었다.

백상충과 함께 온 일행은 절에서 내어준 점심공양 후 뒤뜰을 돌아 연화산으로 몰려 올라갔다. 어진이도 뒤따랐다. 검정 두루마기에 갈모 쓴 지관이 앞장서서 오르며 산세를 두루 살폈다. 언양면과 두동면 경계를 이룬 연화산 정상에 오르자 태화강을 싸안은 남서쪽 언양면, 삼남면 일대와 동북쪽 두동면이 한눈에 들어왔다. 주위 산은 그 좋던 단풍이 져버렸다.

"연화봉이라, 진짜 연꽃 봉우리 형상이네." "경치 한번 좋을시고." 사람들이 사방을 둘러보며 한마디씩 했다.

"보게들." 백상충이 동북쪽을 보며 손가락질했다. "저기 국수강 건너 넓은 분지가 두동면 만화리라네. 그 위쪽, 험준한 태백정맥이 등뼈를 이루어 북으로 치닫지 않는가. 거기서 동해 바다로 넘어가는 하늘 아래 잿길이 있다네. 그 잿길을 이름하여 치술령이라 부르지."

"치술령? 들어본 말인데?" 작인 하나가 고개를 갸웃했다.

"아무리 우물 안 개구리라지만 그렇게 들은 바 없어서야 되겠는 가. 그 유명한 치술령도 몰라? 그렇다면 망부석(望夫石)은 알 테 지?" 지관이 면박을 주었다.

"신라 적 한 재상이 해안을 노략질하던 왜놈 해적을 상대로 담 판하러 일본으로 들어갔는데, 재상부인이 서방을 기다리다 돌이 됐다는 전설 아닌가요?" 한 작인이 알은체했다.

"저 치술령에 그 망부석이 있다네." 지관이 말했다.

"치술령에 오르면 육십 리 밖 동해 바다가 한눈에 들어오네. 신 라시대 박제상 어른이 일본에 볼모되어 간 임금 아우를 구하려 섬 나라로 건너가자, 그분 부인이 치술령 마루에 올라 동해를 바라보 며 날마다 부군 돌아오기를 기다렸다네. 그때가 언제인가, 벌써 천오백 년 전이니, 그 시절부터 저 섬나라는 우리와 견원지간이 아니던가……"

백상충 말에 모두 숙연해지자, 그는 박상진을 떠올렸다. 그가 함명돈, 장경부와 함께 동운사에 들렀던 밤, 야심 중에 백마를 끌 고 홀로 저 고개를 넘었다. 자신도 한때는 먼길 나들이에는 말을 타고 다녔다. 그러나 나라가 망한 뒤 그는 말을 타지 않았다. 장인 이 그러하듯 말 등에 앉아 거드름 피우는 꼴이 보기 싫었다. 빼앗 긴 땅일망정 능욕당한 땅을 제 발로 밟고 다녀야 하리라 여겼다.

"산서(山書)에 향향발미(向向發微)라 했겠다. 동운사와 멀지 않 은 거리에 택지를 잡자면 아무래도 소암골 동향터가 좋겠어요. 피 세(避世)가 어떨지 모르나 택지가 그쪽뿐이니 그리로 내려가봅시다."사방을 두루 살핀 지관이 화전촌 서너 가구가 귀틀집 엮고 사는 소암골을 내려다보며 말했다.

연화산에서 소암골을 향해 일행은 오솔길을 따라 하산했다. 지관은 소암골에 닿기 전 서쪽 비탈로 올라 다시 지세를 살폈다. 동운사에서 연화산으로 오르는 산등성이가 뒤쪽에 울을 쳤고, 앞쪽은 골짜기 아래 실개울 건너 산줄기가 남북으로 뻗어 있었다. 그 주위의 길 없는 숲속을 한 시간 헤맨 끝에 지관이 습지 피한 둔덕에 멈춰 섰다.

"선다님, 강룡(強龍)은 못 되지만 순룡(順龍)은 되겠군요. 산새는 그러하고 풍수(風水)를 보건대, 북풍한설은 윗벽 뒷벽이 막아주고 전방 물길은 낮을 가려 흐르니 그럴듯한 택집니다."뜬쇠(方向針)로 방위를 잡은 지관이 백상충에게 말했다.

김첨지가 들고 온 도끼로 오리나무를 찍어내어 택지 지점에 말뚝을 박아 표시를 했다. 일행은 동운사 쪽으로 나무를 쳐내가며 길을 내어 돌아왔다. 동운사까지는 산허리 질러 5분 거리였다.

동운사 일대가 절 소유 임야여서 집터 매입에 따른 비용이 들지 않았다. 벌목은 언양 면사무소 허가를 받아야 했는데, 그 일은 주지 자운이 맡기로 했다. 왜정시대로 들어서서 산림법이 발동되자 자기 임야라도 벌목은 관의 청허를 받아야 했다. 이를 어겼을 경우 주재소로 달려가 태형을 당했다.

김첨지가 내일부터 작인을 동원해 나무를 베어내고 평지 작업부터 시작하겠다고 백상충에게 말했다. 어진이는 서방님이 절을 나와 따로 거처할 초막을 짓게 됨을 알았다. 자신도 그 집짓기에 인부로 동원될 터였다. 그로서는 방에 들어앉아 책 읽고 필사하기보다 잘됐다 여겼다.

"앞으로 임자를 자주 보게 되겠구려." 절을 떠나며 김기조가 어진이에게 말했다.

저녁공양을 들기 전에 백상충이 어진이를 불러, 그동안 쓴 『천자문』 필사본을 가져오게 했다. 어진이가 내어놓은 필사본 아홉 벌을 상충이 검토했는데, 표정이 밝지 않았다.

"그동안 고초를 겪느라 심기가 허해졌나, 아니면 정성이 부족했나. 글자가 제 힘으로 서지 못하구나. 마치 엄동 한철 물에 빠진 새앙쥐 꼴이로다." 백상충이 필사본을 한편에 밀더니 어진이를 보았다. "장군죽비를 빌려 오너라."

어진이는 방에서 물러나오며, 서방님으로부터 처음 경책(警策)을 당하게 됨을 알았다. 그는 선방 벽에 걸어두는 자 반짜리 장군죽비를 들고 갔다.

"내가 초달(楚撻)을 내릴 테니 무릎을 걷어라."

죽비를 받아든 백상충 앞에 어진이 무명바지를 걷어올렸다. 장딴지에는 헌병대에서 당한 멍이 남아 있었다. 어진이는 상전 심부름을 하다 헌병대까지 달려갔는데 상전에게 매를 맞게 되자 서러움이 코끝을 아리게 했다.

"수자 도량할 동안 이 '지혜의 검'으로 경책 내릴 때는 부처님 전에 무릎 꿇게 하고 허벅지와 등만 치나, 나는 네 스승이므로 초달로 벌을 내리겠다." 백상충이 죽비로 어진이 종아리를 사정없이 내리쳤다.

죽비가 어진이 종아리살을 파고들었다. 다섯 대를 맞자 살이 찢어지는 아픔으로 다리 힘이 풀려 꺾어지려 했다. 그때 어진이는 조실승이 말한 인욕을 떠올렸다. 어지신 스승이 내리는 매니 참고 참으며 원망하지 말자. 어진이는 눈을 감은 채 중얼거렸다. 진솔한 마음으로 읊은 말은 아니었으나 이상하게도 그 순간부터 매질이 아프지 않았고 종아리가 화끈하기만 했다. 초달은 어진이 종아리를 열여덟 번 치는 것으로 끝났다. 앉으라는 백상충 말에 어진이 무릎 꿇고 앉았다.

"정성이 부족한 탓이었습니다. 앞으로 열심히 하겠습니다."

"학문의 길이란 앉은뱅이가 태산준령을 넘기보다 어렵다. 그 일이 쉽다면 누군들 성현의 반열에 못 이르겠는가. 글씨를 보니 네 마음이 쓸데없는 생각으로 차 있음이 보인다. 오늘은 저녁공양 들지 말고 법당에서 좌선해. 내 허락 없이 법당에서 나오면 안 된다."

어진이 방에서 물러나왔다. 그날 밤, 어진이는 법당에서 잠을 자지 않고 좌선했다. 단전호흡으로 떠오르는 잡념을 죽이며 머릿속을 비웠다. 자정을 넘기곤 행자들처럼 『초발심자경(初發心自警)』을 읽었다. 이튿날, 아침을 넘겨도 바깥에서는 통기가 없었다. 법당에 좌선한 어진이는 뱃속이 쓰려 허리가 접혀졌다. 해가 중천에 올라 행자 돌쇠가 법당에 들어왔을 때, 어진이는 눈을 감은 채 연생(緣生)으로서의 멸(滅)이 이런 과정을 거쳐 공기 속에 먼지로 사라지는 게 아닐까 생각하고 있었다. 몸은 가랑잎이듯 마르고 머릿속이 텅 비었다. 백처사께서 좌선을 끝내도 좋다고 허락했다는 돌쇠 말이 처음에는 어진이 귀에 들리지 않아, 그가 어깨를 흔들며 다시 말했을 때야 몽혼 상태에서 깨어났다. 법당에서 나오자 낮볕이 따가워 어진이는 눈을 뜰 수 없었다.

그날부터 어진이는 주경야독의 나날을 보냈다. 낮이면 논밭 쟁기질 일이 아니라, 집짓기 울력에 동원되었다. 삽질, 톱질, 흙 나르기가 농사일보다 고되었다. 방 세 칸에 부엌 한 칸 기역자형 초가를 짓는 일에 백상충은 급한 성질대로 재촉이 성화였다. 한 달 이내에 마무리지어야 한다는 말에 반곡리 대목 셋이 동원되고 고하골 작인들도 일을 거들었다. 마침 농한기였고, 상충이 작인에게 어진 지주 아들로 흠모받아 모두 자기 일로 여겨 부지런히 일했다. 일꾼들 식사는 골곳댁 자매가 맡았다.

"나라 잃은 선비가 은거할 움집, 비바람 피하면 됐지 문짝 하나라도 번듯이 달 생각 마시오. 왜놈 땅 쪽 동으로는 들창을 내지 말고 벽지도 필요 없으니 흙벽을 그대로 두고 바닥은 삿자리로 족하오." 백상충 말이 그랬다.

낮에 집 짓는 울력을 마치면, 저녁공양 들고 서방님 방으로 건너가는 게 어진이 하루 일과였다. 백상충은 어진이에게 숙제를 내듯 읽을 책과 써야 할 글씨교본을 내리고 결과를 확인할 뿐, 예전처럼 자세히 가르치지 않았다. 그는 어진이가 공부할 동안 따로 여러 책을 참고하여 고등보통학교 과정의 수신교본 만들기에 열중했다. 지난번 가택수색 때 주재소에 압수당한 조선 책을 참고할 수 없게 되었다고 그는 아쉬워했다. 조선 안 전국 학교는 간이학교일망정 총독부가 지정한 검인정교과서를 사용하게 되어 있어 상충이 만드는 교재는 부독본일 수밖에 없었다. 부독본 역시 관

검열을 받아야 생도들에게 가르칠 수 있었다.

어진이는 삼경이 될 때까지 서책을 읽고 글씨 필사를 익히다 요사 골방으로 돌아와 잠자리에 들면 온몸이 물 머금은 솜같이 풀어져 하루하루 넘기기가 형극의 길이다 싶었다. 어떤 날은 울력 나온 김기조가 집까지 10리 길이 멀다며 함께 동숙할 때도 있었다.

"헌병대에서 고문당할 때 세상 살맛이 안 나지요? 중들 하는 소리대로 인생살이란 고해요 찰나란 말이 맞아요. 인생이란 하루살이 목숨에 불과하지. 그래서 하는 말인데, 인간은 모름지기 찰나를 잘 이용해야 하오. 나중에 늙어 연장을 못 쓰게 될 때를 염두에 두고, 즐기며 사는 겁니다." 김기조가 속달거리며 어진이를 파고들었다. 그는 거친 손으로 어진이 불두덩을 쓸며 성기를 주물럭거리기 예사였다.

"김형, 제발 날 버려둬요. 난 만사가 귀찮고 피곤해요." 어진이 김기조 손을 뿌리치며 말했으나 그를 목침으로 내려칠 힘은 물론 용기도 없었다. 그는 기조 집에서 잠자리를 함께했을 때만큼 순수하지도 못했다. 몽정은 1년 전부터 있어왔지만 삼월이가 떠난 뒤 그 역시 용두질 쾌락을 알고 있었다.

*

어느덧 산문에 겨울이 닥쳐 새벽녘이면 서리가 내렸고 개울가에 살얼음을 볼 수 있었다. 네 칸 초가도 질흙벽을 바르고, 구들장 놓고, 지붕 올리고, 부엌 뒤에 우물 파고, 싸리로 울을 치니 집 꼴을 갖추어갔다. 그즈음부터 어진이는 낮일을 하다 자주 김기조를 볼 수 없음을 알았다. 한 시간 남짓 어디론가 사라졌다 동운사 쪽에서 넘어오는 그를 볼 때, 그가 어디를 다녀오는지 궁금했다.

어느 날, 어진이는 골곳댁이 날라온 점심상으로 국수를 먹다, 일을 하다 말고 어디 갔다 오는 거요 하고 김기조에게 물었다. 재미 보고 온다며 김기조가 아무렇지 않게 대답했다. 무슨 일이나 말이든 태도가 당당한 그를 보면 어진이는 매사를 망설이는 자신이 되돌아 보였다.

"재미 보다니, 그게 무슨 말이오?"

"내 석형한테만 귀띔하는데, 작은골곳댁 있잖소. 그 여편네가 색에 궁하다는 걸 내가 알아보았소."

"그렇다면 김형이 작은골곳댁을……" 어진이 놀라 물었다.

"막힌 구멍을 뚫어주자 이젠 저쪽에서 자주 만나자니 떼기도 뭣하고 야단났소. 임자도 그걸 알아둬요. 계집이란 가랑잎이오. 물가에 두면 먼저 썩고 불가에 두면 먼저 타오르지."

어진이는 할 말이 없었다. 자기보다 한 살 위니 열여덟 살 나이에 비해 그는 조숙한 아이가 아닌, 힘찬 짐승 같은 사내였다. 야비하지만 그의 행동은 가식이 없고, 들은 풍월이지만 아는 게 많고, 말에 주장이 뚜렷했다. 눈치가 빨라 요령을 잘 피웠지만 사람을 판단하는 눈썰미가 예사롭지 않았다. "노서방은 참새주둥이라 입으로 일을 다 하오. 농사일도 젬병이야. 박대목은 술과 노름을 밝혀 평생 자기 정수리에 못질할 팔자요. 벽암은 노루 상통에 손이 잘아 큰 중 되기 글렀소." 김기조는 어진이에게 이런 말로 사람을 평가했다. 자기 평가기준의 저울로 상대방에게 어깃장을 부리거나 비위를 맞추었다. 그가 만약 넉넉한 집안에 태어나 글을 읽었다면 잘난 용모에 난 체하는 으스댐이란 볼 만했을 터였다. 아니, 그가 당찬 사내로 자신을 세움은 외모도 그러려니와 그의 명민한 머리 덕분이었다. 그러나 그 머리가 나쁜 쪽으로 발달된다는 데 어진이는 혐오감을 떨칠 수 없었다.

"보살 둘과 더러 얘기하는 건 봤지만…… 믿어지지 않는군요." 어진이 눈앞에 기미 긴 작은골곳댁의 갸름한 얼굴과 팡파짐한 몸매가 떠올랐다.

"쏘아보는 눈길 한 번으로 난 여자를 후리오. 면소 나가는 길에 고든골이란 마을이 있는데, 진사 댁에 과수 며느리가 있지요. 내 그 여인도 눈길 한 번에 후려 콩밭에서 수작 벌인 일이 있지요." 김기조가 낄낄거리며 웃었다.

그날 저녁 역시 김기조는 고하골 자기 집으로 돌아가지 않고 행자방을 함께 썼다. 요사 골방에서 잠을 청할 때, 어진이는 김기조가 슬며시 밖으로 나감을 눈치챘다. 그도 자리에서 일어났다. 그는 오후부터 줄곧 일하거나 공부하면서 기조와 작은골곳댁이 살섞는 망측한 장면만 연상했기에 들뜬 마음으로 그 순간을 기다렸던 것이다. 발소리 죽여 밖으로 나오자 소나무 사이로 초승달이 걸려 있었다. 바람기는 없었으나 알싸한 공기가 차가왔다. 김기조는 절 마당을 질러 일주문 밖으로 가고 있었다. 어진이는 그 뒤를 따랐다. 돌계단을 한참 내려가던 기조가 숲길로 접어들었다. 어진이는 자기 마음을 알 수 없었다. 내가 미쳤지. 늘 경멸하는 기조

뒤를 내가 쫓고 있다니. 현장을 봐서 어떡하겠다는 거냐. 그는 그런 자신을 능멸하면서도 이끌리는 호기심을 다스릴 수 없었다.

"왜 그렇게 늦었어?" 숲속에서 여자 목소리가 들렸다.

"어느 놈이 뒤를 밟는 것 같아 오늘은 왠지 찜찜해."

그 말에 찔끔해진 어진이 발을 묶고 주저앉았다. 기조는 자기가 뒤를 밟는 줄 알고 있었다. 누님이라도 큰누님뻘인 작은골곳댁을 손아귀에 쥐고 주무르는 그의 머리씀을 미루어볼 때 짐작할 만한 일이었다.

"오늘은 날씨가 더 추워 포대기를 가지고 나왔어."

어진이는 여기까지 따라와 주저앉아 있을 수 없다고 생각했다. 더 가까이 다가가 현장을 보기로 했다. 그래야 마음속에 타오르는 욕망의 불을 끌 수 있었다. 만약 여기서 돌아가버리면 몇날 며칠 책을 읽어도 책 내용이 머릿속에 쟁여질 것 같지 않았다. 그는 시든 잡초를 헤치고 남녀 쪽으로 기어갔다.

작은골곳댁이 기조를 부둥켜안더니 풀더미를 요 삼아 쓰러졌다. 어진이는 어슴푸레한 배경 속에 남녀가 추위에 아랑곳없이 겹으로 붙어 힘든 몸싸움을 하는 장면을 난생처음 훔쳐보았다. 그는 눈요기에 얼마나 도취되었던지 김기조보다 먼저 요사로 돌아가 잠에 든 체해야 하는 기회를 놓치고 말았다. 김기조가 고의춤을 여미자마자 서둘러 자리를 떠났던 것이다. "왜 그렇게 빨리 가?" 작은골곳댁의 들뜬 외침에 아랑곳없이 그는 먹이를 발견한 맹수처럼 어진이 옆을 스쳐갔다.

시간이 한참 흘러 주위가 조용해진 뒤에야 어진이는 후들거리는 다리를 세웠다. 그는 숲을 빠져나와 절간으로 걸으며, 요사에 눈 부릅뜨고 앉아 자기를 기다릴 기조를 어떻게 대해야 하는지 난감했다. 사관에 다녀왔다고 할까. 그 대답을 곧이곧대로 믿을 그가 아니었다. 어진이는 여태껏 기조를 경멸해왔으나 이제 기조보다 추해진 자신을 보며 수치심으로 몸을 떨었다. 몽정을 해버린 듯 하초까지 축축하여 요사로 들어갈 마음조차 없었다. 육신을 끌고 색이나 염탐하며 이승을 떠도느니 차라리 죽어버렸으면 싶은 낭패감이 온몸을 휩쌌다. 그가 연당 옆을 돌아들 때 어둠 속에서 웃음소리가 났다.

"임자, 그럴 줄 알았소. 방으로 들어가 석형 옷을 만져보면 바깥 찬기가 묻었는지 어쩐지 알 것 같아 달려들어갔더니…… 임자, 씹 하는 꼬락서닐 구경 잘했소?"

어진이는 대답을 못한 채 머리 빠뜨리고 요사가 아닌 법당으로 걸었다. 기조 옆에서 잠을 잘 수 없었고, 참선으로 자신의 죄를 부처님에게 고하는 길밖에 방도가 없다고 여겨졌다.

"내가 방에서 빠져나올 때 임자가 잠 못 이루고 뒤척이는 걸 알았소. 석형도 여자 맛보겠다면 작은골곳댁을 양도해줄 용의가 있소. 붙여줄까요? 장작불이 한창 잘 타 임자 몸을 후끈하게 해줄 거요." 김기조가 따라오며 이기죽거렸다.

"김형, 내가 글을 배워주지요. 내가 서방님께 배우는 만큼 가르 쳐드리리다." 어진이 입에서 자기도 미처 생각 못했던 말이 풀려 나왔다. 말을 하고 나자 사서삼경을 익혀, 먼저 그 실천을 도모해야 할 사람은 자기가 아니라 기조였다. 영리한 머리로 미루어 글을 익힌다면 누구보다 빨리 깨칠 것 같았다. 아니, 글을 배운다면 행실 또한 달라질 것이다.

"행랑 출신에 내게 글 배워주겠다고요?"

어진이는 대답을 못하고 몸을 숨기듯 법당으로 들어갔다. 그날 밤, 그는 본존불 앞에 결가부좌하여 부끄러운 자신을 뉘우치고 또 뉘우쳤다.

*

동운사 동북쪽 기슭에 백상충이 은거할 초가는 삽질을 시작하고부터 달포 남짓 걸려 일손을 털게 되었다. 아궁이에 불을 지펴 방바닥과 흙벽 말리는 것으로 마무리짓자, 백상충은 그동안 노역에 동원되었던 반곡리 대목과 고하골 작인들에게 품삯을 내리고 노고를 위로했다.

집을 지을 동안 어진이는 갓골 함선생 댁으로 서너 차례 가서 박생원이 맡겨놓은 서찰을 가져오는 외, 울산 본가로는 한 차례도 걸음하지 않았다. 백상충 역시 밀양 표충사를 다녀온 외, 바깥 나들이를 하지 않았다. 박생원이 간이 고등보통학교 설립 추진에 따른 경과 보고와 영남유림단 의연금을 전달하러 절로 올라온 적 있었고, 등짐장수 곽돌이 행상길에 들렀다며 동운사에서 하룻밤을 묵어간 적 있었다. 곽돌은 백상충과 어진이가 표충사로 떠났을 때, 간월재 잿길을 함께 넘었던 창대수염 사내였다. 그날 밤, 둘은 사경(四更)이 가깝도록 망국지탄(亡國之歎)의 회포를 풀었다. 견문

넓은 곽돌은 왜정 치하 세상 돌아가는 꼴을 꿰뚫고 있어 이를 말
했고, 상충은 조선 광복의 뜻을 품었다면 언젠가 큰일을 함께 해
보자고 말했다.

"천한 신분입니다만 제 뜻 또한 그러하온즉, 앞으로 선다님을
스승으로 모시겠습니다. 부모며 처자식 없는 혈혈단신인 제 한 목
숨은 초개같이 버릴 수 있사오니 나라와 동포를 위한 일이면 물불
가리지 마시고 어디든 써주십시오." 곽돌은 이마를 방바닥에 박으
며 백상충에게 절까지 올렸다.

"동지를 만나 나 역시 더없이 반갑습니다." 백상충도 무릎 꿇어
맞절로 응대했다. 외양의 틀거지는 믿음직했으나 백상충이 곽돌
의 본심을 확실하게 짚지 못했으므로 영남유림단 말만은 발설하
지 않았다. 곽돌은 장생포 어물도가에서 알아냈는지 조익겸이 백
상충 장인으로 부산포 객주회를 좌지우지하는 대상(大商)임을 알
고 있었다. 그러기에 곽돌이 이를 빌미로 덕을 보겠다는 속셈이
있는지 몰랐고, 일본 수사기관이 보부상을 정탐꾼으로 고용하여
골골샅샅 주민 동태를 살핀다는 소문이 있기 때문이었다. 어쨌든
백상충은 앞으로 일을 함께 할 동지로 곽돌을 점찍었다.

"선다님께서 그 소문을 득하셨는지 모르겠습니다만, 지난 추석
절기부터 입동 절기에 걸쳐 달포 동안 왜놈들은 주차군 보병 십육
개 중대와 기병 이 개 중대, 헌병 경찰대 팔십 명을 투입해 황해도
해주, 평산, 곡성, 수안 지방의 의병 소탕작전을 전개했지요. 채응
언, 이진웅, 김정안, 한정만 의병부대가 그 지방에서 이태에 걸쳐
끈질기게 저항하자 마른 섶에 불을 놓듯 무자비한 살육전을 전개

한 겁니다. 그 결과 황해도 지방마저 의병부대는 씨가 말랐고, 이제 조선 전토에 몇십 명 단위의 의병부대조차 자취를 감추었습니다. 의병들은 뿔뿔이 흩어져 만주와 아라사 지방으로 근거지를 옮긴 거지요." 곽돌은 그런 소식 이외 울산, 경주, 밀양 지방 일본군, 헌병대, 주재소 활동상도 알려주었다.

요사채에 있는 백상충의 사유물을 새로 지은 초가로 옮긴 이튿날 아침, 백상충과 어진이는 울산 본가로 떠났다. 한 달을 넘겨 집으로 가는 걸음이었고 대설을 앞둔 절기였으나 햇살이 따사로운 날씨였다. 학산리 본가로 돌아온 백상충은 어머니에게 인사드리는 자리에서, 동운사 옆에 초가를 세운 저간의 사정을 설명하고 처자를 데리고 그곳에서 겨울을 나겠다고 말했다. 그길로 그는 군청 앞에 있는 일송상사로 나가 장순후를 만나선, 학교 설립 추진 경과를 알아보았다. 장순후는 돌다리도 두드려가며 건너는 재력가라 계획이 차질 없이 진행되고 있어 내년 해토머리에 학교 운동장 평지 작업에 들어간다는 언질을 받았다. 추진위원 여섯 명도 조선인으로 뽑았고 개중에는 함명돈 선생, 울산예배당 방준태 목사, 울산천주교회 나영배 신부도 포함되어 있었다. 야소교 쪽에서도 모금운동이 활발하게 전개되고 있으며, 만석꾼 지주 박순전 진사도 백미 쉰 섬을 기부하기로 약속했다는 것이다. 장순후는 경성과 부산의 줄 닿는 선을 이용하여 학교 허가를 추진 중인데, 상충의 장인 조익겸 힘도 빌렸으면 좋겠다고 말했다. 상충은 처가에 도움을 청해보겠다고 대답했다.

백상충은 장순후를 만나고 나오다 한길에서 우연히 일본인 헌

병과 맞닥뜨려, 그가 동행을 요구해 헌병분견소로 갔다. 강형사는
방어진에 출장 중이었으나 이와사키 소장이 자리를 지키고 있었다.
이와사키는 백상충에게, 절간 생활이 어떠냐고 물었다. 상충은 독
서하며 소일하던 중 처자를 데려가려 읍내에 내려왔다고 말했다.

"백상이 읍내에 없으니 큰 짐을 던 듯 후련하오. 이 기회에 백상
이 상투 치고 중이 되면 좋겠소." 이와사키가 홍소를 터뜨렸다.

백상충이 나들이하고 있을 동안, 백군수 댁은 세간나기(分家)라
도 하듯 집안이 분주살스러웠다. 내일 아침 길 떠날 채비를 하라
는 서방 분부가 떨어지고 시어머니 허락까지 받아내자 조씨는 겉
으로 내색 않았으나 기쁜 마음으로 준비를 서둘렀다. 밑반찬에 된
장, 고추장, 깨, 참기름, 소금을 단지마다 담고, 삼월이 대신 몸종
으로 온 분이에게 부엌살림을 챙기게 일렀다.

"보자 하니 신접살림 나듯, 동서 손이 신바람나누만." 백상헌
처 허씨가 장롱 옷을 챙기는 동서에게 말했다.

"조석으로 서방님 진지 수발해드릴수 있으니 좋잖아요."

"자네 떠나면 사람을 둬야겠어. 구영말에 사는 홀어미를 얘기해
뒀어."

집으로 돌아온 어진이는 한 달 남짓 사이에 집안에도 적잖은 변
화가 있음을 알았다. 맏형네가 내년 봄으로 종 신세를 면해 떠밭
띠로 살림을 난다 했다. 맏이 선돌이만 꼴머슴으로 떨어뜨려 둔다
는 조건이었다. 떠밭띠는 읍내에서 동운사 쪽으로 10리 거리의 궁
촌이었다. 뒷산 기슭에 백군수 댁 밭이 7백 평, 천수답이 한 두렁
있었다. 맏형네가 그 전답을 배내기로 타내어 소작살이를 하게 된

다 했다. 그렇게 되기까지 집안이 시끄러웠다고 선화가 어진이에게 귀띔해주었다.

"엄마가 아버지를 조르다 못해 일을 벌였지. 우리 식구도 면천시켜달라고 엄마가 안채 노마님 방 앞 땅바닥에 엎드려 통사정했어. 노마님은 아무 말씀 않으셨지. 사실이 그렇잖아, 우리 식구마저 떠나면 내년부터 당장 도화골 논을 누가 부쳐. 큰서방님은, 자네들을 행랑 식구로 대했지 언제 종으로 대했냐며, 종 제도를 나라에서 법으로 금한 지 언젠데 이제 와서 해방시키고 자시고 할 게 없다며, 마음대로 하라 하셨어. 엄마는 죽기로 작정한 사람같이 그날부터 곡기 끊고 안채로 들어가 슬피 울며 종 신세를 한탄했지 뭐야. 막무가내로 사흘을 안채마당에서 버텼어. 엄마 고집이 어디 보통이야. 그래서 어떻게 해결을 본 게 큰오빠네 식구를 내보내기로 했던 거야."

이튿날, 아침밥을 먹고 나자 백상충은 처자와 함께 산문으로 들어가게 되었다. 같이 나선 사람이 여섯이었다. 상충과 그의 처, 어진이, 부리아범, 석서방, 분이가 따라붙었다. 올망졸망 이삿짐이 많아 부리아범과 석서방은 짐꾼으로 동원되었다. 형세는 보통학교가 방학을 앞둬 본가에 남았다.

"엄동은 닥치는데 산속에서 어떻게 지내겠어요?" 핼쑥한 얼굴에 마른버짐 핀 조씨를 보고 선돌이어멈이 걱정했다.

"내 걱정 말고 노마님 잘 모시게." 대문께까지 마중 나온 식구를 살피던 조씨 눈에 눈물이 글썽했다. 상중(喪中)인 몸이라 열세 폭 무명치마 속에 속치마를, 속치마 속에 단속곳을, 거기에 복대까지 해서 도도록한 배가 겉으로 표나지 않았다. 조씨가 집에 남게 된 아들에게 당부를 일렀다. "형세야, 할머님 말씀 잘 듣고 공부 열심히 해야 한다."

"걱정 마세요. 아버지도 편히 가시고요." 형세 말이 어른스러웠다.

조씨는 절름걸음을 걷는 서방 뒤를 따랐다. 친정이 가까이 있다면 조익겸이 가마에 태워 보내련만, 조씨 처신이 말이 아니었다.

*

동운사 뒤 외딴집에서 살림을 시작하고부터 백상충 내외가 안방을 썼고, 건넌방은 분이가, 기역자로 꺾인 사랑은 어진이 차지였다. 보통학교가 동절기 방학에 들어가 석서방이 형세를 데려오자, 형세가 어머니와 안방을 쓰고 상충이 사랑에서 잠자게 되어, 어진이는 분이와 건넌방을 썼다. 밤이면 뭇짐승들 울음과 산채를 흔드는 바람 소리를 무서워하던 어린 분이는 어진이와 한방을 쓰자 반가워했다. 분이는 곰바지런하게 조씨 안살림을 거들었고, 어진이를 오빠라 부르며 따랐다. 형세도 말벗이었다. 형세는 분이 외 동무가 셋 있었다. 고하골 김첨지가 수문장으로 거두라며 삽사리 한 마리를 가져왔고, 작인들이 닭 한 쌍을 선물로 보냈던 것이다.

외딴집에는 소암골 화전민이나 동운사 절간 사람이 더러 내왕했고, 나무꾼이 연화산으로 올라왔다 들여다보는 외, 사람 발길이 끊기다시피 했다. 사랑에서 형세 글 읽는 소리가 사람 사는 기척

244

을 알려주었다.

산골 외딴집 겨울나기는 단조로운 나날이었다. 어진이는 아침밥 먹고 나면 사랑으로 건너가 낮이 될 때까지 공부했다. 백상충은 어진이나 자식에게 스승으로서 엄하게 대했다. 형세는 학교에 들어가기 전에 서당에서 『효경』과 『소학』을 읽어 그 복습에 공을 들였으나, 어진이 실력이 그를 가르칠 만큼 윗길이었다. 햇살이 마당을 비껴가면 어진이는 어김없이 나무 한 짐을 해다 날랐다. 나무 해오기와 방마다 군불 지피는 일이 그가 맡은 중요한 일이었다. 저녁 무렵이면 동운사로 넘어가 법당에서 한 시간 정도 참선과 독경(讀經)을 익혔다. 저녁밥을 먹고 나면 사랑에서 밤이 이슥토록 학업에 몰두했다.

백상충이 사랑 처마에, 자신이 상주이기도 했지만 나라 잃은 상주란 뜻으로 백립초당(白笠草堂)이란 현판을 내건 사흘 뒤인가, 표충사에서 왔다는 젊은 승려가 초당에 들러 백상충과 오래 밀담을 나누며 하룻밤을 묵곤 경주 쪽으로 떠났다. 어진이 추측으로는 젊은 승려가 시주 행각하는 체하며 영남유림단 연락 임무를 맡았겠거니 여겨졌다.

아침부터 내린 눈이 땅을 제대로 덮지도 못하고 그친 낮참이었다. 갑작스럽게 강형사가 일본인 헌병 상등병과 함께 동운사 주지승 자운을 앞세워 초당으로 왔다. 어진이는 나무하러 산으로 올라가 초당에 없을 때였다. 그들은 방 셋과 부엌까지 샅샅이 뒤졌다.

"불시 검색에 대비해 용의주도하게 치워놓았군." 한동안 법석 끝에 소득을 올리지 못한 강형사가 손을 털며 말했다.

백상충이 말없이 흩뜨려놓은 책을 챙겼다.

"백처사는 속세를 잊고 서책과 자연을 벗하여 지내고 있습니다." 자운이 말했다.

"절을 거쳐오며 보니 연뿌리를 많이 말려놓았더군. 그거나 두어 타래 주구려." 강형사가 자운에게 말하곤 백상충을 보고 물었다. "박상진 여길 다녀갔지요?"

"상진이?" 백상충이 되물었다. 그가 울산을 떠난 지 오래인데 그가 왔단 말인가 하는 생각이 들었다. "오지 않았소. 소식 모른 지 오래됐구려."

"꼬리를 잡을 찰나, 소문만 들리곤 사라졌어."

"강형사, 도대체 왜 그러오? 같은 동포끼리 꼭 이래야 하오? 강형사도 관의 녹을 먹으니 그만한 대가를 해야겠으나, 해도 너무하오. 그토록 충성 바쳐 강형사가 얻는 소득이 무엇이오?" 백상충이 벼르던 말로 따졌다.

"난 소득만 따지지 않소. 백상은 나를 조선인으로 볼 필요도 없고, 일본인으로 생각지도 마시오. 강오무라, 이름처럼 내 피는 양쪽이 섞였소. 내 별명이 조센징 오니게이사츠인 줄 당신도 알고 있잖소. 나는 오직 내 직분에 성실을 다하오."

"헌병대 형사 직분?" 백상충이 된숨을 삼켰다.

마당에는 형세를 치마 앞에 거느린 조씨가 떨고 서 있었다.

"백상, 난 그렇게 생각하오." 강형사가 침착하게 말했다. "사람이란 자기 직업에 충실할 때 보람을 느끼오. 열심히 일해 그 보수로 처자식 건사하고. 사내장부가 그러면 되지 않았소? 내가 조선인이라 일본인 앞에 열등감을 느낀다든지, 백상 같은 사람 원성 사는 게 괴롭다든지, 그런 마음 가져본 적 없소. 세상은 맞수 상대로부터 미움을 사게 마련이니깐. 지주와 작인 사이, 배운 놈과 못 배운 놈 사이, 잘생긴 놈과 못생긴 놈 사이, 세상 이치가 그렇잖소? 내가 내 직업에 충실하다 보니 백상을 증오하듯, 백상 역시 나를 싫어하는 줄, 개돼지도 주인 심사를 짐작하는데 내가 왜 모르겠소. 먹고 먹히는 자연계 이치와 같달까. 인간관계도 그렇게 맺어져 있으니깐. 내 직업이 농사꾼이라면 구태여 백상을 추적할 필요가 없 겠지.”

두 헌병이 조선어 책 몇 권과 백상충이 쓰던 고등보통학교 부교재 원고를 압수하는 외 별 꼬투리를 찾아낼 수 없자 강형사는 백상충에게, 읍내에 들어오면 반드시 헌병대에 신고하라는 말을 남기고 초당을 떠났다.

강형사가 초당을 다녀간 며칠 뒤였다.

김기조가 사나흘 거리로 나무하러 동운사로 올라온다는 소문은 어진이도 돌쇠 편에 듣고 있었다. 연화산에서 나무해서 내려갈 때 그는 절 옆 보살이 사는 오두막에 들러 한두 시간 밤이나 감자를 구워 먹으며 놀고 간다는 것이다. 초당은 들르지 않았는데, 그날 산에 오르는 길에 찾아왔다.

“서방님 계시온지요?”

사랑 앞에서 김기조 목소리가 들려 어진이 방문을 열었다.

“김첨지 자제로군. 웬일인가?” 백상충이 물었다.

“간밤에 조부님 제사를 모셨기에 서방님 드시라고 제수 음식을 조금 가져왔습니다." 지게 진 김기조가 쪽마루에 보자기에 싼 찬합을 놓았다.

"그러잖아도 지필묵을 사러 언양장에 나갈 때 고하골에 들르려했다. 잘 먹겠다고 전하거라." 백상충이 말하곤 서판의 퇴계『논사단칠정서(論四端七情書)』로 눈을 돌렸다.

"서방님께 한말씀 여쭈어도 되겠습니까?"

"무언가?"

"저 행랑 아해를 거두며 학문을 익히게 하는데, 저도 서방님께 글을 배웠으면 합니다."

"글을 배우겠다고?"

"개화된 세상에 까막눈으로 살기가 억울합니다."

"그래?" 백상충이 고개를 끄덕이며 말했다. "네 성의가 가상쿠나. 그러나 고하골에서 여기가 십 리 길이요, 너 보다시피 방이 협소해 청을 들어줄 수 없구나. 반곡리에도 글방이 있을 테니 그곳에 알아보도록 하거라."

"그러시다면 서방님 가지신 서책을 빌려 보아도 되온지요?"

"글을 읽을 줄 아는가?"

"분기할 계기가 있어 한 달 만에 언문을 뗐습니다." 김기조가 사나운 눈길로 어진이를 보며 말했다.

"장하다. 읽을 만한 책을 헌병대에 빼앗겨 네가 볼 책이 있을지 모르겠다. 어진이 편에 가져가 읽도록 하거라."

물러가겠다며 김기조가 절을 하곤 등을 돌렸다.

해가 서산 위로 기울자, 삭정이를 지게로 한 짐 꾸려 내려온 김기조가 초당에 들렀다. 그는 분이로부터 제수 음식을 싸온 찬합 보자기를 받아 지게 목발에 매달곤, 어진이에게 빌릴 책을 골라달라고 청했다. 어진이『천자문』과『동몽선습』필사본을 내어와 그에게 주었다.

"석형과 얘기 좀 할까 하오." 김기조가 책을 받으며 말했다.

아침나절에 들렀을 때와 마찬가지로 그 어조가 신중한 중에 음전하여 어진이는 그가 언행을 꾸미고 있음을 알면서도 다른 사람으로 변한 듯 착각이 들 정도였다. 사립문 밖까지 나온 김기조가『천자문』을 어진이에게 돌려주었다.

"이따위 책쯤은 우리 마을에도 흔하오. 그런데 임자는 요즘 무슨 공부를 하나요?"

"뭐, 이것저것…… 서방님 시키는 대로 읽고, 쓰고, 외고 있지요." 어진이 말이 입속에서 궁글렀다. 그의 음행 장면을 엿본 터에 주제넘게 글을 배워주겠다고 말한 죄밑이라, 쏘아보는 그의 눈길을 마주할 수 없었다.

"내 석형을 기필코 꺾겠소. 나는 한다면 하는 사내요. 이 나이에 글을 읽어 무엇을 이룰지 모르지만 임자 말침을 들은 그날 밤, 나는 잠을 이루지 못했소. 행랑 아이가 감히 그따위 말로 나를 농간하다니, 분김을 참을 수 없었던 거요."

"미안합니다. 제가 그때 실언해서 저도 법당에서 후회 많이 했습니다." 어진이는 불길이 타는 그의 눈길을 받으며 진저리쳤다.

"어쨌든 내게 분기할 기회를 줬으니 허물을 탓하진 않겠소. 세월이 창창하니, 어디 두고 봅시다."

그날 이후 김기조는 자주 초당에 들러 빌려간 책을 돌려주고 다른 책을 빌려 가곤 했다. 기조는 기골이 늠름한데다 바라보는 눈길이 매서워 그가 나타날 때면 분이는 물론 조씨조차 꺼림하게 대했다.

"서방님, 기조를 가까이 마십시오. 그 눈길이 곱지 못해 혹 헌병대 첩자가 아닐지 모르겠습니다." 벼른 끝에 조씨가 서방에게 말했다.

"그건 임자가 잘못 본 탓이오. 그애 천성이 사납기는 하나 비범한 데가 있소. 읽은 책을 두고 내가 물었더니 대답에 막힘이 없었소." 백상충 말이 그러했다.

*

간밤 사이 첫눈이 내린 날이었다. 푸짐하게 내린 눈으로 산간은 한 폭 설경 수묵산수를 이루었다.

아침 일찍 뒷짐지고 마당으로 나선 백상충은 건곤일백(乾坤一白)의 산야를 보며 선고 임종 날을 떠올렸다. 그날도 눈이 많이 내렸다. 점심밥을 먹고 났을 때였다. 삽짝 밖 눈더미에서 닭을 쫓던 삽사리가 마당으로 뛰어들며 짖었다. 눈 치운 마당에서 제기를 차던 형세가 사랑에 대고 외쳤다.

"아버지, 사냥꾼이 와요. 총을 멘 사냥꾼이에요."

유길준의 『서유견문』을 읽던 어진이 사랑에서 나왔다. 일본산 시바개 두 마리를 앞세운 사냥꾼 둘이 삽짝 안으로 들어섰다. 콧숨을 뿜으며 으르렁거리는 사냥개 앞에 삽사리가 꼬리 사리며 쪽마루 밑으로 기어들었다. 사냥개 목줄을 쥔 서른 중반 사내는 납작모를 썼고, 뒤따라 들어온 연갑 또래 사내는 털모자를 쓰고 있었다. 둘 다 엽총을 어깨에 메고 방한복 허리에 탄환 꽂힌 탄띠를 차고 있었다.

"주인장 계시냐?" 앞선 사내가 땅바닥을 굴려 가죽장화에 묻은 눈을 털며 어진이에게 물었다.

백상충이 쪽마루로 나섰다. 사냥꾼 둘은 입성 험하고 거칠한 화전민이나 숯장이를 예상했다 선비 풍모가 의연한 백상충을 보고 자못 놀란 눈치였다.

"우리는 언양면소에서 연화산으로 사냥 나온 참이오. 여긴 어떤 짐승이 많소?" 납작모 사내가 떠세지게 물었다.

"잡을 만한 짐승쯤은 있을 거요." 조선인에게 총포 소지를 금하는 터라 백상충은 그들이 일본인과 밀착된 행세깨나 하는 축임을 알아보았다.

"토끼, 노루, 족제비, 승냥이, 멧돼지, 아기곰, 뒷산에는 모든 짐승이 다 살아요." 형세가 나서서 손가락 꼽아가며 말했다.

털모자 쓴 젊은 사내가 사랑 처마에 붙은 현판을 보더니, "시로가사 소오도오카(백립초당이라)" 하며 중얼거렸다.

"이분은 도요오카 농장 총수 되시는 오카모도 사네미스 회장님 자제분이십니다." 납작모 사내가 일본인을 소개했다.

백상충은 말없이 서 있었다. '도요오카 농장'은 을사국치 이후 역둔토를 비롯하여 언양 지방 토지를 집중적으로 매입하더니, 지금은 언양 일대 250여 정보의 대집단 농장을 형성하고 있었다.

백상충의 뻣뻣한 태도를 눈치챈 둘은 잠시 서성이다, 사냥 마치고 오는 길에 들르겠다며 삽짝을 나섰다. 오후 내내 연화산 정상쪽에서 엽총 쏘는 소리가 메아리되어 들리더니, 어둑발이 내릴 즈음 사냥꾼 둘이 초당에 들렀다. 그사이 수확이 적잖아 꿩 다섯 마리, 토끼 두 마리, 성장기를 맞은 노루 한 마리를 잡았다. 납작모 쓴 조선인이, 밤길에 언양면소까지 가기가 무리니 방을 하나 달라고 백상충에게 청했다. 골통이 쪼개진 노루를 본 형세와 분이가 질겁했고, 외간 남자에게 용자를 가려야 할 조씨는 안방에서 나오지 않았다. 백상충이 절간으로 가보라 말하려 했으나 피 묻은 짐승을 앞세운 그들을 승려 앞에 내치기 무엇했고, 폭설 내린 엄동에 산중까지 찾아든 사람을 박절하게 돌려세움도 예의가 아닌지라 사랑을 비워주기로 했다. 둘은 사랑으로 들어와 상충과 마주앉았다.

"나는 신만준이라 합니다. 도요오카 언양농장 농감(農監)이오." 납작모가 말했다.

백상충이 차를 내어오라고 어진이에게 일렀다.

"일본말을 아십니까?" 오카모도가 물었다. 허위대가 늠름하고 눈매가 순했다.

"말해보시오." 백상충이 일본말로 말했다.

"합방 이후 조선 유학자들이 세상을 등지고 산중으로 은둔했다더니, 선생도 그렇군요." 오카모도가 방에 쌓인 책을 보며 말했다.

백상충은 방문 옆에 세워놓은 엽총에 눈을 준 채 대답하지 않았다. 어진이가 소반에 담아 찻주전자와 찻잔을 내어왔다. 동운사에서 얻어와 상충이 식후에 한 잔씩 마시는 작설차였다. 오카모도가

차 격식을 갖추어 더운 차를 두 손으로 받쳐 맛을 음미하더니, 부사차로 작설차와 일본 아오야나기차(靑柳茶)를 비교해 말했다. 그는 차에 대해 식견이 있었다.

"조선에는 언제 나왔습니까?" 백상충이 물었다.

"문부성에 근무하던 중 반도로 나온 지 석 달 되었습니다. 관리 생활을 그만두고 아버지 사업을 돕기로 작정했는데, 적성에 맞지 않군요. 부친은 십오 년 전 반도로 나와 부산 마쓰이상사 두취로 있다 사설 금융업을 시작해 사업을 일으켰지요."

일본인들이 조선을 '반도'로 호칭하는 말투와 오카모도 사네미스가 사설 금융업, 즉 고리채로 재산을 증식해 언양 일대에 대농장을 이루었다는 말에 심기가 상한 백상충이 입을 닫고 있었다. 대저 일본인들이 조선인 토지를 얻는 방법은 현금을 주고 매수하기도 하지만 대금(貸金)을 유저당 또는 유질(流質, 기한 넘긴 물건의 취득과 처분)로 취득했다. 결과 강제병합 전, 1909년 6월에 30정보 이상 조선 토지를 소유한 일본인 대지주 수가 이미 135명에 이르렀다.

"오카모도 사네미스 총수 어른이 언양 지방 농지를 사들일 때, 여름이면 맥고모자에 반바지 차림으로, 목에는 쌍안경 걸고, 한쪽 허리에는 관급품(官給品)으로 지급하는 피스톨을 차고, 유망한 농지를 보러 다닌 일화는 유명합지요. 총수 어르신이 나타난 고을에선 반드시 토지매매가 성사되었으니깐요." 신만준이 자랑스럽게 말했다.

"알려진 일화지요." 백상충은, 그자 아래서 한껏 출세했구려 하고 비꼬아주고 싶었으나 참았다.

"나로 말할 것 같으면 조선 마지막 신식군대 장교로, 대한 말 무
관학교 출신이오. 일 년 구 개월 교육받고 광무 육년(1902)에 위
관으로 임명되었소. 우리 기 졸업 생도 수가 가장 많았지요. 전술학,
병제학, 병기학, 축성학, 지형학, 외국어를 배웠습니다. 부산 병영
에서 위관으로 있던 중 정미년 여름에 군대가 해산되지 않았겠소.
군복 벗고 언양으로 낙향했으나 내가 천기(天氣)를 알아 일본말을
익혀둔 게 오늘의 나를 있게 했소. 도요오카 농장이라면 하늘을
나는 새도 한마디 호령으로 떨어뜨릴 수 있소. 조선인으로서 농감
자리에 오른 자는 반도 땅에서 흔치 않을 것이오." 신만준이 떠세
지게 말했다.

정미년(1907)에 군대가 해산당하자 시위(侍衛) 박성환 참령이
의분 자결하고, 많은 군사가 무기를 들고 왜군 수비대를 상대로
싸웠다. 그러나 백상충 앞에 앉은 신만준이란 자는 그길로 몸을
빼 일본인 농장 앞잡이가 되었다니 사람됨을 알 만했다. 백상충은
『장자』 잡편 '도척(盜跖)'에 있는 글귀가 생각났다. '재물과 권세
를 탐하기에 골똘하여 편안해지면 오락에 탐닉하게 되고, 몸이 살
찌면 뽐내고 교만해진다. 이는 질(疾)이라 할 것이다. 부(富)를 바
라고 이(利)를 따라 재물을 담보다 높이 쌓고 욕심이 그치지 않으
면 이는 욕(辱)이라 할 것이다.' 백상충이 자리를 털고 일어서며,
시장할 터인데 저녁밥을 준비시키겠다며 밖으로 나왔다.

저녁밥을 먹고 나자 신만준이 어진이를 통해, 술을 내어오라 일
렀으나 집안에 술이 없다 하자 안방에 얼굴을 들이밀고, "오카모

도 주니치 상은 학식 많은 교양인이오. 백상과 담소를 나누고 싶다 하오" 하고 청했다.

"저는 산중에서 정양 중인 몸이오. 잠자리가 누추하지만 그냥 주무시도록 하시오." 백상충이 사양했다.

이튿날, 아침밥을 먹고 그들은 떠났다. 떠날 때 오카모도가 숙식비로선 과분한 금액인 1원과 꿩 한 마리를 선물로 내어놓았으나 백상충이 이를 받지 않았다. 신만준이, 앞으로도 사냥을 나올 테니 백상을 자주 뵙게 될 거라는 말을 남겼다.

*

어진이 작은마님이 아기를 뱄다고 믿게 되기는 김기조 귀띔이 있었기 때문이었다. 어진이는 사람을 샅샅이 살피는 버릇이 없어 그런 낌새를 눈치채지 못했는데, 눈썰미 밝은 기조가 이를 알아보았다.

"자세히 봐요. 옷을 겹겹으로 입었으나 마님은 분명 애를 가졌소. 내 눈은 못 속여. 울산 큰서방님이 딸만 넷이니 여기 마님이 또 아들을 두면 큰마님 투기가 여간 아니겠지만⋯⋯" 김기조가 책을 빌려가며 했던 말이다.

그날, 백상충은 초당에 있지 않았다. 형세를 데리고 울산 읍내로 떠나고 없었다. 동지를 넘겨 양력 정월로 접어들자, 장판관 댁 아들 장경부 혼사가 있다는 전갈이 왔던 것이다. "서방님, 노마님께서 형세 도련님을 몹시 보고 싶어합니다. 읍내 오실 때 도련님

모시고 오세요.” 부리아범이 쌀 세 말과 명태 한 쾌를 지겟짐으로
지고 온 김에 어진이 해다 놓은 나무 한 짐을 지고 떠나며 말했다.
어진이는 으레 마님이 도련님 데리고 서방님과 함께 하산할 줄 알
았는데 그렇지 않았다. “집사람이 남게 되니 네가 집을 잘 지켜.
족제비가 닭을 채가고 승냥이가 마당에 발자국을 남기니 밤이면
문단속 잘하고. 나는 글피나 되어야 돌아올 거다.” 백상충이 형세
를 데리고 길을 나서며 어진이에게 말했다. 낮쯤 김기조가 빈 지
게로 초당에 들렀으나 어진이는 그와 나무하러 동행하지 않았다.
조씨는 낮이라도 산중 외딴집에 분이와 둘만 남는 걸 무서워했다.

  이틀 뒤, 저녁 무렵에 백상충은 형세를 울산 본가에 떨어뜨리고
초당으로 돌아왔다.

  “아버님 소상 날짜는 집안 어른들이 음력 정월 열이렛날로 잡았
다는구려.” 백상충이 처에게 말했다.

  “이제 와서 날수를 더 늦추어 잡을 수 없겠지요?” 고개를 떨군
채 옷고름을 만지작거리며 조씨가 물었다.

  “왜 그러오?”

  “산월이 그쯤이라……”

  “날짜가 그렇게 되오? 세수(歲首) 차례도 혼자 다녀올 수밖에
없는데, 임자가 소상까지 빠져서야 또 무슨 허언(虛言)을 둘러대
야 할지…… 예부터 소상은 별세한 일 년 뒤 한 달 안에 날을 잡아
지내게 마련인데, 문중에서 길일이라고 정한 날짜를 이제 와서 내
가 명분 없이 바꿀 수야 없지 않소.” 백상충의 낙담에 찬 말이었다.

  사랑으로 돌아와 책을 앞에 두었으나 백상충은 글자가 눈에 들

어오지 않아 망연한 시름에 잠겼다. 『격몽요결(擊蒙要訣)』을 필사하던 어진이는 서방님 심기가 편치 않음을 눈치채곤 분위기를 바꾸어보려, "장도령님 혼례식을 예배당에서 거행했다면 장관이었겠군요?" 하고 조심스럽게 물었다.

"볼 만했다더군. 나는 상중이라 혼례식장에는 가지 않았으나 선화까지 혼례 구경을 갔으니."

"선화가 뭘 보겠다고 구경 가요?"

"똑똑한 아이니 나름대로 짐작하는 게 있겠지."

장경부 결혼식은 읍내가 떠들썩하도록 성대했다. 사돈에 팔촌까지 촌수 대어 모인데다 기관급 유지가 하객으로 왔고, 신식 결혼식을 구경하려 근동 사람이 대목장 맞듯 떼전으로 몰려왔다. 읍내에서 두번째로 열린 서양식 혼례는 좋은 구경거리였던 셈이다. 신부는 경주 최부잣집 손녀로, 야소교계에서 1907년에 세운 대구 신명여학교에 다니는 재원이라 했다. 어진이는 그 혼례식을 보지 못한 게 섭섭했고, 잔치를 닷새나 했다니 먹거리도 푸짐했을 터였다.

소한과 대한을 넘기는 강추위가 산중으로 몰아칠 즈음, 작은마님 배가 박을 엎은 듯 불룩함이 어진이 눈에도 띄었다.

어느 날, 백상충이 어진이에게 고하골로 내려가 갈밭댁을 데리고 오라 일렀다. 이튿날부터 갈밭댁은 조씨가 해산할 때까지 초당에 머물며 안살림을 대신 맡기로 했다.

"집사람 산월이 한 달밖에 남지 않았다. 너는 이 사실을 누구에게든 입 밖에 내어서는 안 된다. 아기를 낳으면 울산 집에서도 알게 되겠으나 그때까지 절사람에게조차 형세어미가 아기 가졌다는 말을 해선 안 돼. 내가 말해도 좋다는 허락이 떨어질 때까지는."
백상충이 어진이에게 당부했다.

처녀가 애를 뱄다면 모를까, 작은마님이 애를 밴 사실을 왜 숨겨야 하는지 어진이는 서방님 함구령을 이해할 수 없었다. 서방님 연세라면 자식을 네댓은 두는 게 보통이었다. 장경부 혼례 때 서방님이 마님을 초막에 떨구고 하산한 까닭도 그 이유라 여겨졌으나, 마님이 산중에서 남몰래 아기를 낳는 일이 쉬 납득이 가지 않았다. 며칠 뒤 김기조가 나무하러 산으로 올라오자 그가 그 속내를 물었다.

"그럴 사정이 있지요."

"일절 발설 말래요. 김형도 그런 말 들었겠죠?"

"서방님과 엄마한테 귀에 딱정이 앉도록 들었소."

"무슨 연유 때문입니까?"

"궁금하다면 말해주지요. 군수 댁 어른 일년상(喪)이 얼마 남지 않았잖소. 참최 삼 년 안에는 직계가족 혼사조차 금하는 게 사대부 집안 법도요. 그런데 친상 당하고 일 년 만에 애를 낳는다는 게 말이나 되오? 일 년 만에 출산이라면 상 당하고 곡성 채 그치기 전에 구들목농사 지었다는 뜻 아니오. 그렇게 따지면 작은서방님이 뒷구멍으로 호박씨를 깐 셈이지. 양반나리 체면에 똥칠했으니, 꼴 좋겠수다." 김기조가 껄껄거리고 웃었다.

그즈음부터 어진이는 작은마님 얼굴을 볼 수 없었다. 안방 앞에는 마님 신발조차 치워졌다. 갈밭댁이 밥상을 안방으로 나르니 마님이 거처함은 분명했으나 말소리조차 들리지 않았다. 오카모도 주니치와 신만준이 연화산으로 사냥을 나와, 전에 보이던 안방마님이 어디 갔냐고 물었을 때 갈밭댁은, 도련님 데리고 울산 읍내로 내려갔다고 대답했다. 어느 날, 갈밭댁은 언양장으로 나가 무명 한 필과 미역 석 단을 사서 돌아왔다. 그네는 낮이면 무명으로 아기옷을 만들었다.

음력 섣달 그믐날, 백상충은 설 차례를 지내러 혈혈히 읍내로 나갔고 갈밭댁도 설빔 준비하러 집으로 돌아갔다. 작은마님과 분이와 어진이만 남게 된 산중 초당은 빈집같이 쓸쓸했다. 그날 밤, 어진이가 건넌방에서 홀로 잠을 청하자 빈 가지를 휘두르는 바람 소리에 섞여 안방에서 들려온 작은마님의 흐느낌 소리를 들을 수 있었다.

백상충은 설을 쇠고 초당으로 돌아왔다.

한차례 싸라기눈이 내리고 겨울도 끝머리에 당도할 즈음, 김기조가 웬 노파를 달고 초당으로 올라왔다. 안방으로 들어간 노파가 오래 머물다 나오더니 마당에서 서성이는 백상충을 뒤꼍으로 데리고 갔다.

"산모 골반이 매우 약합니다. 아무래도 난산이 될 터인데 사흘은 말미를 두셔야겠습니다."

"갈밭댁 말이 산기(産氣)가 있다던데, 사흘이나 걸리다니?"

"말씀드리기 무엇합니다만, 도련님이 벌써 여덟 살이라 그동안 마님 아기집이 쪼그라들었습니다. 골반도 약한데다 소피 색깔을 보니 파수(破水)도 정상이 아닐 듯하옵니다."

"선고 소상이 불과 이레밖에 남지 않았소. 이 땅에 숨 붙이고 사는 한 자부된 도리로 소상에 참례하지 않는 법도가 없으니, 이 일을 어찌하면 좋겠소. 해산 구원에는 아주머니만큼 용한 사람이 없다던데, 하루이틀이라도 어떻게 출산을 당길 수 없겠소?" 백상충이 체면을 돌보지 않고 사정조로 말했다. 만약 해산이 소상 뒤로 훨씬 늦게 잡혔다면 악질(惡疾)을 핑계로 처의 소상 참례를 아예 포기시키련만, 이럴 수도 저럴 수도 없는 처지였다. 이 모든 결과가 인륜의 법도를 저버린 자신에게 하늘이 내린 노여움이라 풀이할 수밖에 없었다. 그는 먼저 자식을 보아놓고 어머니께 불효한 행실을 이실직고하여 천주(天誅)의 처분을 바랄 요량이었다.

"삼신할멈이 주관하는 인륜대사를 이 늙은이가 어찌 늦추고 당기겠습니까. 하여간 정성을 다해보겠습니다." 노파가 꼬부장한 허리로 물러났다.

그날부터 노파는 갈밭댁과 함께 산모가 쓰는 안방에 기거했다. 안방을 넘볼 수 없게 된 백상충은 초조함을 잊으려 낮 시간 동안은 책을 덮고 동운사로 넘어가서 지냈다.

은곡 백하명의 소상을 나흘 앞둔 날, 석서방이 나무하러 연화산으로 올라와 초당에 들렀다. 가까운 산을 두고 울산 읍내에서 왕복 80리 길인 여기까지 온 이유가 달리 있었다.

"어르신 소상이 목전에 닥쳐 집안이 바쁩니다. 읍내에도 의원이 있으니 병고가 심하더라도 작은마님이 오셨으면 하고 모두 기다립니다." 석서방이 백상충에게 말했다.

"정초에 말하지 않았던가. 안사람이 악질에 걸렸다고. 어쨌든 소상 전에 하산할 테니 그렇게 전하게."

석서방을 삽짝 앞에서 돌려세우는 서방님 말을 안방에서 듣던 조씨 마음이 무거운 몸만큼이나 괴로웠다. 그네는 이를 앙다물고 저리는 팔다리와 허리 동통을 참았다. 백씨 가문 귀신이 되려면 어서 몸 털고 일어나 읍내로 내려가야지. 설날 제사에 빠진데다 시아버님 소상까지 참례치 못한다면 눈에 흙이 들어가기 전엔 솟을대문 문지방을 넘지 못하리라. 조씨는 천 갈래 만 갈래 찢어지는 마음으로 용을 썼지만 자궁문은 열리지 않았고 배냇아기는 배꼽 아래 걸린 채 꼼짝 않았다.

"아기집이 태아를 훑어내려야 하는데, 어찌 이리도 힘드는지." 노파 말처럼, 애간장이 타기는 갈밭댁도 마찬가지였다.

본격적인 진통이 시작되기는 그날 밤부터였다. 안방에서 조씨 외마디 고함이 끊어졌다 이어졌다 했다. 그러나 긴 밤을 넘기고 날이 밝을 때까지 아기 울음소리가 들리지 않았다.

"이러다간 죽겠소. 배냇아기와 함께 죽었으면 해요. 아주머니, 갈밭댁, 불쌍한 우리 형세 잘 거두도록 서방님께……" 산통을 견디다 못한 조씨가 까무러치며 유언이듯 말을 흘렸다.

두 팔을 누르는 갈밭댁이나, 조씨 가랑이를 차고앉은 노파나, 두 아낙이 산모만큼 땀을 흘렸다. "스무몇 해 동안 내 손으로 받아낸 애가 벼이삭만큼은 되련만 이토록 힘든 해산바라지가 몇 번 있었던가" 하는 노파 말처럼, 조씨는 난산이었다.

조기 파수(早期破水)에 양수가 혼탁해져 아기 목숨이 위태롭다고 노파가 걱정하던 중에, 힘들게 세상으로 나온 아기의 첫울음이 터진 게 초경(初更)에 들어서였다. 딸이었다. 조씨는 탈진 끝에 실신하고 말았다. 갈밭댁이 백상충에게, 마님이 고명딸을 순산했다고 알렸다.

"갈밭댁, 내일 새벽 날 밝기 전에 어진이 데리고 마을로 내려가 가마 멜 장정을 불러와요. 출산만 하면 신고를 겪더라도 소상에 참례하겠다는 안사람 간청을 뿌리칠 수 없구려. 가마꾼은 입 무거운 장정을 택하시오." 백상충이 갈밭댁에게 일렀다.

이튿날, 새벽별이 스러지기 전에 갈밭댁과 어진이 고하골로 떠났다. 고하골 장정 하나와 어진이가 메고 온 가마는 점심참 되기 전에 초당에 도착했다. 그동안 산후(産後) 수습을 대충 끝낸 조씨는 오후에 들어서야 가마에 실려 울산 읍내로 떠났다. 흰갓에 상복 차림의 백상충이 앞장을 섰다. 그의 발걸음이 천 근이나 되듯 무거웠다.

조씨는 삭신이 내려앉는 몸에 복대를 두르고 비좁은 가마 속에 앉아 있자니 고역이 말이 아니었다. 부기가 빠지지 않은 누렇게 뜬 얼굴에 부르튼 입술이 산로(産勞)에 시달린 티가 역연했으나, 그네는 가마 속에서 넘쳐나는 젖처럼 내내 기쁨의 눈물을 소리 죽여 흘렸다. 아기를 낳고 시아버님 소상에 참례하게 된 것만도 하늘의 도움이었다. 만약 하루만 늦었더라도 시가 걸음을 포기할 수밖에 없었을 터였다. 더욱 그네를 감격케 한 점은 여러 차례 애원하기도 했지만 읍내 걸음을 선선히 허락한 서방님에 대한 고마움이었다. 그 몸으로는 안 되겠소, 내 혼자 다녀오리다 하고 말했다면 초당에 홀로 남아 갓난아기를 껴안고 울음으로 지새울 수밖에 없었고, 영영 시댁 걸음이 어려웠을 것이다. 조씨의 젖은 눈앞에 내외척들로 그 어느 때보다 분잡스러울 시가가 눈앞에 떠올랐다.

사돈어른 소상인지라 친정아버지도 왔을 터였다. 무슨 면목으로 그들을 보랴. 더욱 시어머니 뵐 걱정이 태산같이 앞을 막았으나, 한때 죽기로 작정한 몸인데 무슨 각고인들 못 견디랴 하고 그네는 마음을 사려먹었다.

"노서방, 안사람 병고가 심하니 걸음을 늦추게. 어두워져 집에 들어도 상관없으니깐." 백상충이 교군꾼 돌아보며 말했다. 그는 처 외양이 그런지라 어두워진 뒤 집에 들기로 작정했다. 앞교군꾼과 발을 맞추는 어진이 뒤로 갈밭댁이 따랐다.

일행이 30리를 걸어 새못 앞 구영리 어귀로 들어섰을 때였다. 해가 서산 너머로 기울어 들녘에 이내가 자욱 내렸다. 말을 타고 하인 둘을 거느린 개화 복장의 행차꾼이 버드나무 가로수 앙상한 길 저쪽에서 다가오고 있었다. 그들이 가마꾼 일행과 가까워지자, 백상충이 말 위에 앉은 이를 알아보았다. 장인이었고 하인 둘은 마부와 길잡이로 나선 선돌이였다.

"딸애가 악질로 운신 못한다니, 무슨 소린가? 삼월이가 없기로서니 그런 불상사를 두고 왜 연락 안했어? 내가 꼭 허둥지둥 나서야 하는가. 백서방, 자넨 도대체 어찌된 사람인가!" 말에서 내린 조익겸이 한바탕 사위를 꾸짖곤 가마 문을 젖혀 열었다. 장옷을 뒤집어쓰고 얼굴만 빠꼼하게 남긴 조씨가 숫접게 친정아버지를 보았다. 조익겸은 저물한 가운데 눈물로 번득이는 딸애 얼굴이 다른 사람같이 부어 있음을 보았다. "우옥아, 어떠냐? 내 저녁 나절에야 사돈댁에 당도해 네 소식 듣고 선걸음에 나선 참이다. 우옥아, 산중에 의원이라도 다녀갔느냐?" 그가 다급한 김에 딸의 아이 적

이름을 불렀다.

"아버지, 너무 심려치 마세요. 서방님의 지극한 간병으로 이제 회복기에 들었습니다." 조씨가 고개를 떨구며 대답했다.

"백서방." 조익겸이 사위 쪽으로 돌아섰다. "지난 늦가을에 다녀갈 땐 멀쩡하던 여식인데, 무슨 병으로 저 꼴인가?"

"좋지 않던 빈혈증이 산중 생활을 겪다 보니 나빠졌나 봅니다. 코피를 자주 쏟는데다 얼굴의 자반(紫斑)으로 남 앞에 나서기가 무엇한 처집니다."

"자반? 복사꽃 피듯 붉은 반점이 생겨?"

쭝얼거리던 조익겸이 다시 가마 문을 열려 하자 백상충이, 드릴 말씀이 있다며 장인을 일행과 떨어진 길섶으로 이끌었다. 우선 장인에게 사실을 솔직하게 털어놓고 방책을 구해봄이 좋을 듯싶어서였다.

"장인어르신, 사실은 그게 아니라, 말씀 올리기 면목 없습니다만……" 백상충이 장인에게, 지어미가 딸아이를 출산하기까지의 저간 사정을 말했다.

"허허, 뭐, 뭐라고?" 사위가 말할 동안, 이렇게 미련한 사람이 있냐는 듯 조익겸이 눈총을 주며 혀를 찼다. "아무리 개화 세상이기로서니 아직 구습의 법도가 엄연한 시골 바닥에 자네나 여식이나 그 하는 됨됨이가 똑같은 반편이로다. 여보게 백서방, 이렇게 된 마당에 열사(烈士)가 무엇이며 학문이 무슨 소용인가. 친상 중에 태기가 있다면 저잣거리 사람들의 조롱감이 제격이지."

"부끄러운 죄를 짓고 말았습니다."

"그러나 엎질러진 물, 뒤처리는 내게 맡겨보게." 무슨 꿍심이 있는지 조익겸이 당차게 말하곤 말 등에 올랐다.

일행이 읍내 학산리로 들어서자 날은 깜깜했다. 마을 들입까지 마중 나왔던 석서방이 아우를 대신하여 교군꾼이 되자, 어진이는 빈 몸으로 가마 옆을 따랐다.

"넌 어서 사돈댁으로 달려가 우리가 도착한다는 전갈을 띄우고, 형세어미 뉠 방을 비워두도록 일러라." 조익겸이 어진이에게 이르곤, 마부를 돌아보며 침통하게 말했다. "어느 누구도 가마 문을 들치지 못하게 막아. 역병(疫病)은 아니라지만 누구한테도 가련한 딸애 얼굴을 보이고 싶지 않구나."

백군수 댁 어귀로 들어서자, 내외척 식구와 이웃 사람들이, 시어른 소상 하루 전날에야 급거 도착하는 조씨를 보려 길 양쪽에 늘어서서 고개를 들이밀었다. 조씨가 산중 초막에서 악질로 고생하며 두문불출한다는 말은 일찍 알려졌고 설날에도 집에 오지 않자 소문은 눈덩이처럼 불어나, 조씨 병이 호역(虎疫, 호열자)이라느니, 풍병(風病, 나병)이란 말까지 나돌았다. 그래서 가마를 기웃거리다 말 등에 앉은 조익겸이 손수건으로 눈자위를 훔치자, 모두 조씨 병이 근심할 만큼 깊다며 쑤군덕거렸다.

등롱을 내다 건 백군수 댁 솟을대문까지 오자 말 등에서 내린 조익겸은 손수건으로 연방 눈을 닦았다. 가마는 사람들 사이를 뚫고 곧장 안채마당으로 들어가 별당으로 빠졌다.

갈밭댁이 조씨를 싸안듯 부축하여 별당 방으로 들어갔다. 조익겸이 마부에게, 어느 누구도 방안에 들지 못하게 철저히 지키라 말하곤 안채로 내려갔다. 어찌하려 이러시냐고, 백상충이 장인에게 조그만 소리로 물었다.

"뒤처리는 네게 맡기고 자낸 어서 사당에 들어. 여식의 병이 악성 빈혈에다 자반병이라 하지 않았던가." 조익겸이 무뚝뚝하게 말했다. 그는 그길로 대소가 문중어른이 모여 있는 사랑으로 들어갔다. 대구에서 온 백하중과 수염 허연 노인장들, 제주 백상헌에 이르기까지, 사당 안이 빼곡했다.

"제수씨가 막 들어온 모양인데 병고가 어떠합디까?" 두루 인사 끝에 백상헌이 사장어른께 물었다.

"허박한 여식을 출가시켜 사가댁 근심을 더한 제 불미함이 송구할 따름입니다." 조익겸이 한숨을 깊게 깔았다.

"사장어른, 무슨 겸양의 말씀을. 유시 적에 상충을 두고 모두들 울산 땅에 매월당(김시습)이 났다며, 장차 문중 재목으로 꼽았지요. 그러나 국운이 기울자 그애가 대쪽 같은 심지를 못 꺾어 밖으로 나돌다보니, 어디 안사람 간수를 제대로 했겠습니까. 귀한 딸 데려와 고생시킨 우리 쪽 불찰이 더 크지요." 백하중의 말이었다.

"상충의 기개 높은 선비정신은 유시 적 말대로 매월당 그 어른과 다를 바 없지. 암, 매월당이고말고." 백하명 내종인 매암 처사가 턱수염을 쓸며 맞장구쳤다.

"똑똑한 쪽으로 말한다면 백서방 맞설 자가 없고말고요." 조익겸이 사돈측 비위를 맞추곤 곁길로 빠지는 말머리를 돌렸다. "여식이 허약한 몸인데 산중 초막살이를 겪다 보니 병고가 더친 모양입니다. 코피를 쏟고 토혈까지 있었다 하니…… 거기다 얼굴과 몸에 자반이 생겨 내외간도 대면하기 쑥스러웠나 봅니다. 산중이라 의원이 없어 약 한 첩 제대로 못 쓰고, 육질 없는 절간 음식으로 조석을 때웠다니……" 조익겸의 절절한 말에 좌중이 침울했다.

"아무리 초막 살림이라지만 한 지붕 밑에 살면서 상충은 무얼 했는고." 진목나루터에 사는 상충의 재종형 백상면이 혀를 찼다. "지난봄, 병기가 있어 제수씨가 친정 갔을 때 편히 지내다 오게 하라고 아우에게 일렀건만 형세를 보통학교에 입학시키겠다며 성급하게 불러올리더니……"

"그래요." 백상헌 말을 빌미로 조익겸이 쐐기를 박았다. "그때 빈혈 증세를 뿌리 뽑아야 하는데 약첩을 쓰다 말고 올려보낸 게 화근이었어. 지난 추수기에 제가 울산에 들렀을 때도 헌병대에서 풀려 나온 백서방한테, 산중 초막살이가 무리이니 동절을 날 동안 해운대나 동래온천장 쪽으로 가족 데리고 내려와 정양하라 일렀더랬습니다. 그러나 한사코 처가 신세를 마다하는 백서방 강고집을 전들 어찌 꺾을 수 있었겠습니까. 하여간, 이번에는 결단코 여식을 제가 거두어 병을 완쾌시켜 올려보내겠습니다. 제가 사부인 뵙고 말씀드리기 무엇하니 청허를 얻어주십시오."

사랑에서 그런 말이 오고갈 즈음, 사당을 빠져나온 백상충은 안방 어머니 앞에 무릎 꿇고 있었다. 형세가 할머니 옆에 앉아 눈을 말똥거렸다.

"……안사람조차 잘 거두지 못해 어머니께 심려를 끼쳐 죄송합니다." 백상충이 처의 악성 빈혈과 자반병을 구구하게 늘어놓았으나 안씨는 시종 말이 없었고, 패륜아가 된 마당에 어머니 앞에 거짓말까지 늘어놓게 되자 진땀이 등골을 적셨다.

"듣는 귀 온전하고 아직은 정신이 맑으니 그만큼 했으면 알아들었다. 물러가 원로에 묻혀온 진루나 씻고 의관부터 갖추도록 하거라." 안씨의 냉랭한 말이었다.

백상충은 방안의 훈기보다 속에서 타는 열화로 콧등에 땀이 맺혔다. 어쩌면 어머니는 모든 사실을 알고 있으면서도 시침떼고 있을는지 모른다는 생각이 들었다. 그렇다면 앞에 앉은 자식을 얼마나 괘씸하고 가소롭게 여기며, 한편으로 못난 자식을 둔 어미로서 가슴앓이가 심하실까. 백상충은 소상을 마친 뒤 처를 초당으로 먼저 올려보내고 이실직고할 게 아니라 이 자리에서 실토해버리고 싶은 조바심으로 입속 침조차 말랐다. 세 치 혀로 부모 면전에서조차 허언으로 둘러대는 나를 어찌 예(禮)를 익혀 군자의 도를 닦았다 말하리오. 가축보다도 나을 것 없는 무소가취(無所可取)한 육괴(肉塊)로다. 백상충이 스스로를 질책하자 여태껏 닦느라고 닦은 천학비재(淺學菲才)한 인격조차 해체됨을 느꼈다. 떳떳이 말해버리고 용서를 빌자. 신위(神位) 모실 내일 아침까지라도 참자. 두 주장이 자웅을 겨루며 그의 마음을 들볶았다.

백상충이 일어서려 하자, 형세가 엄마 많이 아파요 하고 물었다. 네가 할 걱정은 아니니 할머니 방에 있으라며 그는 아들의 얼굴을 똑바로 보았다. 그는 장경부 혼례식 때 초당에서 아들을 데리고 하산하며, 제 엄마 배부른 사실을 두고 함구령을 여러 차례 다짐받았건만 어쩌면 녀석이 할머니에게 그 말을 입 밖에 흘렸을 수 있었다. 그럴 리야 없겠지 하고 스스로 다짐하며 그는 안방에서 물러 나왔다.

백상충이 얼굴을 씻고 별당으로 건너오니, 사랑에서 진땀 빼고 나온 장인이 윗목 차지하고 멍뚱히 앉아 남초를 태우고 있었다. 자리보전하여 돌아누운 조씨는 명주수건으로 얼굴을 가린 채 기척조차 내지 않았고, 갈밭댁이 머리맡을 지켰다.

"백서방, 모레 아침에 내가 형세어미 데리고 부산으로 가겠네. 사랑에 계시는 사가댁 어른들께 악질을 핑계로 그렇게 통기했어. 아닌 게 아니라 여식 몸이 말이 아니게 축났어. 화전 생활도 겪는 자나 겪지, 저 허한 몸으로 그곳에서 출산까지 했다는 게 감지덕지야. 내 두어 달 뒤 형세어미와 손녀딸 데리고 올 때까지 자넨 일절 함구하고 지내. 내 말 명심하렷다. 욱, 하는 성질로 토설하는 만용만은 반드시 삼가야 해." 조익겸이 다지름을 놓았다.

"형세어미 친정길은 모르지만, 군자 된 도리로서 함구하고 지낼 수는 없습니다." 백상충이 장인 말을 반박했다.

"그럼 실토하겠다는 건가?" 조익겸이 역정을 냈다.

"초당으로 올라가기 전 어머니와 형님께 이실직고하겠습니다. 딸아이를 계속 숨길 수 없으니 언젠가 알게 될 게 아닙니까. 그 점보다 제 자신이 인의(仁義)를 저버릴 수 없습니다."

"백서방, 그렇게 말했건만 자넨 어찌 그렇게 벽창혼가." 조익겸이 방바닥을 쳤다. "자네 형님이야 그렇다 치자. 자네 자당이 어디 보통 분이신가. 자네야 핏줄이라 어찌 못하겠지만 사부인께서 내 여식을 집안에 두고 볼 분인가 말이다. 딸애가 소박맞는 꼴을 꼭 봐야 속이 시원하겠어?" 백상충이 고개를 숙인 채 대답을 못 했다. "내 핏줄이 백씨 문중 식구니 나도 참견할 권리가 있어!" 목소리 높이던 조익겸이 후딱 방문을 보았다. 누가 엿듣지 않나 싶어 숨을 돌려선 찬찬한 목소리로 사위를 타일렀다. "백서방, 이번만은 내 말을 들어. 소도 언덕이 있어야 비빈다고, 자넨 지금 뭘 믿고 뭇사람 앞에 알몸으로 버꾸놀음을 놀겠다는 건가. 군자라면 체통 지킬 줄 알아야지. 도리깨아들(불효자식) 소리 들어가며 학교 설립에 경중댄다면 남이 뭐라겠어? 손가락질하다 못해 기부금 낸 사람조차 돈 찾아가겠다고 나서겠다."

백상충은 입이 열이라도 할 말이 없었다.

"서방님." 눈치만 살피던 갈밭댁이 의논성스럽게 말을 꺼냈다. "소갈머리 없는 촌부 생각이지만 어르신 말씀이 맞습니다. 우선 윗불 끄고 방도를 찾아봄이 좋을 듯합니다. 군수 댁 윗어른이 별세하신 지 한 해, 그 은덕의 감은(感恩)함이 아직 모든 이들 흉중에 남았는데 분란을 자초하실 필요가 있겠습니까. 난산이라 마님도 당분간 몸조리가 필요한데 산중 생활이 힘드실 테고, 그렇다고 갓난아기 안고 들어와 여기 계실 형편이 못 되지 않습니까. 서방님이 이실직고하기엔 때가 이른 듯합니다."

"옳은 말씀이고" 하곤, 조익겸이 갈밭댁 의견에 한술 더 떴다. "사부인만 계시지 않아도, 아니 사부인께서 어느 정도 개화된 분이라도 이런 변통은 쓰지 않겠네. 자네도 의병이라면 손바닥 보듯 환하겠지만, 십삼도 창의총대장(十三道 倡義總大將) 이인영이 부친상 당했을 때, 충(忠)과 효(孝)의 우선을 두고 전국 유림이 들끓었지만 그분이 결국 어느 길을 택했던가? 그 경우만 봐도 아직은 세상이 그런 법도에 냉정해." 조익겸이 들은 풍으로 이인영 의병장을 예로 들어 오금을 박았다.

유생으로 일찍이 대성전 재임(大成殿 齋任)을 지낸 이인영은 을미사변(1895)으로 명성황후가 시해되자 유인석, 이강년과 함께 의병을 일으킨 바 있으나 그 뒤 고향 경북 문경으로 낙향해 농사 짓고 살았다. 1905년 을사국치(乙巳國恥)를 당하자, 이인영은 강원도 의병장 이은찬 등에 추대되어 관동 창의대장(關東 倡義大將)을 맡아 홍천, 춘천 지방에서 활약했다. 그는 양주에서 허위, 이강년 등이 이끄는 의병부대와 연합군을 조직하여 13도 창의총대장이 되어 만여 병력을 이끌고 서른여덟 차례에 걸친 전투를 치러가며 왜의 통감부를 쳐부수려 한양으로 진격하여 이듬해 1월, 동대문 밖 30리 지점에서 진을 쳤다. 그런데 그는 그 중차대한 때에 뜻밖에 부친상 부고를 접했다. 그는 충과 효의 우위를 두고 고심하던 끝에 군사장(軍師長) 허위에게 후사를 맡기고 상을 치르려 문경으로 낙향했다. 당시 유림들은 그 일을 두고, 진보적인 측은 작은 효가 큰 충을 저버려 일본군을 물리칠 결정적 호기를 일실했다 했고, 보수적인 측은 장수 한 사람이 빠진다고 승패가 결정되는 게 아닐진대 인륜의 대사를 외면해선 안 된다는 주장이 엇갈렸던 것이다.

"때를 기다리면 좋은 기회가 올 걸세. 그동안 손녀딸은 내가 거둘 테니 백서방은 제발 잠자코 있어. 백년해로한 부부가 자식 보는 일이야 당연지사지만, 그것도 때를 가려야 하는 법 아닌가. 내 더는 말을 않겠네." 한숨만 쉬는 사위를 보다 못해 조익겸이 말을 매조졌다.

　방안의 말을 죄 듣고 있던 조씨가 소리 죽여 흐느꼈다.

　이튿날, 동이 틀 무렵부터 안채 대청에 병풍이 쳐지고 제상이 놓였다. 갖은 음식이 진설되기 시작하자 상제들은 연복(練服)을 입었고 축관(祝官)인 매암 처사가 사당에서 출주(出主, 신주를 모시어냄)를 해왔다. 조익겸이, 상한 몸으로 친상 참례는 불가하다는 의견을 내어 조씨는 끝내 별당에서 나오지 않았다. 상제들 곡(哭)이 시작될 무렵, 갈밭댁이 기척 없이 별당에서 나와 뒤란 채마밭을 거쳐 일각대문으로 빠져나갔다.

　이튿날, 아침부터 조객이 몰려왔다. 장순후 부자가 왔고, 도정 박생원, 함명돈 선생이 다녀갔다. 낮에 이와사키 헌병분견소 소장, 지서 주임 이마니시, 강형사가 몰려오자, 조익겸이 그들을 사랑으로 맞아 접대하며 담소를 나누었다.

　백상충은 손을 맞으며 하루 내 침울했고 가시방석에 앉은 듯 마음은 별당에만 가 있었다. 조씨는 조씨대로, 시가로 내려올 때는 간난을 무릅쓰고 부엌일과 소상 참례를 예정했건만 자반이란 엉뚱한 병이 거론되고부터 별당 방에 숨어 지내자니 친정아버지 마부가 바깥을 지킨다지만 애간장이 녹았고 초당에 두고 온 아기 걱정으로 피가 마를 지경이었다.

　그날 밤, 조익겸은 하곡루에 헌병소장과 지서 주임을 초청하고, 방어진과 장생포 어물도가 객주도 함께하는 자리를 만들었다. 조익겸은, 어물도가도 새 시류를 좇아 상무사(商務社)란 간판을 내걸고 영업을 보부상에 의존하던 재래의 방법에서 탈피하여 이송에 우마차를 적극 도입할 방침을 전달하며, 관계기관의 협조를 구했다.

"고래기름 전량 확보에 관한 공문이 또 하달되었소. 어촌 파출소도 특별 임무를 띠고 고래기름 수거에 나서고 있으니 우리가 협조를 구해야 할 입장이오." 지서 주임 이마니시가 두 객주를 보며 말했다.

장생포와 방어진은 예부터 동해안 고래잡이의 본거지로 유명했다. 고래기름은 오랫동안 초 원료나 등유로 쓰여왔으나 근래에 공업용으로 활용가치가 확산되어, 일본은 고래기름을 닥치는 대로 구해 섬으로 가져가고 있었다.

자정이 가까워 거나해진 손을 배웅하며 조익겸은 사가의 불편한 잠자리를 핑계로 하곡루에 남았다. 그는 잠자리에 기생 연비를 불렀다. 옷을 벗고 이불 속에 들자 연비가, 자기를 부산포로 데려가달라고 응석을 부렸다.

"기녀들은 다 기둥서방이 있는 법, 그자가 자네를 쉬 놓아주겠는가?" 연비의 젖을 어루며 조익겸이 물었다.

"그 선비가 저를 좌지우지할 입장이 못 되옵니다."

"궁색한 선비로구나. 자고로 지방 이속 자리도 못 따낸 치가 주색까지 밝히면 곳간이 여러 채 있다 해도 당대에 거덜나기 십상이지. 내 여기 살지 않으니 말하렸다, 어느 집 자젠가?"

"백군수 댁 장주 되는 분입니다." 조익겸이 말이 없자, 혹 아시는 분이냐고 연비가 물었다. 남자가 자기 몸 위에 실었던 몸을 내리기에 연비가, 언제쯤 자기를 부산포로 데려가겠느냐고 다시 채근했다.

"글쎄……" 조익겸이 언약을 주지 않았다. 그는 사업에도 단판에 확답하는 법이 없었다. 오랜 경험을 통해, 당장 성사시킬 일도 뜸을 들여 생각할 짬을 여투었다. 하물며 나앉은 계집에게 답을 금세 내릴 그가 아니었다. 사돈댁 백상헌의 밀가루를 바른 듯한 얼굴이 떠오르자 그는 김이 빠졌다. 만약 연비를 부산으로 데려가더라도 헌첩(獻妾)감이 제격이겠다 싶었다.

이튿날, 새벽같이 하곡루를 떠난 조익겸은 사돈댁에 들자, 딸에게 어서 여장을 꾸리라고 말했다. 아침밥을 먹는 둥 마는 둥, 조씨는 장옷을 둘러서 눈만 빼꼼 내놓은 채 시어머니가 거처하는 안방 앞마당에 무릎 꿇고, 친정으로 다녀오겠다는 하직인사를 올렸다. 소상에 왔던 일가붙이가 어제 얼추 떠났으나 안마당에는 사람들이 많았다.

"어머님, 쾌차해지면 한식 전까지 돌아오겠습니다." 조씨가 다시 인사말을 올렸으나 안방 문은 끝내 열리지 않았다.

"됐다. 일어나거라. 서둘러도 해 떨어지기 전에 기장에 당도하기 힘들 것이다." 가마 옆에 뒷짐지고 선 조익겸이 딸에게 말했다.

"나도 엄마 따라 외가에 갈 테야." 조씨 치마폭에 형세가 매달렸다.

개학이 닥쳤는데 공부는 어떡하고 외가에 가겠냐며 조씨가 아들 등을 다독거렸다. 그녀가 속으로 느껴 울며 가마에 오르자, 석서방과 고하골 장정이 가마를 멨다. 가마가 행랑마당으로 돌아나갈 때까지 안씨가 거처하는 위채 안방 문은 열리지 않았다. 가마 뒤를 따르는 백상충 등골로 식은땀이 흘렀다. 조익겸은 사돈댁 당주인 백상헌에게 모자만 들썩해 보이곤 고개를 돌렸다. 어제 저녁 연비 말이 연상되자 그와의 대면이 쑥스러웠다.

"집 떠나 사는 자네 조석반을 누가 돌보냐며 형세어미가 걱정이 많더군." 작별인사를 하는 사위에게 조익겸이 말했다.

"제 걱정은 마시고, 도 학무국에 학교 허가 문제를 꼭 좀 챙겨주십시오." 백상충이 말했다.

조익겸이 돌아서는 사위를 불러 세워 조끼주머니에 차고 있던 금줄 달린 회중시계를 풀어 건네주었다.

"산중 생활에 필요할 테니 쓰게."

백상충이 받지 않고 쭈빗거리자 조익겸이, 나는 또 구하면 된다며 시계를 넘겨주곤 말 등에 올랐다.

태화강변에는 겨우내 묵은 때를 씻어내는 아낙들의 빨랫방망이 소리가 또랑했다. 조익겸 일행이 나룻배로 태화강을 건너자, 나루 어름에 포대기로 싼 아기를 안은 채 갈밭댁이 서성이고 있었다. 조익겸이 그네를 보았으나 모른 체하고 내처 길을 갔다. 갈밭댁은 먼발치로 가마를 따르다 야음마을 어귀에 왔을 때야 아무도 보는 사람이 없자, 가마를 세우게 하고 아기를 조씨에게 넘겼다.

"마님, 어렵사리 얻은 고명딸 잘 거두셔야 합니다."

"갈밭댁, 고맙구려. 그동안 노고를 잊지 않으리다."

조씨가 아기를 받자, 가마 문이 닫혔다. 그네가 포대기를 헤치니 아기는 배냇짓으로 입술을 오물거렸다. 졸라 맨 치마말기를 내리고 젖이 채여 아리던 젖통을 집어냈다. 아기에게 젖꼭지를 물리자 아귀아귀 빠는 입짓이 그네에게는 체증이 뚫리듯 시원했다.

"모질게 태어난 이것아, 내 장차 너를 남 앞에서 어찌 키울꼬……" 하며, 조씨가 딸애를 내려다보고 눈물을 떨구었다.

고정(苦情)

　처를 부산 처가로 보낸 이튿날, 백상충은 어진이와 함께 백립초당으로 돌아왔다. 마치 포수에게 쫓기는 노루이듯 황망히 본가를 떠난 셈이었다. 처가 딸애를 낳았다는 말을 어머니와 가형에게 끝내 발설하지 못한 그로서는 뭇 눈초리가 자신을 비웃는 듯했고, 어머니의 침묵을 지켜보기가 괴로웠다. 뒤처리를 해주겠다는 장인 말을 믿었다기보다, 애물단지로 생겨난 딸애의 팔자와 아비로서 맺어진 인연은 이제 가는 시간에 맡기는 길밖에 없었다.

　작은서방님 따라 초당으로 온 어진이 마음도 어두웠다. 작은마님이 없으니 부엌일이 서툰 분이와 함께 해야 할 서방님 수발은 대수롭지 않았다. 몸으로 부대끼는 일은 수고로움을 모르고 자라온 그였다. 그러나 엄마 말처럼, 실한 농사꾼 되기도 글러버린 자신에게 글공부가 장차 무슨 소용에 닿겠느냐는 회의가 더 컸다. 어진이 울산 본가를 떠나기 전날 밤, 너르네는 아들을 앉혀두고 사설을 질펀하게 쏟았다. "어진아, 네 나이 열여덟이다. 점찍어둔 색시감은 없었지만 난 네가 열예닐곱 살쯤 되면 장가들려 마음 먹었지. 너만한 허위대에 귀골로 빠졌으면 가세야 궁색하겠으나 참한 양인 딸도 며느리로 데려올 수 있다. 그렇게 장가가서 자식 두게 되면 언젠가 소작지 타내 분가를 나겠지. 그런데 이제 네 몸 이 작은서방님께 꼼짝달싹 못하게 매였으니, 네가 산으로 올라가 버리면 왠지 내 손을 떠난 자식이란 생각이 자꾸 드는구나. 늙어 가는 우리 양주야 생전에 면천 못하고 죽겠지만 내 배 가르고 나 온 새끼들은 종살이 면하는 게 소원이었는데, 그 소원 하나를 풀 어 해동되면 선돌애비가 떠밭띠로 살림나겠지만, 넌 도대체 뭐냐. 글공부도 할 신분이 따로 있지, 종놈 주제에 글공부가 당하냐. 서 방님 모신다고 선비 될 팔자가 아니잖나. 하나 딸년은 청상에 과 부 됐지, 차봉이놈은 소식 없지, 선돌애비도 봄 되면 살림나지 않냐. 너마저 떠나 사니 우리 양주한텐 선화밖에 남지 않는구나. 해동되 면 들일이 태산 같은데 그 농사를 어찌 감당할꼬. 전생에 무슨 악 업을 지었기에 이승살이가 이토록 허무한지……"

초당으로 돌아와 칩거를 시작한 백상충은 며칠 동안 넋이 빠진 사람같이 지냈다. 그는 경성이나 평양, 아니면 만주로 몇 달 돌고 올까 하는 궁리도 해보았다. 지난번 만났을 때 박상진과 화해하고 그와 함께 북지로 나설걸, 하는 후회도 들었다. 하늘 보기 부끄러 운 큰 허물에서 헤어나는 길은 그런 객여(客旅)도 한갓 방편이 될 터였다. 그러나 벌여놓은 집안일을 수습 않고 도망치는 행동은 의 관 갖춘 선비가 다급한 김에 개구멍으로 빠져나가듯 궁색한 방편일 따름이요, 죄과에서 놓여나는 길은 아니었다. 또한 영남유림단 무력부 핵심단원으로 맡은 바 책무가 있고, 고등보통학교 설립도 마무리 안 된 마당에 일만 벌여놓고 나설 수 없었다. 의연금 낸 동포를 배신하는 또 다른 죄까지 짓고 말 터였다.

백상충은 동운사로 넘어가 법당에 가부좌하며 사흘 동안 금식으로 참선했다. 연화산 가파른 산길을 종일 오르내리며 참회의 배회를 하기도 여러 날이었다. 그는 그렇게 번뇌란 경책으로 스스로를 단근질했다. 책을 덮었고, 세수조차 하지 않았고, 땟물 탄 옷도 갈아입지 않았다.

어진이는 서방님의 망연자실한 나날을 지켜보며, 어렴풋이나마 고통의 농도를 깨달았다. 서방님께 말을 붙이지 못하는 가운데, 하는 일마다 조심스러울 수밖에 없었다. 동운사 공양간으로 드나들며 반찬 만드는 부엌일을 익혀 서방님 진짓상을 보아 올리기가 살얼음 밟듯 했다.

백상충이 마음을 다잡기는 초당으로 올라오고 보름에 가까워서였다. 봄이 오고 있었다. 양지바른 땅이 풀리더니 연약한 생명이 부드러운 잎순을 내밀었고, 얼음 녹아 흐르는 개울물 소리가 기운차졌다.

혼자걸음으로 반곡리 선영을 다녀온 이튿날 아침부터 백상충은 오랜만에 책상 앞에 앉았다. 그동안의 번뇌를 학문 탐구로써 상쇄하려는 듯, 그는 그날부터 별러온 일에 착수했다.

백상충은 새벽을 알리는 닭 울음소리에 눈을 뜨면 한 시간 정도 산책에 나섰다. 그동안 어진이와 분이가 손 맞추어 아침밥과 찬을 만들었다. 백상충은 아침상을 물린 뒤부터 자정 무렵까지 사랑에 박혀 저술에 매달렸다. 그의 진지한 면학 자세는, 공부한답시고 가까이에서 책 들치며 지켜보는 어진이가 놀랄 정도였다. 서방님은 예전처럼 소일 삼아 책을 읽거나 한가롭게 붓을 들지 않았다. 저러다 엉덩이가 짓물러 종기가 생기지 않을까 염려될 정도로 당신은 책상 앞을 떠나지 않았다. 수염이 자라 코밑과 턱을 덮었고, 두 눈은 열병이라도 앓듯 열기로 번들거렸다. 울산 근동 선비들로부터 일찍이 소년정주(少年程朱) 매월당이란 별칭으로 재능을 인정받은 진면목을 어진이는 그제야 보았고, 재능만 믿지 않는 혼신의 노력이 학문하는 자세임에 어섯눈을 떴다.

백상충이 국한문 혼용으로 저술에 몰두한 논제는 '사림파 절의사상(士林派 節義思想)'이었다.

공맹의 가르침, 즉 유학이 중국으로부터 우리나라에 들어온 삼국시대 이래 선비정신의 한 표상으로서 '의리사상(義理思想)'의 맥락을 서술하자면 몇십 권 분량으로도 모자랄 터였다. 그래서 백상충은 주자학이 도입된 여말(麗末)부터 중종 대 조광조에 이르기까지 영남인이 주축이 된 사림파 계보를 정리하고, 그들이 보인 절의사상의 역행실천(力行實踐)에 초점을 맞추었다. 내용을 쉽게 풀이하여 누가 읽어도 뜻을 알 수 있게 했고, 학교가 설립되어 문을 열면 생도를 가르칠 부교재로 이용할 수 있게 엮었다. 일본 헌병대가 아무리 사곡(邪曲)한 눈으로 보아도 까탈 잡을 수 없는 내용이었다.

백상충이 저술하는 사림파 절의사상은 서론에서, 공자 사상의 기본 개념인 인(仁)과 맹자를 통해 더 뚜렷하게 제시된 인과 의(義)를 약술한 뒤, '인은 사람의 마음(人心)이요 의는 사람이 가는 바른길(正路)'이라 정의했다. 유교적 인격체로서 선비 개념을 여러 성현의 생애와 저술을 통해 예증했다. '선비가 편안함을 좇으면 선비라 할 수 없다.' '선비는 곤궁해도 의를 잃지 않고, 현달해도 도를 벗어나지 않는다.' '이해(利害)와 의리(義理)가 충돌할 때는 이해를 버리고 의리를 따른다'는 예문을 문맥 속에 삽입한 것처럼, 이상적인 선비상은, 뜻을 숭상하며(崇志), 인의(仁義)를 지키는 데 변함이 없는 마음(恒心)을 가지며, 선비가 빈한한 것이 당연함(貧者士之常也)을 강조했다. 영남 사림파 맥은 고려 말 경상도 선산인 길재를 시작으로 그의 수제자 밀양인 김숙자, 그의 아들 김종직이 많은 후학을 길렀으니, 김굉필, 정여창, 김일손을 거쳐 혈기찬 30대에 사림파 영수가 된 정암 조광조에 이른다. 도학적 지치주의(至治主義 · 王道政治)를 실현하려던 조광조는 개혁 의지도 보람 없이 원로 권신들의 집단인 훈구파(勳舊派)가 조작한 기묘사화에 말려 일시에 영락하고 말았다. 조광조는 사사(賜死)되고 일흔여에 달하는 신진사류(新進士類)가 참화를 입었다.

백상충은 사림파의 강상론(綱常論)에 특히 역점을 두어 서술했다. 조선 왕조는 고려 말 성균관을 중심으로 젊은 선비들 사이에 새로운 학풍으로 일어난 주자학을 받아들여 배불숭유(排佛崇儒)를 통치 이념으로 출발했다. 선비들이 유학을 숭상하기에는 반대가 없었으나 정도전, 권근같이 고려 왕조를 부정하고 이성계 개국(開國)을 긍정적으로 수용한 학자가 있는 반면, 정몽주, 길재처럼 강상을 내세워 왕정 타도의 개국 논리를 부정한 학자들도 있었다. 개국을 반대한 강상이 바로 절의와 맥락을 같이하는 셈이었다. 이성계를 도와 개국을 주도한 세력이 권력을 장악하자 차츰 비판 기능을 잃은 반면, 강상론자는 고려 왕조에 대한 향수로서 보수성만을 고집하지 않고, 권력과 분리된 유교이념 실현을 주장하는 저항 세력으로 초야에 묻혔다. 야인으로 은거하며 학문에만 조력하니, 그들이 사림파를 형성했던 것이다. 길재가 두 왕조를 섬길 수 없다며 낙향하여 후진 교육에 진력하자 사림파 효시가 되었고, 그의 문하 김숙자를 거쳐 숙자의 아들 김종직이 사림파를 우뚝 세운 영남학파 종조(宗祖)가 되었다. 강상의 절의를 내세운 사림파는 세종 대에 와서야 그 정당성을 부여받게 되었다. 세조 대에 이르러 김종직이 첫 벼슬길에 나가니, 그의 문하 조광조가 중종 대에 대사헌에 올라 전권을 잡았으나 삼일천하로 절의는 꺾이고 말았다. 그러나 도학적 왕도정치를 펼치려 했던 조광조가 서른여덟 나이로 사사당했지만 절의의 선비정신은 후대에 맥맥이 이어졌음을 백상충이 기술했다.

공자의 '이를 보거든 의를 생각하라(見得思義)'는 가르침 그대로, '생명을 버리고 의를 취한(捨生取義)' 조광조의 지절(志節)이야말로 '자신을 닦아 백성을 가르치는 길(修己治人之道)'임을 몸소 실천한 전범이라고 백상충은 굳게 믿었다. 또한 그는 평소에도 정암 조광조를 흠모해왔다.

백상충이 무엇에 썬 듯 혼신을 기울여 사림파 절의사상을 저술할 동안, 어진이는 저술에 따른 서방님 심부름으로 여러 차례 초당을 떠났다. "어진아, 내일 아침 일찍 읍내로 들어가 경부 군한테 여기 적힌 책을 구해달라고 말하거라. 『유교연원(儒教淵源)』과 『유두유록(遊頭流錄)』이다. 최참판 댁 사랑에 꽂힌 책을 내가 본 것 같다 말하고. 가는 길에 공책 두 권과 서양 먹물과 철필촉도 사와야겠다." 서방님이 심부름을 내릴 때면 그동안 말문을 떼지 못한 어진이가 그 기회를 빌려, 양식이 떨어져 절에서 꾸어다 먹는 형편이라고 말했다. 백상충은 양식이 얼마 남았는지, 반찬거리는 어디서 구해 오는지, 그런 잡사에 신경 쓰지 않았다.

월성군 외동면 석계 마을은 동운사에서 동북 방향으로 첩첩의 산을 넘는 40리 험로였고, 박제상 부인 설화를 간직한 치술령을 넘어야 했다. 박상진 별택이 있는 녹동리에서 5리 북쪽 석계 마을에 영남우도(嶺南右道)의 조선조 마지막 거유(巨儒) 한 사람으로 존경받는 매당 김명학 노인이 팔순 고령으로 낙향해 있었다. 백상충은 학문의 의문점에 조언을 구하는 서찰을 어진이에게 주어 석계 마을 김명학 본가나 녹동리 박교리어른 댁으로 심부름을 보내기도 했다. 어진이는 매당 선생이나 박상진 백부이자 양부인 교리 박시룡, 그분이 송정리로 출타했을 때는 생부 박시규로부터 답신과 책을 빌려오는 심부름을 세 차례나 했다. 박상진 조부가 진사에서 암행어사로 뽑혀 중앙관서 북부도사(北部都事)를 지냈고, 양부가 홍문관 시독, 봉상전사(奉常典事) 벼슬을 했고, 생부가 규장각 부제, 승지를 역임했다 보니 그쪽에도 조언을 구하거나 빌릴 서책이 많았다. 박상진 별택에 들르면, 박상진이 서방님 만나려 동운사로 올 때 함께 왔던 백마가 마구간에서 주인을 기다리고 있음을 보기도 했다. 그렇게 어진이가 길을 나서서 치술령 고갯마루에 오르면, 지아비가 일본으로 떠난 뒤 율포 바다를 보며 애타게 기다리다 망부석이 되었다는 설화 그대로, 자신도 60리 밖 율포 바다를 바라보았다. 멀리로 수평선이 눈에 잡혔고, 율포에는 시집간 누님이 있으며, 그의 고조부 대까지 고향이기도 했다.

꽃피고 잎 나는 봄이 왔다. 연화봉 산자락을 붉게 물들이며 진달래꽃이 흐드러지게 피었다. 한식이 눈앞에 닥쳐, 초당 세 식구는 사립문을 닫아걸어 집을 비우고 울산 본가로 내려갔다. 떠날 때 약속했으니 돌아와 있을 줄 알았는데, 부산 친정으로 간 조씨는 그때까지 시가에 당도해 있지 않았다.

석서방네 식구조차 아홉 살 난 선돌이만 남기고 떠밭띠로 분가해 행랑채는 더욱 쓸쓸했다. 어진이 왔냐 하며 자식을 맞는 부리아범은 큰 눈만 껌벅였을 뿐, 반가워하지도 않았다. 무릎에 갈퀴 같은 손을 늘어뜨려 꾸부정이 앉아 있는 품이 기운 없는 늙은이 모습이었다.

"빈집 같다. 어진아, 우리 집이 왜 이 꼴이 됐지? 식구가 오손도손 모여 밥 먹던 시절이 옛적만 같애. 뿔뿔이 흩어져버렸으니 행랑이 이렇게 쓸쓸해서야……" 너르네가 무명치마 자락에 물코를 풀며 읊조렸다.

"엄마는 날마다 넋두리만 쏟고, 아버지는 더 말이 없으시고…… 오빠, 행랑은 초상난 집 같아. 밤이면 귀신 나올까 겁날 정도야. 부모님 늙어 돌아가시면 난 어떡하지? 앞 못 보는 나를 누가 거두어 먹여주겠어? 아버지 엄마 가슴에 못박지 말고 태화강에 몸 던져 죽어버릴까, 나는 하루에도 수십 번 그 생각만 하고 살아." 늘 밝은 얼굴로 또랑또랑 말하던 선화도 이번은 눈물 흘리며 서러워했다.

"당달봉사 저년이 그래도 속요량은 있어 짝지 짚고 응달말 쪽으로 자주 나가더라. 넘어져 무릎을 깨며 말야." 너르네가 선화를 두고 어진이에게 말했다.

"응달말은 백정과 무당이 거적집 엮고 사는 마을이잖아요."

"거기 무당 중에 판수를 만나 어떻게 그 길로 장차 입살이할 게 없나 살피는지 원⋯⋯"

"점보는 것도 어디 공으로 배워줘요?"

"글쎄 말이다. 그렇다고 우리가 쌀말 지워 저년을 거기 보낼 처지가 되냐. 그냥 자는 잠에 염라대왕이 데리고 갔으면 부모가 한근심 덜고 눈감으련만⋯⋯ 어진아, 사는 게 지옥이다. 네가 동운사에 있으니 부처님께 아비 어미와 선화 앞길이나 빌어다오." 너르네가 어진이 손을 잡고 말했다.

행랑아범과 너르네는 어진이가 집으로 내려와 함께 살 수 없음을 정해진 일로 받아들이고 있었다. 어진이 역시 집에 오면 가족 대하기가 서먹했고, 자기는 집도 절도 없는 무주공처(無主空處)의 티끌이라 여겨졌다. 집 떠난 마음은 가랑잎이 되어 학문에도, 농사일에도 정 붙일 데가 없었다. 부모 형제와 떨어져 살게 된 선돌이도 풀이 죽어 집안의 쓸쓸함을 보탰다.

청명 날, 한식 때를 맞춘 듯 부산 백상충 처가에서 사람이 왔다. 알밤머리에 등짐진 앙바틈한 몸집의 곰보 청년이었다.

"스님머리라 총각인지 신랑인지 모르겠구려." 너르네가 장정을 맞으며 말했다.

"장가갔지요. 다들 저를 우서방이라 부릅니다."

"여기서 간 삼월이 잘 있나요?"

"삼월이가 제 첩니다. 설밑에 예식을 올렸지요."

"그러고 보니 삼월이 새신랑이군요. 삼월이가 좋은 배필 맞았네." 너르네가 조끼에 옹구바지 입은 우서방을 훑어보며 말했다. 우서방 얼굴이 얽었긴 했으나 실한 몸에 반듯한 이목구비가 오달졌다.

안채마당으로 들어간 우서방이 여러 사람 보는 앞에 등짐을 풀었다. 이건 안방마님이 사부인께 올리는 예물입니다, 하며 그가 고리짝에서 먼저 꺼낸 물건은 청나라에서 물 건너온 연두색 비단 두 필이었다. 그 외에도 고리짝에는 건삼 다섯 근과 꿀단지와 약과가 가득했다.

"곱기도 해라. 어머님, 이 비단 좀 보세요." 허씨가 비단필을 들고 축담에 오르며 호들갑을 떨었다.

우서방이 전하기는, 울산마님 건강이 여전히 좋지 않다고 했다. 그는 백상충에게 주인나리님이 주시더라며 서찰을 꺼냈다.

"자네가 어진인가?" 어진이보다 손위인 우서방이 물었다.

"예." 우서방을 대하는 어진이 마음이 편할 리 없었다.

"안사람이 자네 얘길 더러 하더군." 우서방은 그 말만 했다.

조익겸은 사위에게 보낸 서찰에, 형세어미는 산후 조리가 부실하여 허리를 제대로 쓰지 못하며 수전증까지 있다 했다. '손녀는 당분간 여기서 맡더라도 거동조차 불편한 여식을 올려보내면 사가댁에 무슨 면목이 서겠는가. 여식은 그 몸으로도 가야 한다고 애소하건만 부모가 보기에 무리일세. 백방으로 수소문한 끝에 겨우 명의를 찾았으니 자네 일신이 불편하더라도 좀더 기다리도록 하게……' 조익겸은 덧붙여, 고등보통학교 인가는 부산에 온 장순후 참의와 도 학무국을 방문하고 국장과 장학사를 술자리에 초치한 결과, 허가 여부는 기다려봐야 할 것 같다고 썼다.

학교 설립인가 문제는 도 학무국이 서류장에 찍어줄 도장에 달렸지만, 복산 마을 뒤 잡종지 만 평에서 기공식을 가졌던 터였다. 장순후는 인가가 날 때까지 뒤탈을 염려하여 초막에 들어앉은 백상충에게 통기조차 생략한 채 관내 유지를 초청하여 양력 3월 하순에 첫 삽질을 했던 것이다. "영광스러운 일본제국의 칙령을 받들어 충성된 황국 선민을 양성함에 그 목적을 두고……" 장순후의 기공식 치사 시작이 이랬으니, 식장에 참석한 일본인 비위를 맞춘 말일망정 백상충이 그 자리에 있었다면 고까워했을 게 분명했다.

백상충이 울산 본가로 내려왔을 때, 학교 부지에는 많은 품꾼이 동원되어 평지 작업이 한창이었다. 흰옷이 점점이 박혀 땅 파고 흙과 돌을 져다 나르는 광경이 그에게는 콧마루가 찡하게 흐뭇했다.

"형님, 이대로만 가면 잘될 겁니다. 가을에 생도를 모집할 수 있겠어요." 평지 작업 감독관을 자청한 장경부 말이었다. 그는 겨울을 넘기며 건강이 많이 좋아졌다. 새색시는 학업을 계속하느라 대구 학교 기숙사에 있어 신접살림 재미도 못 보고 있었다.

"울산보통학교 졸업생 부모와 면담하여 입학을 적극 권유하게. 월사금이 문젤 테니 분납도 가능하다 설득하고……" 백상충이 말했다.

한식 성묘에는 노마님 안씨를 비롯하여 대소가 문중이 나서니 일행이 서른에 이르렀다. 비속과 형세까지 학업을 쉬고 따라나서, 집에는 백상헌의 어린 막내딸과 선화만 남았다. 사초는 묘지기 김 첨지가 봉분마다 손보아두었다. 백씨 문중 가솔이 5대조 묘부터 제사를 지낼 동안, 너르네가 호젓한 자리로 어진이를 불렀다.

"갈밭댁을 보니 생각나는데, 혹시 작은마님이 초막에서 아기를 낳지 않았느냐?"

"그런 일 없었습니다. 누가 그럽디까?"

"소문이 읍내까지 퍼졌어. 모두 쉬쉬하며 쑥덕거려."

"헛소문이겠지요."

"너가 거짓말은 안하겠지." 너르네가 몸을 일으키며 중덜거렸다. "소문이란 날수가 지나면 다 맞더라."

한식 성묘에 갔다 초당으로 올라온 뒤부터 어진이는 틈틈이 초당 옆 산허리를 잘라내 채마밭을 만들려 개간에 착수했다. 어느 날, 도정 박생원이 초당으로 올라와 백상충과 밀담을 나누고 간 뒤였다. 어진이가 부엌에서 저녁상을 준비할 때, 백상충이 그를 불렀다.

"네가 표충사를 다녀와야겠다."

"언제쯤 떠날까요?"

"내일 떠나도록 하거라."

"채전에 봄씨앗 뿌리고 모레 출발하면 어떠하온지요?"

288

"시간을 다투는 일이 아니니 그렇게 하려무나."

그날 밤, 건넌방에서 잠자리에 든 어진이는 분이의 잠꼬대를 들으며 쉬 잠에 들지 못했다. 자신의 표충사 나들이가 영남유림단과 관련된 게 틀림없으므로 순사나 헌병의 검문 검색을 당하지 않을까 저어되었고, 산골짜기에 갇혀 지내다 보니 먼길 행보에 마음이 설레기도 했다.

이튿날, 어진이는 울 밑에 호박씨를, 처맛가에는 박씨를 심었다. 개간한 채전에는 배추, 아욱, 파, 고추 씨앗을 심었다. 오후에 들어 한동안 발길이 뜸했던 등짐장수 곽돌이 초당으로 찾아들었다. 어진이는 때맞추어 나타난 그를 반겼다. 표충사 걸음을 하루 늦춘 게 행운인지 그와 함께 길을 나설 수 있게 된 셈이었다. 그날 밤 백상충과 곽돌은 밤이 으슥토록 사랑에서 담소했고, 자정께야 곽돌이 건넌방으로 넘어와 어진이 옆 잠자리에 들었다.

아침동자를 지어먹고 나자, 길 나설 채비를 한 곽돌이 마당에서 기다릴 동안 백상충이 어진이를 사랑으로 불렀다.

"서찰과 돈을 잘 간직해서 떠나거라. 주지스님에게 전해야 하는데 출타 중이면 재무나 교무스님께 맡겨라. 길가는 동안 순사나 헌병의 불심검문을 당하게 되면 눈치 빠르게 도망치고, 만약 잡히더라도 서찰만은 필히 없애야 해. 돈에 대해서는 용처를 모른다 하면 되느니라. 너는 이 일을 잘해낼 게다." 백상충이 한마디를 덧붙였다. "곽서방을 내가 아직 믿지 못하니 그가 감언이설로 떠보더라도 유림단 말은 발설해선 안 돼."

괴나리봇짐을 멘 어진이는 서방님이 준 서찰과 돈을 행전 친 바

지 아랫단에 감추었다. 곽돌과 어진이는 해가 동산마루에 오르기
전에 길을 떠났다. 둘은 동운사 앞길로 하산하여 대곡천 징검다리
를 건넜다. 봄 가뭄으로 실개천을 이룬 강바닥에 수수깡처럼 마른
아이들이 반두질로 고기를 잡고 있었다.

천전리 신당 마을을 지나자 오석으로 깎아 만든 다섯 자는 실히
될 비석이 장승을 마주보고 있었다. 어진이가 주인댁 선영의 한식
성묘를 마치고 서방님과 함께 초당으로 돌아올 때는 없었던 비석
이었다.

"보자 하니 송덕비로군. 뉘 송덕비인지 네가 읽어봐." 조선글은
깨쳤으나 한자에 밝지 못한 곽돌이 말했다.

"진사 한공 명섭이라. 이 고을에 사는 한초시 송덕비군요."

"한초시? 악덕 지주에다 왜놈 앞잡이로 소문이 자자하던데, 제
놈이 권세가로서니 무슨 선행을 했다고 송덕빈가? 진사? 그 영감
이 언제 진사 급제했어, 돈으로 산 벼슬이지."

"요즘 작인들이 다투어 지주 송덕비를 세운다던데요. 부쳐먹는
땅 안 빼앗기려면 울며 겨자 먹기 아니겠어요."

"이 난세를 누가 구할꼬." 곽돌이 비신에 침을 뱉었다.

"어르신, 면소로 거쳐가진 않겠지요?" 어진이 주재소를 염두에
두고 물었다.

"이놈아, 어르신이라 부르지 마. 천역인 장돌뱅이를 높이 부르
면 남이 웃는다. 선다님처럼 너도 곽서방이라 불러도 돼." 곽돌이
화장산 쪽으로 길을 꺾었다. 둘이 봉화산 아랫마을을 저만큼 두었
을 때 납작모 쓰고 국민복 입은 사내가 결박한 장정을 끌고 왔다.

"꿀이 주재소 끄나풀은 되겠군." 곽돌이 말했다.

어진이는 납작모를 보자 가슴이 철렁했다. 그가 몸수색을 하거나 연행하려면 봉화산 쪽으로 도망쳐야지, 하고 마음을 다죄었다. 가까이 왔을 때 보니 도요오카 농장 농감 신만준이었다.

"백립초당 석군이군. 어디 가는 길인가?" 가죽채찍을 쥔 신만준이 물었다.

"절 심부름 가는 길입니다."

"그러고 보니 초파일이 얼마 남지 않았군. 거만한 절름발이 선비는 잘 있는가?"

"예" 하며 어진이 길을 비켜주었다. 포박당한 채 잡혀가는 봉두난발의 장정은 부황기로 얼굴이 부었고 맨발이었다.

"아는 사람인가?" 곽돌이 물었다.

"서너 번 봤습니다."

"주재소 앞잡이 맞지?"

"도요오카 농장 농감입니다."

도요오카 농장 사무소는 언양면소 남쪽 수암저수지를 끼고 있었다. 언양 근동에 늘린 소작지로부터 거둬들여 도조미(賭租米)를 보관하는 창고가 여섯 동이었다. 추수 절기면 도조미 실은 달구지나 지게 행렬이 농장으로 들어오는 길을 메웠고 창고 앞마당은 가마 바리가 동산을 이루었다.

둘이 잠시 더 걷자, 잡혀간 자 가족인 듯 아낙이 울며 쫓아왔다. 곽돌이 아낙에게, 잡혀간 장정의 죄명이 무어냐고 물었다.

"뽕밭에 들어갔다 도둑으로 몰렸다오."

"그게 무슨 말입니까?"

"뽕밭 거름을 훔쳤다고 주재소에 넘기겠답니다."

아낙 말로는, 도요오카 농장 소유 뽕밭에 콩깻묵을 시비(施肥)했는데, 잡혀간 아들이 굶는 가족을 보다 못해 콩깻묵을 퍼내다 잡혔다 했다.

"어디로 가나 보릿고개 궁민 처지가 딱하기도 합니다. 썩은 퇴비까지 훔쳐먹어 명줄을 이어야 하다니." 곽돌이 혀를 찼다.

아낙이 농장 쪽으로 뛰어가고, 둘도 가던 길을 갔다.

"산골에 들어앉았으니 세상 물정에 어둡겠지만, 자네도 봤지?" 곽돌이 걸으며 말을 이었다. "조선 팔도 사정이 다 그래. 대엿새 굶어 봐. 포도청이 눈에 뵈는가. 요즘 같은 보릿고개 철엔 행보하다 보면 굶어 죽은 송장도 자주 봐. 나뭇짐 해오다 허기로 쓰러지면 그길로 인생 끝이야. 올해도 삼천리 전역에 걸쳐 굶어 죽는 자가 수십만 명은 될걸."

등짐장수로 걷는 데 이력이 난 곽돌의 걸음이 빨라졌다. 어진이는 서방님과 표충사로 갈 때보다 길 잇수를 줄일 수 있어, 초당에서 25리쯤 되는 등억리까지 왔을 때는 해가 간월산 등마루에 걸려 있었다.

"간월재에는 요즘도 호랑이가 출몰합니까?" 수박등을 내다 건 등억신리 숫막을 보자 어진이가 물었다.

"호랑이만 아니라 도적떼까지 설쳐."

"도적까지요?"

"구복(口腹)이 원수지. 굶어 죽을 처지가 되니 눈에 허깨비가 뵈어 칼을 드는 자도 있게 마련이야."

숫막에 당도하니 간월잿길 넘을 사람이 열서넛 모여 있었다. 장돌림 둘에 나머지는 입성이며 몰골이 꾀죄죄한 상민과 무자리들이었다. 일행은 무리 지어 신불산과 간월산 사이 골짜기로 빠져들었다. 간월폭포에서 떨어지는 물소리가 멀리까지 들려왔다. 어느덧 해가 정수리로 올라 그늘졌던 골짜기가 환해졌다. 온 산의 떨기나무가 잎순을 다투어 피워내고 있었다. 진달래나무, 개나리, 감탕나무는 꽃이 졌고, 철쭉나무, 자목련, 황매화는 꽃망울이 터져 푸르름에 어우러진 꽃이 보기에 좋았다. 뭇 산새가 숲 사이로 날며 아름다운 소리로 울었다. 산중턱에서 쉬어 가게 되자 어진이는 괴나리봇짐을 풀어 곽돌과 주먹밥으로 허기를 껐다. 송기떡, 당기떡, 감자로 점심참을 하는 사람은 몇 되지 않았고, 점심 굶는 자가 더 많았다. 그들을 보자 어진이는 주먹밥을 먹는 자신의 처지가 죄나 짓는 듯 부끄러웠다.

일행이 별 탈없이 간월잿마루를 무사히 넘어 내리막길을 걸을 때였다.

"어진아, 나 좀 봐." 앞서 걷던 곽돌이 불렀다. "이런 말을 묻는다면 필경 네 대답이 궁할 게 뻔한데, 선다님 무슨 심부름으로 표충사에 가느냐?"

"주지스님한테 전할 돈이 있어서요. 울산 읍내에 고등보통학교를 짓는다고 서방님이 절 돈을 썼나 봅니다." 대화가 끊겼다. 한참을 걷다 어진이 말했다. "어르신, 아니 곽서방님은 세상을 두루 구경하고 다니시니 견문이 넓겠습니다."

"듣고 보는 게 배움이라 하지만 사람 나름이지. 준마가 수천 리를 다닌다고 우리에 갇힌 돼지보다 더 아는 게 있겠냐. 널리 보고 훌륭한 사람을 만나 덕담을 들어도 그걸 자신의 지혜로 삼는 능력이 있어야지."

"어찌하면 그런 능력이 생깁니까?"

"사람은 기초가 있어야 해."

"기초라니요?"

"바탕이 있어야 한단 말이다. 될성부른 나무는 떡잎부터 알아본다는 말처럼, 어릴 적부터 머리가 총명하고 생각이 깊고…… 그런 위에 열심히 책을 읽는다면, 세상을 다니며 넓히는 견문이 다 살과 뼈가 될 테지."

"좋은 말씀이네요. 곽서방님도 그렇게 실천해보세요."

"내깐 장돌뱅이가 견문을 넓힌들 이룰 게 있어야지." 대화가 끊기고 한참을 걷다 이번에는 곽돌이 말했다. "듣자 하니 넌 백군수 댁 행랑 자식이라던데 훌륭한 선다님께 글을 배우게 됐으니 그것도 타고난 복이다. 소싯적에 부지런히 배워둬라."

"제깐 종자식이 배우면 뭘 이루겠습니까. 글 읽어 뭘 하겠냐는 회의가 하루에도 몇 번씩이나 드는걸요."

"내가 관상은 못 보지만 넌 눈에 총기가 있어."

"제 혼자 길을 나서려니 얼마나 겁이 나던지 그저께 밤에는 통 잠을 못 잤습니다. 그러던 참에 곽서방님이 오셔서 기뻤어요." 곽돌의 칭찬에 얼굴이 화끈해진 어진이 말머리를 돌렸다.

"내 자랑 같지만 난 겁이 없어."

"어떡하면 마음속의 겁을 없앨 수 있겠습니까?"

"죽을 고비를 몇 번 넘기면 담이 절로 커져. 이 물미장은 그냥 지팡이가 아냐. 손잡이를 뽑으면 비수가 나와. 물미장만 들고 나서면 밤에 이런 잿길을 넘어도 두려울 게 없지."

"그렇다면 저도 죽을 고비를 몇 번 넘겨야겠군요?" 그는 헌병대에서 죽을 고비를 한 차례 넘겼으니 몇 차례 더 넘겨야 담이 커질까를 따져보았다.

"내 언제 네게 검술을 가르쳐주마. 도사한테 조금 배우다 말았으나 서너 놈쯤은 해치울 수 있어. 검술을 배워두면 웬만한 위급을 당해도 자신감이 생겨."

"호랑이도 무섭지 않습니까?"

"나중엔 잡아먹힐지라도 처음은 싸울 용기가 생기지."

"무술을 배우고 싶군요. 자신을 보호하는 무술 말입니다."

간월재를 함께 넘은 길손은 이천리 삼거리에서 반쯤 헤어지고 죽전리에서 대여섯이 떨어져나갔다. 등짐장수 셋에 어진이만 표충사 입구까지 가게 되었다. 해가 서산으로 기울어 사방에는 그늘이 짙게 내렸다. 어진이는 지난해 햇곡머리 때처럼 곽돌이 장꾼과 함께 밀양 읍내로 내처 갈 줄 알았다.

"곽서방님, 이쪽으로 나오시는 길에 초당에 자주 들르세요." 어진이 작별의 말을 했다.

"그러지. 선다님 뵈면 많이 배우니깐."

"그럼 안녕히 가십시오."

"그렇게 서두를 거 없어. 나도 절밥 얻어먹고 내일 아침에 떠날 참이니깐."

둘은 남천 물길을 따라 걸었다. 둘만 남게 되자 어진이는 곽돌이 물미장 속에 감춘 비수를 꺼내며, 가진 돈은 물론 숨긴 서찰을 내어놓아라 협박할까봐 겁이 났다. 그러나 절에 당도할 때까지 그런 일은 일어나지 않았고, 그를 잠시나마 의심한 속 좁은 마음을 뉘우쳤다. 어진이가 주지승을 찾아 가람당을 거쳐 요사채로 걷자, 곽돌도 인사 차리겠다며 그를 따랐다.

곽돌이 주지승 일각에게 인사하고 물러가자, 어진이는 서방님이 준 돈과 서찰을 전했다.

"먼길 오느라 수고 많았네. 공양 들고 쉬도록 하게."

일각이 요령을 흔들어 옆방 행자를 부르더니, 어진이를 다섯째 요사로 안내하라 일렀다. 다섯째 요사는 만일루 뒤쪽에 있었다. 넷째 요사와 붙어 있는 그 요사 앞마당은 장바닥같이 절 사람들로 붐볐다. 모두 장삼을 걸친데다 맨숭머리까지 닮은꼴이라 누가 누구인지 얼굴 구별이 힘들었다. 표충사는 승려 수가 비구니 스물까지 합쳐 백 명이 넘는데다 여러 절에서 위탁된 행자교육반 인원이 40여 명이라니 한갓진 동운사와는 비교할 바 아니었다.

곽돌과 어진이는 개울에서 낯과 발을 씻고 공양간으로 갔다. 곽돌은 공양간에서 일하는 비구니들과 낯이 익은 듯 농을 주고받았다. 둘은 공양간 툇마루에서 공양상을 받았다.

"다리품 팔다 보니 먹는 재미밖에 없어. 잔칫집 만나면 신바람이 나지. 그러나 내가 비린내 나는 장사꾼이라 뭐니 뭐니 해도 절밥이 제일이야." 아귀아귀 밥을 먹으며 곽돌이 말했다.

"장가를 드시지요. 부인이 해주는 밥이 제일이랍디다."

"장가? 말이야 좋지. 그러나 이가 서 말이라는 홀아비에 장돌뱅이를 누가 쳐다봐."

어둠이 내리자 법당에서 저녁 예불 드리는 소리가 우렁우렁 들려왔다. 어진이는 함께 잠을 자러 곽서방을 찾았으나 어디 갔는지 보이지 않았다. 그는 대웅전 큰법당으로 갔다. 실히 7, 80명을 헤아릴 듯, 승려들이 마룻바닥의 세로줄과 가로줄에 맞추어 정연하게 가부좌하고 독경을 외고 있었다. 한 목청으로 읊는 소리가 장엄했다. 본존불 아래 상좌에 앉은 방장승만이 머리통만한 목탁을 두드리고 있었다. 어진이는 절로 경건한 마음이 되어 합장을 하곤, 이끌리듯 법당 안으로 들어가 구석 자리에 가부좌했다. 배꼽 아래에 오른손으로 왼손을 받들고 단전호흡을 했다. 눈을 감자 들숨에 만수향 내음이 묻어왔다. 스님들이 외는 귀에 익은 독경이 귓바퀴에 맴돌았다.

"자성중생서원도(自性衆生誓願度) 자성번뇌서원단(自性煩惱誓願斷)……(더 나아가 중생의 세계가 다할 때까지 맹세코 번뇌와 망상의 뿌리를 뽑아서……)"

어진이는 승려들 따라 불경을 외자 마음에 평안함이 깃들었다. 문득, 독경 소리가 끝났다. 승려들이 발소리 죽여 줄지어 법당을 빠져나갔으나 어진이는 그 자리에 앉아 있었다. 그는 오랜만에 눈을 감고 기원을 드렸다.

"세존이시여, 저는 제 자신의 욕망을 제어할 힘이 없습니다. 하루에도 몇 번씩 여자 나신을 머릿속에 그리고 끓어오르는 정욕을 억제하지 못합니다. 남을 미워하고 의심하며, 마음은 불안에 떱니다……" 누구인가 어진이 앞에서 걸음을 멈추었다. 어진이는 자신을 질타하며 계속 입속말을 읊었다. "춘궁기가 닥쳐 굶어 죽는 중생이 널렸는데도 삼시 세 끼 챙겨먹으며 헛된 망상으로 불평을 일삼습니다. 책을 손에 잡은 지 일 년 채 안 되는 천학임에도 종으로 태어난 신세를 한탄하며 농사일조차 귀찮아합니다……"

어진이는 입안이 말랐다. 그는 법당 안의 괴괴함을 느꼈다. 눈을 뜨자 장삼자락이 앞을 막고 있었다. 고개를 치켜 보니 방장승이 자기를 내려다보고 있었다.

"기특한지고. 스스로 허물을 책하기도 쉽지 않도다. 법랍 이순에 이르러도 자신의 허물을 알지 못하고 입적하는 중도 많거늘." 어진이 일어나 합장하여 절을 하자 노승이 말했다. "석처사라 했겠다. 내가 처사 사주를 봐준 적 있었지."

"그러하옵니다." 어진이는 방장스님이 날마다 많은 불도와 병자를 상견함에도 한 번 본 자기를 기억함이 놀라웠다.

"속세 태생이 어디던가?"

"울산읍 학산리입니다."

"누대로 거기 살았던가?"

"고조부 대까지는 동해 갯가 율포라 들었습니다."

"떠나기 전에 나를 보고 가도록 하게."

이튿날 아침, 어진이는 공양밥을 먹고 길 떠날 채비로 들메끈을 단단히 죄었다. 방장승에게 하직인사를 드리러 방장실로 가다, 그는 저만큼 떨어진 경학원 처마 모퉁이에서 교무승과 밀담을 나누는 곽서방을 보았다. 비밀한 이야기인 듯 곽서방은 주위를 살피며 교무승 말을 듣고 있었다. 어진이는 못 본 체 장경각 뒤뜰로 돌아 나갔다.

"스님, 석어진이 왔습니다." 어진이 방장실 댓돌 앞에서 합장하여 말했다. 시자가 방문을 열었다.

"들어오게나." 방장승이 말했다.

"주인님 분부가 계셔 이제 길을 떠날까 하옵니다."

"백처사를 스승으로 두었다니 그 위에 스승은 없으렸다." 방장승이 피봉된 서찰을 어진이에게 내렸다. "이걸 백처사에게 전하게."

어진이 하직인사를 하고 물러 나왔다. 그는 요사채로 돌아와 곽서방을 찾았으나 어디에도 보이지 않았다.

어진이는 표충사를 떠났다. 그가 홍살문을 나서자, 팔다리를 늘어뜨려 널컹해진 늙은이를 장정이 업고 올라오고 있었다. 그 뒤로 들것에 실려오는 병자, 옆사람 부축을 받은 병자가 줄을 이었다. 아침부터 병자들이 명의를 찾아 표충사 의중당으로 몰려오고 있었다. 어진이가 요사에서 들은 바로, 방장승이 명의라 했다. 웬만한 의원은 자신이 감당키 어려운 병자를 표충사로 보내며, 특히 방장승의 침구는 밀양 근동 의원이 침술을 배우러 올 정도로 용하다 했다. 그렇다 보니 병자들이 줄을 잇게 마련이라 절 밑 성황당 마을은 방장승 의술에 의탁하고자 병자가 차례를 기다리며 이틀 사흘씩 묵는 형편이었다. 방장승은 이제 노령이라 오전과 오후에 한 시간씩, 스무 명으로 잘라 병자를 받고 있었다. 병자들은 도착

즉시 의중당에 진료신청서부터 접수시킨 뒤 절 밑 마을에서 대기하다 자기 차례에 맞추어 의중당으로 올라왔다.

그날, 늦은 오후에야 어진이는 백립초당으로 돌아왔다. 백상충은 사랑에서 책을 읽고 있었다. 어진이는 방으로 들어가 서방님께 절을 하곤 무사히 다녀왔음을 아뢰었다.

"주지스님께서 초파일 저녁까지 표충사로 오시라는 말씀이 계셨습니다. 이튿날 회의가 있답니다."

알았다고 말하는 백상충의 표정이 무심했다. 어진이는, 서방님 모시고 저도 갑니까 하고 묻고 싶었으나 눌러 참고 서찰을 꺼냈다.

"방장스님께서 주신 서찰이옵니다."

"방장스님이 내게?" 연유를 모르겠다는 듯 백상충이 서찰 피봉을 뜯었다. 그는 편지를 읽다 말고 어진이를 보았는데 눈초리가 서늘했다. 어진이는 방장스님이 자기를 두고 서찰에 무슨 말을 썼나 싶어 얼굴이 달아올랐다.

"방장스님과 여러 말을 나눴나 보군?" 백상충이 물었다.

"저녁 예불 때 큰법당에서 잠시 뵈었습니다."

"네 사주를 알고 선대 원적지를 아시는데?"

"고조부 대까지 율포에 살았다고 말씀드렸습니다."

"주율이라……" 백상충이 읊었다. "너는 이름 복이 많구나. 내가 알기로 갓난아기 적에는 순동이라 부르다, 대여섯 살쯤인가, 선고께서 어진이란 아명을 내렸지. 이번에는 방장스님이 자나 호가 아닌, 네 이름을 이렇게 지어주셨다."

백상충이 붓을 꺼내 벼루의 먹을 찍더니, 한지에 썼다.

石朱律

"무슨 뜻이옵니까?" 어진이 글자를 읽고 물었다.

"붉은 주(朱)의 주홍은 단심(丹心)을 뜻하고 율자는 불법(佛法)의 금계(禁戒)를 말하나, 네 선대가 살아온 저 갯가 율포(律浦)에서 따온 자 같구나."

"앞으로 그 이름을 써야 합니까?"

"어진이는 아명이라, 선사(禪師)께서 내리신 이름이니 그렇게 쓰면 좋겠지. 내가 처음으로 네 새 이름을 불러보랴?" 어진이 서방님을 마주보지 못하고 머리 숙였다. "주율아."

"⋯⋯"

"왜 대답이 없느냐."

어진이 "예" 하고 조그맣게 말하곤 얼굴을 들었다. 서방님이 갑자기 낯선 이름으로 자기를 부르자 쑥스러워져 그의 얼굴이 달아올랐다. 그런데 자기를 건너다보는 서방님 눈에 그 어떤 그늘, 적막감이 언뜻 비쳐 보였다.

"먼길에 수고 많았다. 주율아, 저녁밥 먹고 쉬도록 하거라." 백상충 목소리가 처연했다. 그는 방장승 서찰을 책상 서랍에 넣었다.

"편히 주무십시오." 석주율이 절을 하고 사랑에서 물러 나오려다 돌아섰다. "서방님, 드릴 말씀이 있습니다."

"내가 너를 제자로 받아 글을 가르쳤으니 앞으로는 서방님이라 말고 스승이라 불러라. 그 말이 듣기가 좋을 것 같애. 그런데 무어냐?"

"제가 보기엔 곽서방님이 유림단 단원인가 싶습니다."

"곽서방이 그렇게 말하던가?"

"그런 말씀은 없었으나 표충사에서 하룻밤을 함께 지낼 동안 그렇게 보았습니다. 밤이 으슥토록 그분은 교무스님 처소에 계시다 요사로 돌아왔습니다. 제가 자는 척 눈여겨보았는데, 곽서방님이 서찰 여러 통을 등짐에 감추었습니다."

"알았다." 백상충이 머리를 끄덕였다.

이튿날 새벽, 백상충이 동운사 쪽으로 아침 산책을 나갔을 때, 주율은 청소하러 사랑으로 들어갔다. 걸레질하다 그는 방장스님 서찰을 떠올렸다. 그 서찰에 자기 작명만이 아닌, 자신에 관한 다른 말도 적혀 있으리라 여겨졌다. 그는 궁금증에 그 짓이 옳지 못한 줄 알면서 책상 서랍을 열었다. 어제 저녁 스승이 왼쪽 서랍에 넣는 걸 보았는데 서찰이 없었다. 오른쪽 서랍에도 없었다. 그는 화로에 재로 사그라진 서찰 한 조각을 발견했다. 왜 태워버렸을까. 그 이유를 알 수 없었고, 의문이 오랫동안 석주율의 마음 귀퉁이에 남아 있었다.

*

초파일 하루 전날인 음력 4월 7일 저녁 무렵, 도정 박생원이 백립초당으로 올라왔다. 그는 먼길 나설 채비로 무명도포에 괴나리봇짐을 메었고 양태 좁은 흑립(黑笠)을 쓰고 있었다. 박생원이 초당으로 올라오게 되기는 백상충이 석주율에게, 이번 표충사 걸음은 도정어른과 함께 떠난다 하여 주율이 사흘 전 울산 읍내로 들어가 통기했던 것이다.

초파일 아침, 해가 동산 마루에 오르기 전에 백상충과 박생원은 초당을 떠났다. 백상충은 표충사로 떠나기 전 주율에게 매천 황현이 경술국치(庚戌國恥)를 당하자 음독 순절하기 전에 남긴 절명시(絕命詩) 네 수를 스무 번 필사하고 암기하라는 숙제를 남겼다.

석주율과 분이 동운사 일주문까지 길 나선 둘을 배웅했다. 앞서서 활달하게 걷는 박생원에 비해 절름다리로 뒤따르는 스승을 보자 그 높은 간월잿길을 또 어찌 넘을꼬 싶어 주율의 마음이 아팠다. 그래도 겁 많은 자신이 스승을 보필하기보다 야무진 도정어른이 함께 가니 마음 든든하리라 여겨졌다.

석주율은 박생원이 스승 오른팔이요 장경부가 왼팔이라 늘 생각해왔다. 둘이 스승의 믿음직한 보좌역이었으나, 주율은 박생원의 속내를 알 수 없었다. 장경부는 학식이 있으니 스승을 존경하여 따를 만했으나 박생원은 자기 밭뙈기 한 두락 없는 상민으로 장도와 담배꼭지를 만들어 팔아 생활을 꾸려가는 궁핍한 처지였다. 스승이 천도교도가 아닌데 그는 연하의 상충을 접주(接主) 받들 듯 모셨다. 박생원은 언행이 신중하여 주율은 그의 웃는 얼굴을 본 적 없었다. 그는 독을 품은 왕거미 같았고 반들거리는 쥐 눈에 다문 옥니가 올가미 든 백정을 방불케 했다. 장경부는 젊은 혈기에 놀고 있으니 여유 또한 있으나 박생원은 노모에 딸린 처자식이 여섯이나 되어 구차한 살림이 말이 아닌데 포덕(布德) 5백 가구를 맡아 천도교 교구 관리에 열성을 다할 뿐 아니라 스승과 함께 큰일을 도모하겠다고 목숨 내어놓다시피 했다.

"오빠, 벌써 사람들이 몰려 올라오네. 구경할 것도, 먹을 것도 많을 거야. 난 오늘은 절에서 보낼 테야." 분이 길 아래쪽을 내려 다보며 말했다.

백상충과 박생원 자태는 나무숲에 가려 보이지 않았다. 음력 4월 초파일 석존 탄신일을 맞아 돌계단길은 연등을 들거나 시주물 꾸러미를 든 아낙들이 줄지어 오르고 있었다. 아이들과 남정네도 섞였으나 아낙이 대부분이었고, 장정 등에 업혀 오는 노파도 있었다. 그들은 비탈길을 오르느라 숨가빠하며 땀을 팥죽같이 흘렸으나 얼굴은 어둠을 밝히는 연등같이 환했다. 석주율은 무리 지어 절로 올라오는 불도들을 보며 자못 뭉클한 감회에 사로잡혔다. 아침 끼니나마 제대로 먹었는지 모를 깡마르고 찌든 그들의 얼굴에 깃들인 기쁨은 눈부신 신록과 어울려, 어찌 보면 경이롭다 해야 할 터였다.

"올해는 초파일 못 보고 세상 뜨는가 했더니, 지존하신 부처님의 보살핌이여, 나무아미타불……" 아들 등에 업힌 노파가 수건으로 땀인지 눈물인지 닦으며 말했다.

옆을 스쳐가는 노파 얼굴에 번지는 희열을 통해 석주율은 열반을 앙원하는 지순의 정성을 보았다. 콧속이 찡하게 아렸다. 무엇이 저들로 하여금 고단한 현세의 삶을 초월케 하는 힘을 주는가. 불심이 영혼을 정결케 하기 때문일까. 현세에 기댈 곳 없는 중생이 의지할 데란 극락왕생밖에 길이 없다고 믿기 때문일까. 해탈에 도달함이란 무엇일까. 탐진(貪盡, 욕심을 버림)이며, 진진(津盡, 미워함을 버림)이며, 치진(痴盡, 어리석음을 버림)의 닦음만이 신

304

심뇌(身心惱)를 망각케 하여 해탈에 이르게 해줄까. 진정 그렇게 실천한다면 신심구출가(身心俱出家)야말로 이승을 사는 참 진리의 길이리라…… 석주율이 스님들로부터 주위들은 말을 곱씹었다.

그때 석주율은 땀 흘리며 용 써서 올라오는 한 사내를 보았다. 밀짚모자 넓은 차양을 아래로 내려 얼굴을 반쯤 가리고 있었다. 가까이 올 때 보니 문둥병자였다. 눈썹이 없고 코가 문드러져 살갗이 뒤틀린 얼굴이었다. 그는 조막손으로 땀을 훔쳤다. 아낙들이 그를 피해서 사내 주위에는 따르는 자가 없었다. 사내는 경을 읊는지 입속말로 중언부언했다. 조물주는 어찌 저런 몹쓸 병으로 인간의 육신을 썩게 하는지 가증스러웠다. 조실승이 말한 윤회설대로 해석하자면 전생을 호의호식으로 육신의 쾌락을 누리다 죽은 뒤 그 벌로 다시 인간으로 태어나 저런 병에 걸린 걸까? 만약 전생이 순박한 농부였다면 저 고욕이 얼마나 억울할까? 천형(天刑)의 벌을 부처님께 빈다면 내세에는 극락에 들까? 인과응보가 지켜질까? 석주율은 사내가 옆을 스쳐간 뒤까지, 내세에서는 현세에서 받은 그의 업고가 보응 받기를 빌었다.

그날, 석주율은 공부와 채전밭 돌보기를 작파하고 절에서 하루를 보냈다. 주인이 출타 중이니 주율과 분이는 고삐 풀린 망아지였다.

등간(燈竿) 간상(竿上)에 꿩꼬리 털을 꽂고 물들인 비단을 달아 만든 호기(呼旗)와, 호기에 긴 줄을 매고 줄에 달린 수백 개의 연등이 절 마당을 가득 채워 그 화려함이 잔치 분위기였다. 초파일 재(齋)를 드리러 동운사로 올라온 인근 마을 불도는 2백 명을 웃돌았다. 그중 갈밭댁과 자식 둘도 끼어 있었다. 김기조는 떡을 씹으며 곱게 단장한 처녀를 훑어보기에 바빴다.

"작은마님 친정서 오셨니?" 갈밭댁이 석주율에게 물었다.

"아니 오셨습니다."

"아무 연락도 없었고?"

"예." 석주율이 다른 데 정신이 팔려 건성으로 대답했다.

불도들은 법당 안에서 가솔의 평안과 극락왕생을 백여덟 번 절로 빌었다. 그들은 법당을 물러나며 아미타 부처님과의 접촉이 소원 성취를 이루어주기라도 할 듯 무릎이나 조상(彫像) 발을 조심스럽게 쓰다듬고 스쳐갔다. 본존불만 아니라 왼쪽 관세음보살이나 오른쪽 대세지보살의 무릎과 다리도 금분이 닳아버렸으니 많은 불도의 손길이 거친 탓이었다.

날이 어둡자 연등마다 촛불이 켜졌다. 주율은 밤을 환하게 밝힌 연등을 통해, 연등마다 소롯이 살아나 타오르는 이승의 한(恨)과 소망을 보는 듯했다. 등불을 오랫동안 보고 있자 왠지 모를 성스러움과 설움이 마음을 울렸다.

낮 동안은 칩거했던 조실승이 꼬부장한 허리를 주장자에 의지하여 절마당으로 나섰다. 석주율이 조실승을 부축했다. 불도들이 조실승 주위로 몰려와 합장하여 목례했다.

"많이도 달았다. 등 공양의 많고 적음으로 절의 성세를 가늠한다 하나, 태평성대가 아닌 흉한 시절에 절이 흥하면 뭘 하나." 조실승이 석주율에게 말했다.

"조실스님이 계시니 불도가 많이 찾아오는 거지요. 스님을 대덕

(大德)으로 칭송하는 말을 많이 들었습니다."

"절이 흥하면 온갖 잡귀가 다 꾀어. 절은 적막하고 궁해야 해. 중이 제 손으로 길쌈하고, 짚신 삼고, 밭 부치고, 초근목피로 연명해야 불심이 일어나. 지금은 천기가 어둡지 않느냐."

"연등회가 보기 좋고, 불도들이 극락을 만든 듯합니다."

"신라시대는 황룡사고, 고려시대는 봉은사에서 큰 연등회를 가졌지. 등을 많이 켰던 적은 고려 문종 임금 스무이레년 봉은사에 삼만 개 등을 켜 등산화수(燈山火樹)를 이뤘다는 기록이 있어. 그 시절이야말로 나라도 흥하고 불교도 흥한 태평성대였지." 말을 마친 조실승이 자기 처소로 쪼작걸음을 떼었다.

이튿날, 석주율은 황현의 절명시를 필사하는 틈틈이 진종일 사랑에 박혀 『사십이장경(四十二藏經)』을 읽었다. 그러나 심오한 불가의 세계가 몇 권 서책을 통달한다고 실천의 곁가지나마 잡힐 리 없었다.

*

백상충과 박생원이 초당을 떠난 지 사흘째 되는 날, 석주율과 분이는 동운사 일주문으로 스승 마중을 나갔다. 절로 올라오는 사람이 없었다. 날이 어두워지자 둘은 사방등에 불을 밝혀 대곡천까지 나갔으나, 그날 백상충은 돌아오지 않았다. 그로부터 사흘을 기다렸으나 허탕이었다. 주율은 아무래도 스승 신변에 무슨 변고가 생긴 게 틀림없다고 생각했다. 그는 닷새째 되는 날 울산 읍내로 내려갔다. 그때까지 도정어른마저 돌아오지 않았다면 그길로 표충사로 떠나기로 작심했다.

석주율이 울산 읍내로 내려간 날은 마침 장날이었다. 그가 박생원 집 사립으로 들어서니, 장꾼 네댓이 마당 평상에 앉아 있었다. 안방에서는 시조 읊듯 여럿이 중언부언하는 소리가 들렸다. 쪽마루 앞에는 짚신과 장꾼 짐이 놓여 있었다.

"우리라 무슨 팔자 그다지도 기험할꼬 / 부하고 귀한 사람 이전 시절 빈천이요 / 빈하고 천한 사람 오는 시절 부귀로세 / 천운이 순환해서 무왕 불복 하시느니……" 안방에서 천도교 교훈가가 한동안 이어진 뒤, 도정 박생원 목소리가 들렸다.

"지난 장날에도 그런 말을 했지요. 인내천(人乃天), 즉 사람이 하늘이고 하늘과 사람이 하나의 이치 됨이 곧 대도(大道)의 근원입니다. 우리 교 철리는 그 한마디에 다 들어 있다 해도 과언이 아닙니다. 그렇게 대도로 나가는 길에 세 가지가 있다고 말했는데, 그 길이 무엇입니까?"

"성(誠), 경(敬), 신(信)입니다." 남자의 굵직한 목소리였다.

"그렇습니다. 제세주(濟世主)께서 그 세 가지가 바로 도를 세우는 몸체라 했습니다. 도를 세우는 자세로는 마음을 지키고 기(氣)를 바로 하는 것이 수도의 근본이라 말씀하셨고, 덕을 펴고 세상을 널리 구제함은 도를 실천하는 쓰임이라 했습니다. 그러므로 '성'이란 사람 됨됨이가 진실하고 근면해야 합니다. 남을 헐뜯고 거짓말하는 자가 어찌 도의 길로 들어갈 수 있겠습니까. 여러 교도님도 그래서는 아니 될 것입니다. 그런 자는 제세주를 모실 자격이 없습니다. 제 할 일을 남에게 미루지 말고, 남을 도와주는 성의를 가져야 함이 바로 '성'입니다. 여러 벗님, '경'을 두고 생각해봅시다. 경은 공경 경자입니다. 집안 사람을 하늘같이 공경하라는 뜻이 그 속에 담겨 있습니다. 여기 나이 드신 분들, 며느리를 두셨다면 그 며늘아기를 사랑하십시오. 모든 사람을 한울로 알고 손님이 오셨거든, 손님이 빚쟁이라도 공경하여 맞으십시오. 어린아이를 때리지 말고, 다른 이에게 시비 걸지 마십시오. 이는 한울님을 때리고, 한울님께 시비 거는 것과 같으니, 경이 그 마음에 없음입니다…… 나라가 없어지고, 도덕이 무너지고, 사람이 짐승처럼 대접받는 시절을 맞났으나 교훈가의 가르침처럼 기필코 천운(天運)이 순환하여 천지개벽의 세상이 도래할 것인즉……" 도정 박생원의 교화가 끝없이 이어졌다. 그는 주로 밤에 교도와 초동을 모아 천도교 가르침을 베풀었으나, 장날에는 인근 마을에서 장으로 모여든 교도를 낮 두 시간을 짬 내어 가르쳤기에 집강소(執綱所) 구실을 톡톡히 하고 있었다. 그 시간 동안은 장도 파는 전자리를 거두었다. 그는 그 일로 주재소와 헌병대에 여러 차례 불려가서 교화 내용의 시시비비를 가리며 닦달당했으나 신심이 초지일관하여 일의 행함에 망설임이 없었다.

석주율이 보초라도 서듯 30여 분을 기다릴 동안 하나둘 사립 안으로 들어온 교도가 마당에서 서성이며 두번째 집전을 대기하고 있었다. 늙은이에서 아이들까지 그 수가 열댓 명을 넘어섰다. 용담가 노래를 끝으로 방안 교도들이 밖으로 몰려나왔다. 그들은 대기하던 교도와 반갑게 인사를 나누었다. 주율이 컴컴한 방안을 살피니, 맞은쪽 벽에 수운 최제우 초상화와 해월 최시형 초상화가 걸려 있었다.

"도정어르신, 서방님께서 여태 돌아오시지 않았습니다. 기다리다 못해 걱정되어서 내려왔어요." 석주율이 새로 온 교도로부터 인사 받는 박생원에게 말했다.

"그러잖아도 내가 산채로 올라갈까 했는데 바빠 짬이 나야지. 선생께서는 표충사에서 만난 전홍표 어른과 함께 밀양 읍내로 나가셨다. 대구를 거쳐 온다 했으니 열흘쯤 걸릴 거라는 말씀이셔."

석주율은 읍내로 내려온 김에 집에 들를까 하다 발걸음을 산채 초당으로 돌리고 말았다. 또 곡지통 터뜨릴 엄마나 눈먼 누이를 대면하기 싫었고, 이제는 집 발이 영 붙지 않았다.

*

부산 친정으로 내려간 조씨가 딸을 친정집에 떨어뜨리고 울산 시가로 돌아오기는 6월로 접어들어서였다. 긴 낮이 저녁에 당도하여 해가 서산을 넘고 있었다.

가마 멘 교군꾼이 솟을대문 안으로 들어서자, 장옷 쓴 조씨가 가마에서 내렸다. 그네는 장옷을 벗어 한 팔에 걸치고 행랑마당을 거쳐갔다. 쪽진 반듯한 머리 아래 얼굴은 핼쑥했으나 자반병이 거짓말이듯, 살결에 티 한 점 묻어 있지 않았다. 행랑부엌 앞을 서성이며 들일 나간 부모를 기다리던 선화가 사뿐히 걷는 발소리에 귀를 세웠다. 교군꾼의 부산 쪽 말투를 듣고서야 선화가 소리쳤다.

"작은마님이 오셨네. 마님 오셨어요!"

새로이 들어온 반빗아치 반씨가 부엌에서 나서고, 위채 건넌방 방문이 열리더니 허씨가 마루로 나왔다.

"자네 보기 몇 달 만인가. 몸은 쾌차한가?" 허씨가 물었다.

조씨가 그쪽으로 목례만 하곤 얼른 안방 댓돌 아래 섰다.

"어머님, 저…… 돌아왔습니다."

안씨 신발이 댓돌에 있었으나 안방에서는 대답이 없었다.

"들어가서 인사 올려. 무슨 말씀이 계실 거야." 허씨가 소곤소곤 말했다.

조씨가 바삐 신을 벗고 마루로 올라섰다. 안방문을 열자 안씨는 한지에 붓글씨를 쓰고 있었다. 소혜왕후 한씨의 내훈(內訓)이었다. 둘째며느리가 방으로 들어온 줄 알면서도 안씨는 눈길을 주지 않고 쓰는 일에 골똘했다. 조씨가 이마 앞에 두 손 포개어 시어머니께 큰절을 올렸다.

"어머님, 그동안 강녕하셨사옵니까."

조씨가 정성 들인 절을 마치고 허리를 세웠다. 안씨는 며느리 절을 받지 않고 고집스럽게 필사에 집착하고 있었다.

夫不賢則無以御婦, 婦不賢則無以事夫……(남편이 어질지 못하면 아내를 거느리지 못하고, 아내가 어질지 못하면 남편을 섬기지 못한다……)

조씨는 밖으로 나갈 수도, 그렇다고 그냥 앉았기도 민망했다. 좌불안석으로 시어머니 느린 운필만 보고 있었다.

"어머님, 한식 성묘에 참례하지 못한 여식의 죄를 용서해주옵소서. 다시는 그런 일이 없을 것입니다."

그제야 안씨가 붓을 거두고 며느리를 보았다. 조씨는 머리를 숙이고 있었으나 이마에 닿는 시어머니 눈길을 느끼고 있었다. 무슨 말이 떨어질까 조씨가 조마조마하게 기다릴 때, 바깥에서 형세 목소리가 들렸다.

"엄마 오셨다며? 어디 계세요?" 동네마당에서 동무들과 놀다 선화 말을 듣고 달려온 형세였다. 안방문이 열리고, 형세가 조씨 품에 뛰어들었다.

"형세어미는 물러가거라. 내 나중 따로 할 말이 있다." 안씨가 며느리에게 첫 말을 떼곤 다시 붓을 잡았다.

안방에서 물러 나온 조씨는 옷을 갈아입고 부엌으로 나섰으나 무슨 일부터 해야 할지 일손이 잡히지 않았고, 시집온 새댁이 처음 부엌에 들었을 때처럼 모든 게 낯설기만 했다. 만동서는 말을 붙일 수 없게 냉랭했고 새로 온 반씨는 제 일에 바빴다. 들일 마치고 돌아온 부리아범과 너르네가 조씨에게 문안인사를 했으나 그네는 근심이 깊어 인사를 건성으로 받았다. 조씨는 집안 분위기에서 전과 다른 느낌을 받았다. 모두 한 겹 벽을 쳐 자신을 경원시하고 있었다. 그네는 모래 씹듯 저녁밥을 몇 숟가락 뜨다 말고 행랑채로 내려갔다. 석서방네 식구마저 솔가해버려 어둠에 묻힌 행랑채가 을씨년스러웠다. 저녁밥 먹은 두 교군꾼은 주막에 나갔는지 보이지 않았다. 조씨는 너르네가 설거지하는 부엌으로 들어갔다.

"그동안 집안에 무슨 일 없었는가? 서방님은 언제 다녀가셨고?" 조씨가 물었다.

"별일 없었습니다. 초당에서 무슨 책을 쓰신다며, 한식 후엔 통 내려오지 않았고요. 바쁠 때마다 두레꾼을 쓴다지만 우리 양주가 농사일을 감당할 수 없어 행랑채에 사람을 두기로 했지요. 시렛골 천씨네가 여기로 이사올 겁니다."

"그밖에 무슨 일 없었고?" 조씨가 다잡았지만, 너르네는 말이 없었다. "내한테 숨길 게 뭐 있는가. 모두 나를 이토록 스스럽잖게 대하니 집안 눈치가 예사롭지 않구나. 너르네, 자네가 아는 대로 얘기해주게. 내 떠난 후 무슨 일 있었는가?"

"쇤네는 차마 말씀 못 드리겠습니다요."

"말 못할 사정이 무언가? 내가 지난번 산채에서 앓았다는 병을 두고 말함인가?"

"아닙니다. 소문이 망측하게도……"

너르네가 말꼬리를 사렸으나, 조씨는 더 물을 말이 없었다. 그네는 어질머리로 쓰러질 것 같아 부뚜막에 주저앉았다. 친상 중에 아기를 가졌고 출산까지 했다는 저간 사정이 밝혀졌음을 그네는 인두로 가슴을 덴 듯 섬뜩하게 느꼈다.

"무슨 말인지 알았네. 어머님도 알고 계시단 말이지?"

"말씀이 없으신데다 바깥출입을 안하시니 쇤네로서는 짐작할 수 없습니다."

"자네를 불러 소문의 진위를 따지시지 않고?"

"종일 들일에 매인 몸이라, 그런 일은 없었습니다."

"알았네. 서방님도 안 계신데 이 일을 어찌할꼬……"

조씨는 허적거리며 안마당으로 걸어갔다. 그네 눈에 행랑채 쪽마루에 오도카니 앉아 있는 선화가 눈에 뜨일 리 없었다. 선화는 귀를 세워 부엌에서 나누는 작은마님과 엄마 말을 엿듣고 있었던 것이다. 이레쯤 전, 북정골 안방마님이 찾아와 맏동서 노마님을 만나 은밀히 무슨 말을 나누고 떠나자, 그길로 노마님은 선화를 안방으로 불러들였다. 노마님은 선화에게 둘째며느리 출산을 두고 물었고, 선화는 서릿발 내린 듯한 노마님 문초에 질려, 작은마님이 산채에서 아기씨를 보았다는 저잣거리 소문을 들었노라 말할 수밖에 없었다.

아래채 방으로 돌아온 조씨는 호롱불도 켜지 않고 소리 죽여 울었다. 조씨는 친정아버지가 따라나서려 했을 때 친정집의 뻔질난 사가댁 출입이 시어머니 눈에 볼썽사납게 비칠까봐 만류하고 혼자 나선 게 후회가 되었다. 소상과 한식 성묘 불참을 사죄하는 데는 친정 부모가 가까이 없음이 낫겠거니 생각했는데, 기어코 비밀이 터지고 말았으니 누구 고자질을 따지기 전 앞일이 깜깜절벽이었다. 그네는, 내 나중 네게 따로 할 말이 있다던 시어머니 말을 되새기며 착잡한 마음으로 언제 떨어질지 모를 호출을 기다렸다. 처지가 이렇게 난감절박할 때 서방이라도 있다면 좋으련만 집안에는 방패 되어줄 사람이 없었다. 산채의 서방에게 도착 기별을 한다 해도 밤길에 80리를 도다녀오기 전, 시어머니 호출이 떨어질 터였다.

위채 안방에서 형세 글 읽는 소리도 그쳤으니 밤이 제법 깊었다. 잠자리에 들지 못한 조씨가 노독도 잊은 채 바깥 동정에 귀기울이며 떨고 앉아 있을 때였다. 찬방에서 밤새 두드리던 다듬잇방망이 소리가 멎었다. 반씨가 대답말을 길게 끌며 밖으로 나가더니 한참 뒤, 그네 발소리가 별채로 내려와 방문 밖에서 멎었다.

"마님, 주무십니까?" 조씨가 놀라 방문을 열었다. "안방마님께서 올라오시라는 분부십니다."

드디어 발등에 불이 떨어졌다. 조씨는 옷매무새를 고치고 눈물 자국을 지운 뒤 밖으로 나갔다. 위채 안방과 건넌방은 문살이 밝았다. 조씨가 안방 댓돌 아래서, 불려 왔다는 인사말을 하고 대청으로 올랐다. 안방으로 들어가 눈을 들지 못한 채 방문 앞 윗목에 무릎을 꿇었다. 아랫목에는 형세가 활개 펴고 잠들어 있었다. 조씨는 백씨 문중에서 내쫓김만 당하지 않는다면 어떤 형벌도 달게 받으리라 마음먹었다.

"너의 구구한 변구는 듣고 싶지 않다. 묻는 말에만 답하거라." 안씨가 냉갈령하게 다질렀다. "네가 산채에서 여식을 보았다는 소문이 사실인가?" 조씨는 입을 열지 못했다. "어찌 대답이 없는가?"

"백번 죽어도 용서받을 수 없는…… 불효를 저지르고 말았습니다." 조씨가 겨우 말을 흘렸다.

"형세아비의 불초(不肖)함은, 일찍 그 허물을 경계케 훈육 못한 내 잘못이 크다. 아비부터 징죄코자 산채로 사람을 보냈으나 먼길 떠나고 없다는 전갈만 갖고 왔다. 그러나 너는 이 가문에 들어온 지 햇수로 십수 년, 그동안 무엇을 보고 배웠기에 대명천지(大命天地)에 그런 불경한 짓을 저질렀단 말인가. 인두겁 쓰고 하늘 보기 부끄럽지 않고, 여교(女敎)도 모른단 말인가! 근본 없는 출신도 차마 그러지 못할 것이다." 안씨의 매몰찬 꾸짖음에 조씨는 입이 열이라도 할 말이 없었다. 안씨가 말을 이었다. "네 행동을 차마 입에 담기조차 부끄럽구나. 내 눈감기 전 이 문중 사람을 어찌 대할 것이며, 지체가 곤두박질친 마당에 종가 체면을 어찌 세울 수 있단 말인가. 만약 어르신 삼년상(三年喪)만 치렀더라도 구차한 늙으마를 욕되게 살고 싶지 않다." 안씨는 숨이 찬지 말을 끊었다.

조씨가 눈길을 조금 들었다. 안씨가 등뒤에 두었던 물건을 앞으로 내놓았다. 지난번 한식 때 예물로 보낸 비단 두 필과 이번에 조씨가 가져온 세모시 세 통이었다. 그런데 그 위에 얹힌 은장도 쇠붙이 문양이 나비등잔 불빛에 빛을 튀겼다. 최악의 경우 거기까지 생각 못한 바 아니지만 조씨는 온몸이 순간적으로 얼어붙음을 느꼈다. 입술과 혀가 경직되기도 했지만 그네는 아무 말도 할 수 없었다.

"내 눈에 흙이 들어가기 전에 너를 우리 집안 며느리로 대할 수 없다. 네가 보았다는 계집애도, 형세아비조차 나는 이제 혈연으로서 정을 끊었다. 한주아비에게 가통 이을 남아가 없어 형세는 여기서 거둘 것인즉, 그리 알거라. 부정(不淨)한 네게 형세를 맡길 수 없다!"

"어머님!" 조씨가 엎어지듯 은장도 위에 넙죽 엎드렸다.

"쓰레기 같은 봉물 챙겨 내 앞에서 썩 물러가거라. 두 번 다시 내 눈앞에 꼴을 보여선 안 된다!" 말을 마친 안씨가 돌아앉았다. 한동안 흐느끼던 조씨는, 뉘 앞에서 곡성이냐는 안씨의 호통에 울음을 진정시켰다. "어서 물러가렷다!"

안씨의 명령에 조씨는 허리를 세웠다. 온통 눈물로 번질거리는 그네의 얼굴이 팽팽하게 긴장되었다.

"어머님 분부에 따르겠습니다. 이 몸 자문(自刎)으로 문중에 끼친 누를 속죄하겠습니다. 내내 강녕하옵소서……"

조씨는 시어머니에게 마지막 큰절을 올렸다. 지어미보다 할머니와 더 정을 도탑게 쌓는 아들의 잠든 모습을 일별하곤 봉물과 은장도를 받쳐들고 안방에서 나왔다. 걷잡을 수 없는 눈물이 앞을 가렸으나 그네는 피가 맺히게 입술을 깨물었다.

건넌방 앞에 섰던 허씨가 쫓아와 조씨를 싸안고 축담으로 내려섰다. 안방 사태를 알고 있은 듯 중문 앞에는 행랑 식구와 반씨가 모여 서 있었다. 두 며느리가 별채 방으로 들어갔다.

"자네 어쩌려고 그런 말을 했나. 어머님 말씀을 곧이곧대로 들어서야 되겠는가. 자네도 언젠가 며느리 보게 되면 그렇게라도 영을 세울 수밖에 없잖은가. 나야 종부(宗婦)로서 아들 못 둬 철천지한이 되고, 아버님 상 당했다 보니 일 년 동안 잠자리조차 따로 쓰고 지냈지만…… 소생 둘을 봐서라도 백배 사죄하고 목숨만은 도모해야지. 지금 세상은 예전과 달리 개화된 지도 한참 아냐." 허씨의 앞뒤가 맞지 않는 드르르한 말이었다. 조씨는 은장도만 땀 밴 손에 쥐고 있었다. "동서, 어머님 노여움이 풀릴 때까지 당분간 산 채로 들어가 근신해. 내 자주 어머님께 말씀드려 진노를 풀어볼 테니깐. 세상 법도가 아무리 그러하다 해도 사람이 그만 일로 목숨 끊을 수야 없지……"

"형님 말씀 잘 알겠습니다. 제 일신은 제가 알아 처신할 테니 형님은 처소로 건너가 주무세요."

허씨는, 다른 건 몰라도 자문만은 피해야 한다고 다짐 놓곤 방에서 물러났다. 그네는 그때까지 중문 앞에 서 있던 너르네와 반씨를 보고, 형세어미가 서투른 짓을 하지 않도록 감시하라 이르곤 행랑마당으로 나갔다. 술추렴을 하는지 서방이 아직 귀가하지 않았던 것이다.

조씨는 머리채 풀고 시어머니가 준 은장도를 칼집에서 뽑아냈다. 그네는 태기가 있고부터 그 번뇌에서 헤어나지 못해 여러 번 자문을 마음먹은 적이 있었다. 열녀 소리를 듣겠다고 벼른 게 아니었다. 생각할수록 불효의 망측한 죄가 가시가 되어 몸을 찔러왔던 것이다. 소문이 세상에 알려진 이상 낯 들고 다닐 수 없고, 근본 없는 출신이라 친정집까지 봉욕을 당해가며 살 바에야 그 길을 택함이 떳떳하다 생각되었다. 시어머니 말이 아니더라도 어차피 한 번은 죽는 목숨, 명분을 세웠다면 구차하게 목숨 부지할 필요가 없음을 그네는 서방이 구국(救國)에 앞장서 나가는 길에서도 깨친 바 있었다.

"서방님, 불효 부정한 저는 이만 세상을 하직합니다. 부디 옥체 보전하시어 어린 남매를 잘 거둬주십시오." 조씨가 입속말을 읊었다. 뜨거운 증기 같은 게 머릿속을 채우자 귀에서 바람 소리가 났고 정신이 혼미했다. 온몸이 불덩어리로 달아오르고 살과 뼈가 함께 녹듯 저려왔다. 은장도를 쥔 그네의 손이 떨리더니, 순간적으로 칼끝이 목을 찔렀다.

"아니 됩니다. 이러시면 아니 됩니다!" 방문을 열어젖히며 뛰어든 너르네가 조씨 소매를 낚아챘다.

"놓게. 주, 죽기로 한 몸이오."

조씨가 꿈결이듯 말하며 은장도를 쥔 팔을 치켜들었다. 너르네가 은장도를 빼앗았다. 힘을 잃은 조씨 몸이 옆으로 무너졌다. 그네 목에서 한 줄기 핏물이 가슴께로 흘러내렸다. 반씨가 방안으로 뛰어들고, 행랑채 쪽마루 앞에서 떨고 섰던 선화가 허우적거리며 뛰어왔다. 풋잠에 들었던 부리아범과 그 옆방 교군꾼도 얼결에 달려나왔다. 안마당에 사방등이 밝혀지고, 집안이 삽시간에 수라장을 이루었다. 처의 부축을 받으며 솟을대문으로 들어서던 백상헌도 안채의 웅성거림에 술이 깨는지 걸음을 서둘렀다. 불이 꺼진 위채 안방만 아무런 기척이 없었다.

다행히도 조씨가 자기 목을 찌른 칼끝이 그리 깊지 않고 숨통과 동맥을 비껴 목숨은 건질 수 있었다. 그러나 자실(自失)해버린 조씨는 물에 담근 미역처럼 자지러져 눈을 뜨지 못했다. 우선 지혈부터 시키고, 너르네가 잦아진 숨길을 틔우려 조씨 저고리 고름을 풀었다. 젖먹이를 두어 젖이 탱탱할 터인데 가슴이 빈 주머니처럼 비어 있었다. 그동안 친정에서 쓴 한약과 침이 젖줄을 다쳤는지 젖이 말라버려 딸은 젖어미를 구해 그 손에 붙여두고 왔던 것이다.

백상헌이 의원을 불러오라 했으나, 허씨가 소문이 나면 좋잖다며 자기네 방으로 들어가 구급약으로 쓰는 아편을 가져왔다. 더운물에 양귀비 열매의 굳은 진을 누에씨만큼 풀었다. 그 물을 조씨 입에 흘려 넣었다.

조씨가 깨어나기는 먼동이 틀 무렵이었다. 넋이 빠진 채 말문을 닫은 그네는 그 길로 마치 출가(出家)하듯 가마에 실려 동운사 옆

초당으로 떠났다. 너르네가 길잡이로 나섰다.

　일행은 해가 기웃했을 때에야 백립초당에 당도했으나 출타한 백상충은 그날까지 돌아오지 않았고, 석주율과 분이 초막을 지키다 작은마님을 맞았다. 그날 밤, 너르네는 조씨가 혹 다시 일을 저지를까봐 안방에서 분이와 함께 잠을 잤다.

＊

　백상충이 백립초당으로 돌아오기는, 초파일 하루 전날 표충사로 떠난 지 열여드레 만이었다. 석주율이 채마밭에 김을 매고 있던 저녁 무렵이었다. 삽사리가 짖고 인기척이 느껴져 주율이 일손을 멈추고 바깥을 보니, 지팡이 짚은 스승이 삽짝 앞에 동냥꾼처럼 우두커니 서 있었다. 삽사리가 꼬리를 흔들며 반겼고 주율은 그늘 속에 힘없이 서 있는 스승을 보았다. 먼지를 뽀얗게 쓴 흰갓도 그랬지만 추레한 당목 두루마기에 괴나리봇짐을 느직하게 진 스승의 초라한 행색이 말이 아니었다. 얼굴 또한 수척해 두 눈이 움푹 꺼진데다 광대뼈가 불거졌고, 성긴 수염이 코밑과 턱을 엉성하게 가리고 있었다.

　"스승님!" 석주율이 호미를 놓고 달려갔다.

　"서방님, 이게 어찌된 일이옵니까." 부엌에서 분이와 함께 뛰어나온 조씨는 울먹이기부터 했다.

　"다들 무사히 잘 있었구먼." 백상충이 허탈하게 말했다.

　백상충은 처와 주율의 부축을 받으며 안방 쪽마루에 주저앉았다.

석주율이 스승의 괴나리봇짐을 벗겨 받았다. 봇짐은 꽤 듬직했는데, 나중에 안 일이지만 모두 일본어 서책이었다.

"어디서 오시는 길입니까. 집에는 들렀는지요?" 조씨가 서방을 안방으로 모시며 물었다.

"경주서 내려와 집에 들렀소. 그동안 사연인즉 다 들었소. 어머님께서는 자식 문안인사조차 마다하여 뵙지 못했소. 그렇다 보니 하루인들 집에 머물 수 없어 선걸음에 나섰더랬소."

서방의 힘없는 대답을 듣고 먼길 행보에 따른 노독보다 마음 근심이 더 깊었겠음을 조씨가 깨달았다.

이튿날 아침, 조씨 영에 따라 석주율이 고하골로 내려가 의원을 불러왔다. 백상충을 진맥하고 난 의원이, 별다른 병은 없으나 근기가 너무 허해졌다며 당분간 정양이 필요하다고 말했다. 주율은 의원과 함께 고하골 약국으로 내려가 의원이 처방해준 탕약첩을 가져왔다. 그날부터 백상충은 나흘을 안방에서 자리보전한 채 죽과 탕약과 잠으로 보냈다. 닷새째 아침에야 기력을 회복하여 사랑으로 건너온 그는 석주율이 『주자서(朱子書)』를 읽는 모습을 물끄러미 바라보았다.

"그동안 무슨 책을 읽었는가?"

석주율이 경서 몇 권과 『만국지지(萬國地誌)』『서사건국지(瑞士建國誌)』 따위의 책을 말했다. 주율은 스승이 계시지 않는 동안 황현의 절명시 네 수 스무 벌 필사부터 마쳤다. 암기에는 엔간히 자신이 있어 필사본 한 벌을 벽에 붙여두고 아침저녁 스무 번씩 외운다면 스승이 돌아올 때까지 머릿속에 쟁일 수 있으리라 여겼다.

그는 새벽과 잠자리에 들기 전까지 하루 네 차례 절명시를 외우며 그 절절한 뜻을 마음에 품었던 것이다. 이를 눈 감고 암송하게 되자, 경서는 건성으로 훑었고 그가 열심히 읽었다면 동운사에서 빌려온 『무량수경(無量壽經)』 같은 불교 입문서였다. 주로 군자의 처세를 교시한 경서는 왠지 자신의 처지와 거리감이 느껴졌고, 불서(佛書)를 읽으면 세상살이 근심 걱정이 사라져 마음에 평안이 깃들었다. 그러나 스승 앞에서 감히 그런 말을 할 수 없었다. 지난 어느 봄날, 석주율이 점심참을 먹고 쉴 짬에 뜨락 볕 아래서 휴정선사가 쓴 『선가귀감(禪家龜鑑)』을 읽고 있었다. 백상충이 주율이 읽던 책을 보더니 율곡 선생 일화를 들어 말했다. 율곡이 열여섯 살에 어머니 신사임당을 여의자 3년 시묘한 뒤 세상살이 허무를 통탄하여 금강산으로 들어갔다. 그곳에서 한 해 동안 선방 생활을 하며 불교에 심취했으나 그 길이 군자의 바른 길이 아님을 알고 산에서 내려와 다시 성리학 연구에 정진함으로써 대학자가 되었다 했다. 백상충이 주율에게 들려준 비유는, 선비의 도리로 불교의 지나친 심취를 경계케 한 말이었다. 상충 또한 마음의 번뇌가 심할 때는 동운사 법당에서 참선했지만 그가 학문과 종교 사이에 어느 선을 긋고 있었다.

"주율아 듣거라. 너도 앞으로 그런 진서를 통한 독서뿐 아니라 왜국 글 또한 공부해야 할 것이다." 석주율이 황현의 절명시 네 수를 달달 외고 뜻을 풀이하자 백상충이 한 말이었다. 갑작스런 스승의 말에 주율이 눈을 동그랗게 떴다. "매천 선생의 의로운 죽음은 후학들로 하여금 그 죽음에 따르라는 말씀이 아니고, 너희들은 배우고 익혀 왜국 지배를 물리칠 당당한 조선의 백성이 되라는 귀감으로 받아들여야 하리라. 왜국은 조선보다 불과 몇십 년 빨리 서양 신문물을 받아들여 모든 제도를 근대화로 개혁했다. 그렇게 국력을 키워 청국과 노국 전쟁에 승리하여 동양의 강국이 되었다. 서양 학문과 과학 발전의 이치를 알자면 우선 왜국 글을 습득함이 빠른 길이다. 왜냐하면 조선글로는 아직 그 방면을 소개한 책이 드물고, 서양 여러 나라 글을 익히기에는 자력으로 어렵다. 왜국이 지금 빠른 속도로 서양 열국을 따라잡으려 공업을 발전시키고 있음은, 해마다 서양 사상과 신과학을 소개하는 많은 책을 찍어내어 그 나라 백성이 열심히 익히는 데에서도 드러난다 할 것이다. 내가 이번에 대구서 사 온 왜국 글로 된 책이 모두 서양 학문과 신문물을 소개한 서적들이다."

"스승님, 그렇다면 우리가 저들을 가르쳤다는 유가의 전통은 필요 없다는 뜻입니까?"

"그렇지 않다. 온고지신(溫故知新)이란 말대로, 옛것을 익힌 토대 위에 새것을 받아들여야지. 만약 나라가 이렇게 되지만 않았더라도 나는 율곡 선생 말씀을 좇아 자득지학(自得之學)의 뜻을 세울 연치도 되었건만, 책을 잡아도 마음은 딴 길로 흐르니……" 백상충이 한숨을 내쉬었다.

"자득지학이란 무슨 뜻이옵니까?"

"율곡 선생은 학문하는 태도를 둘로 나누었으니, 주자 등 성현의 가르침을 익힘을 의양학파(依樣學派)로 보았고, 그 권위를 토대로 나름대로 자기 학문을 세우는 입지(立志)를 자득지학이라 했느니라. 학문의 통달이란 의양지학을 거쳐 그 세계에 달통한 연후에야 자득지학으로 나아가야 할 것이다."

"그런데 스승님은 왜국이라면 원수로 여기지 않으십니까. 왜국 책을 통해 학문을 익힌다면……"

"병법에도 지피지기(知彼知己)면 백전불태(百戰不殆)라 했다. 우선 적을 알아야 한다. 적을 알지 못하곤 이길 수 없다. 왜국이 어떻게 강한 나라가 되었냐를 모르면서 조선이 어찌 왜국을 이기기 바라겠는가. 이 점은 성현의 학문과 생애를 모르고 성현이 되겠다는 우직함과 같으니라. 왜의 것을 무조건 싫어한다지만 내가 쓰는 철필과 먹물과 백지를 너는 어디서 사왔는가. 읍내 후지상점 아닌가. 공업 생산권, 상업 신상품 판매권을 놈들이 쥐고 있지만, 조선인은 아직 그렇게 간단한 물건조차 만들지 못한다. 구습에 매여 자중지란만 일삼다 나라를 강탈당하고 말았지."

"말씀을 알겠습니다만 그들 글까지 배워야 한다니, 배울 게 너무 많습니다."

석주율은 여러 갈래의 학문이 실타래처럼 얽힘을 느꼈다. 1년 남짓 익혀온 학문이란 수박 겉핥기에 불과하여 무엇 하나 제대로 아는 게 없는데, 이제 일본글을 통해 서양 학문 또한 배워야 한다니 마음속에 낙담만 찰 뿐이었다.

"너만이 아니라 학문하는 사람이란 모름지기 책을 통해 배우고, 배운 바를 행하는 데 있다. 율곡 선생의 『격몽요결(擊蒙要訣)』에도 그런 글귀가 있지 않던가." 석주율이 배웠다고 하자 백상충이 한번 외워보라고 말했다.

"무릇 글을 읽는 자는 손을 단정하게 마주잡아 위엄을 갖추고 앉아, 책을 공손히 펴놓고 마음을 한뜻에 모아, 정밀하게 생각하고 오래 읽어 그 행할 일을 심사숙고해야 한다. 그렇게 해서 글 구절마다 반드시 자기가 실천할 방법을 구해 온다. 만약 그렇지 않고 입으로만 글을 읽을 뿐 마음으로 이를 본받지 않고 몸소 행하지 않으면, 책은 책대로 나는 나대로 따로 있으니 무슨 유익함이 있겠는가." 석주율은 그 글귀를 써서 책상 앞에 붙여놓았기에 수월하게 외웠다.

"그렇다. 글이 있으되 행함이 없었고, 옛것을 존숭하되 새것의 이로움을 등한시했으니 나라가 이 꼴이 되고 말았다."

"왜글도 열심히 읽겠습니다."

"내가 비단 왜글만을 두고 한 말은 아니다. 옛 글을 버리지 않되 새 책을 통해 오늘의 만국을 알아야 한다. 한때 삼남과 중원을 휩쓸었던 갑오년 농민전쟁을 너도 들었을 테지? 그때 이 나라 농민이 보국안민(輔國安民)이란 깃발 아래 탐관오리를 타도하고 이국(異國) 침략을 배척하자며 일어났다. 아래 백성이 한마음 한뜻으로 그렇게 분기하기가 단군성조 이래 처음이었을 게다. 죽은듯이 눌려 있던 민초가 성난 파도처럼 일어났으니 그 기세가 하늘을 찌를 듯했지. 한마디로 민중세력이 변혁의 거대한 봉화를 올린 셈이다. 그러나 그 기세가 왜 쉬 좌초되었는가. 나는 그 사실을 왜병의 신식 무기 앞에 죽창이 꺾였다고만 보지 않는다. 농민군사를 지휘했던 전봉준이며, 김개남이며, 집강소 간부들의 혁명의지는 투철했으나 척왜양(斥倭洋)의 깃발을 내건 그들의 만국 정세를 보는 안목이 좁았던 탓도 있었다. 서양 신문물과 새 사조를 얕잡아보았던 게지. 개명이 안 된 옛 군사요 옛 지휘자들이었다. 또한 김옥균과 박영효 등 개명 개화파 젊은 대신이 일으킨 광무개혁운동과 갑신년 정변 또한 문명개화(文明開化)와 부국강병(富國强兵)이란 뜻은 좋았으나, 갑오농민전쟁과는 반대로 너무 외세에 의존하려 했고 민(民)이 따라주지 않았으니 실패로 끝났다. 돌아가신 선고께서 개화파를 지지하셔 끝내 낙향하셨지만, 이를 깨닫기도 낙향 후 일이셨다. 의병만 해도 그렇다. 위로는 유생에서부터 아래로는 천민에 이르기까지 구국일념으로 함께 싸웠으나 조선인은 머리와 몸이 모두 재래식 그대로요, 왜병은 새 서양식 무기에 새 병법으로 지휘자가 병졸을 일사불란하게 구사했으니, 우리가 승기를 잡기 힘들었다. 나도 의병에 종군하여 군졸을 다루어보았으나 그들 중에는 의병의 참뜻을 깨닫지 못하고 호구 방편으로 뛰어든 자도 있었고, 그러다 보니 큰 고을을 칠 때 부자 곳간부터 털어 양식과 재물을 약탈하곤 그길로 의병에서 빠져 귀향하는 자들도 숱해 보았다. 또한 의군 지휘부가 위정척사(衛正斥邪) 왕조 복귀 명분만을 앞세움도 시대 착오였다. 내 그 점을 두루 깨치기도 몇 해 되지 않았으니……"

석주율은 할 말을 잃었다. 아니, 대답할 말이 없을 만큼 스승의 말을 깊이 이해할 수 없었다. 동학민란이며, 갑신년 정변이며, 의병 궐기가 왜 실패했는가를 말씀하시는구나, 하는 정도만 깨쳤다. 잠시 말이 없던 백상충이 다시 말했다.

"중국은 작년(신해년)에 시작된 왕정 타도 혁명운동이 신구(新

舊) 세력 대립으로 지금 큰 혼란을 겪고 있지만 그것이 바로 역사의 대전환이요 발전이다. 그러나 이 땅은 왜놈의 철권 무단정치 아래 죽은듯 고요한 암흑세계가 되었다. 봉기도, 혁명도 이제 없고 오직 주인과 종만 있을 뿐이다. 내 이번 여행에서 뼈아픈 현실을 곳곳에서 보고 왔느니라."

석주율은 엿새 전 초당으로 돌아왔을 때의 낙담에 찼던 스승 모습을 떠올렸다. 이제 글도 행함도 소용없는 빼앗긴 나라의 암흑세계를 두루 보고 온 탓이었으리라.

"주율아, 내가 이번에 사온 저희놈들 책 중에『조선정벌야사(朝鮮征伐野史)』란 책이 있다. 헌책을 파는 서점에서 우연히 눈에 띄어 사왔는데, 그 책을 읽다 이런 대목이 있어 우리글로 옮겨두었다. 네게 보이려 그랬던 건 아니고 도정어른이 왜글을 모르니 보여 볼까 해서다. 이 대목은 임진년(1592) 왜란 때 적장 고니시(小西行長)를 따라 조선으로 나왔던 종군승(從軍僧)이 전장터를 누비며 기록했던 일기이니라."

백상충이 음울하게 말하며 백지에 철필로 쓴 글을 주율에게 넘겨주었다. 주율이 종군 일기 한 대목을 읽었다.

8월 6일. 우리 군졸들의 포악함은 참으로 사나운 데가 있다. 민가는 말할 것도 없고, 들도 산도 탈 수 있는 것은 모조리 태워버리며 전진하였다. 백의를 입은 사람이 눈에 비치면 남녀노소를 가리지 않고 베어버리거나, 대나무조각을 엮어 만든 사슬로 목을 묶어서 배로 끌고 갔다. 어버이는 자식을 찾고, 자식은 어버이를 찾고, 울부짖는 비탄은 그 어떠한 지옥도에도 그려져 있지 않은 비참함이다.

8월 8일. 오늘도 또 보았다. 어쩌려는 것인지, 조선 아해를 밧줄로 묶는 것을. 그 무사에게 두 손을 비비며 탄원하는 양친을 그 자리에서 칼로 쳐죽이고 그 아이를 끌고 간 것이다.

8월 11일. 저녁 무렵 촌락에 연기가 일고 있다. 그것은 먼저 간 우리 편 군대가 촌락의 오곡과 재보를 가옥과 함께 태워버리고 지나간 것이다.

8월 16일. 성(전라도 남원) 안의 남녀노소를 남김없이 죽여버리니 생포하는 일이 없다.

8월 28일. 길가 골목에나 산야에나 남녀를 가리지 않고 죽인 시체가 작은 동산을 이루니 차마 두 눈 뜨고 볼 수 없을 지경이다.

9월 10일. 가옥 수 10여 만 호가 있었는데 모두 방화하였다.

9월 22일. 낙중(洛中)의 가옥 30여 만 호는 한 집도 남기지 않고 방화하였다.

10월 4일. 경상도 고도(古都) 경주의 민가 30여 만 호를, 금중전(禁中殿)을 비롯하여 한 집도 남기지 않고 방화하였다.

석주율은 일기를 읽으며 몸을 떨었다. 임진년 왜란으로 조선이 당한 피해가 얼마인지를 그 몇 줄 일기로 짐작할 수 있었고, 저들의 포악함은 상상만으로도 숨길이 가빴다. 거기에 비긴다면 자신이 헌병대에서 당한 고문은 약과였다.

"주율아, 그것만 아니다. 왜놈 군에는 조선인을 매입하는 저들

상인이 따라다니며 포로 된 아이나 어른을 남녀 가리지 않고 돈을 주고 사들여 가축처럼 그들 목에 올가미를 씌워 끌고 다니며 짐을 나르게 했다. 짐이란 게 약탈한 피륙과 곡식이었다. 야사를 보면 도요토미 히데요시(豊臣秀吉)가 조선에 출정하는 장수들을 앞에 두고 이렇게 말했다 한다. 사람마다 귀는 둘이고 코는 하나니 목을 베는 대신 코를 베어 소금에 절여 보내도록 하여라. 병졸 한 명에 한 되씩이다……"

"한 명에 한 되씩이나! 베어 온 코를 어디에 쓰려고요?" 슬픔과 분노가 가시처럼 목구멍을 찔러 석주율 목소리가 떨렸다.

"쓸데가 어디 있겠느냐. 조선인을 얼마만큼 도륙했냐를 셈하려 했겠지. 짐승만도 못한 포악한 종자이니 수급(首級, 적군의 목)을 해서 보내려면 부피가 커서 수송에 부담이 되고, 귀는 베기 쉬워도 두 개여서 좌우를 혼동하기 쉽기 때문에, 하나 있는 코를 보내라 했는데, 코를 하나하나 계산하기 귀찮으니 되로 셈하라는 것 아닌가. 한 되에 몇 사람 코를 담는다는 계산은 없었으나, 병졸 한 사람이 코 한 되 분량의 조선인을 죽여야 한다는 의무를 지워준 셈이지. 그래서 왜놈 군졸은 그 할당량을 채우려 남녀노소 가리지 않고 닥치는 대로 죽이고, 할당량을 다 채운 다음에는 사로잡아 목을 매어 끌고 갔던 것이다. 진중 게시판에, 참수(斬首)는 말할 것도 없고 남녀노소 승속(僧俗)을 가리지 말고 모조리 죽여 코를 베어 일본으로 보내라는 벽서(壁書)를 나붙이기도 했다고 한다. 이는 조선 출병을 앞두고 히데요시가, 조선인을 모두 죽인 후 조선 땅이 무인지경이 되면 서로(西路, 기내(畿內) 지방) 왜놈 주민

을 조선으로 이주시키고, 동로(東路) 주민을 서로에 옮겨 살게 하
겠다는 원대한 꿈을 가졌던 게다……"

"스승님, 이순신과 사명선사 같은 분도 있었잖습니까?"

"왜군이 짐승이나 귀신 탈바가지를 머리에 쓰고 조총이란, 조선
인이 그때까지 보지 못한 병기를 쏘아대며 덮쳐오니 처음은 놀라
도망쳤지. 왜군은 일진, 이진, 삼진을 합쳐 모두 오만이 넘는 군
대였다. 그러나 조선 민족은 예부터 평화를 사랑했지만 성내어 한
번 일어서면 용맹이 범 같았으니, 끈질긴 저항정신과 불퇴전의 용
기로 왜놈 무리를 상대해 곳곳에서 싸웠다. 용감하게 죽기로 하
여 군장과 병졸과 백성이 한몸으로 뭉쳐 대적했느니라. 아녀자와
아이들까지 나섰으니, 저 권율 장군이 삼만의 왜군을 상대로 싸
운 행주대첩을 듣지 못했느냐. 아녀자들이 치마를 짧게 잘라 치마
폭에 돌을 쩌다 나르며 석전(石戰)하는 남정네들을 도왔지. 종일
토록 아홉 차례에 걸쳐 성벽을 넘어 들어오는 왜병을 물리치니 끝
내 놈들이 패퇴하여 도망가자 이를 추격하여 백삼십여 명 목을 베
었다. 그래서 저놈들 야사 끝머리에는 이런 기록이 있었다. 히데
요시가 칠 년이나 끌게 된 전쟁 막판에 가서, 중화 대륙까지 진군
하려 했는데 왜 조선과의 싸움이 그리도 장구하냐고 물었더니, 적
장 도쿠가와 이에야스(德川家康)와 다른 장수들이 한결같이, 조선
은 큰 나라요 그 백성은 용감하기가 대륙에 사는 범과 같고 끈기
가 곰과 같아, 그렇게 많이 죽였는데도 동쪽을 치면 서쪽을 지키고,
왼쪽을 부수면 오른쪽에서 몰려옵니다. 조선과의 싸움은 십 년을
잡아도 조선을 무너뜨리지 못할 것입니다. 이렇게 보고했다지 않

느냐……" 백상충 목소리가 슬픔에 잠겼다. 주율도 손등으로 눈물을 훔쳤다.

*

자청한 유폐 생활이듯 백립초당 네 식구는 단조로운 나날을 보냈다. 백상충이 사랑에 들어앉아 책을 펼치기 시작한 사흘 뒤, 보행객주가 초당에 들렀다. 그는 곽돌이 아닌, 조익겸이 보낸 심부름꾼이었다. 조씨 가마를 메고 울산으로 갔던 교군꾼이 부산으로 돌아와 조씨의 자문사건 전말과 목숨에는 별 지장이 없어 무사히 산채 초당까지 모셔두고 왔다는 말을 들은 조익겸은 당장 사가댁으로 달려가 안사돈 안씨에게, 그렇게 사대부 법통을 따진다면 당신 먼저 자문하라며 은장도를 코앞에 들이밀고 싶은 심정이었다. 그러나 처가 한사코 말렸다. 어차피 한번은 터질 일이 터졌으니 맞을 매를 먼저 맞은 셈으로 쳐야 한다 했다. 따지고 보면 딸애로서도 불찰이 있는데다 출가외인 된 지 10여 년이요 그나마 몸은 별탈 없다니, 조익겸으로서도 화를 눌러 참는 수밖에 없었다. 그러나 교군꾼의 말로는 먼길 떠난 사위가 열흘을 넘겨도 돌아오지 않았다니 딸네 식구의 뒷소식이 궁금할 수밖에 없었다.

부산과 울산을 나다니는 보행객주가 조익겸 심부름으로 초당에 들렀을 때, 조씨는 서방님 모시고 몸 편히 잘 있다는 말만 전했다. 보행객주는 부산 나리마님이 주시더라며 서찰과 용채를 조씨에게 전하고 돌아갔다. 서찰에는, 백서방과 어린 두 자식을 보더라도 심신을 강건하게 가지라 썼고, 손녀딸은 젖어미와 외할미의 보살 핌으로 잘 자란다 했다. 용채는 산중 생활에 음식을 소홀히 해서 는 안 된다며, 쌀 다섯 가마를 살 수 있는 돈이었다.

백상충이 읍내로 내려가면 간이 고등보통학교 신축 공사 현장 부터 둘러보았다. 여름의 긴 낮 동안 많은 대목이 동원되어 목조 교사가 신축되고 있었다. 장경부와 함명돈까지 나서서 공사 현장 을 지휘하고 있었다. 헌병분견소 측은 학교설립추진위원장 장순 후에게, 학교가 문을 열더라도 백상충의 참여를 철저히 배제해야 한다는 엄명을 내렸다. 그러나 백상충의 읍내 출입은 그 뜻이 다 른 데 있었다. 그는 해가 있는 동안은 교사 신축 현장에서 보내고 밤이 되면 헌병대나 지서의 눈을 속여 잠적했다. 그는 읍내 이웃 마을을 돌며 영남유림단 단원 포섭과 의연금 모금에 나섰던 것이다. 한편, 그는 박생원과 장경부가 그동안 포섭해놓은 영남유림단 단 원 후보를 뜸마을 신실한 동지 집에서 접견하기도 했다. 동지 포 섭의 실무를 맡은 둘이 신중을 기했으므로 상충이 읍내로 내려가 면 접견 인원이래야 서넛 정도였다. 그는 단원 후보를 만나 여러 말로 의중을 떠본 연후에 확신이 서면 단원으로 가입시켰다. 그들 에게는 권농회, 농우회 등 두레를 밑받침 삼아 각 마을마다 조직 이 활성화되고 있으니 그쪽에 가입하여 일제의 농지수탈과 지주 의 과중한 징수와 맞서서 활동하라는 당부 말을 잊지 않았다. 그 렇지 않은 경우는, 조선인도 자력갱생을 해야 한다며 고등보통학 교가 문을 열면 야학도 운영할 작정이니 꼭 신학문을 배우라고 말 머리를 돌려, 관찰을 더 계속하는 쪽으로 미루었다. 혈서로 맹세하여 영남유림단 단원으로 가입하는 자는 스무 살 전후의 젊은이들이었다. 서당글을 읽은 자작농 자녀에, 작인 집안의 끼니 힘든 빈농 출신도 있었다. 모두 구국일념의 뜻을 키웠다 때가 오면 신명을 바쳐 충절하겠다는 마음은 한결같았다.

백상충이 읍내 출입을 하면 사람들은 그를 돌려세워놓고, 선고 소상 전에 자식을 보았다는 저간의 소문을 두고 뒷말이 분분했으나, 그는 공론에 개의치 않았다. 당할 수모를 당연하게 받겠다는 태도였다. 소문이란 매양 그렇듯 잠시 요란하게 퍼지다 시간이 감에 따라 삭아들게 마련이어서, 그즈음에는 그 화제도 가라앉고 말았다. 노마님 안씨가 집안 사람들에게 둘째며느리의 자문 미수를 철저하게 함구시킨 탓도 있었다.

백상충이 울산 본가로 내려갈 때마다 부리아범과 너르네는, 농사철 동안만이라도 어진이를 집으로 보내달라고 간청했다. 일손이 달리니 가을걷이 끝난 뒤에 어진이를 다시 초당으로 올려보내면 되지 않느냐 했다.

"여름 한철 벼를 보게나. 한 밤 자고 나면 벼포기가 부쩍부쩍 자라지 않던가. 그러나 냉해가 한 파수만 계속해보게. 그해 소출이 어떻게 되겠는가. 학문도 그러하다네. 실력이 한창 뻗어갈 때 쉬게 되면 그동안 익힌 게 헛수고네. 어진이도 이름이 주율로 바뀐 것처럼, 옛날 어진이로 생각지 말게." 백상충이 주율 부모의 간청을 거절했다.

주율 부모도 제 배 가르고 나온 자식이지만 작은서방님께, 종놈이 학문 배운다면 어디에 써먹겠느냐고 맞대놓고 말할 수 없었다.

한편, 백상충은 자식을 그리워하는 처의 모정을 아는지라 방학 동안이라도 형세를 초당에 데려갔으면 했으나 어머니 마음이 아직 얼음장 같아 그 일이 여의치 않았다.

조씨는 서방의 이해 아래 분이를 거느리고 초당 생활을 잘 견디어나갔다. 초당에 들른 갈밭댁에게 부탁하여 공단 한 필과 견사 색실을 사들인 뒤, 속죄의 뜻으로 시어머니 안씨의 만수무강을 빌며 열 폭 병풍 십장생도(十長生圖) 자수로 대부분의 낮 시간을 보내었다. 자수 일은 시아버지가 별세하기 전 눈이 맑던 시절에 시어머니가 하던 중요한 일감이기도 했다. 그네는 저녁놀이 아름다울 때면 언제 걸음하게 될는지 알 수 없는 울산 시가댁과, 거기에 남겨둔 아들과, 부산포 친정에 두고 온 젖먹이를 그렸다. 그러나 자력으로선 어찌할 수 없었고 목숨 부지하게 된 것만도 부처님 뜻이라 여겨 수틀 놓는 짬짬이 동운사로 넘어가 공덕 쌓기에 정성을 다했다.

초복을 넘겼을 무렵, 석주율은 양식과 찬감을 가져오려 읍내 본가로 내려갔다. 두 파수에 한 차례씩 내려갈 때면 빈 몸으로 집안에 들어서기가 무엇하여 땔감나무나 꼴을 한 지게 지고 갔다. 오후 서너시에 집에 당도하면 큰서방님은 늘 출타 중이었는데, 그날은 행랑마당에서 맞닥뜨렸다.

"이놈아." 백상헌이 주율을 보자 벼르기라도 한 듯 호통부터 쳤다. "듣자 하니 산채에서 빈둥거리며 책 읽는다고? 농사일이 바쁜데 네놈까지 글공부냐? 어물전에 꼴뚜기요, 작대기에 잎 나겠다. 내가 그러더라고 상충이한테 말하거라. 가을걷이할 때까지는 널

집에 두겠다고. 산채로 올라가서 당장 그렇게 전하고, 내일 일찍 집으로 내려와!"

초당으로 올라온 석주율은 스승에게 큰서방님이 했던 말을 옮겼다.

"작년에 내 너를 여기로 데려올 때는 형님으로부터, 앞으로 네 일신을 내가 맡기로 허락받았다. 그러나 천서방네가 들어오고 분가한 네 형이 돕는다지만 농사철이라 일손이 모자랄 게다. 집으로 내려가 농사일을 거들거라. 열흘 후쯤 내가 내려가면 함께 오도록 하지." 백상충이 석주율의 하산을 허락했다.

주인이 가라면 가고 오라면 와야 하는 종 팔자대로, 석주율은 울산 본가로 내려왔다. 도화골 논매기, 이른 수수와 오조를 거두어들이는 밭농사, 삼대 베어 묶고 쪄내기, 밀을 베어내고 콩을 대우들이기(間作) 따위의 일감에 그는 새벽부터 저녁까지 노역에 시달렸다. 부역 일도 이틀이 멀다 하고 떨어져, 점심끼니도 굶어가며 길 닦는 울력에 동원되었다.

"너를 부려먹겠다는 게 아니다. 보다시피 일이 태산 같은데 누군들 손 재어놓을 틈이 있냐." 너르네 말이었다.

"제가 언제 농사일 싫다 했나요, 못하겠다고 했나요. 그렇다고 게으름을 부립니까."

석주율의 대답이 그랬던 것처럼 그는 말없이 일만 했다. 그러나 너르네 말을 퉁명스럽게 되받게 된 마음은 농사일이 싫어 못하겠다는 또 다른 표현이었다. 그동안 초당에서 유유자적 책만 들친 탓인지 그는 보람 없는 농사일이 괴롭고 싫었다. 초당에서 채마밭을 가꾸었지만 그 일은 소일거리였다. 선비는 흰 손으로 책장 넘기고 농사짓는 사람은 거친 손에 흙만 묻힌다는 말을 그는 그제야 실감했다. 사람은 자기가 타고난 사주팔자대로 한 가지 일만 하게 마련이라 생각할 때, 그럼 나는 무엇인가? 하는 질문이, 가기 싫은 일터로 나설 때마다 뇌리에 스쳤다. 스승님이 어서 오셔서 나를 초당으로 데려가야 할 텐데. 나는 농사꾼 되기 글렀어. 남의 농토만 평생 파뒤지다 죽는다는 건 짐승과 다를 바 없지 않은가. 인간이라면 호구 문제를 떠나 만물의 생성과 소멸의 이치를 깨우치며 살아야지. 그렇다면 책장 들치는 나는 누구인가? 독서로 세상 이치를 조금 안다는 게 나를 어떻게 변화시킬까. 나도 남들처럼 장가가게 되면 처자식이 생길 텐데, 책만 들친다고 식구 호구가 해결될까? 나는 스승님과 출신이 다르지 않은가. 이런 상념이야말로 『호질(虎叱)』의 북곽 선생처럼 허장성세의 망상이 아닐까? 석주율이 스스로에게 질문과 답을 되풀이하다 보면, 앞날의 자기 존재가 모래 위 궁궐처럼 허물어져 내렸다. 현재의 자신도 어디에 서 있는지 알 수 없었다. 그럴 때면 초당에서 가져온 『능가경(楞伽經)』을 일하는 틈틈이 읽었다. 불경은 번뇌를 식혀주는 샘물이었다.

석주율이, 내가 누구이며 어디에 서 있나를 캐다 자연스럽게 마주치게 된 처소가 절집(佛家)이었고, 출가 결심을 굳히게 되기는 집으로 내려와 농사일에 싫증을 낼 무렵이었다. 『능가경』을 네 번 되풀이 읽었으니, 집으로 내려온 지도 열흘을 넘겼다. 그러나 불경에서 보여준 부처님 법문이 그로 하여금 출가의 뜻을 굳히게 한 직접적인 동기는 아니었다. 그는 지난봄 표충사를 다녀오고부터 줄곧 선문의 세계에 강한 호기심을 가져왔다. 그렇다고 표충사로 오갈 때 목격한 중생의 굶주림과 초파일 동운사에서 본 불도들의 간절한 종교심이 그의 혼을 빼앗아, 네가 선문으로 들어가 중생을 제도하라는 신탁(神託)이 내렸냐 하면, 그런 일은 없었다. 마음이 여려 눈물이 흔하고 동정심 많은 성품이지만 그가 남을 위해 거룩한 일을 하겠다는 용기를 가질 만큼 담대한 위인은 못 되었다. 늘 소심하고 부끄러움을 잘 타 스스로조차 주체 못할 적이 많았다. 그렇다고 절과 가까이 생활함으로써 속세와 등진 승려들을 동경한 탓이 아니었다. 도덕군자처럼 책을 읽고, 일본글까지 익혀야 하는 수고로움을 겪고, 스승이 저술을 마친 '사림과 절의사상'을 필사함은 자기 신분과 격에 맞지 않다고 판단 내려 출가를 결심하게 되었냐 하면, 그렇지 않았다. 헌병대에서 당한 고문과 영남유림단 단원으로서 앞날이 불안하여 스승으로부터 떨어져 나갈 핑계로 그런 마음을 갖게 된 것은 아니었다. 농사일이 하기 싫던 참에 불경을 통해 부처를 만나자 출가해야지 하고 마음먹은 결과는 아니었다. 농사꾼도 못 되고 군자도 못 된다면 차라리 의식주가 해결되는 선가가 제격 아닌가, 하는 일신의 잇속을 따져 출가 뜻을 굳히게 된 것이 아니었다. 선문에 귀의하여 구도에 정진하면 내세에는 극락에 들게 될 테고, 다시 환생한다면 종으로 태어나지 않겠거니, 하는 지금 신분을 억울해한 바람은 더더욱 가져보지 않았다. 그에게 그중 한 가지를 출가 동기로 집어낼 수 없었으나, 어쩌면 그 모든 이유가 촉매작용을 함으로써 그로 하여금 뜻을 굳히게 했을 수 있었다. 그러나 주율은 무엇보다 석가 설법의 본질인

사성평등(四姓平等), 즉 사람은 모두 평등하다는 주장과 살생, 폭력을 멀리한 평화주의(平和主義)와, 그 어디에도 치우치지 않고 극단을 피한 중도주의(中道主義)가 마음에 들었다. 무소유(無所有)의 신심으로 끊임없이 자신을 비우기 위해, 비움의 고된 수행을 거쳐 정각(正覺)에 닿게 됨이 자기의 평상심과 일치됨을 깨달았을 때, 그는 난마처럼 얽힌 사이로 뚫린 외줄기 길을 보았고, 그 길로 나아감만이 자기 뜻을 실천할 수 있다고 용기를 갖게 되었다는 해석 또한 제격일 터였다.

석주율은 속세를 떠난 출가만이 세속적인 그 어떤 번뇌도 씻어주리라 믿었다. 애당초 속세의 영화는 바라지 않은 그였다. 그러므로 우선 부모와 스승으로부터 떠나고, 망념으로 떠오르는 여자를 잊으면 되었다. 그가 출가를 결심했을 때, 마음속에 끓어오르는 희열감을 억누를 수 없었다. 오장육부를 녹여버릴 듯 뜨거운 기운이 발끝에서 머리끝까지 저몄다. 자신이 생각해도 놀라운 변화였다. 그런 황홀경은 일을 할 때도, 잠을 잘 때도 온몸을 달구었는데, 신열이 이틀째 계속되던 날이었다.

선돌이까지 끼어 다섯 식구가 둥글상에 둘러앉아 저녁밥을 먹을 때였다. 꽁보리밥 한 그릇을 먼저 비운 주율은 물김치 그릇에 정확하게 젓가락을 가져가는 선화를 물끄러미 바라보며, 부모가 식사 마치기를 기다렸다.

"아버지, 저는 승려가 될 겁니다" 하고 석주율이 말하자, 숭늉으로 입가심하던 부리아범은 그 말을 새겨듣지 못해 뚱한 눈길만 보냈다.

"오빠, 지금 뭐랬어?" 선화가 물었다.

"나, 승려가 되겠다 했어."

"글줄이나 읽더니 어찌된 게 아닌가?" 너르네가 놀랐다.

"머리 깎고 승려가 된다니깐요."

석주율의 당당한 태도에 식구는 말을 잊었다.

"어차피 농사꾼 되기 글렀고, 종 자식이 책 읽는다고 선비나 개화신사가 제게 당합니까. 출가만이 제가 갈 길입니다."

"네가 스님이 된다고? 허허, 생각이야 네 마음이지만 누가 널 스님으로 만들어준다던?" 부리아범이 어이없어했다.

"누가 권하거나 입적시켜주는 게 아니라 제 스스로 마음 굳혔습니다." 석주율이 자리에서 일어섰다. 태화강 둑으로 나가 열 받친 몸을 식히고 싶었다.

"네놈이 실성했다면 모를까, 참말로 들리지 않구나. 작은서방님도 알고 계시냐?" 너르네가 정색하고 물었다.

"서방님께도 말씀드릴 겁니다."

"네놈 시건방진 말을 쉬 허락하실 것 같으냐?"

"저는 이제 누구에게 매인 몸이 아니요, 서방님도 제 뜻을 꺾을 수 없습니다." 석주율이 쪽마루로 나섰다. 부모에게 그 말을 해버리자 목에 걸린 고름덩이를 뱉어버린 듯 시원했다. 바깥은 땅거미가 내렸고 천씨가 외양간 앞에 모깃불을 피우고 있었다.

석주율이 출가한다는 말은 너르네 입을 통해 곧 안채에까지 알려졌다. 어진이놈이 산채로 올라가 서책 들추더니 정신이 돌아버렸다고 왜자겼던 것이다. 허씨가 그 진위를 캐려 주율에게 직접 물었을 때, 그는 엄마 말이 사실이라 했다.

 이튿날, 석주율이 들일을 나가려 이른 아침밥을 먹고 났을 때였다. 백상헌이 반씨를 시켜 주율을 자기 방으로 불러들였다. 주율이 무릎 꿇어앉자 백상헌이, 무슨 이유로 중이 되려 하느냐고 물었다. 그는 첫 물음부터 주율의 발상이 가소롭다는 듯 따지고 들었다. 주율은 여러 책을 읽다 보니 불서를 들게 되었는데 크게 깨우친 바 있어 출가하려 한다고 말했다.

 "네놈 간뎅이가 보통 부은 게 아니군. 농사일이 싫고, 절이 공밥 먹여준다니 중이 되겠다고? 중이 아무나 되는 줄 알고, 중질이 쉬운 줄 알아?"

 "서방님께서 무슨 말씀을 하시더라도 저는 산문으로 들어가겠습니다." 백상헌의 호통에 석주율의 대답이 침착했다. 주인나리 앞에서 담대하게 말할 수 있다는 데 스스로도 놀랐다. 온몸이 확신으로 불붙어 예전처럼 어물거리거나 쭈뼛거림이 없었다.

 "네놈 말버릇이 언제부터 그렇게 변했어? 버르장머리없는 놈 같으니라고! 네놈이 어느 절로 기어들든 주지에게 통기해 승가(僧家)에 적을 못 두게 막겠어!"

 화가 치받친 백상헌이 주율의 뺨을 후려쳤다. 뺨을 맞고도 주율의 자세는 흐트러짐 없었다.

 "깊은 생각 끝에 결심했으니 부디 해량하여주십시오."

 "가세가 기울었다소니 네놈까지 날 우습게 보는구나. 그래, 네놈이 중질 하나 못하나 두고 보자!"

 백상헌은 홧김에 방문을 발길질로 열고 나가버렸다.

이튿날은 노마님 안씨가 석주율을 안방으로 불러들였다. 노마님은 주율에게, 무슨 사연이 있기에 출가의 뜻을 굳혔느냐며 맏아들과 똑같은 질문을 했다. 안씨는 빈정거리거나 분기를 띠지 않았다. 주율의 대답 또한 부모에게 말할 때나 큰서방님께 말할 때와 한결같았다.

"지난날 바깥어른께서 너를 두고 말씀하셨느니라. 어진이는 농사꾼 되기 무엇한 관상이라고. 좋은 말씀인지 나쁜 말씀인지 그때 내가 여쭙지 못했으나 이제 보니 네가 스님이 될 팔자였고나. 어질게 생긴 얼굴에 삭발하면 알밤 같은 머리가 잘 어울리겠다. 네뜻은 알았다만 선문의 세계는 사람 사는 세상과 선계 사이, 특별한 처소라 들었다. 쉽게 결정 내리지 말고 두고두고 생각해보거라." 안씨의 말이었다.

"마님, 고마우신 말씀입니다. 출가하더라도 안방마님의 너그러우신 은덕을 잊지 않겠습니다."

며칠 뒤, 백상충이 초당에서 울산 본가로 내려왔다. 들일하고 저녁때에 집으로 돌아온 석주율은 스승이 왔다는 소식을 들었으나 출타 중이었다. 날이 어두워져서야 학교 신축 공사 현장에서 돌아온 백상충이 석주율을 찾았다. 주율은 스승이 자신의 출가 말을 집안 식구들로부터 들었으려니 싶어 조마조마한 마음으로 안채에 들어갔다. 백상충은, 내일 함께 초당으로 올라가야 하니 그리 알라는 말만 했다.

이튿날, 아침밥을 먹고 나자 석주율은 어머니에게, 홑바지저고리 한 벌과 솜 넣은 겨울옷 한 벌을 찾아달라고 말했다. 삼복에 웬

솜옷이냐 듯 아들을 보던 너르네가 그제야 무엇이 짚였던지, "너이 길로 아주 절로 가려는가?" 하고 물었다. 꿇어앉은 주율이 머리를 떨구었다. "오빠, 정말 집에 아주 안 돌아올 거야?" 하고 선화가 물었다. 주율은 대답하지 않았다. 부리아범은 곰방대만 빨며 마당을 내다볼 뿐 아무 말이 없었다.

"이 자식이 이 길로 머리 깎고 스님이 된다니, 여태껏 네 사주 넣어 점쳤을 때 그런 말은 듣지 못했다. 이놈아, 이렇게 창졸간에 꼭 생이별해야 네 마음이 시원쿘냐? 하다못해 떡 한 시루 못 쪄내고 닭 한 마리 못 고아 먹이고 말이다. 임자도 꾸어다 놓은 보릿자루로 앉았지 말고 무슨 말이든 하구려." 너르네가 삿자리 바닥을 치며 하소했다.

"제 좋아 출가하겠다는 걸 어찌 막아. 절에서 받아만 준다면 종살이 면하고 제 입은 살겠지. 언제 우리가 늙마에 자식 덕 보겠다고 키웠나. 늙어 눈감으면 어진이가 저승길이야 편케 인도하겠지." 부리아범은 쓸쓸한 얼굴로 아들을 멀거니 보더니, 도화골 논으로 나가봐야겠다며 엉덩이를 일으켰다.

작은서방님 모시고 어서 떠나야 한다는 아들 채근에 너르네는 하는 수 없이 빈대똥이 덕지덕지 앉은 장 앞으로 돌아앉아 자식 옷을 챙겼다.

백상충과 석주율은 솟을대문을 나섰다. 아침부터 더위가 쪄오고 느릅나무에 앉은 매미가 찢어지게 울었다.

"어진아, 자주 집에 올 거지? 이 길로 영 떠나는 건 아니지?" 너르네가 솟을대문까지 쫓아오며 울먹였다.

석주율은 대답 없이 스승 뒤를 따랐다. 그는 산문으로 들어가는 마당에 세상잡사를 잊어야 했고, 혈육의 정부터 끊어야 한다고 마음을 다죄었다. 기쁘지 않았고 슬프지도 않았다.

10리를 걷고 20리를 걸을 때까지 백상충은 석주율에게 아무 말도 하지 않았다. 백립초당에서 읍내로 함께 나들이를 할 때면 갓골 함선생 집이나 진목나루터에 사는 백상면 재종형 댁에 들르곤 했는데 이번은 그런 일도 없었다. 자신의 출가를 알고 있음에도 말을 걸지 않는 스승의 침묵이 주율은 두려웠다.

이튿날, 아침밥을 먹고 석주율은 사랑으로 건너가 스승이 들기를 기다렸다. 백상충이 사랑으로 건너와 책상 앞에 앉자, 주율은 무릎 꿇고 밤새 잠을 설쳐가며 작정했던 말을 꺼냈다.

"스승님, 그동안 스승님이 베푸신 은덕을 어찌 갚아야 할지 모르겠습니다만……" 수십 차례 연습했건만 입 떼기가 어려웠다. 부모나 큰서방님 앞에서는 쉽게 트이던 말문이 스승 앞에서는 명치가 막혔다.

"말을 하려무나."

"이제 스승님 곁을 떠나 출가하기로 결심했습니다. 배은망덕한 소치라 여기실 줄 아오나 아무래도 학문 쪽보다 제 마음이 도량(道場) 쪽으로 기울음을 어쩔 수 없었습니다. 몇 달 동안 깊이 생각한 끝에…… 스승님, 허락해주옵소서."

"그래에?" 백상충이 무심한 표정으로 공허한 말을 흘렸다.

"스승님이 비천한 종을 어여삐 여겨 학문을 교시했을 때, 저는 세상에 다시 태어난 기쁨을 누렸고 평생 스승님을 옆에서 모시려 했으나……" 석주율은 목이 메어 말을 잇지 못했다.

"그런 말은 듣고 싶지 않다. 내 본가로 내려가 형님한테 네 말을 들었을 때, 너를 붙잡으려 생각지 않았다. 내가 형님 분기를 달랬지." 백상충이 처연한 목소리로 말을 이었다. "내 장성하고 보니 국운이 기울어 바깥으로만 나돌다 성치 않은 몸으로 낙향해서 그동안 산중 거처를 했다. 그러다 너를 옆에 두었고, 네 또한 총명하기에 제자를 거둔다는 마음으로 글을 가르쳐왔던 게다……"

석주율은 격정을 참지 못해 넙죽 엎드려 어깨를 들먹였다. 그는 지금이라도 출가를 포기하고 계속 스승을 받들어 모시겠다는 말이 혀끝에 맴돌았다. 평생을 두고 뉘우칠 죄를 스승에게 짓고 말았다는 괴로움이 그의 마음을 휘저었다.

"지금 와서 돌이켜보면 내가 네게 학문을 전수함이 얕은 냇물을 쉽게 건너게 함이 되고 말았구나. 이는 내가 불가의 그 무량한 세계를 무시함이 아니라, 네가 학문 초입에서 빨리 네 갈 길을 선택했다는 말이다. 네 지혜가 아직은 여물었다 볼 수 없으니 그런 결정은 햇수를 두고 생각해도 되련만…… 어쨌든 이 또한 내 부덕(不德)함의 소치로다."

"스승님 제 마음은……" 석주율이 얼굴을 들었다.

"말하지 않아도 알겠다. 지금 네 마음이야말로 장자의 양생주(養生主)와 같을 것이다. 장자는, 아는 것을 버리고 마음이 움직이는 대로 따름을 순리라 했다. 설령 내가 너와 함께 나갈 길이 있다 해도, 어떻게 원하는 그곳에 함께 도달할 수 있겠는가. 목적지에 도달하는 게 불가능함을 알면서 억지를 쓰는 일을 장자는 미혹(迷惑)

이라 했다. 숙고 끝에 갈 길을 정했다면 그 길로 가는 것이다."

"스승님, 고맙습니다."

"그렇다면 어느 문중을 택할 텐가?"

"표충사로 갈까 하옵니다. 표충사가 대찰이라 선학원이며 경학원이 있어 선택했습니다."

석주율은 출가 때 택할 절을 미리 정해두고 있었다. 동운사도 생각해보았으나 말사라 배움과 수양 공간이 협소했다.

"알았다. 네가 정한 날에 떠나도록 하거라."

석주율이 절을 하고 사랑에서 물러 나왔다. 그는 헛간 앞에 세워둔 지게를 지고 연화산으로 올랐다. 표충사로 떠나기 전에 땔감을 부지런히 해다 놓을 작정이었다.

석주율은 사흘 동안 책을 덮고 아침부터 저녁까지 연화산 놀드리를 오르내리며 하루 몇 지게씩 땔감나무를 해다 날랐다. 스승의 승낙이 떨어진 마당에 표충사로 떠난다는 생각만 해도 어깨에 날개를 얻은 듯 몸이 가벼웠다. 자신이 떠나면 나무해 올 장정이 없으니 겨울날 땔감을 쟁여두자는 속셈이었다.

나흘째 되는 날, 석주율은 아침밥 먹고 나자 여장을 꾸렸다. 괴나리봇짐에 스승으로부터 얻은 책 몇 권과 집에서 가져온 옷을 챙겼다. 그가 초당에서 아주 떠남을 알고 있던 조씨가, 요긴할 때 쓰라며 돈 5원과 버선 두 켤레를 선물로 내렸다.

"주율아, 나는 아직도 어진이라 부르는 게 더 정답구나. 내 시집 왔을 때 대여섯 살 된 네 귀여운 동안(童顏)을 본 게 엊그제 같은데 이렇게 장성하여 출가하는 너를 보게 되다니. 부디 사해중생을 제도하는 대덕(大德)이 되거라."

"마님 말씀 마음에 새기겠습니다. 옥체 보전하옵소서."

석주율이 마루로 나서니 백상충이 뒷짐지고 마당에 섰고, 분이는 부엌 문설주에 기대어 훌쩍였다.

"스승님, 떠나겠습니다."

"가을걷이 끝날 때쯤 표충사로 나설 것이다. 이 서찰을 주지스님께 전하거라."

"곽서방님 편에 소식 종종 올리겠습니다. 강령하옵소서."

석주율은 혈혈히 사립문을 나섰다. 오솔길로 등성이를 넘어 동운사에 들러 승려들에게 두루 인사했다. 주율이 표충사로 출가함을 알고 있던 주지승과 법해, 벽안이 그의 불문 귀의를 송축해주었다. 탁발승이 된 정길행자와 속복행자로 수행 중인 돌쇠가 이별을 섭섭해했다. 주율이 조실승을 찾았다.

"스님, 작별 인사드리러 왔습니다."

방문이 열리고, 조실승이 주율을 물끄러미 바라보았다.

"석처사, 여여(如如)라는 말을 들었는가?"

"움직이지 아니한다는 뜻입니다."

"선정(禪定)할 때 여여에서 깨달음을 얻게."

석주율은 조실승이 자신의 출가를 못 미더워하고 있다고 생각했다. 여여로 마음을 단단히 붙잡아매라고 이르신 것이다.

석주율은 혈혈히 길을 떠났다. 그가 동운사로 처음 가기가 작년 초복 무렵이었으니 1년 석 달 만에 혼자 떠나는 셈이었다. 그때야말로 동서조차 구별 못했던 까막눈인 자신이 1년 남짓 사이 출가를 결행하게 되리란 꿈에도 생각지 않았다. 찰나와 같은 이승살이라 할지라도 사람의 가는 길이 한치 앞을 내다보지 못한다는 말을 실감했고, 앞으로 도량 수행에 잘 적응할까 적이 불안하기도 했다. 그는 표충사 주지승이나 방장승이 자기를 법문에 받아주지 않을 경우도 생각해두었다. 방장승이 주율이란 작명까지 내렸으니 그럴 리 없겠으나, 천에 하나 입문을 허락하지 않을 때는 부목꾼으로 절에 머물게 해달라 간청할 작정이었다. 불목하니로 일하며 심신을 닦으면 언제인가 출가를 허락하려니 믿었다.

석주율이 쏟아 붓는 물이 정강마루까지 차는 대곡천을 건너자, 작년 표충사로 첫걸음할 때 스승을 업어 건넌 일이 떠올랐다. 내 출가하여 대덕이 못 될지언정 스승의 한량없는 은혜는 평생 잊지 않으리. 주율은 짙은 숲에 가려 보이지 않는 동운사 산마루를 돌아보며 중얼거렸다.

반곡리 고하골을 저만큼 두고 직동리로 걷게 되자, 너에게 학문을 이기겠다며 초당 책을 부지런히 빌려가던 김기조가 생각났다. 탐심 많은 그로부터 멀리 떠나게 됨도 그로서는 마음 홀가분했다.

석주율이 간월재를 넘어 표충사 어귀에 다다랐을 때는 해가 정각산 너머로 기울어 있었다. 놀빛을 좇아 갈가마귀 떼가 자욱 날았다. 일주문을 거쳐 수충부로 들어서자 좌우 사천왕의 눈 부릅뜬 표정이 속세의 진을 뽑겠다는 듯 주율을 쏘아보았다. 안주할 처소를 찾아왔다는 기쁨과, 한편으로 가슴 설레는 두려움을 어쩔 수 없었다. 그는 전처럼 관리소를 거치지 않고 곧장 주지실부터 찾았다. 주지승이 교무승을 접견하고 있어 그는 스승이 준 서찰을 쥐고 뜰에서 기다렸다.

"울산 석처사로군. 어서 오게나."

방으로 들어간 석주율은 스승 서찰을 주지승께 주었다. 서간을 읽고 난 주지승이 고리눈으로 그를 보았다. 굵은 목줄기와 벌어진 어깨에 위압당한 석주율이 조마조마한 마음으로 하명을 기다렸다.

"출가하겠다고?"

"예." 석주율이 고개를 숙였다.

"처사의 근기를 모르니 무어라 말할 수 없구나."

주지승이 요령을 흔들어 옆방 시자를 부르더니, 석처사를 요사로 데려가라 일렀다. 주율은 얼떨떨한 마음으로 주지실에서 물러나왔다.

*

표충사로 와서 닷새를 보낼 동안 석주율은 홀려도 크게 홀린 마음이었다. 자신이 어디에 있는지 알 수 없었다. 그가 홀렸다는 느낌을 받기는, 불가의 무상한 세계에 몇 달 동안 정신없이 현혹되어 자신의 실체마저 잊어버리지 않았나 하는 당혹감이었다. 출가도 하기 전에 벌써부터 미망(迷妄)에 빠져버린 꼴이었다. 그가 동운사에서 정길행자에게 들은 바로, 입산자는 그날이나 그 이튿날로 행자반장이나 교무승에게 맡겨 출가자로 자격이 있나 없나를 알아보는 근기 시험이 있다 했다. 심신의 강단을 알아보려 두세 시간 무릎 꿇어앉혀 놓고 염라대왕이 심문하듯 준엄한 질문이 계속된다는 것이다. 1차 시험에 합격하면 행자실로 입방식(入房式)이 행해지는데, 입방식이란 2차 시험에서 인내력 검토가 꽤 까다롭다 했다. 2차 시험까지 합격해야 비로소 속복행자가 되는 셈이었다. 주율은 두 관문 통과를 앞두고 요사에서 첫날밤을 거의 뜬 눈으로 새우며 긴장했는데, 일이 그런 순서로 풀리지 않았다. 닷새 동안은 무위도식의 나날이었다. 공양 시간이면 줄을 선 속복행자 사이에 끼어 바리때 들고 공양밥을 타먹는 외, 어느 누구도 그를 간섭하거나 눈여겨보지 않았다. 인근 말사에서 왔거나 의탁 교육승을 제외하고 표충사 승적을 가진 중만도 일흔여 명이 경내에 머물었으나 모두 제 소임만 했지 그가 있는지 없는지, 무심히 보았다. 주지승이나 방장승도 그를 찾지 않았다. 주지승과 방장승은 자기 소임도 넘쳐 한낱 출가 희망자를 달리 찾을 리도 없었다. 주율도 그들이 자기를 벌써 잊었다고 생각했다. 그는 누구에게 함부로 말을 걸기가 어려웠다. 말을 걸기 어려운 점은 그가 표충사로 와서 관찰 끝에 터득했으니, 속세 대중을 친견하는 승려나 그렇지 않을까, 수행하는 승려는 모두 말이 없었고 동작이 굳어 있었다. 훈련 받는 병정이 그러하듯 규율이 엄격했다. 걷는 자세, 참선하는 자세, 공양하는 자세, 잠자는 자세까지 계율대로 움직였다. 희로애락의 인간적인 모습이 빠져버린 생활이 바로 산문이구나 하고 마음에 새겼다. 그는 누군가 자기를 불러주기까지 낮 시간은 선방에서 참선과 독경으로 보냈다. 열여덟 해를 살아온 동안에 지은 크고 작은 죄를 참회하는 과정에서 세속의 몸과 마음을 한 겹씩 비워내려 정신집중에 노력했다. 그러나 가족 생각에서부터 농사일과, 심지어 삼월이 얼굴까지 떠올라 그 망상을 지우기가 고역 스러웠다. 행랑자식은 불문에 둘 수 없다는 이유로 하산하라는 말이 떨어질까 두려웠고, 그런 뒷조종을, 스승이 주지승에게 보낸 서찰에 쓰지 않았을까 염려되었다. 스승의 서찰이, 며칠 두고 보다 잘 타일러 돌려보내면 옆에 두고 학문에 조력케 하리라는 내용이라면 표충사로 찾아온 걸음부터가 잘못이었다. 아니면, 큰서방님이 자신의 표충사행을 알고 미리 손을 써서 훼방놓고 있지 않나 하는 의심도 들었다. 내가 왜 출가하려 했던가? 이 질문만도 열에 들떴던 몇 달의 시간이 햇빛을 받자 금세 증발해버리는 증기이듯, 증기 알갱이마다 충일했던 석가모니로 향한 사모의 정이 허무하게 사라졌다.

석주율이 표충사로 오고 엿새째 되던 날 낮이었다. 그날도 그는 선방 구석 자리에 가부좌하고 있었다.

"처사." 누군가 말을 걸었다.

석주율이 눈을 떴다. 정적 일순을 가르고 매미 울음소리가 귀 따갑게 들렸다. 삼복의 찌는 날씨라 그의 옷이 땀으로 젖어 있었다.

"행자반장님이 부르십니다." 석주율은 그길로 응법사미(應法沙彌)를 따라 만일루로 내려갔다. 행자반장 일타가 가운데에, 젊은 승려 여섯이 좌우로 가부좌하고 있었다. 정토왕생(淨土往生)에 귀의하는 1차 근기 시험장이었다. 석주율은 그들 앞에 허리 세워 꿇어앉았다. 행자반장은 세수 서른 중반으로 인상이 차돌로 빚은 듯한 강골형이었다.

시험은 두 시간에 걸쳐 실시되었다. 일곱 명이 석주율에게 숨돌릴 틈도 없게 질문을 퍼부었다. 주율이 떠듬거리며 흉중에 새겼던 생각을 대답했다. 그는 자세의 흐트러짐이 없어야 했기에 처음에는 다리에 쥐가 났고, 무릎이 결리고, 등줄기가 타듯 당겼다. 땀으로 한 겹 삼베 등거리와 몽당바지가 물걸레가 되었다. 단전자세로 배꼽을 받친 두 손을 움직일 수 없었다.

그날 밤, 저녁공양 뒤에 행자실에서 석주율의 입방식이 행해졌다. 속복행자와 예비행자 열여덟 명이 좌우로 좌선한 가운데, 주율이 아랫목에 앉았다. 역시 무릎을 꿇었는데 한여름에 웬 군불인지 방바닥이 끓었다. 발등이 불에 덴 듯 뜨거웠다. 그렇다고 자세를 바꿀 수 없었다. 그는 행자반장으로부터 사미십계(沙彌十戒)를 받았다. 계율문(戒律門)으로 들어감에는 행자반장이 먼저 말하면 주율이 세 번을 따라 복창해야 했다. 첫째, 살생하지 말라. 둘째, 도적질하지 말라. 셋째, 음행하지 말라. 넷째, 거짓말하지 말라. 다섯째, 술 마시지 말라. 여섯째, 향화만(香華鬘)을 입거나 향을 몸에 바르지 말라. 일곱째, 스스로 노래 부르거나 춤추지 말며, 가서 보고 듣지도 말라. 여덟째, 고광대상(高廣大床)에 앉지 말라. 아홉째, 때아닌 때 먹지 말라. 열째, 금은보물을 갖지 말라.

사미십계를 받자 다음은 위의문(威儀門) 순서였다. 위의문에는 24과, 총 284가지나 되는 계율이 있었다. 제1과 대사문(大沙門) 공경하는 법 5조에서, 제24과 가사(袈沙)와 발우(鉢盂, 바리때) 이름과 모양 8조까지였다. 그중 제13과는 뒷간 가는 법에도 16가지 계율이 있었고, 제15과는 불 쬐는 법 4가지, 제19과는 걸식하는 법이 9가지였다. 예비행자에게 주어지는 절대 규칙인 284가지나 되는 계율을 세 번씩 큰 소리로 복창하자니 주율은 목마름으로 소리가 잠겼다. 무엇보다 발등과 무릎에 닿는 뜨거움을 견디기가 고역이었다. 그러나 헌병대 고문에 비길 바 아니어서 자신을 다잡았다.

위의문을 익히는 순서가 끝나자, 주율의 소유물인 괴나리봇짐이 행자반장에 의해 행자들 앞에 공개되었다. 좌우에 정렬하여 좌선한 행자들이 호기심에 찬 눈으로 괴나리봇짐에 무엇이 들어 있나 하며 목을 빼고 넘겨다보았다. 책 다섯 권, 여름옷 두 벌, 봄가을 겹옷 두 벌, 솜 넣은 겨울옷 두 벌, 그리고 속옷과 버선 따위였다. 행자들은 의외로 단출한 내용물에 실망한 눈치였다. 그의 소지품은 여름옷 한 벌과 『천수경』한 권만 남기고 관물 담당자에게 넘겨졌고, 작은마님이 준 돈은 행자반장이 맡아두겠다 했다. 그로써 세 시간에 걸친 입방식이 끝났다. 좌선해도 좋다는 행자반장 허락이 떨어져 주율이 무릎을 풀자 발등은 이미 화상을 입었다. 행자실 입방식은 출가자를 두셋 모아 한 달에 두 번꼴로 실시된다 했는데, 그날은 주율 혼자 입방식을 치렀다.

표충사 속복행자가 된 석주율은 행자로서 잘못을 범했을 경우 경책을 받겠다는 서약서를 썼다. 행자실 입방과 더불어 당장 외워야 하는 것이, 행자 수칙 중에서도 식사하는 마음가짐 다섯 계율이었다. 첫째, 計功多少量彼來處(이 음식은 어디서 왔는가)에서부터 다섯째, 爲成道業應受此食(진리에 도달하고자 이 음식을 받습니다)까지의 계율은 행자들이 긴 탁자에 앉아 음식을 받을 때마다 합장하여 외게 되어 있었다.

석주율에게 처음 정해진 부서는 관례에 따라 후원(부엌) 집기 닦는 소임이었다. 그릇을 씻고 닦을 때는 그릇 부딪치는 소리를 내어선 안 되었다. 만약 그릇 부딪치는 소리가 나면 경책자에게 문책받거나 죽비공양을 당하며 참회의 시간을 가져야 했다. 그릇을 씻고 남은 찌꺼기는 수채에 버리지 않고 모아서 영지(靈池) 물고기밥으로 주었다.

선문도 이승을 살 동안 인간이 공동 생활하는 처소라면, 출가자가 집단 안에서 처음 겪는 일상은 어느 곳보다 제약이 많았다. 출가란 속세와 인연을 끊는다는 다른 말일진대, 거기에 상응할 만큼 인고가 따랐다. 먼저 익히게 되는 것이 괴까다롭기 짝이 없는 절 예절법과 행자 및 승려에 대한 예절법이었다. 가짓수가 많아 외기 힘들었고 실천하기도 쉽지 않았다. 꾸밈없이 몸에 배야 하는데, 그러자면 시간이 걸렸다. 소리 내어 밥 씹지 말라, 아무리 바쁜 일에도 뛰지 말라, 신발 벗을 때는 단정하게 놓아라는 따위는 조심성과 눈치로 지킬 수 있는 일이라 어렵지 않았다. 속복행자가 되고 처음 한 달 동안은 사시공양(점심밥) 이후 저녁공양을 못하게 되어 있었다. 속복행자에게도 저녁공양을 허락하는 절도 있는 모양이지만 표충사는 오불식이 행해졌다. 속복행자는 대체로 빈농 출신자가 많아 입산 전에도 한 끼니쯤 굶기야 다반사여서 이를 못 참는 속복행자는 없었다. 주율도 저녁끼니 거르기는 잘 견뎠으나, 신체적 시련은 절하기였다. 처음 일주일 동안은 날마다 후원 소임을 마친 뒤 대광전에서 삼천 배씩 석가모니불에 절을 해야 했다. 새벽 세시 반 타종과 함께 잠자리에서 일어나 밤 아홉시 저녁예불을 마치기까지 손 접어 앉았을 짬 없게 각다분해진 몸으로, 저녁

밥조차 굶은 채 신새벽에 삼천 배 절이란 단련이 안 된 몸으로는 고역이 아닐 수 없었다. 허리가 끊어져라 아프고, 등줄기가 당기고, 무릎에 멍이 들었다. 주율 역시 코피를 쏟았고 중심을 못 잡아 비틀거리기 일쑤였다. 낮 동안 끊임없이 달려드는 수마(睡魔)와의 싸움도 고역이었다. 잠이라곤 불과 네 시간 채 못 자 누구나 낮 동안은 소임 부처에서 일을 하며 졸기 일쑤였다. 저녁예불 뒤 삼천 배 절을 하다 그대로 엎드린 채 곯아떨어지는 사미도 없잖았다. 일주일 뒤부터 절이 일천팔십 배로, 절반 가까이 줄어들었을 때는 뙤약볕 아래 돌밭을 무릎걸음 하다 두 다리로 걷게 된 만큼 몸이 가벼웠다. 한 달 동안은 염불 소리 이외 일절 말을 못하게 되어 있었는데, 묵언 또한 쉽지 않아 늘 긴장하지 않으면 자기도 모르는 사이 말이 터졌다. 말을 하면 경책이 내려졌다.

석주율이 보름을 무사히 넘기자 간상장(사부대중의 상차림 하는 후원)으로 옮겼는데 그 소임은 집기 닦기보다 고되었다. 생코피 터지게 바쁜 곳이라 하여 무간지옥장(無間地獄場)으로 불리는 간상장은 속복행자들이 외는 『천수경』 염불 소리가 그치지 않았다. 졸음을 이겨내고 묵언을 달래며 피곤함을 쫓기 위해 무의식적으로 외는 염불 소리였다. 간상장 일이 얼마나 고됨은, 소임을 더 견뎌내지 못해 보따리 싸서 하산하는 자가 비일비재함에도 잘 나타났다. "사미 자격이 없어. 하산해 대중불자로 부처님을 받들게." 행자반장 결정이 떨어지면 그것으로 끝이었다. 한편, 부모 말을 좇아 신념 없이 입산했다 정신력과 체력이 견뎌내지 못해 하산을 자청하는 사미도 있었다. 주율은 자기보다 먼저 행자실로 들어온 자 중 하산하는 사미를 여럿 보았다.

석주율이 간상장으로 소임처를 옮긴 지 열흘째, 그는 건어물 등짐을 지고 후원에 들른 곽돌을 만난 적이 있었다. 주율은 순간적으로 출가자란 신분을 잊을 만큼 그가 반가웠다. 백립초당을 거쳐왔을 테니 이것저것 묻고 싶은 말이 많았으나 속복행자로 계율에 묶였기에 입을 뗄 수 없었다. 출가한 몸으로 속세 사정을 들어본들 잡념만 생길 뿐이었다. 주율은 곽돌을 대면하기 멋쩍어 행자실로 자리 뜨려 하자, "석군, 보게나" 하고 곽돌이 불렀다.

"네가 중이 되기로 결심한 동기가 뭐냐?" 곽서방 물음에 그는 할 말이 없었다. "표충사가 호국불교 성지라 이 절을 찾아왔나?" 석주율이 대답하지 않았다. "도 닦겠다고? 일신의 평안만 좇다 혼자 극락왕생 잘하게."

"그게 아니라……" 석주율이 중도에 말을 끊었다.

"나름대로 뜻을 세웠겠지. 백선다님께 네 출가 동기를 듣고 가소로웠다." 곽돌이 비웃었다. 주율이 황황히 걸음을 돌리자, "율포 사는 네놈 누님도 중이 됐다는 소식 듣더니, 하필이면 선문에 들었냐며 원망하더군."

석주율은 대답 않고 행자실로 걸었다. 곽서방이 어떻게 율포누님을 알고 있는지 궁금했으나 그는 속세 일에 관심을 두지 않기로 했다.

속복행자들이 후원 소임처를 두세 곳 옮겨다니며 견습 사미로서 한 달을 채우면, 일단 출가자로 첫 관문을 통과하는 셈이었다. 일정한 시험을 거쳐 행자수계식(行者受戒式)을 치르게 되는데, 주율에게는 한 달을 채우고도 수계식이 행해지지 않았다. 어느 날, 주율이 아침예불을 마치고 대광전을 나섰을 때, 행자반장 일타가 그를 불러 세웠다. "자네와 비슷하게 행자실에 입방한 다른 사미들은 수계식을 가졌으나 자네만은 좀더 견습해야겠어. 자네 눈을 보면 아직 속세 잡념을 못 끊어 마음이 욕계화택(欲界火宅)을 떠돌고 있어. 그런 마음으로 삭발하고 가사 걸쳐본들 유랑 잡승밖에 더 되겠나." 일타가 횅하니 그의 앞을 떠났다. 제가 어찌 다른 속복행자보다 잡사에 마음을 팔고 있단 말입니까. 산문이 아니라면 여쭙고 싶었으나 주율은 분기를 눌러 참았다. 행자수칙이 그럴진대 선험자 말을 감로로 받들어야 했다.

행자실에 입방한 지 한 달 사흘째 되는 날, 석주율은 간상장에서 채공장으로 옮겨 반찬 만드는 일을 보조하게 되었다. 채공장 일은 간상장의 나무 해다 나르고, 쌀 씻고, 밥 짓고, 밥 푸고, 상 나르는 일보다 수월했다. 절 반찬이란 게 간단하여 백김치 담고, 나물 다듬어 삶은 뒤 간을 보아 무치는 일이 대부분이었다. 국 끓이는 갱두장과 찌개 만드는 찌개장이 따로 있어 그 일은 채공장의 소관이 아니었다.

산문의 가을은 평지보다 일찍 찾아왔다. 사자봉과 수미봉 산마루는 철 이르게 물든 단풍이 붉게 타올랐다. 아침저녁 나절로 싸늘한 기온이 홑옷을 뚫어 살갗에 차갑게 닿았다. 석주율에게는 아직도 묵언 해제의 허락이 떨어지지 않아, 그는 혀가 군기라도 할까봐 『천수경』을 부지런히 읊었다. 찌개장에서 보름을 보낼 동안도 행자반장은 주율에게 수계식에 대한 말이 없더니 열엿샛날, 그에게 사부대중들만 사용하는 대소사관(변소) 청소 소임을 새로 맡겼다. 대소사관을 맡았던 속복행자가 보따리 싸서 하산한 이튿날이었다. 대소사관 소임은 싹수 없어 보이는 사미에게 하산 방편용으로나, 여러 차례 경책당한 자에게 맡겨지는 굴욕적인 소임처였다.

단풍 절기가 시작되자 산자수명한 절을 찾아 소풍객이 몰려들었다. 절은 늘 사부대중으로 들끓었다. 석주율은 하루 내 대소사관 앞에서 대기하며 그들이 함부로 배설하여 더러워진 오줌독을 걸레질하고, 대사관 마룻바닥을 밥상같이 닦았다.

"이놈아, 오줌독에 버캐가 덜 닦였잖아. 대사관 벽에는 파리똥 자국이 그대로 있고. 네놈이야말로 절옷 걸친들 돌중밖에 못 되어. 일하기 싫거든 당장 보따리 싸서 내려가!" 행자반장이 하루 서너 차례씩 대소사관에 들러 땡고함을 질렀다.

석주율 몸에서는 늘 지린내가 났고 손을 씻어도 퀴퀴한 냄새가 가시지 않았다. 이틀에 한 번씩 똥구덕에 찌꺼기가 남지 않게 똥오줌을 퍼내어 거름밭에 나르는 일도 그의 소임이었다. 일주일이 지나자 그는 똥이 똥으로 보이지 않았고 냄새조차 나지 않았다. 대소사관 소임이 한결 수월해져 승방을 청소하거나 부뚜막을 닦는 소임과 다를 바 없었다.

"이제야 똥이 떡으로 보이는지 혀로 바닥을 핥아도 될 만큼 정결케 해놓았군. 이 다음 너도 말사 주지쯤 되면 불자들이 시주를 들고 찾아오겠지. 그럼 이렇게 말해. 소승이 한 시절 대소사관 소임을 볼 때 똥이 떡으로 보이더라고 말야." 행자반장이 껄껄거렸다. 일타는 그날에야 나흘 뒤 자네 수계식이 있을 거라 일러주었다.

사부대중 대소사관 소임을 맡은 지 열이레째 되는 날, 석주율에 게 행자수계식이 거행되었다. 사흘 동안 날마다 삼천 배 절을 해 야 했고, 그동안 익힌 염불과 예절법 시험을 거쳤다.

"이제 이 세상의 무상(無常) 속에 덧없음을 알았겠거니, 영원한 진리의 길로 떠나거라." 행자반장을 필두로 여섯 달 넘은 행자들 이 참석한 수계식에서 주지승이 한 말이었다.

이튿날부터 정식으로 행자 교육을 받게 된 석주율은 고생한 보 람 끝인지, 아니면 예정된 순서인지 각단(各壇) 중에서도 가장 좋 은 자리라 일컬어지는 방장실 견습시자로 뽑혔다.

법명이 무장(無藏)인 방장승에게는 삭발승 젊은 시자가 있어 늘 그림자처럼 노승 곁을 떠나지 않았다. 그 좌우로 법랍 15년 넘는 시봉승이 넷 있었다. 우 시봉승 중 하나는 무장승의 만행을 몸소 닦는 수제자격이었고, 다른 하나는 승적이 속리산 법주사이나 은 사승 모시기를 자청해 표충사에서 이태째 머무는 학인승(學人僧) 이었다. 좌 시봉승 둘은 무장의 선문비술(禪門秘術)을 전수 받으려 는 의승(醫僧)이었다. 의승 둘은 의중당에서 낮 시간을 보내며 방 장승을 도와 병고에 시달리는 중생을 보살폈다.

나이 쉰에 접어든 의승 각공은 무장 아래 의술을 배우기 십수 년이라 환자에게 침과 뜸, 처방전을 내렸다. 그 밑의 의승 정혜는 의술에 입문한 지 8년째라 각공을 돕고 있었다. 주율은 정혜 아래 견습시자가 된 셈이었다. 그는 다른 행자들과 함께 강원에서 오전 두 시간과 오후 두 시간 강의를 받았다. 교육과목은『초발심자경 문』『사십이장경』『유교경』『반야심경』이었다. 주율은 동운사에서 그런 책을 빌려 읽었던 터라 이해가 빨랐다. 다른 행자들은 부족한 한문 공부를 별도로 해야 했기에 후원 시절이 그립다 할 만큼 공부를 따라가려 잠자는 시간조차 아껴야 했다. 사흘에 한 번씩은 특별 강의가 있었다. 교무승이 담당한 원효대사의 '대승사상(大乘思想)'이었다. 교무승 자명의 강의는 원효의 선사상에만 매이지 않고 선문과 속세를 넘나들며 대사가 남긴 일화를 아울러 소개해, 배우는 행자들이 모두 재미있어했다. 특히 무열왕 딸인 과수댁 요석공주와 맺은 속세 인연도 숨기지 않았고, '모든 일에 거리낄 것 없는 사람(부처)이라야 생사에 헤매는 번뇌에서 벗어나리로다(一切無㝵人 一道出生死)'란 어록을 소개하기도 했다. 교무승은 학승으로 박식했고 화술이 좋았다. 어떤 대목에 이르면 웅변조 설법으로 좌중을 압도했다. 원효의 설법을 빌려 일본의 속박 아래 놓인 조선 불교 현실과 중생 제도를 역설할 때는 행자들이 호국불교의 참뜻에 감복당했다. 표충사는 원효대사가 창건한 사찰이라 그 강의가 행자들에게는 더욱 감명 깊었다. 강의를 받는 네 시간을 뺀 나머지 낮 시간 동안 행자들은 자기 소임처인 각단으로 흩어졌는데, 석주율은 의중당과 방장실을 도다니며 큰 승려들을 도왔다.

*

백상충이 표충사로 오기는 가을이 깊어서였다. 만산홍엽으로 타오르던 떨기나무 잎이 지고, 추수 끝난 횅한 들을 아쉬워하듯 참새 떼가 묵정논에서 저물도록 놀던 어스름녘이었다.

백상충이 방장승을 만나러 방장실로 인사 왔을 때, 석주율은 방 바닥을 걸레질하다 스승을 맞았다. 방안에는 등잔불이 켜져 있었으나 노승은 저녁 포행을 나가고 없었다.

"스승님, 어서 드십시오." 석주율이 합장하여 스승을 맞았다. 백립초당을 떠난 지 어느덧 석 달을 넘기고 있었다.

"그동안 잘 있었느냐."

"열심히 불도를 닦고 있습니다. 마님도 안녕하시온지요?" 석주율이 보기에 스승 얼굴이 예전보다 수척했다.

"모두 잘 있다. 네 속세 부모도 잘 계시고."

주율이 반석을 내놓자 백상충이 두루마기 자락을 걷고 가부좌하여 앉았다.

"제가 얼른 방장스님을 모시고 오겠습니다."

"곧 오시겠지." 백상충이 무심한 얼굴로 주율을 건너다보았다. "그래, 그동안 불심이 많이 자랐는가?"

"이제 초입에 들었습니다."

반쯤 열린 문밖에 인기척이 나고, 시자가 방장승을 모시고 왔다. 백상충이 일어나 마루로 나서 그를 맞았다. 주율은 걸레를 들고 방에서 물러 나왔다. 방장승이 방으로 들어와 앉았다.

"백처사, 오랜만이야."

"집 아이를 거두어주셔서 고맙습니다."

"저 애도 인욕(忍辱)이나 닦는 거지 뭐."

"스님 근력은 여전하오신 듯합니다."

"내가 내 피륙에 침을 꽂아 육신을 겨우 지탱해. 국치 이전에 입적해야 하는데, 때를 놓쳤어." 방장승이 편안하게 웃었다.

백상충이 표충사에 도착한 그날, 낮부터 옷갓한 선비들이 하나
둘 모여들기 시작하여, 어둠이 내려 장명등에 불이 밝혔을 때는
열여섯에 이르렀다. 그들은 작년 햇곡 무렵에 모인 영남유림단 실
무요원들이었으나 그중 셋은 기골이 늠름한 낯선 장정이었다. 둘
은 개화머리의 총각이었고 하나는 나이 좀 든 상투잡이였다. 유림
단 실무요원들은 지난번처럼 하인을 달고 오거나 말을 타고 온 자
가 없었다. 모두 단출한 홀몸이었다.

해가 있을 때 당도한 장정 셋과 실무요원 몇은 교무승 상좌의
길 안내를 받아 서상암으로 떠났다. 서상암은 표고 1천2백 미터에
이르는 사자봉을 바라보고 금강서천을 따라 가파른 에움길로 오
르기 5리, 금강폭포 너머 사자봉 서남 기슭 높드리에 있었다. 나머
지 객들은 수인사만 나누고 요사와 승방에 흩어져 일찍 잠자리에
들었다.

사경이 기울어 도량승의 목탁 치는 소리가 경내에 울리자, 종무
소 승려 하나가 요사채와 승방을 돌며 유림단 실무요원을 깨웠다.
날이 밝지 않았으나 유림단 요원들은 석간수에 낯을 씻어 잠을 털
고 옷갓을 갖추었다. 어둠이 바래지고 사방이 어슴푸레 윤곽을 드
러낸 어슴새벽, 실무요원들은 앞장선 교무승 자명을 따라 조용히
절을 빠져나갔다. 서상암으로 오르는 오솔길은 낙엽이 재였고 서
리 앉아 미끄러웠다. 일행이 기운차게 떨어지는 금강폭포까지 올
랐을 때는 사방이 밝았다. 낮 동안 맑고 포근할 모양인지 계곡이
운무로 가득 찼다.

"괜찮으십니까?" 자명이 백상충의 절름걸음을 보며 물었다.

"간월재도 넘어왔는데, 아무렇지 않습니다. 대구인 우용대 형이 보이지 않습니다?"

"서간도로 들어갔어요. 설밑에 돌아올 거라는 말은 들었습니다. 우처사가 무기 반입을 계획하는 모양이던데 워낙 사찰이 심한데다, 우처사가 조선 전역 주재소 불령선인 명단에 올라 있다 보니 여의치 못한 듯합니다."

서상암 요사채에 모인 영남유림단 실무요원은 모두 열여섯이었다. 낯선 장정 셋도 그 자리에 끼었다. 상견례가 있고, 유림단 단장인 밀양인 변정기가 인사말에 나섰다.

"……지난여름 수괴(首魁) 목인(명치천황)이 죽었으나 이 땅에 무단통치정책이 더 가혹하게 자행됨은 여러 유생도 목격하는 바입니다. 도척들은 조선 땅에 상주군, 수비대, 헌병대, 경찰서를 국치 이후 배 이상 늘림은 물론, 지난 이월(음력) 조선형사령(朝鮮刑事令)을 만들어 조선인을 쇠코뚜레로 꿰듯하여 협박과 고문을 자행하고 있습니다. 놈들이 석 달 전에 공포한 토지조사령(土地調査令)만 해도 이제 조선 전 토지를 약탈하여 조선인을 노예화하고, 종국에는 허허벌판 북지로 내쫓겠다는 원대한 흉계의 일환이라 할 것입니다. 산림법, 면작(棉作) 강제, 매장 허가제, 이렇게 따져들면 조선인들은 모든 자유를 박탈당했습니다……"

흰 수염이 떨리게 통분을 쏟은 변정기의 인사말이 있고, 자명의 의연금 보고가 있었다.

"본 유림단이 발기된 지 일 년여, 여러 동지님들 협조 아래 의연금 모금이 순조로워 현재 모금된 총액이 삼천구백 원에 이르렀습니다. 이는 오로지 조선 광복을 기원하는 이 나라 백성들의 갸륵한 우국충정의 정성이온즉, 대자대비하신 부처님의 은덕이라 여겨 감사하옵니다⋯⋯" 이어, 교무승은 접수된 의연금을 군 단위로 세목하여 발표했다. 표충사 불도들 성금, 의중당 수입금, 승려들이 한 끼니 절식하여 모은 금액이 3백여 원이었다.

공양주가 지은 불공밥으로 아침요기를 하고 유림단원은 무력부와 문치부로 나뉘어 각각 다른 방에서 회의에 들어갔다. 장정 셋은 무력부 모임에 참석했다. 부산인 김조경이 무력부 부장이라 회의 주무를 맡았다. 작년 5월 부산경찰부 폭탄투척사건 이후, 그는 서상암을 은신처로 정한 뒤 삭발하고 가사를 걸쳐 승려로 위장하고 있었다.

"이제 우리는 여기 열혈한 세 동지를 얻게 되었으니 유림단 실행세칙에서 밝힌 대로 포악한 왜놈과 조선인 반역분자를 한 놈 한 놈 포탈할 중차대한 거사의 첫걸음을 내딛게 되었습니다⋯⋯" 김조경은 생김새가 닭 모가지조차 틀어쥘 위인이 못 되어 보였으나 목소리는 야무졌다.

장정 셋은 영남유림단 무력부 부원으로 곧 북지 해삼위로 떠나 거사에 사용할 무기와 폭약을 비밀히 반입해 올 임무를 띠고 있었다. 그중 둘은 밀양인 전홍표가 천거한 인물이었다. 그들은 경술년 국치 뒤에 폐교당한 동화중학교 생도 출신으로 재학 중 전홍표 교장의 애국심에 감화를 입은 바 있었다. 상투머리의 장정은 일찍부터 김조경을 따르던 하수인으로 을사년 국치 전에는 부산 감리서 서기였다.

"동지들을 믿소. 막중한 임무를 무사히 수행하여 돌아오시오."

백상충이 북지행 요원 셋과 악수를 나누었다.

"북간도로 들어가면 용정촌 간민교육회(墾民教育會) 회장인 규암 김약연 선생을 찾으십시오. 그분이 용정에 없으면 삼십 리 밖 명동촌에 유할 겁니다. 규암을 찾아뵈면 박상진 동지와 연락이 닿을 겁니다. 이곳 출신인 박동지를 만나면 많은 도움을 받게 될 거요." 청도인 이정희가 말했다. 그는 박상진 처족으로 상진과 사돈 간이요 양정의숙 동기였다. 영남유림단 1차 회합 때 빠진 이유는 그때 박상진과 함께 만주로 들어가 북간도, 서간도, 해삼위 일대를 다녔던 것이다.

북지행으로 선발된 요원 셋은 무기 구입 자금을 소지하여 대구로 나가 간도 이주민에 섞여 경부선 열차를 탈 작정이었다. 마침 밀양 출신 젊은이 중 하나는 가족이 북간도 이주를 결정한 참이었다. 경술년 국치 이후 실농(失農)한 소작인이나 복국운동(復國運動)에 뜻을 둔 지사들이 가족을 이끌고 만주 땅으로 이주하는 사례가 부쩍 늘어난 실정이었다. 삼남 지방 중에도 특히 경북 지방에서 이주자가 많았다. 작년만 해도 안동인 이상룡과 울진인 주진수가 광복의 뜻을 품고 가족과 함께 서간도로 떠날 때, 그의 권유로 열여덟 가구가 함께 따른 경우도 있었다. 영남유림단 실무요원인 경주인 최규훈 진사가 경주경찰서에 박아둔 심복 사환을 통해 탐문한 바로는, 올해 1월부터 9월까지 경북 지방에서 만도 간도 이주자가 3천2백여 명에 달한다는 보고가 있었다 했다. 경찰은 조선인의 이주 이유와 계로(系路)를 만들어 대책에 부심한다 했으나 그들의 통계에 잡히지 않은 숫자까지 합친다면 경북 지방 이주자만도 만 명을 웃돌 게 분명했다.

북지로 떠날 세 장정은 간도로 들어가 거기서 왕래가 자유로운 노령 해삼위로 넘어갈 작정이었다. 해삼위 조선인 집단거주 구역인 신한촌(新韓村)은 조선인 광복운동 노령 기지의 총본산으로 유인석, 이상설, 이동녕, 이범윤, 신채호 등이 그곳을 기점으로 해간도(海間島, 노령 연해주와 간도를 합친 이름) 일대에서 국권회복운동을 벌이고 있었다. 세 장정은 해삼위로 들어가 권업회(勸業會)를 찾기로 했다. 권업회는 작년 11월 해삼위의 조선인 지사들이 창설한 노령 안에서는 그 규모가 가장 큰 조선인 단체로『권업신문』을 발행하며 한민학교(韓民學校)란 민족학교도 운영하고 있었다. 연해주 지방의 교포들에게 호조정신을 고취할 목적으로 권업회를 설립할 때, 주무를 맡았던 지사 중 하나가 이동녕이었다. 이동녕은 일찍이 임진년(1892)에 진사시에 합격했는데, 당시 함께 진사시에 뽑힌 자가 경주인 최규훈 진사였다. 최진사는 이동녕과 교분이 있어 세 장정에게 소개장을 써서 휴대케 할 작정이었다.

해삼위에서 무기를 구입해 오기로 결정하고 유림단 무력부가 계획을 실행에 옮기기까지 여러 길을 타진해 왔다. 처음 계획은 원산에서 기선을 타고 해삼위로 직접 가는 길을 모색했다. 을사년(1905) 한일강제조약 전후 표충사 주지 일각은 원산에서 반나절 거리인 안변 석왕사에 몇 달 객승으로 머문 적 있었다. 그때 물욕에 눈이 어두운 상승(商僧)들이 기선 편에 원산과 해삼위를 왕래하며 밀수하는 사실을 알았다. 그래서 일각은 바랑승 하나를 석왕사로 보내어 배편을 알아보게 했는데, 노일협약(露日協約, 1907) 이후 원산과 해삼위의 항만청 감시가 철저해져 관에서 발행하는 승선증이 없으면 기선을 타지 못한다는 소식을 알고 돌아왔다. 결과 여러 궁리 끝에 간도 이주민에 섞여 압록강이나 두만강을 넘는 길이 쉽다는 결론을 보게 된 셈이었다.

무력부가 무기를 반입하는 데 따른 계획을 짜고 있을 때, 옆방 문치부는 학교 설립 문제를 논의하고 있었다. 유림단은 실무요원이 거주하는 각 군마다 사립으로 한 개 보통학교나 고등보통학교 과정의 간이학교 설립을 목표했다.

"……그러한즉 보통학교나 고등보통학교 명칭을 정식으로 달아 학교를 설립하기는 힘들겠습니다. 총독부 사립학교령이 원체 까다로워 인가를 얻어내기가 하늘의 별따깁니다." 밀양인 전홍표의 설명이었다.

"말하자면 총독부가 조선인 학교는 인가해주지 않겠다는 속셈 아닙니까." 양산인 채병두가 읽던 종이를 놓고 투덜거렸다.

종이는 작년 11월에 공포된 총독부의 사립학교 규칙을 필사한 내용이었다. 규칙은 조선인의 사설 교육기관을 철저하게 봉쇄한 내용으로 일관하고 있었다. 첫째, 사립학교는 총독의 허가를 받지 않으면 설립할 수 없다. 둘째, 학교장 및 교원은 총독의 허가를 받은 자가 아니면 채용할 수 없다. 셋째, 수업 연한, 교과목, 교과 과정 및 매주 교수시수(教授時數), 학생 정원, 학년, 학기, 휴업일, 입학자 자격 등 학제에 규정해야 할 사항은 인가를 요한다. 넷째,

교과서는 조선총독부가 편찬한 것, 또는 조선 총독의 검정을 거친 것을 쓰지 않으면 안 되고…… 이렇게 시작되는 규칙은 '충량한 황국신민'을 만들기 위한 규정이었으나 허가 문은 철저하게 봉쇄하고 있었다.

"듣자 하니 울산 백동지 말로는 간이학교 설립 인가가 그렇게 어렵지 않을 것 같다던데요?" 단장 변정기가 좌중을 둘러보았다.

"잘못 안 게지요. 일진회 매국노 놈들이 나서면 모를까 다른 조선인은 힘들어요. 조선인으로서 꼭 배우려면 관립 보통학교 졸업만으로 족하다는 게 제놈들 소견이니깐요. 기본교육을 통해 왜놈 앞잡이나 만들겠다는 방침이지요." 청도인 석준이 말했다.

"그러니 자식을 깨우치고 싶어도 생각 있는 사람은 누가 관제학교에 넣으려 들어요. 일본말 배우는 걸 주당 여섯 시간이나 잡아놓았으니, 덴노헤이카(천황폐하)부터 가르치는 게 쪽발이 기본교육방침입니다." 변정기의 침통한 어조였다.

조선인이 다니는 보통학교는 1912년 4월 현재로 따져 전국 355개교로 군청 소재지마다 한 학교꼴이 못 되었고, 작년 통계로 보통학교 학생 수는 공사립을 합쳐 4만 명 정도였다. 조선의 총인구 1380만 명에 4만이라면, 조선으로 건너온 일본인은 20여 만 명인데 비추어 그들 소학교 수는 163개로 학생 수가 1만 9천에 이르렀다. 거기에다 일본인 학교는 설립 신청을 하는 즉시 허가가 나왔고, '학교조합령'에 따라 연간 6백 원의 보조금까지 지급되었다. 식민지 통치수단은 형평을 무시한 저들의 교육지침에서부터 드러났던 것이다. 국권회복을 하자면 먼저 조선인을 깨우쳐 그 당위성을 각

성시켜야 하는데 근본적인 길이 막혔으니 좌중 분위기가 침울할 수밖에 없었다.

"인구 비례로 볼 때 조선에 나온 왜놈들은 전원 보통학교에 입학시키고 있으나 조선인은 교육 적령기 아동 중 이백분의 일도 교육 혜택을 못 받는 까막눈 상태입니다. 그러니 우선 각 면 단위마다 간이학교나 강습소 규모의 교육장부터 선정해야 할 것입니다." 창녕인 손응서가 제의했다.

"손참의님 말씀에 저도 동감입니다. 부언하자면, 꼭 학교 명칭을 달아야 할 필요도 없다고 봅니다. 왜놈들 형식 논리를 무시하고 출발해도 상관없으니깐요. 제 의견으로는 서당이라면 도지사 인가로 가능하니 서당이나 서숙으로 이름 붙이자는 겁니다. 그렇게 되면 가르칠 교사도 삼사십 평 정도면 족합니다. 경비도 절약되고, 손참의님 말씀처럼 면 단위마다 개설도 가능합니다. 현재 문을 열고 있는 서당을 지원하는 방책도 있고요. 초급반, 중급반, 상급반으로 나누면 고등보통학교 과정까지도 가르칠 수 있습니다." 밀양인 전홍표의 대안이었다. 그 말에 토의의 실마리가 풀렸다는 듯 머리를 주억거리는 실무요원이 많았다. 전홍표가 힘을 얻어 말을 계속했다. "총독부 서당 규칙을 보면 왜놈 글, 조선글, 산술 등을 가르칠 때 책은 모두 총독부 편찬 교과서를 사용해야 하고, 금고 이상 형벌을 받은 자나 품행이 불량한 자는 서당을 개설할 수 없고 교사가 될 수 없다지만, 그 점은 학교 명칭을 단 쪽도 마찬가지 아닙니까. 저놈들 감시 감독은 그쪽이 훨씬 심하지요."

"그럼 인가가 힘든 학교 설립 건은 일단 보류하기로 하고 서당이나 서숙 설립 및 기존 서당 운영 개편 쪽으로 언로를 모으기로 합시다. 지원 방책과 교사 추천도 함께 거론하도록 하고요."

단장 변정기 말에, 문치부 요원 일곱이 모두 찬성했다.

*

석주율이 아침예불을 마치자 유림단 실무요원들이 경내 어디에서도 사라져 의아쩍었다. 그날 오후, 해가 설핏 기울 때야 한 무리의 도포와 두루마기 차림이 서상암 쪽에서 절로 내려와, 주율은 비밀회의가 그쪽에서 있었겠거니 여겼다. 그러나 그들 속에 백상충은 섞여 있지 않았고, 그들은 곧 절을 떠났다. 주율은 자신이 강원에서 공부할 동안 스승 또한 초당으로 돌아갔겠거니 여기자 못내 마음이 섭섭했다.

이튿날, 아침공양을 막 끝낸 뒤였다. 방장실로 가던 석주율은 스승이 방장승께 인사를 마치고 뜰로 나서고 있음을 보았다. 유림단 무력부 실무요원 몇과 해삼위로 떠날 장정 셋은 서상암에 남아 실행 세부계획을 짠 뒤, 백상충은 어슴새벽에 표충사로 내려왔던 것이다.

"그러잖아도 너를 보고 떠나려 했다." 백상충이 말했다.

"여기로 온 후 학문을 놓아버려 성현 말씀조차 잊었습니다. 책 펼칠 짬이 없어 스승님께 늘 죄짓는 마음입니다." 백상충의 대답이 없자 주율이, "신축 중이던 학교 교사는 완성되었습니까?" 하고 물었다.

"번듯이 섰지. 아직 인가가 나지 않았으나 읍내와 인근 고을을 돌며 생도를 모집 중이다." 백상충이 생각해둔 듯 말을 이었다. "네가 출가하지 않았다면 학교에 입학시켜 공부를 계속하게 할 작정이었다만…… 다 지나간 얘기가 되고 말았다."

"송구스러울 뿐입니다."

석주율이 그렇게 말했지만 스승님 말을 듣자, 좀더 진득하게 참지 못하고 스승 곁을 떠났나 하는 후회의 느낌이 없지 않았다. 삭발하여 사미계 받고 가사 걸치면 모를까, 엄격한 행자규율과 꽉 짜인 일정에 그 역시 진력을 내던 터였다.

"네가 비록 선문에 귀의했다지만 너 역시 조선인이란 걸 한시도 잊어서는 아니 된다. 그것마저 잊어버릴 때, 너는 중도 아니요 사람도 아니다. 내 그 말 한마디 부탁하고 싶구나." 말을 마친 백상충이 몸을 돌려 절문을 향해 걸었다.

백상충이 간월재 험한 길을 넘어 고하골 앞을 거쳐 대곡천 어름에 당도했을 때는 산그늘이 내려 있었다. 동운사로 오르는 비탈길에 지게에 나뭇짐 쟁여 진 나무꾼 넷이 내려오고 있었다. 삭풍이 몰아칠 겨울을 코앞에 두고 있어 남정네들은 너나없이 땔감 해다 나르기가 바쁠 절기였다.

"읍내 서방님 오십니까." 양반 행차에 좁은 길을 터주려 길섶에 비껴 섰던 나무꾼 중 하나가 백상충에게 인사했다. 손에 서책을 말아 쥔 김기조였다.

"요즘도 서책을 열심히 읽는군. 장한 일이다."

"심심풀이로 읽습니다. 참, 초당에 들렀다 오는 길인데, 마님 친정아버님께서 머물고 계십니다."

"장인어른이 여기까지?"

"어제 오셔서 서방님 기다리신다던데 어서 드십시오."

백상충은 동운사로 오르는 에움길로 잰걸음을 놓았다. 그는 장인이 필경 학교 설립인가를 얻어내어 그 소식을 전하러 왔으리라 여겨졌다. 만약 고등보통학교 인가가 났다면 경술년 국치 이후 경성을 제외한 한강 이남에서는 처음 있는 경사였다. 유림단 문치부 실무요원들이 보통학교 인가조차 불가한 실정이라고 말했지만 장인이 좋은 소식을 가지고 왔다면 본때를 보이게 된 셈이었다.

백상충이 절름거리며 초당 사립짝 안으로 허겁지겁 들어섰다. 헛간 앞에는 안장을 풀어놓은 나귀가 쉬고 있다 워낭을 달랑이며 고개를 세웠다.

"장인어르신 오셨습니까." 백상충이 방문을 열곤 방안으로 들어가 큰절을 했다.

"표충사에서 오는 길인가?" 조익겸이 조끼주머니에서 궐련을 꺼내며 물었다.

"예, 그러하옵니다. 장인어르신, 도 학무국 학교 인가건은 어찌 되었습니까?" 백상충이 성급하게 물었다.

"백방으로 노력했으나 바위에 달걀 치기라. 돈을 울궈내겠다고 고달 뺄 때는 어찌 무망하지만은 않다 싶더니…… 애초에 싹수없는 일을 시작한 것 같애."

백상충이 고개를 꺾었다. 역시 그렇게 되었구나 싶어 기대가 허망하게 무너졌다. 문치부 동지들 말처럼 무단통치 현실을 꼼꼼하게 분석하지 못한 채 덤벼든 게 불찰이었다.

"학교 인가가 나더라도 자네가 관여하지 못할 바에야 뭐 그리 상심할 바 있는가. 또한 설령 인가가 난들 현금 총독부 교육정책이 황민화(皇民化)가 우선일진대, 대적이야말로 만용이 아니겠는가."

"옳은 말씀입니다만, 노예 교육일지언정 연부역강할 나이에 깨우친다면 훗날 열 중에 한둘은 민족광복의 일꾼이 될 수 있을 거라 여겨 학교 설립을 추진했던 겁니다."

안방에서 아기 울음소리가 들리고, 조씨가 아기를 어르는 소리가 들렸다.

"백서방, 자네는 혈육이 보고 싶지도 않은가?"

조익겸 말에 백상충은 우는 아기가 여태 처가에 맡겨온 딸아이임을 알았다. 조익겸이 젖어미를 달아 외손녀를 데리고 온 참이었다. 백상충이 방문을 열었다. 포대기로 싼 딸아이를 안고 있던 조씨가 함빡 웃음을 물고 서방을 보았다.

"백서방, 그동안 여러 사람이 공을 들인 터라 서당인가, 서숙인가, 그런 인가는 얻어왔으니 그리 알게. 읍내에서 장판관 만나 인가서를 넘겨주었어." 방으로 들어가는 사위 등에 대고 조익겸이 넌지시 말했다.

"서당 인가입니까, 아니면 서숙 인가입니까?"

서당은 학문의 초보를 가르치는 보통학교 급이라면, 서숙은 초보를 뗀 생도를 가르치는 한 단계 높은 과정이었다.

"아마 서숙일걸."

"서숙 인가를 얻어 오셨다고요? 장인어르신, 고맙습니다."

백상충은 눈앞이 환해지는 느낌이었다. 그는 처로부터 아홉 달로 접어든 딸아이를 넘겨받았다. 수염 거뭇한 사내를 본 아기가 자지러지게 울었다. 그는 손을 타 앙탈 부리는 딸아이가 애물덩이란 느낌밖에 들지 않았고, 머릿속은 학교 생각으로 차 있었다.

이튿날, 백상충과 조익겸은 울산 읍내로 떠났다. 상전을 모시고 온 마부는 치장한 나귀를 끌고 뒤따랐다. 부산서 따라온 젖어미는 아기가 젖을 뗄 돌맞이까지 겨울을 초당에서 나기로 하여 남았다.

"내가 사부인 뵙고, 그 사단도 사위 며느리의 순간적인 불찰이요, 불효 또한 깊이 뉘우치니 이제 용서하여 거두어달라고 말했지. 끝내 허락을 얻지는 못했네. 아무리 유가(儒家) 법통을 좇는다지만 밤에도 대낮같이 전깃불이 들어오고 열차까지 휑하니 들판과 산협을 가로지르는 세상에…… 무심한 분이셔." 대곡천으로 내리막 길을 걸으며 조익겸이 말했다.

"다 소자가 못난 탓이라 면목 없습니다. 형님이 대신 나서서 어머님께 간청드리고 있으니 여식이 돌 맞을 때면 허락이 계실 겁니다."

"자네 장모는 외손녀를 거두며 백서방을 빼놓은 듯 닮았다지만, 한번 울음을 빼면 그칠 줄 모르는 고집은 정말 자네를 그대로 뽑았어."

울산 학산리 본가에 들자 백상충은 어머니 방 앞에서 문안 인사만 올리곤 장순후를 만나러 선걸음에 출타했다.

조익겸은 바깥채 쪽마루에 앉아 콩깍지를 까는 선화 얼굴을 유심히 보곤, 당주 백상헌의 안내를 받아 사랑으로 들어갔다. 그는 백상헌과 마주앉자 형세어미를 집안에 받아주는 문제를 두고 의논했다. 한창 크는 형세를 보더라도 자식과 어미를 오래 떨어지게 해선 안 된다고 조익겸이 말했고, 백상헌은 어머니 진노가 풀릴 때까지 조금 더 말미를 달라고 말했다. 둘은 서숙으로 인가가 난 학교가 문을 열 때 상충의 관여를 두고 말을 나누었다.

"……사돈께서도 백서방이 불령운동만은 일절 관여치 않도록 감시해야 할 겁니다. 부산 헌병본대에서도 백서방을 일급 사찰 대상으로 꼽고 있어요. 한 번 더 무슨 일이 터졌다면 이제 백서방 하나만 다치는 게 아닌 줄 사돈께서도 알고 있겠지요. '신민회 백오인 사건' 일심공판을 사돈도 신문을 통해 봤겠지만, 주모했던 안명근은 종신 징역에, 김구 외 여섯은 징역 십오 년에, 그리고 울릉도와 제주도로 유형 보낸 자까지 합치면 육십여 명이 실형 언도를 받았어요. 그 엄한 형량을 보더라도 트집거리가 잡혔다면 일문은 아주 씨가 없게 망해버립니다. 그러니 백서방이 서숙 훈도가 되는 길 또한 말려야 합니다. 물론 관에서 허락할 리도 없지만 말입니다. 그가 생도들에게 민족교육을 가르치면 그날로 폐교 조치가 내려질 겁니다." 조익겸이 위협조의 당조짐을 놓곤 장생포로 나서려 자리에서 일어났다.

애련(愛憐)

백군수 댁이 메주를 쑤는 날이었다. 집안 아녀자들이 그 일에 나서서 서 말치 솥에 콩을 삶아내고, 삶은 콩을 찧고, 메주덩이를 목침 크기로 뭉쳤다. 삶은 콩을 마당 멍석으로 나르는 일은 부엌 일 돕는 반씨가, 절굿공이질은 천서방이 했다. 절구 속의 콩이 고루 으깨어져라 주걱으로 섞기는 천서방 딸 옥이가, 메주 만드는 일은 천서방 처와 너르네, 선화가 맡았다.

"선화를 누가 봉사라 입대. 메주 뭉치는 솜씨 좀 봐." 자배기에 김 오르는 삶은 콩을 담아 내오던 반씨가 말했다.

"우리 선화 못하는 게 뭐가 있다고. 바늘에 실도 척척 잘도 꿰는데." 너르네가 말했다.

"시집가면 저렇게 잘 뭉친 아들도 만들 테고."

천서방 처 옥이엄마 농에 선화 얼굴이 빨개졌다.

"내 코는 못 속인다니깐. 구수한 냄새난다 했더니, 마침 대갓집

메주 쑤는 날이구려." 젓동이를 지겟짐 진 도붓장수가 행랑마당을 거쳐 안마당으로 들어서며 말했다. 염소수염 젓장수가 지게를 벗었다.

"갯가 다니며 생선 판다더니, 젓장사가 그 꼴이구려. 우리 집은 멸치젓이 있다오. 김장대목이라 해 짧은 철이니 걸음 놀리지 말고 내지로 들어가보구려." 너르네가 말했으나 젓장수는 들은 체 않고 절구 속 콩 한줌을 집어내어 씹었다.

"내 들어온 김에 올해 이 댁 장맛 알아맞혀주지." 세상살이에 젓갈처럼 곰삭은 젓장수가 너르네 말에 무춤할 리 없었다. "이 대갓집 올해 장맛이 울산 땅에서는 첫째가겠어. 장맛 좋고 젓맛 좋으면 수라상이 뭐가 부럽겠소. 처녀 젓만 좋은 게 아니라 내 젓도 좋다오. 멸치젓, 오징어젓, 곤쟁이젓에, 갈치창자젓, 대구아가미젓, 없는 젓 없으니 젓 좀 들여놓으슈. 콤콤하고, 비릿하고, 달착지근하고 짭짤한 젓맛은 동지섣달 긴긴 밤에 쩔쩔 끓는 아랫목에 보쌈해 온 서른 과부 거웃 속맛보다 좋다오." 쥐눈을 반들거리며 언죽번죽 지분거리는 말에 아녀자들이 킬킬거리고 웃었다.

"아침부터 안마당까지 넘어와 웬 사설인고. 썩 나가요." 허씨가 건넌방에서 나서며 젓장수를 나무랐다.

"이 댁에 앞 못 보는 행랑살이 아기씨가 있다더니, 그 처녀 어디 갔소?" 젓장수가 절구 속 콩 한줌을 집어내어 입에 털어넣곤 아녀자를 둘러보았다.

선화가 일손을 멈추고 젓장수를 보았다. 젓장수가 그 눈을 붙잡았다.

"저 처녀구만. 눈썰미 밝은 나조차 깜빡 속았어. 아기씨 부모는 뉘시오?"

"저라요. 왜 그럽니까?" 너르네가 나섰다.

"제가 긴히 여쭐 말이 있으니 저 좀 잠시 봅시다."

젓장수가 행랑마당으로 걸음을 돌렸다. 아침부터 젓장수가 웬수다냐며 너르네가 손에 묻은 콩반죽을 털고 일어섰다.

"당달봉사 처녀 이름이 뭐요?" 행랑마당 헛간 앞에서 젓장수가 물었다.

"그건 왜 물어요?"

"횡재 만날 일이 있으니 대답이나 하구려."

"선화라 불러요."

"선화라, 이름 하나 곱구려. 다름이 아니고, 아무리 소경이로서니, 과년한 처년데 쟤도 제 살길 뚫어줘야잖소."

"사지 성한 신랑이야 바라겠소만, 어디 마땅한 혼처 자리라도 있나요?" 너르네가 귀 솔깃하여 물었다. 아닌 게 아니라 그네는 선화 앞길만 생각하면 억장이 무너졌다. 여섯 살 들던 해 열병을 앓은 뒤 청맹과니가 되어 부모 가슴에 대못을 박은 막내딸이었다. 자랄수록 하는 행실이 고와 시름을 덜어왔지만 열일곱 살 과년한 처녀가 되니 곁에 두고 보기가 화톳불 옆에 세워놓은 눈사람 보듯 안쓰러웠다.

"혼처 자린 아닌데 제 앞길 건사할 방책이 있다오."

"방책이 뭔데요?"

"마사(摩挲, 안마)나 복술(卜術)을 익히는 길이오."

"마사나 복술?"

"틀림없이 이름 얻게 될 겝니다. 쟤가 인물이 오죽 반반해요. 여자 소경도 소경 나름이라, 마사나 복술에도 용자를 첫째로 친답니다."

"그런 일이라면 남의 삭신 주무르고 판수 되는 길 아니오? 선화 쟤를 그런 일에……" 너르네로선 솔깃한 말이었으나 젓장수 주제에 감언이설로 농을 한다 싶어 한숨부터 나왔다.

"보시오. 댁네 소경 딸이 정승집 규수요, 대갓집 고명딸이오? 아닌 말로 세간 물려줄 양갓집 무남독녀라 쨰보나 언청이라도 좋으니 불알만 찼으면 좋으라고 데릴사위로 앉히겠소? 앞날 뻔한 딸애 신세와 궁한 처지를 아셔야지." 젓장수가 맵게 말했다.

너르네는 할 말이 없었다. 따지고 보면 선화는 계집종년 팔자에 앞 못 보는 상병신이라 굶기지만 않는다면 누가 거저 데려간다 해도 상대 형편 따질 처지가 아니었다. 그러나 밴댕이젓 같게 잔다한 젓장수 상판도 그렇지만 은근짜 수작이 보쌈 넣으러 다니는 무뢰배나, 되놈한테 팔아넘긴다는 처녀 화매(和買)꾼으로 보였던 것이다.

"보자 하니 댁은 젓동이 지고 다니며 처녀 젖만 사 모으는 거간꾼이구려. 처녀 사다 팔아넘기는 잇속이 얼만지 모르지만, 일없소. 우리 딸년 처녀귀신으로 죽어도 내 손으로 그 짓은 못하겠으니 썩 물러가구려. 아닌 밤에 홍두깨라더니, 젓장수한테 별 청을 다 받네." 너르네가 손바닥을 털며 돌아섰다.

"허허, 강짜 하나 오뉴월 서릿발 같구려. 내 생긴 상판을 화매꾼으로 봤다면 타고난 근본 없는 낯짝이라 어쩔 수 없지만, 조상 욕 뵈는 소리는 그만하구려. 비린 젓동이 지고 다니지만 인육 화매나 일삼는 화적은 아니라오. 내가 골골샅샅 누비고 다녀도 댁네 슬하에 소경 딸 있는 줄까지야 어찌 알았겠소. 말이 나왔으니 하는 말인데, 어느 고명하신 대갓집 어르신 청이 계셨고, 그 청 또한 누이 좋고 매부 좋은 일이라 극락 갈 노잣돈이라도 될까 하여 자선 삼아 나선 참이오."

그런 말이 오고 갈 때, 천서방이 큰기침하며 행랑마당으로 들어섰다. 부리아범은 어제 아침 일찍 백상헌 심부름으로 언양 반곡리 고하골로 들어가 집에 없었다. 상헌은 그곳 소작지에서 도조로 받은 볏섬을 떼어내 노마님 눈치채지 않게 그곳에 여투었는데, 언양장에 다섯 섬을 내다 파는 일감을 그에게 맡겼던 것이다. 요릿집 하곡루에 밀린 술값 독촉이 심해 현찰이 필요했던 터였다.

"이 사람아, 댁이 지금 뉘를 붙잡고 무슨 억지를 써. 젓 안 산다면 그뿐이지 웬 사설이 그리 많아." 천서방이 멱살잡이라도 할 듯 팔소매를 걷어붙였다.

"헤헤……" 젓장수는 천서방 호통에 헤헤거리며 엇먹고 나왔다. "댁이야말로 뭘 모르면 동네 삽사리처럼 참견 마시오. 젓동이 지고 다녀도 댁 앞에 꼬리 사릴 체신은 아니오. 좋은 일 하려 중신 나선 사람, 성사도 되기 전에 뺨부터 치려오?"

"이거 무슨 개뼉다귀 같은 소리야." 천서방이 멈칫하며 너르네를 보았다.

"천서방이 나설 일이 아니오. 내 좀더 따지고 들어갈 테니 먼저 들어가요." 남정네 못지않게 괄괄한 너르네라 천서방 원군에 기를 세워 젓장수에게 대거리 놓으려 하자, 눈치 빠른 젓장수가 그 기세를 밀막고 나왔다.

"해동갑으로 같이 늙어가는 처지에 중신아비 하대 마시오. 내 이래도 지체 높은 나리님 하명받고 나선 몸이라오. 나리께서 나락 여섯 섬까지 선심 쓴다 했으니 당장 싸전에 내다 팔아도 양지바른 터에 밭 한 뙈기는 장만할 거요. 나도 바쁜 몸이라 마지막 한마디만 하겠소. 두동면으로 들어갔다 한 파수 후에 나올 테니 바깥분과 의논해서 그때까지 결정을 봐두시오. 벌이 꽃을 찾을 때도 시절이 있고, 팔자 고치는 데도 시와 때가 있는 법이오."

젓장수가 할 말을 다하자 젓동이를 지고 떠났다. 너르네와 천서방은 닭 쫓던 개 보듯 멍하니 서서 솟을대문을 나서는 젓장수 꽁무니만 바라보고 있었다.

그날 저녁, 언양으로 나갔던 부리아범이 돌아오자 너르네는 서방을 호젓한 곳간 뒤로 불러냈다. 선화가 듣지 못할 곳에서 젓장수가 남기고 떠난 말을 의논했다.

"……그러한즉 어느 대갓집 나리 청이라는 말은 믿을 수 없고, 상판이며 주둥이 놀리기가 간사한 이방 같은 젓장수에게 선화를 딸려 보낼 수 없구려. 젓장수가 한 파수 뒤에 들른다 했으니 임자가 한번 만나 그 진실한 속내를 떠보시오. 아녀자 판단이라지만 내 말이 그리 틀리지 않으리다." 자초지종을 설명한 끝에 너르네가 말했다.

"나도 저 불쌍한 선화 앞날을 걱정하고 있었소만 하필이면 첫

작자가 그런 은근짜라니. 내가 한번 만나보리다."

　깨물어 아프지 않은 손가락이 없듯 청맹과니 딸자식이었으나 여섯 섬에 쉬 떠나보내기는 차마 섭섭하여 부부가 대충 말을 맞추었다.

　천서방이 제 식구에게, 선화가 어느 대갓집에 팔려 갈 모양이라는 언질을 주자, 그 말은 금세 담장 넘어 이웃에까지 알려졌다. 어느 집 개가 새끼를 낳아도 세 마리가 맞네, 네 마리네 하는 입싸움이 벌어지면 확인하겠다고 이웃이 몰려들었다. 예복이엄마가 너르네를 찾아와 소문의 진위를 캐어물었다.

　"글쎄 말이오. 앞 못 보는 병신 딸년을 데려가겠다는 데야 달리 할 말 없지만, 자식이라곤 집안에 하나 남은 막내딸이라, 마음이 썩 내키지 않구려." 너르네가 한숨 끝에 말했다.

　"너르네, 내 말 고깝게 듣지 말게. 그저 데려가겠다는 것도 아니고 벼 여섯 섬이면 그게 어딘가. 인간 팔자 새옹지마라고, 선화도 타고난 제 팔자 소관대로 살 기야."

　"앉은뱅이나 곱사등이나, 아니면 같은 소경이래도 선화 데리고 살 신랑감이 있다면 모를까, 이건 어디……"

　"그러나 너르네나 선화 입장이 찬밥 더운밥 가릴 처진가. 식구가 굶다 못해 멀쩡한 처녀애를 벼 몇 섬에 팔아넘기는 궁민도 많대. 그렇게 팔려가면 되놈 상고선(商賈船)에 태워져 청나라로 가서 연리(戀里)에 내팽개쳐진다더만."

　"연리?"

　"날마다 시마다 뭇 남정네를 품에 받는……"

"아이구 망측해라. 그놈 젓장수가 그런 짓 하려 나리니 뭐니 그 야살을 떨었나?"

"젓장수 다시 들르면 어느 대갓집 뉘신지 꼬치꼬치 물어보고, 그런 낌새가 없다면 보내는 게 상책일 게야. 아닌 말로 양주 덜컥 저세상 떠나면 앞 못 보는 저 가련한 선화가 누구를 의지하여 밥술 먹겠는가. 백군수 댁 처지가 예전 같나. 너르네가 보다시피 하루 다르게 상기둥이 내려앉고 있지 않은가."

너르네가 듣고 보니 그럴싸한 말이었다. 예복이엄마만 그런 말을 한 게 아니라 동네 아낙들 의견이 엇비슷했다. 소경은 뭐니뭐니 해도 점술 배워 판수 되면 제 입 풀칠은 한다 했다. 어떤 집은 장님 자식이 철이 들면 용한 점쟁이한테 쌀말값 대고 점술을 익히게 한다고도 말했다. 너르네는 노마님과 선화 문제를 의논해볼까 하다 젓장수가 다시 들른다 했으니 만난 뒤로 미루었다.

한 파수 뒤, 하루가 지나고 해가 기울 무렵이었다. 젓장수가 백군수 댁에 들렀는데, 이제는 젓동이 지겟짐 진 도붓장수 차림이 아니었다. 패랭이는 썼으나 손질 잘한 무명두루마기를 입어 땟물을 벗었다.

어제 오려나 오늘 오려나 하고 기다리던 부리아범과 너르네가 젓장수를 행랑방으로 맞아들였다. 너르네는 며칠째 통 말없이 시무룩한 선화를 옆방으로 쫓아보내고 방문을 닫았다.

"하생(下生)이 살기는 저 갯가 장생포로, 지본은 지가 성 가진 월도라 합니다." 젓장수는 지난번과 달리 예를 갖추어 너부죽이 인사를 올렸다. 목소리가 신중했다.

"저는 갯가 율포가 본향이나 조부 대부터 백군수 댁에 행랑살이를 하고 있습지요. 성은 석가요 이름은 부리입니다." 부리아범도 맞절을 했다.

지월도가 책상다리를 하곤 부리아범에게 한 파수 전 너르네에게 했던 말을 그대로 옮겼다.

"그렇다면 그 대갓집 나리란 분은 어느 고을 뉘십니까?"

"나리님이 뉘신지 저도 알 수 없습니다. 다만 저희 임방 전주께서 어느 고명한 나리님 하명이 계셨다고만 말씀하셨지 그분 함자가 뉘시라고 제게 일러주지 않았습니다."

그 말에 부리아범 안색이 변했다. 그는 갯가 화주(貨主)란 작자들의 잇속 밝은 장삿속과 번드르르한 입심을 알고 있었다. 도붓장수를 수하에 두고 그들을 부리자면 배짱도 있어야 하지만 주먹과 언변 또한 남 못지않을 터인즉, 그런 자의 부탁받고 나선 심부름이라면 선화를 내어줄 수 없다고 생각했다.

"대감님 함자도 모르면서 어떻게 여식을 맡길 수 있겠습니까. 사지 성한 애라면 모를까 제 앞가림조차 못하는 애를 캄캄한 타관으로 보낼 수 없어요. 하늘에 천벌 받을 그 짓만은 못하겠습니다."

"그래요." 서방 말에 너르네가 합세했다. "우리 양주 늙어 죽고 난 후에도 주인님이 그애는 거둬주실 겝니다. 평생을 뼛골 빠지게 일해온 충복인데, 하나 입이 먹은들 얼마 먹겠어요. 아니면 떠밭띠서 농사짓는 큰아들이 있고, 스님 된 셋째아들도 있으니 보살 삼아 절밥은 먹여줄 겝니다."

"허허, 참말 제 말뜻을 못 알아들으시네. 정 그렇다면 좋을 대로 하시구려. 눈먼 처녀한테 이런 호기가 다시 오지 않을 게요." 지월도가 자리차고 일어서자, 부리아범이 그의 버선목을 붙잡았다. 만약 상대가 붙잡지 않았다 해도 그길로 떠날 지월도가 아니었다. 장사꾼 홍정이 그렇듯 상대 눈치를 살펴가며 밀고 당기는 데 이력이 난 터였다.

"대갓집이 우리 딸애를 무엇 때문에 볏섬까지 주며 데려가겠답디까? 어디 그 연유나 좀 알아봅시다. 마사나 복술이라 했으니 그걸 가르쳐 업으로 삼는 대갓집이라도 있소?"

"그 나리님이 부산포에 사신다는 말은 얼핏 들었고 우리 전주께서 그 나리님을 두고 공대말로 받드는 걸 보니 세가(勢家)임은 틀림없을 듯하오. 다시 말하지만 나를 뚜쟁이나 채홍사로 안다면 사내로 태어나 그런 능멸은 참을 수 없소이다!" 지월도가 검세게 말했다.

"해걸음에 장삿길 나설 것도 아니라면 좀 앉으시오" 하곤, 부리아범이 처에게 일렀다. "임자, 손 대접이 이래서야 되겠소. 턱받이해 앉았지 말고 막걸리라도 한 되 받아오구려."

부리아범이 처를 밖으로 내보내고 지월도를 주질러앉혔다. 술상이 들어오자 둘은 술잔을 비워가며 여러 이야기를 나누었다. 사내들이란 취기가 올라야 격식 벗은 말문을 트게 마련이었다. 대갓집에 병자가 있어 마사할 장님이 필요한지, 대갓집 나리가 어찌하다 울산으로 와서 한길에 나선 선화를 보고 기특하게 여겨 거두겠다고 데려가는 것인지, 부산포라면 일본인과 뱃사람이 많이 끓는 대처라 복술점(卜術店)이 많은지, 그런저런 이야기를 흉금 털어

384

나누었다.

　부리아범은 동년배 지월도가 원숭이 같은 상판에 비해선 사람 됨에 은근히 믿음이 갔다. 그래서 둘은 그길로 함께 장생포로 들어가 나리 하명을 받았다는 임방 전주를 직접 만나보기로 했다. 울산 읍내에서 장생포까지는 삼산들을 거쳐 동으로 20리 길이었다. 쇠뿔도 단김에 뽑는다고, 둘은 태화나루 숫막에서 요기하기로 하고 집을 떠났다. 바깥은 어둠이 내렸고 밤 기온이 찼다.

　행랑아범은 삼경이 넘어서야 읍내로 돌아왔는데, 그가 장생포에서 전주 되는 이를 만났으나 새로 얻어온 소식은 없었다. 풍신 좋은 유자코의 전주 말로는, 처녀 화매가 더러 있으되 장님 처녀를 연리에 팔아 넘기는 홍정은 여태 본 바 없으니 장생포에서 이름 석 자 앞세워 전주 노릇 하는 체신을 봐서라도 자기를 믿고 딸애를 맡기라 말했다 했다. 그 역시 선화를 데려갈 대갓집 나리가 누구라곤 끝내 밝히지 않았다.

　부리아범과 너르네는 옆방에 자는 선화 장래를 두고 걱정을 하느라 오랫동안 잠자리에 들지 않고 의논을 맞추었다. 그러나 눈먼 애를 젓장수에 딸려 부산으로 보내야 할는지 그 청을 물리쳐야 할는지, 결론을 보지 못했다. 양주는 날이 밝으면 큰서방님과 노마님께 말씀드려 정해주는 뜻에 따르기로 하고 잠을 청했으나, 깊은 잠에 들 틈도 없이 사방에서 닭 울음소리가 요란하더니 동살이 밝아왔다.

　부리아범이 쇠죽을 쑤어 외양간 여물통에 붓고 방으로 들어왔을 때였다. 머리 빗질을 곱게 한 선화가 그림같이 방 가운데 앉아 있었다.

"오늘은 우리 선화가 더욱 어여뻐 보이구나." 부리아범이 안쓰러운 마음을 그렇게 표현했다.

선화가 대답 없이 부엌 쪽문을 열곤, 긴히 여쭐 말이 있다며 엄마도 방으로 들어오게 했다. 딸애가 머리는 총명하고 귀가 밝으니 자신을 두고 쑤군거리는 주위 말을 못 들었을 리 없을 터인즉, 부모가 서로 궁금히 여기는 눈짓을 보내며 딸애 앞에 앉았다.

"어제 저녁때 집에 온 지가 성 가진 분과 아버님이 나누던 말씀을 들었습니다. 저를 두고 근심하는 부모님 마음을 어찌 모르겠습니까만…… 제 소견 한마디 드릴까 합니다." 선화가 침착하게 말하곤 또렷한 눈동자로 제 부모 얼굴을 한 사람씩 유심히 보았다. 멀쩡한 눈이듯 표정이 담담했다.

"이것아, 뜸들이지 말고 말하려무나." 너르네가 채근했다.

"저로 하여금 집에 오신 그 어르신 따라가게 해주십시오."

너르네가 입을 벌리고 서방을 보았다. 저애가 무슨 마음에서 저런 말을 할까, 짐작조차 할 수 없다는 표정이었다.

"젓장수 따라나서겠다고? 그 길이 어떤 길인지 알고 하는 소린가?" 너르네가 딸애 앞으로 다가앉으며 물었다.

"그 길이 어떤 길인 줄 모르나 가시밭길이든 저승길이든 저는 그 어르신 따라가겠습니다. 어진이오빠마저 집 떠난 후 저는 여러 번 죽기로 결심했더랬습니다. 부모님 가슴에 못을 박으며 사느니 차라리 내 한 몸 태화강에 던져 죽으면 그뿐이리라, 그렇게 마음 먹었더랬지요."

"죽다니. 여섯 살에 눈먼 너를 우리가 어찌 길렀는데. 그래, 네 말대로 소경 되어 부모 가슴에 못박더니 이팔청춘에 생목숨까지 끊어? 못박은 위에 죽창이라도 찔러야 속이 후련하겠냐. 소경이라고 다 그렇게 죽는다면 이 세상에 살아남을 병신이 어딨겠냐. 부처님 섭리로 이 세상에 태어난 귀한 목숨, 네가 그렇게 된 것도 부처님 깊은 뜻이 있을진대, 제 살기 싫다고 제 마음대로 죽는다면, 죽고 나서도 천벌 못 면해." 너르네가 선화 무릎을 치며 절절하게 말했다.

"이 여편네가 초상 맞았나, 웬 발광이야. 위채 듣겠구먼." 한숨만 내쉬던 부리아범이, 아침부터 곡지통 터뜨리는 처를 나무랐다.

"우리 선화 팔자가 서러워 그래요. 임자는 어찌 그리 매정하오. 선화가 불쌍치도 않소?"

"부모님." 잠자코 있던 선화가 말했다. "제 한 몸 죽는 건 아무렇지 않아 이 세상 하직하려 모진 마음도 먹었으나 부모님께 더 큰 시름을 얹을 것 같아, 제가 부모님 슬하를 떠나야겠다고 때를 기다려왔습니다. 병신 중 상병신인 저라 시집은 애초에 단념해 점이나 배울까 하고 응달말 무당촌으로 짝지 짚고 찾아가기 수십 차례였습니다. 마침 천지신명의 도움인지 날 데려갈 분이 나타났으니, 제발 저를 보내주세요."

"대갓집 나리란 분이 네게 마사나 복술을 익혀주어 살길을 도모해주겠다는 장담 어찌 믿나. 우리가 그 말을 못 믿으니 노심초사 이 걱정이 아닌가." 부리아범이 말했다.

"죽기로 맹세까지 했던 몸, 타관으로 나서나 설마 하니 비럭질

해서라도 이 몸 하나 명줄 못 잇겠습니까. 나락 여섯 섬까지 준다니 큰오라버님 앞으로 밭 한 마지기 사주시고, 저를 파세요. 여읜 자식으로 치고 보내주시면 이 다음 좋은 세월에 웃으며 부모님 상봉할 날이 올지 어찌 알아요." 선화는 집 떠날 결심을 굳혔는지 말하는 태도가 차분했다.

*

"부모님, 소녀 떠납니다. 부디 강령하셔서 오래 사십시오."

선화가 이맛전에 두 손 포개어 얹고 부모 앞에 큰절을 올렸다. 노마님이 내린 광목 한 통을 너르네가 일침(逸針)으로 뽑아 진솔 옷으로 치장한 차림이었다. 솜 넣은 반회장 저고리에 끝동과 고름은 자주색이고 치마는 남색이었다.

"선화야, 동절은 닥치는데 너를 떠나보내자니 이 아비 마음이 칼로 채를 썰 듯하구나. 못난 아비가 네게 무슨 말로 하직하랴……" 선화를 건너다보는 부리아범 눈에 눈물이 글썽했고 목이 메 말을 더 잇지 못했다.

너르네는 옆으로 돌아앉아 치마폭에 얼굴을 묻고 오열만 쏟을 뿐 딸애의 하직인사조차 받지 않았다. 바깥마당에는 학교에 간 형세만 없을 뿐 백군수 댁 식구가 나와 있었다.

"내 장생포 전주(錢主) 최가는 안면이 있고 그자 역시 백군수 댁이라면 소문은 들었을 터인즉, 약속 어겨 저 계집아이를 함부로 다루지 못할 것이다. 우리 사돈댁이 부산포에서 내로라하는 큰 도

가를 경영하는 줄 자네 전주도 익히 알 테고." 뒷짐 진 백상헌이
지월도에게 체신 세워 말했다.

"여부 있겠습니까. 제가 앞으로도 젓동이 지고 읍내 바닥을 뻔
질나게 들랑거릴 텐데 감히 나리님을 속였다간 두 다리가 성케 남
겠습니까. 저희 전주께옵서도 의리 내세우는 분이요, 부산 여러
도가와 줄대고 있어 백군수님 댁이라면 남의 일처럼 함부로 처리
하지 못할 것이옵니다." 지월도가 허리 곱송거리며 말했다.

부모에게 하직인사를 마친 선화가 옷보퉁이를 들고 방을 나섰다.
미투리에 버선발 꿰곤 쪽마루에 세워놓은 길잡이 지팡이를 들었다.

"선화야, 네 비록 이 세상의 흑백을 가리지 못하나 착하고 영리
하니 천운도 네 앞길을 광명으로 보살필 것이다. 잘 가거라" 하곤,
노마님 안씨가 위채로 걸음을 돌렸다.

"노마님, 부디 평강하옵소서." 선화가 절을 하곤 둘러선 집안
사람들에게 일별하듯 고루 얼굴을 주며, "모두들 잘 계세요. 작은
서방님과 마님께도 인사 못 드리고 떠난다고 안부 올려주십시오"
하고 말했다.

선화 태도가 의젓하고 침착해 집안 식구가 이별을 더욱 애타하
며 훌쩍거렸다.

"자, 그러면 출발하자구나." 지월도가 앞장서고 선화는 지팡이
짚고 뒤따랐다.

"선화야! 이런 생이별도 있다더냐. 이 길이 영영 마지막인가. 네
가 정말 가버린단 말인가!" 맨발로 마당에 뛰쳐나온 너르네가 땅
바닥에 퍼질고 앉아 다리 버둥대며 울부짖었다.

선화는 주율이 산문으로 떠날 때처럼 이렇다 할 표정 없이 지월도 발걸음만 뒤쫓았다. 솟을대문 옆 감나무 가지에 앉은 까치가 좋은 소식이라도 전할 듯 아침부터 울었다. 바닷바람이 심한 날씨긴 했으나 볕이 고운 입동 절기였다.

집 앞에는 이웃 아낙들과 아이들이 집 떠나는 선화를 보러 구경 나와 있었다.

"끝내 선화가 나락 여섯 섬에 팔려가는구나." "부산 대처로 간다며?" "성한 몸도 아닌 소경이라 앞길이 첩첩준령이겠구먼. 심성 고운 저애 앞길이 잘 풀려야 할 텐데……" "내 자식 일도 아닌데 웬 눈물이 이렇게 나냐." 사람들이 혀를 차고 한숨을 깔며 쑤군거렸다.

"저 막내딸을 끝으로 다섯 자식이 다 떠나는구만." "선화가 어찌 저리도 의젓할까." "선화야, 잘 가거라. 부디 몸 성하고 용한 판수 돼서 읍내로 다시 와." 고샅길을 빠져나가 동네마당까지 따라오던 이웃들이 그쯤에서 걸음을 묶고 이별을 아쉬워했다. 부리아범만 태화나루터까지 선화를 배웅하러 나섰다.

"잘 가거라. 부모 노릇 잘 못해 네 볼 면목이 없구나. 삼월이가 부산 선창거리 작은마님 친정 근처에 살 테니 수소문해 찾아보아라. 한집안 식구로 살며 너를 동기간처럼 대해줬으니 도와주겠지. 인편 닿는 대로 이쪽에 소식도 전하고." 지월도의 부축을 받고 나룻배에 오르는 딸에게 부리아범이 말했다.

"아버지 잘 계세요. 강령하시고……"

강바람이 드센데 장옷도 쓰지 않고 창막이에 오도카니 앉은 선화 모습이 애처로웠다. 나룻배가 시퍼런 물살을 갈랐다.

강을 건너자 지월도와 선화는 부녀처럼 삼산들을 질러 흙먼지 뿌옇게 이는 한길을 내처 걸었다. 등을 미는 북서풍의 찬바람과 도찔산 아랫녘 꽃대나루에서 불어오는 태화강 하구 바닷바람이 들녘에서 부딪쳐 회오리를 일으키는 통에 둘의 몸이 날릴 듯 귀까지 멍멍했다.

"바람 한번 드세구먼. 젓동이가 등짝을 눌러주지 않으니 날려갈 것 같군." 선화의 대답이 없자 지월도가 목화송이 달린 패랭이 끈을 단단히 죄며 뒤돌아보았다. "선화야, 아저씨가 손 잡아주지 않아도 되겠냐?"

"괜찮습니다. 아저씨 발소리에 의지해 따라갑니다." 바람 탓에 두 뺨이 선홍색으로 물든 선화가 말했다. 목도리조차 하지 않아 동정 위의 가냘픈 목이 썰렁했다. 그녀는 왼손에 옷보퉁이 끼고 오른손에 쥔 지팡이로 땅바닥을 찍어가며 걷고 있었다.

"장생포는 초행 걸음이렷다?" 지월도가 측은한 마음이 들어, 보퉁이를 자신게 달라며 받아들었다.

"고래 고깃배가 많다고 들었습니다."

"동서남북조차 구별하지 못할 텐데, 우리가 바다 쪽으로 걷는 줄은 알고 있느냐?"

"동남향으로 가고 있는 줄 압니다. 철새가 남쪽 나라에서 겨울 나려고 머리 위를 질러 내려가는군요."

"너는 듣던 소문대로 영특하기 이를 데 없구나."

지월도가 하늘을 올려다보았다. 넓고 높은 짙푸른 하늘에는 수천 마리 도요새 무리가 검정깨를 뿌린 듯 물굽이 이루어 남으로 날고 있었다. 우짖는 소리가 귓바퀴에 재잘거렸다.

"언제 앞을 못 보게 되었느냐?"

"여섯 살이라 들었습니다."

"그렇다면 춘하추동과 밤낮이 어떻게 다르며, 짐승이며 갖가지 나무와 꽃도 기억나겠구나?"

"가물가물하지만 어렴풋이 떠오릅니다. 부모님 모습이며 언니와 오라버니들 얼굴도 더러 눈앞에 잡히지요. 세월이 흐르면 다 지워지겠지만……"

"차라리 그런저런 걸 몰랐으면 더 좋았으련만. 내가 잘못 물었다. 집 떠나는 마당이니 서럽기도 하겠구나. 부평초 같은 인생살이, 네 신세나 내 신세나 전생이 고해(苦海)란 말이 틀린 말이 아니로다."

꽃대나루에서 거룻배에 실려 여천강을 건너자, 부근은 맛이 달기로 소문난 '울산 배' 배밭이었다. 여천리 마을 앞을 지날 때 선화는 건건한 바닷바람에 묻혀 아득히 들려오는 갈매기 울음소리를 들었다. 삼산 들머리 태화강 모래톱에 앉아 우짖던 기러기 떼 울음과 다른 소리였다. 바닷새 울음소리를 그녀는 처음 들어 그 새가 갈매기인지 몰랐으나 찢어내듯 그악스런 울음이 내지 새와 달리 사납게 느껴졌다. 바다는 파도가 높다는데 파도와 싸우니 목청도 탁해졌을까. 그녀는 걸어온 잇수를 따져 올 만큼 왔다고 생각되었다.

"포구가 가까운 모양이지요?" 선화가 지월도에게 물었다.

"한 마장 못 남았다. 네 코엔 벌써 갯내음이 나느냐?"

"포구 쪽인 듯, 바닷새 떼 울음소리가 들려옵니다."

"갈매기란 새다. 여름철 왕파리나 모기 떼처럼 포구에는 사철 저놈의 새 떼가 들끓지."

지월도가 선화와 걸음을 맞추느라 느직이 걸어, 둘이 장생포 포구에 닿기는 낮참에 가까웠을 무렵이었다. 포구에는 크고 작은 배가 닿아 있었다. 고래잡이 중선(重船), 낚시거룻배, 두대박이, 야거리 따위가 닻을 내려 정박해 있었다. 많은 배들 중에 집채만한 짐배는 일본에서 온 배였다.

선창가 즐비한 여각을 지나 어느 골목을 꺾어들더니, 돌담이 긴 대문 앞에서 지월도가 걸음을 멈추었다.

"이제 다 왔다. 여기가 전도가(田都家)이니라. 우리 영감님 뵙거던 인사 착실히 올려라."

지월도가 대문 안으로 들어섰다. 뒤따라 들어간 선화는 콧속에 흠씬 스미는 비린 젓내를 맡을 수 있었다. 넓은 마당에는 갖가지 젓동이가 즐비했고, 마당 정면에 젓장수가 묵는 초가가 칸마다 문짝을 달고 일자로 길다랗게 지어져 있었다. 지월도가 동패들을 만나 인사를 나누자, 당달봉사 처녀가 딸이냐고 묻는 축도 있었다.

"안채로 들자. 영감님이 계시는지 모르겠다."

선화는 지월도를 따라 뒤꼍으로 돌아 들어갔다. 누렁이가 낯선 선화를 보고 짖었다. 기와집은 위채와 아래채로 나뉘어 있었다. 젓도가 전주인 최선봉이 출타하고 없어, 선화는 아래채 사랑으로 안내되었다.

"낯선 갯가니 어디 나가지 말고 이 방에서 기다려라. 한길이 축대와 붙어 실족이라도 하면 갯바위에 골통 찧어 비명횡사하게 된다." 지월도가 선화를 사랑에 홀로 앉혀두고 상전을 찾으러 나가며 말했다.

선화가 한참 기다리자 바깥에서 발소리가 났다.

"얼굴이 일색이라더니 어디 한번 보자."

망건 쓰고 비단 조끼 입은 최선봉이 방으로 들어오고 지월도가 뒤따랐다. 둘이 자리를 정하자, 선화가 사뿐히 일어나 최선봉에게 큰절을 올렸다.

"성은 석가며 이름은 선화라 하옵니다."

"과연 어르신 안목이 출중하도다. 비록 소경이지만 나락 여섯 섬으로는 싸게 빼내왔군." 최선봉이 선화 이모저모를 뜯어보곤 무릎을 쳤다.

"영감님, 제 공을 인정해주셔얍지요. 쟤를 데려오는 데 한철 젓장사보다 곱으로 힘이 들었지 뭡니까." 지월도가 말했다.

"인정해주다마다. 내가 용채를 두둑이 내리마."

최선봉이 행랑채에 점심상을 차리라 이르곤 선화에게, 이틀 뒤 부산포로 떠나게 될 거라고 말했다. 부산포로 내려갈 해삼과 전복을 취급하는 여부상(女負商) 편에 그녀를 딸려보내자면 날짜가 그렇게 잡혀 있었다.

"우리 도가에서 이틀 쉬고 떠나거라. 그동안 잠자리와 조석반은 주선해주마." 최선봉 말했다.

그날 밤, 선화는 찬방으로 쓰이는 부엌 뒤 골방에서 잠을 자게 되었다. 드난꾼이 거처하는 곁채 행랑방은 식구가 여섯이나 되는

데다 아이들이 소경과 동침하기를 꺼려했던 것이다.

한동안 쓰지 않고 비워둔 찬방은 곰팡이 냄새가 퀴퀴했다. 선화는 썰렁한 삼청냉돌방에 들자 문고리부터 단단히 걸었다. 진솔 겹옷을 벗어 머리맡에 접어놓곤 홀아비 내가 나는 땟국 전 꿉꿉한 이불 속에 오스스한 몸을 묻었다. 퇴창을 통해 파도 소리가 가까이 들려왔다. 처얼썩, 철썩. 갯바위와 방죽을 거세게 몰아치는 파도 소리를 베갯머리 귓전으로 듣자 방이 마치 나룻배를 탄 듯 좌우로 일렁였다. 내가 지금 어디에 고슴도치처럼 몸 사려 누웠는가, 하고 생각하자 선화는 갑자기 외로움으로 어금니가 떨렸다. 부모님, 부디 평강하옵소서. 소녀는 이제 머나먼 길로 가랑잎처럼 떠났습니다. 선화는 가만히 입속말을 읊곤 이불을 머리 위까지 당겨 썼다. 선창거리에서 불러대는 구성진 장타령이 파도 소리에 묻혀 아슴아슴 들려왔다.

샛바람 반지 하단장 너무 추워 못 보고 / 나루 건너 명호장 선가 없어 못 보고 / 골목골목 부산장 길 못 찾아 못 보고 / 꾸벅꾸벅 구포장 허리 아파 못 보고 / 미지기 짠다 밀양장 싸개 먹어서 못 보고 / 고개 너머 동래장 다리 아파 못 보고 / 아가리 크다 대구장 너무 넓어 못 보고 / 이 산 저 산 양산장 산이 많아 못 보고 / 우르르 갔다 울산장 하도 바빠 못 보고 / 타박타박 내황장 발목 빠져 못 보고 / 언제 볼까 언양장 어정어정 못 보고 / 남실남실 남창장 물이 깊어서 못 보고……

누가 부르는지 가락이 잘도 넘어가는 남정네 장타령을 듣자, 선화는 율포로 시집간 언니가 길쌈하며 부르던 민요가락이 생각났다. 몇 살 적이었던가, 그때 이미 선화는 눈이 멀어 있었다. 해를 쳐다보면 빛같이 환한 무엇이 눈앞에 달무리처럼 밝게 어리던 무렵이 있었다. 그것이 몇 달 정도 계속되다 대낮에 해를 보아도 밝음을 볼 수 없었다. 그 무렵이었을 게다. 행랑마당에 백군수 댁 사비(私婢) 아녀자들이 모여 앉아 길쌈할 때, 언니가 옆에 앉아 울고 있는 자기를 어르느라 그 노래를 불러주었다. 선화는 언니가 불러주던 가락이 오랫동안 마음에 남아 있었다. 그런데 언니가 시집가버리자, 그 가락이 왠지 서러운 곡조로 변해 언니 그리움으로 코끝이 시큰해지곤 했다.

새는 새는 낭게 자고 쥐는 쥐는 궁게 자고 / 어제 아래 시집온 각시 신랑 품에 잠을 자고 / 우리 어여쁜 선화는 엄마 품에 잠을 자고 / 새는 새는 낭게 자고 쥐는 쥐는 궁게 자고 / 돌에 붙은 따개비야 낭게 붙은 솔방울아 / 우리 선화 어데 잘고 엄마 품에 안겨 자지……

선화는 자신도 엄마 품을 아주 떠났음을 느꼈다. 늘 악다구니를 퍼지르는 엄마지만 새삼스레 엄마가 그리웠다. 선화는 민요가락을 읊조리다 파도 소리에 실려 설핏 잠이 들었다.

선화는 파도를 타고 있었다. 몸이 물속으로 자맥질하다 다시 솟구쳐 올랐다. 더없이 넓고 끝닿지 않게 깊다는 바다지만 선화에게는 바다가 집안 행랑마당과 다를 바 없었다. 내가 태화강에 몸을 던져 죽으려 했던 게 아니라 이 바다에 몸을 던지겠다고 여기까지 왔던가. 그녀는 순간적으로 『심청전』과 『별주부전』을 떠올렸고 용왕이 산다는 바다 밑 궁궐을 그려보았다. 이 바다는 필경 꿈속의 바다이리라. 그렇게 생각하면서도 선화는 바다가 자기 몸을 허공에 띄웠다 다시 품속 깊숙이 당겨 안는 그 어름을 즐겼다.

문살이 뿌예지고 바깥에 인기척이 들리자 선화는 요와 이불을 한쪽에 개어놓고 나들이옷을 단정하게 입은 채 누군가 부르기를 기다리며 방에 앉아 있었다. 부엌 쪽에서 그릇 쟁강거리는 소리와 삭정이 부러뜨리는 소리가 들렸다. 벌써 이른 아침밥을 마쳤는지, "한 파수 뒤에나 보세" 하며 길나서는 도부꾼 외침도 들렸다.

"선화야, 잘 잤느냐?" 지월도 목소리였다.

선화가 얼른 방문고리를 벗겼다.

"아저씨도 잘 주무셨습니까?"

"내 젓동이 지고 길나서다 널 잠시 보러 온 참이다. 널 언제 보게 될는지 모르지만 부산포에 가더라도 거기서 사람대접 받고 잘 살아. 사람 팔자 한 발짝 앞을 모른다지만 이제 네 팔자는 네 마음씀과 수족 놀리는 데 달렸느니라."

지월도는 갈 길이 바쁜지 말을 마치자 방문을 닫았다. 잠시 뒤 행랑 아낙이 들여준 쪽상을 받아 아침밥을 한 술 뜨고 나자 선화는 지팡이 짚고 밖으로 나왔다. 울산 읍내 집이라면 집안은 물론 솟을대문 바깥까지 지팡이 없이 나서련만 그녀는 젓도가 집안 구조부터 익혀야 했다. 그래서 낮 시간 내내 출입이 빈번한 바깥채와 안채 사이 중문 섬돌에 앉아 해바라기로 보냈다. 가는 사람 오는 사람이 낯선 소경 처녀를 보고 쓸데없는 말을 물어왔고 아이들이 꼬챙이로 장난질을 했다. 그녀는 세상 사람들의 조롱에 익숙해져 마음에 두지 않았다.

낯선 잠자리라 자듯 마듯 삼청냉돌에서 하룻밤을 더 자고 난 이튿날, 이른 아침밥을 먹고 나자 아낙이 와서 선화를 불렀다. 가져갈 물건을 챙겨 나오라 했다. 안채로 나온 선화는 최선봉에게 하직인사를 하고, 그가 소개한 주전댁이란 여부상을 따라나섰다.

"해삼과 전복을 부산포로 넘기는 분이시라더니, 아주머니는 빈손이네요?" 젓도가 대문을 나서자 선화가 주전댁에게 다정하게 물었다.

"네가 그걸 아는 걸 보니 판수가 따로 없구나. 내가 잠을 잔 여각에 가서 물건 찾아 떠나야지."

"제가 아주머니 연세도 맞춰볼까요. 서른 중반, 그쯤 되잖았습니까? 얼굴도 곱고요."

"얼굴이야 생긴 대로 생겼다만 나이는 맞췄다. 애물단지 하나 맡았다 싶더니 너랑 같이 가면 말동무 되겠구나."

주전댁은 웃음이 헤펐고 말씨 또한 덜렁댔다. 그네는 선화 서너 마디 말에 정이 든 듯 누이 같은 그녀의 손을 잡고 걸었다. 선화 귀에 파도 소리가 지척이었다.

"울산 읍내에서 부산까지 백오십 리 길이라던데, 오늘 늦게라도 부산포에 닿겠습니까?"

"일광이란 어촌에서 하룻밤을 묵고 내일 낮참에 그곳에 들어갈 것이다."

"아주머니, 우리가 들 곳이 부산포 어느 대갓집이지요?" 선화는
그 말을 물으려 군말을 붙였던 셈이었다.

"부산포 객주회 부회장 나리님이신데, 요즘은 흥복상사 사장님
으로 불리시지. 재물과 권세가 부산 바닥을 뜨르르 울려."

"그렇다면 조진사 댁 나리님이시군요?"

"네가 용케 맞췄구나." 선화는 나직이 안도의 숨을 깔았다.

부산포 어느 대갓집 나리님이 자기를 청한다는 말을 들었을 때
선화는 형세도련님 외할아버지부터 떠올렸다. 백군수 댁에 부산
쪽 사람의 내왕은 도련님 외갓집 사람들 외 달리 없었다. 그중 자
신에게 관심을 가져준 이가 형세 외할아버지였다. "절세가인 될
용자인데 아깝구나……" 하고 혀를 차며 흘리던 그분 말을 그녀
는 기억하고 있었다. 작년 가을, 형세 외할아버지가 삼월이언니를
부산포로 데려가던 때였다. 선화가 부모님께 나락 여섯 섬에 자기
를 팔라고 말했을 때도, 혹시나 하는 기대를 그쪽에 걸었음이 사
실이었다.

선화가 형세도련님 외갓집을 염두에 두고 생각에 잠겨 걷자, 누
군가 반갑게 외쳤다.

"선화야, 너 선화 맞지!"

선화는 자기를 부르는 목소리 임자를 금방 알아차렸으나 꿈만
같아 넋이 빠진 듯 멈춰 섰다.

"네가 여기까지 웬일이냐?" 율포댁이었다. 건어물을 대소쿠리
에 가득 이고 걷던 율포댁이 지팡이 짚고 가는 소경 누이를 알아

본 것이다.

"언니!" 선화가 울먹이며 보퉁이 든 손과 지팡이 든 손을 벌렸다. 율포댁이 대소쿠리를 내려놓고 선화를 보듬어 안았다. 선화는 장생포와 언니 시가인 율포가 멀지 않다고 여겨졌지만, 언니를 여기서 상봉할 줄은 뜻밖이었다.

"너를 이 바닥서 만날 줄이야 어찌 짐작이나 했겠냐." 율포댁이 선화 등을 다독거리며 울었다.

"그저께 밤에 언니 생각했어요. 어릴 적 언니가 길쌈하며 불러주던 노래를 읊조려봤지 뭐예요. 그런데 여기서 언니를 만나다니⋯⋯"

"동기간에 만난 모양이네. 엄청 좋기도 하겠다. 내 그럼 얼른 물건 챙겨 오마. 선화야, 여기서 기다리고 있어." 주전댁이 선화를 남겨두고는 여각 쪽으로 떠났다.

"어느새 네가 이렇게 커서 처녀가 되다니. 인물도 꽃처럼 피어났네. 그런데 무슨 연유로 여기까지 오게 됐어? 여기로 시집온 건 아니고?" 율포댁이 머릿수건 벗어 눈물을 훔치곤 선화의 말쑥한 옷차림을 훑어보았다.

"부산포 작은마님 친정집으로 가는 길이에요. 거기 가면 날 밥먹여준댔어요. 저 아주머니가 나를 데려다줄 겁니다."

"작은마님 친정에서 왜 너를 데려가니? 아기업개로, 아니면 판수 만들겠다고?"

"그것까진 몰라요. 거기 가더라도 어떻게 입 살아나갈 길은 있겠지요. 언니 시가가 여기서 아주 가깝나 보네?"

"멀어. 여기서 율포까진 방어진곶을 돌아 북행하는 뱃길에 오십 리란다. 울산 읍내보다 훨씬 멀지." 율포댁이 갑자기 목소리를 높여 주절거렸다. "아이구, 설움 많은 우리 오누이야. 나도 시갓집을 나왔어. 청상에 과부 되어, 서방이 있나 자식이 있나, 허구한 날 물질하는 시집살이 더 배겨내지 못하겠더라."

"그럼 시댁에서 도망 나왔나요?"

"시댁 어른들도 딱하게 여겼던지 재가를 권하더구나. 행세하는 집안도 아니요, 딸린 자식도 없으니 마땅한 홀아비라도 있으면 나가 살라고. 그러나 어디 그런 자리가 쉬우며, 그렇다고 친정이 반반하여 내 돌아간들 다리 뻗고 앉을 자리 있겠냐. 바닷물에 몸만 적시면 죽은 자식이며 애아비 생각이 나서 아주 미쳐버릴 것만 같아……" 율포댁이 하소연을 쏟았다.

"그럼 시댁과는 발길 끊었단 말이지요?" 선화는 언니 말투가 엄마를 뽑은 듯 닮았다고 느꼈다.

"율포에 들른 도붓장수 여편네 주선으로 나도 이 길로 나서게 되었어. 건어물을 내지 쪽에 내다 팔고 밭곡식, 약초, 꿀을 거두어 오지. 이제 네댓 달 됐다. 아직 장사 요령에 밝지 못해 동무 따라 다니며 입이나 사는 셈이라, 지난 추석에 시부모님 옷 한 벌 장만해 율포에 들렀어. 제사만 모시고 또 떠났지. 너를 데려간다는 주전댁도 내가 아는 아주머니시다. 참, 부모님 잘 계시고? 노마님은 근력 여전하시냐?"

"모두 잘 계세요. 참, 큰오빠 살림난 것, 막내오빠 절에 들어간 것 아세요?"

"어진이 소식은 작은서방님 잘 아시는 동패 남정네한테 들었어. 밀양 표충사에서 행자 노릇 한다대. 오라버니 살림난 건 금시초문이구나."

"떠밭띠에 밭 몇 두렁을 소작지로 타내어 나갔지요. 선돌이는 꼴머슴으로 남겨두고." 선화는 자기 몸값으로 받은 나락 여섯 섬 팔아 큰오빠 밭 한 두렁 사주었다는 말은 하지 않았다.

"자식이 모두 떠났으니 양주가 얼마나 외로울꼬." 율포댁이 눈물을 닦았다.

동기간이 숫막 앞에 앉아 회포를 풀기 한참, 물건 가지러 간 주전댁은 돌아오지 않았다. 선화는 그네가 자기를 떨구고 갔을까 조바심이 났다. 어판장 쪽에서 패랭이 쓴 등짐장수 둘이 이쪽으로 걸어왔다. 하나는 창대수염의 곽돌이었다.

"율포 아주머니는 여상단과 같이 출발하겠구려. 그럼 우리 먼저 나섭니다. 길이 다르니 두 파수 뒤에나 보게 되겠군요." 곽돌이 율포댁에게 말했다.

"이애가 막내동생이에요. 여기서 뜻밖에 만났어요."

"어진이 누이로구먼. 백선다님 뵈오러 읍내 집에 들렀을 때 얼핏 봤어요. 모처럼 동기간이 만나 반갑겠습니다. 그럼 저는 이만……" 곽돌이 절을 한 뒤 걸음을 돌렸다.

"바로 저분이셔. 작은서방님 내외분이 동운사 기슭에 초당 짓고 사시잖아. 저분이 밀양 쪽으로 도붓길 나서면 초당에 자주 들르시는 모양이라. 어쩌다 함께 행보하게 되어 내가 지본(地本)을 대자 백군수 댁을 금세 아시더구나. 그렇게 말문을 터 어진이 소식도 듣게 됐지. 작은서방님을 접견하신다니 보통 도부꾼과 다르셔. 세상 물정에 밝고 심지가 굳어 장생포 남자 상단(商團) 두령격이셔." 율포댁이 선화에게 말했다.

선창거리 쪽에서 망사리 씌운 큰 두렁박을 이고 괴나리봇짐을 허리에 찬 주전댁이 왈짜걸음으로 오고 있었다.

"많이 기다렸지? 배편을 알아보러 선창에 들렀다 오는 길이야. 마침 일광 내려가는 미곡선이 있기에 끼워달랬더니 승선을 허락하더만. 그런데 선화야, 배가 바다로 빠져나갈 때까지 넌 소경 티내지 마. 뱃사람들은 가리는 게 많으니깐. 어서 가자. 곧 배가 떠난대." 주전댁이 서둘렀다.

"언니, 그럼 가요. 언제 다시 보게 될는지 모르겠네요. 읍내 들어가거든 아버지 엄마한테 내 여기서 떠나는 것 봤다고 안부 전해줘요." 선화가 일어서며 서러운 목소리로 말했다.

"읍내 거쳐갈 때도 여보부상 하는 꼴 부모님께 보이기 싫어 들르지 않았어. 이제 집에 들르면 너 보았다는 말 전하마." 율포댁이 소쿠리를 머리에 이었다. "선화야, 잘 가. 만나자 이별이구나. 부디 용한 판수로 성공해. 나다녀보니 천지사방 길 안 닿는 데 없으니 인연 길 있으면 오늘처럼 또 만날 테지. 불쌍한 우리 막내를 천지신령님 도우소서……" 율포댁 목소리가 울먹였다. 율포댁이 주전댁에게, "성님, 부디 우리 눈먼 동생 잘 부탁해요" 하고 말했다.

"걱정 말게. 부산포까지 잘 데려다줄 테니깐."

"언니, 가요" 하곤, 선화가 주전댁 뒤를 바삐 따랐다.

선화는 지팡이를 주전댁에게 넘겼다. 그네는 방파제와 배에 걸쳐진 널빤지를, 주전댁이 짚고 가는 지팡이 소리를 길잡이로 눈 멀쩡한 사람처럼 담차게 건넜다. 뱃사람들은 선화가 소경임을 눈치채지 못했고, 그녀는 무사히 짐배에 올랐다.

볏섬을 높다랗게 실은 짐배가 무겁게 선체를 틀더니 천천히 포구를 빠져나갔다. 고물께에 앉은 주전댁과 선화는 볏섬가리를 바람막이 삼았다. 바닷바람이 드세어 파도가 높게 일었다.

배가 움직이자 선화는 이 지방에서 하는 말로 '장생포 고래 아가리에 들어갔다 나온 기분'이란 말을 실감했다. 삼청냉돌 찬방에서 이틀 밤을 자고 나선 길이 뱃길이라, 높은 물이랑처럼 첩첩의 파도를 청맹과니로 헤쳐가야 할 신세였다.

"아주머니, 굉장히 큰 배 같네요?"

"볏섬 칠십 섬을 실었다니 중선만한 짐배지."

"볏섬이 다 어디로 갑니까?"

"일광에서 또 싣고 부산포로 빠져, 거기서 경상우도에 모은 볏섬을 몽땅 일본으로 가져가지."

"일본으로요?"

"장생포만도 요즘은 장마다 이 정도 양씩 실어나른단다. 육로로 실어나르는 볏섬은 또 얼만데. 추수 끝나고부터 해동 무렵까지 조선인 미곡 중개상을 앞세운 일본인 전주들이 눈에 불을 켜 조선 쌀을 거둬들여. 조선 쌀은 기름기가 흐르는 양질 미곡이라 일본 사람들이 사족을 못 쓴대."

"조선 쌀을 이렇게 일본으로 빼돌린다면 저희 백성은 농사 안 짓고 사철 배 안 곯겠네요?"

"그러니 경술년 합방되고 조선인 고혈을 저들이 빨아먹는다 말 하잖던." 바람이 드세자 주전댁이 괴나리봇짐에서 수건을 꺼내어 목에 감으려다 선화를 보곤, "바람이 차니 네 뺨이 파랗게 얼었구 나. 이 띠로 네 머리통 싸매주마" 했다.

주전댁이 무명수건으로 선화 머리를 싸매주었다. 갈매기들이 우짖으며 배를 따라왔다. 선화가 고맙다 했다.

"오늘이 일광 장날이구나. 내 뭣을 팔더라도 장판에서 네 장옷 한 벌 사주마. 쓰개치마나 장옷 없이 이 추운 철에 먼길을 나서다니, 가련키도 하다."

"아주머니, 바다가 얼마나 넓나요? 저는 짐작조차 못하겠어요." 말만 들어도 고마운 주전댁 마음씀씀이에 감복하며 선화가 엉뚱 한 질문을 했다.

"넓지, 아주 넓어. 하늘만큼 넓은 대접에 물이 가득하여 마치 산 짐승처럼 저절로 파도를 일궈내고, 물고기도 기르고, 소금도 만들 어준단다."

짐배는 외황강 앞바다를 천천히 빠져나가고 있었다. 파도가 집 채 높이로 물결을 뒤집어, 배는 만경창파에 일엽편주였다.

신라 헌강왕 시절, 임금이 울산 개운포 앞바다에서 바람을 쐬 고 돌아가려는 즈음, 홀연히 안개가 어지럽더니 동해 용(東海龍) 의 일곱 아들이 나타나 춤을 추었다는 처용마을이 물이랑 너머로 아득히 보였다. 일곱 아들 중 한 아들이 임금을 따라 경주 궁궐로 들어가 아름다운 여인을 아내로 맞고 급간이란 벼슬을 받아 아버 지 정사를 도왔다 했다. 이름이 처용이었다. 그런데 처용 처가 너무 아름다우매 역신(疫神)이 사랑하여 범하려 했기에 처용이 노래를 지어 부르며 춤을 추었더니 역신이 모습을 나타내어 무릎 꿇고 용서를 빌었다 했다. 향가 중에도 해학이 일품인 「처용가」 설화를 남게 한 바다가 외황강 하구였다.

"너는 못 보겠지만 저기 동백섬이 보이는구나. 이제 엄동이 닥쳤으니 봄도 멀지 않겠지. 정월이면 저 동백섬이 붉게 보이도록 동백꽃이 섬을 온통 덮는단다. 그럴 때면 한량들은 기녀를 배에 태워 동백꽃맞이 뱃놀이를 즐기지. 내가 저 동백섬에 꽃구경 간 게 언제였던가. 세상이 온통 무지개로 보이던 꽃 같은 시절이었어." 주전댁이 가벼이 한숨을 날렸으나 그네 목소리는 달콤함에 들떠 있었다.

"저도 읍내에서 동백섬 꽃구경 간다는 말은 들었어요."

"네 얼굴이 왜 그러냐? 백짓장 같구나." 선화를 돌아보던 주전댁이 호들갑을 떨었다.

"어젯밤 잠을 제대로 못 잔데다…… 속이 좋잖네요."

"뱃멀미 하나 보구나. 바다로 나와 배를 처음 타면 다 그렇지. 오늘은 파도가 높기도 해. 숨을 크게 내쉬고 관세음보살을 외거라. 그러면 조금 진정될 테니."

주전댁이 고쟁이를 뒤지더니 미역귀를 꺼내어, 이걸 씹으라며 선화에게 한 조각을 주었고, 자기도 씹었다. 선화는 짭짤한 미역귀를 씹어 삼키자 토악질을 했다. 배의 요동이 심상치 않았다.

짐배가 일광 포구에 들 때까지 선화는 어질머리로 몸을 가누지 못해 숫제 뱃바닥에 누워버렸고 연방 토악질을 했다. 나중에는 맹물만 올라와 뱃멀미가 이토록 고통스러운 줄 그녀는 처음 알았다. 그동안 주전댁은 배 안을 싸대며 뱃사람들과 허물없는 농을 주고 받았다.

배는 일광에서 닻을 내렸다. 주전댁과 선화가 배에서 내려 난전 장판으로 들어갔을 때는 짧은 겨울 해가 서산으로 기울어 있었다. 장터마당은 썰렁한 파장이었다. 주전댁은 선화를 의전(衣廛)으로 이끌어 연두색 바탕에 자주색 끝동 댄 장옷을 사주었다. 그네는 걸음조차 지칫거리는 선화 한 손을 끌며 난전거리 여각을 찾아들었다. 단골집인지 얼굴 익은 사람이 많아 그네는 인사 주고받기에 바빴다. 여각 삽짝으로 도붓장수, 주상배(舟商輩), 여리꾼, 짐꾼들이 뻔질나게 들랑거렸고, 봉놋방에는 취객의 목청 높은 언쟁질이 시끄러웠다.

주전댁이 부엌 옆에서 장작을 패는 중노미에게 말을 붙이자, 그가 둘을 돌아앉은 뒤꼍 방으로 안내했다. 싸리울 앞 툇마루를 달고 방이 두 개 있었다. 이 방을 쓰도록 하라며, 머리 땋은 멀대키의 중노미가 초주검이 된 선화를 힐끔거렸다.

선화는 방안에 들자마자 끼고 온 보퉁이를 내려놓고 다리 뻗어 누워버렸다. 물걸레가 된 후줄근한 몸을 뉘니, 간밤에 잠을 자고 간 여부상패가 있었던지 방바닥이 미지근했다.

"선화야, 그럼 방에서 쉬고 있어. 내 이곳 도가에 셈할 게 있으니 들렀다 오마." 툇마루 앞에서 주전댁이 말했다.

"왈짜패 남정네가 득실대는데 저 혼자 두고 가면 어떡해요. 저도 따라나설래요." 선화가 천근이나 되는 몸을 일으켰다.

"걱정 말아라. 예부터 남부상들은 여부상 짚신짝도 함부로 넘지 못한다는 말이 있다. 우리가 동패 지어 걸립패처럼 떠돌아도 그 점 하나만은 변함없이 지켜온 계율이다. 개화세상 만나 보부상 조직이 죽같이 물러지고 그 계명 또한 흐트러졌기로서니, 아직도 물음란(勿淫亂) 하나만은 금기로 지켜지고 있느니라. 내 말을 믿어라." 주전댁이 두렝박을 다시 이고 데바쁜 걸음으로 앞마당으로 돌아나갔다.

주전댁 말에 선화는 문고리부터 채우고 쓰러지듯 누워 뒤틀리는 속을 긴 숨으로 진정시켰다. 패던 골치는 숙지근해졌으나 탈진한 몸은 바다 밑으로 잠겨들 듯 손끝 하나 움직일 힘이 없었다. 간밤에 잠을 제대로 못 잔 그녀는 아슴아슴 잠에 빠져들었다.

주전댁이 돌아오기는 어스름녘이었다. 방문 흔드는 소리에 깨어난 선화가 문고리를 땄다. 주전댁은 화주와 물대(物代) 승강이를 하다 늦었다고 말했다.

"점심을 굶었더니 주린 뱃속이 지랄을 치는구나. 자더라도 뭘 먹고 자야지." 주전댁이 선화를 보챘다.

선화는 아직도 속이 뒤틀려 식욕이 동하지 않았다. 주전댁이 혼자 밥을 먹으러 봉놋방으로 나갔다. 그네는 봉놋방에서 국밥 한 그릇을 비우곤, 시래기국밥에 숟가락 꽂은 뚝배기를 뒤꼍으로 날랐다. 선화는 혼곤한 잠에 곯아떨어져 있었다.

"선화야, 내일 신새벽에 나서자면 속을 든든하게 채워놔야지. 일어나거라." 주전댁이 선화를 흔들어 깨웠다. 그러나 그녀 몸은 산송장이나 다름없었다. 그네는 국밥뚝배기를 윗목에 둘 수밖에 없었다.

　바깥은 이미 어둠이 내렸고 바닷바람이 기승을 떨었다. 봉놋방에서는 술꾼들의 주사 떠는 어깃장이 왁자했다. 주전댁은 밖으로 나가 방짜대야에 물을 담아왔다. 그네는 대야물을 방으로 들여놓곤 괴나리봇짐에서 장옷과 수건을 꺼냈다. 수건부터 물에 빨아두고 낯짝과 목을 씻곤 치마와 속치마를 한꺼번에 벗어 고쟁이를 까내렸다. 그네는 어둠 속에 박 같은 엉덩이를 드러낸 채 빨아둔 수건으로 뒷물을 했다. 그네는 장옷을 말아 뭉쳐 옆구리에 끼고 뒷물대야를 밖으로 날랐다.

　주전댁은 그길로 뒤꼍 지게문을 빠져 야트막한 마을 뒷산 쪽으로 장옷 둘러쓰고 잰걸음을 놓았다. 일광에 오면 그네에게 정인(情人)이 있었다. 그네가 사통하는 사내는 황부잣집 청지기로, 도가에 들렀다 오며 그를 만나 어둠살 내리면 만나자고 언약해두었던 것이다. 육허기(肉虛飢)를 채우고 좁쌀 서너 되까지 얻으니 그네로서는 소문 안 나는 꿩 먹고 알 먹기였다. 사내와 계집이 만나는 장소는 물레방앗간 뒤 잿간이었다.

　양물에 걸신들린 주전댁이 화급하게 떠나고 얼마 뒤, 중노미가 뒤꼍으로 돌아와 쪽마루 아래 아궁이에 군불을 지폈다. 그는 이불을 날라 와, "아주머니, 이불 가져왔어요" 하고 몇 차례 소리 질렀으나 방안에서는 기척이 없었다. 섬돌 바닥을 살피니 미투리가 한 켤레뿐이었다. 그는 이불을 쪽마루에 두고 가려다 문고리를 흔들었다. 잠겨 있는 줄 알았던 방문이 열렸다. 중노미가 어슴푸레한 방을 들여다보니 소경 처녀만이 옅게 코를 골며 잠에 들어 있었다.

혼자 잠에 든 선화를 본 그는 임자 없는 꿀단지나 발견한 듯 히쭉 웃곤 방문을 닫았다. 그는 부리나케 바깥마당으로 내달았다.

잠시 뒤, 중노미는 머리 땋은 애젊은 놈팡이 둘을 데리고 뒤곁으로 들어왔다. 땅딸보는 어판장 여리꾼이었고, 중노미처럼 멀대키는 여각 놉살이로 밥술을 먹는 자였다. 셋은 맹수 굴에 제 발로 들어와 잠이 든 암사슴을 어떻게 요리할까를 두고 티격태격 속달거렸다.

"웬 말이 많아. 네놈이 망봐야지." 땅딸보가 중노미에게 말했다.

"내가 먼저 봤는데 망을 보라니." 중노미가 불퉁거렸다.

"찬밥 한 그릇도 순서가 있는 법이야. 망은 교대로 보자는 게지 네놈만 김칫국 마시고 꺼지라는 거 아냐." 멀대키가 완력으로 중노미 어깨를 눌렀다.

"넌 처녀 따먹은 경험이 없잖아. 다 같은 계집이라도 벌려주지 않는 다음에야 처녀하고 과부는 다루는 수법이 달라. 우린 보리밭에서 이런 경험이 많았거던. 우리가 앞길 닦아놓으면 넌 가마 타고 오면 돼." 땅딸보가 말했다.

"소경 계집 말타기야 경험이 뭐가 중요해요."

둘은 중노미에게 망 잘 보라는 말을 남기고 방으로 들어갔다. 뱃멀미로 뱃속을 깡그리 비운 선화는 나락에라도 떨어진 듯 한잠에 들어 있었다. 선화 머리맡에 무릎 꿇어앉은 멀대키가 순간적으로 이불 한 자락을 그녀 얼굴에 덮씌웠다. 양 무릎으로 그녀 두 팔을 젖혀 눌렀다. 아래쪽에서 고의춤을 내린 땅딸보가 선화를 눌러 덮쳤다. 선화는 고함 한마디 지르지 못한 채 자지러졌다.

*

　　열에 들떴던 몸을 찬바람에 식혀가며 주전댁이 여각으로 돌아
오기는 이경이 넘어서였다. 달도 없는 깜깜한 하늘에는 별무리만
싸라기로 떨어질 듯 오돌져 반짝였다. 그네가 지그시 닫힌 삽짝을
밀고 여각마당으로 들어서니, 봉놋방은 초롱불 아래 남정네들이
머리를 맞대고 골패노름에 정신이 없었다. 방안은 너구리 잡듯 남
초 연기가 자욱했다. 그네는 발소리 죽여 뒤꼍으로 돌아왔다.

　　"선화야, 문 열어라." 주전댁이 말하며 문고리를 잡으니, 방문
이 저절로 열렸다. 잠결에도 따라나서겠다더니 문단속은 안했군,
하며 그네는 깜깜한 방으로 들어섰다. 그네는 장옷을 벗고 어둠
을 더듬어 괴나리봇짐을 베개 삼아 선화 곁에 몸을 뉘었다. 선화
가 이불을 덮은 채 잠이 들어 있었으나 그네는 누가 이불을 가져
왔으며, 선화가 언제 잠에서 깨어나 이불을 챙겨 덮었는지 따져볼
정신이 없었다. 따뜻한 방바닥에 시렵던 엉덩이와 노곤한 팔다리
를 붙이니 몸이 까라졌다. 그네는 선화가 덮은 이불 한 자락을 당
겨 가슴을 눌렀다. 주전댁은 선화가 까무러친 줄도 모른 채 아직
도 거웃 아래쪽에 스멀거리는 정욕의 찌꺼기를 단잠 속에 묻었다.

　　주전댁이 잠에서 깨어나기는 첫닭 울음소리가 들렸을 무렵이었
다. 그러나 닭 울음소리가 아니라 훌쩍이는 울음소리를 듣고였다.
강아지가 앓듯 울음을 입술에 물고 흐느끼는 소리에 눈을 뜨니,
선화였다. 어느새 일어났는지 방구석에 쪼그려 앉은 선화가 치마
폭에 얼굴을 묻은 채 서럽게 울고 있었다.

"쯔쯔, 부모 품 떠나니 서럽기도 하겠지. 짐승이나 사람이나 부모 품과 자라던 땅 떠날 때가 가장 서러운 법이야. 그러나 세상사 이치가 그러하니 너도 참아라. 뒷날 좋은 세월을 만나면 금의환향할 날도 있을 게다." 주전댁이 말하곤 몸을 돌려 잠뜸을 더 들이려 눈을 붙였다. 선화의 소리 죽인 오열은 쉬 그치지 않았다.

문살이 훤하게 밝았을 때야 주전댁은 다시 눈을 떴다. 선화는 그때까지도 울음을 그치지 않고 있었다. 부모가 임종한 것도 아닌데 웬 곡성이 저리 질기냐 싶었지만 선화가 눈먼 애라는 데 그네의 생각이 미쳐, 그럴 수도 있겠거니 여겼다. 바깥채 마당 쪽에서는 벌써 길 떠날 도부꾼들의 웅성거리는 소리가 들렸다.

"우리도 낯짝에 물 바르고 얼요기라도 하고 떠나야지. 여기서 부산포까지 칠십 리가 넉넉하니 대창정(중앙동) 삼정목에 있는 홍복상사 대갓집에서 늦은 점심밥이라도 얻어먹자면 서둘러야 겠다." 주전댁이 일어나 앉아 머리 매무새를 고치다 윗목에 놓아둔 뚝배기국밥에 숟가락이 그대로 꽂혀 있는 걸 보았다. "너 어젯밤에 국밥도 먹지 않고 잠잤구나. 그래서야 다리품에 의지하기는커녕 지팡이 들 힘이라도 남았겠냐. 내가 애물단지를 맡았다 싶더니 정말이구나."

"아주머니, 저는 아침밥도 못 먹겠어요. 그렇다고 업혀 가지 않을 테니 제 걱정 마십시오. 어서 떠날 수 있게 아주머니나 서둘러 주세요." 저고리 고름으로 눈자위를 훔친 선화가 아귀세게 말했다.

인심(忍心)

한일강제병합이 이루어진 지 햇수로 4년, 1913년 새해가 밝았으나 조선총독부의 강권 식민통치 아래 조선 땅은 긴 어둠에 잠겨 먼동의 바람조차 기약할 수 없었다. 일본의 무단통치는 해가 갈수록 가혹하게 식민지 백성을 옥죄었다. 아무도 광복이나 독립을 말하는 자가 없었고, 창의군이나 의병 활동상을 압록강과 두만강 아랫녘에서 들어볼 수 없었다. 목숨이 붙었으니 숨 쉬고 움직이지만 하나같이 산송장에 불과했다. 선정(善政)과 절의를 논하고 윤리와 도덕을 따지던 군자들도 침잠해버렸다. 몽매한 아래백성이야 어둠의 세월에 의지할 데라곤 삼라만상에 몸을 묻어 호구나 이으며 질긴 목숨을 연명하는 길밖에 없었다. 나라 잃은 설움이 바로 이렇구나. 위로부터 아래에까지, 늙은이로부터 젊은이에까지 탄식이 안으로 여무니, 밖으로 터지지 않는 종기는 암이 되었다. 한편, 체념은 반사작용을 낳아, 시속의 환경에 빠르게 적응하는 뭇 생명의 생존 이치에 따라, 쏟아져 도래하는 나막신 신은 자들에 기생하려는 또 다른 무리만이 뒷간 구더기처럼 창궐했다.

태백정맥이 반도 땅 등뼈를 이루며 아래로 굽이쳐 내리다 마지막 용트림하듯 치솟았으니, 경남 밀양군, 언양군, 양산군 경계를 이룬 접경지점이 그곳이었다. 북으로 사자봉, 동으로 신불산, 서로 정각산, 남으로 향봉산이 천 미터 전후로 우뚝우뚝 솟은 가운데 아늑하게 흘러내린 골짜기에 자리한 표충사는 원효대사가 창건했으니 1259년의 긴 세월 동안 만고풍상을 이겨낸 백 칸 넘는 유서 깊은 대찰이었다. 수행 행자와 의탁 교육생을 제외하고도 70여 명의 승려들이 고찰을 터 삼아 속세의 어두운 세월에 아랑곳없이 예나 지금이나 지성으로 성불(成佛)에 이르는 습득에 혼신을 쏟고 있었다. 식민지 반도 땅에 별 풍파 없는 처소가 있다면 산문이 그곳이요, 가히 열반적정(涅槃寂靜)을 체득할 만한 터전이었다.

석주율이 행자가 된 지 넉 달을 넘겨 해가 바뀌니, 그의 나이 열아홉 살이었다. 체구가 늠름해져 헌걸찬 장부가 되었다. 그러나 여린 마음은 아직도 뿌리를 깊이 내리지 못했고, 행자 수행이란 각고의 나날일 수밖에 없었다.

행자들에게 낮 시간은 강원에서 여러 학인승의 지도 아래 교육으로 메워졌는데, 한 달에 한 번씩 시험을 치렀다. 시험과목은 『사미율어(沙彌律語)』『초발심자경문(初發心自警文)』『사십이장경(四十二藏經)』『유교경(遺敎經)』『반야심경(般若心經)』등이었다. 시험에서 성적이 떨어지는 행자는 유급되어 아랫반 행자들과 함께 교육을 받았다. 유급이 세 차례에 이르면 하산 명령이 내려졌다. 사문(沙門) 퇴교로, 보통이 싸서 저자로 내려가는 행자가 숱했다. 퇴짜 맞고 하산한다 하여 승려가 영원히 못 되는 것은 아니었다. 배불숭유(排佛崇儒) 정책에 따라 조선조가 들어선 뒤 사찰이 쇠락하고 법도가 무너지자, 엄격한 행자 수행을 거치지 않고 승려가 되는 길도 있었다. 더욱 조선 말기의 쇠한 국운이 사회 전반에 영향을 미치니 도량 또한 질서가 더 어지러울 수밖에 없었다. 돈 많은 부자가 자신의 극락왕생을 위해 지은 개인 사찰에 들어가 부목 노릇을 거쳐 삭발할 수 있었고, 퇴락한 암자에 은거한 노승의 시자 노릇을 하다 그로부터 삭발계(削髮戒)를 받기도 했던 것이다. "이 절이 아니면 중질할 데 없는 줄 알아." 분기하여 하산하는 자가 삭발하고 먹물옷을 걸친다 한들, 정각(正覺)에 이르지 못한다면 한갓 잡승(雜僧) 되기가 십중팔구였다.

석주율이 속한 반은 수행받는 행자가 모두 열여섯 명이었다. 그 중 아홉은 석남사, 석골사 등 인근 여러 절에서 위탁교육을 맡긴 행자들이었다. 조선총독부가 이태 전 팔도도총섭(八道都摠攝) 제도를 폐지함으로써 호국성지로 불찰 대본산인 표충사가 하루아침에 양산 통도사 관할 아래 편입되는 수모를 당했지만, 규모로 보나 출중한 학인승의 수로 보나, 행자 교육만은 어느 본산보다 모범적이어서 여러 절로부터 위탁 교육 위임이 많았다.

석주율이 행자 교육을 받기 시작하여 첫 달 시험에서는 차석을 했고, 둘째 달에는 성적이 가장 우수하여 학인승들로부터 칭찬을 받았다. 그러나 셋째 달에는 다시 차석으로 물러앉았다. 그의 경쟁자는 언양 상북면 석남사에서 온 노갑술이란 행자였다. 나이가 주율보다 두 살 아래였으나 자그마한 키에 영리한 소년이었다. 학습에 정진하기가 열성이라 배운 교재를 달달 외웠다. 그의 소임처는 교무실 시봉이었다.

양력으로는 새해에 들었지만 음력으로는 아직 섣달 그믐 절기였다. 평지조차 삼라만상이 꽁꽁 얼어붙었을진대 산문의 한겨울은 추위가 뼈를 아리게 했다.

음력 섣달 초여드렛날은 석존께서 보리수 아래 여섯 해에 걸친 고행정진 끝에 깨달음을 얻고 부처가 된 날이었다. 석존께서 세상에 온 날, 출가한 날, 열반에 든 날과 함께 불가(佛家)의 4대 명절의 하나인 이날은, 싯다르타가 무명(無明)의 사바세계에 깨달음의 빛을 밝힌 날로서, 성도절(成道節)이라 하여 뜻 깊은 기념일이었다. 특히 성도절은 시기가 추운 겨울철이요 승려들이 선방에 칩거하여 정진하는 동안거(冬安居) 결제 기간(음력 10월 15일~1월 15일)에 속해 절 안은 각 부서 소임승, 학인승, 행자들만이 활동하다 보니 늘 한갓질 수밖에 없었다. 오직 육신의 병을 앓는 중생들이 들랑거리는 의중당은 인적이 그치지 않았다. 바람 따라 달랑대는 풍탁 소리, 구르는 가랑잎 소리, 새들의 우짖음이 겨울 산사의 정적을 깨뜨렸다.

성도절을 맞은 날이었다. 그날 새벽은 불자(佛者)들이 가지고 온 등을 밝히는 만등불사(萬燈佛事)가 있었다. 행자들은 성도절을 맞기 이레 전부터 철야정진을 했기에 모두 지쳐 있었다.

저녁공양을 마치고, 강원에 행자 교육을 받은 지 삼 개월 이상 된 행자들만 따로 모였다. 모두 서른 명 남짓 되었다.

"내가 호명하는 행자는 남고 나머지는 각 소임처로 가도록." 행자 교육을 총괄하는 교무승 자명이 속명을 불렀다.

"예종우, 오관웅, 이길보, 조우각, 공확, 노갑술, 석주율."

모두 일곱이었다. 강원 안에 무릎 꿇어 앉은 행자들이 뽑힌 자를 둘러보았다. 일곱 명은 각 반에서 신심이 탁월하고 달마다 한 번씩 보는 시험에서 성적이 우수한 행자만 골라 뽑았음을 알 수 있었다.

"특별반을 만들 모양이야. 저들은 별도 수행을 받게 될걸." "지옥반에 걸려들었어. 동안거처럼 특별 고행정진을 시킬는지 몰라." 일곱 명에 끼지 못한 행자들이 강원을 나서며 저희들끼리 부러워하고, 시기했다.

"여기에 뽑힌 일곱으로 업장반(業障班)을 만든다. 앞으로 업장반은 별도 수행을 받게 될 것이다. 업장반 반장은 취봉스님으로 정하고, 오늘 저녁예불 이후부터 한방에서 동숙하게 될 것이니 각자 사물을 챙기도록."

자명의 말에 일곱 행자는 뒤쪽에 늠름하게 선 취봉을 보았다. 행자 수행을 마치고 3년 전 봄에 삭발수계 받은 나이 스물셋인 장골이었다. 몸집이 장대한데다 얼굴이 곰을 닮아 마주보면 절로 위압감이 느껴지는 틀거지였다.

석주율은 업장이란 의미를 되새겨보았다. 업장이란 전생에 지은 허물로 인하여 이승에서 받게 되는 행위라 할진대, 이는 업보요, 죗값이며 업값이라 할 수 있었다. 전생의 허물이 무엇이기에 여기 일곱 명만 별도로 이승에서 업값을 치러야 하는지. 그러나 지금에 와서 반 이름을 따질 필요는 없었다. 지옥반이면 어떻고 열반반이면 어떠랴. 오직 지순으로 시키는 바를 따르면 되리라. 그는 그렇게 생각했다.

저녁예불을 마치고 각자 행자실에서 사물을 챙겨들고 나와 제4 요사채 마당에 일곱 명이 모이니, 취봉이 그들을 인솔하여 가람실 뒤쪽 선방으로 안내했다. 밤 기온이 떨어져 귓바퀴를 도려낼 듯 추운데, 사방 다섯 자 남짓한 방은 뜻밖에 삼청냉돌이었다. 썰렁한 방에 몸 뉠 엄두가 나지 않아 행자 일곱은 엉덩이 들어 무릎 꿇어 앉았다.

"오늘이 성도절이니 세존께서 이루신 여섯 해 고행에 비긴다면 바람막이 된 이 방도 극락과 다름없다. 이제 나도 너희들과 함께 동고동락하게 되었으니 서로 참고 이겨내자. 깨달음이란 육신의 안락으로는 이룰 것이 없다. 너희들도 들었을 것이다. 팔상전에 모신 목조 관음상은 좌공이란 스님이 삼십이 년에 걸쳐 만드셨다니, 말년에는 손톱과 지문이 닳아 없어지고 눈까지 머셨다. 그런 각고의 일념이 곧 정진이다. 출가를 결심했다면 피와 살을 깎아야 한다!"

반장 취봉의 우람한 목소리에 일곱은 할 말이 없었다. 7일 동안 철야정진으로 졸음에 쫓긴 터라 서로 체온에 의지하여 잠을 잘 수밖에 없었다. 석주율은 한 반에 뽑힌 노갑술과 짝이 되었다.

이튿날 아침, 석주율은 방장실과 의중당 청소를 마치고 어젯밤에 잠을 잔 선방으로 갔다. 취봉이 업장반 행자를 주지실로 인도했다. 반장 말로는, 주지스님의 특별 교의(敎義)를 듣게 되는데 앞으로 이틀에 두 시간씩 설법이 있다 했다.

주지승에게 합장 목례하고 일곱 행자가 면전에 가부좌했다.

"너희들은 수행행자 중에서 일 년에 두 번씩 선발하는 임자년 마지막 업장반이다. 행자들 중 가려 뽑았다 해서 너희들이 다른 사미보다 큰스님이 될 것이라 점 찍힌 것도 아니요, 앞으로 특별한 처우를 받게 되지도 않는다. 지닌 바 성품, 신심, 재능, 인내를 갖추었다 해서 반드시 득도(得道)한다고 말할 수 없고, 그 길이 정해져 있지도 않다. 또한 득도했다고 누가 인정해줌도 아니요, 겉으로 표나는 것도 아니다. 그 마음은 부처님만 아실 것이다. 그러나 불자도 중생과 마찬가지로 싹은 보이게 마련이라 좋은 종자를 골라 험한 돌밭에 씨 뿌려 싹을 틔워보려 함이니, 수행이 비록 고되더라도 중생의 업장까지 짐 진다는 자비심으로 잘 견뎌 후년의 정진에 그 바탕으로 삼을지어다." 주지승 일각이 운을 떼고 첫 설법을 '연기(緣起)'로 택하여 강론했다.

"세존께옵서 사밧티(舍衛城) 교외 제타 숲 정사에 계실 때, 여느 때처럼 비구를 모아놓고 연기와 연생(緣生)을 두고 설하셨다. 한마디로 연기란 이 세상에 내가 있거나 없거나 이미 정해져 있음을 뜻한다. 생이 있기에 노사(老死)가 있다. 해가 있기에 밝음이 있다. 물이 있기에 물고기가 있다. 땅이 있기에 나무와 풀이 있다. 달리 본다면 조선과 일본도 내가 있거나 없거나 있어왔다. 그 내용은 상의성(相依性)이요, 모든 이치가 관계와 상관으로 맺어져 있고, 원인과 결과의 법칙이라 할 수 있다. 이런 연기로서 존재의 법칙은 영원히 존속하는 것이니 내 존재와 관계없이, 과거에도 있었고 지금도 있으며 앞으로도 있을 것이다……" 일각의 강론은 계속되었다.

석주율은 주지승이 화두를 '연기'로 풂으로써 연기가 업장반의 새 조직과 어떤 상관성이 있느냐, 곧 앞으로의 돌밭 수행을 두고 볼 때 무엇을 상징하느냐를 풀어보려 고심했다. 그러나 얼른 잡히는 것이 없었다. 다만 그는 주지승의 강론을 통해, 연기란 상관성의 이치가 의중당에서 정혜로부터 들은 우주와 인체의 상관성과 무관하지 않음을 알았다. 연기가 태초부터 있어온 이 세상 만물의 원인과 결과가 빚어낸 상관성이라면, 정혜는 허준이 편저한 『동의보감』 머리글에서 인용하여 석주율에게 이렇게 말했다. "사람의 머리가 둥근 것은 하늘의 형상을 본뜬 것이요, 발이 모난 것은 땅의 형상을 본뜬 것이다. 하늘에는 사시(四時)가 있고 사람에게는 사지(四肢)가 있다. 하늘에는 오행(五行)이 있고 사람에게는 오장(五臟)이 있다. 하늘에는 육극(六極)이 있고 사람에게는 육부(六腑)가 있다. 하늘에는 팔풍(八風)이 있고 사람에게는 팔절(八節)이 있다. 하늘에는 구성(九星)이 있고 사람에게는 구규(九竅, 구멍)가 있다. 하늘에는 십이시(十二時)가 있고 사람에게는 십이경맥(十二經脈)이 있다. 하늘에는 이십사기(二十四氣)가 있고 사람에게는 이십사유(二十四兪)가 있다. 하늘에는 삼백육십오도(三百六十五度)가 있고 사람에게는 삼백육십오골절(三百六十五骨節)이 있다. 어디 그뿐인가. 하늘에는 해와 달이 있고 사람에게는 눈이 있다. 밤과 낮이 있기에 사람에게는 깨어 있는 때와 잠자는 때가 있다. 맑은 날과 천둥 번개 치는 날이 있기에 사람에게는 기쁠 때와 화날 때가 있다. 비와 이슬이 있기에 사람에게는 슬플 때와 눈물이 있다. 하늘의 음(陰)과 양(陽)이 사람에게는 곧 한(寒)과 열(熱)이다. 땅과 상관성을 두고 보자면 땅의 우물은 사람의 핏줄이요, 나무와 풀은 사람의 터럭이다. 땅의 쇠붙이와 돌은 사람에게 뼈와 이(齒)에 해당되고, 흙은 곧 살이다. 이 모두가 사대(四大, 만물의 근원인 땅, 물, 불, 바람)와 오상(五常, 다섯 가지 인륜)의 조화로 성립되어 있으니 그 오묘한 섭리를 헤아릴 길 없다……"

연기에 관한 설법을 마친 일각은 '연생'에 대한 강론을 이어갔다.

"……연기가 나란 존재와 관계없이 있어온 우주 삼라만상의 원인과 결과의 법칙이라면, 연생은 조건이 있기에 발생하는 결과이다. 노사, 즉 늙고 죽는다는 괴로움이 바로 연생이다. 그러므로 그 조건을 없애버릴 때, 결과로서의 괴로움 역시 없앨 수 있다. 세존께서는 어제 성도절 날 오랜 고행 끝에 정각하여 사바세계 생로병사(生老病死)의 사슬을 끊고 해탈하셨다. 즉, 연기의 법칙을 깨달음으로써 연생의 고(苦)를 풀었다는 뜻이다. 행자들이여, 생각해 보라. 이 세상의 뭇 중생은 모두 연생의 사슬에 매여 있다." 말을 끊은 일각이 날카로운 눈길로 일곱 행자를 둘러보았다. 죗값을 타고난 자식들아, 내 말뜻을 알겠느냐는 눈빛이었다. 행자들은 주지승의 눈길을 마주볼 수 없어 시선을 깔았다. 일각은 연생을 두고 계속 설법을 풀어나갔다. "…… 조건이 있기에 발생하는 결과를 사람의 경우를 두고 풀어보면, 거짓말 잘하는 자가 도적이 된다는 이치와 같다. 음욕을 품은 자가 부정을 저지른다. 기만하는 자가 남을 곤궁에 빠뜨리고, 교만한 자가 남을 업신여긴다. 탐욕이 맑은 마음을 어둡게 하고, 사악한 자에게 칼을 주면 살생을 저지른다.

먹어서 안 될 독풀을 먹으면 병을 얻지 않던가. 그럴진대, 출가자가 왜 선정(禪定)에 임해도 속세의 잡념을 끊지 못하는가. 왜 지혜를 쫓아도 지혜는 나로부터 달아나는가. 거기에는 조건이 있기에 결과를 빚는 것이다. 너희들은 물론, 나 역시 괴로움의 조건부터 밝혀야 하고, 모름지기 그 조건을 제거하는 데서 진법(眞法)의 이치를 깨달아야 하리라……"

일곱 행자 중 머리를 끄덕이는 자도 있었다. 석주율은 그제야 어둠 속 멀리에서 비쳐오는 등불처럼, 무엇인가 희미하게 떠오르는 것을 보았다. 출가했음에도 끊임없는 번뇌에 시달리는 자신의 마음, 그 마음은 갈대처럼 흔들리고 새털처럼 불안에 떨고 있었다. 마음을 비우고 비워 나를 송두리째 잊으려 해도, 나는 늘 내 마음속에 있었다. 천길 벼랑 앞에 서서는 건너편 보리수 아래에서 고행하는 세존을 보고 달려가 그분 앞에 꿇고 싶은 간절한 마음이면서도, 벼랑을 건너뛰기를 두려워하는 심약한 사슴 한 마리가 나였다. 연생의 괴로움을 어떻게 풀어야 하나. 그 조건을 어디에서 캐내야 하나. 그렇게 되묻자 희미하게 떠오르던 등불이 다시 꺼져버리듯 그는 암담함에 휩싸였다. 그가 마주 쥔 땀 밴 손으로 떨고 있을 때, 일각은 뜻밖에도 사명선사를 끌어들여 연생의 조건을 풀이했다.

"……이 대찰을 처음은 죽림사라 했고, 신라 흥덕왕 때 영정사로 이름을 고쳤다가 임진왜란 때 큰 공을 세운 사명선사의 충혼을 기려 나라에서 표충사라 명명했음은 행자들도 알고 있을 것이다. 선사께서 금강산 유점사에 있을 때 임진란이 일어났다. 연기로 따지자면 선사께서 이승에 계시지 않았어도 그 병란은 일어났을 것이다. 선사께서는 나라가 왜란을 당함에, 왜군에 학살되는 동포의 참혹한 정경을 보자 참선을 떨치고 분연히 일어서셨다. 그렇게 수행을 꺾고 일어서게 된 것도 연생으로서의 괴로움, 즉 그 조건을 제거함에 뜻을 둔 호국불심이었고 제도중생의 참뜻 또한 거기에 있었음이라……" 일각의 설법은 본론에 닿고 있었다. "……연생의 조건을 푸는 데는 대국적으로 두 갈래 길이 있다. 나를 들여다보고 내 속에서 괴로움을 만들어내는 조건을 제거하는 과정은 참선을 통해 업값을 끊임없이 씻어내어야 한다. 한편, 중생의 괴로움을 굽어볼 때 그 괴로움을 만들어내는 조건을 없애는 과정은 중생 속에 나를 던져 넣지 않으면 안 되리라. 호의호식과 처자식 버리고 궁궐에서 뛰쳐나온 세존께서 중생 속에 자신을 던져 넣음이야말로 연생의 조건을 푸는 시작이었고, 이를 후세 불자들은 출가라 하여 높은 뜻을 기림이다. 상구보리 하화중생(上求菩提 下化衆生)이란 말을 너희들도 귀따갑게 들었을 터인즉, 사명선사께서 왜 승병(僧兵)을 모집하여 왜적 무리와 대적해야 했던가……"

주지승 일각 말이 여기에 이르렀을 때, 석주율은 뒷말이 어떻게 풀려나갈 것임을 알 수 있었다. "일본 제국주의의 무단 통치 아래 도탄에 신음하는 오늘의 현실이 임진왜란 때와 어떤 면에서 다르랴. 그럴진즉, 너희들은 이 예토(穢土)의 지옥에서 피 흘리는 중생 구제를 한시도 잊어서는 아니 되리라." 표현은 달랐으나 주지승은, 나의 구제와 중생의 구제에서 어느 것부터 앞서야 하는가를 비슷한 내용으로 설법했다.

"······불자들의 진정한 깨달음은 관념에 매여 내세의 구원만 바랄 게 아니라 예토에 억압 없는 평화의 불국토부터 세우는 일이다. 이 암흑시대에 불자들이 먼저 깨어나야 한다. 중생 구제를 외치며 깨어나지 않고선 연생의 괴로움을 끊을 수 없다. 내 한 몸 보신과 극락왕생만을 염원할 때 그 눈에 비친 사명선사는 한갓 속승(俗僧)에 불과하고, 여기 유물관도 빛을 잃을 것이다. 성불이라 함은 나를 죽여 중생에게 진리의 빛을 밝히는 길이다!" 일각이 마지막 말에 힘을 주었다.

행자들이 주지승 강론에 감복되어, 나무아미타불을 읊조렸으나 석주율은 눈을 감고 말았다. 일각스님, 저는 보리(菩提)의 거룩함을 좇아 무명(無明) 속의 나를 깨닫고자 사문에 들어왔습니다. 나를 알지 못할진대 어찌 중생을 구제하며, 내 괴로움을 끊지 못할진대 어찌 중생의 괴로움을 끊게 해주겠습니까. 돈오입도(頓悟入道)할 날까지 저는 청정(淸淨)으로 제 마음을 닦겠습니다······ 이제 석주율의 귀에는 주지승의 외침이 들리지 않았다. 그의 눈앞에는 평생에 걸쳐 마음에 남아 있는 속진을 씻으며 수행해온 동운사 조실승 모습만이 환하게 떠올랐다.

*

교육이란 지식을 통하여 사람을 새롭게 만든다 할 때, 업장반 행자 교육은 대승불교(大乘佛敎)의 참뜻을 가르쳐 호국으로서 제도 중생에 많은 시간을 할애했다. 이틀에 한 번씩 있는 주지승 설법이 그러했고, 교무승 자명 또한 훈화마다 그 점을 강조했다. 그러하다 보니 업장반 분위기는 곧 승병을 조직하여 반도 땅에 나온 일본군 상주 수비대, 헌병대, 경찰서를 상대로 무력 투쟁을 벌여야 할 기상으로 바뀌어갔다. 그 투쟁을 통해 조선인을 늑탈하는 일본인의 살상은 살상이 아니요 제도 중생의 가장 거룩한 발심(發心)으로 이해되었다.

석주율은 표충사가 항일 비밀결사단체인 영남유림단을 조직한 모체임을 새삼 되새기지 않을 수 없었고, 여러 절을 다녀보지 못한 채 불쑥 표충사를 택해 출가했음이 뒤늦은 후회로 마음을 저몄다. 다른 수행행자들보다 교무승과 학인승들의 눈에 띄어 업장반에 뽑히게 되었음 또한 괴로웠다. 속세와 철저하게 등을 돌린 채 깨달음에 이르고자 한평생을 모름지기 수도에만 바쳐온 동운사 조실승이 새삼 그리웠다. 헌병대에서 당한 악몽을 떨치려 오늘의 자신을 있게 한 스승마저 이별하고, 이 우주 속에 '나'란 존재를 깨달으려 혈혈히 표충사로 왔건만, 이제 눈 위에 서리까지 친 격이었다.

어느 날, 교무승이 석주율을 교무실로 따로 불렀다.

"업장반 다른 행자는 수행에 임할 때 안광이 살아 열정으로 끓는데, 주율 행자 눈은 늘 수심에 잠겼으니 어찌된 일인가?" 자명이 물었다.

"아직 착심(着心)이 부족한가 봅니다. 정진하겠습니다."

"주율 행자는 다른 행자보다 종무소에서 기대가 크다는 점을 명심하도록." 그 말에 석주율은 대답을 못했다. "중생이 미망에서 헤매며 당하는 고통의 업을 불자가 덜어주지 않으면 누가 덜어주겠느냐. 우리는 자기 몸을 공양해서라도 정토구현(淨土具現)에 앞장서야 한다. 천황을 현인신(現人神)으로 받들고 천조대신(天照大神, 일본 시조)을 법화경의 번신(番神)으로 모시는 저들의 불경함 또한 깨부숴야 하리라." 자명이 말한 뒤, 실천불교로서 살신(殺身)을 두고 훈화를 계속했다.

업장반이 조직되고 보름이 지난 음력 세밑이었다. 그날은 입춘절을 시샘하는지 날씨가 엄청 추웠다. 석간수에 걸레를 빨아 선방으로 채 돌아오기 전에 걸레가 뻐덩하게 굳어버렸다. 업장반 행자들은 점심공양을 하며, 속세에 있을 때 이렇게 추운 날 나무하러다닐 적은 생각만 해도 턱이 떨린다는 말을 우스개 삼아 나누었다.

"오늘 오후는 심신 단련차 뜀박질이나 해볼까."

반장 취봉이 말했을 때 행자들은 여느 때처럼 운동 삼아 용추폭포나 다녀오겠거니 여겼다. 그러면서도, 하필 이렇게 추운 날을 택할 게 뭐냐며 불평하는 행자도 있었다. 취봉은 행자들에게 수건을 지참하고 교무실 앞에 모이라 했다.

"들메끈을 단단히 죄어. 오늘은 먼길을 다녀오게 될 테니." 장군죽비를 든 취봉이 늘어선 행자들에게 말했다.

"모처럼 이빨에 땀깨나 빼겠군." 뜀박질에는 늘 앞장서는 이길보가 말했다. 그는 업장반 일곱 중 성격이 쾌활해 무슨 일이든 솔선수범했고, 우스갯말도 잘해 심신이 각다분한 행자들 마음을 풀어주었다.

"어디로 갑니까?" 공확이 물었다.

"어름골이다."

발이 시려 동동거리던 행자 여럿이 놀랐다. 어름골은 내원암과 서상암을 거쳐 북으로 가는 길이 시오리였다. 평지길 시오리라면 대수롭지 않겠으나 인적 끊긴 실배암길을 따라 첩첩 험한 산을 넘고 골짜기를 빠져야 했다. 어름골은 사자봉 북쪽 기슭에 있었는데, 사자봉 허리를 비껴 허위단심으로 넘어야 하고, 응달에는 녹지 않은 눈이 발목을 덮을 게 뻔했다.

어름골은 밀양 일대에 널리 알려진 명소였다. 여름에도 계곡 바위틈마다 석류알 같은 얼음이 박혀 붙여진 이름이었다. 삼복 한철에도 서늘한 계곡의 신비에 더위를 식히러 오는 한류객이 떼로 몰려와 들병이며 음식장사까지 껴 자못 성시를 맞았다.

"반장님, 강추위에 길이 험한데다 너무 멀군요. 내원암이나 서상암까지 다녀오면 어떻습니까?" 유독 귀가 커 당나귀란 별명의 예종우가 의견을 내었다.

"낙오되는 자는 경책을 내릴 테니 그리 알아."

취봉 말에 아무도 대꾸를 못했다.

"고행정진이란 선방에 가부좌해 단식하는 것만 능사가 아니니 진력을 다하도록." 교무실에서 교무승 일각이 나와 행자들을 둘러보며 말했다.

그 말에 행자들은 어름골 뜀박질이 예정된 일정임을 눈치챘다. "출발!" 취봉 말이 떨어지자 일곱 행자는 한 줄로 늘어서서 일주문을 빠져나갔다. 그들은 내원암 오르는 언덕길로 접어들었다. 재인 낙엽 틈새에 얼음이 박혀 길이 미끄러웠다. 걸음에 맞추어 『천수경』을 합창하라는 취봉의 명령이 떨어졌다. 처음은 힘차게 염불을 외쳤으나 숨길이 가빠오자 외침이 한목소리가 되지 못했다. 취봉이 장군죽비를 휘두르며 더 힘차게 계속하라고 독려했다.

반 마장 채 못 되는 서상암까지 올라갔을 때 모두의 속옷이 땀에 젖었다. 숨 돌릴 시간이라도 줄 줄 알았는데 취봉은 계속 뛰기를 명령했다. 그때부터 걸음이 처지는 행자가 생겼고 허방을 디뎌 고꾸라지기도 했다. 취봉은 낙오되려는 행자들 어깨를 장군죽비로 사정없이 내리쳤다.

내원암에서 서상암까지는 골짜기를 빠져 다시 비탈 심한 높드리를 타야 했다. 오솔길은 재인 숫눈이 발목을 덮었다. 날씨가 얼마나 찬지 새소리마저 끊긴 적요한 심산을 행자들의 헉헉대는『천수경』읊는 소리만 요란했다. 넘어지는 자, 가시덩굴에 손이 찢긴 자, 절룩이는 자까지 생겼으나 업장반 뜀박질은 멈추지 않았다. 취봉은 장군죽비를 휘두르며 행군을 감사납게 몰아쳤다.

석주율은 이 행군이야말로 고행정진임을 실감했다. 땀이 어떻게나 흘러내리는지 찝찔한 눈을 연방 닦아도 앞이 흐렸다. 바위틈에 박힌 눈으로 갈증나는 목을 축이고 얼굴을 닦았건만 서상암을 넘어 사자봉을 이맛전에 두었을 때는 오금이 저려 떼는 발이 헛놀았다. 죽기까지 참아야 한다, 하고 그는 흐릿한 정신으로 중얼거리며 이를 앙다물었다. 위태롭게 보이던 앞서 뛰던 조우각이, 아이쿠 하며 무릎을 꺾고 고꾸라졌다. 그렇게 쓰러지기 벌써 세 차례였다. 석주율이 그를 부축했다. 조우각이, 아무래도 더 못 뛰겠다며 엉절거리더니 입에 거품을 물고 주저앉았다. 얼굴이 사색이었다.

"일어나서 뛰어!" 달려온 취봉이 장군죽비로 조우각의 아랫도리를 내리쳤다.

"하산하게 되더라도 더 이상은……"

"네놈이 막말까지 하는구나. 도량이란 등돌려 하산해도 막는 자 없지만, 업장반에 들어온 이상 그렇게 못해. 벼랑에 밀어버리기 전에 일어나라니깐!"

석주율이 조우각의 겨드랑이를 잡고 일으켜 세웠다. 한쪽 어깨에 그를 지다시피 하여 이끌었다. 그의 누비바지 무릎이 찢겨져 정강이에 피가 비쳤다.

"주율아, 우각인 내게 맡겨." 선두를 달리던 이길보가 걸음을 늦추더니 말했다.

"함께 부축해. 저 산마루만 돌면 오르막은 끝이니깐."

어름골 호박소에 도착했을 때는 모두 초주검이 되었다. 손이나 다리에 찰과상을 입거나 하다 못해 얼굴이 가시에 찢기지 않은 자가 없었다. 행자 둘은 지칫거리다 못해 다른 행자의 도움을 받아 가까스로 낙오를 면했다. 그들은 연옥의 악로(惡路)를 헤쳐온 셈이었다.

호박소는 속을 파버린 호박 꼴로 생긴 소였다. 바위가 오목하게 구덩을 팠고 둘레가 30미터쯤 되었다. 가장자리로는 너테 긴 얼음이 얼었으나 가운데는 파란 물이 속을 보였다.

"모두 옷 벗고 호박소로 들어가!" 돌팍에 가로세로 누운 행자들에게 취봉의 명령이 떨어졌다.

엄동 한철에 얼음물 속으로 들어가라는 말에 행자들이 늘어져 누운 채, 그 말이 사실이냔 듯 취봉을 보았다.

"뭣들 해. 옷 벗고 목욕재계하라니깐!" 취봉이 행자들 아랫도리를 장군죽비로 내리치며 다그쳤다.

석주율이 몸을 일으켜 호박소를 보았다. 바위바닥을 치며 흘러내린 물이 호박소 입구에서 작은 폭포로 떨어졌다. 포말만 보아도 이가 시렸다. 땀으로 흠씬 젖은 옷이 살갗에서 한기를 일으켰다. 행자들은 아무도 옷을 벗고 얼음구덩이로 들어갈 엄두를 못 내고 있었다. 석주율과 이길보가 먼저 동저고리를 벗었다. 절에서 받은 검은 대님을 끄르고 핫바지를 벗었다. 다섯 행자들이 둘을 지켜보고 있었다. 주율은 알몸으로 얼음판 위를 걸었다. 그는 영웅심에서 남 먼저 물속에 들어가기로 작정하지는 않았다. 깨달음에 이르고자 할 때는 먼저 육신부터 담금질하지 않곤 겨자씨만큼도 이룰 게 없다는 게 그의 평소 지론이었다. 출가를 결심할 때도 무소유의 맑은 신심으로 끊임없이 자신을 비우기 위해, 비움의 수행을 거쳐야 한다고 자각한 것처럼, 비움의 수행이란 먼저 육신의 안락을 버림이리라. 남이 나에게 가하는 고통은 두려움이 앞서지만 스스로 육신을 단련할 땐 두려움이 사라졌다.

"역시 길보와 주율 행자가 모범이군." 취봉이 말했다.

석주율은 물속으로 걸어 들어갔다. 물은 생각보다 차지 않았다. 처음은 찬 기운이 온몸을 저몄으나 차츰 부드러운 훈기가 몸을 감쌌다. 주율과 길보가 유유자적 목욕을 하자 행자들도 옷을 벗더니 하나 둘 물속으로 들어왔다.

행자들은 목욕을 대충 마치자 가져온 수건으로 몸을 닦곤 뻣뻣
하게 굳은 옷을 입었다. 돌아오는 길은 뜀박질이 아닌 속보 행군
이었다. 저녁 무렵에 들자 기온은 더 떨어져 축축한 옷 탓으로 동
태가 될 지경이었다. 취봉이 말하지 않았으나 행자 서넛은 『천수
경』을 계속 읊어 추위를 잊으려 했다. 석주율 역시 온몸이 제 살
같지 않게 굳어짐을 느끼기도 오랜만이었다. 그러나 마음만은 가
벼웠다.

일행이 표충사로 돌아왔을 때는 사방이 깜깜해진 뒤였다. 그날
오후는 악몽 같은 행군이었으나 취봉이, 수행의 시작에 불과하다
는 말처럼 고행은 그때부터 본궤도에 올랐다.

업장반은 오후 한때를 날마다 행군으로 보냈다. 10리 또는 시오
리 길은 다반사였다. 한밤중에 기상 명령을 내려선 수미봉의 이름
없는 능선 한 지점을 목표로 정해 각자 흩어져 찾아오게 하는 암
중모색 훈련까지 받게 되었다. 행자들은 더 견뎌낼 수 없다며 불
평을 했으나 감히 취봉에게 맞서는 행자는 없었다. 도량은 규율이
요 명령에 움직인다는 말을 뼛속 깊이 터득할 뿐이었다.

*

음력설을 넘겨 계축년 새해를 맞은 며칠 뒤였다. 어둠이 내렸을
때 영남유림단 문치부 책임을 맡은 밀양인 전홍표가 장정 하나를
달고 표충사에 나타났다. 맨머리에 수건을 질끈 짜맨 장정은 절뚝
거리는 한쪽 다리를 지팡이에 의지하고 있었다. 얼굴은 오랜 행려

로 초췌했고 깎지 않은 수염이 더부룩했다. 그는 작년 늦가을 북지 해삼위로 무기를 구입하러 떠났던 세 장정 중의 하나로 장남화였다.

둘은 교무승이 거처하는 교무실 뒷방에서 주지, 교무, 재무승과 밤이 깊도록 대화를 나누었다. 그날 밤, 교무실 시자 노갑술은 이유도 모른 채 교무실 건물을 지키는 입초로 밤을 새웠다. 누구든 교무실로 오는 자는 물리치고 수상한 자가 기웃거리면 지체 말고 알리라는 교무승 자명의 영이 있었던 것이다.

이튿날, 큰 법당에서 아침예불이 있을 때 전홍표는 서리 내린 길을 밟고 총총히 절을 떠났다.

아침예불을 마친 석주율이 방장승 방을 청소하러 갔을 때, 노승이 장정을 뉘어놓은 채 진맥하고 있었다. 어제 저녁 표충사로 온 장남화였으나, 석주율은 그가 누구인지 알지 못했다. 방장승은 의중당에서 오후 두 시간만 환자를 받아 손수 처방을 내렸는데, 아침 일찍 방장실에서 직접 환자를 받았기에 그 점이 의아했을 뿐이었다. 환자는 신체가 건강했고 시간을 다툴 만큼 병세가 위급한 것 같지 않았다.

"석군, 잘 잤는가. 오늘도 좋은 날이구먼. 자고 일어나 오늘 하루만 산다고 생각하면 모든 만물이 어지신 부처로 보여." 방장승은 아침마다 주율에게 같은 말로 덕담했다.

방장승은 환자 오른손과 왼손을 번갈아 쥐어 기구맥(氣口脈)을 짚곤, 저고리 고름을 풀게 하여 환자 가슴과 배를 열었다. 가슴에서부터 불두덩까지 여러 곳의 경락(經絡)을 눌렀다.

"다른 병은 없고 만성과로야. 몸을 덥게 하고 쉬는 게 약이야."
진맥을 마친 방장승이 말했다. 그는 주율에게 벼루에 먹을 갈게
하곤 처방을 쓰더니, 각공에게 넘기라 했다. 그런 경우는 대체로
사군자탕(四君子湯) 처방임을 몇 달 어깨너머로 보고 들어 주율도
알고 있었다.

약첩을 받아든 장남화는 무력부 책임자인 김조경이 머물고 있
는 서상암으로 올라갔다.

그날 밤 잠자리에 들었을 때, "너 영남유림단에 대해 무슨 말 못
들었니?" 하고 옆자리 노갑술이 소곤소곤 물었다.

"무슨 말이야?" 석주율이 뜨끔한 마음으로 물었다.

"표충사에 본부를 둔 조직이 있다는 걸 스님들은 알아. 구국운
동 단체래. 내게 그런 일을 맡겨주면 난 나설 테야."

석주율은 부끄러워 대답을 못했다. 갑술은 아담한 체구지만 심
지는 자기보다 굳세다고 부러워해온 터였다.

"날마다 사명선사님 유품실을 둘러보며 내 뜻을 펼 날을 기원
해. 의중당을 통해 들어오는 수입금과 학인스님들 점심공양 절식
이 영남유림단 자금으로 바쳐진다는 걸 난 알아." 석주율이 잠자
코 있자 노갑술이 말을 달았다. "너한텐 이런 말 해도 되겠지. 넌
울산헌병대에서 지독한 고문까지 당했다니깐."

"그것도 알아?"

"주지스님과 교무스님이 하시던 말씀을 들었어."

석주율은 노갑술이 무서운 아이라는 느낌을 다시 새겼다. 노갑
술은 자기에 대해 그 정도 정보를 갖고 있었지만 그는 노갑술을

모르고 있었다. 석남사에서 예비행자로 석 달을 있다 표충사로 위탁 교육을 왔다는 정도가 다였다. 깜깜한 천장을 바라보며 멍해 있는 주율에게 갑술이 힘주어 속삭였다.

"어젯밤에 교무실 입초를 서다 중요한 기밀을 엿들었어." 석주율이 잠자코 있었다.

"영남유림단에서 지난 초겨울에 연해주로 셋을 파견했대. 그런데 귀국길에 두만강을 넘다 한 명은 일본 수비대 총격에 죽고, 한 명은 다리에 총상을 입어 체포될 위험에 빠지자 자결했고, 한 명만 겨우 살아 돌아왔어. 어젯밤에 여기로 왔단 말이야."

*

봄이 오고 있었다. 경칩을 바라보자 팔상전 계단 옆 늙은 매화나무가 담홍색 꽃을 피웠다. 양지에는 쑥부쟁이 따위의 풀이 돋아나고 생강나무도 노란색 꽃을 피웠다. 방주형(方舟型)의 표충사 절터를 싸고 흐르는 옥류동천과 금강서천은 상류의 얼음이 녹아 개울물 소리가 더 청랑했다. 개울가 바위틈에 뿌리내린 오리나무도 영춘목(迎春木)답게 빨간 꽃이 망울을 터뜨려 봄소식을 전했다.

표충사는 절 재산으로 논이 만여 평, 밭이 3천 평 정도 있었다. 논은 모두 사하촌(寺下村) 서왕당 마을에 소작 내주었지만 밭은 농감승 관장 아래 절에서 직접 경작하여 농민의 수고로움을 승려들이 체득하고 있었다.

일주문 옆 5백 평 남짓한 묵정밭에 봄보리를 파종하는 날이었다.

점심공양 뒤 농감승 감독 아래 업장반을 포함한 수행행자 세 반이 동원되었다. 밭두렁 묵은 잡초를 태우느라 오후 내 연기가 스산하게 흩어졌다.

석주율은 모처럼 괭이질하며 주인댁에서 농사일 하던 울산 시절을 떠올렸다. 노마님을 비롯한 주인댁 식구는 잘 있는지, 부모님은 여전히 강령하신지, 앞 못 보는 선화는 어떻게 지내는지, 잊었던 집 생각이 간절했다. 그럭저럭 절 생활도 여섯 달로 접어든 참이었다.

석주율이 일을 하다 땀을 식히며 절로 오르는 길에 눈을 주니, 의중당을 찾는 환자들 외에 옷갓한 선비가 눈에 띄었다. 자세히 보니 얼굴이 익었는데, 영남유림단 실무요원들로 대구인 우용대가 있었고 청도인 이정희도 보였다. 주율은 스승도 올 것임을 짐작하고 마음이 들떴다. 스승이 전처럼 아침 일찍 동운사를 나선다 해도 저녁 무렵에나 도착할 터였다. 주율이 연방 길을 살폈지만 보리 파종이 끝날 때까지 스승 모습은 보이지 않았다.

저녁공양을 마친 석주율이 의중당으로 나가 약초실에서 작두로 감초를 썰고 있을 때였다. 누군가 의중당 안을 기웃이 들여다보았다. 도부꾼 곽돌이었다. 주율의 출가를 두고 일신의 평안만 좇는 놈이라며 욕질한 뒤, 첫 상봉이었다. 곽돌은 그동안 몇 차례 표충사에 들렀으나 둘이 만날 기회가 없었다.

"곽서방님이시군요." 주율이 합장하며 곽돌을 맞았다.

"여기서 일하며 업장반에도 들었다는 말은 들었지." 곽돌이 창대수염의 턱주가리를 쓸며 말했다.

"스승님이 오시지 않았습니까?"

"내가 모시고 왔지. 공양실에서 저녁진지 드셔."

석주율은 옆방 조제실로 갔다. 호롱불을 밝혀놓고 정혜가 처방전에 따라 약첩을 싸고 있었다. 주율은 정혜께, 스승님을 잠시 뵙고 오겠다는 허락을 받았다. 곽돌을 뒤따라 마당으로 나서니 서편 하늘에는 놀이 붉게 타고 있었다.

곽돌과 주율은 돌아앉은 제5요사채 끝방에 들어 백상충이 오기를 기다렸다. 방 윗목에는 곽돌의 건어물 등짐과 백상충의 괴나리 봇짐이 부려져 있었다. 곽돌이 패랭이를 벗어 말코지에 걸곤 부싯돌로 등잔에 불을 밝혔다.

"자네한테 눈먼 누이가 있지?" 등잔불에 곰방대 담뱃불을 댕긴 곽돌이 물었다.

"선화라 하지요."

"자네 누이가 지난 초겨울에 부산포에 사시는 백선다님 처가로 떠났다는 말 들었는가?"

"그새 선화가 시집갔나요, 아니면 무슨 일로?" 곽서방의 말에 주율은 부산포로 시집간 삼월이를 오랜만에 떠올렸다.

"누이가 장생포에서 자네 율포누님을 우연히 만났나봐. 자세한 내막은 모르지만 누이가 집을 아주 떠났어."

"그럼 누님도 장생포에 계십니까?"

"시가를 나와 도붓장수로 나섰어. 전도가가 장생포에 있으니 내가 자네 속세 누님과 더러 상면하지. 이쪽으로 도붓길 나서면 자네를 찾겠다더니 아직 안 들렀나보군."

석주율은 곽서방 말이 새로운 소식인 만큼 놀라움도 컸다. 출가한 몸이라 집안 식구는 피붙이로서 정을 떨쳐 속세 뭇 중생과 다름없을진대, 기우는 그리움은 어쩔 수 없었다. 곽돌과 석주율이 그런 말을 나누고 있자, 밖에서 기침 소리가 나고 백상충이 방으로 들어왔다. 주율은 사문 인사법인 합장 목례만 할까 하다 아직 삭발수계를 받지 않았기에 스승께 큰절을 올렸다. 인사를 마치고 주율이 고개를 들어 스승 얼굴을 살피니 그동안 병기가 있었던지 지난 늦가을 뵈었을 때보다 수척해져 있었다. 뺨이 홀쭉 패었고 우묵하게 꺼진 눈자위에 얼음판에 넘어진 황소처럼 큰 눈이 번들거렸다.

"스승님, 그동안 건강이 어떠하온지요? 스승님의 안색이 좋아 뵈지 않습니다." 꿇어앉은 석주율이 스승에게 여쭈었다.

"표충사 업장반 수행을 알고 있는즉, 너는 어떠한가?" 백상충 퀭한 눈으로 주율을 보며 엉뚱한 질문을 꺼내었다.

"제도중생을 위한 수행은 자기 살과 뼈를 깎는 길이라는 주지스님 설법이 감명 깊었습니다."

"이 시대에 어떤 길이 제도중생인지도 들었겠구나?"

"예……" 목구멍을 차고 올라오는 말이 있었으나 석주율은 머리를 숙이고 말았다.

"내가 옆에 두었을 때도 너는 성품이 어질고, 글을 익히는 재주가 있었고, 생각이 깊은 아이였다. 그러나 쓸데없는 미혹에 사로잡혀 착심이 모자라는 결점 또한 있었느니라. 이제 도량 생활도 익숙해졌을 테고 배움 또한 몸만큼 성장했을 터인즉, 이승의 중생이 왜 괴로움을 당하는지 깊이 깨달았을 것이다. 마음 또한 담대해졌는가?" 백상충의 물음은 예나 다름없이 준엄했고 말 한마디마다 죽비로 치듯 석주율의 머리통을 때렸다.

"제가 동운사를 떠나올 때도 조실스님께서 여여에서 깨달음을 얻으라 말씀하셨습니다."

"조실스님은 그렇게 말씀하실 분이고, 그분 시대는 이미 지나갔다. 국운이 쇠했으나 나라가 망하지는 않은 시대를 사신 분이다. 그러나 부동(不動)이란 나를 제도할 수 있을지언정 제도중생의 길은 아니다."

"저는 아직 제 마음조차 붙잡아 매지를 못하고……" 주율은 스승 앞에서 해서는 안 될 말을 흘리고 말았다. 잠자리에 들면 끓어오르는 음욕을 못 이겨 표충사로 온 뒤로 여러 번 수음의 악습에 빠졌음이 순간적으로 떠올랐다. 김기조만 생각하면 동운사 어느 추운 밤 그가 보살과 음행을 즐기던 장면이 떠오르곤 했다.

"낙소법자(樂小法者) 같으니라구. 출가한 몸으로 아직도 착심조차 되지 않았다면 초당을 떠날 때의 결단이 무엇이란 말인가. 습생(濕生)을 즐기는 미물이 그러할 것이다!" 백상충의 불호령이 떨어졌다. 주율은 철퇴로 얻어맞은 듯 머리가 띵해 넙죽 엎드렸다. "너는 다시 깨달아 거듭나야 한다. 내가 너를 가르칠 때도 그러했고, 네가 출가할 때도 소승이 아니라 대승의 나아갈 길을 열겠거니 여겼다. 네가 거듭나지 않으면 아무것도 가르친 게 없으니 스승이란 말을 듣기도 면괴스럽다." 백상충이 허탈하게 말하곤 몸을 일으켜 밖으로 나갔다.

"선다님, 어디 가십니까?" 곽돌이 물었다.

"바람이나 쐬고 오겠소."

바깥은 바람이 세차게 불었다. 맵싸하나 훈기가 스민 봄바람이었다. 백상충의 펄럭이는 도포자락이 어둠 속으로 사라졌다. 곽돌이 방문을 닫았다.

석주율은 엎드린 채 속울음을 울었다. 낙소법자에 습생하는 미물이라니. 건성으로 염불 읊조리며 작은 법을 즐기니 제 한 몸 극락왕생하겠다는 도량 좁고 용렬한 자에, 습지에서 구차한 삶을 도모하는 모기, 귀뚜라미, 쥐며느리 같은 미물…… 스승이 뱉은『금강경』의 한 구절이, 방장승이 환부에 꽂던 장침처럼 그의 뇌수를 찔렀다. 나란 존재가 허우대만 멀쩡할 뿐 스승의 눈에는 그렇게 비쳤단 말인가. 분김과 서러움이 오장육부를 뒤집었다

"그만해. 쉽게 달구어지는 쇠붙이를 선다님이 아시고 내린 경종으로 받아들여야지." 곽돌이 석주율의 등을 다독거렸다.

석주율의 귀에 그 말이 들리지 않았다. 밖으로 달려나가 스승 앞에 무릎을 꿇고, 장엄정토(壯嚴淨土)를 이승에 세우는 길이 어찌 호국에만 뜻을 둬야 하냐며 따지고 싶었고, 한편으로 저도 낙소법자에서 벗어나 스승이 바라는 제도중생 대덕(大德)의 길로 나아가겠다며 맹세하고 싶었다. 이율배반의 갈등이 그로 하여금 쉽사리 고개를 들 수 없게 했다.

"울산헌병대 강형사놈 알지? 그자가 이번에 또 올가미를 씌워, 선다님이 스무하루 옥살이를 겪었어. 지난가을에 문을 연 광명서숙에 선다님이 관여한 걸 트집 잡아서 말야. 부교재로 만든 책자

도 압수당하고 출옥하시자 허한 몸이 병을 얻어 겨우내 앓으시다 요즘에야 기동을 하셨어."

"스승님이 또 옥살이를 하셨다고요?" 석주율은 눈물 젖은 얼굴을 들며 물었다.

"감옥 안이나 밖이나 조선 천지가 감옥이니 아무렇지 않다고 말씀하셨지만……" 곽돌이 곰방대 대통의 꺼진 남초를 등잔불에 댕겼다. 연기를 삼켰다 내뿜으며 그가 말했다. "어진아, 조선이 왜 이 꼴인가? 못난 임금과 신하를 둔 죄업인가? 양반 세도가들이 수염 잡고 싸움질하며 백성의 재물을 강탈한 죄업인가? 아래 백성이 나라 꼴을 보다 못해 동학군을 만들어 보국안민(輔國安民)을 외치며 싸웠으나 외세 총칼에 무너지고 말았다. 약육강식의 냉엄한 역사는 우리 민족을 짓밟고 지나가버렸다. 국운이 풍전등화에 서자 그때야 위기를 깨닫고 창의군이며 의병을 조직한들 사경에 든 환자는 편작(扁鵲)도 못 살린다. 그러나 넋 놓고 앉았으면 어쩌겠느냐. 내가 조선인 피를 받고 났음을 어찌 속이겠느냐. 이제라도 모두 한마음 한뜻을 가져야 하는데, 그 길이 어떤 길인지 청년이 된 자네도 알 것 아닌가. 내가 저지른 죄가 아니니 나는 모르겠다, 그러니 나는 빠지겠다, 이렇게 이 시대를 외면하고 세월 따라 살자면 도생이 뭐가 그리 어렵겠는가. 짐승이 아닌 초목조차 제 목숨 간수하는 법쯤 알고 있지 않던가……"

석주율은 홀린 듯 곽서방의 얼굴을 보았다. 가물거리는 등잔불을 쏘아보는 그의 방울눈에 불꽃이 일고 있었다. 비분강개의 속뜻을 감추었다지만 우스갯말도 곧잘 하던 보잘것없는 도부꾼인 그가 그토록 침착하게 시국을 논할 줄은 뜻밖이었다. 스산히 흩어지는 남초 연기 속에 비장한 그의 모습이, 뵌 적은 없으나 안중근이란 분이 일찍이 저 노령 땅 카리란 마을에서 결사 동지 열한 명과 왼손 무명지를 절단하여 혈서 쓸 때가 저런 표정이 아니었을까 하는 생각마저 들었다.

"자네도 가부좌하여 참선하겠거니, 참선을 통해 우선 스승님의 참뜻부터 헤아려봐. 그분이 가문이 없나, 재물이 없나, 학식이 없나. 무엇이 부족해 불구의 몸이 됐으며, 옥살이를 겪고, 저 피폐한 몸으로 험한 간월재를 넘어 여기까지 왔겠는가. 나는 그 말밖에 달리 할 말이 없어." 곽돌이 말을 맺었다.

"곽서방님 말씀 새겨 명심하겠습니다." 석주율이 합장하곤 방에서 물러 나왔다. 바람을 타며 우는 소나무 가지 사이로 초승달이 걸려 있었다.

의중당 약초실로 돌아온 석주율은 하던 일을 계속했다. 작두날에 썰어지는 감초가 자신의 육신을 도막 내듯 괴로웠다. 그는 곽서방이 했던 말을 음미했다. 용렬한 마음으로 이 시대를 굽어보자면 불행한 시대에 이 땅에 태어났음이 후회스럽고, 곽서방이 마음으로 짚어보자면 후회만 하고 앉아 세월을 보냄이 짐승과 다를 바 없다는 해석이었다. 주율에게 스승의 우국진충(憂國盡忠)은 출신으로 보나 학문으로 보나 당연하게 받아들여졌고, 무지렁이 노비 출신인 자신과는 거리감이 느껴졌는데, 곽서방 말은 그렇지 않았다. 자신의 부끄러운 환부를 헤집어내어 확인시켜주듯 다른 울림이 있었다. 그 점은 그 역시 천역 신분이기에 동류의식으로 닿아

오는 호소력 때문이었다. 그렇다고 스승 뜻이 주율의 마음속에 폄하된 건 아니고, 등짐장수까지 그런 갸륵한 뜻을 품고 있다는 게 곽서방을 한순간에 스승만큼 우러러보이게 했던 것이다. 헌병대에서 스승님은 또 얼마나 육신의 고통을 겪었을까. 그렇게 당하고도 진력할 만큼 그 길은 남아장부가 가야 할 대도(大道)일까. 곽서방 같은 이까지 열심히 나섬을 볼 때 그 길이 참된 길일진대, 내 한 몸 피 흘리며 그 길로 나선다면 깨달음을 얻을 수 있겠거니. 석주율은 업장반 수행을 통해 자주 되뇌었던 말을 다짐해보았다. 그러나 강한 반발이 둑을 무너뜨리는 봇물처럼 그 다짐을 부숴버렸다. 아니다. 사명선사님 길만이 부처님 가르침에 합당한 길은 아니다. 그 길은 살생과 투쟁의 길이라, 수라계(修羅界)다. 끊임없이 분한 마음과 화내는 마음으로 원수를 찾아 나서야 하는 길이다. 내 갈 길은 그 길이 아닌, 나란 존재를 찾는 길이다. 나를 비우고 나를 버려 보리를 찾는 길이다. 그렇게 자신을 돌려세워도 주율의 마음에 평안이 깃들지 않았다. 피안으로 도망치려는 용렬한 비겁자, 낙소법자란 꾸짖음이 등줄기를 내리쳤다. 그가 생각을 다른 데 두고 작두질을 하다 끝내 작두날에 왼손 집게손가락을 베이고 말았다. 피가 분수처럼 뿜어져 나왔다.

그날 밤, 큰법당의 저녁예불 시간에도 석주율의 번뇌는 계속되었다.

영남유림단 실무요원 회의는 서상암에서 이틀 동안 계속되었다. 곽돌도 장삿길을 뒤로 미룬 채 회의에 참석했다. 그들이 암자에서 내려와 뿔뿔이 표충사를 떠날 때, 곽돌이 의중당으로 석주율을 찾아왔다.

"스승님은 어디 계십니까?" 석주율이 물었다.

"벌써 길을 떠났어. 헌병대에서 풀려 나온 후 요즘은 초당에서 양명학(陽明學)이라지, 거기에 관한 글을 쓰신다더군."

스승이 말씀 없이 떠나버렸다니 석주율은 마음이 아팠다. 눈동자만 형형하던 여원 얼굴과 절름걸음으로 산길을 탈 외로운 뒷모습이 찡하게 마음에 닿았다. 가르친 것 없으니 스승이란 말을 듣기도 면괴스럽다던 말씀이 평생 벗지 못할 무거운 형벌로 남을 것 같은데, 그의 눈길이 스승이 오르고 있을 사자평 언덕을 더듬었다.

"수행의 길이 고되더라도 자네는 잘 이겨낼 걸세. 선다님께서도 그런 자네를 멀리서 지켜보고 계실 테니." 곽돌은 주율에게 그 말을 남기곤 밀양 읍내로 길을 떠났다.

*

신록의 산으로 찾아오자, 온 산의 풋나무가 푸르게 살아났다. 들어앉은 표충사까지 사람 사는 곳이라고 제비가 날아들어 절집 처마 아래 집을 지었다. 온갖 꽃이 다투어 피고 나비가 햇살 맑은 절 마당으로 날갯짓했고 벌이 꽃을 찾아 종일 윙윙대며 날았다.

업장반 행자 수행은 지난겨울과 달라진 점이 없었다. 오전은 학인승의 강의로 채워졌고 오후는 훈련과 봄갈이 농사일에 동원되었다. 행자들은 각자 소임처에서 시자 노릇도 해야 했다. 새벽 세시 반, 도량승 새벽 목탁 소리에 잠을 깨면 잠자리에 들 열시 반경까지 짜여진 일과라 쉴 틈이 없었다.

햇발이 길어진 청명 절기부터는 사흘에 한 번씩 오후 훈련 과목에, 행자 60여 명 모두가 참가하는 집체훈련이 실시되었다. 훈련 장소는 반 마장 거리의 고원분지 사자평이었다. 해발 8백여 미터에 자리잡은 사자평은 넓이가 150만 평이나 되어, 일찍 신라 화랑도의 야외훈련장으로도 쓰였던 유서 깊은 곳이었다. 행자들이 대열을 지어 뜀박질로 사자평에 도착하면 모두 윗도리를 벗고 무예육기(武藝六技)를 익혔다. 교관은 활인으로 그의 부친이 순조 시절 무감(武監) 시위(侍衛)를 지낸 분이었다. 활인은 부친으로부터 전수받은 무예 중, 행자들은 호신용으로 태껸과 죽창, 목장창(木長槍), 삼릉장(三稜杖) 쓰기를 배웠다. 맨손으로 적의 공격을 방어하며 되받아치는 방법, 삼릉창으로 적의 무기를 방어하며 치고 찌르는 무술을 땀 흘리며 익혔다. 석주율은 무술을 익힐 때마다 자신이 과연 수행을 위해 절을 찾아왔는지 무예를 익히러 왔는지 알수 없었고, 심한 자괴감에 빠졌다. 철없던 한때 곽서방에게 호신술로 무술을 배우고 싶다고 말한 적이 있었으나, 출가할 때는 분명 고요 속에 침잠하여 일심 공력 보리를 좇으려 했는데 업장반 요원으로 뽑혀 무예까지 익히게 되자 그 짓거리가 마음의 짐이 될 수밖에 없었다.

강원 뒤뜰의 복숭아나무에 분홍색 꽃망울이 가지마다 매달린 5월 초순 어느 날이었다. 첫 시간 교육과목은 '인도 불교사'로 경학원 제5강원에서 여섯 달 이상된 수습행자들이 합동으로 강의를 받았다. 업장반 행자들은 늘 함께 뭉쳐 다녀 앞자리를 잡았는데, 이

길보가 그날따라 보이지 않았다.

"어찌된 거야? 길보가 빠졌잖아." "아침에 건조장에서 봤는데 웬일이야?" 업장반 행자들이 수군거렸다. 여태 그런 일이 없었기에 모두 궁금해했으나 이유를 아는 행자가 없었다.

"길보는 서상암으로 올라갔어. 그는 이제 업장반을 영 떠난 셈이지." 노갑술이 옆에 앉은 석주율에게 귀엣말로 말했다.

"무슨 일로?"

"내 나중에 말해주마."

말투로 보아 무언가 사연이 있다 싶었으나 석주율은 캐어묻지 않았다. 그날, 하루 종일 이길보는 보이지 않았다. 몸이 날렵하고 특히 뜀박질 행군을 잘하던 행자였다. 다혈질이라 무슨 일이든 앞장을 섰기에 업장반 반장 취봉이 그에게 반장 대행을 시키기도 했다. "제 몸 편하겠다고 절 찾아온 놈은 늦기 전에 하산해." 게으름을 피우는 행자에게 그는 곧잘 이런 말을 뱉어 동료의 미움을 사기도 했다.

그날 밤, 잠자리에 들었을 때야 노갑술이 석주율에게 이길보가 서상암으로 올라간 이유를 설명했다.

"연해주(沿海州)로 갈 결사요원으로 뽑힌 모양이야. 며칠 전부터 그가 교무스님 방을 들랑거렸거던."

"지난번에 세 사람이 거길 갔는데, 또 가?"

석주율은 노갑술의 말에, 두만강 국경에서 두 명이 죽고 한 명만이 목숨 건져 돌아온 그 어떤 일을 떠올렸다. 모범생이요 발 빠른 이길보가 그 요원으로 뽑혔다니 업장반에서는 가장 적임자였으나, 영남유림단이 연해주로 왜 결사요원을 자꾸 보내는지 이유를 알 수 없었다.

"무슨 일로 연해주에 가?"

"나도 몰라. 독립운동에 관계되는 일이겠지 뭐. 기밀서류를 가져가거나 가져오거나, 그런 일감 말이야. 우리 동포가 그쪽 북지 벌판에선 마음놓고 독립운동을 할 수 있다니깐."

노갑술의 말에 석주율은 안도의 숨을 쉬었다. 잠시 스쳐간 느낌이지만, 자신이 결사요원으로 뽑히지 않은 게 다행이었다. "내가 뽑혀야 하는데, 기회를 놓쳤어" 하고 노갑술이 엉절거리더니, 아버지가 신돌석 휘하의 의병에 참전하여 전사했다는 집안 사정을 주율에게 처음 밝혔다.

이길보가 업장반에서 빠진 닷새 뒤였다. 정오를 넘기자 영남유림단 실무요원들이 하나둘 표충사로 찾아들었다. 두 달 만에 모여든 그들 수가 전보다 절반밖에 되지 않았으니, 단장을 제외한 문치부는 빠지고, 무력부만 회합이 있었던 것이다.

저녁 무렵, 노갑술이 의중당으로 달려와 석주율에게, 자네 스승도 왔다고 귀띔해주었다. 그러나 주율은 선뜻 나서서 스승에게 인사드릴 면목이 없었다. 너 같은 제자를 두지 않았으니 스승이라 부르지도 말라는 엄명을 남기고 떠나버린 저간의 사정이 마음에 걸렸다. 그래도 인사를 드리러 가야지, 하고 용기를 내려는 참에 곽돌이 찾아왔다.

"자네 좀 나와봐." 곽돌이 말했다. 그는 보퉁이를 들고 있었다. "자네 율포누님이 도붓길 나선 김에 여기로 와 서왕당 마을에 머

물고 있는데, 막상 와서 보니 수습 행자에겐 속세가족 상견이 안
된다 해서…… 내가 그 생각을 미처 못했네. 교무스님께 잘 말씀
드리면 어떻게 잠시 만날 수도 있을는지 모르지만……" 자네가
교무승께 청을 넣어보라는 투였다.

"그러실 필요까진 없습니다. 출가한 몸이라……"

"달리 전할 말은 없고?"

"부처님 보살핌으로 잘 있다고 전해주십시오." 석주율이 의중
당으로 걸음을 돌렸다.

"이거 가져가게. 누님이 가져온 자네 옷인 모양이야." 석주율을
불러 곽돌이 들고 있던 보퉁이를 건네주었다.

석주율은 옷 보퉁이를 들고 의중당으로 들어서며 스승님 뵙고
인사드리려던 예의도 취소하고 말았다. 스승이 먼저 부르지 않는
다면 달라진 자신의 모습을 보일 때쯤 인사드리리라 다짐했다. 1년
여 행자 수행을 마쳐 삭발하고 가사 걸치게 되는 사미계(沙彌戒)
를 받자면 가을도 저물어야 될 터였다.

곽돌은 공양실에서 백상충과 마주하여 절밥을 먹었다. 바깥은
땅거미가 자욱 내리고 있었다.

"선다님, 잠시 아랫마을에 다녀오겠습니다." 곽돌이 백상충에
게 말하곤 패랭이 쓰고 물미장만 들고 절을 나섰다.

동산 위로 만월이 떠올랐다. 부드러운 밤바람이 여울을 거슬러
불어왔다. 송화가 한창 피는 절기라 싱그러운 풋나무 내음에 섞여
꽃향기가 바람결에 묻어왔다. 옥류동천과 금강서천이 합쳐 흐르
는 여울을 따라 얼마 내려가지 않아 서왕당 마을 불빛이 보였다.

서왕당은 20여 호 되는 사하촌으로 절 논을 부쳐 먹었고, 표충사 의중당을 찾아온 병자와 가솔을 길손으로 받아 침식을 제공하니 살림살이가 반반한 두메였다.

곽돌이 마을 고삿길로 접어들자 발소리를 가렸는지 마을 개들이 짖었다. 율포댁이 머무는 집은 마을 들입 과수댁이었다. 닫힌 삽짝을 밀고 들어서니 안방과 건넌방에 문살이 밝았다. 마당에서 곽돌이 기침을 하자, 건넌방 문이 열리고 율포댁이 버선발로 축담에 나섰다. 안방문도 빠끔 열리고, 과수댁이 알은체 인사하곤 방문을 닫았다.

"곽양산님, 잘 다녀오셨습니까." 율포댁이 나부시 절을 하며 곽돌을 맞았다. 그네는 곽돌을 두고 부를 호칭이 마땅치 않아 남부상(男負商)들이 노상에서 만나 서로 호칭할 때 성씨 뒤에 지본을 대는 말본새를 따라 썼다.

"제가 어떻게 동기간 상봉을 주선하려 했더니, 아직 행자수습이 끝나지 않아, 어진이가 잘 있다는 말만 전하라 해서…… 옷은 전해주었습니다." 여부상 쓰는 방을 함부로 기웃거려선 안 된다는 보부상 단약(團約)이 그러하므로 곽돌은 마당에 선 채 말했다.

"먼발치로 내일 아침 잠시 보고 떠나면 되겠지요. 곽양산님, 잠시 방에 드셨다 올라가시지요."

"아니, 그냥 말만 전하려고……" 곽돌이 머뭇거렸다.

"약주를 조금 준비했습니다. 잠시만 들어오셨다가……"

절에는 술이 없기에 그러잖아도 곽돌은 술 생각이 나던 참이었다. 그러나 여부상 있는 방에 들기도 무엇하여 마당을 둘러보니 봉당 앞에 빈 평상이 눈에 띄었다.

"달도 밝은 좋은 절기니 평상이 운치가 있겠군요."

"밤중에 외간 남녀가 바깥에 앉아 있기도……"

곽돌이 듣고 보니 그 말도 그럴싸했으니, 마을 나온 이웃들이 낮은 토담을 넘겨다본다면 달밤에 외간 남녀가 평상에 술상 두고 마주앉은 게 무슨 해괴한 짓거리냐 싶었다. 방으로 들어가더라도 방문을 열어두면 되리라 여겨졌다. 그럼 잠시 폐를 끼치겠다며 곽돌이 짚신을 벗고 방으로 들어갔다. 호롱불이 밝은 가운데 해주반에 꽃상보가 덮여 있었다. 그가 방문을 열어놓은 채 문 가까이 자리잡고 앉자, 율포댁이 상보를 걷었다. 정갈하게 차린 주안상이었다. 산채나물이 두 가지, 햇감자조림에 웬 고기볶음도 올라 있었다.

"첫 잔은 바쳐도 되겠지요?" 율포댁이 다소곳하게 물었다.

"그렇다면 금상첨화지요."

율포댁이 주전자를 들자, 곽돌이 사발잔을 받쳐들었다. 그는 기갈 들린 듯 사발잔을 단숨에 비웠다. 걸직한 탁주맛이 진국이었다. 그는 빈 잔을 상에 놓고 술상 건너 눈을 내리뜨고 한쪽 무릎을 세워 앉은 율포댁을 보았다. 머리를 감고 금방 빗질한 듯 곱게 빗은 머리채는 윤기가 났고 가르맛자리가 또렷했다. 절을 다녀오는 사이 단장하고 앉은 그네의 자색이 고왔다. 등잔 불빛이 흐르는 도도록한 뺨은 다홍색이었고 무명저고리가 싸고 있는 둥근 어깨가 허벅졌다. 오래 집을 비웠다 돌아와 그리던 안사람과 마주한 듯, 그의 마음이 싱숭생숭해졌다.

"이거 원, 귀한 대접을 받아서……" 외간 여자와 둘만이 있자 좋던 숫기마저 움츠러들어 곽돌 말이 어눌했다.

"옆집에서 덫을 놓아 토끼를 잡았다기에 조금 얻어 볶았습니다."

율포댁이 젓가락을 토끼볶음 접시에 걸쳐놓았다. 비록 행랑채 출신이었으나 대갓집 행실을 익히 보아온 그네라 범절이 발랐다.

"집도 절도 없이 떠도는 한갓 천역이 귀한 대접을 받기도 오랜만입니다. 아주머니, 고맙습니다."

"가당찮으신 말씀입니다. 친정 주인댁 어르신과 제 친정 동생 뒷갈망을 해주시니 제 정성이 모자라겠지요. 그런데, 먼 북지로 떠나게 되시면 언제쯤 돌아오시게 되는지요?"

"두 달 아니면 석 달, 그쯤은 걸리겠지요."

"아라사 땅에 인삼을 넘기기는 이번이 초행 걸음이시라면서요?"

"인삼을 넘기고 녹용을 거둬오면 이문이 수월찮습니다. 개화세상 만나 보부상 조직도 사양길이 완연하니 이번에 한 밑천 잡게 된다면 등짐 벗고 적당한 곳에 눌러앉을 작정입니다."

"이 길로 들어선 아낙도 있는데 이 길을 떠나신다니…… 산다는 게 허망한 생각만 듭니다."

곽돌은 사발잔에 술을 쳐서 한 잔을 비웠다. 산채로 입을 헹구곤 방문 밖에 눈을 주었다. 조용한 마당에 달빛만이 함초롬히 내려와 있었다. 뒷산에서 구슬프게 울어대는 소쩍새 울음소리가 들렸다. 석 잔째 마시고 곽돌이 주전자를 드니 비어 있었다. 그의 얼굴이 불콰했고, 더 할 말도 없었다. 율포댁과 호젓이 마주보고 있자니 조바심이 불두덩에 힘을 세웠다. 율포댁이 서방 없는 과수댁이라, 이러다가 끝내 자제력을 잃고 무슨 사단이라도 벌일 듯하여 그는 이쯤에서 자리를 뜨기로 했다. 큰일에 나설 몸이 여자를 가까이 해서야 되겠느냐는 자책이 그를 일으켜 세웠다.

"백선다님이 기다리시는데, 절로 올라가야겠습니다."

"저도 길손이라 손 익지 않은 부엌에서 장만하다 보니 차린 것이 없어서……" 궁근 말을 입안에 모아둔 채 율포댁이 따라 일어섰다.

"후한 대접 잘 받았습니다. 노상에서 사는 처지라 이런 대접도 오래 잊지 못할 것입니다."

"아침에 절에 들르면 어진이 얼굴이라도 볼 수 있겠습니까?" 출가한 친정동생을 안 보고 떠나도 그만이련만 율포댁은 핑곗거리를 찾고 있었다.

"그럼요. 절이 어디 대중 출입을 막는 뎁니까." 곽돌이 방문 앞에 세워둔 물미장을 들었다.

"곽양산님께서는 언제 북지로 떠나십니까?"

"표충사에 며칠 머물다 경상도 북쪽 끝 인삼 고장 풍기로 올라가게 될 겁니다. 의중당과 거래가 있는 거기서 인삼을 구입하게 되지요. 풀기에서 내처 북상할 겁니다."

삽짝 밖까지 따라나온 율포댁이 걸음을 멈추었다. "안녕히……"란 말만 뱉곤 율포댁이 뒷말을 잇지 못했다.

"두세 달 후 장생포에서 다시 뵙게 되겠습니다. 그동안 무사태평하십시오." 곽돌이 패랭이 동태가 보일 만큼 허리를 깊이 숙여 절했다.

곽돌은 달빛에 함초롬히 젖은 밭 샛길로 천천히 걸었다. 5월 밤바람이 푸근했다. 소쩍당 소쩍당, 하고 우는 소쩍새가 불여귀(不如歸)란 이름 그대로, 돌아감만 못하다, 왜 돌아가느냐 하며 자꾸 뒤를 켕기게 했다. 그는 기어코 고개를 돌렸다. 저만큼, 달빛 아래 율포댁이 망부석이듯 서 있었다.

"당부 말씀 다시 드리지만 제가 북지로 도붓길 나가는 건 우리 상단 전도가 영감만 알고 계신즉, 누구한테도 행선지를 밝혀선 아니 됩니다." 곽돌이 소리쳤다.

"말씀 받들어 명심하겠습니다."

메아리처럼 따라오는 율포댁의 화답을 들으며 곽돌이 걸음을 떼는데, 마치 허방을 밟듯 했다. 이렇게 헤어질 수 없다. 저 여인이야말로 지금 나를 간절하게 바라지 않는가. 이제 나이 스물여섯이라 했던가, 남자를 알 만큼 아는 과수댁은 내가 보듬어주기를 원하지 않는가. 내 이제 광복의 충정을 바치러 연해주로 떠날 몸 아닌가. 살아서 돌아올지, 그곳에 유골을 남길지 모르는 몸 아닌가. 우리 단약이 그러하기로서니, 저 여부상이 언제 이 길로 나섰던가. 대여섯 달 전만 해도 율포 갯가에서 물질하던 과수댁이 아닌가. 손 털고 갯가로 돌아가면 그만인 몸, 험표(驗標)가 무슨 말라빠진 개뼈다귀인가. 단약을 어긴 죄로 임방에 끌려가 볼기 가죽이 터진들 홀아비와 과부의 주린 정은 하늘도 무심하지 않으리. 그는 끓어오르는 정열을 달래느라 마른침을 삼켰다.

뒤돌아보았을 때 율포댁이 집안으로 들어가버렸다면 그 또한 인연이 없음이라 여겨 곽돌은 단념하기로 했다. 그는 단호히 걸음을 멈추고 물미장으로 땅을 찍으며 고개를 돌렸다. 달빛 아래 아직도 흰옷이 삽짝 밖에 말뚝으로 붙박여 있었다. 소쩍새의 피를 토하듯 한 울음이, 되돌아감만 못하다, 왜 돌아가느냐 하고 외치는 듯했다.

"아주머니, 저녁예불 드리기 전에 행자들은 자유시간이 있습니다. 제가 어진이를 일주문 밖으로 잠시 데려 나오지요!" 곽돌이 소리쳤다.

"그래요? 그렇담 동생을 잠시 만나겠습니다." 그 말을 기다리고 있었다는 듯 율포댁이 종종걸음으로 달려왔다.

남녀는 나란히 여울을 따라 왕소나무가 울울한 길을 걸었다. 소나무숲이 짙어 달빛조차 스며들지 않았다. 소쩍새 울음이 멀어지자 승냥이인지 늑대인지 긴 울음이 골짜기를 타고 내려왔다. 율포댁이 어깨를 떨더니 곽돌 옆에 붙어 걸었다.

"밤에 산길을 타면 무섭지가 않습니까?"

"사람 해치는 짐승이 흔한가요. 여우가 사람을 현혹시키려 앞뒤를 가로지르며 법구를 넘어도 부싯돌 켜며 꿋꿋이 걸으면 함부로 덤비지 못합니다."

곽돌은 말을 이을 수 없게 숨이 목구멍에 찼다. 하초의 연장이 불끈 서서 걷기가 거북하자, 여취여몽(如醉如夢)이란 말대로 막걸리 한 되에 취한 것 같기도 하고 꿈을 꾸고 있는 것 같기도 했다. 나를 어떻게 주체해야 하며 이 여인을 어떻게 해야 하나. 계집을 두고 망설여보기도 상처 이후 처음인 듯싶었다.

수미봉 쪽에서 다시 짐승 울음이 들렸다. 승냥이였다. 그 소리를 따라 여러 짐승이 높고 낮게, 길고 짧게 덩달아 울었다. 침묵하던 산채가 기지개라도 켜듯 한동안 짐승 울음이 섞갈렸다. 율포댁이 곽돌의 한 팔을 슬그머니 잡았다.

"발정기 맞아 춘정이 동하는지 짐승들도 이런 밤은 잠 못 이루는군요." 곽돌이 말했으나 율포댁은 콧숨 소리만 냈다. "짝을 찾는 짐승들 울음이 달이 밝은 밤이면 더욱 간절하답니다."

곽돌이 말했을 때, 두더지인지 족제비인지 작은 짐승이 길 앞을 빠르게 가로질렀다.

"아이구 엄마!" 하고 소스라쳐 놀란 율포댁이 곽돌의 팔에 매달렸다. 곽돌은 엉겁결에 율포댁 허리를 안았다. 깊은 살이 손끝에 닿았다. 그는 길섶 좌우를 살폈다. 여울과 반대쪽의 왕소나무숲 뒤로 펀펀한 둔덕이 달빛 아래 드러났다. 그는 그네의 허리를 한 팔로 끼고 둔덕으로 이끌었다. 율포댁이 풀숲에 채이는 치마를 당기며 붙좇았다. 아무 말이 필요 없을 만큼 둘은 가쁜 숨이 목에까지 차 있었다.

곽돌이 물미장을 떨구곤 율포댁을 안아들어 풀밭에 내려놓았다. 그는 그네의 몸 위에 엎어졌다. 율포댁이 숨 넘어가는 소리로 자지러지며 사내의 갈비뼈가 으스러져라 허리 윗동을 껴안았다. 여자와 살 섞기가 오랜만인 곽돌이 성급하게 방아찧기를 몇 차례, 그는 허무히 여자 몸에 힘 빠진 제 몸을 싣고 말았다. 율포댁은 그를 놓아주지 않았다.

"떠나지 마세요. 이제 제가 곽양산님 몸종이 되어드릴 테니, 제발 북지로 떠나지 마세요." 율포댁이 사내를 껴안았던 손을 풀어 풀밭에 던지며 하소했다.

"아니 되오. 가야 하오."

"떠나시다니, 이렇게 회한만 남기고 가버리시다니……" 율포댁이 일어나 앉아 옷매무새를 수습하며 응석을 부렸다.

어느새 달이 중천에 올라 있었다.

*

이튿날 동살이 잡히자, 영남유림단 무력부 실무요원들은 아침 공양도 거른 채 서상암으로 떠났다.

석주율은 율포누님이 마련해준 새 속옷으로 갈아입고, 입었던 속옷을 수각장에서 세탁하다 산길을 오르는 흰옷 무리를 보았다. 옷갓한 여섯 선비 속에 패랭이 쓴 곽서방도 섞여 있었다. 곽서방 앞에서 절름거리며 오르는 이가 백상충이었다. 스승은 끝내 자기를 부르지도 않았지만 스스로 찾아뵙고 인사드리지 못한 점이 주율은 못내 마음에 걸렸다.

석주율의 일과 시작은 방장실과 의중당을 두루 청소하고 끓는 물에 침을 소독하고 나면, 학습시간을 알리는 타종이 있었다. 오전 네 시간 수업을 마치면 점심공양, 이어 한 시간 휴식이 있었지만 행자들은 모두 자기 소임처로 돌아갔다. 주율도 의중당으로 가서 간병부 시자 노릇을 해야 했다. 그날 오후 시간은 업장반 행자들과 함께 바지게로 절밭에 두엄더미를 날랐다.

해가 뉘엿 기울 때야 석주율이 의중당으로 가니 환자 받는 시간이 대충 끝났는데, 정혜가 무골형의 젊은 승려에게 침을 놓고 있었다. 장삼 바짓자락을 걷어붙인 명증 왼발은 복사뼈 부위가 벌겋게 부풀어 있었다. 위중(委中, 무릎 부위)과 승산(昇山, 장딴지 부위)에는 이촌(二寸)침이 꽂혀 있었고, 정혜가 곤륜(崑崙, 복사뼈 아래)에 침을 직자(直刺)로 꽂았다. 주율이 보기에 발목을 삐었거나 탈골이 분명했다.

"만용이야. 업혀 내려왔대도 뭣할 텐데 서상암이 어디라고 여기까지 걸어 내려와. 벌써 썩은 피가 괴었을걸." 정혜 뒤에서 팔짱 끼고 선 각공이 혀를 찼다. 그는 정혜보다 의술로 들어서기가 7년은 윗길인, 방장승 수제자였다. 그래서 침술에서 기본인 농 제거와 삔 데는 주로 정혜가 맡았다. 정혜가 꽂힌 침을 거두자, 각공이 나섰다. 그가 환자 발목 뒷굽과 발등을 쥐었다.

"명증, 아프면 아프다고 하게." 각공이 환자 발목을 틀자 명증 입에서 비명이 터졌다.

"삔 게 아니고 균열골절 같은데. 안 되겠군, 방장스님을 모셔와야겠어."

각공의 말이 떨어지자 석주율은 의중당을 나섰다. 경내에서는 걸음을 서두는 법 없는데, 교무승이 의중당으로 바삐 오고 있었다. 주율 옆을 스쳐 소맷자락에 바람이 나게 의중당으로 들어갔다. 석주율이 방장실로 들어가니, 노승은 목침을 베고 누워 있었다.

"스님, 의중당에 드셔야겠습니다. 명증이 발목을 다쳐……"

"뭐라? 서상암으로 올라갈 땐 멀쩡했는데, 발목이라니? 낙상했단 말인가?" 방장승이 몸을 일으켰다.

석주율은 서상암으로 올라간 이길보가 떠올랐다. 그렇다면 젊은 명증도 서상암 시봉승이 아니라 이길보와 함께 북지 연해주로 떠날 결사요원이 아닐까 하는 생각이 들었다.

"전 포기하지 않겠습니다. 제 발로 걸을 수 있게만 해주시면 지체 않고 떠나겠습니다." 석주율이 방장승을 모시고 의중당으로 가니, 각공에게 말하는 명증 말이 들렸다.

이튿날 '조선 불교사' 시간이 끝나고 10분간 휴식시간 중, 노갑술이 주율을 소사관 뒤로 불러냈다.

"아침에 주지스님과 교무스님이 서상암으로 올라갔어. 어제 명증스님이 벼랑 타기 훈련을 받다 낙상해서 내려왔거든. 한 달 정도 정양해야 한다니 연해주로 떠나지는 못할 것 같애. 모르긴 해도 후임자 뽑는 회의가 서상암에서 있는 모양 같아. 무력부 선비들이 거기에 모였으니깐."

노갑술의 말에 석주율은 일이 그렇게 되었구나 하고 짐작했다. 그렇다면 사미계를 받은 승려 중 명증 정도의 충절이 발보이는 다른 승려가 뽑히리라 여겨졌다.

"뽑히지 못했다고 애운해하더니, 어쩌면 네가 뽑힐는지 모르겠군." 석주율이 말했다.

"교무스님이 주지스님과 말씀하시는 중에 내가 마루 걸레질하고 있었기에, 저를 대신 뽑아달라고 말했지."

석주율은 노갑술의 빛나는 눈을 보자 부끄러움으로 얼굴이 달아올랐다. 사명선사의 웅혼을 물려받은 불자가 이 절에 가득한데 나야말로 낙소법자로구나 하는 마음을 떨칠 수 없었다.

"그런데 그게 어디 쉽겠어. 이길보하고 나라면 행자 둘에게 중차대한 임무를 맡기는 셈이잖아. 교무스님께서 네 용심(勇心)이

장하다. 앞으로 네가 맡을 일도 있을 것이니 조급하지 말라고 말씀하시더군. 만약 길보가 발목을 다쳤다면 내가 대신 뽑힐 수도 있었을 텐데……"

"종무소 스님이나 학인스님 중에 한 분을 뽑겠지."

그날 저녁예불이 끝나자 노갑술이 석주율에게, 교무스님이 부른다는 전갈을 알려왔다. 주율이 교무승 처소의 방문을 여니 방안이 깜깜했다. 그는 교무승이 계시지 않음을 알고 밖에서 기다리려 하자 방안 어둠 속에서 우렁한 목소리가 들렸다.

"주율 행자, 들어와 앉거라." 석주율이 방으로 들어가 무릎 꿇어 앉았다.

"행자는 방장스님으로부터 이름을 받기 전에 어진이란 아명으로 영남유림단 단원으로 가입한 적 있지?"

"예."

"울산헌병대로 끌려가 악행을 당했으나 행자는 끝내 유림단 조직을 발설하지 않았다는 말을 들었다. 그래서 예비행자 기간을 거칠 동안 종무소는 다른 행자보다 고된 사관 청소까지 시켰느니라. 거기에는 자비로우신 부처님 뜻이 계셨다."

"관세음보살 나무아미타불." 석주율이 합장 목례했다. 그는 교무승이 무슨 말을 할 것임을 짐작했으니, 피하려 도망쳐도 끝내 제자리로 돌아올 수밖에 없다면 이것이 바로 이승에서 치를 업장이 아닌가 하는 생각이 들었다. 괴로움에 젖은 마음을 비틀어 짜듯 눈물이 솟구쳤다. 괴어오르는 눈물을 교무승이 볼 수 없음이 다행이었다.

"유림단과 종무소는 명증스님을 대신하여 주율 행자로 하여금 북지 땅에 만행(萬行)을 보내기로 서상암 회의에서 결정을 보았다. 너를 대승의 길로 인도하려는 백처사의 간곡한 청과, 네 근기 시험에 좋은 경험이 될 듯하다는 종무소 의견이 합치된 결과이다." 자명 입에서 끝내 이 말이 떨어졌다.

깜깜한 방안이지만 눈앞에 뭇 별이 보여 석주율은 아찔한 정신을 수습했다. 무력부 선비들이 자기를 잘 알지 못할진대, 그 결정은 스승과 교무승의 발의로 이루어졌음이 분명했다. 둘은 죽고 하나만 살아 돌아온 위험한 짐을 지고 이길보와 함께 노국 땅 연해주로 떠나야 하리라. 부득부득 사지로 몰아넣는 스승이 원망스럽고, 한편으로 아직 자기를 제자로 거두어 경험의 폭을 넓게 펼쳐 주겠다는 스승 마음 씀이 고맙기도 했다. 이 길이 부처님이 점지해준 길이요, 이승에서 받는 업장이라면 어찌 피할 수 있겠는가, 하는 괴로움이 그의 가슴을 저몄다.

"내일 새벽 서상암으로 떠날 테니 사물을 챙겨두거라." 자명이 말했다.

이튿날, 세수를 마치고 돌아와 석주율은 자기 물건을 챙기니 요강단지만한 보퉁이가 모두였다. 옷이었고 책은 의중당에서 빌려와 틈틈이 읽던 『본초강목(本草綱目)』 필사본 한 권이었다. 그는 아침공양도 마음이 없어 그길로 교무승 처소로 갔다.

"서상암으로 떠나려 인사드리러 왔습니다." 방문 앞에서 석주율이 말했다. 목소리에 기력이 빠져 있었다. 밤새 잠을 이루지 못한 채 뒤척이다 도량승의 새벽 타종을 들었던 것이다.

"암자로 가거든 변정기 처사를 찾고, 오늘 하루는 거기 법당에서 참선에 임하거라." 방문을 열지 않고 자명이 말했다.

석주율이 서상암으로 오르는 돌계단을 밟았다. 잠을 깬 새 떼들이 숲 사이를 날며 우짖었고 길은 이슬에 젖어 있었다. 반 마장 거리인 금강폭포 어름까지 오르니 아침해가 첩첩의 연봉을 넘어 머리를 내밀었다. 능선과 계곡이 환하게 살아났다. 한계암으로 들어가는 길과 서상암자로 내처 가는 갈림길에 패랭이 쓴 사내가 돌팍에 주저앉아 곰방대 남초를 태우고 있었다.

"내가 널 마중 나온 참이다." 곽돌이었다.

"스승님이 서상암에 계십니까?" 석주율이 반갑게 물었다.

"모두들 떠나셨어."

스승님을 뵐 면목이 생겼다 싶었는데 떠나버렸다니 석주율의 마음이 서운했다.

"너를 데리고 잘 다녀오라는 당부 말씀 하시고 떠나셨어."

석주율은 눈앞이 환해지는 느낌이었다. 용맹하고 심지 굳은 곽서방과 함께 떠난다니 1차 해삼위 파견 때처럼 변고를 겪지 않으리라 마음 든든했다.

"백선다님께서 네게 내리는 선물이야." 서상암으로 걸으며 곽돌이 한지에 싼 물건을 주었다. "패도 같아."

석주율이 한지를 벗겼다. 칼집과 손잡이가 대추나무 심이었는데 칼집에는 노송이, 손잡이에는 용이 양각되어 있었다.

"스님도 이런 패도를 가집니까?" 석주율이 물었다. 칼은 깎고 다듬는 데 쓰지만, 살상이 먼저 떠올랐다.

"예부터 패도란 먼길 나선 선비들에겐 없어서 안 될 휴대품이지. 자네 패도에는 첨삭도가 달려 있지 않은데, 음식에 독이 있는지를 가려내는 첨삭도도 함께 휴대하고 다녔어."

석주율이 스승의 뜻을 따져보니 자신에게 무기로 사용하라고 주신 칼은 아니라 여겨졌다. 여태껏 누구에게 선물을 받아본 적이 없는 그로서는 고마울 따름이었다. 선물도 다른 사람이 아닌 스승이 내린 선물이었다.

"도정어르신이 만드신 게 아닐까요?"

"그렇겠지. 나는 선다님으로부터 이걸 선물로 받았어." 곽돌이 조끼주머니에서 금줄 달린 회중시계를 꺼내어 보였다. 조익겸이 사위에게 준 시계였다. "귀한 선물이니 오래 간직해야지."

석주율은 서상암자에 도착하자 암자에 안주한 두 승려와 인사를 나누었다.

"주율 행자라 했던가. 장한 일로 출사(出仕)한다니 힘써보게. 부처님 음덕이 행자를 도울 것이네." 일흔을 바라보는 암자 주지인 진묵이 석주율을 격려했다.

서상암에는 진묵 아래 시자승 도솔과 공양을 맡은 나이 든 비구니가 있었다. 그들 외 무력부 부장 김조경, 해삼위에서 돌아온 장남화, 해삼위로 함께 떠날 이길보가 머물고 있었다. 길보는 주율을 반갑게 맞았다.

"너랑 같이 떠난다니 더없이 기쁘군. 명증스님이 다치지 않았어도…… 부처님이 네게 큰 뜻을 맡기시려 명증스님을 본사로 되돌려 보내신 모양이야."

"넌 북지로 가는 게 좋은 모양이군."

"기쁘다말다. 어쩜 간도로 솔가한 속세 부모님도 거기서 뵐 수가 있을는지 몰라." 나이가 주율보다 두 살 위인 길보는 북지행에 마음이 들떠 있었다.

김조경은 해삼위로 떠날 곽돌과 이길보를 옆에 앉히고, 무기를 비밀히 반입해 올 중차대한 임무를 주율에게 설명했다. 석주율은 북지로 떠날 세 결사요원의 목적을 알게 되었다.

"출발 일자는 오늘부터 엿새 후요. 그동안 세 분은 서상암에서 나와 동고동락할 것이오." 김조경이 말했다.

"김처사님, 오늘은 참선으로 보내고 싶습니다." 석주율이 김조경에게 어렵사리 말을 꺼냈다.

"그렇게 하시오. 내일부터는 북지행에 따른 훈련을 곽동지, 이동지와 함께 받게 될 것이오."

그날, 석주율은 간밤에 못 잔 잠 탓에 몰려오는 졸음을 이기며 자정까지 법당 본존불 앞에 가부좌 참선했다. 무념의 상태에서 공(空)의 의미를 깨우쳐보려 했으나 마음은 비워지지 않았고 잡념이 꼬리를 물었다. 조선 광복의 신념이 얕아서인지, 시키니 따를 뿐이라는 원점의 결론에서만 생각이 맴돌았다. 종노릇이 그렇듯, 윗사람이 시키는 일은 팥으로 메주를 쑨다 해도 따라야 한다는 몸에 밴 습관을 떨칠 수 없었다. 오랜 좌선 끝에 자정 무렵에야 그는 작은 위안이나마 얻을 수 있었다. 내가 스승을 따라 간월재 넘어 표충사로 올 때, 간월재 마루에서 처음으로 이 세계가 넓다는 것을 알게 되었다. 이제 수천 리 먼 북지로 떠난다면 세계가 더 넓음을 알게 될 것이다. 그렇게 넓은 세상으로 나가 두루 견문해볼 일이다. 세존께서 출가하여 여러 나라를 견문하며 중생의 참모습을 보았듯, 참선 하나만으론 도를 깨치지 못하리라.

이튿날부터 석주율은 곽돌과 이길보와 함께 북지로 떠나기에 앞서 필요한 유격훈련을 받았다. 교관은 김조경이었고, 아직 다리를 절룩거리는 장남화가 지도원으로 김조경을 보좌했다. 삼끈으로 엮은 줄을 타고 가파른 벼랑을 오르내리기, 발소리 내지 않고 속보로 산길 타기, 위급할 때 방비책으로 호신술 따위를 익혔다.

"우리가 떠날 때는 동절기가 닥쳐 고생이 많았지요. 이주민에 섞여 국경을 무사히 넘었고 해삼위에 도착하기까지는 별 어려움이 없었습니다. 풍찬노숙은 누구나 다 하는 고생 아닙니까······ 해삼위에서 육혈포 두 자루, 실탄 백 발, 수류탄 다섯 알을 지참하고 얼음 언 두만강을 야행으로 넘었지요. 그런데 방심했던 탓인지 월경자(越境者)를 탐지하려 왜경 수비대가 그물을 쳐놓은 첩자들 눈에 띄었습니다. 숯구이나 화전민들도 안심해서는 안 됩니다. 수비대가 추적하는 줄 모른 채 십 리쯤 나아갔을까, 저녁 무렵이었습니다. 전나무숲이 울창한 고원 지대였는데, 사방에서 수비대 병졸들이 나타나 포위망을 압축함을 눈치챘지요. 총소리가 콩 볶듯 터지고 우리도 맞총질을 했으나 중과부적이었습니다." 장남화는 실패에 따른 경험담 이외 선험자 입장에서 북지의 지형과 기후 조건, 자연계 생태, 일본군 수비대의 기찰을 피하는 요령, 해삼위 신한촌(新韓村) 위치와 권업회(勸業會) 활동상도 자상하게 설명해주었다. 새로이 뽑힌 결사요원 셋은 훈련, 교육, 토론으로 나흘을 보냈다. 여행 준비물도 낱낱이 점검했다.

출발 전날은 하루를 쉬기로 했기에, 결사요원 셋이 느긋하게 아침을 맞은 날이었다. 서상암 주지 진묵이 석주율과 이길보를 선방으로 불렀다.

"오늘 너희 둘에게 사미계를 내릴 불사가 있을 것이다."

"행자 노릇 일 년도 안 됐는데 우리만 사미계를 받습니까?" 이길보가 반색을 하며 물었다.

석주율도 귀가 트였으나 영문을 알 수 없었다. 수계 날짜를 보름 앞두고 습의(習儀)가 실시됨이 관례임을 알고 있었던 것이다. 바루 다루는 법과 승복, 장삼, 가사 착용법에서부터, 염불 의식 진행 따위의 행각법은 물론, 다른 절에 갔을 때 지켜야 할 예의로 총림법 등을 보름 동안 습의해야 마땅했다. 수계식을 열흘 앞두곤 날마다 허리가 끊어져라 석가모니불에 삼천 배를 올려야 했다. 그런데 행자 생활 일곱 달 남짓 만에 습의를 생략한 채, 본사가 아닌 말사에서 사미계를 받게 될 줄은 뜻밖이었다.

"본사에서 교무스님이 오실 테니 너희는 수계식을 위해 목욕재계하고 법당에서 대기하거라." 시자승 도솔이 말했다.

"습의는 어찌되온지요?" 이길보가 물었다.

"그까짓 것, 따지고 보면 형식이지. 업장반에까지 뽑힌 너들이 바루 다루는 법이며 절옷 입는 법을 꼭 배워야 하느냐. 봤다면 짐작할 테고 본 바만큼 따라 하면 되는 게지. 행각(行脚) 나서기 전에 둘에게만 특별히 사미계를 주기로 종단에서 결정한 것 같아."

석주율과 이길보는 선방에서 물러 나왔다. 그제야 주율은 벅찬 기쁨이 가슴 가득 괴어올라옴을 느꼈다. 얼마나 바랐던 행자 수계식이랴 싶었다. 그는 승려들을 볼 때마다, 나도 언제쯤 삭발하고 장삼을 걸친 스님이 될까 하고 그날 맞기를 선망했는데 뜻밖에 그날이 빨리 찾아온 것이다.

목욕을 마친 석주율과 이길보는 주지승 일행이 도착될 때까지 법당 본존불을 향해 절을 시작했다. 누가 시키지 않았으나 둘은 삼천 배를 하기로 약속했다. 천여 배를 마쳤을 때, 교무승 일행 셋이 서상암에 도착했다. 법당 마루에 왕골자리가 깔리고 곧 수계식이 행해졌다. 둘은 법당을 마주하여 무릎 꿇고 나란히 앉았다. 서상암 승려와 처사들이 절마당에서 수계식을 구경했다. 계사(戒師)는 주지승 진묵이 맡았다.

"毀形守志節 割愛辭所親, 出家弘聖道 願度一切人(머리 깎고 뜻과 의를 지켜서 세상에 그리움을 끊었나이다. 출가하여 불법을 배우고 펴서 일체중생을 제도하기를 원합니다)."

진묵이 떨림 심한 말에 따라 석주율과 이길보가 복창했다. 진묵은 옆에 선 도솔이 내민 표주박 물을 둘의 머리에 세 번 뿌려주었다.

"석가모니불에 세 번 절하시오."

종무소 젊은 승려 말에 둘은 본존불에 세 번 절했다.

"寶殿主人曾作夢 無明草茂多年, 今向金剛鋒下落 無限光明照大千(우주의 주인으로 할 일을 망각하고 방황하기 몇 해였던가. 이제 지혜의 검 아래 정신을 차리니 한량없는 지혜의 빛이 우주에 가득 차네)."

진묵이 읊었고, 석주율과 이길보가 그 말을 복창했다. 습의 기간 때 외게 되는 귀의(歸依)로서 세 가지 다짐인 삼보례(三寶禮)를 두 행자가 아직 익히지 못해 계사 말을 따라 읊었다. 다시 본존불에 삼배가 있은 뒤 둘은 무릎을 꿇어 눈을 감았다. 엄숙하고 고요한 중에 도솔이 석주율과 이길보의 편발 머리채를 잘랐다. 머리채가 잘려 나갈 때 주율은 섭섭함과 개운함을 함께 체득했다. 이제부터 이승을 사는 날까지 다시 머리카락을 기르지 않고 출가자로 살게 될 터였다. 그의 입술에서 송덕(頌德)이 흘러나왔다. 세존이시여, 지혜의 빛으로 저를 깨우쳐주소서. 사람이 어디서 왔으며, 어디로 가며, 지금 왜 고통의 질고에서 헤매는가를 깨닫게 해주옵소서……

도솔승과 종무소 젊은 승려가 삭도기로 석주율과 이길보의 머리카락을 삭발할 동안, 석주율은 각자(覺者)로서 언제인가 도달하게 되기를, 그래서 자신의 제도는 물론 일체 중생제도에 작은 디딤돌이 되기를 빌었다. 삭발이 끝나자 교무승 자명이 둘에게 의복을 내렸다. 회색 장삼 한 벌이었다.

"善哉解脫服 無上福田衣 我今頂載受 世世常得被(훌륭하도다, 해탈의 옷이여. 장엄하도다, 복전의 옷이여. 내 오늘 공경히 받들어 입듯 미래세가 다하도록 변함없는 이 모습으로)."

자명 말에 따라, 둘이 그 말을 복창했다. 다시 본존불에 삼배가 있었고, 그로써 수계식은 끝났다. 석주율은 출가자가 된 것이다. 그의 마음은 담담했다.

배달(倍達)

  곽돌이 조장이요 경후와 주율이 조원이 된 한 조가 머나먼 해삼
위로 떠나기는 6월 초순이었다. 곽돌은 보부상 차림에 물미장을
들었고, 주율과 경후는 광목 먹물 장삼을 걸치고 바랑을 멘 승려
차림이었다. 경후는 이길보가 받은 법명(法名)이었다. 주율에게는
따로 법명을 주지 않았다. "방장스님께서 네 법명은 주율을 그대
로 쓰라는 말씀이 계셨다. 큰스님께서 네 출가를 미리 점지하시고
법명부터 지어주셨는지도 모르지." 교무승 말이 그러했던 것이다.
그로써 속명(俗名) 석주율과 아명(兒名) 어진이는 없어지고, 주율
이란 법명만이 남게 되었다.

  셋은 우선 밀양 읍내로 나가 열차를 타기로 했다. 열차 편에 김
천까지 올라가 도보로 경상북도 위쪽 죽령재 아래 있는 영주군 풍
기에 들를 참이었다. 풍기는 예부터 조선 팔도 인삼 명산지 세 곳
중 하나로 소백정맥 고산준령 아랫마을이었다. 그곳에 은거한 광

복단 유지들을 만나 인삼을 매입하여 강원도로 들어가는 행로를 짰던 것이다. 해삼위까지는 걸어가는 이수만도 3천 리가 넘었다.

주율은 밀양역에서 난생처음 열차라는, 말만 들어온 괴물을 보게 되었다. 경부선이 개통된 게 갑진년(1904)이니 아홉 해 전이었다. '거대한 무쇠 덩어리가 큰 짐승처럼 귀청 떨어질 정도로 기성을 내지르며 비호보다 빠르게 달리는 장관'을 보러 추수 끝낸 울산 읍내 사람들이 부산포까지 구경갔던 그해 늦가을, 주율 나이 열 살이었다. 그 뒤 주인댁 작은마님 친정인 부산포로 심부름을 다녀온 아버지에 이어, 맏형도 부산포로 간 길에 열차를 보고 온 뒤에야 주율의 머릿속에 '연기 토하며 철선 위를 달리는 화차불통'이 어렴풋하게 윤곽 잡혔다.

"주율아, 듣던 대로 굉장하구나. 저 무거운 쇳덩이가 자기 몸체만 아니고 열 량 넘는 쇠차까지 끌고, 거기에 사람이며 짐바리를 잔뜩 싣고 달리다니. 수백 마리 마필도 감당 못할 대단한 힘이다!"
열차를 처음 본 경후도 감탄을 쏟았다.

주율이 보아도 석탄이나 나무로 불을 지펴 물을 끓이고, 그 끓는 물에서 나는 증기 힘으로 달린다는 원리가 믿어지지 않았다. 그는 과학 문명의 위대함을 열차를 통해 처음 목격한 셈이었다. 그가 백립초당 시절에 읽은 유길준의 『서유견문』에서, 증기차라하여 열차를 소개한 글을 읽은 바 있었다. 그는 열차, 증기선, 전신기, 전화기의 발달과 용도와 구조를 그 책을 통해 대충 이해했으나 막상 눈앞에 열차란 물체를 보자 그동안 머릿속으로 그려온 이론적 지식이 허망하기 짝이 없었다. 사물의 실제와 상상의 차이가 이럴진대, 무릇 여여하여 참선을 통해서 득도하려 함은 탁상공론의 이치만 깨칠 뿐, 불가의 심오한 실체를 모름과 같음이 아닐까 하는 생각이 들었다.

객차 안의 승객은 태반이 일본인이었고, 헌병과 병정도 눈에 띄었다. 선반과 의자에는 짐으로 가득했는데 대체로 가재도구여서 날마다 반도로 쏟아져 나오는 섬나라 사람이 얼마나 많은가를 한눈에 보게 해주었다. 그들의 일본말과 통로를 휘젓는 나막신 딸각대는 소리가 귀설었다.

셋은 출입문 앞자리에 나란히 앉아 순사와 병정을 눈치껏 관찰했다. 곽돌은 풍기에 인삼을 매입하러 나섰고, 주율과 경후는 형제간으로 그쪽 고찰 부석사 만행길임을, 만약의 불심검문에 대비하여 대답을 준비해두었다. 등짐과 바랑을 뒤지고 몸수색을 한다해도 의심 살 만한 소지품이 없었다. 이윽고 열차가 기적을 내지르더니 큰 몸체가 요동쳤다. 주율과 경후가 놀라 엉덩이를 일으키다 주저앉았다. 열차는 천천히 움직이기 시작했다. 바깥의 초여름낮 풍경이 차창 밖으로 흘러갔다. 주율과 경후는 열차가 움직이는 사실이 경이롭기만 했다.

"밀양 읍내는 여기서 반 마장 더 들어가야 돼. 원래 일본인 측량기사가 설계하기론 밀양 읍내에 역을 정했는데, 결과적으로 허허벌판에 역이 생기고 말았지." 곽돌이 말했다.

왜 그렇게 됐냐고 경후가 물었다.

"도로 공사판이며 철도 공사판에는 으레 색주가가 생기고 여사당패나 다방머리가 일꾼을 상대로 몸을 파니 양속(良俗)이 엉망일 수밖에. 그러잖아도 축멸양왜(逐滅洋倭)를 부르짖던 유생들은 철도가 읍내를 관통한다 하자 결사적으로 반대하고 나섰지. 밀양은 조선조 초 김종직이란 대학자를 낳은 유가의 종본 고을이 아닌가. 그러자 백성까지 열차는 신래(新來)의 이물(異物)이며 지맥을 끊는다고 들고일어나, 반대가 얼마나 극심했던지 결국엔 이쪽으로 철도를 깔게 된 게야. 이곳뿐만 아니라 곳곳에서 그런 분쟁이 잦아, 출동한 일본군과 싸우다 죽은 양민도 많았지." 곽돌이 주위를 살피기에 게을리하지 않았다.

"요즘은 전라도 땅으로 철길 놓는 공사가 한창이라면서요?" 주율이 물었다. 그는 그 공사판에 뛰어들겠다며 깨분이와 함께 한밭이란 곳을 찾아 이태 전에 집을 떠난 차봉이형을 떠올렸다.

"아마 내년쯤에는 전라도 땅 끝 목포란 어촌에까지 휑하니 열차가 다닐 거야. 세상은 하루 다르게 변하고 있어. 빠른 속도로 세상이 변함은 너희들 눈으로 보고 있지 않느냐."

앞쪽 자리에는 나카기(長着) 입은 소녀가 저희 동요를 부르고, 어른들은 손뼉박자를 맞추고 있었다. 주율은 일본에서 열차를 탄 느낌이었다. 왜 저들이 조선으로 넘어와 총칼로 이 땅을 지배하게 되었는지, 조선인은 왜 모멸을 당하며 참고 사는지 의분심이 들었다. 그는 보리 베기가 끝난 더위 끓는 창밖 들녘을 바라보며 그런 생각에 골몰했다.

"일본인이 조선으로 왜 이렇게 몰려나오는 줄 알아?" 곽돌이 물었다. 주율과 경우가 대답을 못하자 곽돌이 조그만 소리로 말했다. "경술국치(1910) 이후 일본 신문에 자주 실리는 게 동척(東拓,

470

동양척식주식회사)에서 내는 이민 모집 광고라더라. 이민분배사업(移民分配事業)이라는 건데, 거기에 응하면 조선 농토를 그저 나누어줘. 총독부가 강탈한 농지를 그들에게 분배해 우리 땅에 저들 사람을 정착시키는 게지. 주율이 자네 스승도 그런 말씀을 했지. 총독부가 조선 토지조사사업을 실시하며, 일차 목표가 친일에 앞장선 극소수 대지주를 제외한 중농과 자작농을 없애는 정책이래. 제국주의적 자본제주의라는 건데, 그건 나도 잘 모르지만 인구 팔할에 이르는 조선 농민을 아주 빈궁화시켜 노예제를 만든다는 거야. 자작농에게 엄청난 세금을 물려 결국 농지를 팔지 않을 수 없게 하는 것도 그 뜻이야. 그러다 보니 자작농은 소작료를 올리고 세금을 소작인에게 부담시키지 않을 수 없고, 소작인은 결국 파산하고 마는 게지. 만주 이주민이 그렇게 돼서 생겨나는 게야."

"곽처사께서는 아시는 게 너무 많군요." 경후가 감탄했다.

열차가 대구를 거쳐 김천역에 도착될 동안 차표 검사가 한 번 있었고, 장총 멘 순사를 대동한 납작모자 형사가 차 안을 순찰했다. 조선인 형사는 승복 차림의 주율과 경후에겐 말이 없었으나 곽돌에게는 차표를 보자며, 여행 목적을 물었다. 곽돌이 풍기로 인삼을 사러 간다고 말하자 형사는 선반에 놓인 곽돌 건어물 등짐을 뒤졌다. 오징어포, 김, 명태쾌와 말린 해삼, 전복이 나왔다. 둘은 가탈을 잡을 건더기가 없자 다음 차칸으로 건너갔다.

셋이 김천역에 내렸을 때는 해가 서산으로 기울었다. 역 마당에서 곽돌이 품에 지닌 지도를 꺼내 보더니, 백 리 길인 상주까지는 무리고 그 절반은 갈 수 있겠다며 곧장 북으로 길을 잡았다. 밤길 걷기가 좋은 절기였다. 셋은 두런두런 세상 이야기를 나누며 아천 개울을 따라 내처 북상했다. 구례 마을을 지났을 때는 사방이 깜깜했으나 달이 뜨자 뚫린 길이 윤곽을 드러냈다. 셋은 야산을 넘어 들을 질렀고 개활지를 건넜다. 높은 산이 없다 보니 들녘에는 마을이 흩어져 있었다.

김천서 밤길을 도와 50리 남짓 걸어 월노리란 마을까지 오자, 용문사가 동쪽으로 반 마장 거리에 있다는 마을 사람 말을 들어, 셋은 그 절에서 하룻밤을 묵기로 했다. 절을 찾아드니 서상암보다 규모가 작았다. 주지승이 친절하게 객승 둘과 곽돌을 맞아, 보살을 불러 늦은 공양을 짓게 했다. 셋은 하루 내 고구마 몇 개로 달랜 배를 실컷 채우고 다음날 일정을 고려해 곧 잠자리에 들었다.

이튿날, 아침동자도 마다하고 셋은 새벽이슬을 밟고 절을 나섰다. 그날 일정은 130리 잇수인 광흥사까지로 잡았다. 걷는 짬짬이 살림살이가 넉넉해 보이는 대갓집을 만나면 붙임성 좋은 경후가 대문 안으로 들어가 목탁 치고 염불 외어 시주 곡식을 얻기도 했다. 주율은 삿갓으로 얼굴을 가렸지만 부끄러움으로 염불이 입에서 제대로 떨어지지 않았으나 경후는 그 일을 수월하게 해내었다.

예천읍을 지나 학가산 서남 기슭에 있는 광흥사는 신라시대 의상조사가 창건한 고찰이었다. 셋은 그 절에서 하룻밤 신세를 졌다. "들이 있으면 민락이 있고 산이 높으면 절이 있다더니, 조선 천지 골짝마다 절이로군. 장삼 걸치고 나서니 절밥 한번 수월하게 얻어먹는구나." 경후 말이 그랬듯, 절은 갓 삭발한 승려지만 객승 맞기가 극진했다. 더욱 경후가 표충사 표찰을 보이자, 인술로 이름이 알려진 방장승 무장 안부와 근황을 묻는 승려도 있었다.

셋은 광홍사에서 아침공양을 먹고 곧장 길을 나섰다. 이제는 어제까지 걷던 평탄한 길과 딴판으로 첩첩한 산을 넘는 험로였다. 셋은 영마루를 넘고 깊은 골을 빠져, 동서로 긴 장벽을 친 소백정맥 준령을 바라보고 걸었다. 그래도 사람 사는 곳마다 다랑이논과 자드락밭이 널려 곡식이 자랐다.

오현 마을 야트막한 동산 마루에 올라서자 풍기 고을이 한눈에 잡혔다. 풍기는 뒤로 높은 소백정맥을 지고 앞으로 영주와 잇닿는 넓은 들을 안고 있었다. 셋은 마루턱에서 걸음을 멈추고 선선한 바람에 땀을 식혔다. 기웃이 넘어가는 석양볕을 받으며 마을이 눈 아래 자리잡고 있었다. 죽령 아래 영하취락(嶺下聚落)인 풍기는 듣던 소문대로 산자수명한 고을이었다. 『정감록(鄭鑑錄)』에 '풍기대소백영거지 장상계출(豊基大小白永居之地 將相繼出)'이라 하여 전국 십승지 중 으뜸 피난처라 점찍은 풍기는 저산성(低山性) 산지가 발달한 지형이었다. 풍기에서부터 소수서원을 지나 부석사에 이르기까지 소백정맥 남쪽에 위치한 80여 리는 산협 지역임에도 띠를 이룬 들이 안으로 파고들어 피세하며 농사짓고 살기에 맞춤한 고장이었다.

"산촌인 풍기까지 왜놈 주재소가 벌써 세워졌을 리 없을 테지. 나는 우선 장거리 객주에 머물며 건어물 흥정을 따져볼 것이니, 자네들은 윤경순 선다님 댁을 찾게. 정미의병(丁未義兵) 때 참모를 지낸 분이야. 그럼 해진 후 서로 연락하도록 하세." 마루턱에서 곽돌이 둘에게 말하곤 앞장서서 하산했다.

"우선 담장 길고 대문 높은 대갓집을 돌아보자고." 경후가 마을 입구 비석거리로 들어서며 말했다.

둘은 먼저 눈에 띄는 골기와집부터 찾아들었다. 경후는 목탁 치며 큰 소리로 염불을 외었으나 주율은 숫기가 없어 입속말로 따라 읊었다. 두번째 집을 거쳐서야 유생 윤경순 집을 알아낼 수 있었다. 언덕 위에 자리한 덩실한 기와집이었다. 경후가 닫힌 솟을대문 앞에서 목탁 치며 염불 왜자기니 청지기가 문을 열어주었다. 경후가 윤경순 어른께 드릴 말이 있다 하자, 청지기는 소속 절과 이름을 묻곤 둘을 사랑채로 안내했다. 마당귀에는 해거름 그늘 속에 앵두가 붉게 익고 있었다.

책을 들치던 윤경순이 승려 둘을 방으로 맞아들였다. 탕건 쓴 그는 나이 마흔 정도 된 선비로 깡마른 얼굴에 미간이 좁아 인상이 강팔랐다. 수인사를 하고 경후가 밀양 표충사에서 오는 길이라고 말했다.

"장남화란 젊은이가 보름 전에 하루 묵었다 그쪽으로 내려갔지요." 윤경순은 의심 찬 눈으로 둘을 보며 입을 열었다.

"그렇다면 윤처사님도 해삼위로부터 무기 밀송이 실패로 돌아간 저간 사정을 알고 계시겠군요?" 경후가 단도직입으로 본론을 꺼냈다.

"그 말도 들었소이다."

"저희 둘과 영남유림단 단원 한 분이 그 일로 다시 해삼위 권업회를 찾기로 했습니다. 조장인 곽처사님은 장터 객주에 머물고 있습니다."

"젊은이들은 스님 맞소?"

"사미계를 받자 길을 나섰습니다."

"조장이란 자는?"

"보부상입니다만 구국일념이 대단한 분입니다. 우선 여기서 인삼을 사들여 간도로 들어갈까 합니다."

경후가 해삼위에 있는 대한광복회 산하 권업회를 찾아갈 목적에 따른 구체적인 설명을 할 동안, 윤경순은 장침에 한 팔을 괸 채 듣고 있었다. 차츰 의심을 푸는 눈치였다.

"윤처사님, 본가가 울산인 백상충 처사님을 아시는지요?" 주율이 물었다. 스승께서 이강년 의병장 휘하에서 종군할 때 함창과 단양 부근에서 왜병과 대접전을 벌였음을 알고 있었다.

"알고 있소. 병신년(1896) 김도하 맹주 아래 안동관찰부 칠개군(郡) 연합 의병과 제천 유인석 휘하의 서상설 의진(義陣)과 합동 작전을 취할 요량으로 함창 태봉 산채에 머물 때 야영 생활도 같이 했더랬소. 태봉전투(胎峯戰鬪)에서 의진이 대패하여 나는 포박되어 청주 감옥에서 삼 년을 보냈고…… 그 후 소식이 돈절되었다 장남화란 젊은이 편에 백동지가 영남유림단에 관여한다는 말을 들었소이다. 그러나 우리는 목숨을 건졌기에 망정이지 그렇게 싸우다 전사하거나 붙잡혀 참형 당한 분들이 어디 한둘이겠소. 이강년 대장님, 허위 대장님하며, 지하에서도 눈 부릅뜨고 계실 것이오." 윤경순이 침통하게 말했다.

"소승이 출가 전 백스승님 아래 글을 배운 바 있습니다."

"스님 본가가 울산이라면 박상진 동지를 아시오?"

"재작년, 스승님이 언양 동운사에 머무실 때, 북지에서 오셨다며 박선생님께서 절에 다녀간 적 있습니다."

윤경순이 잠시 기다리라는 말을 남기고 밖으로 나갔다. 그는 청지기를 불러 귀엣말로 지시를 내렸다.

"의심해서 미안하오. 우리 집이 풍기에 세거한 지 이백 년이 넘다 보니 연락처를 여기로 정했기에, 지켜보는 눈이 많소. 먼길에 노독이 심할 테니 스님들은 쉬도록 하구려. 밤에 동지들을 불러 회합을 갖도록 합시다. 객주에 머문다는 분은 내가 하인을 시켜 모시리다."

주율과 경후는 사랑에서 물러 나와 객청 빈방에 바랑을 풀었다. 주율이 버선을 벗고 발바닥을 살피니 농사일로 굳은살이 박혔는데도 사흘 행보에 물집이 잡혔다.

그날 밤, 채기중, 김한종, 권상석, 이관구, 권병렬 등 풍기에 은거한 의병 출신 지사가 속속 윤경순 집에 모여들었다. 풍기광복단 단원들이었다.

풍기광복단 단장은 채기중으로 마흔 초반 나이였다. 작달막한 키에 살점이 없어 야무져 보이는 그는 깊이 박힌 눈매가 매서웠다. 을미년 의병에 중군장(中軍將)으로 활약하며 태봉전투에 참가한 뒤, 서간도로 망명했다 임인년(1902) 이후 풍기에 우거하고 있었다. 그 뒤 해삼위, 서간도에 여러 차례 내왕하던 중 의기투합한 박상진, 이관구와 교유를 텄던 것이다. 이관구는 정미의병 때 군사장 허위 문하생이었기에 동문인 박상진과 교분이 두터웠다. 정미년 의병 종군 이후 남만주 유하현으로 들어가 신민회 만주지부에 관여하다 밀령을 받고 금년 봄에 국내로 들어와 풍기에 머물고 있었다. 그는 해삼위에 본부를 둔 대한광복단의 만주 안도현 지회가 자금을 대는 조선인 무관학교와 독립군 기지 건설을 위한 자금 조달차 국내로 잠입했는데, 풍기광복단과 손잡고 있었다.

영남유림단이 풍기광복단과 접선을 갖게 되기는 박상진과 가까운 대구인 우용대를 통해서였다. 장남화 일행이 만주 간도를 거쳐 해삼위로 들어가자 그곳 권업회에서도 경상북도 풍기에 있는 광복단과 윤경순을 소개해주었다. 장남화는 귀국하던 길에 두 동지와 힘들게 구입한 무기를 잃고 태백정맥을 종단하다 풍기에 들러 윤경순을 만났던 것이다.

곽돌이 인삼장수로 위장하게 된 것도 장남화와 교무승이 내놓은 의견을 영남유림단 무력부가 승인한 데 따른 결과였다. 장남화가 듣고 온 말로는, 풍기에서 간도 쪽과 연락을 취하는 방법은 인삼장수로 위장시켜 파발을 보낸다 했고, 표충사 측에서도 인삼과 만주 쪽 녹용을 물물교환해 오면 일거양득의 소득이 있었던 것이다. 의중당에서는 녹용이 약제로 귀하게 쓰였다. 그러나 녹용 구입은 어디까지나 유림단 임무 수행의 방편이었다. 그리고 풍기 방문에는 유림단 쪽 의견을 전달하는 연락 임무도 띠고 있었다.

풍기 우국지사들은 대체로 향토 출신이 아닌 우거자(寓居者) 집합이었다. 조선 말의 난세를 맞자 『정감록』효시에 따라 평안도, 황해도를 비롯한 팔도 사람들이 풍기를 피세처로 여겨 찾아들기도 했지만, 각지 의병들이 출신지에서 쫓기는 몸이 되자 생활 터전을 잃고 모여들기도 했다. 채기중은 경북 함창 태생 의병장 출신이었고, 이관구는 황해도 송화군 유생 집안 출신이요, 김한종은 역시 충남 예산군 유생 집안 출신이었다. 출신지는 달랐으나 모두 의병 종군자로 이른바 혁신 유림계에 속했다. 그들은 일개 장돌뱅이인 곽돌을 두고 이중첩자가 아닌지 미심쩍어하여 유도심문 삼아 질문했다. 곽돌의 말에 신빙성이 있자 곧 의심을 풀었다.

"우리가 곽동지를 의심해서 미안하오. 풍기에 왜놈 분주소나 주재소는 아직 없으나 지난 장날에도 영주에서 온 순사와 헌병들이 순찰차 다녀갔다오. 사람 사는 곳은 어디나 밀정을 박아두는데 풍기야말로 팔도 사람이 모여드니 밀대꾼이 많을 것이오." 내내 말이 없던 채기중이 사과했다.

"만에 하나라도 의혹을 품어 몸조심 입조심 해야지요. 한 사람의 천기누설로 몇 년 공들인 조직이 하루아침에 박살나니깐요. 제가 노상에서 살다 보니 영남유림단 회합 날짜 통기를 맡는데, 아무리 긴 내용이라도 머릿속에 외우지 서찰을 지니고 다니지 않습니다." 곽돌이 말했다.

"제가 국내로 들어오는 길에 북간도에서 박상진 동지를 만났습니다. 박동지가 국내외를 연결하는 단체가 있어야 한다기에, 내가 찬동했지요. 조만간 박동지가 귀국하면 대구를 중심으로 새 조직이 만들어질 겁니다." 이관구가 말했다.

그날 밤, 풍기광복단 회원들과 곽돌 일행은 자정이 넘도록 여러 의견을 나누었다. 이쪽은 조장인 곽돌이 대변해서, 경후와 주율은 뒷전에 물러앉아 있었다. 풍기광복단과 표충사 영남유림단이 제휴하여 항일투쟁에 공동전선을 벌이자는 문제를 이관구가 거론했고, 그에 앞서 연락책을 두어 쌍방 집회 참석과 결정사항 정보를 교환하자는 의견도 있었다.

"풍기, 대구, 밀양, 이렇게 삼각 연락망을 만들어 본부를 대구에 두는 통합 단체도 결성할 수 있겠구려." 김한종이 낸 의견이었다.

"저는 영남유림단 뜻을 전달하는 심부름꾼에 불과합니다. 여러 선다님 말씀은 우리가 임무를 마치고 무사히 돌아가면 전달하겠습니다. 이 자리에서 제가 분명하게 말씀드릴 수 있기는, 돌아오는 하지 전후에 영남유림단 무력부 실무요원으로 대구에 거하는 우용대 동지께서 풍기로 내방할 겁니다. 그때 구체적인 말씀이 계셨으면 합니다." 곽돌이 말했을 때는 자정을 넘긴 시간이었다.

이튿날, 곽돌은 윤경순 집 집사를 대동하여 인삼을 구매하러 인삼공판장으로 떠났다. 주율은 오전 내 바랑에 넣고 온 『본초강목』을 읽으며 풀 이름, 나무 이름, 열매나 줄기나 뿌리의 약 효험을 외웠다.

*

윤경순 댁에서 새벽동자로 요기를 하고 셋은 죽령을 향해 길을 떠났다. 그날 노정은 제천까지로 잡았고, 이튿날은 원주를 거쳐 횡성에서 묵기로 했다. 걷는 데는 이력이 붙은 곽돌과 몸이 날랜 경후가 앞서거니 뒤서거니 했고, 주율은 뒤처져 따랐다. 화천을 넘어설 때까지 일행은 산 많은 강원도 땅을 관통하며 첩첩의 구릉과 골짜기를 건넜으나, 노숙한 적은 없었다. 절을 찾아들거나 봉놋방에서 묵기도 했다. 제 식구 끼니 건사도 힘든 못사는 백성이었으나 마을마다 객을 대하는 인심만은 남아 있어 일행은 공밥도 얻어먹었고, 뜻밖에 잔칫집 만나면 걸직한 상을 받아 포식도 했다. 주재소가 있는 큰 마을을 지나다 검문도 두 차례 받았으나 탈 없이 다시 길을 떠날 수 있었다. 표충사를 떠난 뒤 열흘, 노정은 순조로웠다.

셋이 때 이른 여름 장마를 만나기는 강원도와 함경남도 접경인 추가령 잿길 어름까지 왔을 때였다. 셋은 가래톳이 서고 발이 부르튼데다 옷에는 쉰내가 풍길 즈음이었다. 하루 잇수 130리가 빠듯할 무렵, 하늘에 회색 구름이 덮여오더니 강풍이 몰아쳤다. 창대로 꽂히는 빗발이 얼마나 세찼던지 서너 시간 사이 작은 개울조차 물이 불어 차고 온 삼줄로 세 사람이 허리를 묶고 줄에 의지해 급류를 타넘지 않으면 안 되었다. 정작 고생은 장마 때부터 시작이었다. 이른 아침에 나서도 길이 줄지 않았다. 줄기차게 내리는 빗발을 가르며 뻘밭을 지나고, 개울을 넘고, 어깨에 차는 갈대밭을 더듬으며 헤쳐갔다. 주율은 여름 고뿔까지 들어 도롱이를 걸쳤으나 신열로 떨었다. 셋이 함경남도 안변군에 있는 석왕사에 도착했을 때는, 주율이 더 걷기 힘들 정도로 병이 심했다. 경후는 곽돌에게 여러 차례, 주율이 저러다간 큰 병을 얻겠다며 어디서든 며칠 정양해야 한다고 말했으나 곽돌은 그 말을 묵살했다.

"객사한다면 길섶 양지바른 데 먼가래로 장사 지내고 푯말이나 세워주지. 우리 보부상은 너나없이 그렇게 세상을 하직해. 길을 걷다 문득 걸음 멈추고 비석 없고 뗏장 벗겨진 봉분 앞에서 내가

480

절하는 걸 보지 않았느냐. 그게 보부상 동무 무덤이요 주인 없는 우리네 인생 흔적이기에 그리 했느니라. 우국의 마음 가슴에 불덩어리로 안았다면 이런 일에 나서서 객사한들 부처님이 열반길 잘 닦아 열어주실 게다."

곽돌의 냉담한 말이 주율에게 용기를 주었다. 그는 고행을 달게 받으며 극기로 이겨나갔다. 인내력에 한계가 있게 마련이지만, 그는 자신의 병을 스스로 진맥하여 처방에 게을리하지 않아 하루하루 운신해나갈 수 있었다. 그는 숙소에 들 때마다 『본초강목』을 들쳐 여름 감기에 좋다는 향유, 인동덩굴, 담뱃진을 구해 삶아 먹고, 해열제로 죽엽, 쇠비름, 감초를 달여 먹어, 원기를 차려선 이튿날 행보에 나서곤 했다.

석왕사는 함경도 땅으로 들어서 만나는 마지막 대찰이었다. 북쪽 변방 지역은 이 땅에 불교가 들어온 뒤 북방 민족과 잦은 국경 분쟁으로 절을 세울 만한 여건이 되지 못했다. 석왕사는 고려 말 무학대사가 남대천 상류 토굴에서 참선할 때 이성계의 꿈을 풀이해준 인연으로, 이성계가 권력을 잡아 개국하자 무학대사를 위해 지어준 절이었다. 배불숭유(排佛崇儒) 정책을 개국 이념으로 내세운 이성계가 이율배반적인 선심을 써 불사(佛事)를 일으켰음이 석왕사를 함경도 땅 대찰로 남게 했던 것이다.

하염없이 따르는 빗발과 물안개를 가르고, 경후의 부축을 받아 석왕사에 도착한 주율은 초주검이 되어 있었다. 석왕사 주지승을 만나 표충사 방장승이 내린 서찰을 보이고, 셋은 요사 한 칸 방에 여장을 풀었다. 주율의 병기가 심함을 안 사미승이 여름인데도 군불을 지펴주었다. 발진이 심한 주율은 입술이 우렁쉥이처럼 부르트튼데다 붉은 반점이 얼굴에 마마 자국으로 번져 있었다. 열에 들떠 그는 헛소리를 질렀다.

곽돌은 석왕사에 도착하고서야 주율의 병이 길을 재촉하기에 무리임을 알고 그의 병기를 다스리기로 작정했다. 큰절에는 의승(醫僧)이 있어 주율은 탕약을 달여 먹었다. 그로서는 타관에서 염치없게 호사를 누렸다. 따뜻한 방에 누워 세끼 때맞추어 약을 복용하자 차츰 열이 내리고 얼굴의 발진도 가라앉았다.

일행 셋은 나흘을 석왕사에서 머물렀다. 그동안 비는 그치지 않고 계속 내렸다. 곽돌은 만주 지방으로 포교차 나다닌 승려를 만나 두만강 국경을 넘는 데 따른 자문을 구했다. 명철이란 승려 말로는, 간도 지방으로 이주하는 조선 동포들은 주로 회령, 종성, 경원 쪽을 이용해 두만강을 건넌다 했다.

"……그러나 그쪽은 일본군 국경수비대가 검문 검색을 철저히 하지요. 세 분이 탈 없이 간도로 들어갈 수는 있겠으나 돌아올 땐 그 통로 이용이 불가능하지 않겠습니까. 제 소견으론 귀국할 때를 고려해 길이 험하지만 무산 쪽을 택하는 게 좋을 듯합니다. 그쪽도 도강 나루터가 있으나 나룻배를 이용하지 않고 도강할 수 있으니깐요."

"헤엄쳐 건넌단 말입니까?" 경후가 물었다.

"부근에 뗏목꾼이 숙식하는 통나무집이 더러 있지요. 그들에게 수고비를 주면 국경수비대 검색 피해 넘겨줄 겁니다."

곽돌은 그 의견을 좇아 성진까지는 해변을 따라 동북향으로 올라가선 거기에서부터 마천령정맥을 타고 북상하기로 노정을 잡고, 명철과 행로에 따른 지도를 만들었다.

도롱이를 쓴 셋은 시름시름 따르는 빗길을 나서서 원산을 거쳐 영흥 객점에서 하루를 쉬었다. 내년부터 원산에서 영흥까지 철도를 깐다며, 빗속에서도 일본인 기사들의 측량사업이 한창이었다. 영흥에서 식료품을 구입해 각자 나누어 등짐졌다. 이튿날은 삼포라는 작은 어촌에서 하루를 묵고, 그로부터 사흘 뒤 일행은 성진 포구에 닿았다. 때맞추어 장마가 멎고 하늘이 쪽빛으로 맑아졌다. 성진항은 조선 말기인 1890년 마산, 군산과 함께 개항되어 원산 이북에서는 동해안 유일의 항구였다. 일본인이 들어오자 방죽이 축조되어 동력 중선이 드나들게 되니 성진은 한적한 어촌에서 항구로 변했고, 일본인 거리 본정통(동광통)이 한창 건설되고 있었다. 북으로 성진평야를 안고 학두산 아랫녘에 자리잡은 성진은 성진만 안에 들어앉은 천연의 양항으로, 나남과 함께 일본 북방 정책에 교두보 구실을 맡았다.

셋은 성진에서 하루를 묵곤 그때부터 동해를 뒤로하여 울울한 산협으로 접어들었다. 그들은 길주를 지나 도산 아래, 일동이란 화전촌 헛간에서 이슬 피해 하루를 묵었다. 어느 집이고 손을 받을 만한 방이 없었다.

"엽총을 지니지 않았다면 특히 표범을 조심해야 합니다." 옥수수로 담근 술을 내놓으며 텁석부리 주인장이 말했다.

"범이 아니고 표범요?" 경후가 물었다.

"범은 언제나 자기 낯짝을 보이고 덤비지요. 그렇지만 표범은 나무 위에 숨었다 덮치니 늘 머리 위와 뒤쪽을 조심해야 합니다. 그러나 표범이 남설령 아래쪽까지는 잘 내려오지 않습니다. 범은 자주 출몰하지만."

"비적(匪賊)은 어떻습니까. 간도로 들어간다니깐 모두 그 걱정을 하더군요." 곽돌이 물었다.

"두만강 아래쪽은 괜찮습니다. 산골짜기에 털 게 있어야지요. 그들이 떼 지어 살 만한 터도 없구요. 전에는 조선 여자를 잡아가 되놈에게 팔아넘기기도 했는데, 일본 국경수비대가 순찰 돌고부턴 자취를 감췄습니다."

주율과 경후는 모닥불 옆에서 노독을 못 이겨 일찍 잠자리에 들었다. 곽돌은 주인장과 밤이 깊도록 술잔을 주고받으며 백두산 남쪽 지방 화전민 생활을 두고 이야기를 나누었다. 주인장은 입심이 좋았는데, 사냥총도 지니지 않고 창으로 범을 잡는 이야기는 흥미진진함에 술맛을 나게 했다.

"범은 백수의 왕답지요. 그놈은 사람이든 짐승이든 덤비기 전에 늘 제 모습을 당당하게 보이지요. 산중에서는 자기보다 강한 짐승이 없기에 정면 공격을 감행합니다."

"역시 범은 범이군요." 곽돌이 맞장구쳤다.

"범을 두고 흔히, 쥐를 가지고 노는 고양이라 하지요. 사람을 공격하기 전에 제 혼자 껑충 뛰어오르고, 납작 엎드리기도 하고, 꼬리를 살랑살랑 흔들며 노려보기도 하지요. 그래서 사람이 겁에 질려 소리를 지를 때 포효하며 덮칩니다. 범 사냥은 바로 그런 습성을 이용하는 셈이지요. 범이 정면에서 훌쩍 뛰어오르며 덮쳐들 순간을 이용해서 창을 들고 맞선 사냥꾼이, 내 창을 받아라고 소리치며 창을 힘껏 던집니다."

"범과 코앞에서 맞서다니, 그 용기가 가상합니다."

"죽기 아니면 살기기에 한순간에 결판내야 합니다. 창 던지는 기술과 담력도 있어야겠지만 힘 또한 장사라야 해요. 범이 아가리 벌리고 덤벼들 때, 창날이 그놈 목구멍에 깊숙이 박히도록 던져 꽂습니다."

견문 넓은 곽돌도 처음 듣는 이야기였다. 덤벼드는 범을 향해 정면에서 목구멍에 창날을 쑤셔 박는 담력 가진 자가 몇이나 될까, 그는 그런 호걸을 만나고 싶었다.

"주인장께서도 범을 잡아본 적 있습니까?"

"저 같은 화전꾼이 어디 감히…… 젊은 시절 사냥꾼을 따라다니며 구경은 더러 했지요. 사냥총으로 범을 잡는 것도 보았구요. 이젠 창으로 범을 잡던 시절은 지났고, 그런 담력과 힘을 가진 조선족도 백두산 일대에선 드뭅니다."

"만주족은 아직도 창 사냥으로 범을 사냥합니까?"

"아니지요. 조선족만이 그렇게 잡았지요. 담력이나 힘은 만주족이 조선족을 당할 수 없습니다. 암, 만주족은 어림이 없고말고요." 주인장이 자랑스럽게 말했다.

"그런 조선족이 왜 나라를 잃었을까요. 용맹하고 제 나라 문자까지 가진 민족이……"

"긴 세월로 보자면 십 년 백 년은 눈 깜박할 사이 아닙니까. 언젠가는 나라를 찾게 되겠지요. 배달 자손인 백두산족은 절대 망하지 않습니다. 저 별을 보십시오. 저 별이 언제부터 저기 있어왔으며, 저 별까지 잇수가 몇 억만 리는 되겠지요. 넉넉한 마음으로 긴 세월을 내다봐야겠지요. 왜놈들이 제힘만 믿고 경망스레 날뛰지만, 두고 보십시오, 절대 그 세월이 오래가지 못합니다." 주인장의 배포 넓은 태평스러운 말이었다.

"영산의 정기를 받아선지, 말씀 한번 백두산족답습니다."

"우리 인생이야 초개 같지만 세월은 유장하지 않습니까. 천기처럼 지금은 풍우와 뇌성이 거세지만 하늘 맑고 미풍 불 날도 옵니다. 백두산족은 결단코 영영 죽지 않습니다."

"허허, 호걸이 따로 없습니다. 어르신이 호걸입니다." 곽돌이 감동당해 주인을 치켜세웠다.

셋이 내륙 지방으로 들어서서 일동에서 일박하고 남대천 여울 따라 하늘을 찌를 듯한 학무산 동쪽 골짜기 에움길로 오를 때부터는 첩첩산중이었다. 남설령 고개는 언양에서 표충사로 넘는 간월 잿길 두 배가 넘었다. 강원도 땅이 산 높고 골 깊다지만 함경도 산에 비긴다면, 아랫녘 산들이야말로 장정 골격에 아녀자 뼈대와 비유될 정도였다. 톱니처럼 솟은 능선 사이로 보이는 좁장한 하늘을 가리고 죽죽 뻗은 바늘잎나무인 가문비나무, 소나무, 자작나무, 이깔나무가 백자나무(百尺木)답게 원시림을 이루어, 비경이 따로 없었다. 찌르레기, 되솔새, 딱다구리 등 온갖 새가 여름 숲속을 날며 우짖었다. 좀나무숲을 박차고 언덕길로 치닫는 멧돼지와 너구리도 수월찮게 볼 수 있었다. 몇십 리를 걸어야 사람이 거처하는 통막을 볼 수 있을 정도로 인적조차 드물어졌다. 셋은 화톳불 피

위놓고 노숙으로 밤을 넘기는 야영 생활도 자주 겪게 되었다.

 "남도 야산만 보다 함경도 땅에 들어오니 산이 대단하군. 이런 고산 절경을 구경 못하고 죽는다면 한으로 남겠어." 경후가 주율에게 말했다.

 "어느 책에선가 인생은 첩첩 산을 오르는 고달픔과 같다더니, 그 말뜻을 이제 알겠군." 좁쌀 세 말을 등짐 지고 걷던 주율이 삿갓 챙을 들쳐 앞쪽 산을 보며 말했다.

 셋은 남대천을 버리고 두만강 지류인 박천수 여울을 따라 내리걷는 길이었다. 이제 무산 땅이었다.

 "사람 한평생에는 희로애락이 따르게 마련이지만, 즐거움은 잠시요 고통과 비탄의 긴 날로 채워져 있어. 인간사 그럴진대 애써 낙을 찾으면 뭘 해. 수양된 자 아니면 고통을 낙으로 삼을 수 없겠으나, 그 속에 인생의 진정한 뜻이 있지." 곽돌이 말했다. 그는 조장답게 지겟짐으로 인삼함과 소금부대와 감자자루까지 짊어졌다.

 "처사님 말씀이 부처님 설법 같네요." 경후가 말했다.

 "사람 탈을 썼으면 그 정도 생각은 가져야지."

 주율은 곽돌이 보통 사람이 아님을 다시 깨달았다. 젊은 돌중 둘보다 그가 진정한 수도자였다.

*

 셋이 두만강변 국경 마을 무산읍에 도착하기는 표충사를 떠난 지 스무여 일, 6월 하순에 접어들어서였다. 놀이 질 무렵에 그들은 무산 들머리 남산 고개턱에 섰다. 그동안 그들은 무산고원의 낙엽 송과 삼송(杉松) 대수해(大樹海)를 거쳐왔는데, 무산 마을을 둘러 싼 산은 벌채하여 흉물스런 벌거숭이였다. 그런데 그 산들이 기기 묘묘했으니, 하늘로 입을 크게 벌린 도마뱀 꼴이 있는가 하면 범 이 웅크려 앉은 형상도 있었고 소가 고개를 쳐든 모양도 있어, 무 산이란 지명에 잘 어울렸다. 골짜기 한쪽 비탈에 자리한 무산읍은 성벽이 마을을 두르고 있었다. 몇 년 전까지는 한양 조정에서 임 명한 현감이 무산 지방을 다스렸으나 지금은 나남에 사령부를 둔 일본군 북부수비관구 보병 25여단 4연대 산하 중대 병력이 주둔 하여 관할하고 있었다.

셋은 높다란 성문 안으로 들어갔다. 統監府 營林廠 茂山支廠(통감 부 영림창 무산지창)이란 간판을 내단 목재창이 먼저 눈에 띄었 다. 너른 마당에는 원목이 집채 몇 배나 되게 쌓여 있었다. 무산읍 은 가구 수 4백여 호에 주민이 천5백여 명 정도였는데, 절반이 화 전을 일구는 농사꾼이거나 숯구이요, 나머지는 조만(朝滿) 국경을 넘나들며 장사하는 사람들이거나 관리들이었다. 읍 중심 본정에 는 왜식 목조건물 점포도 있어 생필품을 팔고 있었다. 2층 누각이 높다랗게 선 고색창연한 공자문 앞을 지날 때는 말 탄 일본 군인 도 눈에 띄었다.

곽돌이 물지게를 지고 가는 늙은이를 잡고, 숙식할 만한 집을 물었다. 늙은이가 셋 차림을 훑어보았다.

"월강할 사람들이구먼. 그렇다면 성내에 머물지 말고 나루 쪽으 로 나가시오. 거기 월강할 자들 잠재워주고 요기시켜주는 숫막이 여럿 있어요."

"성내에는 왜 머물 수 없나요?"

"객점이 있으나 출장 나온 일본 병사가 방을 차지하니 심기가 편치 않을 것이오."

"우리야 책잡힐 게 없습니다. 나야 도부꾼이고, 두 스님은 홀몸인뎁죠."

"말씨가 남도 쪽인데 멀리도 왔구려. 그거야 댁네 좋으실 대로 하시오. 춤지 넉넉하다면 만족(滿族) 계집도 꿰찰 테니깐."

늙은이는 갈 길을 가버렸다. 셋은 쫓기듯 성밖으로 나와 강 쪽 길을 잡았다. 대륙 땅과 경계한 두만강은 사위어가는 놀빛을 받으며 어스름 속에 길게 누워 있었다. 생각보다 강폭이 좁아 너비가 50미터 남짓했다. 강 건너 간도 쪽은 야트막한 둔덕을 싸고 개활지가 펼쳐졌고, 먼 마을의 불빛이 아련하게 보였다. 강변 갈대밭이 선선한 저녁 바람에 쓸렸다.

"보아라. 이 강이 백두산에서 발원하여 동해로 빠지는 두만강이다. 강을 보니 왠지 가슴이 꽉 막히는구나." 곽돌이 둔덕 풀섶에 주저앉았다.

주율은 유장하게 흐르는 두만강을 보았다. 지나온 길이 아득한 만큼, 어찌하다 북방 두만강까지 오게 되었나를 생각하니 벅찬 감회가 가슴을 저몄다. 그는 강 건너 땅으로 눈길을 옮겼다. 고구려 시절, 질풍같이 말달리며 일대를 누볐던 선대 호걸들이 주마등처럼 떠올랐다. 그러나 조선은 발해 이후 만주 땅을 버린 지 오래되었고, 이제는 선대가 물려준 반도 땅조차 제대로 지키지 못한 반편이 되고 말았다.

　백두산 남동쪽 대연지봉(大椽脂峰) 동록(東麓)과 남록(南麓) 우열곡(雨裂谷)에서 발원하여 아라사 연해주와 국경하여 흐르는 우리나라 셋째가는 두만강 일대는 일찍 부여에 속했고, 고구려를 거쳐 발해에 이르기까지 배달민족 조선족이 지배했다. 그러나 여진족이 만주 땅을 장악하자 두만강 북쪽 간도 지방은 수목과 잡초만이 무성한 채 조선, 청국 어느 쪽도 개척하지 않은 변방으로 버려진 상태가 되고 말았다. 1712년(숙종 36년) 청국과 국경을 분명히 하기 위해 국경 실사를 한 결과 백두산 산정 동남방 4킬로미터, 해발 2천2백 미터 지점에 정계비를 세웠으니 서쪽은 압록강, 동쪽은 토문강으로 정했다. 토문강은 송화강 한 지류였기에, 간도 지방 일대가 조선에 귀속되었다. 그러나 청나라는 그 지역 땅이 청 태조(누르하치)의 원적지라 하여 성역화시키고 1883년(고종 20년) 무렵까지 조선인 이입을 금지시켰다. 1885년 9월 30일부터 두 달여에 걸쳐 회령에서 백두산 정계비까지 조선과 청의 관리가 현지 답사하고 담판을 벌였으나 청의 고집이 막무가내였다. 1887년 4월에서 5월에 걸쳐 정해담판(丁亥談判)까지 결렬되자, 조선은 이범윤을 간도관리사로 임명(1903년 10월)하고 그 땅을 다스려나갔다. '을사국치'로 일본이 조선 외교권을 탈취하자 1906년 10월 간도가 조선 영토임을 확인하고 통감부 간도파출소를 설치하는 한편 북도소(北都所)를 회령, 종성, 무산, 간도 네 구로 구분했다. 그런데 1909년, 일본은 간도협약을 통해 '일본이 간도가 청국 영토임을 인정하면 청국은 만주에 있는 일본 이권을 양보한다'는 확약을 받고, 간도를 청국에 넘겨주고 말았다. 그 결과 일본은 청국으로부터 남만주 철도부설권과 푸순탄광 개발 등 네 가지 이권을 얻어냈다. 이에 따라 통감부 간도파출소는 폐쇄되고 간도의 조선인을 보호한다는 명목으로 일본 총영사관이 들어섰다. 당시 간도 지방 주민 성분조사를 보더라도 조선인이 8만 3천여 명인 데 비해 여진 후예, 만주족을 포함한 중국인은 2만 7천여 명 정도였다.

"우리는 나룻배로 도강하지 않을 테니 너희는 여기서 대기하거라. 내가 나루로 내려가 동정을 살피고 오마." 곽돌이 조끼 주머니에서 회중시계를 꺼내보며 말했다.

곽돌은 등짐을 벗어놓고 둘을 남겨둔 채 나루로 내려갔다. 그의 짐작으로 무산나루는 숫막 몇 채에 너벅선이나 거룻배가 한두 척 있는 한적한 선착장인 줄 알았는데 그게 아니었다. 강변에는 크고 작은 배가 스무 척 넘게 닿아 바닷가 어촌 같았고, 여염집들이 작은 마을을 이루고 있었다. 나루터 아래쪽은 원목더미가 높다랗게 쌓였는데 무산 일대에서 채벌해 모은 통나무였다. 그는 마을 입구에 노숙하는 한 무리 사람을 보았다. 여기저기 화톳불 피워놓고 둘러앉아 한담을 나누고 있었다. 어린애는 제 부모 품이나 무릎을 베개 삼아 초저녁잠에 들어 있었다. 달구지나 지겟짐에 얹힌 가재도구와 보퉁이만 보아도 그들이 간도 지방으로 이주하는 자임을 알 수 있었다. 곽돌이 그들 중 한 가족에게 말을 붙이니, 내일 아침 첫 나룻배를 타고 월강한다 했다.

"어디서 오셨소?" 곽돌이 물었다.

"성진에서 올라왔습니다. 입 살려고 간도로 들어가는 길이죠."

남루한 입성에 피골상접한 사내가 말했다. "간도로 들어가면 농사일이 고돼도 입 살기 수월하다 해서 굶어 죽기보단 나을 것 같아 그 길을 택했지요."

"월강하는 데 어려운 점은 없답디까?"

"나루에 순사지소가 있어, 월강 신청을 해뒀습니다. 내일 아침에 도강증을 준대요. 우린 이틀째 노숙하며 기다렸어요."

"배를 탈 때 짐 검색을 하겠군요?"

"물론입지요. 그런데 댁은 뉘시오?"

"도부꾼이오. 모처럼 월강해 장사를 해볼까 하고……"

곽돌이 뱃전으로 나갔다. 숫막이 여러 채 있었고, 한 숫막에는 왜노래가 왁자했다. 그는 그쪽을 피해 가겟방 처마에 잇대어 포장친 목로의 술청 의자에 앉았다. 등불이 걸린 안쪽에 장정 셋이 술을 마시고 있었다. 이야기투로 보아 목도꾼을 부리는 십장들 같았다. 곽돌은 그곳에서 옥수수로 빚은 술을 한 사발 마시며, 주모에게 뗏목꾼이 거처하는 숙소를 물었다.

"야적장 아래쪽에 있고, 남촌 쪽 강 따라 한 마장만 올라가면 목도꾼과 뗏목꾼 숙소가 있다오."

"그쪽으로도 도강이 가능하겠죠?"

"삯전을 주어얍죠." 주모가 귀엣말로 말했다.

귀띔을 듣고 곽돌은 어서 이곳을 떠나기로 했다. 뱃전 지소 쪽에 순사복 차림이 어른거렸다.

주율과 경후가 기다리는 둔덕으로 돌아온 곽돌은 둘을 채근하고 다시 등짐을 졌다. 셋은 강변으로 난 오솔길을 따라 강을 거슬러 올랐다. 달이 떴다. 가슴께를 채우는 억새 덤불 사이로 보이는 강물이 달빛 아래 흘러갔다. 밤새 울음과 풀벌레 소리가 밤의 적막을 일깨웠다.

한 마장 남짓 걷자 좀나무숲 사이로 집목장 불빛이 몇 개 어른거렸다. 곽돌이 둘에게, 이 근처 후미진 곳에 불을 피워 식사 준비를 하라 일렀다. 그는 물미장만 짚고 불빛 따라 상류로 들어갔다. 주율과 경후는 부근을 정찰한 뒤 곽돌과 헤어진 지점에서 멀지 않은 곳에 웅덩이를 발견했다. 검불과 삭정이를 주워 모아 불을 피웠다. 경후는 자신이 걸랑에 지고 다니는 솥에 강물을 길어와 좁쌀을 안쳐 밥을 지었다.

"이제 강을 건너면 부모님이 살고 계신 간도라…… 간도 땅이 넓기도 한데 부모님을 어이 찾을꼬." 늘 쾌활하던 경후도 이때만은 목소리가 서러움에 잠겼다.

"간도가 경상도보다 크다던데 부모님을 어떻게 찾겠어. 찾아본들 출가한 몸으로 함께 살 수 없잖아."

"나도 생각은 그렇지만 마음이 기우는 걸 어떡해. 수소문은 해봐야지. 큰형, 작은형은 장가를 들었는지 모르겠어."

경후 부모는 아래 자식 셋을 고향 언저리에 심어두고 장성한 두 자식만 데리고 간도로 들어갔다. 둔전을 소작하다 둔전이 국가에 귀속되고 끝내 동척으로 넘어가버리니, 남의 땅이나마 갈아 부칠 터가 없었다. 식구가 뿔뿔이 흩어져 품팔이로 한 해를 견디다, 경후 부친이 북지로 솔가를 결정했던 것이다.

밥이 뜸이 들 때야 인기척이 나더니, "기찰이다. 기찰" 하는 곽돌 목소리가 들렸다. "순라군이오" 하고 경후가 대답했다. 문답은 셋이 헤어졌다 만날 때 묵계한 암호였다.

곽돌은 사내 둘을 달고 왔다. 하나는 구레나룻이 시커멓고 하나는 이마에 흉터가 있었다. 바지저고리를 입은 구레나룻은 애꾸였고, 표범 가죽조끼를 입은 사내는 장총을 메고 있었다.

"토비 잔당인 줄 알았더니 새파란 중놈이 맞군. 껍데기가 제법 어울리는데." 구레나룻이 둘을 보고 휘소리했다.

"제가 성을 갈겠다고 말하지 않았소. 두 분은 스님이요, 저 봇짐이 인삼이오."

"이 치가 계속 사람을 놀리는군. 배코 치고 중복 입었다고 저놈들이 진짜 중놈인가. 내 눈은 못 속여. 인삼장수라면 나루에서 당당하게 월강할 일이지 왜 몰래 도강하겠다는 거야. 아편이라면 아편이라고 이실직고해."

"아편 밀매하며 아편이라 나발 부는 자나, 제 발로 들어가 배편 부탁하는 얼간이 봤소? 우리 사정이 그럴 만하다니깐."

"보자 하니 그냥 둬선 안 될 자로군. 무산주재소에 연락해야겠어." 이마에 흉터 있는 조끼 차림의 사내가 어깨에 멘 총을 벗었다. "최가야, 봇짐 풀어봐. 인삼이 맞나 확인해보라구."

"사람을 그렇게 못 믿고 푼돈 챙기다니, 같은 동포로 속내를 모르겠구려." 물미장 짚고 선 곽돌이 태연하게 말했다.

"삼은 삼인데 아편은 어디에 감췄는지 없군." 화톳불 아래 곽돌의 봇짐을 푼 최가가 말했다.

"네놈들은 불령선인으로 관헌에게 쫓기고 있음이 틀림없으렸다.

그래서 월강하여 만주로 도망질 나선 참이지?" 장총 겨눈 사내가 곽돌에게 윽박질렀다.

"그렇다면 댁이 우리를 쏠 텐가? 동포를 쏠 테면 쏴보라고!" 총구 앞에서 곽돌이 낮춤말로 소리쳤다.

"믿어도 되는가?"

"어차피 당신네도 월경법 어겨가며 재미보는 장사 아닌가. 월경하려면 이틀 사흘 대기해야 한다기에 일이 급해 당신네 찾아 나선 길이오."

"둘러대는 배포가 그럴싸하군. 우린 살인하여 쫓기는 자나 의병 출신 패거리를 상대해왔거든. 아니라 우겨대도 그만이지만." 사내가 장총을 어깨에 걸쳤다. "삼 원은 채워줘야 해. 우리도 모가지 내놓고 하는 장사야. 지난번 여덟 놈 때도 머리당 일 원이니, 배 한 번 띄우는 데 팔 원까지 받았어."

"셋을 합쳐 이 원에 하오. 더 내어놓을 돈도 없으니."

"소금장순가, 보통 짜지 않군."

"일이 전 이문 따져 백릿길도 마다 않는 봇짐장수 체면쯤은 세워줘야지."

"인삼 도가 수하라면 엽전은 쳐다보지도 않을 텐데 구변 한번 번드레하다. 네놈보다 젊은 중놈 봐서 우리가 선심 쓰지. 적선한 셈치면 말자 인생 극락왕생 빌어줄는지 알아."

월강시켜주는 데 2원에 낙찰되었다. 장가 말로는, 해 뜨기 전 인시에 자기네가 거처하는 집목장 숙소에서 강 따라 반 마장 위쪽에 있는 봇나무(자작나무)숲 아래 배를 대기로 약속했다. 그리고 계약금을 내어놓으라며 50전을 받아갔다.

"나쁜 놈들. 동족 생피를 빨아먹다니." 경후가 달빛 아래 멀어지는 그들 등에 대고 욕질했다.

"쓸데없는 소리 치워. 우리도 얼른 먹고 여길 떠야 해. 아직 저치들 믿을 수가 없어." 곽돌이 말했다.

셋은 좁쌀밥에 장아찌로 허기를 끄고 길을 떠났다. 집목장 통나무집을 비껴 돌아 강 따라 올라갔다. 봇나무숲에 닿자 화톳불을 피우고 주위에 솔가리 세 더미를 쌓아 사람 형상을 만들었다. 셋은 그곳에서 백 미터쯤 떨어진 강변 후미진 곳에서 밤을 나기로 했다. 장가와 최가가 국경수비대 밀대꾼이라 만약 그들을 데리고 나타난다면 화톳불 주위를 포위해서 덮칠 것이기에 위장해두었다. 그날 밤은 주율이 보초를 섰다.

인시에 들자 어둠을 가르고 통나무를 양쪽에 매단 작은 나룻배 한 척이 강을 따라 내려왔다. 장가와 최가가 약속을 지킨 것이다. 셋이 나룻배에 오르자 최가가 노를 저었다. 배는 물살을 가르며 강 건너 쪽으로 질러갔다.

"우리가 임자를 잘 만난 것 같소." 곽돌이 말했다.

"나루터에서 월강 부탁이야 내 귀에 들어오게 되어 있지. 나루터 주모와 밀약이 돼 있으니깐. 소개비 조로 우리가 남촌댁 말술을 팔아주지." 집목장 십장장이 거드름 피우며 말했다.

배가 강을 거의 건너자 곽돌이, "우리가 다시 무산 쪽으로 돌아오려면 어디에 연락을 취해야 하오?" 하고 물었다.

"건너오겠다고?"

"장사꾼이니 앞으로도 어차피 임자 신세를 져야겠소."

"강 건너 점박이영감을 찾으면 연락이 닿지. 올 때 샀은 삼 원 꼭 줘야 해."

곽돌이 그 말에는 대답하지 않았다.

배가 강안에 닿자 셋은 짐을 챙겨 배에서 내렸다. 곽돌이 약속대로 나머지 뱃삯을 장가에게 치렀다.

"강 하나 사이지만 간도는 자유 땅이다. 조선 광복을 아무리 외쳐도 당신네를 잡아가지 않아. 우리도 토지 살 한밑천만 잡으면 여기로 건너올 거야." 애꾸 최가가 말했다.

배는 두만강을 질러 어슴새벽 미명 속으로 사라졌다. 셋은 홀가분한 걸음으로 억새밭을 헤쳐나갔다. 낮은 지대에 논이 나서자 서너 집이 나타났다. 벼가 한창 자라는 논에 사람 발소리에 놀랐는지 개구리가 와글거리며 울었다. 셋은 날이 밝은 뒤에 점박이영감 집을 찾기로 하고 옥수수밭 둔덕에 앉았다. 먼동이 터오자 강 위로 안개가 피어올랐다. 안개를 가르고 상류에서 거대한 뗏목이 내려왔다. 원목 서른 개쯤을 한 동아리로 묶은 뗏목 떼는 열차 차량처럼 길게 엮어졌는데, 뗏목 위에는 통나무집도 있었다. 통나무집에서 연기가 피어오르는 것으로 보아 떼꾼이 강상(江上)에서 식사를 해결함을 알 수 있었다.

"볼 만한 광경이군요." 경후가 뗏목을 보며 말했다.

"내가 밀양 아래쪽 양산 용당리란 낙동강 강변 마을에 장삿길 나갔을 때, 떼꾼을 만난 적이 있었지. 떼 규모야 저것 절반밖에 안 되고 원목도 여기 대수림에 비기면 크지 않지만 낙동강도 안동 위쪽에서 하구 구포까지 수로를 이용해 목재 운반을 하니깐. 그 사람들이 부르는 뗏목아리랑의 구성진 가락도 들었어." 곽돌이 곰방대 연기를 날리며 말했다.

"저렇게 내려가다 사잇섬이나 물속 바위에 걸리면 어떻게 되나요?" 주율이 물었다.

"마지막 집목장까지 수로로 운반하는 일을 '적심'이라더만. 장애물에 걸려 떼가 멈추어 큰 더미를 이루면 그걸 실 풀듯 푸는 작업을 데미치기라 하던데, 경험 많은 뗏사공만 그 일을 해낼 수 있대."

그들은 뗏목이 무산 쪽으로 빠져 시야에서 떠나자 마을로 들어갔다. 간도로 들어와 초가집을 보니 감회가 새로웠다. 셋은 점박이영감 댁을 찾았다.

목에 검은 얼룩이 있는 점박이영감은 봉당 가마솥에 쇠죽을 쑤다 셋을 맞았다. 그는 여섯 식구와 함께 중국인 논을 사륙제 소작으로 부치고 있었다. 그는 셋을 안방으로 안내했다.

"이 수도답(水稻畓)은 소싯적 부친과 우리 형제가 두만강을 넘어와 황무지를 피땀으로 개간했지요." 아침밥을 먹고 나자 점박이영감이 월강해 살게 된 경위를 말했다. "등 너머 사는 부락민도 마찬가집니다. 조선인은 모 심고부터 추수기까지 여기서 움집 엮고 살다, 추수하면 무산으로 돌아가 겨울을 나곤 했지요. 그런데 다섯 해 전인가, 중국 관헌이 말을 타고 닥쳐 논과 움집을 빼앗고 조선인들을 무산으로 쫓아냈지 뭡니까. 국운이 기울어 변방까지 조선 힘이 미치지 못하니 어디 하소연할 데가 있어야지요. 나라 없는 설움을 톡톡히 맛본 셈이지요. 그렇다고 척박한 고향 땅은 개간할 만한 터가 있습니까. 굶어 죽을 처지가 되자 하는 수 없이 식구를 데리고 월강해보니 점산호(중국인 지주)가 이 옥토를 콩밭으로 만들어버렸지 뭡니까. 수전(水田)은 저들이 경작할 능력이 없고 일손도 모자랐으니깐요. 그래서 이 땅을 빌려 소작하기로 합의했지요. 황무지를 우리가 죽을 고생하며 옥답으로 일궈놓았는데 결국 중국인 아래 그 땅을 붙여먹는 지위리꾼(소작인)이 된 셈이지요."

점박이영감 말로는 세 해 전 조선 땅이 일본 손에 아주 넘어가자, 간도 지방만도 조선에서 이주해 오는 동포가 해마다 2만 명에 이른다 했다. 입 살려 두만강 건너오지만 여기야말로 자유 천지였기 때문이었다. 만주 길림성 일대는 조선인 수가 중국인보다 몇 배 많다는 것이다.

"나라가 부강하면 함경도 땅만한 길림성 아랫녘은 조선 땅인데, 통분할 일이지요. 그러다 보니 내가 개간한 땅에 농사짓는데도 지위리꾼이 됐으니……"

점박이영감 말에 셋은 아무 말도 할 수 없었다. 곽돌은 영감에게, 열흘쯤 뒤 장사일 마치면 찾아올 테니 월강을 부탁한다는 말을 남기고, 갈 길이 바쁘다며 일어섰다.

조선인이 만주 길림성 남동 지방으로 본격 진출하기는 1869년(고종 6)과 이듬해부터였다. 두 해에 걸쳐 함경도 지방에 흉년이 들어 굶어 죽는 사람이 속출하자, 기근을 견디다 못해 청나라의 국금(國禁) 엄포를 무릅쓰고 농민들이 두만강과 압록강을 넘어갔으니 『일성록(日省錄)』 고종 6년 8월 28일자를 보면, 조선인 유민 10만여 명이 이미 봉성변문(鳳城邊門) 등지로 들어가 황무지를 개간하고 집을 짓는다 했다. 특히 두만강 북쪽, 송화강 지류인 토문강 동남의 넓은 지역은 사람이 살지 않는 황무지였는데, 유민들이 낮은 땅과 습지에는 벼를 재배하고 높은 땅에는 감자, 옥수수, 조, 대두콩, 고량을 재배했다. 그 일대가 간도였다. 1905년 을사강제협약 전후에는 많은 의병과 독립투사들까지 넘어오게 되었다.

셋은 해가 옥수수밭 위로 올랐을 때 선선한 아침 바람을 등맞이하며 길을 떠났다. 간도가 중국 땅이니 이제 일본 관헌의 검문 검색이 있을 리 없었다. 얼마를 못 가 그들은 서우거란 큰 마을을 지나 고개를 넘으니, 돌메 마을이었다. 집들이 초가였고 박을 올린 지붕이며 싸리울이 조선 남도와 다를 바 없어 셋은 이방에 왔다는 느낌이 들지 않았다. 조선인 개척촌이었고 고샅길로 나다니는 사람의 입성이 모두 조선옷 차림이었다.

셋은 내처 걸어 길 잇수를 줄였다. 우마차가 다닐 수 있는 길이 개활지와 야산을 넘어 뻗어 있었다. 멀리로 장백정맥에서 가지친 흑산령정맥이 동서로 길게 뻗어 있었다. 점박이영감 말로는 10년 전만 해도 곳곳에 끓던 비적떼가 몇 년 사이 발길이 뜸해졌고 범이나 표범도 인가로 내려오지 않는다 했기에 그들은 여낙낙하게 걸었다. 따가운 햇살을 소나무, 이깔나무, 참나무가 가려주고 시원한 동남풍이 불어왔다. 둔덕에는 밭곡식이 푸르게 자랐다. 뜸마을도 심심찮게 보였다. 마당 빨랫줄에 널린 옷만 보더라도 조선인 집이었다.

해가 중천을 넘어서자 삶아온 감자로 점심 요기를 할 겸 물을 얻어먹으려 삼밭 옆 초가로 찾아들었다. 푸성귀를 다듬던 쪽찐 아낙이 그들을 반겨 맞았다. 짚으로 지붕을 올렸으나 두 칸 초가 문짝은 허리 숙여야 드나들 움집이었다. 살림 형편이 어려워 보였는데 아낙은 점심밥상까지 차려 내놓았다. 바깥분과 자식은 산 넘어 들일 나갔다 했다.

"백두산 산삼이 원체 귀하고 비싸니 남도 재배 삼 장수가 여기까지 찾아오셨네. 어르신은 그렇다 치고 스님들이 먼 곳까지 오셨군요." 아낙이 말했다.

"이 스님은 독립운동 하러 간도로 들어온 가형 찾아 나선 길입니다." 곽돌이 경후를 대신해 대답했다.

"남대문통에서 김씨나 이씨 찾는다고, 제가 그 꼴입니다만 혹시 경상도 밀양 땅 산내면에서 여기로 들어온 일가족을 모르시나요? 성씨는 이씨요, 쉰 줄 내외분과 장성한 두 아들이 계신데……" 경후가 가족 사연을 자초지종 털어놓았다.

"북간도만도 연길현, 화룡현, 왕청현, 훈춘현, 이렇게 현만도 네 갠데 어디 사는지 알 수 없지요. 스님께서 이곳에 일 년은 유하며 수소문하고 다니면 필경 찾을 수 있을 겝니다."

"승복은 걸쳤으나 우리가 사실은 독립운동원입니다." 눈자위 젖은 경후가 울적한 마음을 바꾸려는 듯 호방하게 말했다.

"허허, 입이 그렇게 가벼워서야." 곽돌이 경후를 흘겨보았다.

"간도서 마음놓고 말 못한다면 어디서 이런 얘기 합니까."

"여기서는 독립만세를 불러도 되고 조선 광복을 외쳐도 됩니다."

아낙 얼굴이 환해졌다. "간도로 들어와 국권회복에 힘쓰시는 분을 뵈면 조선인 농사꾼은 그분을 하늘처럼 우러러보지요. 우리 홍암 대종사(弘巖大宗師)님께서도 단군왕검님 나라를 백두천산에 다시 세우려는 구국운동의 일념뿐이십니다. 신도들이 달마다 법회에 참석하고 곡물을 헌납하지요."

"홍암대종사님이라니요?" 주율이 물었다.

"대종교(大倧敎)를 중광(重光)하신 도사교(都司敎)님이시지요. 여기서 삼도구 쪽으로 내처 가면 어랑촌 못미처 큰 못이 나서는데, 청파호라 하지요. 청파호를 싸고 청포촌이란 마을이 있습니다. 청 포촌에 대종교 북도본사(北道本司)가 있지요. 거기까지 가면 해가 떨어질 테니 대종교 본사에 들러 일박하고 가세요. 스님들이 독립 운동원이라면 본사에서 잘 모실 겁니다. 대종교는 다른 종교를 배 척하지 않습니다. 조선 동포는 다 한배 하느님 핏줄을 이어받은 배달자손이니깐요."

"대종교 신도 수가 얼맙니까?" 경후가 물었다.

"반도 내국 사정은 모르나 여기는 그 신도가 많지요. 바깥어른 과 저도 아침저녁으로 대종교 경전을 읽습니다."

"과문한 탓인지 교명이 귀 선데, 교단이 생긴 지 얼마쯤 됐습니 까?" 주율이 물었다.

"기유중광(己酉重光)이라 하니 기유년(1909)에 칠백여 년 동안 끊겼던 대단군교(大檀君敎)를 홍암대종사님께서 중광하셨지요. 그 래서 홍암대종사님을 중광대종사님, 또는 도사교님이라 부릅니 다."

대종교가 생긴 지 불과 네 해, 신흥 종교인 셈인데 교세가 간도 지방에 떨친다니 주율은 호기심이 동했다. 대종교는 타종교에 배타적이 아니며 국권회복운동에 앞장선다는 점에서도 관심을 끌었다. 종교 원리에는 인간의 능력으로 미치지 못하는 영계(靈界)가 있고 신비적 요소도 있게 마련인데, 구국일념을 절대 신앙으로 삼아 네 해 만에 교세가 번성하게 되었음이 불가사의하게 여겨졌다. 배달민족 시조이신 단군왕검, 즉 한배 하느님을 받들어 모시는 종교? 주율은 아주머니로부터 대종교 경전을 보자 하여 읽고 싶었다.

다시 길을 나서며 곽돌이 점심값만큼 좁쌀을 내놓자 아낙이 한사코 사양했다. 자기네가 비록 점산호 농지를 소작하나 세끼 해결은 하기에 동포 길손은 누구나 잠 재워주고 조밥이나마 대접한다고 말했다.

장백정맥 어귀로 접어들자 장산밀림(長山密林)이란 말대로 수해(樹海)가 장관이었다. 그들은 어둡기 전에 어랑촌 어름 청포촌에 도착하려 쫓기는 사람처럼 발걸음을 쾌쳤다. 길섶에는 무산고원 지대를 거쳐 올 때처럼 산머루며 산딸기가 지천으로 익어 셋은 입술이 붉도록 열매를 따먹으며 걸었다. 주율이 보기에 생약으로 쓸 약초도 많았다.

날이 저물 무렵, 셋은 드디어 백두천산하(白頭天山下) 화룡현 청포촌에 도착했다. 주위로 높고 낮은 산이 주름을 잡았는데 개활지가 질펀했고, 호수 주위로 30여 호 조선인 마을이 있었다. 마을은 저녁밥 짓는 연기가 자오록했다. 그들은 마을에서 낮참에 만난 아낙 말이 사실인지를 다시 확인하곤 언덕에 자리한 대종교 북부본사로 올라갔다. 흙벽돌로 지은 학교 교실 같은 교당에, 예닐곱 채 독립 가옥도 있었다. 교당에는 고령사(古靈祠)란 현판을 단 제사당(祭司堂)도 보였다.

"깃발을 보니 감개무량합니다. 조선 반도에도 일장기 내려지고 우리 깃발 나부낄 날이 언제일는지……" 교당 앞 간짓대에 걸려 펄럭이는 태극기를 보자 경후가 말했다.

셋은 걸음을 멈추고 태극기 앞에서 잠시 묵념했다. 태극기를 걸 수 있는 땅이라면 여기가 바로 조선광복운동 기지임에 틀림없었다. 스승님이 여기에 와서 태극 깃발을 보신다면 감개무량하리란 생각이 들었다.

교당 옆을 지나며 주율이 열린 들창을 넘겨다보니 신도를 대상으로 학습이 실시되고 있었다. 마룻바닥에 줄 맞추어 앉은 젊은이들이 쉰 명이 넘었다. 선생은 두루마기 차림의 중년남자였다.

셋은 종무실로 찾아들었고, 젊은 종무원이 곽돌 말을 듣더니 그들을 뒤뜰에 있는 초당으로 안내했다.

"무원 사교(司敎)님이 거처하십니다. 한양에 있는 남도본사를 책임 맡고 있는데 북도본사에 다니러 와 머물고 계십니다." 이목구비 반듯한 젊은 종무원이 말했다.

셋은 방으로 들어갔다. 방안이 어둑신하여 등잔불을 밝혔는데, 무원 사교는 단정히 앉아 책을 읽고 있었다. 그는 나이 마흔 중반으로 길쯤한 얼굴에 이마가 넓고 안광이 맑은 옥골선비였다. 곽돌이 엎드려 절을 하고 주율과 경후는 합장하여 인사를 차렸다. 곽돌이 경상도 우국결사단체인 영남유림단에서 파견한 요원들로 간도가지 올라오게 된 저간의 사정을 설명했다. 셋이 국자가의 간민자치회(墾民自治會)를 거쳐 훈춘으로, 다시 아라사 땅으로 넘어가 최종 목적지인 해삼위까지 찾아갈 노정을 말하자 무원 사교가, 국권회복에 앞장서 고생이 많다며 셋의 손을 번갈아 잡고 위로했다.

"해삼위 신한촌(新韓村)으로 들어가 권업회를 찾을 작정입니다. 저희 유림단 실무요원 중 경주인으로 최규훈 진사님이 계신데 이동녕 선생님과 교분이 있어, 권업회에서 이동녕 선생을 찾아뵙고 협조를 구하려 합니다." 곽돌이 말했다.

"여러분 방문 목적을 알겠습니다. 동지께서 영남유림단을 언급했을 때 짐작했지요. 지난 해동 무렵 석오(이동녕) 사교로부터 영남유림단에서 온 청년들에게 권총과 폭탄을 구입해줘 귀국시켰다는 말을 들었습니다."

"불행히도 두만강을 건너다 둘은 왜경 총질에 죽고 한 사람만 목숨 건져 빈 몸으로 귀국했습니다. 유림단에서는 두번째로 우리를 해삼위로 파견하게 되었지요."

"여러분이 해삼위로 가지 않아도 무기를 구입할 길이 있습니다. 석오 사교도 지금쯤 국자가나 용정촌에 와 있을 겝니다."

"이동녕 선생도 대종교 신도시군요?"

"그렇습니다. 동도 교구(東道 敎區) 책임자로 연해주 포교를 맡고 있는데 사나흘 안에 여기로 올 겝니다. 총포와 폭약은 여기서 구하도록 제가 알아보겠습니다."

이동녕이 대종교 본사로 올 동안 무원 사교는 청포촌에 셋이 유숙할 집을 소개해주기로 해, 밖에서 기다리던 종무원을 불러 셋을 인계했다. 남상경이란 젊은 종무원이 셋을 청포촌으로 안내했다. 그의 말로, 청포촌은 대종교 북부본사가 세워지기 이태 전 홍암대종사를 따라 반도 땅을 떠나 한배검(단군) 대교조(大敎祖)가 처음 나라를 세운 백두천산 기슭으로 가솔 이끌고 이주해 온 사람들이라 했다.

어둠이 내리고 있었다. 사위어가는 놀빛을 등지고 갈가마귀 떼가 하늘을 자욱 덮어 동남쪽으로 날고 있었다. 두만강변이나 해란강변에서 밤을 날 모양이었다.

남상경이 청포촌의 한 집으로 들어갔다. 남상경이 주인장을 찾자 위채 방문이 열리고 두건 쓴 중늙은이가 나왔다.

"엄생원께서 세 분을 며칠 동안 대접해주시라고 무원 사교님이 말씀하시더군요." 남상경이 말했다.

귀한 손이라며 엄생원이 셋을 맞았다. 당분간 폐를 끼칠 동안 숙식비를 내겠다고 곽돌이 장사꾼답게 셈 바른 말을 했다.

"무슨 말씀을. 여기는 여각이 아니니 마음 편하게 지내십시오" 하더니, 엄생원이 물레 잣는 소리가 나는 건너방을 돌아보며 "예복아, 아래채 방 치우고 손님 이부자리를 준비하거라" 하고 일렀다.

건너방에서 처녀가 나오더니 걸레를 들고 아래채로 가서 호롱에 불을 켰다. 먼발치로도 머리 땋은 처녀의 용자가 아름다웠다. 안사람이 밥을 지을 동안 올라오시라며 엄생원이 셋을 위채 안방으로 안내했다. 남상경은 본사로 돌아갔다.

"우리 대종교가 이곳에 터를 잡기까지, 교도들 고생이 많았습니다. 현청에서 개간 면허증을 따내는 데 뒷돈이 많이 들었죠. 중국 관리들이 얼마나 썩었는지 뒷돈이 아니면 움직이지 않아요. 용정에 있는 일본 영사관 방해공작 또한 심했구요. 황무지를 개간하여 전답을 만드느라 올봄까지 밤에도 횃불 밝혀 일을 했지요." 엄생원이 말했다.

"그렇다면 도지 낸 땅이 아닙니까?" 곽돌이 물었다.

"교도와 독지가 성금으로 매입했지요."

셋은 엄생원을 통해 홍암대종사가 대종교를 중광하기까지 내력을 들었다.

홍암대종사 본명은 나철이며, 홍암은 도사교(교주) 호라 했다. 나철은 단기 4196년(1863) 전라도 벌교에서 태어났으니 올해 나이 쉰이었다. 스물아홉 살로 과거에 장원급제하여 기거주(起居注)에 임명되고 이태 뒤 권지부정자(權知副正字)로 벼슬이 올랐으나 관직을 내놓고 낙향했다. 이태 뒤 고종 황제로부터 징세서장(徵稅署長)을 제수 받았으나 나라가 어지러울 때라 뜻한 바 있어 취임하지 않았다. 1905년 일본에 유랑 중 을사강제조약 체결을 듣자 의분을 참지 못한 그는 급거 귀국, 권총 쉰 정으로 쉰여 동지와 결사대를 편성, 매국노 여섯을 암살하려다 미수에 그쳐, 지도(智島)로 유배되었다. 그해 10월, 고종 특사로 풀려나 일본의 서구 신문화 이입 과정을 살피려 다시 일본으로 건너갔으니, 네번째 도일이었다. 네 해 동안 나철은 일본에서 구국운동에 열성을 쏟는 한편, 단군교에 관해 연구하기 시작해 영적으로 이를 체득했다. 1909년 1월 15일 중광절을 기해 그는 한배 하느님을 시조로 모시는 대종교를 창설했다는 것이다.

"대종사님께서는 본사에 계시지 않습니까?" 엄생원 설명을 듣고 경후가 물었다.

"흑룡성 일대에서 선도(善道) 시교 중이십니다. 지금은 합이얼빈(하얼빈)에 계실 겁니다. 대종사께서 만주 전역에 걸쳐 가시는 곳마다 단군님 진리를 설교하시니, 조선인들이 구름같이 모이고, 그 신이(神異)에 놀라움을 금치 못해 입교자가 날로 늘고 있습니다."

"본사에서 만나뵌 무원 사교님은 어떤 일을 보십니까?" 경후가 물었다.

"대교(대종교의 약칭)에는 도사교님 다음으로 중요한 분이지요. 도사교님이 출타 중일 때 총본사를 관장합니다. 간도에 거주하지 않고 주로 국내에서 선도 활동을 하는데, 여기가 북도본사라면 한양에 있는 남도본사를 맡고 계십니다. 그분 본이름은 김자 헌자(金獻)시고, 경기도 수원 태생이지요. 약관 열여덟에 과거에 뽑힌 후 두루 요직을 거쳐 기유년(1879)에는 규장각 부제학 벼슬에 칙임된 명망 높은 분이십니다."

"들은 바로 규장각이라 함은 나라의 일등 가는 학자들이 모인 관청 아닙니까. 중앙관서 부제학을 지낸 분이 대종교 신도가 되셨군요." 곽돌이 한동안 침묵을 깨고 말했다.

"사교님은 삼 년 전 경술국치를 맞자 대교에 입교했습니다. 그해 종삼품 부제학에서 종이품 가선대부(嘉善大夫)로 계승되었으나 관직을 버렸지요. 나라가 망하는 마당에 벼슬이 무슨 필요가 있냐며 사직하고, 단군님이 세운 나라로 국권회복을 위해 대교에 입교

508

하셨어요."

"어르신, 객창을 떠돌며 조선글은 깨우쳤으나, 저 같은 장돌뱅이도 대종교 교리를 깨칠 수 있겠습니까?" 곽돌이 물었다.

주율이 놀라 곽서방을 보았다. 교리를 읽겠다 함은 입교(入敎)에 뜻을 두었음이 분명했다. 주율은 여태 그가 책을 들춤을 보지 못했다.

"한배검 핏줄을 받은 배달민족이라면 대교 경전은 누구나 쉽게 깨칠 수 있지요. 경전에는 『천부경(天符經)』과 『삼일신고(三一神故)』가 있습니다. 무원 사교님이 여기에 머무심은 교리연구반 반장으로 대교 교리를 집대성한 『신리대전(神理大全)』 편찬을 위해서입니다. 무원 사교님은 관직에 계실 때도 사학(史學) 태두로 명망이 높으셨습니다. 이제 『신리대전』이 완성되면 교세가 더욱 뻗어나갈 것입니다. 두 스님께서는 소용에 닿지 않을 테니 본사에 부탁해 경전 한 벌을 곽동지님께 선물로 드리지요."

"고맙습니다. 대종교 교리가 우리 민족 시조인 단군 왕검님에 근원을 두고 신도 실천강령을 국권회복에 두었다니, 조국 광복에 한몸 바치기로 뜻을 둔 저로선 그 경전을 열심히 읽어 깊은 뜻을 깨우쳐보겠습니다."

밖에서 엄생원 처가, 저녁진지 준비가 되었다고 말했다. 엄생원이 물러가고 셋은 저녁밥상을 받았다. 토장국과 김치가 있었고 산채 반찬이 두 종류였다.

밥상을 물린 뒤 그들은 아래채로 내려와 각다분한 몸을 뉘어 잠자리에 들었다. 해삼위까지 갈 필요가 없게 되었으니 목적지까지 왔다는 안도감에, 왜경 감시에서 놓여났다는 긴장이 풀려 셋은 모처럼 단잠에 들었다. 셋이 지친 몸을 단잠으로 풀 동안, 위채 건넌방에서는 밤이 깊도록 호롱불이 꺼지지 않았고 베틀 소리가 철거덕거렸다.

이튿날, 셋이 주인장 엄생원과 겸상하여 아침밥을 먹고 났을 때, 어제 안내를 맡았던 남상경이 찾아왔다. 그들은 남상경과 함께 인삼 매매와 녹용 구입 방법을 의논했다.

"고려 인삼이라면 조선인이 귀한 약재로 여기고 한약방에서도 알아주지요. 수요는 많은데 백두산에서 나는 산삼이 워낙 귀하다 보니 재배 삼이라도 값을 후하게 받을 겁니다. 백두산 지방은 야생 사슴이 많아 녹각 구입은 힘들지 않습니다." 남상경이 말했다.

총포 구입은 무원 사교가 알아본다 했으니 곽돌은 그동안 국자가로 나가 인삼을 팔고 녹용을 구입해 오기로 했다. 북간도 지방에서 조선인이 많이 정착하기로는 용정촌, 국자가, 훈춘이며 그곳에는 조선인 상설시장이 있었다. 거리로는 청포촌에서 용정촌과 국자가가 백여 리, 훈춘은 두만강 꼭지점을 돌아 아라사 땅으로 들어가는 길목이라 2백 리에 가까웠다. 곽돌이 가까운 용정촌을 두고 국자가를 택하기는 그곳에 간민교육회가 있었고, 이동녕이 머무르고 있다기에 만나려 해서였다. 간민교육회는 북간도 조선인 민족운동자들의 가장 큰 단체였다. 남상경이 무원 사교에게 말해 그곳 대종교 교도로 조선인 사회 실력자를 천거 받아 안내장을 받아 오겠다 했다.

"자네들은 여기 있어. 나 혼자 국자가를 다녀올 테니깐." 곽돌이 말했다.

"곽처사님, 제가 속세 부모님 뵙기가 소원인 줄 알면서 이럴 수 있습니까. 여기저기 기웃거려도 찾을까 말까 한데 저를 박아두다니 너무 무정하십니다. 저도 동행하겠습다." 경후가 불퉁해하며 나섰다.

"우리가 네 속세 가족 찾아주려 여기까지 왔는가?"

"그래도 그렇지요. 국자가엔 조선인이 많이 산다잖아요."

"석왕사에서 앓았으니 자넨 여기 남아 몸조섭하게." 곽돌이 주율에게 말했다.

"백두산에는 오를 기회가 없나요?" 주율이 물었다. 그는 대종교 신도가 아니지만 그 영산에 오르고 싶었다. 조선이란 나라가 그 산 정기를 받아 세워졌고, 그 산을 터 삼아 배달민족이 지금에 이르렀다는 말을 어릴 때 들은 뒤, 그는 그 산에 오르고 싶은 소망을 품어왔다.

"방향이 틀려." 곽돌이 한마디로 묵살했다.

곽돌이 경후를 데리고 떠나기로 해, 이튿날 둘은 먼동이 트자 길을 나섰다. 아침 안개가 유독 짙은 날이었다.

청포촌에 남게 된 주율은 엄생원으로부터 대종교 경전인『천부경』과『삼일신고』를 빌렸다. 방문을 닫아놓고, 중이 몰래 고기를 먹듯 불안한 설렘으로 그는 경전을 들췄다.

『천부경』은 한배 하느님이 천하를 홍익(弘益)하고 이화(理化)하려 사람으로 이 세상에 와서 교훈한 경전이요,『삼일신고』는 교화를 끝내고 승천하여 영궁(靈宮)에 오르며 인간 세상에 남긴 훈화였다.『천부경』원본은 모두 한자 여든한 자로 되어 있는 간단한 내용이었다.

```
一始無始一. 析三極. 無
盡本. 天一一. 地一二. 人
一三. 一積十. 鉅無潰化.
三天二. 三地二. 三人二.
三大三合六. 生七八九.
運三四. 成環五. 七一妙.
衍. 萬往萬來. 用變不動
本. 本心本太陽昻明. 人
中天地一. 一終無終一.
```

그런데 여든한 자 글자는 온전했으나 주율에게는 암호 같기만 했다.

"천일은 일이요, 지일은 이요, 인일은 삼이라……" 뜻을 풀어가며 읽어도 이해할 수 없어 그는 뒤에 달린 우리글 풀이말을 보았다. "일의 시작은 무에서 시작하나 일이라, 삼극을 쪼개어도 본은 무진이라. 천일은 일이요, 지일은 이요, 인일은 삼이라, 일에서 모아 십으로 커져도 그 변함에는 부족함이 없느니라……"

지칭한 수가 무슨 뜻인지 알 수 없는 주술이었다. 풀이말을 다시 풀이하려, 천(天), 지(地), 인(人) 3장으로 나누어 대의를 약술했으나 그 뜻 역시 어려웠다. 그에게『천부경』은 환웅천왕이 교훈한 경전이므로 속세 인간이 그 뜻을 쉽게 깨우칠 수 없게 한, 우주론적인 진리가 담겨 있겠거니 여겨졌다. 심오한 뜻을 깨우치자면 엄생원 말처럼, 대종교에 입교하기 전 규장각 시절 사학의 권위자인 무원 사교에게 가르침을 받아야 할 것 같았다. 그러나 사미계 받은 지 한 달밖에 안 된 승려로서 이교(異敎)를 공부함은 벌받을 짓거리였다. 그는 『천부경』의 해설 뒤쪽에 달린 홍암대종사 나철이 대종교를 창시한 과정과, 대종교가 왜 배달민족의 종교냐를 설한 논지를 읽었다. 그쪽은 풀이가 쉬웠다.

홍암대종사가 을사년(1905) 섣달그믐날 밤 한양 서대문 어름에서 백두천산에 살던 백봉대신사(白峰大神師) 제자 두암 백전선(白佺仙) 옹을 만나 단군교에 입교하여, 무신년(1908) 일본 동경 청광관에 머무를 때 두일백(杜一白) 선옹의 내방을 받아 그로부터 『단군교포명서(檀君敎布明書)』 등 여러 책을 전해 받아 읽고 홀연히 깨우친 바 있어 대종교를 창시하기까지는, 창시자가 현존하며 그 시대가 불과 10년 안쪽이므로, 기술을 사실로 믿을 수밖에 없었다.

단군교는 큰 맥이 고려시대 왕검교(王儉敎)로 이어져오다 몽고가 침략한 고려 원종(1259~1274) 때 맥이 끊겼으니, 7백여 년 뒤 홍암대종사가 백봉대신사로부터 전수받아 기유년(1909)에 이르러서야 끊긴 맥을 다시 이었기에, 기유중광(己酉重光)했다고 말한다 했다.

단군교에 관해서는 신라 거유(巨儒) 고운 최치원 선생이 『신지(神誌)』 전문(篆文)을 옛 비석에서 보고, 『난랑비(鸞郎碑, 난랑은 화랑의 이름으로, 그를 기린 비)』 서문에 이를 밝히기도 했다. 천

여 년 전 이 땅에 살았던 신라 대문장가 최치원이 배달민족 민족
신앙을 기술한 서문이 이러했다.

　　나라에 현묘한 도(종교)가 있으니 단군교(風流道)이다. 이 교
를 세운 내력은 선사(仙史)에 자세히 적혀 있다. 이 교는 실로
유교, 불교, 도교의 삼교를 포함한 것으로 모든 민중과 접촉하
여 교화하는 것이다. 집에 들어가면 효도하고, 나라에 나가면
충성하는 교리가 있으니, 이것은 공자의 종지(宗旨)와 같다. 나
타냄이 없이 행하고 말함이 없이 가르침을 행하는 교리가 있으니,
이것은 노자의 종지와 같다. 악한 일을 하지 말고, 선한 일은 받
들어 행하는 교리가 있으니, 석가 교화도 이와 같은 것이다.
　　(國有玄妙之道 曰風流 設敎之源 備詳仙史實 乃包含三敎 接化群生
且入則孝於家 出則忠於國 魯司冦之旨也 處無爲之事 行不言之敎 周柱
史之宗也 諸惡莫作 諸善奉行 竺乾太子之化也.)

주율은 우리나라에 일찍이 유교, 도교, 불교 교리를 함께 수용
한 고유의 민족종교가 있었음이 경이로웠다. 이름하여 단군교였다.
『천부경』 해설에 따르면, 환웅천왕이 썼다는 『천부경』이 고려시
대 이후, 최치원의 글에서 발견되고 『삼국유사』 등을 통해 그 이름
만 전할 뿐 원문이 전해지지 않았는데, 원문을 발견한 이가 운초
계연수 선생이라 했다. 그는 태백산(묘향산)에 들어가 10여 년 수
도하며 약초를 캐다 어느 바위에 긴 이끼를 쓸어내니 『천부경』 여
든한 자 자획이 풍우에 깎인 채 희미하게 나타났다 했다. 글자를

발견한 해가 병오년(1906) 가을이었고, 이듬해 정월 단군 교당에
원문과 발견 내력을 서신으로 보내옴으로써 세상에 알려지게 되
었다는 것이다.

밖에서 신 끄는 소리가 나더니, 방문 앞에서 잔기침을 했다.

"젊은 스님, 좋은 날에 방안에서 도 닦고 있소?"

주율이 찔금해하며 『천부경』을 덮고 방문을 열었다. 허리 꼬부
장한 엄생원 노모였다. 닭이 한가롭게 모이를 줍고 있을 뿐 마당
이 비어 있었다.

"식구가 모두 출타했습니까?"

"들일 나가고 늙은이만 집에 남았다오."

"머나먼 타향에 오셔서 적적하시겠습니다."

"어미도 늙으면 집안 장주 뜻을 좇아야지요. 첫해 겨울은 어찌
나 길고 추운지 따뜻한 벌교 생각에 사무쳐 고향 쪽 하늘 보며 울
었다오. 이젠 여기도 엔간히 정이 붙었지만."

"할머니도 대종교를 믿으십니까?"

"장주를 좇아 식구가 믿으니 늙은이도 믿지요. 단군님을 신봉하
는 일이 조상 받드는 길이요, 그 길이 나라 찾으려는 장한 뜻이랍
니다. 여기 백두천산 아래가 단군님이 개국하신 터전이니 신국(神
國)이요, 천궁(天宮) 아닙니까. 대교를 신봉하다 이 천산 아래에서
눈감으면 몸은 옛 땅의 거름이 되고 영은 옥황상제 계신 하늘나라
신국으로 들어갈 수 있대요. 참, 경상도 밀양 땅 절에서 오셨다지
요?"

"그렇습니다."

"우리 대교 사교님 한 분 고향이 그쪽이지요."

"함자가 어떻게 됩니까?"

"성은 윤가요, 이름은 세자 복자(世復)를 쓰지요. 사교님이시랍니다. 밀양과 대구에서 학교 훈도를 하시다 가솔과 함께 서간도로 들어왔지요. 환인현에 동창학교(東昌學校)란 조선인 학교를 세우고 그쪽 포교를 담당한다 해요."

윤세복이 세운 동창학교는 서간도에서 이름이 났으니 대한제국 시절 『황성신문』 사장을 지낸 박은식, 스무 살에 성균관 박사였고 뒷날 『황성신문』과 『대한매일신문』에 논설을 쓴 신채호가 그 학교 교사로 있으며 민족교육을 선도한다 했다.

"어르신네 농지는 어디에 있습니까?"

"못 쪽으로 가면 밭이 나오지요. 식구가 거기로 나갔다오."

주율은 문 닫고 방안에 앉아 난해한 『천부경』을 캐기도 무엇하여 삿갓을 쓰고 밖으로 나왔다. 초여름 더운 볕이 내리쬐었다. 그는 엄생원 밭에 나가보기로 했다.

반도 남부 지방은 평지 돌밭이라도 땅만 있으면 버려두지 않는데 간도는 황무지가 대부분이었고 경작지가 귀했다. 수초가 키를 세워 자란 청파호를 돌아가자 낮은 지대는 벼를 재배하고 높은 지대는 밭곡식이 자라고 있었다. 들일하는 사람도 눈에 띄었다.

엄생원 식구는 아이와 노인 빼고 들일에 동원되었다. 엄생원 내외, 두 아들과 딸, 그리고 엄생원 아우 내외였다. 주율은 콩밭 매는 쪽으로 갔다. 모두 여자들로 엄생원 처와 그네 동서, 딸 예복이었다. 남정네는 다른 데 일 나갔는지 보이지 않았다.

수고 많다고 주율이 삿갓 벗고 인사했다. 그는 들일하는 모습을 보자 자기도 호미 쥐고 밭을 매고 싶었다. 농사일 놓은 지 이태째여서 손바닥 굳은살도 풀렸다. 울산 땅 주인댁과 속세 가족이 오랜만에 떠올랐다. 지금쯤 부모님도 농사일에 매달려 있으려니 싶었고, 자신이 먼 북지까지 와 있는 줄은 상상조차 못하리라 생각되었다.

　"아주머닌 쉬세요. 제가 대신 밭을 매리다."

　"스님도 농사일 할 줄 아세요?"

　"출가 전엔 저도 농사꾼 자식이었습니다."

　주율은 엄생원 처로부터 호미를 받아 콩밭을 매기 시작했다. 밭 매기는 주로 여자가 하는 일이지만 농사일에 이력이 난 그는 엄생원 제수씨와 예복이가 밭 한 고랑을 맬 때 두 고랑 밭을 넘어섰다. 모처럼 흙을 만지니 굳은 몸이 풀리듯 상쾌했다.

　"스님은 밭을 잘 매십니다." 엄생원 제수씨가 말했다.

　"해본 솜씨라 그렇지요."

　주율이 눈길을 들다 옆 고랑에서 밭을 매던 예복이와 눈이 마주쳤다. 아름다운 눈이었다. 동그스름한 이마, 길게 그어진 반달눈썹, 도도록한 뺨에 이르기까지 그녀 용모가 여자답기도 했지만, 주율은 여자 눈이 아름답다고 느끼기가 처음이었다. 흑진주가 저럴까 싶었다. 어찌 보면 무심히 자기를 건너다보는 듯 했으나 그는 온몸이 달아오르고 가슴이 두근거렸다.

　"스님은 언제 출가하셨어요?" 예복이 밭고랑을 매며 물었다.

　"일 년이 채 되지 않습니다."

"절에서도 농사일하십니까?"

"그럼요. 절에서도 누구나 농사일하지요."

"북지로 온 뒤 가사 입은 스님은 처음 뵙군요. 고향 부근에 용연사란 절이 있지요. 어릴 적 그 절에 가본 적이 있어요."

"더러 고향 생각이 나겠습니다."

"여기로 온 지 삼 년째, 고국에서 온 동포를 만나면 반가워서 여러 말씀 여쭙게 되지요."

주율은 예복이로부터 떨어지려 호미 쥔 손을 바삐 놀려 그녀와 거리를 두고 밭을 매어 나갔다. 자신은 출가한 몸이었다.

엄생원 노모가 태반에 들밥을 내어와 점심참 먹을 때야 주율은 마을 남정네들이 아침부터 두레 일에 나섰음을 알았다. 오후에 주율이 그쪽 일을 거들기로 마음먹었다.

못 뒤 둔덕 넘어 마을 남정네 열예닐곱이 나무를 베어낸 터를 밭으로 개간하고 있었다. 개간하는 밭은 대종교 본사 종답이라 했다. 소에 끌쟁기를 달아 땅을 파뒤집고 높은 터 흙을 낮은 데로 메우는 일이었다. 오후에 그곳에 들른 주율은 가사와 짚신을 벗고 바소쿠리로 흙을 져날랐다. 놀러 나온 김에 심심풀이로 해보는 일인 줄 알았던 남자들이 그가 쉬지 않고 열심히 일하자 놀라워했다.

"스님은 쉬세요. 농사일도 해온 사람이 하지 그러다간 내일 온몸이 쑤셔 기동이 어려울 겁니다." 엄생원이 말했다.

"이런 일엔 저도 익숙합니다."

해가 서쪽 산등성이로 기울 때, 베어낸 나무 뿌리를 파내 옮기던 중늙은이가 다리에 쥐가 났는지 주저앉았다. 중늙은이가 퍼질러 앉아 뻗정다리로 꼼짝 못하겠다며 엉절거렸다. 젊은이가 중늙은이를 부축하여 나무 그늘로 데려갔다. 중늙은이는 근육통이 심한지 통증을 호소해댔다.

"바늘 가진 사람 없나? 피를 내면 뭉친 근육이 풀릴 텐데." 중늙은이 말에 주율이 지게를 벗었다. 그는 만약을 위해 표충사를 떠날 때 침구 몇 개를 지니고 왔던 것이다. 발을 삐거나 복통이 심할 때, 응급처치 기본 침술을 익혀둔 터였다. 현종(縣鍾, 절골) 중 하지 근육통은 침술의 기본이었다. 복사뼈 세 치 위쪽에 호침을 한 치 정도 깊이로 직자(直刺)하면 근육통 정도는 쉽게 풀렸다.

"잠시만 기다려요. 제가 근육통을 풀어드리겠습니다."

주율이 엄생원 집으로 가서 바랑에 넣어온 침통을 꺼내왔다. 그는 눈으로 익힌 침술을 처음 실습해보았으나 시술은 금방 효과가 나타났다. 침을 복사뼈 세 치 위쪽에 놓자 중늙은이의 굳었던 근육이 풀렸다.

그날 밤, 주율은 아래채 방 한 칸을 홀로 쓰게 되었다. 대종교 경전 『삼일신고』를 읽다 모처럼 농사일을 한 탓인지 일찍 잠이 들었다.

스님, 주무시냐며 방문 밖에서 여자 목소리가 들렸다. 주율은 잠에서 깨어났으나 시간을 가늠할 수 없었고 눈앞을 채운 어둠뿐 사위가 만귀잠잠했다. 바깥에서 여자가, 드릴 말씀이 있다고 작은 소리로 말했다. 일어나 앉은 그는 바깥에 예복이란 처녀가 왔음을 알았다. 그가 방문을 열자 예복이 쫓기듯 방으로 들어왔다. 낭자께서 웬일이냐고 주율이 물었다. 야밤에 무람없게 스님 침소에 들어와 죄송하다며 그녀가 입을 떼더니, 스님을 처음 뵙는 순간 그리던 낭군님 모습과 너무 닮아 꿈인지 생시인지 몰랐다고 속삭였다. 물러앉은 주율이, 저는 출가한 몸이니 낭자의 배필이 될 수 없다고 거절했다. 그러자 예복이 주율의 무릎에 얼굴을 묻더니, 몇천 리 밖에서 떨어져 자란 우리라 출가 전에는 만나려야 어떻게 만날 수 있었겠으며 인연이 닿아 이제 뵈었으니 환속해서 저와 혼례를 올려달라고 간청했다. 어제 오전에 콩밭에서 말을 걸어왔듯 스스럼이 없었다. 주율이, 자신은 이승을 떠날 때까지 부처님과 함께 살기로 서약한 몸이라 그럴 수 없다고 말했다. 스님의 굳은 뜻을 알겠사오나 인생의 길이 득도에만 있지 않을 것입니다. 모든 남정네가 다 출가한다면 이 강산은 한 대를 끝으로 무주공처(無主空處)가 되지 않겠습니까. 만약 양가 부모님이 우리 혼례를 허락치 않으면 백두천산 깊은 골로 들어가 둘만이 귀틀집 짓고, 낭군님은 사냥하며 화전을 일구고, 저는 자식 키우고 밭일과 길쌈하며 한 쌍의 원앙으로 산다면 이 세상에 태어난 보람이 있겠지요. 소맷자락만 스쳐도 인연이라는 불가의 말이 있듯, 스님과 저는 처음 뵙는 순간 평생 인연을 맺은 듯합니다. 스님께서 국자가로 떠나지 않음도 인연이 아니겠습니까. 우리 대교 사교님들도 모두 가정을 가져 자식 두었으니 출가자인들 가정을 못 가지란 법이 어디 있습니까. 대처승도 있지 않습니까. 어둠 속에 예복이 조리 있게 따지며 슬며시 주율의 품을 파고들었다. 그는 예복의 적극적인 구애를 어떻게 달래야 할지 갈피를 잡을 수 없었다. 낭자를 물리쳐야 한다고 다짐했으나 육신의 욕망을 스스로 제어할 수 없었다. 순간,

520

천마산 지족암 지족선사를 유혹해 파계시킨 황진이가 떠오르자, 부처님께서 예복이를 보내 자신의 심신을 시험한다는 생각이 들었다. 법문에 귀의한 뒤 처음 당한 유혹을 이겨내지 못한다면 가사 벗고 하산해야 한다며 그는 예복이 몸을 밀쳐내려 했으나, 마음의 결정일 뿐 손은 움직일 수 없었다. 예복이 옷고름을 풀고 섶을 들추자 어둠 속에 조롱박 같은 젖가슴이 드러났다. 그는 자신도 모르는 사이에 그 젖에 손을 대고 말았다. 손아귀에 터질 듯 들어차는 뭉클한 감촉에 그는 정신을 잃고 성난 짐승이듯 예복이를 껴안아 방바닥에 뉘었다.

순간, 짜릿한 쾌감이 주율의 탱탱한 연장을 무너뜨렸다. 눈을 떠보니 꿈이었다. 사위가 깜깜하고 조용했다. 몽정으로 하초가 젖었고, 그는 진저리쳤다. 그는 일어나 어둠 속에 면벽하여 참선 자세로 앉았다. 휑한 머릿속엔 염불이 떠오르지 않았고 꿈에서 해괴한 짓을 저지른 데 따른 후회가 가슴을 쳤다.

날이 밝아 개울로 나가 세수를 하고 돌아오다 물동이에 물을 길어오는 예복이와 마주쳤다. 그녀가, 잘 주무셨냐며 인사했으나 주율은 부끄러워 인사조차 제대로 받을 수 없었다. 방으로 들어와 곰곰 생각해보니 자신의 마음 깊은 곳에 예복이에 대한 정념이 끓다 꿈으로 재현되지 않았나 싶었다. 만약 그녀가 적극적으로 구애해 오면 이를 받아들이기로 꿍심을 품고 있었음이 틀림없었다. 그러지 않고서야 꿈속에서 그토록 강렬한 여취를 풍기며 예복이가 나타날 리 없었다.

주율은 엄생원과 겸상하여 아침밥을 뜨듯 말듯 하곤 아래채 침소로 건너와 면벽 가부좌해서 참선에 들어갔다. 점심밥 드시라며 엄생원 모친이 밖에서 말했지만 주율은 생각이 없다고 거절했다. 머릿속에 떠오르는 상념을 지우며, 무념의 상태로 부처님 뵙기를 기원했으나 머릿속은 어둠만 들어찼다. 그는 참선으로 하루 낮을 보냈다.

"주율 스님." 밖에서 남상경 목소리가 들렸다.

"그냥 두게. 어제 개간 일에 무리한다 싶더니 오늘 종일 방에 계신 걸 보니 몸이 편치 않은 모양일세." 들일에서 돌아온 엄생원이 말했다.

주율이 방문을 열고, 들어오시라며 남상경을 맞았다.

"도 닦으시는데 제가 결례한 것 같습니다"하곤, 그가 찾아온 목적을 말했다. "오늘 새벽 무원 사교님께서 종무원 둘에게 곽돌 어르신이 주신 군자금을 지참시켜 통화현 합니하 신흥학교로 보냈습니다. 백포(서일) 사교님께서 대교 서도교구를 맡고 계신데, 지금 신흥학교에 머무십니다. 그쪽에 가면 총기류 몇 정은 어렵지 않게 구입해 올 수 있을 겁니다."

"신흥학교가 백두산 허리를 넘어 압록강 북편이라던데 언제쯤 돌아오게 될까요?"

"총포를 구입해 오자면 일주일은 넘게 잡아야지요."

진작 알았다면 주율도 그들을 따라나설 수 있었고 백두산에도 오를 수 있었을 텐데 기회를 놓쳤다 싶었다. 엄생원 집에 기거하며 조석으로 예복이를 대하기가 면괴스러웠다.

"함경도 땅을 거쳐오며 듣자 하니 간도 지방이라면 주로 두만강 북쪽을 지칭한다던데 압록강 북방에도 동포가 많이 사는가 봅니다. 독립군 양성 학교까지 세운 걸 보면."

"그쪽 서간도 땅이 기름져 조선인촌이 많지요. 통화현, 집안현, 유하현은 옛적 고구려가 흥기하던 근거지지요. 장군총(將軍塚)이 며 그 시절 유물 유적이 산재해 있습니다."

"남처사도 그 지방을 다녀온 적 있습니까?"

"두 달 전 신흥학교를 갔다온걸요."

남상경은 신흥학교를 중심으로 서간도 지방의 국권회복운동 상황을 설명했다. 을미거의(乙未擧義, 1895년 명성황후 시해사건에 따른 민중 봉기) 후 한때 충주성을 점유했던 의병장 장기렴이 제천에서 관군에 패퇴하자 무리를 이끌고 통화현 5도구로 들어온 것이 1896년이었다. 그 뒤, 경술강제합병으로 국내에서 의병활동이 어렵게 되자 간도로 옮긴 의병진만도 여럿이었다. 장기렴과 함께 활동한 유인석, 동학 의병장 이강년, 황해도의 이진용, 조맹선, 박장호 및 서간도를 중심으로 조선인 농무계, 향약사를 조직한 백삼규, 조병준, 전덕원, 그리고 의병장 홍범도, 채응언 등이었다. 그들은 적게는 몇십 명 안팎에서 많게는 수백 명의 항일 의병단을 거느리고 있었다.

"의군(義軍)들은 구국일념을 병농일치(兵農一致)로 앞세워 간도 땅을 개간하며 광복운동에 열성을 쏟고 있지요. 포수단이 주축이 된 홍범도 독립군 부대는 삼백여 의군진을 거느리고 있습니다. 홍대장께서는 부대원을 이끌고 화전으로 농사짓는 틈틈이 언젠가 있을 왜군과의 일전을 위해 항전 훈련을 시키고 있습니다."

주율이 남상경 말을 듣고 보니, 영남유림단 단원에서 빠지려 했고 연해주로 떠나기를 피했던 자신이야말로 조선인 피를 받고 태어났으나 한갓 식충이요 못난이에 불과함을 깨달았다. 여기 동포가 너나없이 구국운동에 열심일 줄 몰랐던 것이다.

"신흥학교는 우리 대교 여러 어르신들이 주축이 되어 세운 학교지요. 이회영, 이시영 등 다섯 형제분과 이동녕, 이상룡, 김창환, 주진수 여러 분이 경술년에 유하현 삼원보에 신한민촌(新韓民村)을 세우고 경학사란 독립운동 기지를 만들었습니다. 처음은 신흥강습소라 이름하며 초대 교장은 석오 사교님이 맡으셨지요. 그러나 이듬해 농사가 대흉년을 만난데다 풍토병이 심해 신한민촌 주민이 많이 줄고 강습소 운영에도 타격이 심했습니다. 토착 중국인과 마찰도 있었구요. 그래서 작년 가을에 새로 월강해 온 이주자를 합쳐 경학사 후신으로 부민단(扶民團)을 조직하고 삼원보에서 남쪽으로 구십 리 떨어진 통화현 합니하로 강습소를 옮겨, 이름도 신흥학교로 개칭했습니다."

"그렇다면 이회영 형제분들도 대종교 신도입니까?"

"모두들 경술년에 입교했지요. 형제분들은 판서를 지낸 이유승 어르신 자제들로, 한말에 높은 관직에 있었던 유학자들이십니다. 구국일념으로 국내 가산을 정리해 대가족을 이끌고 만주로 이주해 왔지요." 남상경은 그가 보고 온 신흥학교를 두고 말을 계속했다.

신흥학교는 지난 5월 수만 평의 연병장과 대병영사(大兵營舍)를 생도들의 헌신적인 노력으로 완성했다는 것이다. 학제는 4년제 본과 외 속성반으로 6개월 장교반, 3개월 하사관반이 있으며, 보병,

기병 등 각 병과는 전력 전술학과 측량학, 축성학(築城學)까지 배운다고 했다. 새벽 여섯시 기상 나발 소리가 나면 생도들은 기숙사에서 운동장으로 각반 착용하고 집합함으로써 하루 일과가 시작되었다. 신흥학교 정신 교육은 '구국의 대의'를 생명으로 하여 불의의 반항정신, 임무의 희생정신, 체련(體鍊)의 필승정신, 난고(難苦)의 인내정신, 사물의 염결정신, 건설의 창의정신, 이렇게 여섯 개항을 체득시키는데, 생도들은 박의악식(薄衣惡食)과 고된 훈련에도 불구하고 모두 일사보국(一死報國)의 일념에 불타 그 기상이 하늘을 찌를 듯하더라고 남상경이 말했다.

"……대 단군조선 삼만리 신국(神國)의 성역을 되찾아 배달의 영화를 회복할 그날까지 우리 대교는 오직 애국, 애족, 구국일념으로 왜놈 무리와 싸울 겁니다!" 남상경이 말을 맺었을 때, 그의 눈빛은 배달 자손다운 열정으로 타올랐다.

주율은 그 눈빛을 마주보기 부끄러웠다.

남상경이 마당으로 나서서 본사로 돌아가려 하자, 부엌에서 나온 엄생원 처가 저녁밥 준비가 되었으니 밥 먹고 가라고 말했다. 남상경이 본사에서 교육생과 함께 먹겠다고 사양했다.

"가을 나면 한식굴 텐데 뭘 그렇게 격식 찾아요?"

"그래도 그렇지요. 제가 침식하는 곳이 있는데 자주 폐를 끼쳐서야 되겠습니까." 남상경이 부득부득 집을 나섰다.

주율이 엄생원 처 말뜻이 아리송해, 엄생원과 겸상으로 저녁밥 먹을 때 연유를 물었다.

"남군과 예복이 혼인을 언약한 사이지요. 가을 추수가 끝나면 성례시키기로 했습니다. 남군 본가는 회령 북쪽 경성인데 동향인 백포 사교님 따라 가족이 여기로 들어왔지요."

엄생원 말에 주율은 철퇴로 뒤통수를 얻어맞은 듯 멍해졌다. 혼처 정해 둔 규수를 두고 꿈이었을망정 다른 마음을 품은 자신이 가소로웠다. 만약 농으로 그녀에게 꿈말을 들려주었다면 조롱거리가 아닐 수 없었다. 주율은 점심을 걸렀지만 숟가락을 놓고 말았다.

곽돌과 경후는 국자가로 떠난 지 닷새 만에 청포촌으로 돌아왔다. 가져온 인삼을 넘기고 인삼 분량 두 배 되는 녹각을 구입해, 둘이 나누어 등짐 지고 돌아왔다. 그들은 간민자치회에 들러 거기서 이동녕을 만났다 했다. 모든 일이 순조로웠던 만큼 둘은 표정이 밝았으나, 경후는 그곳에서 백방으로 수소문했으나 가족 소식은 알아오지 못했다.

"국자가는 중국인이 많이 살던데 용정촌은 온통 조선 사람이더군. 초가에 돌담 치고, 우리 음식 먹고, 우리말 쓰고, 우리 옷 입었어. 한마음 한뜻으로 구국운동에 열성을 다해 군자금 모으고, 우리를 만나자 한식구로 반겼어. 너도 두만강 넘고부터 보지 않니. 만나는 사람마다 우리를 겨레붙이라고 한 형제같이 대해주잖던. 주율이 너도 따라갔다면 좋았을 텐데, 좋은 견문을 놓쳤어. 언제 다시 여기로 또 오겠니." 경후가 들뜬 목소리로 말했다.

통화현 합니하 신흥학교로 간 종무원 둘이 돌아올 동안, 곽돌은 구국운동에 더욱 확신을 세운 듯했다. 그는 한글에 어섯눈을 뜬 터라 대종교 경전을 열심히 읽었고, 엄생원에게 교리의 어려운 내용은 자문을 구했다.

엄생원은『천부경』여든한 자를 이렇게 풀이했다.

"……대삼합륙생칠팔구(大三合六生七八九) 풀이만 해도 그 이치가 오묘합니다. 하나를 나누어 둘을 만들고 하나에 두 갑절씩 곱하므로 여섯이 되니, 하늘과 땅과 사람이 제가끔 그 둘씩 얻어 합치면 여섯이 되지 않습니까. 하나와 둘과 셋을 다하면 일곱과 여덟과 아홉이 되는데, 수는 대개 아홉에 이르면 돌고 돌아 그 쓰임에 다함이 없으니 낙서(洛書) 아홉수는 천지 조화의 작용이라, 그 또한 이와 더불어 깊이 합한다는 뜻입니다.『천부경』마지막 다섯 자 일종무종일(一終無終一)이란, 도(道)란 하나일 따름이다, 그러므로 하나로 마치되 마침이 없느니라. 이 말은 공자 왈, '내 도는 하나로써 뚫는다'와 같은 뜻이며, 석존 말씀인 '만 가지 법이 결국은 하나로 돌아간다'는 뜻과도 궤를 같이합니다. 노자는 '그 하나를 얻으면 만사가 끝난다' 했으니,『천부경』마지막 다섯 자야말로 모든 성현 말씀을 압축한 압권이지요."

엄생원이 설명했으나 곽돌은 그 풀이가 깨닫기 어려워 뒤통수를 긁적거렸다.

"제가 재미난 이야기 하나 해드릴까요?" 엄생원이 음전케 미소띠며 말했다.

"대종교와 관련된 얘깁니까?"

"물론입지요." 솔깃해하는 곽돌에게 엄생원이 쉬운 질문부터 던졌다. "'도리도리 짝자꿍'이란 말 들어보셨지겠요?"

"아기를 어를 때 쓰는 말 아닙니까?"

"맞습니다. 그 말이 바로 단군 임금께서 교화한 '단동치기십계훈(壇童治基十戒訓)'의 하나지요. 도리도리 짝자꿍을 한자로 쓰면 '도리도리 작구궁(道理道理 作九宮)'이 됩니다." 엄생원이 방바닥에 손가락으로 한자를 썼다. "도리도리는 아해와 마주보고 앉아 고개를 좌우로 저어보며 세상 도리를 따라 살아야 한다는 가르침인 셈이지요. 왼쪽, 오른쪽, 어느 쪽으로도 치우침이 없이 말입니다. 그리고 짝자꿍은 주역에서 말하는 인생의 깊이, 즉 인생 항로의 험함을 일깨우며 인내심을 가르쳐주는 말이구요."

"그것 참 신통하군요. 저는 엄마가 아기를 어를 때 무심코 쓰는 말로 알았지요. 그렇다면 단군 임금께서 아해들에게 가르친 나머지 아홉 훈은 뭡니까?"

"불아불아, 시상시상달궁, 잼잼, 지암, 곤지곤지, 질라라비 훨훨, 섬마섬마, 어화둥둥, 어비어비, 이렇게 아홉 가지지요."

"아홉 가지에도 그만한 뜻풀이가 있겠군요."

"물론이지요. '어화둥둥'만 보더라도, 그건 아기를 뉘어 안고서 덩실덩실 춤추듯 아기를 위아래로 올렸다 내렸다 하며 담을 키워주고 운동을 시켜주는 것 아닙니까. 어화(漁和)란 한자풀이는 웃으며 화목하게 살아야 한다는 뜻이지요. 단군 임금께서 그 훈화를 만드신 후, 조선족은 자자손손 그 말을 잊지 않고 전해, 아이가 걸음마 시작하기 전부터 입에 올리지요."

"듣고 보니 그럴듯합니다." 곽돌이 탄복하며 무릎을 쳤다.

통화현 합니하로 갔던 종무원 둘은 열하루 만에 청포촌으로 돌아왔다. 아라사제 육연발 자동권총 세 정과 쉰 발의 실탄, 고성능

폭탄 여섯 발이었다.

총포 인수 인계식은 대종교 본사 시교당 전무실(典務室)에서 있었다. 참석자는 남상경을 포함한 종무원 다섯과 무원 사교와, 청포촌에 머물던 석오 사교가 참석했다. 곽돌 일행을 포함한 열 명은 무원 사교 집전으로 의식을 가졌다. 단군 영정 앞 제단에 총포를 진설하고 향을 피웠다.

"한배검(大皇神, 단군)이시여, 고유의 신도(神道)로 이 땅에 나라를 펴신 후 무궁한 세월 동안 배달겨레가 영화복락을 누리라 교화하셨건만 후손이 열약하여 오늘에 이르러 국권을 상실했거늘, 한배검이시여 억조창생의 혈루를 부디 굽어살피사 조국 광복의 염원을 이루도록 도와주소서. 이제 그 웅지를 품은 세 동포가 왜놈 무리를 척살할 총포를 휴대코 귀국할 때, 전지전능하신 한배검이시여, 행로를 광명으로 인도하시어 목적지까지 안전 무사하게 도착하도록 지혜와 용기를 주소서……" 무원 사교가 단군 영정을 향해 삼배 절을 올렸다.

종무원이 교리 계명을 읊었다. 그들이 함께 절을 할 동안 주율과 경후는 뒷자리에 서 있었다.

"아무리 단군교라지만 스님이 이교 집전에 참례하니 마음이 이상하군." 경후가 주율에게 소곤거렸다.

앞에 있던 곽돌이 돌아보며 조용히 하라고 손짓했다. 그는 순서에 따라 종무원에 이어 단군 영정 앞에 향을 피우고 절을 올렸다.

주율은 눈을 감고 부처님 도움으로 표충사로 무사 귀환하기를 기원했다. 여기까지 왔던 길은 마음이 홀가분했으나 돌아갈 길은 총포를 휴대함으로써 마음 무거운 길이 아닐 수 없었다. 왜경 불심검문을 당하거나 첩자의 밀고라도 있게 된다면 셋은 감옥살이는 물론, 악형(惡刑)을 당한 끝에 영남유림단 정체가 밝혀지면 그들 모두가 연행될 터였다. 그는 떨리는 마음으로 손에 쥔 염주알을 굴리며 염불을 읊조렸다.

주율의 예상대로 곽돌은 의식이 끝난 뒤 대종교 신도로 입교 절차를 밟았다.

"경상우도 양산인 곽돌은 무상한 단황대종교(壇皇大倧敎)에 입교하여 신성무비하옵신 대군대황조님 천명을 받들며, 배달 나라를 되찾고 단군 신족을 건질 그날까지 신명을 바치기로 서약합니다." 곽돌이 엄숙하게 선서했다. 그는 입교와 더불어 대종교 경전 필사본과 조선종이에 판각으로 찍어낸 단군 영정을 선물로 받았다.

그날 오후, 곽돌 일행 셋과 무원 사교, 석오 사교 다섯은 무기를 경상도까지 반입하는 데 따른 의논을 나누었다. 지난번 장남화 일행의 실패 원인이 첩자 경계를 소홀히 한 탓이란 점에 의견일치를 보았다. 그 점은 영남유림단 회의에서도 지적된 문제점이었다. 일행 셋의 국경 도강은 야밤을 이용해 얼음 언 두만강을 건넜고, 돌아올 때도 전철을 밟아 회령군과 종성군 접경지대 두만강 넘어 학포촌 어름으로 들어왔던 것이다. 그들이 마을을 피해 오지 산을 타고 남하한 하루 낮 사이 나무꾼과 숯구이를 만났고 약초 채취하던 아낙도 만났다. 그러나 누가 신고했는지, '수상한 자 출현'은 왜경 수비대에 포착되었고, 셋은 그날 밤 덫에 걸려들었다.

"간도 지방에도 포상금 노리는 조선인 첩자가 없지 않습니다.

그러나 밀고하다 발각당하면 동포 손에 살아남을 수 없으니 그 짓하기가 어렵지요. 정착민으로 그런 자는 드물고 과객이나 낭인 중몇 푼 포상금을 노리는 첩자가 있지요. 그러나 두만강 아래쪽은첩자나 밀대꾼이 득실거린다고 봐야지요. 특히 국경지대 화전민,포수, 숯구이, 채벌꾼 중에는 왜경 수비대에 매수된 자가 많습니다.그들이 아무리 친절하게 대해줘도 절대 마음을 주어선 안 됩니다.사람을 범보다 무섭게 여겨 경계해야 할 것입니다." 석오 사교의말이었다.

"한번은 평안도 유지들의 군자금을 거두어오던 간민회 요원이중강진에서 그런 첩자를 만났습니다. 그를 잘 구슬린 결과 사실이그렇다는 자백을 받아냈지요. 비록 그가 통성고백을 했으나 아무래도 안심이 안 돼 결국 그자를 죽여 입을 봉했던 적이 있었습니다." 무원 사교가 말했다. 비유였으나 첩자로 의심되는 자를 살려두면 반드시 후사를 당한다는 암시였다.

"지난번은 실패했으나 이번만은 한배검 신력(神力)이 반드시 여러분을 도울 것이오." 석오 사교가 말했다.

"이런 말씀 여쭙기가 어떨는지…… 조선 고대사에 조예가 깊지 못해 묻겠습니다. 올해가 단군 기력으로 사천이백사십육년 아닙니까. 단군대황조께서 그 시대에 개국했다면 고조선이 얼마 동안 나라를 이어갔습니까?" 주율이 사학계에 명망이 높다는 무원사교에게 물었다. 한배검 탄생 설화가 역사라기보다 신화인데다,4246년 전이라면 너무 아득한 세월이라 실감나지 않았던 것이다.

"단기 이천이백이십오년(기원전 108) 중국 한나라 침입으로 나라가 망했으니 이천여 년 세월을 반도 북부는 물론 남만주와 요하(遼河) 일대를 지배했지요. 청동기 문화를 기반으로 세워진 부족국가였고, 천황은 정치적으로 군장(君長)이었고, 종교적으로는 제사장(祭祀長)으로, 제정일치(祭政一致)를 주관했지요. 고조선시대야말로 조선이 동방에서는 가장 강한 나라요 문화가 발달된 나라였습니다."

"고구려시대는 광개토왕, 신라시대는 태종무열왕 때가 가장 강력한 힘을 발휘했다던데, 고조선 때는 어느 천왕 때가 그에 해당됩니까?" 고조선의 신화 체계를 벗어나 역사적 진실을 확인해보려 주율이 다시 물었다.

"치우(蚩尤) 천황 시절이었습니다. 배달국 제십사대 왕으로 등극하신 치우 천황은 중국 중원과 조선 반도를 지배하며 배달국 최고 전성기를 이룩했지요. 신시(神市) 전통을 계승하고 금속병기를 개발, 중국 신농씨 후손인 유망(楡罔)과 공상(空桑)을 점령하는 등 십이 제후 나라를 합병하여 역사상 영토를 가장 넓혔습니다. 또한 학문 장려에도 힘써 선교와 도교 기초가 된 『신선부음경』과 해와 달의 운행을 측정하고 오행(五行)의 수리를 고찰하며 칠성력(七星曆)이라는 역법(曆法)의 시초가 된 천체 운행도표인 '칠정운천도'도 만드셨습니다. 이 같은 기록은 중국 춘추전국시대 제(齊)나라 제상을 지낸 관중(管仲)이 쓴 『관자』나 중국 고대 역사서 『이십오사』 등 많은 역사서에 기록되어 있지요. 중국 한나라 시조인 유방(劉邦) 대에 이르기까지 중국 제왕들이 대대로 치우 천황 제사를 지냈고 천황에게 가호를 빌었다는 기록도 역사적 사실로 전해오고 있지요." 석오 사교가 셋을 차례대로 정시하며 말했다.

"그렇게 강대했던 국가가 오늘 이 지경이 됐으니…… 독립국가를 이루어 여기 고토(故土)마저 되찾을 광명의 날이 기필코 올 것이오." 석오 사교가 말했다.

*

곽돌 일행은 사흘 뒤 출발하기로 했는데, 마침 백두산 쪽으로 사냥 나설 포수가 있어 그들은 포수 둘과 동행하기로 약속했다. 포수 역시 작년에 입교한 대종교 신도로, 그들이 혜산군 관모봉까지 길 안내를 맡기로 했다.

6월 초에 곽돌 일행이 표충사를 떠났으니 어느덧 달포를 넘겨 7월 하순의 불볕 더위를 북간도에서 맞고 있었다.

날씨 맑은 어느 날, 곽돌 일행과 포수 둘은 청포촌을 떠나 귀국길에 올랐다. 경후는 엄생원에게 부모님 거처를 알아내는 대로 밀양 표충사에 연락 닿게 해달라는 당부 말을 남겼다. 주율은 동구까지 마중 나온 마을 사람 속에 섞인 예복을 애써 보지 않으려 했다. 석별은 아무런 아쉬움이 없었고 오히려 마음이 가벼웠다. 셋과 함께 떠날 포수 중 하나는 나이 쉰을 바라보는 기골 장대한 사내요, 하나는 스물을 넘긴 몸이 날쌔 보이는 젊은이였다. 나이 든 포수 이름은 황술근이라 했는데 정포수답게 연발 윈체스터 엽총을 메고 있었다. 젊은이 이름은 모원덕으로, 그는 부포수라 화승총을 소지했다. 유쾌하고 서글서글한 황술근은 곽돌과 죽이 맞아

주거니받거니 말을 나누며 길을 걸었다.

"나야 뭐 일자무식에 한평생 짐승이나 쫓으며 살다 보니 대교가 뭔지 제대로 알기나 하오. 간도 지방 조선인이 대교 아니면 주로 야소교를 믿으니 나는 남의 나라 종교가 아닌 우리 종교를 믿는 거지 뭘. 나라가 없어졌으니 그런 생각이 더 들어. 조선 광복? 그 야 물론 어서 독립되어야지. 암, 조상 없는 자손이 없듯, 뿌리 없는 백성으로 살아서야 되겠소. 그러나 일본은 대국이요 독종들이라 조선 광복이 쉽지는 않을 것이외다." 황술근이 말했다. 그는 수렵에 소용 닿는 도구가 든 아라사제 배낭을 지고, 허리에는 총알 박힌 혁대를 차고, 홀태바지 아래 목 긴 가죽신을 신고 있었다. 윗도리는 소매 없는 가죽 등거리를 걸쳤는데 굵은 팔뚝에는 포수답게 호랑이 문신이 새겨져 있었다.

"지금까지 대략 큰 짐승만 따져 몇 마리나 잡았나요?" 곽돌이 물었다.

"스무여 해 동안 범 세 마리, 곰은 스무여 마리, 표범이며 스라소니도 그 정도, 여우, 사슴, 고라니 따위는 헤아릴 수가 없소."

"황포수님 이름이 두만강 근방에는 알려져 있지요." 모원덕이 초를 쳤다. 그는 양식 짐을 메고 중국 군대 복장에 각반을 치고 있었다.

"회령 신북 어르신이며 무산의 돌아가신 정남휴 어르신에 비하면 나야말로 발가락 사이 때지. 그분들은 담력이며 힘이 대단했거든. 끈기 있게 사나흘을 굶으며 범 발자취를 쫓아 결국 끝장을 봤으니깐" 하던 황술근이 자기가 범 잡을 때 경험담을 들려주었고, 백두산과 지척인 관모봉에서 중국인 비적 무리에 붙잡혀 봉욕당한 일도 입심 걸게 지껄였다.

일행은 저물어서야 두만강 강안 마을 달라재를 지나 점박이영 감 집에 당도했다. 점박이영감은 황술근 포수와 구면이라 그 집에서 일박했다. 황술근은, 여기까지는 안심해도 된다 했지만 곽돌은 집밖에 경후를 보초로 세웠다.

곽돌과 황포수는 점박이영감과 의논한 뒤 강 건너 집목장 장가배를 빌리지 않고 간도 쪽에서 배를 빌려 도강하기로 했다. 점박이영감은 곽돌 일행이 조선으로 총포를 반입하는 줄 눈치채지 못했지만, 돈이라면 눈이 뒤집힌 집목장 패가 배를 건네주며 무슨 엉뚱한 수작을 저지를지 몰랐던 것이다.

"그 사람들도 본성은 나쁘지 않은데, 여러분 안전을 도모하자면 그러는 게 낫겠군요." 점박이영감이 말했다.

"영감 보슈, 본성 나쁜 사람이 어딨소. 녹용 탐내 어떤 해를 가할지 누가 알아. 두만강에 수장시켜버리면 감쪽같은데, 그런 연후에 누구한테 하소연해. 간도로 들어온 조선인들 보더라고. 굶다 못해 국금 어겨가며 두만강, 압록강 넘을 때야 한마음 한뜻 아니었소. 그런데 밥술 먹게 되자 변발에 흑복 하고선 향장(鄕長)도 벼슬이라고 중국인입네 하며 동족을 마소 부리듯 하고, 일본영사관 기웃거리며 친일 앞잡이가 되지 않던. 그렇게 따져보면 간도에 들어온 조선인치고 대교, 야소교, 동학 믿는 신도가 그래도 제 나라 피 안 속이고 사람값 하며 살아."

일행은 점박이영감 집에서 이틀을 머물렀다. 그동안 점박이영감은 중국인으로부터 거룻배 한 척을 빌리고, 황포수는 보름을 쓰기로 하고 삯말을 내었다. 산행하는 데 쓸 노새였다.

달이 지고 난 후 야밤에 배를 띄웠다. 점박이영감이 곁노질을 하여 일행 다섯과 노새를 도강시켜주곤 돌아갔다. 일행은 무산고원 밀림 속으로 들어섰다. 잎갈나무, 가문비나무, 전나무, 소나무가 하늘을 가려 햇살조차 들지 않았다. 큰 나무들이 빽빽이 들어차 대낮에도 푸르스레했고 수액 냄새가 코를 쏘았다. 고사목이 있어 어쩌다 햇살 밝은 곳에는 붉은 쇠채꽃이 흐드러지게 피었고 빨갛게 익은 닭의밥 열매가 구슬꿰미처럼 아름다웠다. 국경 근방이라 곽돌 일행이 바짝 긴장했으나 무인지경이라 사람을 만날 수 없는 게 다행이었다. 그러나 대변을 보고 난 뒤에도 반드시 흙으로 덮었고 발자취를 남기지 않으려 세심하게 신경 썼다. 안심해도 좋다고 황포수가 태평스레 말했으나 야숙지를 정하면 반드시 교대로 불침번을 세웠다. 달이 밝은 밤은 밤길을 걷고 달이 없을 때는 노숙하기로 했는데, 7월 하순이 음력 6월 초순을 넘길 무렵이라 달이 밝았다. 그들은 민가를 피해 밤길 도와 서남향으로 빠져나갔다. 황포수는 무산고원과 개마고원 일대의 지리에 밝았고, 그와 곽돌은 저마다 나침반을 지니고 있었다.

일행 다섯이 1천8백 미터 전후되는 아무산과 상배산 사이의 긴 골짜기를 빠져나갈 때는 두만강을 건너 나흘째 되는 날이었다. 두만강을 넘어온 길 잇수로 보아 얼마간 안심해도 좋을 지대까지 내려온 참이었다. 길을 걸을 때는 황포수가 앞장섰고, 가운데에 곽돌, 경후, 주율이 서고 꼬리에 등짐 실은 노새 고삐 잡고 모포수가 따랐다. 그동안 그들은 표범, 불곰, 스라소니, 늑대 등 짐승 울음소리를 가까이 또는 멀리로 들었다. 그럴 때마다 주율은 겁먹은 눈으로 사방을 두리번거리곤 했다. 포수와 동행하는데도 그는 간도로 들어갈 때보다 무서움을 타고 있었다. 천방지축 모르고 산으로 들어올 때 비해 여러 사람 말을 통해 산의 무서움을 터득해 그러했고, 지난번은 마을에서 마을로 연결되는 닦인 길을 걸었는데 이번은 길 없는 산을 가시나무에 긁혀가며 걷자니 사방 숲속이 온통 적으로 우글거리는 듯 느껴졌다. 표범이 나무 위에서 공격해도 노새부터 노려 뛰어내릴 테니 염려 말라고 모포수가 말했으나 자주 위를 쳐다보지 않을 수 없었다. 발밑은 웬 뱀이 그렇게 많은지, 살펴 걷지 않을 수 없었다. 검정 바탕에 갈색 격자무늬가 있는 50센티미터 남짓한 뱀은 조선 뱀이요 길이가 비슷한 회색 뱀은 중국 뱀이라 했는데, 풀숲을 스치고 쉬익 소리 내며 지나가는 뱀을 심심찮게 볼 수 있었다. 그 뱀의 맹독은 알아줄 만해서 물린 뒤 빨리 손을 쓰지 않으면 한 시간을 못 넘기고 목숨을 잃는다 했다.

일행이 해발 1880미터의 망남산 남쪽 고개티를 넘게 되었을 때는 포수 둘이 닷새 동안 검은담비와 너구리 한 마리, 사슴 세 마리를 잡았다. 사슴 한 마리는 가죽값을 제대로 받는 매화록(梅花鹿)이었고 두 마리는 만주산 붉은사슴이었다. 황포수는 국자가에 있는 중국 관청(公署)의 차사(差使, 감독관)가 발행한 수렵증을 가진 만큼 한번 사냥길을 나서면 그들에게 바칠 선물감도 마련해야 했기에 가죽이 될 만한 짐승은 놓치지 않고 총질해댔다.

달이 만월로 차올라 밤길 걷기가 좋았으나, 배도 채워야 했고 몇 시간씩 눈을 붙이지 않을 수 없어 망남산 남쪽 골에서 야숙하기로 했다. 두 포수와 곽돌은 포로 떠서 소금에 절인 사슴고기를 굽고 너구리 창자에 저민 살코기와 피를 넣어 순대까지 만들어 먹었으나, 주율과 경후는 사문 계율을 좇아 육식을 피해 지니고 온 짠지를 찬 삼아 조밥을 먹었다. 모닥불 옆에서 잠에 들기 전 휴식할 때면, 으레 황포수가 사냥 경험담을 꺼내게 마련이었다.

"이놈의 모기 떼야말로 동서남북 안 가리는 독종이지. 여기까지 피 냄새 맡고 따라오다니." 황포수가 문신 넣은 팔뚝을 철썩 때리곤 사냥 경험담 한 토막을 털어놓았다.

"이런 삼복에는 겨울철 멧돼지 사냥 이야기가 제격이야. 벌써 삼 년이 흘렀나, 무산령 남쪽 비탈로 멧돼지 사냥 나간 적이 있었어. 무산 수비대 일본놈 장교 둘하고, 송아지만한 중국 사냥개 세 마리까지 대동하고 말이야. 눈이 얼마나 왔던지 덧신을 신었는데 발이 정강이까지 빠져. 화전촌에서 몰이꾼 둘을 구해 그들을 앞장세웠어. 멧돼지가 다니는 길목을 그들이 잘 아니깐. 가풀막을 넘으니 노루 발자국이 보이는데, 어지럽게 헤쳐 나간 멧돼지 길을 발견하잖았는가 말야. 시간을 가늠해보니 멧돼지가 지나간 지 얼마 되잖았고, 분명 부근에 멧돼지 떼가 있다는 걸 알았어. 놈들은 가족 단위로 네댓 마리씩 몰려다니길 잘하니깐. 앞서가던 몰이꾼이 드디어 멧돼지를 발견했다고 소리치더군. 소나무숲을 헤쳐 쫓아가니 네 마리 멧돼지가 도망가는데 사냥개가 결사적으로 짖어대며 뒤쫓더군. 우리도 눈더미에 빠져가며 허겁지겁 따라갔지. 그런데 멧돼지 떼가 도망친다는 게 공교롭게도 절벽 아래쪽이라 비스듬한 벼랑을 기어오르다 미끄러지고 그렇게 몇 차례 버둥질치더니 포기하곤 우리 쪽으로 척 돌아섰단 말이야. 사냥개가 앞을 막아 짖어댔고 멧돼지도 생사 결단 하구선 버텼어. 일본놈 장교 둘이, 네놈을 몽땅 잡겠다며 의기양양하게 사냥개 쪽으로 달려가자, 몰이꾼이 뒤쪽으로 비켜나더군. 그런데 젊은 장교 한 녀석이 겁없이 멧돼지 쪽으로 달려가 총 쏠 자세를 취하더만. 멧돼지와 거리가 스무 발자국쯤 될까. 내가, 발사하지 말라고 뒤에서 고함쳐도 소용없더군. 설령 멧돼지가 총에 맞았대도 충분하게 공격해 올 거리요, 네 마리를 한꺼번에 죽일 수야 있나. 그건 그렇고, 총소리에 눈사태가 나면 큰일이거든. 총소리가 메아리를 일으켜 사태가 나면 눈더미에 깔려 죽는단 말야. 그런데도 경험 없는 녀석이 그냥 총질을 했지 뭐야. 칠십 관쯤 될 황소 같은 멧돼지가 냅다 공격해 오는데, 천둥치는 소리를 내며 절벽의 눈이 허물어져 내리기 시작했으니…… 뒤에 있던 우리는 겨우 빠져나왔으나 멧돼지와 사냥개와 머저리 녀석은 눈더미에 묻히는가 싶은데, 다스케테(사람 살려)! 하는 외침에 이어, 다리에 총 맞은 멧돼지가 이제 우리를 향해 눈더미를 뚫고 포알처럼 튀어나오더군. 일본놈 장교와 몰이꾼이 혼비백산되어 걸음아 날 살리라며 도망치는데, 어느새 선불 맞은 멧돼지가 코앞까지 뛰어오지 않는가. 내가 엉겁결에 얼른 한 방 멱여 총알이 분명 가슴팍을 맞추었는데, 그놈이 앞발을 치켜들고 그냥 달려오는 거라. 다시 한 방 쏠 여유도 없어 나는 훌쩍 몸을 날려 몇 발 건너 눈 속에 파묻혔지. 한 자 좋게 눈 속에 묻혀선 정신없이 기었지……"

"그래서요?" 사냥 이야기에 흥미가 당긴 경후가 물었다.

"정신 차리고 보니, 멧돼지가 총을 맞고 경황 중에 눈에 띄는 일본놈 장교 뒤만 쫓는 거라. 내가 다시 총을 쏘아 거구를 꼬꾸라뜨리긴 했으나 살아난 게 천조일우라. 만약 그놈이 나를 공격했다면 난 날카로운 엄니에 숨 한번 못 쉬고 죽었을 거야. 양쪽 턱에 솟은 엄니는 개나 사슴은 물론이고 범도 치명상을 입히지. 그걸 모르고 일본놈 젊은 장교가 집돼지쯤 여겨 코앞까지 갔다 변을 당한 거지."

"총을 쏜 왜놈은 눈에 파묻혀 죽었겠군요." 경후가 물었다.

"구조해보니 눈더미에 깔려 죽었지만 죽기 전, 멧돼지가 전속력으로 공격해 엄니가 장교놈 갈비뼈를 차고 나가 내장이 터졌더군. 멧돼지 엄니에 받히면 두개골도 박살난다니깐."

황포수 이야기가 끝났다. 표범이 자기 무게 두 배나 되는 멧돼지를 공격하여 등을 타고 앉아 목덜미를 물어 죽이는 이야기, 날쌘 표범을 백 관 넘는 불곰이 앞발로 쳐서 사지를 찢어 죽이는 이야기, 불곰과 조선범이 맞서서 30분 넘게 피 흘리는 혈투 끝에 불곰이 죽고 범도 만신창이가 된 이야기…… 황포수 사냥 일화는 아무리 들어도 싫증나지 않았다.

그날 밤, 주율은 잠결에 아주 가까이에서 으르렁거리는 소리를 들었다. 천둥소리 같은 포효였다. 백수의 왕이라 일컫는 범 울음에 잠을 깨기는 주율만 아니었다. 사위어가는 모닥불 옆에 화승총을 어깨에 기대어놓고 졸던 보초 모포수는 물론, 황포수와 곽돌도 일어나 앉았다. 어느새 곽돌은 잠잘 때도 늘 머리맡에 두는 권총을 꺼내 들고 있었다. 달이 저버려 모닥불 주위만 밝을 뿐 사위는 칠흑의 밤이었다. 모포수가 삭정이를 모닥불에 던져 불길을 살리고, 모두 긴장하여 사방을 살폈다. 노새는 겁을 먹어 머리를 풀숲에 박고 있었다.

"멀지 않다. 저 산등성에 놈이 있어." 황포수는 범 울음을 듣고 그 위치를 찍었다.

그쪽에서 다시 한번 범이 으르렁거렸다. 분명 모닥불을 보고 내려와 으르렁거리고 있음이 분명했다. 목청껏 포효하지 않아 먼 천둥소리 같은 울음을 듣고도 주율은 간이 콩알만해졌다. 순간, 그는 숲 건너에 반딧불보다 큰 인광이 어둠 속에서 번쩍이는 걸 보았다.

"범은 사냥감을 보아도 배가 부르면 해치지 않아. 저놈이 필경 요깃감으로 우리를 찾아낸 게 아냐. 내 저놈을 놓치지 않으리라."

윈체스타 엽총을 든 황포수가 앞장서고 모포수가 뒤따랐다. 셋은 타오르는 모닥불 옆에 남아 있었다. 주율은 범의 관대함과 아량을 황포수 이야기를 들어 알고 있었다. 잔악한 표범은 배가 불러도 공격 대상만 있으면 닥치는 대로 물지만 범은 자기 배가 찼을 때는 살찐 사슴이 눈앞에 지나가도 놓아둔다 했다. 표범은 힘이 좋아 멧돼지 같은 큰 짐승 시체도 나무 위까지 끌고 올라가 가지에 걸쳐두어 저장하는 습성이 있었다. 거기에 비하면 범은 백수의 왕답게 먹이에 욕심을 내지 않고 공격할 때도 자기 위치를 알리고 정면에서 덤빈다는 것이다.

한동안 기다려도 범 울음소리는 다시 들리지 않았고, 그쪽으로 간 황포수와 모포수의 종적도 묘연했다. 범이 나타나면 산천초목과 뭇짐승이 숨을 죽인다 했는데, 정말 사위가 조용했다. 노새조차 있는듯 없는듯 풀숲에 몸을 숨겨 눈만 말똥거렸다. 30분이 지

나서야 포수 둘이 돌아왔다.

"우리가 관모봉 아래까지 당신네를 배웅해주기로 했으나 여기서 헤어져야겠어. 그놈이 시루봉으로 길을 잡았단 말야. 호기를 놓칠 수 없어. 그놈 발자국을 쫓아 백두산 꼭지라도 가야 해." 황포수 말이었다. 그는 굴러들어온 값진 호피를 두고 다른 길로 갈 수 없다는 태도였다.

"잡을 수 있겠습니까?" 경후가 물었다.

"잡고 못 잡고는 둘째 문제요, 보았으니 쫓아야지. 그게 포수 첫째 임무 아닌가. 자그마치 황소만한 놈이야. 우리를 끌어들이듯 달리지 않고 천천히 북쪽 계곡으로 빠져나가더군."

눈을 붙이지 못한 채 먼동이 트자 일행은 헤어졌다. 포수 둘은 북쪽으로 길을 잡았고, 곽돌 일행은 남쪽을 택했다. 황포수는 곽돌에게, 태백정맥 줄기에 붙기까지의 지리와 산행 주의점을 일러주고 떠났다.

*

일행 셋이 대수해(大樹海)로 들어찬 첩첩산중 개마고원을 서남으로 관통하여 함주 땅으로 들어섰을 때, 태풍을 만났다. 비바람과 함께 광풍이 몰아쳐 몇 발짝도 산길을 탈 수 없었다. 1천8백 미터가 넘는 함주 백산 오부 능선 안돌이 벼룻길을 빠져나갈 때였다. 비바람을 피할 동굴을 겨우 발견해 그들은 그 속으로 들어갔다. 비바람이 잠잠해질 때까지 기다리기로 하고 모닥불 피워 젖은 옷을 벗어 말렸다. 옷에서 김과 함께 쉰내가 났다. 황포수와 헤어지고 일주일째였고, 숯막이나 토막조차 피해 야숙하며 길 없는 길을 재촉하다 보니 셋 모색이 비적떼와 다를 바 없었다. 주율과 경후도 수염이 자라 코밑과 턱주가리를 덮었고 얼굴은 가시에 찔리고 긁혀 생채기투성이였다.

"이렇게 고생하는 일도 부처님 뜻일진대, 선근인연(善根因緣)의 보람으로 표충사에 무사 도착케 해주소서." 경후가 풍우에 찢기는 바깥의 산천초목을 내다보며 중얼거렸다.

고행의 인고가 그를 한결 성숙되게 했다. 경후는 들메끈을 풀고 두메싸립을 벗었다. 바위를 탈 때도 미끄러지지 않게 싸리 껍질로 바닥을 거칠게 짠 미투리였다. 발바닥은 몇 차례 물러 터져 피고름이 딱지가 졌다. 주율 발도 마찬가지였다.

번개가 하늘을 쪼개며 떨어지자 몰아치는 강풍이 번개 맞은 나무를 후려쳐 여기저기 아름드리 나무가 우지끈 쓰러졌다. 큰 나무는 무너지며 작은 나무를 쓰러뜨렸다. 주율은 문득 백립초당 시절이 생각났다. "번개와 강풍에 쓰러지는 큰 나무도 우주 섭리며 자연 법칙이다. 그렇게 쓰러지면 그 나무는 천천히 썩어가며 벌레집이 된다. 벌레가 자신의 배설물을 발라 나무를 빨리 썩게 하여 거름으로 만든다. 그 자리에 씨앗이 거름의 자양분으로 싹을 틔우고 햇볕을 받아 자라나. 그렇게 죽이고 다시 태어나게 하는 대자연의 윤회가 없다면 온 산은 늙은 나무로 들어차고 말 것이며 새 나무는 싹을 틔울 자리조차 없을 것이다. 늙어 기력 쇠하고 할 일도 마치면 그렇게 윤회 속으로 들어가야 한다. 새사람이 태어나 그가 못다 한 일을 대신할 것이니. 조선 광복도 우리 대에 못 이루면 새 사람이 그 정신을 이어받아야 한다……" 초당에서 작은서방님을 스승으로 모시던 시절, 동운사 주지승 자운이 했던 말이다.

저녁 무렵이 가까워 주율은 봇짐 속의 좁쌀을 꺼내어 밥을 지었다. 곽돌은 등짐에 기대어 다리 뻗고 앉아 『삼일신고』를 펼쳤다. 그는 노정 중에도 쉬는 틈에는 경전을 펼쳐 해설을 중언부언 읊곤 했다. 그는 열렬한 대종교 신도로 변해 있었다.

너희들은 저 많은 별을 보아라. 그 수가 다함이 없고 크고 작음과, 밝고 어두움과, 괴로움과 즐거움이 서로 같지 않느니라. 한배 하느님께서 뭇세계를 만드시고 일세계(日世界)의 심부름꾼을 보내어 칠백 세계를 거느리게 하시니, 너희 땅이 큰 듯하나 한 개의 작고 둥근 알맹이 세계이니라. 땅속의 불(中火)이 울려 바다가 변하여 육지로 되었고, 지금 보이는 형상을 이루었나니라. 한배 하느님께서 김(氣)을 불어 땅 밑까지 싸시고 해의 빛과 열을 쪼이시니, 기고(걷고) 날고 그 모양을 바꾸어 헤엄치고, 뿌리박은 만물이 번식하느니라……

"옳은 말씀이시고. 참말로 군사설 없이 요약 잘한 말씀이로다!" 『삼일신고』 제4장 72자로 된 세계훈(世界訓) 풀이를 읽으며 곽돌이 머리를 끄덕였다.

"곽처사님은 가시는 길로 대종교 시교당을 개설해야겠습니다. 그래서 홍암대종사님한테 호를 받아 사교가 되셔야지요." 경후가 젖은 옷을 불 주위에 널며 농말을 했다.

"에끼 이놈, 네가 나를 놀리는 말인 줄 알아. 사교 자리가 저잣거리 평상처럼 함부로 앉는 자린가. 무원 사교며, 석오 사교 또한 명문세족 출신에 학식 또한 당대의 으뜸 아니던가. 그러나 그분들 출신이야 그렇다 치고, 누대의 가산과 내로라하는 벼슬을 마다하며 물설고 낯선 백두천산까지 가솔 이끌고 간 자가 조선 벼슬아치 중 몇이나 되더냐. 경후 너도 보지 않았느냐. 남루와 조식(粗食)을 마다 않고 한배검 나라를 찾으려는 그분들의 구국일념 배달정신이야말로 우러러 존경할 만하지. 그런 분들을 두고 장돌뱅이 천역인 나를 감히 그 자리에 견주다니. 무엄한 소리로다." 곽돌이 근엄하게 말했다.

"뵙지 못했지만 단애 사교(윤세복)님이 밀양 출신이고, 사교님 향리에 사교님 포교로 신도가 있다니 그쪽 시교당을 다니면 되겠습니다." 주율이 엄생원으로부터 들은 말을 일렀다.

"나도 들었다. 밀양에 방을 한 칸 얻어 숙소로 정해 단군님 영정을 바람벽에 붙여놓고 조석으로 경배할 거야. 내 진작 그럴 작정이었네."

단애 사교 윤세복은 1884년 갑신생으로 밀양 읍내 대지주 집안에서 태어나 수학을 전공한 측량기사 출신이었다. 그는 1910년 강제병합 이전에 밀양 신창소학교와 대구 협성중학교 교사로 있다 홍암대종사를 사흘 밤 모셔 밤을 새우며 설법을 듣고 감명받아 대종교에 입교했다. 그는 1909년, 역시 대종교 교우인 안희제, 서상일 등과 대동청년단을 조직해 구국운동을 하다, 친형 윤세용과 의

논 끝에 2천 석 사재를 팔아 간도로 망명, 동창학교, 백산학교, 대종학원을 설립하며 만주 땅에서 독립사상 고취와 포교 활동을 병행하고 있었다.

먹장구름에 풍우까지 심해 어둑신한 바깥 날씨는 밥을 지어 먹고 나자 곧 밤이 되었다. 모닥불이 붉게 피어났다. 비에 젖은 삭정이도 불길이 닿자 딱총 소리로 물기를 터뜨리며 타올랐다. 셋은 모닥불 주위에 등짐을 베개 삼아 편한 자세로 누웠다.

"이제 반쯤 내려왔지요?" 경후가 곽돌에게 물었다.

"그쯤 될 거야. 그러나 태백정맥을 종단하자면 이제부터 걱정이군. 인가와 사람을 피하기가 쉽지 않을걸. 남도는 아무리 험산이라도 무인지경은 아니니깐. 각별히 조심해야겠고, 행보도 뭉쳐 가지 말고 백보 거리는 지켜야겠어."

"그렇다면 여기서 석왕사가 하룻길 같은데, 들렀다 갈 작정입니까?" 주율이 물었다.

"내일 아침 날이 갠다면 모를까, 날래 가야지. 오매불망 기다리는 분들을 생각해서라도." 곽돌이 영남유림단 실무요원들을 두고 말했으나, 그동안 까맣게 잊었던 율포댁이 떠올랐다. 어쩌면 자신의 무사귀향을 오매불망 고대하기는 유림단원보다 그네일 터였다.

"곽처사님, 석왕사를 비껴간다면 금강산 유점사에서 일박하시지요. 이 꼴이 중인지 산도둑인지 모르겠군요. 절에 들면 삭도기로 머리 깎고 가사도 빨아 입을 텐데." 이 땅에 태어나면 금강산 구경이 평생 소원이란 말대로 경후는 금강산 구경을 하고 싶어 둘러대어 말했다. 유점사는 금강산 골짜기마다 들어앉은 많은 절 중 큰 절이었다.

"그곳은 피해야 돼. 여름이라 많은 유람객에다 놀이 나온 왜놈 또한 득시글거릴 테니. 대륙으로 나오면 그놈들도 먼저 보고 싶어 하는 곳을 금강산으로 꼽으니깐."

"이번 기회에 금강산을 꼭 구경하고 싶었는데……" 경후가 말 꼬리를 사렸다.

셋이 한동안 바깥의 비바람 소리를 새기며 침묵했다.

"어진이, 이번에 길 나서기 전 자네 율포누님과 함께 장생포에서 표충사까지 동무(同務)했지." 곽돌이 주율이란 법명 대신 아명을 쓰며 말했다. "자네 누님은 정이 많은 분이야." 주율이 말이 없자 곽돌이 곰방대에 쌈지 남초를 쟁였다.

"누님 장삿길은 어느 쪽이었습니까?"

"산외면으로 들어갔어."

"제가 북지로 떠난 것도 알고 있습니까?"

"사미계 받기 전이라 모를걸. 여상(女商) 길이 얼마나 힘드는데 왜 그 길로 나섰을까 안타까운 마음이 들어."

곽돌이 곰방대 연기를 풀어낼 때 바깥에서 젖은 풀숲을 헤치는 기척이 났다. 곽돌이 눈빛 세워 물미장을 들었다. 늑대 세 마리가 비에 젖은 채 굴 앞에 나타났다. 늑대들이 콧등에 주름을 잡고 으르렁거렸다. 굶주렸는지 뱃가죽이 홀쭉했고 눈이 살기로 번득였다. 곽돌이 물미장 손잡이를 뽑자 칼이 나왔다. 창과 칼, 겸용으로 쓸 수 있는 무기였다.

"우리가 늑대굴을 찾아들었군요." 경후가 불이 타는 삭정이를

굴 밖으로 던지며 늑대가 접근하지 못하게 위협했다.

"날만 개면 비켜줄 테니 썩 물러가!" 곽돌이 호통쳤다. 그는 육혈포 한 방으로 성능을 시험해보고 싶었다. 바깥은 천둥과 비바람 소리로 10리 안쪽은 총소리가 들리지 않을 터였다. 그러나 어렵게 구한 실탄을 한 발인들 허비할 수 없었다.

굴 앞을 맴돌며 으르렁거리던 늑대가 숲속으로 물러났다.

이튿날, 천둥과 번개가 그치고 바람도 눅어지자 셋은 줄기차게 따르는 비를 맞으며 다시 길을 나섰다. 산은 곳곳에 사태가 나고 개울물이 범람했다. 작년도 평년작을 면하지 못했는데, 벼알이 영그는 시기에 태풍을 만났으니 올해도 삼남은 흉작을 못 면할 것 같았다. 왜정시대로 접어들고 해마다 닥치는 흉년이었다.

*

곽돌 일행이 미행당하고 있음을 눈치채기는 강원도 인제 땅 가리봉을 거쳐 한계령으로 접어들었을 때였다. 인제에는 전국에 조직망을 둔 화적 무리 소굴이 있다 함을 곽돌은 북지로 떠나기 전부터 알고 있었다.

대원군 시절 경복궁을 다시 지을 때 전국 보부상이 동원되어 강화도 돌과 강원도 나무를 날랐고, 병인년(1866) 법국(프랑스) 함대가 강화도를 침범했을 때는 의용군으로 동원되기도 했다. 그때 관에서 보부상 중 지휘자를 반수(班首)와 도접장(都接長)으로 뽑은 게 결정적 계기가 되어 보부상은 황실 어용단체가 되었다. 고종 18년(1881)에는 등짐과 봇짐단체를 통합하여 등짐단체는 좌사(左社), 봇짐단체는 우사(右社)라 이름하고 무위도통사(武衛都統使) 이경하를 우사도존위(右社都尊位)로, 명성황후 조카 민영익을 좌사도존위로 임명하여 어용화되더니, 드디어 임오군란(壬午軍亂, 1882)의 한 원인을 만들기에 이르렀다. 그러나 1905년 을사보호조약이 실현되자 보부상은 나라에 봉사할 기회는 물론 그때까지 받아왔던 특혜조차 박탈당했다. 또한 교통의 발달과 일본 상인 진출로 보부상의 상행위가 예전 같지 못했다. 그렇게 되자 보부상들은 단결력을 이용하여 시골장을 왕래하며 폭력으로 부자의 금품을 빼앗거나 산속에 숨어 도적떼로 전락하는 경우도 생겨났다. 더러 의병에 가담하기도 했으나 대개가 조직 강도인 화적떼를 작당했다. 인제가 대표적인 소굴로, 산적 대장 처소에는 한양에서도 구경하기 힘든 진귀한 물건을 갖추어놓고 아방궁같이 살고 있다는 소문도 파다했다.

곽돌 일행의 미행자는 심마니였다. 그가 가까이 오지 않았으므로 수인사 없이 먼발치로 동행하다시피 했는데, 10리 넘게 걸을 동안 그의 흰옷이 사라졌다 싶으면 어느새 뒤나 옆쪽 숲에서 나타났다.

"저놈이 수상쩍어. 밤이라면 몸을 숨겼다 다른 골짜기로 빠질 수 있겠는데, 낭팬걸. 화적패 졸개가 틀림없어. 붙잡아 추달해봐야지." 저만큼 앞장서가던 곽돌이 걸음 멈추고 기다렸다 다가온 둘에게 말했다.

짙은 숲에 가려 해가 보이지 않았으나 해가 지려면 서너 시간은 지나야 했다. 우선 경후가 그를 만나 속내를 떠보기로 했는데, 그자 모습이 보이지 않았다. 위험을 느꼈을 때 방책은 삼십육계 줄행랑이었다. 셋은 형제봉 왼쪽 골짜기로 뛰었다. 골짜기에서 높드리를 허겁지겁 타고 올랐다. 셋이 장대비 맞듯 땀에 젖은 채 점봉산 기슭을 빠져 내려갈 때였다. 숲속에서 검은 옷이 설핏 보이더니 장총을 허리춤에 괴어 받쳐 겨눈 사내가 그들 앞을 막아섰다. 이어, 양쪽에서 칼을 뽑아든 텁석부리 사내 둘이 나타났다. 도망친다고 달아난 게 놓은 덫에 제 발로 뛰어든 셈이었다.

"이 바닥에서 어디로 튀겠다고. 뛰어봤자 삼장법사 손바닥이지" 하더니 봉두난발 사내가 으름장을 놓았다. "이놈들, 등짐 몽땅 내려놔! 허튼 수작하면 가슴팍에 바람구멍을 낼 테니."

"총을 든 화적패는 백두산에서 본 후 처음이군. 네놈들이 헌병대나 주재소 사주 받아 우리를 쫓는다면 신분증이 있을 테고, 보부상 출신이라면 험표(驗標) 또한 가졌겠지. 네놈들 상수가 누구인가, 함자부터 썩 아뢰어라!" 물미장 짚고 나선 곽돌이 늠름한 자세로 되받아쳤다.

"그놈 말본새 한번 기개 있군. 골통에 맞바람 통하기 전에 시키는 대로 해. 등짐 내리고 껍데기 홀랑 벗어. 고분고분 말 들으면 불알 두 쪽은 달아서 갈 길 보내주마." 장총 든 사내가 양쪽 졸개에게 곤댓짓 하자, 두 녀석이 칼을 겨누며 곽돌 앞으로 다가왔다.

"허허, 이놈들. 아무리 본 바 없다지만 뉘 앞에 감히 칼 콧등을 겨누며 촐싹거려. 내가 두만강서 국경수비대의 주요 임무 띠고 반도로 넘어온 줄 모르는 모양이군."

"네놈들이 무엇이든 알 바 없고 우린 네놈들 가진 것만 취하면 그만인데, 이젠 안 되겠어. 네놈 셋을 죽이면 올해 들고 내 손에 척살되는 맹추가 일곱이야. 죄 뻗대다 그 꼴 당했지." 사내가 눈자 위에 살기를 띠고 장총 노리쇠를 철커덩 당겼다 밀어붙였다.

경후가 재빨리 곽돌 앞으로 나서며 땅에 넙죽 엎드렸다. 그러자 주율은 이럴 때 자신이 할 임무를 깨닫고 황급히 바랑에서 목탁을 꺼내어 치며 경을 읊조리기 시작했다.

"어르신, 제발 목숨만 살려주십시오. 유랑 객승인 우리 둘은 금 강산 유점사를 나섰다 우연히 보부상을 만나 길동무가 되었을 뿐입니다." 경후가 울먹이며 통사정했다.

장총 든 사내가 경후를 보는 순간, 곽돌의 물미장이 사내의 장 총 허리를 내리쳤다. 그는 날쌔게 물미장 자루를 뽑아 송곳 같은 칼끝으로 상대의 명치를 겨누어 달려들었다. 칼날이 순식간에 그 자 명치를 파고들었다. 사내가 외마디 비명을 지르며 자빠지자 곽 돌이 품에서 권총을 꺼내어 졸개 둘을 겨누었다.

주율은 참나무 뒤쪽에 서서 곽돌의 날랜 무예 솜씨와 담력을 보 며 망연자실했다. 살생 현장을 그는 난생처음 구경하는 셈이었다. 간신히 버티어 선 다리가 떨렸다.

"인간 말자들, 썩은 칼자루를 버리지 못하겠는가!"

곽돌 고함에 졸개 둘이 칼을 떨구었다. 숨이 끊어진 사내의 등 거리 앞자락으로 피가 배어 나왔다. 곽돌이 사내 명치에 박힌 물 미장 칼을 뽑아내자 피가 분수로 솟구쳤다. 떨고 있던 주율은 그 참상을 보다 못해 관자재보살을 읊조리며 고개를 돌렸다. 수도승으로 살생을 막지 못했음은 물론이고 자신도 살생의 동참자가 되었다는 후회막급이 가슴을 쳤고 앞으로의 도량 생활을 어이 이어갈까 막막한 심정이었다.

"두 놈을 결박해 여기를 벗어나야 해. 서둘러."

곽돌 말에 주율과 경후는 무엇으로 어떻게 둘을 묶어야 할지 몰랐다. 곽돌이 허리에 찬 삼줄을 풀어내더니 화적 팔을 뒤로 돌려 손목을 묶었다. 벼랑을 타거나 물굽이 센 강을 건널 때 쓰던 줄이라 둘을 함께 휘갑칠 수 있었다.

"이놈들아, 뒷패에게 꼬리 잡힐 만큼 걸음을 늦춘다면 네놈들도 도륙낼 테니 그리 알아" 하며 곽돌이 죽은 사내 장총을 어깨에 걸치고 그자 허리에 찬 탄창을 풀었다. 그는 포승 채운 둘을 앞세워 동남으로 방향을 잡았다.

"죽은 이는 두고 떠납니까? 가매장이라도 해줘야지요." 경후가 곽돌에게 말했다.

"정신 빠진 녀석. 그놈 먼가래 시킬 짬이 어딨냐. 빨리 앞장서!" 곽돌이 퇴박을 놓곤, 물미장으로 두 화적 어깻죽지를 사정없이 내리치며 달리기를 독려했다.

그들은 가칠봉 동쪽 허리를 허겁지겁 달렸다. 등짐을 진데다 길 없는 비탈을 타자니 주율은 가슴이 터질 듯 숨이 찼으나 곽돌은 걸음을 늦추자는 말이 없었다. 4, 50리는 좋게 달려, 숲속이 어둑신해져도 그들은 내처 남향길을 재촉했다.

달이 없는 그믐께 밤이라 일행은 길을 더 걷기가 어렵게 되자 사방이 훤한 등성이 바위 사이에 짐을 풀었다. 곽돌이 모닥불을 피울 수 없다 하여 그들은 이슬 맞으며 밤을 나기로 했다. 화적패 둘은, 살려만 주면 어느 누구에게도 셋 행방을 발설하지 않겠다고 통사정했으나 곽돌은 대답이 없었다. 개울물에 미숫가루를 타서 허기를 끌 때도 화적에게는 요기를 시키지 않았다.

"네놈들도 필경 등짐이나 봇짐 지고 떠돌던 자라 한 시절에는 나와 동무 사이긴 했으나 산속에 진을 치고 선량한 행인을 노략질 하는 짓은 참을 수 없다. 두 객승은 주왕산 대흥사로 갈 테고, 나는 영덕 갯가로 가니 네놈들을 거기까지 끌고 가서 임방에 넘길 참이다. 그동안 죽지 않고 행보 바르게 한다면 목숨은 부지할 것이다. 그러나 행로 중에 쓰러져 걷지 못할 처지가 되면 편히 숨줄 끊도록 목 죄어 죽여선 길섶에 묻어주고 가겠다. 우리 보부상이 다 그렇게 길섶에 임자 없는 묘를 쓰지 않던가. 그러니 앞으로 내 게 군사설 주절대지 마."

곽돌의 다지름에 둘은 고개만 떨굴 뿐 대답이 없었다. 그는 칡 덩굴로 둘의 발목을 묶고 그 줄에 고리를 만들어 목에 올가미를 채웠다. 고함을 못 지르게 덩굴 줄기로 재갈을 물렸다.

"너희들은 잠을 자. 오늘은 내가 보초를 설 테니." 곽돌은 둘을 나무에 묶으며 말했다.

화적 둘은 곽돌의 추측대로 인제에 소굴을 둔 보부상으로 조직 된 화적패 졸개였다. 그들을 염탐하며 쫓던 심마니도 한패거리로 그자가 몸을 감출 때 산등성이에서 거울 조각을 햇빛에 반사하여 연락을 취해, 셋이 곽돌 일행의 길목을 지켰던 것이다. 한편, 경후 가 살려만 달라고 장총 겨눈 화적에게 설레발치기는 북지로 떠날 때 짜둔 책략이었다. 위기를 당하면 곽돌은 언변으로 벗서는 역할을, 경후는 통사정하는 역할을, 주율은 목탁 치며 경을 읊기로 했던 것이다.

이튿날, 먼동이 트기 전에 셋은 묶인 화적을 앞세우고 길을 떠났다. 예정으로는 상원사 적멸보궁에서 하루를 쉬기로 했기에 그들은 길을 서둘렀다.

곽돌이 화적 둘을 놓아주기는 그로부터 사흘 낮과 밤을 바람같이 달려와 청송 주왕산 어름까지 왔을 때였다. 그동안 곽돌은 화적 둘에게 소금물 이외는 먹이지를 않아 그들이 도망칠 기회를 엿보기는커녕 탈진하여 걷지 못할 상태에 이르렀다. 주율이 보기에, 구국운동에 나선 자가 제 동포를 저토록 모질게 다룰 수 있을까 싶게 곽돌은 매질로 둘의 걸음을 부추겼던 것이다. 둘을 놓아줄 때도 곽돌은 결박을 풀어 제 갈 길 가게 하지 않았다. 처음으로 기갈 면할 만큼 미숫가루 죽을 먹이곤 사람 내왕이 있을 법한 길가 소나무에 둘을 묶었다.

"스님 둘만 없었더래도 내 진정 네놈들 멱을 따고 말았을 것이다. 사문 계율이 살생을 금하기에 차마 너희들까지 죽이지는 못했다. 동무는 두 스님께 감은해야 할 것이다. 너희들이 길손을 못 만나 늑대밥이 되거나 굶어 죽게 되더라도 이제는 천운에 맡기는 수밖에 없다. 그렇게라도 목숨 건지면 하늘의 도움이라 여겨 악업을 짓지 말고 남은 생 선행을 베풀며 살아. 나를 만나려면 영덕 임방을 찾으면 될 것이다."

"마지막으로 동무님 함자나 익혀둡시다." 광대뼈 불거진 나이

든 자가 물었다.

"네놈이 산채 패거리와 함께 보복하러 온대도 나는 두려움을 모르는 놈이다. 내 귀소(貴所) 윗 영감은 함씨 본을 쓰고 나는 인삼보부상 홍가다." 곽돌이 둘러댔다.

일행 셋은 화적 둘을 남기고 곽돌은 동으로, 주율과 경후는 다른 길을 잡으며 석별의 정을 나누었다. 곽돌은 갯가 동해로 빠지는 길을 잡는 체하다 곧 남향하여, 미리 짜둔 대로 주율과 경후와 합류했다.

"두 놈을 후환 없게 죽였어야 하는데, 마음이 찝찝하군." 곽돌은 길을 가면서도 그 점을 두고 애운해했다.

주율은 곽돌이 화적을 죽이고 난 뒤부터는 그의 몸에서 살기의 노린내를 맡았고, 그와 눈만 마주쳐도 터럭이 섰다. 그가 화적을 죽이지 않았다면 북지행 성과가 한순간에 작살나고 봉변까지 당했을 테지만, 그는 왠지 곽처사가 싫었다. 그 방법 외 다른 방도가 없었을까를 생각해보아도 묘책이 떠오르지 않았으나 그가 미워지는 마음을 돌릴 수 없었다.

영천 땅 채약산 보국사까지 오자 그들은 절을 찾아들어 화적패꼴의 수염과 머리칼을 깎고 옷을 빨아 입었다. 셋은 보국사에서 하룻밤을 묵고 청도 운문사로 떠났다. 산길을 타도 화전촌이 골짜기마다 널려 있었다. 마지막이 가장 중요하다고 곽돌이 늘 읊조린 만큼, 그들은 각별히 사방을 조심해서 길 없는 길을 걸었다. 장군평어름에 오자 날이 저물어 불을 피우지도 않고 억새밭에 야숙했다.

이튿날 새벽, 일행은 해발 1190미터 운문산을 넘어 밀양 땅으로 접어들었다. 골짜기를 빠져 내려가면 어름골이었다. 그들은 해 떨어지기 전에 서상암에 도착했다.

"그동안 내 둘에게 야속하게 대한 점이 있었다면 사심이 아니었으니 용서하게. 모두 구국일념 하나 목적으로 그리했으니 스님들도 내 뜻을 알 것인즉, 미천한 장돌뱅이를 도와주어 고마울 뿐이오."

곽돌 말에 경후가 감동하여 합장 목례했다.

6월 초순 표충사 서상암을 떠나 8월 하순에야 제 처소로 돌아왔으니 여름 한철 석 달에 걸친 장정이었다. 셋이 그동안의 노정을 돌아볼 때 벅찬 감회를 느끼지 않을 수 없었다. 특히 주율은 자신이 여태 살아온 인생을 통째 합치더라도 이번의 값진 경험에 비하면 보잘것없음을 깨달았다. 시련을 겪었고, 많은 사람을 만났고, 깨달은 바 적지 않았다. 그런 환난과 성공의 감격은 앞으로의 도량 수도 생활에 밑거름이 되리라 여겨졌다.

셋은 영남유림단 무력부장 김조경으로부터 뜨거운 환영을 받았고, 목적을 이루어 무사히 도착했다는 전갈을 받고 달려온 주지승 일각, 교무승 자명으로부터 칭찬을 들었다.

힘들게 반입해 온 무기는 오동나무 상자에 넣고 밀봉된 독에 담아 곽돌과 김조경만 알 수 있는 서상암 뒤 사자봉으로 오르기 반마장, 한때 우용대가 피신해 머물렀던 혈거 안 바닥에 묻었다.

"여기에 총포를 묻는즉, 우리 둘 중에 하나라도 죽지 않고 살아 있다면 후일에 이것을 찾아 조국 광복에 요긴하게 쓸 날이 올 것이오." 김조경이 숙연하게 말했다.

절분(節分)

    북지행에서 돌아온 주율은 다시 표충사 생활로 돌아갔다. 이제 그는 행자가 아니었다. 그와 함께 업장반에서 공부했던 행자들은 아직 사미계를 받지 못해 머리를 치렁하게 땋고 있었다. 그동안 어디서 무슨 일을 하고 왔는지 정확히 모른 채 업장반 행자들은 사미계를 먼저 받은 주율과 경후를 부러워했다. 노갑술만이 내력을 알고 있었으나 주지승 일각의 함구령이 있어 비밀을 지켰다.

    사문의 세계란 대찰일수록 불자를 많이 거느리다 보니 그들을 총괄하기 위한 규율이 철저했다. 엄격한 규율에 따른 규칙적인 생활의 되풀이는 나날이 단조로울 수밖에 없었다. 주율은 낮 시간을 방장실과 강원, 의중당과 선방에서 보냈다. 선방에서는 저녁공양 들기 전 두 시간 동안 참선과 독서를 했다.

    주율이 북지행에서 겪은 여러 경험은 날수가 지나자 삭아져 가을이 깊을 즈음에는 마음에 평안이 깃들었다. 온 산의 붉게 타던 단풍이 지고 늦가을 특유의 잔잔한 햇살에 묻혀 고요가 찾아들면, 절간은 더 적적해지게 마련이었다. 절간에 승려가 있는 듯 없는 듯 경내가 쓸쓸했고 속세 사람은 그런 절간 생활이 갑갑하고 따분하다 하겠으나 주율에게는 부처와 자연과 대화하며 보내는 한갓진 평화가 더없이 흡족했다.

곽돌 일행이 북간도 청포촌에서 총포를 가져온 뒤 곧 영남유림단 실무회의가 소집되었고, 그 회의는 서상암에서 사흘 동안 이어졌다. 백상충도 절름걸음으로 간월잿길을 넘어와 회의에 참석했다. "자네가 큰일을 했어." 백상충이 주율을 보고 칭찬했을 때, 그는 스승에게 진 빚을 겨자씨만큼 갚았다는 기쁨뿐 달리 할 말이 없어 얼굴만 붉혔다. 그 뒤로 여러 차례 영남유림단 회의가 서상암에서 열린 모양이었으나 주율은 관심이 없었다. 가져온 총포를 어디에 숨겼는지, 언제부터 그 총포를 사용할는지 알고 싶지 않았고, 간도로 들어갔을 때 끓어오르던 국권회복의 열망도 그의 마음에서 차츰 빛이 바랬다. 하늘보다 높고 바다보다 깊은 대장경전의 무한한 세계에 침잠하다 보면 구국운동이란 장한 뜻마저 현세 인간이 한으로 품고 있는 한갓 욕망의 구현으로밖에 보이지 않았다.

11월에 들어서자 업장반 행자와 속복행자들이 한꺼번에 사미계를 받았다. 종무소측은 그들에게 닷새 동안 속세 집을 다녀오는 휴가를 주었다. 알머리에 몸에 익지 않은 가사를 걸치고 그들은 입산 이후 처음으로 혈육을 만나러 사바세계로 내려갔다. 그러나 경후는 갈 곳이 없었다. 가족을 수소문해달라고 부탁해놓은 간도 땅 청포촌에서도 소식이 감감했다.

"자네도 이번 기회에 속세 부모님 뵙고 오지. 부모님 공덕을 절 집에서 빌어주기보다 찾아뵙고 보시하는 일도 뜻이 있으니." 교무승 자명이 주율에게 말했다.

"제가 가고 싶을 때 허락을 얻어 가겠습니다. 백일참선이 아직 끝나지 않았고요." 뺨이 홀쭉해진 주율이 대답했다.

표충사 불자들은 국권회복에 쓰일 비용을 마련하려 하루 한 끼를 거르고 있었는데, 주율은 백 일 참선에 처음 나서며 하루 한 끼니만 먹어왔다. 참선도 하루 내 선방에서 보내지 않고 맡은 소임을 한 뒤 초경 시작(저녁 일곱시)부터 사경(새벽 한시)에 들 때까지 임했다. 잠자는 시간이 다섯 시간도 채 못 되었으니, 원로승들은 그의 용맹정진을 가상히 여겼다.

주율이 백 일 참선을 끝냈을 때는 갑인년(1914)에 들어선 정월이었다. 참선을 끝내고 그는 새벽예불이 있기 전 꼭두새벽이면 늘 학암폭포를 찾았다. 학암폭포는 오류동천을 따라 한 마장 정도 오르면 이르는 두 자 높이의 작은 폭포였다. 겨울 동안 폭포는 고드름이 더껑이겼고 물은 얼음덩이 안쪽으로 흘러내렸다. 그는 그곳에서 찬물에 냉수마찰부터 했다. 살갗에 열이 오르면 소의 얼음 구멍에 알몸을 담갔다. 『반야심경』을 두 번 암송하곤 얼음 구멍에서 나와 몸을 닦고 옷을 입었다. 그는 불가에서 말하는 견성(見性)에 이르기를 기원했다. 육신의 홀대를 통해 모든 망혹(妄惑)에서 벗어나 자신의 심성을 거울 보듯 보게 되기를 바랐다. 그의 성정이 어린 사슴이나 봄풀처럼 부드러워 겁이 많고 부끄러움을 잘 탔으나 자신을 채찍하여 인고하는 데는 남이 못 따를 구석이 있었다.

주율의 정진이 잠자리를 같이하는 동료들 입을 통해 종무소에 알려지자, 강원 승려들 사이에 두 갈래 견해가 나타났다. 순리로 이루려 하지 않고 조급히 서두름이 위태롭다 했고, 정성과 참음이 훗날의 대덕을 기대해봄직하다 했다.

곽돌과 율포댁은 밀양 읍내 천정궁 부근 누각 마을에 신접살림을 차렸다 했다. 그 마을은 윤세복 사교 향리로 토호 무송 윤씨 가문이 대대로 세가를 이룬 터전이었다. 대종교에 입교해 있던 윤세복은 1911년 2월, 형 윤세용을 설득하여 독립운동의 큰 뜻을 펼치고자 가산을 정리해 두 집안이 서간도 환인현으로 이주했다. 그러나 누각 마을에는 윤씨 집안이 많았고 윤세복 포교로 대종교 시교당이 있었다. 주율이 속세 누님 소식을 듣기는 양지바른 언덕에 쑥이 돋아난 이른 봄이었다.

"출가한 몸이지만 자네가 내 처남일세." 곽돌이 도붓길 나서서 표충사에 들렀다 주율에게 말했다.

주율은 말없이 곽돌이 든 물미장을 보았다. 그는 곽돌이 화적을 죽인 뒤부터 그와 일정한 거리를 두었다. 두 화적을 결박하여 남행길 재촉할 때 그가 보인 잔인함에는 정나미가 떨어져 그의 본성이 선(善)과 거리가 멀다고 깨우친 바 있었다.

무력부가 드디어 일에 착수했다는 말을 곽돌이 꺼냈을 때 주율은 그 일을 두고 묻지 않았다.

"친일분자 척살과 부호 의연금 갹출 말야." 곽돌이 말했다.

"의중당 일이 바빠서, 전 그럼……"

주율은 자리를 피했다. 피비린내 나는 그쪽 이야기는 듣고 싶지 않았고, 그와 오래 이야기하면 닦고 있는 지계(持戒)에 장애가 생길 것 같아서였다.

새해 1월에 주율과 경후는 경성에 문을 연 고등불교강숙(高等佛教講塾) 단기반 3기생으로 입교하게 되었다. 그 학교는 전국 사찰 30본산(本山) 주지들이 경성 백련사에 모여 젊은 승려들에게 신학문을 접하게 하고 자질을 높이려 설립했는데, 승려 정호(鼎鎬, 박한영)가 책임 강사로 취임한 바 있었다. 표충사에서는 주율과 경후를 천거했으니 수습 승려로는 뽑히기 힘들었으나 북지행 노고에 따른 종무원측 배려였다. 주율은 난생처음 경성으로 올라가 넉달 기간이었지만 신문명이 어떤가를 만끽했다. 전등불이 환한 종로 야경을 구경했고 서대문에서 전차를 타보았으며, 우체국에 들러 표충사 업장반 동기 노갑술에게 편지를 써서 부쳤다. 일본인들이 새로이 만든 거리인 혼마치(本丁, 충무로)에는 마루젠(丸善)이란 큰 책방이 있었다. 동서양 갖가지 책을 진열한 책방에서 책 서너 권도 샀다. 혼마치 입구에 있는 중앙우체국에 들러 학교에 남아 있는 경후에게 시내전화를 걸어보기도 했다.

이태조 등극 이후 배불숭유 정책에 따라 승려의 도성 출입이 금지된 뒤, 그 조치가 해제되기가 1895년(고종 32)으로, 일본 승려 사노(佐野前勵)가 김홍집 총리대신에게 상서하여 김홍집이 고종 허가를 받아 이루어졌으니, 주율의 상경 또한 인연이 묘하다 아니할 수 없었다. 사노는 일련종(日蓮宗)의 승려로 경성에 포교소를 열고 있었다.

주율이 백군수 댁 노마님이 위독하다는 소식을 듣기는 경성 백
련사에서 넉 달 동안 고등불교강숙을 수료하고 온 후, 여름에 들
고였다.

"서방님께서 전한 말인데, 노마님께서 병환에 드시기 전에도 너
를 종종 찾았단다. 이제 영 기동할 가망이 없어서 자리보전하시자
너를 한번 봤으면 하셨다." 표충사로 찾아온 율포댁 말이었다. 그
네는 친정 걸음과 노마님 병문안을 겸해 울산 나가는 길에 동생과
동행하러 들른 참이었다.

"작년에는 하산할 기회가 있었지만, 교무스님 허락이 내릴지 모
르겠습니다."

"네가 산문으로 들어온 지 햇수로 삼 년 아니냐. 행자만 면하면
잘도 집으로 오던데, 아무리 속세 부모님이라 해도 넌 보고 싶지
도 않느냐. 엄마도 너를 그리며 자주 우신단다."

교무스님께 청을 넣으면 다녀오라는 허락이 떨어질 것이나 주
율은 망설였다. 부모님 얼굴이 떠오르자 당분간은 혈육을 만나서
안 될 것 같았다. 자신이 속세의 정을 아직 못 끊고 있으므로 만난
뒤 돌아올 때는 마음이 산란하고 걸음이 무거울 게 뻔했다. 읍내
학산리로 가면 만나야 할 많은 얼굴이 떠올랐고 그들 보기가 쑥스
러울 것 같았다. 예전 행랑자식이 가사 걸친 중이 되어 왔다고 동
네 사람들이 입방아깨나 찧을 터였다. 고승은 그런 형식을 훌훌
털고 마음 움직이는 대로 행동해도 중심이 흔들리지 않는다 했는

562

데, 소심한 자신은 언제쯤 그 경지에 이를까 까마득했다. 이 기회를 놓치면 또 언제 기회가 오랴 하고 마음이 집 쪽으로 기울 때, "내가 교무스님 뵙고 말씀드려볼까?" 하고 율포댁이 물었다.

"제가 말씀드릴게요."

그길로 주율은 교무승 자명에게 울산에 잠시 다녀오겠다는 청을 넣었다. 자명의 허락이 떨어져 그는 길 떠날 채비를 했다. 빨아놓은 가사 걸치고 삿갓 쓰고 빈 바랑을 멨다. 주지승이 밀양 읍내로 출타 중이라 방장승께 인사차 들렀다. 무장은 삿자리에 누워 『능가경(楞伽經)』을 읊고 있었다.

"그러려무나. 욕망을 한꺼번에 억제함은 심기에 좋지 않고 공부에도 별 도움이 안 돼. 솥에 물이 끓으면 더러 뚜껑도 열었다 덮어야 해. 그냥 덮어두면 솥이 깨어지기도 하지. 중도 사람이니 사람 속에 부처를 모셔야지, 부처만 보고 사람이 그 속으로 들어가겠다 함은 바로 망념의 시초야. 자네도 볼 건 보고, 취할 건 취하고, 먹을 건 먹어. 고기도 주면 받아먹으라고. 그런 다음 속진을 뽑겠다고 좌선도 해볼 일이야." 무장이 누운 채 껄껄대며 웃었다.

법문에 귀의하러 표충사로 왔을 때가 이태 전 초파일이 지났을 무렵이었으니 주율은 이태 두 달 만에 속세 누님과 함께 간월재를 넘게 되었다.

"서방님은 참으로 사내다운 헌걸찬 분이셔. 돌아가신 예전 서방과 살 때 느끼지 못한 부부의 정을 이제야 알게 됐으니 말이다. 내가 도붓일 걷어치우고 집에 들어앉았으니 열흘이나 보름 만에야 한솥밥 먹지만, 이번 인연이야말로 하늘이 점지해주신 복이야. 나도 서방님 따라 대교를 믿게 되었지. 말이 났으니 하는 말인데, 야소교, 불교는 아무 탈이 없는데 우리가 믿는 대교는 왜놈 주재소가 눈독을 들여 늘 감시한단 말이야. 그래서 시교당도 문을 닫고 이 집 저 집 신도 집을 옮겨다니며 모임을 가져." 율포댁이 간월재 비탈길을 오르며 말했다. 그네 입에서 서방 자랑이 그치지 않았다. "……네 자형은 올해까지만 도붓장사하고 내년에는 밀양 읍내나 울산 읍내에 점포를 낼 모양이야. 지난번 북지에서 가져온 녹용으로 돈을 제법 모았거든. 조금만 더 모으면 점포 낼 돈이 될 거야. 서방님이 험한 길 나다니며 힘든 장사하는데 나라고 손 재어놓고 놀 수 없어 베틀 하나를 들여놓았지. 너 바랑에 든 보퉁이가 내가 짠 삼베니 부모님 여름옷 한 벌씩은 해드릴 수 있을 게야."

율포댁 얼굴이 땀에 젖어 익어 있었다. 그네는 비탈길을 오르며 자주 허리를 쓰다듬었다. 겉으로 표날 만큼 달수가 차지 않았으나 아기를 배고 있었다.

간월잿길 마루턱에 오르자 시원한 남풍이 땀에 젖은 옷을 말려 주었다. 6월 중순이라 눈 아래 보이는 산등성이와 골짜기는 신록이 울창했다. 주율은 문득 스승 따라 처음 간월재를 넘던 때가 생각났다. 3년 전 그때만 해도 우물 안 개구리라 간월재 마루턱에 올라서야 처음으로 세상이 넓다는 것을 실감했다. 그러나 먼 북간도를 다녀왔고, 대도시 경성을 구경한 터라 사방을 둘러보아도 처음처럼 감흥이 일지 않았다.

"작년 봄까지만 해도 간월재에 더러 범이 출몰했으나 왜놈 사냥꾼이 설치고, 마구잡이로 노송을 베어 넘기니 그 소리에 놀랐는지

564

범이 자취를 감춰 행인들이 무리 지어 재를 넘지 않게 됐지." 율포댁이 말했다.

언양 면소에 당도하니 해가 서산으로 뉘엿 기운 저녁 무렵이었다. 표충사에서 울산 읍내까지는 하루 반나절 길이어서 남매는 동운사에서 하룻밤을 쉬어 가기로 하고 나선 참이었다. 주율이 산문에 귀의한 뒤 처음 나선 걸음이라 동운사 승려들께 인사드리고 가려 작정했던 것이다.

"어진아, 뭘 좀 먹고 가. 입덧 가신 후부터 걸귀 들린 듯 먹던 내가 잿길을 넘어오니 허기져 더 못 걷겠어. 절에 들면 날도 저물 텐데 절밥 달라기도 무엇하잖아." 율포댁이 말했다.

해가 동산 위로 솟고 한참 뒤 표충사를 떠난 남매는 그때까지 옹달샘 물로 더위를 식혔다. 절식에 단련된 주율은 배가 고픈 줄 몰랐으나 율포댁 말에 그는 누님이 아기를 가졌음을 알고 숫막을 찾기로 했다.

이태가 넘는 사이 언양 면소도 엄청 달라져 있었다. 예전에 스승님 심부름으로 지필묵, 양초, 석유 따위를 사러 초당에서 내려와 면소에 들렀을 때는 면사무소가 있는 장터 옆 중심부에만 가겟집들 몇이 있었으나 어느새 본정통이라 불릴 만큼 일본인 상점이 여럿 들어서 있었다. 왜식 2층 건물도 여러 채였고 금융조합과 토지조사사무소 옆에는 언양주재소가 번듯하게 신축되어 있었다. 빨간 수박등을 내단 일본식 주점도 눈에 띄었다. 양산으로 빠지는 신작로를 놓는지 늦게까지 울력꾼이 동원되어 길 넓히기 작업이 한창이었다. 태화강에 걸린 섶다리도 돌다리로 개축하고 있었다.

도요오카 농장사무소가 다리 아래쪽 교동골에 있으니 그쪽 출입이 번다한 터였다.

율포댁은 도붓길 다닐 때 단골로 숙식하던 집이 있다며 주율을 장거리로 이끌었다. 옹기전 뒤안길, 세 칸 초가였다. 율포댁이 열린 삽짝 안으로 들어섰다.

"신당댁 계세요?"

율포댁이 안주인을 찾자, 뒤란에서 빨래하던 머리 올린 젊은 새색시가 머릿수건으로 손을 닦으며 앞마당으로 나왔다.

"율포아주머니시네. 이게 얼마 만이요. 밀양에 살림 차렸다는 말은 여보상 인편에 들었어요." 모시적삼에 남색치마 입은 색시가 반색을 했다. 콧날이 서고 갸름한 얼굴이었는데 선머슴애처럼 큰 키에 어깨가 넓고 긴 눈썹에 찢어진 눈매가 심통깨나 있어 보였다.

『소의경전(所依經典)』에 불자는 과년한 여자를 마주 바라보거나 눈을 맞추지 말라는 계율이 있어 주율이 색시 용자를 흘깃 보고 외면했는데 그 얼굴이 낯설지 않았다. 머리는 없었지만 분명 천정리 신당 마을 한초시 집 행랑처녀였다. 주인마님 금가락지와 돈주머니를 훔쳤다고 한초시네 머슴들로부터 매질을 당할 때 스승이 그 작태를 말리려 나섰다 봉변당한 적이 있었다. 그는 색시를 알은체 내색 않고 숯불처럼 빨갛게 익은 앵두나무를 보았다.

"나도 안살림 살다 보니 집에만 박혀 있지. 모처럼 친정 걸음 하는 김에 출가한 동생과 함께 나섰어. 그동안 별고 없고?"

"그냥저냥 살지요" 하며, 색시가 주율을 힐끔 보았다. 율포댁 말에 삿갓으로 가린 승려 얼굴을 보지 않아도 그가 누구인지 그네는 눈치챘다.

"영감님은 자주 오시고?"

"대엿새 만에 삐꿈 들렀다 가지요."

"엄마는 어디 가셨냐?"

"옆집에 가셨는데 곧 오실 겝니다."

"신새벽에 밥 먹고 여태 굶었더니 말할 기운도 없구나. 정심아, 있는 대로 무어든 내오너라." 율포댁이 평상에 앉으며 미투리를 벗었다.

"미꾸라지국이 있는데 스님은 비린 걸 못 자시니 어떡하지요?" 정심네가 주율의 옆모습을 보았다.

"동생은 밥에 김치면 됐지, 스님이 어디 호의호식하더냐."

정심네가 부엌으로 들어갔다. 율포댁 재촉이 성화같은데도 정심네가 한정 없이 꾸물댔다. 아침에 지어놓은 보리밥이 남았지만 그네는 좁쌀에 햇보리쌀을 섞어 새로 밥을 지었다. 콩나물시루에서 콩나물을 솎아 국을 끓이고 미나리를 무쳤다.

정심네가 정갈하게 밥상을 보아 평상으로 내어오자 율포댁이, 귀한 손도 아닌데 새로 밥을 짓고 야단이냐며 눈을 흘겼다. 주율이 삿갓을 벗었다. 정심네와 주율의 눈이 마주쳤으나 둘은 내외하듯 눈길을 피했다.

푸성귀 바구니를 끼고 삽짝으로 들어서던 신당댁이 밥을 먹는 주율을 금세 알아보았다.

"다리 절던 선다님과 우리 정심이 편익 들던 옥골 총각이구려. 스님이 되셨다는 풍문은 들었는데……"

"동생과 신상댁은 구면이구려?"

"스님이 자네 친동생인가?"

"그렇다마다요."

"엄마도, 참. 곽도부상께서, 동운사에 있던 선다님 제자가 스님이 됐는데 자기 처남이라 말하지 않았어요." 정심네가 제 엄마에게 핀잔을 놓았다.

"나야 그런가보다 하고 흘려들었지."

"우리 동생은 언제 만났더랬어요?" 미꾸라지국을 두 그릇이나 먹어 한껏 배를 채운 율포댁이 길 떠날 채비는 않고 다리 뻗고 앉아 신당댁에게 물었다.

"……그래서 한초시 영감이 딸년을 주재소에 넘겨 나흘을 옥살이시키지 않았겠어. 훔친 죄가 없었으니 그 정도 잡아뒀기 망정이지 그렇지 않았담 몇 달은 고생깨나 했을걸." 신당댁이 한초시네 행랑채에서 쫓겨난 그동안 사정을 말할 동안 정심네는 부엌문에 반쯤 몸을 가리고 서서 주율을 보고 있었다. 눈매가 날카로워 쏘아보는 듯한 눈을 주율이 마주보지 않았으나 얼굴에 닿는 그네의 시선을 느꼈다. 두 여자 한담이 깨가 쏟아지듯 이어졌다.

"가야겠습니다. 이러다간 밤길에 산을 오르겠어요." 주율이 삿갓을 쓰고 바랑을 멨다.

율포댁이 셈을 치르려 하자, 신당댁은 손사래를 치며 돈을 받지 않겠다 했다. 예전 스님에게 진 은덕을 봐도 그렇고 시주하는 셈으로 쳐도 된다는 것이다.

남매가 돈박고개를 오르자 놀이 붉게 타고 있었다. 말하기를 좋

568

아하는 율포댁이, 신당댁 모녀가 장꾼 상대로 들어앉은 밥집을 열기까지 사연을 주율에게 말했다.

정심이 주재소에서 풀려나온 뒤, 모녀는 오갈 데 없는 처지라 언양 면소를 떠돌며 몇 달 드난살이를 할 동안, 장터 포목점 주인 최영감이 정심이를 눈여겨보곤 소실로 불러들였다 했다. 최영감은 장터거리 장꾼 상대로 변돈을 놓아 살림이 제법 포시라웠다. 정심이 모녀가 최영감 행랑채에 살게 되니, 눈에 쌍심지를 켠 최영감 본처 투기가 여간 아니었다. 나중에는 정심이에게 대놓고 매질까지 했다. 모녀가 반년을 못 채우고 쫓겨나게 되자, 최영감이 지금 집을 마련해 딴살림을 살게 해주었다. 그렇게 소실을 들여앉혔다 내쫓기가 정심이 앞서 셋이나 된다 하니, 영감 부부가 짜고 하는 짓일지 모른다는 소문이 장터거리에 파다했다.

"수전노 최영감이 돈 긁어모을 줄은 알아도 쓸 줄은 모르는 자린고비라, 지금은 입 닦고 쌀말 값조차 보태지 않는다지 뭐니. 숫막 차려줬으니 모녀가 그걸로 입살이 하라고 말야. 그래도 젊은 계집이 그리울 땐 야밤에 나들이도 오나봐. 예순 줄 노인이 욕심은 차서 정심이가 사내 앞에 술상이라도 내가면 불호령을 내린다나. 개가죽 쓴 영감쟁이 같으니라고." 승려가 된 동생 앞에서 율포댁 말은 거침이 없었다.

반곡리 고하골을 거쳐가게 되자 주율은 백군수 댁 선산과 종답을 떠올렸고, 묘지기 아들 기조가 생각났다. 주율에게 처음으로 성에 눈뜨게 해준 호색한인 그는, 지금 생각해보면 속세 자형이 된 곽돌만큼 담찬 사내였다. 기조는 나무하러 연화산으로 오를 적마다 책을 빌리러 초당에 들랑거렸는데 이태가 지났으니 그 명민한 머리로 미루어 학식깨나 챙겼을 터였다. 주율은 마을 앞에서 그를 만날까 싶어 삿갓을 눌러 내렸다.

동운사에 도착했을 때는 어둑발이 내린 뒤라 절마당이 어두웠다. 이태 동안 동운사는 변한 게 없었다. 절을 지키는 불자 여섯 중 돌쇠는 절 생활을 견뎌내지 못해 하산했고 나머지는 모두 그대로 있다 그를 반갑게 맞았다. 주율은 중오를 따라가 조실승을 찾아뵙고 인사를 드렸다. 등잔불에 비쳐 보이는 노스님은 이태 사이 더욱 늙어 얼굴이 주름살투성이였다.

"열반에 들기 전에 석군을 못 볼 줄 알았더니, 이렇게 출가한 자네를 보게 됐군. 절이름은 무언가?"

"주율이라 합니다."

"선정할 때 여여에서 깨달음을 얻으라 했는데, 잘되던가?"

주율은 노스님 기억이 아직 초롱함을 알았다. 여여란 움직임 없이 정진하라는 뜻인데, 그는 사미계를 받자마자 만주 땅으로, 경성으로 나다녔기에 대답을 못하고 머리를 숙였다.

"내 이제 땅을 딛는 다리가 마른 장작이 되어 포행도 못해. 뿌리가 말라 지맥의 정기를 받지 못하면 나무는 고사하고 말지. 내 다리도 지맥의 정기를 다 받았나봐. 나무는 씨앗을 다시 땅에 묻어 대를 잇지만, 나는 무엇으로 환생할꼬. 정각은 멀고 이승의 문은 닫히려 해. 내 이토록 살아옴도 부처님 뜻일진대, 여래의 은덕이 새삼 고마울 뿐이야."

노승이 눈을 감고 합장하자, 옆에 앉은 중오가 물러가자는 뜻으로 꿇어앉은 주율의 무릎을 건드렸다. 중오 속명은 정길인데 사미계와 함께 받은 법명이었다. 주율은 합장하곤 조실승 거처에서 물러 나왔다.

"노스님은 요즘 부쩍 입적 타령이셔. 어찌 보면 생사에 해탈하신 것 같기도 해. 아침공양 드시면 힘들게 법당으로 건너와 종일 좌선하시지. 법랍 예순일곱 해가 존귀하신 여래의 보살핌이라 감은하는 덕담도 읊으시며. 생각해보면 왜 조실스님 같은 분이 고승대덕으로 이름 얻지 못하고 작은 절에서 입적하게 되는지 모르겠어." 요사로 걸으며 중오가 말했다.

"조실스님에겐 이름을 얻음이 세속적 허명일는지 몰라. 그 경지는 넘어서신 분이니깐."

주율은 동운사 조실승과 대비되는 표충사 방장승이 생각났다. 조실승이 자신을 깨닫고자 평생 정진해왔다면, 방장승은 의술을 통한 중생구제에 주력해 왔다. 조실승은 국권회복에 관심이 없었으나 방장승은 주지승을 통해 그쪽에도 조력하고 있었다. 누가 더 올바른 불자의 길을 가는지 속단할 수 없었고, 주율도 그 높낮이를 가늠할 수 없었다. 제가끔 뜻이 있고, 뜻에 따른 길이 있을 뿐이었다.

"아직 잠자리에 들지 않았을 테니 초당에 들러 스승님께 인사드려야겠어. 마님도 뵈옵고." 주율이 말했다.

"그저께 부인과 함께 울산 본가로 내려가셨어. 자당께서 위독하다는 전갈이 왔어. 딸애만 보살님한테 맡겨두었지."

요사에 들자 중오는 사관 뒤 초가에 살던 보살 자매 중 동생 되는 분은 하산하고 언니 되는 분만 남아 있다 했다.

"작은보살님은 기조란 녀석 있지, 그놈과 눈이 맞아 바람이 났어. 기조가 단물만 뽑아먹고 냉대하자 절을 떠나버렸지. 음흉한 놈. 허우대는 멀쩡하게 타고나선." 중오가 말했다.

"기조 그분, 요즘도 초당에 들러 스승님 책 빌려가?"

"그 주제에 백처사에게 글 묻는다고 초당 출입이 잦더니 백처사 천거로 울산 읍내 광명서숙에 입학했다나."

"보통학교를 나오지 않았을 텐데 곧장 고등보통학교로?"

"광명서숙이 어디 정식 인가 난 학관가, 간이 학교지. 시험 쳐서 실력이 인정되면 받아주나봐. 스물 다 된 더꺼머리 총각도 많대. 기조도 늦둥이지만 말야."

주율은 그럴 수 있다고 수긍했다. 기조의 퉁방울눈이 떠올랐다. 그 눈은 늘 욕망에 끓고 있었다. 글줄 읽어 세상 문리를 터득하자 명민한 머리로는 좁은 촌구석이 답답했으리라. 중오 생각으론 그 호색한이 공부한들 무엇을 이루랴 비웃는 눈치지만 학문 탐구는 성격이나 신분과 관계가 없었다. 오직 탐욕하고 사악한 자에게 글을 익힘이란, 글을 통해 그 탐심이 순화되지 않을 때가 문제였다.

잠자리에 들어서도 중오는 동운사 중질이 너무 답답하다고, 혈기왕성한 나이에 있을 법한 불평을 늘어놓았다. 통도사나 표충사 강습반에서 교육받고 싶어도 조실스님 시자 노릇할 행자가 없으니 절을 떠날 수 없다 했다.

이튿날 새벽, 주율은 동운사 뒤를 돌아 초당으로 가보았다. 닫힌 바자문을 밀고 빈집으로 들어섰다. 초당은 변한 것이 없었고, 집을 지을 때 심은 어린 감나무와 대추나무만 성큼 자라 있었다. 3년 전 초당을 힘써 짓던 일과 사랑에서 스승에게 글 배울 적이 그의 눈앞에 암암하게 떠올랐다. 절로 돌아오니 사관 뒤 초가에서 잠을 자고 온 율포댁이 후원에서 큰골곳댁과 함께 아침밥을 짓고 있었다. 후원 뜨락에 아장아장 걷는 계집아이가 주율을 말끄러미 쳐다보았다. 백상충 딸이었다.

"이름이 무언가?" 주율이 애물단지를 품에 안고 물었다.

"윤세, 백윤세." 윤세가 방글방글 웃었다.

아침공양을 먹고 나자 주율과 율포댁은 동운사를 떠났다. 천전리 반구대를 거쳐가자 주율은 처음 절로 찾아들었을 때 선사시대 그림을 두고 조선 역사를 설명하던 스승 말이 생각났다. 북지를 다녀와 따져보니 그 각서야말로 단군 황제가 개국했을 까마득한 그 무렵에 새겨진 유적임에 틀림없었다. 그렇듯 동운사 주변은 스승과 관계되는 것뿐이었고 새삼 오늘의 자기를 있게 한 스승의 은혜가 고마웠다.

주율과 율포댁이 울산 학산리 어귀로 접어들었을 때는 낮이 긴 초여름이라 정오를 넘긴 시간이었다. 주율은 짐짓 태연하려 했으나 집과 가까워지자 승복 입고 머리 깎은 자신의 외양이 부끄럽고 마음 설레어 발걸음이 무거웠다.

"넌 기쁘겠다. 미천한 우리 처지에 네가 그중 잘됐으니. 장원 급제한 금의환향이 따로 있겠느냐. 절옷이 잘 어울려." 율포댁이 말했다.

"누님도 원. 저는 쥐구멍에라도 숨고 싶은걸요."

"앤 꼭 어릴 적 그대로야. 손님이 왔을 때 인사하라면 부끄럽다고 뒤란에 숨더니. 그래서야 나중에 대중 앞에 어떻게 설법을 펴겠어."

주율은 율포댁 말처럼 기쁨은커녕 뭇사람께 합장 목례하는 사문 인사법조차 서먹할 터였다. 그는 어릴 때부터 사람 모인 곳에 가기 싫어했고 여러 사람 눈길 받는 데 나서는 게 두려웠다. 따지고 보면 그런 천태성이 자신으로 하여금 절간 생활로 이끈 계기가 되었을 터였다.

"자네 어진이 아닌가. 독립운동꾼으로 자네 이름이 읍내에 파다하더니, 이제 스님이 됐네. 그렇게 장삼 떨쳐입으니 순사도 자넬 못 알아보겠고, 나 역시 생소하군." 백군수 댁 이웃에 사는 노첨지가 꼴을 한 짐 베어 지겟짐 지고 오며 말했다.

주율은 노첨지 말고도 얼굴 익은 사람을 둘 더 만났는데, 한결같이 주율을 숨은 독립운동꾼으로 여겼다. 헌병대에 달려가 고초 당하고 나온 지 여러 해 전이요 자신이 만주에 들어갔다 온 줄 모를 텐데 아직 그렇게 알고 있음이 의아스러웠다. 마을 사람은 승려가 된 것도 그 길로 나선 방편으로 이해하고 있을지 몰랐다.

백군수 댁 솟을대문이 저만큼 보이자 율포댁이 앞에서 잰걸음을 놓았고 주율은 걸음을 늦추었다. 율포댁 전갈을 받고 주율을 맞으러 대문 밖으로 종종걸음친 이가 너르네였다.

"아이구 내 아들, 정말 스님이 되셨네. 막내놈 보고 싶어 어미 간장이 이태 사이 반쯤 녹아 없어졌을 게다." 너르네가 막내아들 장삼 허리를 안았다.

주율은 삿갓을 벗고 아무 말도 못한 채 우두커니 서 있었다. 자기를 맞으러 나오는 여럿 모습이 보였다. 행랑 식구 가족, 초당에서 내려온 작은마님, 큰서방님 딸애들, 멀쑥하게 키가 커진 형세였다.

"어진이 아닌가." "노마님이 찾으시니 정말 왔군." "어진이가 까까머리 중이 됐어!" "어찌 저리도 환골탈태했을까." 누가 하는 말인지 분간할 수 없게 여러 말이 쏟아졌다. 얼굴이 상기된 주율이 합장하여 두루 목례했다.

"노마님께 인사부터 드려라."

너르네 말에 주율이 바깥마당을 거쳐 안채로 들어갔다. 위채 안방 댓돌 앞에 여러 켤레 신발이 놓였고 방문이 열려 있었다. 주율이 대청에 바랑을 벗어놓고 방으로 들어갔다. 옷갓한 어른들이 벽을 따라 윗목에 진을 쳤다. 아랫목에는 연세 많은 아낙들이 앉았고, 노마님은 홑이불을 덮고 반듯이 누워 있었다. 주율이 방안을 훑어보니 옛 스승 백상충과 주인장 백상헌이 눈에 띄었다. 주율은 노마님 머리맡에 무릎 꿇고 합장하여 눈을 감은 노마님 얼굴을 보았다. 마른 얼굴에는 평안이 깃들어 있었다. 아랫사람에게 영을 내릴 때의 서릿발 같은 자취가 보이지 않았다.

"성님, 어진이 왔어요. 성님이 찾던 어진이가." 가까이 앉은 안씨 동서 되는 이가 말했다.

잠이 든 것 같지 않은데 안씨는 눈을 뜨지 않았다. 주율은 합장하여 『대반니원경(大般泥洹經)』 첫 소절로 잠시 묵도했다. 따지고 보면 승려가 되지 않았다면 그가 감히 들어와 앉을 수 없는 자리였고, 이 집에서 보낸 열일곱 해 동안 그가 위채 안방에 앉기도 처음이 아닌가 싶었다. "아무리 개화된 세상이라도 반상 상하 법도가 아직은 무너지지 않았다. 종놈 자식이 중이 됐다 한들 유가 종본되는 정침에 감히 출입하다니!" 백상헌 입에서 불호령이 떨어질 것 같아 주율은 불경이 제대로 이어지지 않아 자리에서 일어섰다.

주율이 행랑채로 돌아오니 이웃 아낙과 아이들도 승려가 된 주율을 보러 몰려와 있었다. 그동안 율포댁이 출가한 동생을 두고 입심 좋게 자랑을 늘어놓아, 여러 질문이 분분했다. 한양까지 가서 공부했다는데 한양 이야기해달라, 지금도 작은서방님과 함께 독립운동 일을 보느냐, 고명한 스님한테 의술을 배운다던데 진맥을 해달라…… 청이 많았으나 주율은, 제대로 아는 게 없다며 방으로 몸을 숨겼다. 부리아범은 들일 나가 돌아오지 않았고, 선화를 볼 수 없는 게 주율은 섭섭했다.

너르네가 주율에게 들려준 말로 노마님 병환은 짚불이 삭는 것 같은 쇠약증이라 했다. 안방에만 칩거하다 보니 다리에 힘을 잃고, 자시는 게 고양이 밥 먹는 듯하니 기운이 쇠한 끝에 기동을 못하게 되었다는 것이다. 이제 미음조차 넘기지 못해, 오늘내일하며 끌어오기가 한 장(場)을 넘겼다며 눈물을 비쳤다.

노마님 안씨가 주율을 따로 부르기는 그날 밤 사위가 조용해진 뒤, 그가 부모님과 율포누님이 묻는 대로 절 생활을 들려줄 때였다.

안방은 나비등잔불만 뽀용할 뿐 환자를 지키던 아낙들마저 물리쳐 방안에는 사람이 없었다.

"어진아, 앉거라. 정말 네가 스님이 되었구나. 장삼 입은 네 모습이 보기에 좋다." 안씨가 주율을 보며 나직이 말했다.

"노마님, 고맙습니다."

"기억나느냐. 네 유싯적 환생사로 불공드리러 가면 네가 길 안내를 했지. 어르신이 절에 다니는 나를 달갑게 여기지 않으셨으나 나는 왠지 노스님의 웅혼한 설법과 청정한 절 생활이 좋아 보이고, 거기 가면 마음에 평안이 깃들더구나." 주율은 말없이 눈길을 내리깔고 있었다. 눈앞에 보자기로 싼 게 눈에 들어왔다. "내가 눈감기 전에 너를 한번 보자 한 것은 달리 뜻이 있는 게 아니다. 어르신이 망국의 통한을 참지 못하여 식음을 전폐하시던 끝에 순명하시고, 내 곧 어르신 따라가리라 작심했으나 뜻을 이루지 못하고 오늘에 이르렀다. 나라 없는 백성이 이승을 떠나 극락왕생하기를 어찌 바랄 것이며, 이 땅에서 절통해하는 백성의 피눈물을 알진대, 당할 말이겠는가. 그러니 너는 내 죽고라도 내 명복을 빌지 말아라. 다만 백씨 문중을 끝까지 저버리지 않은 네 아비와 권솔이 고마울 뿐, 특히 너와 눈먼 선화는 내 임종 자리에 자주 떠오르던 얼굴이었느니라⋯⋯" 오래 여투어둔 말인 듯 안씨가 나직나직 읊조렸다. 안씨 눈에 한 가닥 눈물이 서리 앉은 귀밑머리를 거쳐 베갯가로 흘렀다. "거기 보자기에 싼 천은 무명 다섯 필이다. 가져가서 절옷으로 지어 입도록 하거라."

안씨가 말을 마치고 눈을 감았다. 주율 입에서는 노마님 은덕이 고맙다는 말도, 관세음보살 소리도 나오지 않았다. 설움인지 기쁨인지 무슨 덩어리가 목구멍을 메워, 그는 보퉁이를 들고 자리에서 일어섰다.

이틀 뒤, 안씨 기력이 더욱 쇠하여져 미음조차 넘기지 못했고 숨쉬기가 바늘구멍으로 공기를 넣고 빼듯했다.

"이제 형세어미를 용서하셔서 집으로 들어와 살게 허락해주십시오." 백상충과 여러 사람이 애원했으나 안씨는 그 말을 듣고도 모른 체 말하지 않았다. 아침에 다녀간 허의원 귀띔도 있고 하여, 임종을 지키는 문중 사람들은 노마님이 오늘밤을 넘기기 힘들 것이라 여겼다. 그래서 백군수 댁 권솔과 원근 혈육들은 아이들만 빼고 조마조마하게 밤을 새웠다. 방들마다 사람이 찼고, 안마당과 행랑마당에 멍석을 깔고 거기에도 사람들이 모여 앉아, 울산 언양지방 근동에서 성헌공파 백씨 문중의 종부로 노마님이 생전에 보여온 부덕을 덕담으로 나누었다.

"은곡 어르신이 별세하신 때와 어찌 이렇게 같단 말인가. 곡기 끊으시고 순명하신 어르신도 뚜렷한 병명이 없지 않았던가. 허의원 말로는, 영양실조로 기가 아주 쇠했다지 않던가." "사대부 가문 종부로 몸가짐이 예에 한치 어긋남이 없으셨지. 너무 허물이 없어 대면하기가 더 어려웠지. 나라가 이 꼴이 되지 않았더라면 내외분이 고희는 해로하셨을 텐데……"

소곤소곤 나누는 말처럼, 열일곱 살에 백씨 문중으로 시집온 안씨 한평생은 종부로 철저한 부도(婦道)의 닦음이었다. 그러나 그네 말년이 그렇게 영화롭지 못했으니 지아비를 몇 년 전 앞서 보내고, 가세의 몰락을 보아내는 슬픔이 있었으리라. 또한 슬하에 여럿 자식을 두었으나 셋은 어릴 적에 잃고, 나머지 두 아들도 그네 눈에 흡족하지 못했다. 심약한 첫째아들은 대를 이을 장자를 두지 못한 채 어두운 시대를 핑계로 술에 젖어 사는 한량이 되었고, 둘째아들은 총명함과 강단이 망국 세월을 맞아 제 갈 길을 잃더니 불구의 몸이 되고 말았다.

"어머니, 이제 형세어미를 거둬주십시오. 소자 마지막 소원입니다." 백상충이 면전에 무릎 꿇고 애소했으나 안씨는 고갯짓조차 없었다. 정신이 있는지 없는지 모르나 말문을 닫았다.

새벽 여명이 밝아오기 전 마지막 어둠이 진한 농처럼 사위를 적막으로 감싸고 이따금 닭 울음소리가 어둠을 가르며 목청 가다듬을 때, 안씨 숨결이 뜸들인 밥물이 잦듯 멈추었다.

질펀한 곡성은 날이 밝은 뒤에도 이어졌고, 가장 서럽게 운 아낙은 둘째며느리 조씨였다. 그네는, 이제 네 문안 인사를 조석으로 받겠다는 시어머니 허락을 끝내 얻지 못한 채 임종마저 행랑채에서 맞았던 것이다. 시어머니가 돌아가시자 그네는 비로소 위채 안방 고인 면전에 무릎 꿇고 수건으로 터지는 오열을 막으며 실컷 울 수 있었다. 그네는 속으로나마 자신의 허물에 따른 용서를 시신 앞에서 빌었다.

안씨 장례는 문중 의논에 따라 망부 장례 예를 좇아 칠일장으로 결정되었다. 알려야 할 만한 데마다 부고가 파발을 통해 전해졌다.

울산 본가로 내려와 사흘 밤을 자고 난 그날 낮, 주율은 다시 표충사로 돌아가려 부모님께 하직인사를 했다.

"스님들은 하나같이 별종이라더니 너도 정말 내 자식이 아니로구나. 네 입 하나 건사야 보름인들 못하랴. 이제 가면 또 언제 만날꼬. 우리 양주 북망산 든 후에나 네가 찾을까. 절이 가깝다면 더러 찾아가보련만 그렇지 못하니 너를 안 본 것만 못하구나." 너르네가 섭섭해하며 훌쩍였다.

"두 늙은이 걱정 말고 몸 성히 잘 지내. 곽서방이 종종 들르니깐 그 편에 안부 전하마." 과묵한 부리아범은 곰방대를 빨며 아들에게 그 말만 했다.

주율은 길 나서기 전에 옛 스승께 인사드리러 안채로 들어갔다. 별채에는 문상 온 손이 여럿 진을 치고 있었으나 백상충은 보이지 않았다. 주율은 오랜만에 함명돈, 박생원, 장경부가 여럿 속에 섞여 있음을 보았다.

"어진이 아닌가. 늠름한 장골이 됐어. 절옷이 잘 어울리는데 그래." 장경부가 반갑게 말했다. 얼굴은 여전히 핼쑥하여 병기가 가시지 않고 있었다.

도정 박생원은 주율을 덤덤히 보기만 할 뿐 말이 없었다.

"자네가 입학했다면 생도대장을 시킬 텐데, 하는 아쉬움이 남아. 산문에서 학업은 계속 열중하지?" 광명서숙 초대 숙장으로 부임한 함명돈이 말했다.

빈소가 있는 사랑채 곁방은 옷갖한 문상객이 줄을 이었고, 백상헌과 상충은 문상객을 맞기에 바빴다.

"네게 할 말이 있으나 이번은 안 되겠구나. 내 절에 들르면 그때 봐." 백상충이 주율에게 말했다.

절 찾아간다고 주율이 말했을 때 불호령을 내렸던 백상헌은, 주율이 사흘을 본가에 머무를 동안 인사도 받지 않았는데, 이번도 마찬가지였다. 종놈 주제에 네놈이 무슨 중질을 제대로 하겠느냐.

주율의 하직인사를 받는 그의 눈이 그런 비웃음을 담고 있었다.

부모님 타계 소식을 듣게 되면 모를까, 다시 속세 집으로 내려오지 않겠다. 도량에 박혀 오직 구도에 정진하리라. 주율은 숯을 대문을 나서며 그렇게 다짐했다. 너나없이 살아가기에 각다분한 찌든 몰골과, 사람과 사람 사이의 아귀다툼이 그로 하여금 빨리 절로 돌아가게 채근했다. 그에게 사바세계는 자신을 물에 기름이듯 외돌토리로 만들었다.

대문께서 집안 식구와 작별한 주율이 교동골을 벗어나자, 들이 펼쳐졌다. 본논에 뿌리내린 벼가 한창 자라고 있었다. 북쪽 들 건너 언덕배기에는 번듯이 선 광명서숙 학교 건물이 보였다. 체조시간인지 운동장에서는 생도들이 열 맞추어 뜀박질하고 있었다. 주율도 절을 찾지 않았다면 광명서숙 생도가 되었을 터였다. 스승이 자신에게 학교로 보내주겠다고 말한 적이 있었다. 주율은 구령을 외치며 뜀박질하는 생도들 속에 김기조가 끼어 있을는지 모른다는 생각이 들었다.

주율이 동운사에서 하룻밤을 자고 아침에 길을 나서서 고하골 앞을 지나, 새각단을 향해 부지런히 걸음을 옮길 때였다. 멀리서 납작모자 쓴 자가 자전거를 타고 이쪽으로 오고 있었다. 삿갓 쓴 주율이 내처 걷자 자전거가 그를 스쳐갔다.

"야, 이봐."

뒤에서 부르는 소리가 들려 주율이 걸음을 멈추었다. 울산 헌병분견소 보조원이던 강형사였다. 그가 주율을 알아보았다.

"글쎄, 어디서 많이 봤던 녀석이다 싶었지. 너 백씨집 종놈 아닌

가. 중이 됐다더니 거짓말은 아니었군."

자전거에서 내린 강형사가 주율 앞에 섰다. 주율이 마지못해 합장했다. 강형사가 언양 바닥에 웬일인가 싶었고, 지난 적 그로부터 받은 악형이 떠올라 절로 몸이 굳어졌다.

"어디서 오는 길인가?"

"동운삽니다."

"백상을 만나고 오느냐?"

"계시지 않았습니다." 주율은 백군수 댁 노마님이 별세해서 학산리에 들렀다 오는 길이라 말하고 싶었으나 말이 길어질 것 같아 입을 다물었다.

"한초시 영감을 만나러 가는 길인데, 어떡한다?" 강형사가 혼잣말을 하며 주율을 그냥 보내기 섭섭한지 턱주가리를 만지작거리며 생각에 잠겼다.

"언양으로 전근 오신 모양이군요?" 주율이 물었다.

"올봄에 왔지. 이젠 보조원이 아냐. 여기 주재소 헌병경찰로 영전됐으니깐. 넌 어느 절에 있느냐?"

"표충삽니다."

"요즘 절간은 불령선인 잠복처라던데, 그쪽 사정은 어때?" 주율이 대답을 않자, 그는 백상이 그 절을 소개했냐고 물었다.

"제 발로 찾아갔습니다."

강형사가 무슨 생각을 했던지 주율에게 바랑을 벗게 하고 내용물을 보자 했다. 바랑 속에는 목탁, 수건, 바리때, 노마님으로부터 선물 받은 무명필과 길을 가다 먹으라며 너르네가 싸준 시루떡이

들어 있었다.

"저는 속세와 인연을 끊고 선문에 귀의한 지 삼 년째 접어든 몸입니다. 주인집 심부름 다니던 예전과 다르니 의심치 마십시오."
준비 없이 뱉은 말이 의외로 담대한 데 주율 스스로 놀랐다. 강형사에게 악형당했을 때는 세상 물정 몰랐던 소싯적이었고, 간도를 다녀올 작년만 해도 이런 자를 만날까 가슴 죄었다.

주율이 표충사에 도착하기는 그날 해거름 무렵이었다. 그는 다시 한갓진 절 생활로 돌아갔고, 속세로 잠시 다녀왔던 일에 미련이 남지 않았다. 이태 만에 뵙고 온 부모님이지만 그는 구도에 정진함으로써 연민의 정을 끊었다. 그는 새벽이면 학암폭포까지 포행하여 폭포수 아래 물맞이 좌선을 하곤 20분 넘게 독경하는 일과로 하루를 열었고, 방장승 시자 노릇을 착실히 하며 삼경을 넘길 때까지 불서를 읽었다. 그래서 또래 젊은 승려들 중 그 행실이 모범적이라 원로승들의 총애를 한몸에 받았다.

"죽순이 자라듯 크는 게 뵈는구나. 옳지, 또 한 치가 컸어. 저러다 다칠걸." 삼경에 이르도록 호롱불 밑에 책을 놓지 않는 주율을 문득 깨어나 바라보며 방장승이 자주 헛소리 같은 말을 읊곤 했다.

그즈음에야 주율은 수음의 습관에서 헤어났고 절을 찾는 여자 불자를 대해도 무심할 수 있었으니, 그 점만도 수행 중 진경이 아닐 수 없었다.

명이(明夷)

조씨 부산 친정집에 울산 사돈마님이 별세했다는 통기가 전해 지기는, 안씨가 숨을 거둔 지 나흘이 지나서였다. 울산과 부산을 왕래하는 보행객주가 소식을 알렸다.

조익겸은 사부인 장례가 칠일장이란 말을 듣고 이튿날 부랴부 랴 길 나설 채비를 했다. 그동안 여러 차례 울산 사돈집과 언양 동 운사 옆 초당으로 사람을 보냈으나 그로서는 해 바뀌고 울산행이 첫걸음이다 보니 여덟 달 만이었다. 사업이 날로 번창해 그는 하 루를 쪼개어 썼다.

조익겸이 경영하는 두 개 여관 중에 구옥(舊屋)인 길안여관 지 배인 부인인 홍이엄마는 울산 노마님 별세 소식을 듣자, 이번에야 말로 어르신 모시고 울산으로 가겠다며 서방을 졸랐다.

"임자도 알다시피 내가 어디 친정이라고 따로 있소. 마님 따라 어릴 적에 울산으로 간 후 십 년 넘게 그곳에서 보내고 여기로 시집왔으니, 울산 백군수 댁은 내게 친정이나 진배없어요. 한번 간다며 별러오기 언언 삼 년여, 아직도 첫걸음 못했으니 이번만은 꼭 갔다 와야겠어요. 마님이 산중에서 여태 초막살이를 하신다니 늘 마음에 걸렸는데 이번 기회에 마님 문안인사도 드려야지. 이 기회 놓치면 또 언제 가게 될는지 알 수 없잖아요. 임자가 아무리 말려도 어르신 따라나설 테야요. 그리 알아요."

홍이엄마가 대심 있게 우기자 우억갑은 말릴 염치가 없었다. 시집온 뒤 연년생으로 아들 둘을 낳았으니 장정 걸음으로도 하룻길이 빠듯한 먼길을 젖먹이 거느리고 어찌 가느냐며 그는 여러 차례 처의 울산행을 주저앉혔던 것이다.

"소원이 그렇다면 갔다 오지 뭘. 필이놈은 젖 빨려야 하니 데려가더라고. 여기 일 바쁘니 지체 말고 어르신 오실 때 나서야 돼." 우억갑 허락이 떨어졌다.

어르신마님이 이튿날 새벽같이 길 나선다 했기에 홍이엄마는 마음부터 바빴다. 그네는 본정통 일본인 상가로 나가 물색 고운 비단 한 필을 장만하고 값싼 것으로 골라 거울 달린 박래품 화장갑도 서너 개 샀다. 집으로 돌아온 그네는 여각 복도 끝 변소 옆에 달린 골방으로 갔다. 다듬이질 소리가 들렸다.

"선화야, 방에 있니?"

"예, 마님." 선화가 다듬이질 멈추고 방문을 열었다. 선화와 함께 여각 손님을 마사하는 물금댁은 컴컴한 방안에 목침 베고 낮잠에 들어 있었다.

"울산 노마님이 별세하셨대." 선화는 말이 없었다. "나도 어르

신과 함께 울산에 가. 내가 갔다 올 동안 우리 홍이 잘 봐줘. 뱃전
에 못 나가게 해야 돼. 인력거가 부쩍 늘어 다치는 애가 있다니 한
길에 나가 놀지 못하게 하고."

"예, 마님. 잘 다녀오세요."

"너도 집 떠난 지 이태 넘겼으니 울산 땅이 그립겠구나. 전할 말
은 없고?"

"집에 가시면 저 여기 있다는 말씀은 마세요."

"이것아, 여기가 어디 사람 살 데가 못 되냐? 여태껏 울산에 있
었다면 보리죽도 먹네 못 먹네 할 텐데 여기선 그래도 삼시 세끼
에 비린 것도 먹지 않느냐. 울산 시절 정리로 잘 봐줬더니 주둥아
리 벌리면 열통 나는 말만 골라서 해."

이튿날 아침, 홍이엄마는 공들여 화장하곤 소복 차림으로 무명
치마저고리를 입었다. 나들이에 입으려 갈무리해둔 당항라 진솔
옷이 있었으나 상갓집 문상이라 걸치고 나설 수 없어 그네는 기분
이 상했다. 금목걸이에 금팔찌를 몸에 차니 그나마 반분이 풀렸다.

홍이엄마는 둘째아들 필이를 업고 보퉁이를 머리에 이었다. 그
네가 여관을 나서자 배웅인사 차린다고 선화, 물금댁, 봉술이가
한길로 나와 섰다.

"선화와 물금댁은 삼호실과 사호실 이부자리 홑청 뜯어 빨아.
내 다녀올 때까지 시침질도 마쳐놔야 해. 봉술이는 숙식비며 식대
받으면 홍이아비한테 그때그때 맡기고."

홍이엄마가 서방을 찾으니 홍복상사로 나가고 없었다. 조익겸
이 경영하는 어물 취급 객주회 홍복상사는 선창거리에 있었다. 그

586

네는 선창거리로 바쁜 걸음을 놓았다.

*

　말을 탄 조익겸과 아기 업은 홍이엄마가 울산 학산리 백군수 댁에 닿기는 이튿날 정오가 못 되어서였다. 발인 하루 전날이라 집안이 붐볐다.

　그날 밤, 행랑채 방에는 동네 아낙이 마을 나와 방에는 사람 앉을 틈이 없었고 쪽마루에까지 늘어앉았다. 모두 홍이엄마를 보며 그네가 들려주는 부산 이야기를 듣고 있었다.

　"……일본인들이 정기 연락선 고려환(高麗丸) 편에 하루 천 명 넘게 몰려나온답니다. 조선 땅에 살러 나오는 사람이 태반이지만 연락차 다니는 관리며 병정도 있고, 조선 유학생도 많지요. 그렇다 보니 부두거리 초량정 일대 여관들은 길 나선 개화 손님들로 꽉꽉 차요." 여관이 뭐하는 데냐고 방구네가 물었다. "도회지는 숫막이나 여각을 여관이라 부르지요."

　"삼월아, 그렇다면 작은마님 친정집은 부산서 내로라하는 큰 부자겠네?" 너르네 맏며느리 선돌엄마가 물었다. 내일 있을 노마님 출상을 보려 떠밭띠에서 와 있었다.

　"부자다말다요." 홍이엄마는 자기를 처녀 적 이름으로 부르는 게 기분 상했으나 내친 김에 자랑을 늘어놓았다. "길안여관에 들었다 하룻밤 자고 떠나는 길손이 돈을 흔전만전 뿌리니 어르신마님은 돈방석에 앉았지요. 지난봄엔 이층집 새 여관을 또 세웠지 뭡니까. 그뿐입니까. 부산 객주회 부회장 자리가 보통 감투가 아니랍니다. 정승 판서 부럽잖아요. 어물 도매사업이야말로 돈을 부대자루로 옮긴답니다. 모르긴 해도 어르신 재물로 말한다면 울산 삼산들판 논을 죄 사고 남을 겝니다. 내외분께서 자나 깨나, 작은 마님이 산중 초막살이를 어찌 견딜꼬, 그 걱정뿐이랍니다." 홍이 엄마가 꽃부채를 펴서 저고리 동정께를 벌리고 가슴에 바람을 넣었다. 목에 건 금목걸이가 등잔 불빛에 빛을 튀겼다.

"삼월이는 시집 한번 잘 갔어. 떡두꺼비 같은 아들 둘 낳고 떵떵거리며 산다니. 부잣집 안방마님 티가 절로 나는군." 방구네가 말했다.

"그러잖아도 여관에서 일하는 일꾼들이 나를 마님이라 부르지요. 여관에 드는 내로라하는 고관 대작까지 지배인마님이라고 존댓말을 쓴답니다. 일본인들은 예의가 얼마나 바른지 나를 보고 말끝마다 하이, 하이, 아리가토 고자이마쓰 하며 허리가 꺾어져라 절을 하고요."

"너도 일본말 하겠네?" 마루에 앉은 붙뜰네가 물었다.

"엔간한 말은 알아듣고 나도 일본말로 응대하지요."

"선화는 잘 있겠지?" 너르네가 물었다.

"내가 거두지요. 말이 났으니 하는 말인데, 선화가 처음 우리 집으로 와서 나를 보고 언니라 부르다 침모댁한테 꾸중을 된통 들었지요. 자기도 마님이라 존대하는데 피붙이도 아닌 애가 말버릇이 뭐냐고. 내가 옛정 생각해서 그냥 언니라 불러라 해도 집안 늙은이들까지 마님, 마님 하니 선화도 따라서 그렇게 부르더군요."

"금목걸이에 팔찌하며, 삼월이가 마님 소리 듣게도 됐고만." 매실댁이 말했다.

"이 정도야 어디 대단한 건가요. 노마님 장례 온다고 늘 입는 비단옷도 벗었지요. 보석함은 열지도 않고 늘 차는 그대로 황황히 나선 걸음인데." 삼월이 대수롭지 않게 말했다. 팔찌와 목걸이는 그네가 돈을 주고 산 게 아니라 여관에 투숙하고 떠난 여자들이 빠뜨리고 간 걸 선화가 방걸레질하다 주워왔기에 취했던 터였다.

"네가 거둬줘 선화가 잘 있다니 다행이네." 율포댁이 비웃음을 입가에 물고 말했다.

"자기는 잘 있으니 걱정 말라며 두루 안부나 전해달래요."

*

안씨 칠일장을 마치자 장례에 참례했던 근동 대소가가 흩어졌다. 율포댁도 밀양으로 돌아갔다. 그동안 솟을대문 문지방이 닳아라 분답시끌하던 백군수 댁은 잔치 뒤끝 그대로 고즈넉해졌다.

조익겸이 장생포 어물도가에 일을 보러 출타해 홍이엄마만 행랑채 방 하나를 쓰며 머물러 있었다. 그네가 거처하는 방은 동네 아낙들이 저녁 밥숟가락 놓기 바쁘게 마을 나와 날마다 성시를 이루었다. 홍이엄마가 하는 도회지 이야기를 들으려 몰려들었던 것이다. 여객선과 증기차 말만 꺼내도 모두 감탄했는데, 대낮같이 밝은 불이 켜지는 전등, 말소리와 노래가 나오는 유성기, 일본 상점에 진열된 갖가지 박래품, 서양식 병원의 수술 이야기까지 홍이엄마가 입심 있게 지껄이니, 동네 사람들은 그 말에 홀려 밤 깊은 줄 몰라했다.

홍이엄마는 자기 자랑 섞어 이야기 보따리를 풀어놓았으나 마음 한 귀퉁이는 허허로웠다. 자기 말을 듣는 사람 중 한 사람이 빠졌기 때문이었다. 승려가 되고 말았다는 어진이였다. 그네는 울산으로 올 때 마음이 들떴다. 자신의 금의환향에 백군수 댁은 물론 학산리 이웃들이 부러움을 금치 못하겠거니 여겼지만 이를 일일이 새길 필요는 없었고 오직 한 사람, 어진이에게 복수하겠다는 마음만 시샘으로 끓었다. 선화 말로는 어진이가 중이 되어 표충사에 있다 했지만 노마님 장례에는 참석하리라 여겼던 것이다. 네 녀석이 나를 헌 짚신짝처럼 버렸어도 나는 더 좋은 낭군 만나 마님 소리 들으며 산다는 말을 보란듯 뱉어주고 싶었다. 그러나 그네가 울산에 닿았을 때, 출가 후 처음 집에 들렀다는 어진이는 절로 돌아가고 없었다. 지금 내 처신이 백군수 댁 맏며느리가 부럽지 않다고 그를 실컷 능멸하고 싶었는데 분풀이 대상이 한발 앞서 가버렸던 것이다. 복수의 감정이 맹렬한 투기로, 투기는 시간이 갈수록 어쩔 수 없는 그리움이 되어 홍이엄마 마음을 채웠다. 어진이야말로 잊을 수 없는 첫사랑이었다.

"……여관방이 여덟 개나 되니 내 밑에 거느리는 사람만도 다섯입니다. 손님 마사 담당하는 소경 여자가 둘에, 침모에 부엌데기 아낙, 중노미가 있답니다. 그래도 일이 바빠 사람을 한둘 더 써야겠는데 지천에 널린 게 인종이지만 입에 혀 같은 사람 구하기가 어디 쉽나요. 게을러빠진 식충이 아니면 손버릇 나빠 손님 물건을 훔치지 않나…… 아랫사람 부리기가 힘든 줄 이제야 알았어요."
잠에 든 젖먹이 필이를 안은 홍이엄마가 늘어놓던 말을 끊었다.
방문을 열어놓은 바깥 쪽마루 그늘에 서 있는 더벅머리 총각과 눈
이 마주치자 괜히 신경이 쓰였다. 이목구비가 뚜렷한 헌걸찬 모습
인데 아까부터 자기 말을 유심히 듣고 있었다. 그네가 말이 멈추
자, 사내는 중문을 거쳐 안채로 들어갔다. 그네가 달빛 아래 드러
난 그를 자세히 보니 백군수 댁 선산에 제물 이고 따라갔을 때 보
았던 김첨지 아들이었다. 그네는 백씨 집안이 망했다 보니 묘지기
자식까지 야밤에 안채 출입을 무시로 하는구나 싶었다.

　안마당으로 들어선 김기조는 잠시 머뭇거렸다. 바깥채 마루 끝
에 허씨와 조씨가 앉아 말을 나누고 있었다. 안채 안방은 불이 밝
았고 사람 그림자가 어른거렸다.

　"기조로구나. 밤중에 웬일인가?" 조씨가 물었다.

　"스승님 뵙고 여쭐 말이 있어 들렀습니다."

　"오늘은 안 되겠다. 안방에서 어르신들이 말씀 중이시다."

　"사모님께서는 초당에 언제 올라가십니까?"

　"모레나 갈까 한다."

　김기조는, 내일 들르지요 하곤 절을 하고 물러났다. 그는 행랑
마당을 나서자 돌아가지 않고 마당귀에 서서 홍이엄마가 늘어놓
는 부산 이야기에 한동안 귀를 기울였다.

　"저 녀석은 형세아버지한테 언제 글 배웠다고 무람없게 스승님
이라 불러." 허씨가 김기조를 두고 빈정거렸다.

　"어진이가 스승님이라 불렀으니 저도 덩달아 그렇게 불러요. 초

당 서책 빌려가 글을 깨치더니 광명서숙에 입학해서도 보통학교 나온 생도들 제치고 일등을 도맡는데요." 조씨가 말했다.

"무슨 말씀이 이리 긴지 모르겠군. 낮이 긴 유월(음력)부터 집을 짓는다면 아무리 일손 더뎌도 가을걷이하기 전에 본채야 못 올리려고." 허씨가 안채 안방을 건너다보며 말했다.

안씨가 병석에 누울 즈음부터 집안에 그런 말이 돌았다. 학산리 집을 내놓고 고하골로 들어앉는, 말하자면 백군수 댁 이주 문제였다. 그 말을 먼저 꺼내기는 안씨로, 내 죽거든 이 집을 처분하고 선대 고토 고하골로 환고향하라고 말했던 것이다.

허씨는 시어머니 말씀이 더없이 반가웠다. 허구한 날 서방은 낮이면 한량들과 어울려 골패짝 만지는 게 일이었고 밤이면 작취로 보냈다. 허씨 귀에 소문이 들어오기도 연비, 옥녀, 매월이 등 논다니 이름이 여럿이었다. 사대부집 아녀자가 서방 바깥 행실을 대놓고 나무랄 수 없었으나, 안씨는 살아생전 자식의 허랑한 생활을 두고 준엄하게 꾸짖기도 여러 차례였다. 그러나 서방은 이틀을 칩거하면 다시 예전 생활로 돌아가곤 했다. 그러잖아도 기우는 가세에 그쪽으로 빠져나가는 재물이 수월찮았다. 가통을 지켜온 시어머니라도 별세한다면 서방이 몇 해를 못 넘겨 주색잡기로 기둥뿌리째 날릴 게 분명했다. 어디로 옮겨가나 사람 사는 골이면 술동무에 노름동무와 기생방이 없으련만 환경이 바뀌면 서방도 제정신 차리겠거니. 허씨 궁리가 그러했다.

조씨는 조씨대로 언양 고하골로 이주하는 일이 기뻤다. 시어머니가 돌아가셨으니 동운사 초당 생활을 청산하고 애물덩이 딸자식을 학산리로 데려오고 아들 형세를 옆에 두고 거둘 수 있었다. 그러나 딸아이 윤세가 자랄 동안, 친상 중에 낳은 자식이란 이웃 험구는 그칠 날이 없을 터였다. 또한 울산 헌병대가 코앞에 있고, 서방이 그곳을 제 집 드나들 듯하는 참에 언양 땅 고하골로 들어앉으면 기찰도 피할 수 있겠거니 싶었다. 고하골로 이주하라는 시어머니 심중에는 자신의 불효를 용서해주며 둘째아들 신변도 보호해주는 언외지의(言外之意)가 담겼음을, 그네는 늦게 깨달은 셈이었다.

안채 안방에는 백상헌과 상충, 둘의 삼촌 되는 북정골 어른 백하중이 앉아 있었다. 대구부로 솔가한 그는 약전골 어름 염매시장에서 곡물상과 참기름집을 내고 있었는데 형수 상을 당해 울산으로 왔던 참이다.

백씨 문중 종가의 고하골 이주 문제는 장례를 치르기 전 문중 어른 회합에서 결정을 본 일이었다. 그러나 학산리 집을 어떻게 처분하느냐의 뒷갈망으로 세 사람이 머리를 맞대었다.

"저도 소문은 들었습니다. 마쓰카타한테 이런 큰 집이 무슨 소용에 닿겠습니까. 동척(東拓) 출장소장 녀석이 마쓰카타를 앞세운 거지요." 백상충이 화를 내어 말했다.

마쓰카타는 읍 사무소 앞에서 등유를 판매하는 가게를 열고 있었다. 조선으로 나와 동척 울산출장소 소사 노릇을 하다 점방을 낸 사내였다. 쉰다섯 칸 백군수 댁을 방매한다는 소문이 읍내에 파다하여 매입자가 여럿 나섰으나 값을 가장 후하게 쳐주겠다는 측이 마쓰카타였다. 그러나 그의 수중에는 천5백 원은커녕 현찰

백 원도 지녔을 성싶지 않았다.

"읍장도 탐을 내던데요? 읍내에 이만한 큰집 구하기가 어디 쉽습니까." 백상헌이 삼촌을 보았다.

"어쨌든 일본놈한텐 집을 넘길 수 없습니다." 백상충이 잘라 말했다.

"그럼 넌 도대체 어쩌자는 거냐. 노광중은 친일파라 못 넘긴다, 읍장과 마쓰카타상은 일본인이라 싫다. 그럼 유택으로 버려두자는 말인가? 고하에 집을 짓더라도 기와에서부터 목재며 대목 품삯이 수월찮게 들 텐데."

백상충은 형의 결기에 잠자코 있었다. 그는 나름대로 복안이 있었으나 말을 꺼내기가 무엇했다.

"이 집에서 우리 대는 물론이고 너희들이 태어났고 부모님이며 형님 형수 임종을 맞았는데, 아무리 가세가 기운들 팔아치운다는 것도 그렇긴 해. 비워두면 퇴락하겠지만 우리 가문에 출중한 후손이 나면 언젠가 이 집을 개축할 수 있을 텐데……" 백하중이 수염을 쓸며 혀를 찼다.

"제 소견으로는 이 집은 그대로 두고 형님이 고하골 별채 두 칸 방을 쓰시면 될 겁니다. 고하골 별채와 김첨지 집이 원래 선산과 전답 관리를 위해 우리가 지은 집 아닙니까. 제 식구는 초당에 그대로 눌러살 테니까요." 백상충이 마음에 묵혀둔 의견을 냈다.

"내가 그 퇴락한 별채를 쓰라고? 이 집을 팔면 그래도 열두 칸 집 지을 돈은 될 텐데, 넌 도무지 셈에 어찌 그리 어둡냐. 대궐 같은 집은 비워두고 김첨지 식구를 코앞에 두고, 귀양살이도 아닌데 콧구멍만한 별채에 내가 살아야 해? 내가 무슨 죄를 지었기에 그런 유배를 당해! 또한 작인들은 그런 나를 뭘로 보겠어? 난 그렇게 못해. 여기서 그대로 눌러살 테니 여지껏 한 논의는 없던 얘기로 하자고. 넌 동운사 초당에 그대로 살든 말든 내 알 바 아니니!"

백상헌이 한껏 유세를 부리곤 자리 차고 일어섰다.

"허허, 고얀지고. 어른 앞에서 이 무슨 버르장머린가. 나이 장년이 되도록 본 바 배운 바가 그토록 없느냐. 더욱 한 문중의 당주 된 몸으로!"

백하중의 불호령이 떨어지자 일어서던 백상헌이 상복 자락을 여미며 다시 앉았다. 백하중이 목소리를 가다듬어 두 조카에게 훈시를 내렸다.

"조선의 국권이 왜놈들 손에 넘어간 경술년에 형님께서도, 하늘 보기가 부끄러운 세상이니 왜놈들 나막신 소리 들리지 않는 깊은 산골로 은둔해야겠다는 말씀을 입버릇처럼 하셨다. 그렇게 은둔한다면 그곳은 응당 조상 유택이 있는 고하골일 것이다. 그러나 뜻을 이루지 못한 채 분사하셨고, 형수님 또한 그런 유지가 계셨으니 이주 문제의 재론은 불가함이 원칙이다. 형님께 들은 말이지만, 이한응 통정대부(通政大夫)께서 영란에 공사로 나가 있을 때 을사국치 소식을 그곳에서 듣자 자결하지 않았던가. 음독 전에 가형에게 남긴 유서로, 낙향하여 조용한 곳에서 농사나 지으며 어머님 봉양 잘하고 세상일에 상관치 마시라 했다지 않았느냐. 내가 대구로 나앉지만 않았더라도 이 집 관리를 내가 하련만 그럴 처지도 못 되니, 상충의 말을 좇아 당분간 비워둘 수밖에 없을 것이다. 상헌이 너도 한 시절 영화에 연연치 말고 지금 겪는 현실을 곰곰 생각해야 하리라. 나라가 망하고 우리 문중도 그에 따라 적빈의 처지로 옮아가버렸다. 네 또한 이제는 손에 흙 묻히고 농사짓지 않는다면 당대에 곤핍한 경우를 당할는지 모른다."

"고하골로 들어앉는다?" 그럴 수밖에 다른 방책이 없음을 인지한 듯 상헌이 고개를 떨구곤 혼잣말을 흘렸다.

"형님, 별채가 협소하다면 형님 쓰실 기와집 한 동을 따로 세우십시오. 비용은 제가 마련해보겠습니다."

"네가 무슨 돈이 있다고?" 백상헌이 귀가 트이는지 숙인 얼굴을 들었다.

"이 집을 저당 잡히면 그만한 돈은 마련될 겁니다. 제가 주선하겠습니다." 백상충이 장인을 염두에 두고 말했다. 그만한 돈을 장인으로부터 변리 없이 빌릴 수 있었으나 그냥 얻어 쓰기에는 자존심이 허락지 않았고 이 집을 담보하면 될 성싶었다. 장인 또한 물상 거래에 필요한 창고 겸용의 집칸이 장생포나 울산에 필요하다는 말을 흘린 바 있었다.

"따로 새 집을 짓는다면 내가 구태여 이 집에 눌러앉겠다고 버틸 이유야 없지. 부모님 유지도 그러했으니 선향을 찾아듦이 당주 도리겠지. 그러나 강형사놈이 하필이면 언양주재소 헌병경찰로 전근갔으니 상충이 또 그놈에게 행패나 안 당할까, 나로서는 그게 걱정이야." 백상헌이 목소리를 누그러뜨려 아우 걱정을 내보였다.

그로써 고하골 이주 문제가 매듭지어졌다.

이튿날 아침, 직계가족이 장유유서 차례대로 사당 참례를 마치고 나왔을 때였다. 아침밥도 먹기 전에 김기조가 안채로 들어와 백상충을 찾았다.

"어젯밤에 다녀갔다는 말은 들었다. 무슨 일인가?" 굴건 쓴 백상충이 물었다.

"다름이 아니옵고, 그저께 숙직실에서 잠을 자다 서숙에 소사 한 명이 더 필요하다는 서무선생님 말씀을 들었습니다. 스승님께서 교장 선생님께 말씀드려 저를 소사로 채용해주었으면, 그 청을 여쭈러 찾아뵈었습니다."

"너는 아직 생도 몸인데, 어디 소사 일을 할 수 있겠느냐?"

"쉬는 시간과 방과 후에 청소며 궂은일에 발 벗고 나서서 하겠습니다. 남보다 갑절로 일해도 사십 리 고하골 등하교보다 쉬울 겁니다. 잠은 숙직실에서 자고 두 끼니 밥만 먹여주면 월급이 없더라도 족하겠습니다." 김기조 말이 부탁드리는 투였으나 어조가 당당했다.

사당에서 나온 백상헌과 조씨가 그 말을 지켜보았다.

"알아보긴 하겠으나 생도 신분으로 가능할지 모르겠다." 백상충이 말했다. 자신의 서숙 설립 공은 지대하지만 함교장에게 그런 청까지 넣는다는 게 외람되게 여겨졌다.

"꼭 부탁드립니다" 하곤, 김기조가 행랑마당으로 물러났다.

"그 녀석, 묘지기 자식 주제에 꼴값하네. 학교 소사 자리가 정자 밑인 줄 아나." 백상헌이 말하곤 안채로 걸음을 돌렸다.

"뉘 안전인데, 말뚝 같은 자세 보구려. 부탁하는 입장이 아니라 빚 받으러 온 행실입니다." 허씨가 서방 말을 거들었다.

"앞으로 그 녀석 안채 출입 말게 하고, 볼일 있다면 행랑채서 기다리게 해." 대청으로 올라서며 백상헌이 말했다.

서방을 보고 섰던 조씨도 하고 싶은 말이 있었으나 부엌으로 물러났다. 그네는 기조를 너그러이 대하는 서방을 이해할 수 없었다. 조씨가 고하골 성묘를 다닐 때는 기조를 무심히 보았으나 그가 초당을 출입하자, 부리부리한 눈과 걸걸한 목소리가 사나운 짐승이듯 두려움이 앞섰다. 언행 또한 공손을 차리는 체 시늉만 할 뿐 거만했다. 그래서 기조를 가까이하시지 말라고 서방에게 여쭌 적이 있었으나 서방은 묵묵부답이었다. 글을 가르친 적 없는데 그가 제멋대로 스승이라 칭해도 가타부타 말이 없었고, 광명서숙에 입학까지 주선했다.

안채에서 나온 김기조는 그길로 서숙에 돌아가지 않고 홍이엄마가 쓰는 행랑방 앞에서 걸음을 멈추었다.

"부산마님, 문안드리옵니다." 김기조가 음전케 말했다.

세수하고 들어와 필이에게 젖을 물리던 홍이엄마가 큰 젖통을 섶 안에 넣고 옷매무새를 고쳐 방문을 열었다.

"자네, 고하골 김첨지 자제 아닌가?"

"그렇습니다. 요즘 광명서숙에서 신학문을 배우는 김기좁니다. 부산마님께 드릴 말씀이 있어 찾아뵈었습니다."

"무슨 말인지 하려무나." 사내답게 생긴 김기조가 부산마님 소리를 거푸 읊자 홍이엄마가 흡족하여 미소를 머금었다.

"마님께서 곧 부산으로 내려가실 줄 아온즉, 귀하신 몸으로 가마도 없이 백오십 리나 되는 먼길을 도련님 업고 가시자면 안방마님 행차에 남의 이목도 있겠고, 노독 또한 오죽하시겠습니까." 김기조 말투가 백상충보다 더 상전 받들듯했다.

"그래서?"

"저한테 여동생이 있는데 마님 아기업개로 데려갔다 부산에 도착하는 대로 돌려보냄이 어떨까 하고 감히 여쭙니다."

. 홍이엄마는 귀가 번쩍 틔었다. 어르신 모시고 울산으로 올 때 가마 탈 신분이 아니었으나 땡볕 더위에 필이를 업고 오느라 발바닥에 물집이 잡혀 고생깨나 했던 것이다.

"자네 동생은 몇 살인가?"

"올해 열여덟입니다. 보시면 알겠지만 눈썰미 있고 싹싹하여 마님 노고를 덜어드리고 길동무 삼을 만한 여식입니다."

"그렇다면 품삯을 얼마 주랴?"

"품삯이라니요. 마님 모시기도 영광인데 삯전까지 받는다는 게 말이나 될 소립니까. 돌아오는 길에 주먹밥 두어 덩이 뭉쳐 새벽 길 나서게 하면 밤 깊을 즈음 읍내에 도착할 겁니다."

"그렇게 하려무나. 장생포에 나가신 어르신이 오늘 오시면 내일 부산으로 출발할 게다. 네 누이를 길 나설 채비시켜 내일 일찍 여기로 데려오려무나."

김기조가 절을 하곤 물러났다. 솟을대문으로 걷는 김기조 뒷모습을 바라보는 홍이엄마 마음이 아침부터 흡족했다. 한식이나 추석 성묘 때 백군수 댁 제물을 목이 꺾어져라 이고 40리 길을 걸어 고하골 주인댁 선산으로 나다니던 시절에는 주인댁 묘지기인 김 첨지보다 신분이 낮아 개처럼 축담에서 밥을 먹었는데 그 자식이 자신을 상전 대접하니 절로 어깨가 으쓱해졌다.

부엌에서 밥을 짓던 너르네는 홍이엄마와 기조 말을 들었다. 예전 삼월이가 거만 떨자 배알이 뒤틀려 성질대로라면 욕지거리라도 퍼붓고 싶었으나 눈먼 딸이 그네 수하에서 목줄 달고 있어 그네는 성질을 눌러 참았다.

김기조가 학교 수업을 마치고 40리를 잰걸음 놓아 고하골에 도착했을 때는 밤이 깊어 달이 중천에 떠올랐다. 그는 부모 앞에 누이 복례를 앉히고 저간의 사정을 설명했다.

"내 말 들으면 앞으로 살길이 트일 텐데 오라비 시키는 대로만 해라."

"혼처 정할 나인데 처녀를 대처로 혼자 보내도 되겠느냐. 난 네 궁리를 알 수 없구나."

김첨지와 갈밭댁이 걱정했으나 기조는 영문 몰라하는 누이에게, 목욕하여 땟국 벗기고 어슴새벽에 길 떠날 채비를 하라고 일렀다.

이튿날, 새벽별이 스러지기 전에 책보 낀 김기조와 보퉁이 든 복례가 집을 나섰다.

"마님을 부산까지 모시고 갈 동안 입에 혀처럼 몸 아끼지 말고 눈치껏 해라. 하루 걸음에 부산까지 당도하진 못할 테니 길 가다 숫막에 들면 마님 주무실 때까지 다리를 주물러드리고 부채질도 해드려. 예쁘게 보여야 네가 부산마님 집에 눌러살 길이 트인다. 그렇게 되면 한평생 밥걱정 덜고 농사꾼 아닌 도회지 좋은 배필도 만날 수 있어. 네가 터를 잡으면 나도 부산으로 갈 게다. 사람은 모름지기 대처로 나가야 출셋길이 열리는 법이야. 이제 시대는 농업에서 상공업으로 옮아감을 학문을 통해서 배운 바 있다. 그러니 편지로 부산 생활을 내게 자주 보고해. 네가 글을 쓸 줄 모르나 누구한테 부탁하면 대필이야 안해주랴. 편지는 울산 읍내 광명서숙으로 하면 된다. 만약 네가 마님께 밉게 보여 언양으로 되돌아오게 되면 그 또한 네 팔자가 그 정도니 할 수 없겠지만." 길을 걸으며 김기조는 누이에게 여러 말로 당부와 주의를 일렀다.

"제가 부산에 눌러 있게 되면 오빠 공인 줄 알게요."

남매가 부지런히 걸어 울산 읍내 백군수 댁에 도착하니 행랑채에서 부리아범 내외와 홍이엄마가 아침밥을 먹고 있었다.

"부산마님, 약속대로 누이를 데려왔습니다."

김기조 말에 홍이엄마가 숟가락을 놓고 쪽마루로 나섰다. 그네는 삼베적삼에 무명 검정치마 입은 복례를 보았다. 한창 피어나는 나이라 복례 용자가 쓸 만했다. 살색이 깜조록했으나 시골 아이치고 이목구비가 반듯했고 제 오빠 닮아 눈썹이 짙고 눈이 컸다.

"이름이 무어냐?"

"복례라 하옵니다."

"부산에 도착할 동안 나를 수발할 수 있겠느냐?"

"예, 마님."

"그러면 옆방에 필이 잠 깼나 보고 있으려므나."

홍이엄마가 방으로 들어가 먹던 밥을 마저 먹으려 했으나 김기조가 마당에 서 있었다.

"자넨 서숙에 다닌다며 왜 섰느냐?"

"다름이 아니옵고, 제 누이가 행실 발라 마님 마음에 드신다면

여기로 돌려보내지 마시고 마님 댁 심부름 아이로 눌러두었으면
합니다. 부모님께 승낙을 얻었습니다."

"내가 알아 하겠으니 자넨 돌아가게." 홍이엄마가 말했다.

장생포에서 아침밥 먹고 길을 나선 조익겸이 학산리 사돈집에
이르기는 낮참이었다.

사랑에서 책을 읽던 백상충은 장인이 막 도착했다는 처의 말을
듣고 마당으로 나섰다. 말과 마부는 행랑채에 떨어뜨리고 조익겸
이 안마당으로 들어왔다. 장인과 사위가 사랑에 마주보고 앉았다.
열어놓은 방문 밖 화단에는 백일홍 붉은 꽃이 피어 있었다. 조씨
가 수정과 두 그릇을 팔모반에 담아 내왔다.

"대사는 무사히 잘 치렀느냐?"

"별탈 없이 끝내었습니다." 백상충이 대답하곤, 집안이 여름 넘
기기 전 언양 반곡리 고하골 선산으로 이주할 예정임을 말하고,
학산리 집 담보 문제를 꺼냈다. 그의 예상으론 허락이 쉬 떨어질
줄 알았는데 장인은 콧수염만 만지작거렸다.

"내 몇 해 전 사돈어른 장지를 따라가봤지만, 고하골로 솔가한
다면 그쪽에 백서방 거할 집은 없지 않은가?"

"담보한 돈으로 형님이 쓰실 위채를 세울까 합니다. 묘사 때 가
면 우리가 쓰는 별채가 있으니 두 칸 방을 제 가솔이 쓰면 되겠지
요. 언양에 보통학교가 없으니 형세는 울산 읍내 친지집에 맡길
겁니다."

"어린애를 맡겨두다니?"

"할머니 슬하에 응석만 늘어, 강하게 키워야죠. 언양 면소에서

602

통학하는 생도도 있다고 들었습니다만, 개한테 사십 리는 무립니다."

"부산 외가 쪽 개명된 학교로 전학시킬 생각은 없고?"

"글쎄요." 백상충은 곁길로 도는 화제를 바로잡았다. "장인어르신께서 담보건을 어떻게 맡아주셨으면 합니다."

"이제 형세어미가 초막 생활을 청산하고 읍내로 들어올 줄 알았더니…… 팔아치울 전답도 거덜나 선대 손때 묻은 본가를 사돈에게 담보 잡혀?" 하며 조익겸이 마뜩찮은 표정으로 뜰을 내다보았다. 이제야말로 사돈집이 철저히 영락하고 말았음을 그는 실감했다.

"장인어르신, 이 집을 잡고 삼백 원만 변통해주십시오. 구차한 소리 꺼내지 않으려 했으나 이 집을 친일분자나 왜놈 손에 넘길 순 없습니다."

"그렇게는 안 되겠어." 조익겸이 잘라 말했다.

"그럼 할 수 없지요" 하며, 백상충이 자리에서 일어났다.

"앉아. 어른이 자리 뜨기 전에 무슨 버릇인가!"

"거절하시니 받아들일 수밖에요. 우리 집안이 밥술 뜨기에 아직은 구차할 정도는 아닙니다."

"내가 자네 식구 살 집이나 언양 면소에 한 채 지어주지."

"그러실 필요까진 없습니다."

"자네도 그걸 알아야 해. 내가 돈푼깨나 있다기로서니 사돈집을 담보로 잡고 어찌 돈을 변통해주겠는가. 그러면 세상 사람이 나를 뭘로 보겠어? 그러니 이렇게 하도록 해. 위채래야 방 두 칸에 대청과 부엌을 둔다면 네 칸 집 아닌가. 울산 목재소에서 목재를 가져다 써. 인부 품삯이며 기타 필요한 건축 자재까지. 지불보증을 내가 서지. 그 대신 담보로 이 집 관리는 내가 하겠네. 증축이나 개축할 경우는 문중 허락을 얻겠지만, 어쨌든 내가 관리를 맡겠어."

백상충은 그 자리에서 대답하지 않고, 문중과 형님께 의논하여 물상객주 편으로 부산에 연락하겠다고 말했다.

조익겸이 마부 거느린 말을 타고 사돈집을 떠날 때, 그 뒤로 홍이엄마와 필이를 업은 복례가 따랐다.

"그애는 누군가?" 조익겸이 복례를 보며 물었다.

"묘지기 딸애입니다. 제가 발바닥이 부르터 부산까지 놉으로 데려갈까 합니다."

"생각 잘했어. 올 때 보니 독 같은 애 업고 고생이 많더군."

조익겸 일행이 백 리 가까이 하행해 장안이란 오일장 서는 면소재지까지 내려오니 초여름 해가 서산을 넘었다. 그들은 장터거리 숫막을 찾아들어 방 두 칸을 빌리고, 마부는 장꾼이 어울려 자는 방을 쓰게 했다.

홍이엄마는 부엌 뒤란에서 땀에 젖은 얼굴과 손발을 대충 닦곤 복례와 국밥으로 저녁요기를 했다. 상을 물린 복례가 호롱불 밝히고 자리를 깔자, 홍이엄마는 속옷바람으로 고단한 몸을 일찍 뉘어 칭얼대는 필이에게 젖꼭지를 물렸다.

"방문을 닫으니 덥군요. 마님, 부채 부쳐드릴까요?" 복례가 오빠가 시키는 대로 붙임성 있게 말했다.

"너는 한창 나이라 필이 업고 잘도 걷더라만 난 한나절만 걸어도 몸이 무겁구나." 홍이엄마가 나른하게 말했다.

복례가 홍이엄마 꽃부채로 바람을 내자, 시원함에 취해 필이는 곧 잠에 들었고 홍이엄마도 눈을 감았다. 복례는 한동안 부채질을 하자 졸음이 몰려왔다. 부산으로 떠난다 해 밤잠을 놓친데다 고하 골에서 울산까지, 울산에서 여기까지 필이 업고 걸어왔으니 고단하기는 홍이엄마보다 복례 쪽이었다.

"다리가 아리구나. 네가 알 밴 살을 풀어주면 잠이 잘 오겠구나." 복례가 고개방아 찧으며 대중없이 부채질을 하자, 홍이엄마가 눈을 감은 채 말했다. 그네는 날이 궂어 몸이 찌뿌둥한 밤이면 선화나 물금댁을 불러 마사를 부탁하곤 했다.

복례가 홍이엄마 속치마 안으로 손을 넣어 장딴지 살을 두 손으로 맞잡아 주물렀다.

"너는 아직 마사란 걸 모르구나. 마사는 원래 손가락부터 시작해 팔로 올라가 뒷목에서 어깨로 내려오나, 발부터 시작할 때는 발가락과 발바닥이 처음이야. 발바닥을 꼭꼭 눌러 아래로 모인 피를 위로 돌려야 내일 아침 걷는 발이 가볍지."

복례가, 그렇게 하겠다며 시키는 대로 했다. 발바닥에서 종아리로, 종아리에서 허벅진 허벅다리를 거쳐 그녀 손이 다시 무릎으로 내려오자, 홍이엄마가 그 손을 잡았다.

"여자가 여자를 마사할 때는 고쟁이 속까지 손을 넣어 다독거려 줘야 해. 다음에 너도 시집가면 내 말뜻을 알게 된다."

홍이엄마 말에 놀란 복례는 대답을 못하고 그네 고쟁이 속으로 손을 밀어 넣었다. 그녀가 허벅다리 살을 한참 주무르고 손이 아

래로 내려오려 하자, "내려가면 안 돼. 더 올라가야 해" 하고 홍이
엄마가 말했다. 복례는 콧숨을 쉬며 한 손으로 샅 위를 더듬었다.
거웃에 손길이 닿자 그녀는 그곳을 어떻게 안마해야 될지 몰랐다.

"그곳이야말로 손가락을 부드럽게 놀려 잘 어루어야 되느니라.
떨지 말고 어른 시키는 대로만 하렷다."

집 떠난 지 닷새째, 객방에 누웠자니 홍이엄마는 서방 품이 그
리웠다. 억센 근력을 옆에 두었을 때는 미처 몰랐는데 집 떠나보
니 청상에 과부된 여자의 독수공방 심사를 알 것 같았다. 그네의
감은 눈앞에 서방 맨몸이 떠올랐다. 힘은 좋았으나 검고 작달막
한 몸에 곰보 상판은 어쩔 수 없는 천티를 쓰고 있었다. 귀골인
어진이 벗은 몸이 서방 알몸에 자주 겹쳐 떠올랐다. 이번 울산길
에 어진이를 만나겠다 싶었는데 허사로 돌아간 게 여간 서운하지
않았다.

"동운사란 절이 고하골 뒷산에 있다며?"

"울산 어르신 작은서방님 초당이 그 옆에 있습니다."

"거기에 있던 어진이란 행랑자식도 봤겠구나?"

"몇 해 전, 표충사 스님이 되었다고 들었습니다."

홍이엄마는 색으로 끓던 피가 일시에 질투로 변하여 녹작지근
하게 풀리던 살이 뻣뻣하게 긴장됨을 느꼈다.

"됐다, 곤할 텐데 너도 일찍 자려무나."

그 말에 복례는 서둘러 손을 거두고 호롱불을 껐다.

*

조익겸 일행이 동래부를 거쳐 노송이 숲을 이룬 모너머고개턱에 오르자 시원한 갯바람이 불어왔다. 그들은 잠시 고개턱 주막 평상에 앉아 땀을 식혔다.

필이를 업은 복례는 훤히 틘 동남쪽을 바라보았다. 수천 채의 민가가 촘촘히 들어찬 부산 포구가 보였다. 바다는 옥빛으로 번쩍였고 선창에는 크고 작은 배가 즐비했다. 밤마다 마을 처녀들이 수틀 들고 순이 집에 모이면 도회지 이야기로 꽃을 피우고, 방물장수라도 들르면 귀 솔깃하게 듣던 부산이란 데가 꿈이 아닌 실제로 그녀 눈 아래 펼쳐져 있었다. 복례는 벌어진 입을 다물 수 없었다.

부산진성 성역길을 따라 초량정으로 들어서서야 복례는 해안을 따라 두 줄로 놓인 게 말로만 듣던 철길임을 알았다. 철길 위에 객차 한 량이 멈추어 있었다. 전신주가 철길을 따라 서 있었다. 거리 여염집 앞에는 옆이 트인 통 좁은 내리닫이 옷에 베신 신은 여자가 많았다. 여자들 발이 네댓 살 된 아이처럼 조막발이었고 쪼작걸음을 걸었다.

"마님, 저 여자들은 조선 사람이 아니죠?" 복례가 물었다.

"중국 여자들이야. 여긴 그들이 모여 사는 청관(淸館)이지."

복례는 처음 보는 광경이 모두 신기했다. 마침 집채보다 큰 물체가 좁은 철길로 굴러오고 있었다. 석탄 실은 무개차였는데, 엄청난 짐을 옮기는 힘을 보고 복례는 놀랐다. 그녀는 고하골로 돌아가면 마을 동무들에게 깨가 쏟아져라 여기서 본 것들을 이야기해주고 싶었다.

조익겸 일행은 부둣길을 따라 내려가 관부연락선(關釜連絡船) 선착장 앞을 지났다. 선착장 앞 광장에는 2층집이 즐비했고 많은 사람과 짐짝으로 성시를 이루었다. 그들은 해관청(海關廳) 앞에서 옆길로 빠져 용두산 아래 번화가로 접어들었다. 한길은 통행인들로 붐볐는데, 조선인보다 왜식 복장에 나막신 신은 일본인이 더 많았다. 우마차, 인력거, 자전거가 사람들 사이를 누비고 다녔다. 복례는 2층집 3층집 가로에 내걸린 간판과 상점 진열장을 구경하느라 맞은편에서 오던 우마차꾼과 인력거꾼으로부터 주의 말을 들었다. 해관청에서 멀지 않은 곳에 홍복상사가 있어 조익겸과 마부는 그곳에 멈추었고, 길안여관은 조금 더 가서 초량 삼정목에 있었다.

길안여관 주위는 비슷한 숙박소, 술집, 음식점이 많은 유흥가였다. 여관 앞에 걸상 내놓고 이웃 사람과 장기를 두던 우억갑이 처를 보았다.

"어제쯤 오나 했더니 오늘 왔군. 어르신도 오셨지?"

"홍복상사에 막 드셨어요. 복례야, 인사 올려라. 필이아버지고 우리 여관 지배인 되신다."

복례가 우억갑에게 다소곳이 절을 했다.

"웬 처녀야?"

"이따 얘기하겠으니 얼른 어르신께 인사드리러 가세요."

홍이엄마가 여관으로 들어서자 중노미 봉술이와 부엌 아낙 달

608

귀댁이 그네를 맞았다. 허기져 기운이 없다며 저녁밥상부터 차리라 말하곤, 흥이엄마는 여관 안채로 들어가 마루에 앉았다. 복례는 잠에 든 필이를 등짝에서 풀어 마루에 뉘었다.

여름 긴 낮이 물러가고 밤이 되자 여관에 전등불이 들어왔다. 복례는 가지만한 유리병 속에서 쏟아내는 빛이 너무 밝아 말로만 듣던 전깃불이 신기했다. 흥이엄마는 복례에게 물금댁과 선화가 쓰는 방에서 잠자라 했기에, 그녀는 보퉁이를 들고 골방으로 들어갔다. 소경이 쓰는 방이라 호롱불조차 켜지 않았다. 방문을 열어놓자 방안이 조금 밝았다. 그녀는 어둠 속에서 선화와 물금댁과 인사를 나누었다. 둘 다 소경이라 함께 잠자리 쓰기가 꺼림칙했으나 그녀는 가릴 형편이 아니었다. 물금댁은 복례 나이가 열여덟 살이란 말을 듣고 선화를 언니라 부르라 말했다. 복례는 선화언니가 백군수 댁 행랑아범 딸이란 말을 듣자, 고향 사람을 객지에서 만난 게 더없이 반가웠다.

"언니는 언제 부산으로 왔어요?" 복례가 한 살 위인 선화에게 물었다.

"일 년 반쯤 되나 보네요."

그때, 발소리가 나더니, 봉술이 방안에 얼굴을 들이밀고, 복례란 아씨 있느냐고 물었다.

"복례 씨는 마님이 찾으니 안채로 가고, 물금댁은 칠호실로 가요. 선화는 대창정 어르신이 찾을지 모르니 남아 있고."

복례는 옷깃을 여미고 안채로 들어갔다. 우서방은 돌아오지 않았고 방안은 전등불이 밝았다. 애들 둘이 잠에 들었는데 흥이엄마는 속옷바람으로 요에 누워 있었다.

"마님, 마사해드릴까요?"

"그래서 너를 불렀다."

복례가 홍이엄마 발바닥부터 정성껏 주물러나갔다. 그녀는 자신이 이곳에 남게 되는지 어떻게 되는지 몰라 조마조마한 마음으로 마님 말을 기다렸다.

"내일이라도 물금댁한테 마사술을 배워야겠다. 네 손으론 도무지 시원치가 않구나."

"마님, 그럼 저는 여기에 살게 됩니까?"

"부엌일이며 빨래일 도우며 당분간 눌러있어봐."

"마님, 고맙습니다. 열심히 일해 은공에 보답하겠습니다." 복례는 너무 기뻐 그네 장단지를 더 공들여 주물렀다.

"네게 당부 하나 해야겠다. 여기서 일하자면 부지런해야 하고 정직해야 함이 우선이겠으나, 특히 몸 간수를 잘해야 하느니라. 여긴 뭇 사내놈들이 들랑거리고 온갖 잡놈이 끓어. 선창가로 나가면 유곽도 있다. 유곽이 어떤 곳인지 아느냐?"

"모르는데요."

"여자가 사내를 상대로 몸을 파는 곳이다."

마님 말에 복례는 얼굴이 홧홧했다. 그녀 두 손이 어느덧 홍이엄마 고쟁이 안을 더듬고 있었다.

"네 눈에 색기가 있어. 만약 사내들에게 꼬리치는 날이면 지체없이 보따리 싸야 해. 알겠느냐?"

"예" 하고 복례가 조그만 소리로 대답했다.

*

　　조익겸이 울산 사돈댁 장례에서 돌아오자, 홍복상사로 그를 만나러 오는 사람이 많았다. 장사일로, 관청 부탁건으로, 변돈을 얻어 쓰려는 사람도 있었다. 대체로 그들은 조익겸 앞에 머리 조아려 눈치 살피며 하소연하기 통례였다. 조익겸은 자를 것은 자르고 편리를 보아줄 건수는 반드시 셈을 따져 이문이 있을 때만 응대했다. 며칠 동안 사무실을 비워 그는 밀린 일이 많았다. 결재할 장부를 들치며 세입과 세출 따져 주판알을 튕기고, 들어온 현찰과 입금장부 숫자를 맞추고, 건어물 물목 재고와 출납을 현물 조사했다. 사무원이 여섯, 창고 관리인과 일꾼이 열 명 넘었으나 그는 그런 일을 직접 확인 점검했다. 내 눈으로 보지 않곤 믿지 못한다는 그의 현장 중시 경영이 오늘의 재력을 쌓게 한 밑바탕이 된 터였다. 여관 두 개 경영에는 회계를 맡은 서기가 따로 있었다. 뜯기는 데는 많았으나 그 사업은 현찰 수입이 짭짤하여 홍복상사 재정에 한몫을 했다. 두 여관을 경쟁 관계로 붙여놓아 올해는 순이익이 작년 두 배로 늘어났다.

　　시간 반 동안 확인 검사를 두루 마치자 바깥이 어두웠다. 집으로 돌아가려 돈궤를 챙길 때, 초량 청관에 있는 요릿집 인화루에서 인력거꾼이 왔다.

　　"나으리님을 모셔라는 분부십니다. 강국정 어르신, 박창대 어르신과 내지인 두 분이 계십니다." 인력거꾼이 말했다.

　　강국정과 박창대는 객주로 물목은 주로 피혁을 취급했다. 조익겸은 올해 들어 명칭을 부산선인상업회의소(釜山鮮人商業會議所)로 고쳤지만 예전 상무소 회원들 모임이 있는 모양이라고 생각했다. 그는 원로에 피곤하다는 핑계로 그 자리에 빠지고 싶었으나 얼굴만 보일 셈치고 인력거에 올랐다.

조익겸이 인화루에 도착하니 일본인은 일본 영사관 주사 모토유키와, 오사카에 본사를 둔 니시하라 무역소 조선출장소장 도치기였다. 그날 모임은 조선 피혁 일본 반출에 따른 거래 약조 개정 건이었다. 선적하기 전 피혁 등급검사는 니시하라 무역소에서 관장하며, 대금 결제는 종전의 현금 지불이 아닌 한일은행 부산지점 발행 지불보증서로 대신한다는 거래 약조 변경은 조선인 객주 측에서 보자면 굴욕이 아닐 수 없었다. 종전에는 매도측 조선인과 매수측 일본인이 함께 등급검사를 했는데 이제 니시하라 무역소 측이 전담한다면 트집을 잡아 등급 조작이 얼마든지 가능했고, 지불 또한 은행 보증서라면 엿장수 마음대로 당기고 늦출 수 있었다. 조익겸이 인화루에 도착했을 때는 사무적 절차가 끝나 음식이 들어오고 있었다.

"입회인으로 조사장을 불렀더니, 너무 늦었소이다." 영사관 주사 모토유키가 말했다.

"사가집 문상차 울산에 갔다 오후 늦게 도착했소이다."

강국정과 박창대는 표정이 굳어 있었다.

"이 자리는 도치기 지점장이 마련했습니다." 모토유키가 말했다.

소매 없고 허벅지까지 트인 장의(長衣)를 입은 중국 기생들이 들어와 남자 옆에 붙어 앉았다. 나이 든 기생만이 중국 여자였고 나머지 넷은 옷만 그렇지 조선 여자였다. 질펀한 음주고회(飮酒高會)가 시작되었다. 조익겸은 연회에 끝까지 자리 지키지 않고 먼저 일어섰다. 그는 대기한 인력거에 올랐다. 서늘한 해안 바람이 술기운을 식혀주었다. 그는 인력거에 흔들리며 생각했다. 앞으로 피혁만 아니라 부산으로 집합되는 모든 물목 상권은 일본인에게 넘어갈 게 앞산에 불 보듯 환했다. 그들과 유착하지 않곤 이 바닥 상업에서 살아남을 길이 없었다. 아니면 그들이 손대지 않은 새로운 업종에 눈을 돌려야 했다. 부산 인구만도 경술년 합방 당시 조선인이 3만, 일본인은 1만 정도였다. 그러나 최근 부산 경무부 통계에 따르면 부산부가 날로 팽창하여 일본인이 3만을 넘었고 조선인은 2만 5천 정도로 줄어버린 실정이었다. 부산부는 재빨리 일본식으로 변해가고 있었다.

조익겸 자택은 용두산을 뒤로하고 부산만을 내려다보는 대창정 삼정목에 있었다. 허물어 바다를 메운 쌍산터 고개에 오르면 일본인 집단 거주구역인 서정과 부평정 일대가 한눈에 보였다. 그의 집은 조선인 거주지와 일본인 거주지 중간쯤에 있었다. 집은 대저택이었다. 솟을대문 옆에 다섯 칸 행랑채가 붙었고 바깥마당에는 큰 창고와 헛간과 마구간이 있었다. 그 앞에 널린 채전만도 3백 평은 되어 온갖 채소는 자급자족했다. 중문으로 들어가면 넓은 마당 건너 높다란 지대 위에 다섯 칸 안채가 있었고 서기, 침모, 부엌 아녀자가 쓰는 아래채가 길쭘하게 따로 있었다. 사랑은 안채 뒤쪽 용두산 산자락이 흘러내린 높은 터에 자리했는데, 그 옆에 작은 폭포에서 흘러내린 물을 채운 연당이 있었다. 연당 주위의 일본식 정원이 볼 만했다.

주인어르신이 부산에 도착했다는 소식은 본가에 알려져 있어 조익겸이 바깥마당으로 큰기침하며 들어서자 열 명 넘는 식솔과 노복이 허리 굽혀 주인을 맞았다. 조익겸은 울산으로 출가한 맏딸 아래 자식 둘을 두고 있었다. 스물두 살 난 외동아들은 일본으로 공부 떠나 집에 없었고 그 아래로 여학교에 다니는 딸이 있었다. 그는 토성정에 따로 살림을 낸 젊은 소실을 두었는데 그쪽에 남매를 두고 있으나 자식들 나이가 어렸다.

안채로 들어온 조익겸이 출입복을 벗자 엄씨가 옷을 받아 서양식 장롱 옷걸이에 걸며, 울산 딸네 집 소식부터 물었다.

"내 차근차근 얘기하겠지만, 말도 마. 사돈댁에 가면 복장 터질 일만 만난다니깐. 딸년은 말린 개구리처럼 노랗게 여위어 아직 산중서 초막살이 하고 있지, 백서방은 돈이 되랴 쌀이 되랴 책장만 넘기며 빈둥거리지…… 사가댁은 길바닥에 나앉게 된 거지 꼴로 망해버렸어."

"딸애 식구를 부산으로 불러오는 말씀은 안하셨어요?"

"백서방 항우 고집을 난들 어찌 꺾어. 대식구가 선산 있는 언양 땅 고하골로 솔가한다기에 내가 백서방한테 이 기회에 분가하라며 언양에 집칸을 지어주겠다 해도 마다하는 놈인걸." 조익겸이 결기를 돋우더니, "목욕물 데워놓았지? 온몸이 짐짝 같으니 선화를 대령해봐"하고 말했다.

조익겸이 유카타(浴衣)로 갈아입곤 나막신 끌고 사랑채로 건너 갔다. 사랑에 욕조가 있었다. 그는 집에 오면 즐겨 일본옷을 입었다.

뻣뻣한 모시옷보다 아래가 막힘 없이 트인 저들 옷이 편했다.

조익겸이 욕조에 몸을 풀고 나오자 한결 기운을 얻었다. 엄씨가 꿀을 탄 쌍화탕 그릇을 소반에 받쳐들고 왔다.

"형세는 학교에 잘 다니고, 윤세도 잘 큽디까?" 엄씨는 몸이 약해 병치레가 잦아 목소리에도 풀기가 없었다. 그렇다 보니 자기를 닮은 출가한 큰딸이 늘 마음에 걸렸다.

"손녀는 보지 못했어. 남 이목이 두려워 초막에 떨구고 어미만 내려왔더군."

"학교가 곧 하절방학이 된다던데 어미가 아이들 데리고 여기 와서 지내면 좋으련만……"

"못난 소 엉덩이에 뿔난다고, 백서방은 그 주제에 영은 얼마나 세우는지. 딸애가 죽여주십사 꼼짝달싹 못하는 걸 임자도 알잖소. 늘 그 모양이니 서방 앞에 그런 말을 감히 어찌 꺼내."

바깥에서 선화를 대령했다는 청지기 말이 들렸다. 들여보내라는 조익겸 말에 엄씨가 안채로 물러났다. 무명저고리에 몽당치마를 입은 선화가 방으로 들어왔다.

"내 누워 있으니 가까이 오려무나." 조익겸 말에 선화가 발치께에 앉았다. "그동안 별일 없었느냐?"

"예."

"요즘도 복술(卜術) 배우러 다니느냐?"

"예."

"언제쯤이면 네가 내 앞일을 맞힐 수 있겠느냐?"

선화의 대답이 없었다. 선화는 조익겸에게 청을 넣어 작년 가을

부터 보수산 아래턱에 있는 판수 마을로 복술을 익히려 다니고 있었다.

선화가 조익겸 오른손부터 지압을 시작했다. 조익겸이 선화를 올려다보았다. 표정이 없어 속내를 짐작할 수 없는 아이였다. 선화를 가까이에 두기도 이태가 되었건만 애가 사근사근 지껄이거나 웃는 모습을 본 적 없었다. 백옥을 깎아놓은 듯, 슬픔이 깃든 표정이 한결같았다.

"삼월이가 네 집안 소식 전하던가?" 조익겸은 홍이엄마를 아직 아이 적 이름으로 불렀다.

"부모님 잘 계시다는 말을 들었습니다."

선화는 조익겸 손가락과 손바닥을 거쳐 팔을 지압해나갔다. 근육과 뼈의 부위에 따라 강압(强壓)과 약압(弱壓)을 섞어가며 엄지로 누르기와 손바닥으로 누르기를 번갈았다. 팔죽지는 손으로 주무르듯이 꽉 잡았다 놓는 파악압(把握壓)으로 다스려야 뭉친 살이 풀리고 피돌기가 순조로웠다.

선화가 길안여관에 처음 발을 디뎠을 때, 그는 물금댁으로부터 두 달에 걸쳐 지압법을 배웠다. 처음 손님방에 들어갔을 때는 온몸이 쥐가 난 듯 경직되었으나 이제는 불면증, 신경통, 위경련, 두통, 멀미, 딸국질도 지압으로 다스릴 수 있었다.

선화의 지압이 조익겸 양팔과 어깨를 끝내고 발 쪽으로 내려갔다. 선화가 남자 발치께로 옮겨 앉았다. 그녀는 발가락을 굴신법(屈伸法)으로 꺾었다 펴고, 발톱은 엄지와 집게손가락으로 눌렀다. 발바닥은 무지압(母指壓)으로 엄지손가락을 힘주어 눌러야 했다.

그녀는 자신의 숨쉬기와 손 누르기를 일치시켜 정성 들여 발뒤꿈치 잘록한 부분의 힘살(아킬레스건)을 눌렀다. 사람 몸 중에 가장 질긴 힘살이 뭉쳐져 있는 곳으로 체중을 받는 주춧돌 구실을 하는 부위였다. 그녀는 유카타 아래 섶을 벌리고 털이 부숭한 다리를 주무른 뒤 무릎 관절을 손가락으로 훑어내듯 잡아당겼다 놓는 동작을 되풀이했다. 신전법(伸展法)으로, 말초 혈액순환을 도와주는 지압법이었다. 어느덧 선화 등솔기가 땀으로 젖었고 콧등에 땀이 맺혔다. 지압을 건성으로 하려면 힘이 들지 않지만 정성을 쏟기로 하자면 중노동이었다. 그녀가 처음 마사했을 때는 한 시간 정도 걸려 한 사람을 끝내면 파김치가 될 정도로 힘이 들었고 멱감듯 땀을 흘렸다. 이제 요령이 붙었는데도 어르신을 모실 때는 성의를 다해야 했기에 다른 때보다 힘이 배가 들었다.

조익겸은 막혔던 경락에 기(氣)가 소통되자, 창문을 열어 시원한 바람을 방안으로 끌어들이듯 상쾌함에 젖었다. 그는 쾌적한 기분으로 눈을 감은 채 사업 생각에 골몰했다. 일본의 무단정치가 계속 강제될 때, 조선인 상업에는 한계가 있었다. 사업을 확장하려면 이를 교묘히 막는 법적 장치가 곳곳에 덫을 치고 있었다. 그렇다면 여관 경영 같은 위락시설과 유흥업종이 제격이 아닐 수 없었다. 고급 여관을 겸한 대형 일본식 요릿집을 경영해본다? 대륙으로 나오는 관문인 부산항이야말로 최적지였다. 내지인 일급 전문 요리사를 주방장으로 앉히고 기생도 두고…… 기생은 일본 여자와 조선 여자를 반반 섞어서 쓴다. 그렇게 되면 수익성이 보장될뿐더러 조선으로 들랑거리는 일본 상류층과의 교제가 사업에도 적잖은 도움을 줄 것이다. 문제는 일본인 동업자를 물색하는 길이다. 재력 있고 안면 넓은 자를 구해 합자 형태로 투자한다면 해볼 만한 사업이 될 수 있다…… 조익겸이 그런 궁리를 할 때, 선화가 작은 소리로 입을 떼었다.

"복띠를 풀어야겠습니다."

"그렇게 하려무나."

선화는 조익겸의 유카타 복띠를 더듬어 매듭을 풀었다. 앞자락을 열어 남자 살찐 배에 손을 얹었다. 그녀는 자세를 고쳐 무릎을 꿇고 지방분 많은 배를 유동압(流動壓)으로 원을 그리듯 문질렀다. 두 손으로 원을 그리며 한참 문지르곤 기를 담는 지압법인, 한 손을 등뒤로 밀어넣고 한 손은 배를 움켜쥐듯 덮어 양손으로 창자를 끌어당기듯 주물렀다.

"음, 시원하구나." 조익겸이 말을 흘리며 손을 뒤로 돌려 그녀 허리를 가볍게 안았다. 선화는 몸을 빼지 않았다.

선화가 물금댁으로부터 마사술을 배운 지 달포 만에 두번째 손님방에 들어간 날이었다. 관부연락선 편에 도착한 일본인 늙은이였다. 얼굴은 숯불이 되고 심장은 새가슴으로 뛰어, 익힌 대로 지압을 하는지 어떤지 모를 정도로 정신이 없을 때, 늙은이 손이 치마 아래로 들어왔다. 선화는 자리 차고 일어나 방에서 나오고 말았다. 그날, 네년이 요조숙녀냐며 그녀는 홍이엄마로부터 꾸중을 들었다. 골방으로 돌아와 우는 선화를 물금댁이 위로했다. "천벌받고 태어난 몸, 죽지 못해 산다면 이 세상 어떤 고난도 받아야 함이 우리들 팔자야. 마음을 청정하게 가져 한 세월 고통을 견뎌내면 다음에 죽어 두 눈 뜨고 극락왕생할 것이다. 너는 그 시작이니 앞으로 어떤 모욕과 수치를 당하더라도 참는 슬기를 배워야 한다. 내가 한가할 적이면 늘 염주알을 굴리지 않더냐. 염주알을 굴리며 나는 보리 달마선사를 생각한다. 면벽해 참선하기 아홉 해였으니 그 고통이 얼마였겠느냐. 달마선사는 스스로 그런 고통을 자청하여 깨달음을 얻었으나, 하늘은 우리에게 앞 못 보는 고통을 점지해주셨으니 참고 참아 마음의 눈을 밝혀야 한다." 마치 고승 대덕 설법이듯 물금댁이 말했다. 조익겸이 선화를 본가 사랑으로 불러 마사를 청하기는 그로부터 보름이 지난 뒤였다. 그는 홍이엄마로부터 선화 솜씨가 익숙해졌다는 말을 듣고 작정하여 집으로 들이게 했다. 몹시 춥던 밤이었다. 서툰 솜씨에 선화가 부끄러워했기에 조익겸이 안쓰러워하며, 아비가 자식을 귀여워하듯 그녀 목덜미와 턱살을 어루었다. 그러자 그는 홀연히 끓어오르는 욕정을 참지 못해 완력으로 그녀를 자기 아래 가두었다. 선화는 별 앙탈 없이 몸을 내주었다. 어둠 속에서 그녀의 젖은 얼굴을 핥던 조익겸 혀에 찝질한 눈물이 닿았다. 내가 못할 짓을 했구나 하는 때늦은 후회가 들었다. "울고 있었구나. 이 나이 되도록 욕심을 억제할 줄 모르는 내가 짐승 같은 놈이다." 선화는 말이 없었다. "울지 마라. 내가 너를 소실로 들여앉히지 않을 테니 앞으로 네 몸에 다시 손대지 않으마." 조익겸이 위로하려 선화 손을 잡았다. "이게 뭐냐?" 그녀가 손아귀에 무엇인가 잡고 있음을 알고 조익겸이 흠칫 놀랐다. "은장도이옵니다." 선화 대답이 차가웠다. "은장도라? 그럼 나를 해할 셈이었나, 아니면 자해할 작정이었나?" 조익겸 물음에 선화는 대답 않고 옷가지를 주섬주섬 찾아들었다. 조익겸은 적지 않은 수의 여자와 잠자리를 같이 해보았으나 어린 나이에, 더욱 소경으로서 서릿발 같은 여자를 대하기가 처음이었고, 은장도의 서늘한 비수가 목 앞에 어른거림을 어둠 속에서 보았다. 그 뒤그는 선화를 취했던 날의 약속을 지켰다. 그는 소경을 상대로 욕정을 풀어야 할 만큼 여자가 궁하지 않았다. 본처와 소실 외에도그가 마음만 먹으면 품에 안을 수 있는 젊은 여자가 네댓은 되었다. 울산 하곡루에 몸값 치르고 데려와 영정(榮丁, 대창동) 요릿집 해금관에 옮겨놓고 더러 잠자리를 함께하는 연비도 그중 하나였다.

"요즘도 은장도를 품에 지니느냐?" 조익겸이 물었으나 선화는 대답이 없었다. "하루에 손님을 몇 차례 받느냐?"

"두 번 받고 세 번 받을 때도 있습니다."

"네가 청초하여 추근대는 손도 있겠구나?"

"좋은 말로 청을 물립니다."

선화가 마사 일로 여관 손님방을 들랑거린 1년 반 동안 그녀는그런 유혹을 숱해 받았고, 은장도를 들이댈 만큼 다급한 경우를맞기도 했다. 사내의 완력에 꼼짝달싹 못한 채 몸을 빼앗긴 적도두 차례 있었다.

"네 수고비는 따로 모아 금융조합에 예금하고 있으니 언젠가 목돈으로 네게 돌아갈 거다. 김서기가 매달 끝날에 입금액을 네게통기하지? 모인 돈이 얼만 줄도 알고?"

"모두 나리마님 은덕이온 줄 압니다."

"삼월이가 잘 대해주느냐? 어려운 점이 있으면 말하렷다."

"나리마님 배려가 고마울 뿐이옵니다."

조익겸 손이 치마 위로 선화 허리와 엉덩이를 더듬었으나 그녀는 내색 없이 마사를 계속했다. 그러기 한참, 그의 손끝에 힘이 풀어지더니 미끄러지듯 방바닥에 떨어졌다.

"내 나이 쉰여섯, 몇 년 넘기면 환갑이구나. 나이를 못 속이니 그 좋던 근력도 가는구나." 조익겸이 졸린 소리로 말했다.

여관에 들어 목욕과 마사를 즐기는 층은 대체로 일본 남자였다. 더러 뱃멀미를 심하게 한 일본 여자도 있었다. 선화가 마사할 때 주인어르신처럼 상대 남자가 몸을 더듬으면, 처음에는 그 손을 잡아 점잖게 제자리에 놓았다. 다시 그 짓거리를 하면 마사 일을 멈추고 상대 얼굴을 똑바로 내려다보며, 이러면 안 된다고 냉정하게 말했다. 마치 눈 멀쩡한 사람같이 소경이 쏘아보는 눈길은 누구나 섬뜩함을 그녀는 알고 있었다. 그래도 은근슬쩍 수작을 계속 붙이면 서슴없이 방에서 물러 나오거나 봉술이 이름을 불렀다. 부둣가로 나가면 소경 아닌 창기가 있다고 말하기도 했다. 그녀는 일본말로 그 정도 의사소통은 가능했다.

"돌아누우셔야겠습니다."

선화 말에 조익겸이 굵은 몸을 뒤집었다. 선화는 남자 머리 짬으로 옮겨 앉아, 단단한 어깨살을 강압(強壓)하기 시작했다. 엄지로 목 뒤를, 네 손가락을 모아 펴서 겨드랑이 쪽을 힘주어 눌렀다. 조익겸은 아슴아슴 잠에 빠져들었다. 옅게 코를 곯아 잠이 완전히 든 줄 알자 선화는 남자 몸에서 손을 떼었다.

선화는 안채 안방 앞에서, 소녀 이제 물러간다고 엄씨에게 말하곤, 청지기 길안내를 받아 지팡이 짚고 길안여관으로 돌아왔다.

이튿날 아침, 선화가 세수하고 방으로 들어오자, 늘 그렇듯 물금댁이 선화 머리채를 참빗으로 빗겨 눈뜬 사람보다 맵시 있게 땋아주고 붉은 댕기를 매어주었다. 물금댁이 선화 머리채를 손질할 동안 그네는 언제나 나직나직 타령을 읊었다. 물금댁은 「시집살이요」와 「회심곡」을 많이 외고 있었는데 대체로 애조 띤 청승맞은 가락이었다.

태어나자 앞 못 보는 눈먼 애기 처녀 되어 / 당달봉사 총각하고 백년가약 맺은 후에 / 고개 너머 시가집에 시집살이 시작하니 / 축담에서 허방 짚고 정지문에 이마 찧고 / 삽짝 밖만 나선대도 동서남북 길 몰라라 / 우물터에 물길어서 더듬더듬 집에 오다 / 짚신발이 돌팍 채어 동이물을 흠뻑 쓰고 / 물동이를 깨었다네 물동이를 깨었다네 / 시어머니 나오더니 두 발 동동 구르면서 / 에라, 이년 요망할 년 너네 집에 어서 가서 / 세간전답 몽땅 팔아 새물동이 사오너라 / 그 말 듣고 눈먼 서방 신방에서 뛰쳐나와 / 눈먼 색시 두둔하는 그 말 한번 들어보소……

타령은 계속 이어졌는데, 슬픈 대목이 있는가 하면, 웃음을 자아내는 대목도 있었다.

복례가 날라다 주는 밥상으로 두 소경이 겸상하여 늦은 아침밥을 먹었다. 여관집이어서 젓가락을 대다 만 자반 토막에 미역국도 올랐다. 손님이 먹다 남긴 찌꺼기밥과 반찬이었다. 아침밥 먹고 나자 선화는 나들이옷으로 갈아입었다. 그녀가 복술을 배우러 가는 날이었다. 지팡이 들고 마당으로 나서서 안채로 들어갔다.

"마님, 검정골에 다녀오겠습니다."

방문이 열리고 홍이엄마가 내다보며, 어젯밤에 어르신이 별 말씀 없더냐고 물었다. 선화가 아무 말씀이 없었다고 말했다.

"늘 말했듯 어르신 뵈올 때는 말조심해야 한다. 함부로 주둥아리를 놀려 집안 분란 일으켰단 가만두지 않을 테니."

선화는 안채에서 물러 나왔다. 그녀는 아침 햇볕을 뒤로하여 서남으로 길을 잡았다. 길을 걸을 때도 선생님 가르침대로 가슴 펴고 자세를 바로 세워 기공법(氣功法)으로 숨길을 조절하며, 지팡이로 앞길을 두드려 천천히 걸음을 떼었다. 한참을 걸으면 대장간 망치질 소리가 들렸다. 대장간 앞에서 열세 발을 떼면 삼거리목이 나섰다. 삼거리를 건널 때는 수채가 있어 조심해야 했다. 삼거리에서 사람 소리가 많이 들리는 길을 잡으면 신시장이었다. 시장통에 좌판 펴놓고, "떡 사세요. 찰떡, 시루떡, 인절미, 송편 사세요" 하고 외치는 소리를 들으면 선화는 떡장사 앞에 걸음을 멈추었다.

"단골 처녀구만. 오늘은 인절미가 맛있어. 그걸 싸주랴?" 떡장수 아주머니가 선화를 맞았다.

"찰떡도 몇 점 얹어줘요."

선화는 잠시 다리쉼하며 떡장수에게 여러 말을 물었다. 지나다니는 사람 목소리를 듣고 묻는 말이었다. "저 양반은 허우대가 크고 얼굴이 범상이겠네요?" "목소리 여린 아줌마네. 작고 오목조목하게 생겼겠어요? 저런 여자는 게으르지만 서방 비위 잘 맞추어 부부 금슬이 좋대요." 선화가 말할 때 떡장수는 용케 맞혔구나, 내가 보기엔 그렇지 않은데, 하고 대답해주었다. 길안여관에 있을 때는 입을 꿰고 있었지만 집밖으로 나오면 그녀 표정이 밝았고 말도 잘 지껄였다. 그녀는 늘 그렇듯 옥천 마님과 함께 점심참으로 먹으려 떡 2인분을 샀다. 안마하다 보면 인심 좋은 손님이 수고삯을 따로 줄 때가 있어 그녀는 그 돈을 요긴할 때 썼다.

검정골은 보수산 남녘 비탈 산자락에 초가 열서너 가구가 터를 잡고 있었다. 한때 검정골은 나병 환자들이 움집을 엮고 살아 문둥이골로 불렸다. 당시 부두거리 쪽은 빈궁한 어촌이라 동냥질이 쉽지 않아 성내(동래)로 나다니며 비럭질하고 살았다. 을사년(1905)에 일본이 조선 왕실을 위협하여 강제협약을 맺자 부산에 병대를 주둔시키고, 검정골에 모여 살던 나병 환자를 남해 외딴 섬으로 내쫓고 움집을 불태워버렸다. 그 뒤 한동안 거지떼가 그곳을 차지해 땅집을 짓고 살기도 했다. 경술년 국치(國恥) 뒤 늙마에 든 오갈 데 없는 판수가 한둘 옮겨오고부터 젊은 판수까지 뒤따라 들어와 초가를 짓고 점을 보기 시작했다. 그때부터 검정골을 하단(下端) 사람들이 점골이라 불렀다. 지금은 마을 전체가 점쟁이로 들어차, 초량 쪽 구봉산 동녘 보경사 아래 있는 무당골과 더불어 부산에서 점치고 푸닥거리할 사람은 두 곳을 찾을 만큼 알려졌다.

선화가 수소문 끝에 검정골을 알아내고 나리마님께 청을 넣어 복술을 배우고 싶다 하여 허락받은 뒤, 이곳을 처음 길잡이하기는 봉술이었다. 봉술이 두 차례 길안내를 한 뒤부터 선화는 혼자 걸음으로 나섰다. 머릿속에 새겨둔 지리를 따라 보수산으로 오르던 겨울 첫날은 해일이 높아 파도 소리가 발치를 차듯 요란했고 바람이 드세어 몸이 공중에 날릴 듯했다. 그녀는 매운 바람을 맞으며 짝지 짚고 언덕에 쪼그리고 앉아 먼바다에 한동안 귀를 세웠다. 성낸 바다가 자신을 덮쳐 싸안아 갈 듯했다. 그녀는 바다가 집 떠난 뒤 알게 된 세상 같다고 생각했다. 바다를 타넘는 어부가 되고, 험한 산을 타넘는 심마니가 되자면, 자신 또한 명판수가 되는 길만이 세상 바다와 산을 넘을 수 있다고 믿었다.

복다복 다복녀야 너는 어디 길 나섰냐 / 우리 엄마 산소란다 젖 맛보러 길 나섰지 / 이슬 많아 못 간단다 이슬 많음 털고 가지 / 산이 높아 못 간단다 산 높으면 기어가지 / 물이 깊어 못 간단다 물 깊으면 헤엄치지 / 우리 엄마 산소 가면 홍도개꽃 피었단다 / 그 꽃 꺾어 먹어보면 우리 엄마 젖 맛이라⋯⋯

그때 선화는 물금댁으로부터 배운 타령을 읊조리며, 반드시 명판수가 되어 언젠가 가마 타고 울산 땅을 찾으리라 결심했다. 타령가락처럼 엄마 죽고 난 뒤 산소 찾지 않고 엄마 살아생전 울산 땅을 밟아, 집 떠난 뒤 당한 수모와 한을 풀리라. 그녀는 마음에 새기고 새겼다.

*

선화가 검정골에 다닌 처음 반년 동안은 판수 노릇도 손 놓아버린 칠순의 명구할멈으로부터 점치는 기초를 익혔다. 소경 노파는 낮에도 앉아 있기보다 누워 있는 시간이 많았는데, 젊은 제자 판수에게 늘마를 의탁하고 있었다.

"왜 멀쭉이 섰느냐. 들어왔음 앉지 않고." 선화가 퇴창이 있는 작은방으로 들어가자 명구할멈이 그 말부터 했다.

선화는 목소리를 듣고 노파가 방안쪽에 누워 있음을 알았다. 그녀가 방문을 비껴 앉자, 노파가 가까이 오라고 말하더니 이름과 나이를 물었다.

"을미생으로 이름은 석선화라 하옵니다."

"열여덟, 꽃다운 나이구나. 목소리 한번 음전타. 아까운 용모가 어찌 박복하게 앞 못 보는 신세가 되었을꼬, 쯔쯔." 노파가 선화 목소리만으로 용모를 판별하더니 혀를 차며 물었다. "나한테 달마다 삯을 얼마 주고 점을 배우련?"

"할머님 달라는 대로 용채를 내겠습니다."

"내 점이 한때 하도 용해 성내 바닥에 이름을 떨쳤지. 한 달에 삼 원 내겠느냐?" 선화가 그러마고 약속했다. "그럼 네 손 한번 잡아보자." 노파가 선화 왼손을 잡더니 손가락 마디와 손금을 더듬었다. "귀인 손인데 손마디가 세구나. 클 때 험한 일 하지 않았다면, 지금 마사로 입살이 하고 있지?" 선화가 그렇다고 말했다. "판수가 되려면 총명해야 하는 법. 앞 못 보는 소경도 판수로 입사는 자는 쉰에 하나가 힘들다. 다행히 너는 머리가 좋아. 배움도 그렇다. 듣고만 있지 않고 하나를 가르치면 둘의 뜻을 물을 줄 알아야 판수가 될 수 있지. 을미생에 몇 월 며칠 몇 시 생이냐?"

"동짓달 스무아흐렛날 인시라 들었습니다."

노파가 육갑(六甲)을 짚더니, 부스스 몸을 일으켰다. 근력이 달려 매일은 힘들고 이틀거리로 만나주겠다고 그네가 말했다.

그날부터 선화는 육십사괘(六十四卦)를 짚는 법과 대오리로 점을 치는 첨통점(籤筒占)을 명구할멈으로부터 배우기 시작했다. 선화의 배움이 빠르자, 노파는 이런 말을 했다.

"명판수가 되자면 머리가 똑똑하거나 지식이 많은 것이, 나무로 치자면 곁가지에 해당될 뿐 기둥 줄기가 못 된다. 첫째, 무엇보다 영검(靈驗)이 있어야 하고, 둘째는 연조를 쌓아 많은 사례(事例)를 체득해야 한다. 점도 무당처럼 강신입무(降神入巫)가 되자면 신내림을 받아야 돼. 제 어미무당 영검이 딸로 옮아가거나, 중병을 앓다 홀연히 영검을 받거나, 치성 끝에 신내림을 받아 무당이 돼야 굿판을 제대로 짤 수 있지. 점술도 그래. 강신술(降神術)에 도통해야 인생 사주팔자가 제 길을 훤히 열어 보여. 내 삼십대 한창 시절, 그런 신내림을 받고 십 년 남짓은 새벽부터 밤까지 나를 찾는 손들로 문전성시를 이뤘지. 돈도 물 쓰듯 썼고 열다섯 부모 동기가 내게 밥줄을 대었어. 그런데 왠지 그 후론 영검이 나를 떠났어. 자연 손님 발길도 끊어지게 마련이라. 피 빨아먹으며 나를 의지했던 눈 말똥한 동기간도 내몰라라 하며 떠나갔고 부모님도 타계하셨지. 그때부터 내 신세가 내리막길이었다. 남의 점은 봐주며 내 앞길 내가 못 본 게지. 돈이 갈비(소나무의 낙엽) 쓸 듯 들어올 때 여축했다면 늙마에 내가 남 신세 지고 살겠는가. 그러니 너도 새벽마다 정한수 떠다놓고 천지신명께 정성 들여 치성해봐. 오장육부에 불이 붙듯 신이 몸에 붙어야 돼. 그래야만 명판수가 되고 돈을 벌 수 있어. 돈은 늘 벌리지 않아. 기우는 해처럼 어느 때가 되면 운이 가버리지. 운이 가기 전에 여축해둬야 해. 우리는 두 눈 멀쩡한 사람이 아니잖는가. 짐승은 늙어도 가죽과 고기 근이나 남기지만 소경은 늙고 돈 없으면 벌레만도 못해. 세상살이가 냉정하다는 건 너도 일찍 깨달았겠지."

선화는 아무 말도 하지 않았다. 명구할멈 말을 듣고 선화는 새벽마다 정주간 뒤 장독대에 정한수 떠다놓고 영검이 내리기를 손바닥 닳도록 비손했다. 그런 조화가 일어나지 않았다. 깊이 빠지면 잠과 밥을 잊을 만큼 제정신이 아니어야 하는데 아무리 비손해도 정신이 말짱했다. 몸에 신이 붙기는커녕 뜨거워지지도 않았다. 선화가 명구할멈 아래에서 여섯 달을 보낼 동안, 이치에 맞는 말만 골라가며 조목조목 묻고 이유를 따지고 들자, 노파가 쇠한 기력이 따라가지 못함인지, 네게 더 가르칠 게 없다 했다. 앞방으로 나가 제자 판수가 점보는 뒷전에 앉아 실습이나 하라 일렀다.

그즈음 선화 앞에 나타난 선생이 자칭 거사(居士)라 일컫는 배경준이었다. 그는 소경이 아니었고 키가 멀쑥하고 이목이 수려한 서른 후반의 장년이었다. 계룡산에 입산 수도하여 『주역(周易)』에 통달하여 깨달음을 이룬 끝에 속세로 내려와 검정골에서 역술소(易術所)를 개업한 이였다. 검정골에는 아무도 간판을 건 집이 없었는데 그만이 백운역술소란 팻말을 삽짝에 내달아, 검정골 사람들은 그를 백운거사라 불렀다. 그에게는 스물 중반의 얼굴 핼쑥한 처가 있었다. 옥천댁이라 불리는 그네는 서방을 두고 주인님이라 호칭했다.

선화는 백운에게 『주역』을 공부하게 되었는데, 그는 선화를 처음 보자 서죽(瑞竹)으로 그녀 운세부터 판별했다.

"사주팔자도 그러려니와 소경이 된 연유하며, 네 관상이 이 길이 아니곤 달리 설 길이 없겠어. 화수미제(火水未濟)라, 초년은 근심이 많으나 암흑이 차츰 그치고 서광이 비쳐올 것이니 깨칠 때까지 배워보도록 하거라."

백운은 선화 스승 되기를 허락했고, 수업료는 받지 않을 테니 후사(後事)를 두고 보자며 여운을 두었다. 그는 이틀에 한 번, 오전 두 시간씩 『주역』을 가르치기로 했다. 선화가 공부를 시작한 첫날, 그는 자기 이력을 밝혔다.

"나는 역술을 공부하고자 처음부터 작심하지 않았다. 우리 집안은 대대로 논산에서 중농 가세를 유지하며 춘궁기 모르고 지내왔고, 나 역시 소싯적에 서당에 다니며 사서삼경을 공부했다. 그러나 국운이 기울고 부친께서 동학에 투신하더니 갑오년(1894) 대봉기 이후 쫓기는 몸이 되자, 어느 날 밤 홀연히 집에 들러 말씀하시기를, 양이 무리와 왜국이 조선을 침노하니 식솔은 아비를 기대치 말고 깊은 산으로 들어가 화전을 일구어 난세를 등지고 생업에 전념하라 이르셨다. 그래서 모친과 우리 네 남매가 계룡산 용동골로 찾아들게 되었지. 지금도 그러하지만 스무 해 전 그때 이미 계룡산은 정감록 계시를 신봉한 팔도 사람들이 피세처로 모여들어 인재와 호걸이 많았다. 우리 형제가 책을 놓고 경작에 힘쓰기를 수삼 년, 내가 만난 분이 파계한 승려로 기공법(氣功法)과 역경(易經)

에 통달한 구공 스승이셨다……" 유건을 단정히 쓴 갸름한 얼굴에 눈이 빛나는 백운은 곧은 앉음새만큼 목소리 또한 절도가 있었다. "……농사일 틈틈이 나는 스승으로부터 먼저 기공법부터 배웠다. 내가 보자 하니 네 관상이 명철하나 오장육부가 허하고, 무엇보다 기가 빠졌다. 기가 빠진 사람은 단명하는 법이다. 너는 역을 배우기 전 먼저 숨쉬는 법부터 배워야 하리라." 백운이 말한 기공법은 중국 변방, 하늘의 지붕이라 일컫는 고산준령 지대 서장(西藏, 티베트) 땅의 라마승이 익힌 비법으로, 사람 몸의 악기(惡氣)와 질병은 기공법으로 치료된다 했다. 먼저, 앉아서 하는 호흡법은 허리를 바로 펴고 등뼈를 곧추서게 하는 것이 올바른 호흡 자세라 했다. 갈비뼈를 나오게 하고 횡경막을 아래로 밀어내는 기분으로, 아랫배가 나오게 좌정한다. 숨을 마실 때는 가슴에 공기를 가득 채운다. 이를 죄다 내보낸 다음 다시 새 공기를 채운다. 먼저 세 번에 나누어, 가슴에 가득 차게 마신다. 마시는 시간은 사람마다 맥박에 따라 다르지만 대체로 자기 맥이 여섯 번 뛰는 사이이다. 공기가 가득 채워졌으면 맥박이 네 번 뛸 동안 숨을 멈춘다. 다음, 입술을 오므리고 세 번에 걸쳐 힘을 주어 힘껏 뱉어내고 짧게 숨을 쉰다. 남김없이 다 내쉰 뒤 맥박이 세 번 뛸 동안 멈추었다, 다시 되풀이한다. 이때, 결코 지루해하거나 지치게 하지 말아야 한다. 조금이라도 피로가 느껴지면 중단해야 한다. 서서 하는 호흡법은 몸을 반듯이 하고 숨을 들이킨다. 가득 찼다고 여겨지면 한 번 더 들이쉬어 마지막까지 채운다. 그리고 천천히 내쉰다. 다시 가슴에 새 공기를 채운다. 숨을 멈추며 두 팔을 수평으로 하여 앞으로 내

민다. 힘을 주거나 긴장해서는 아니 된다. 두 팔을 어깨 쪽으로 천천히 끌어들인다. 이때 팔에 힘을 주며 주먹을 쥔다. 주먹이 어깨에 닿으면 떨릴 정도로 힘을 준다. 그 상태에서 숨을 천천히 내쉰다. 팔을 폈다 오므렸다 몇 차례 되풀이한 다음 입술을 오므리고 숨을 힘껏 내뿜는다. 이같이 몇 번을 되풀이하곤, 정화 호흡으로 마무리한다." 호흡법에 대한 설명이 있은 뒤 그가 말을 이었다. "병은 약만으로 치료되지 않는다. 환자 호흡을 조절해줌으로써 병을 고칠 수 있다는 말이다. 위장과 간과 폐에 이상이 있을 때 자신을 통제하는 호흡법으로 고통을 제거하고, 기운을 돋우고, 끓는 분을 삭인다. 즉, 인(忍)을 호흡법으로 체득하는 거다⋯⋯"

반짇고리를 차지하고 앉아 옆에서 듣던 백운의 처 옥천댁이 웃으며, "저도 처녀 적에 주인님 호흡법을 지도받아 죽을병이 낫게 되었지요" 하고 선화에게 말했다.

"안사람 병을 내가 호흡법으로 고쳤지. 호흡법을 터득하면 신경조직의 힘을 키워 신비한 초능력에 도달하는 기초가 돼." 선화는 스승의 설명이 어려워 조심스럽게 질문을 꺼내, 초능력이 무엇이냐고 물었다.

"초능력이란 얼음에 앉았어도 땀을 흘리고, 과거나 미래를 훤히 내다보고, 독심술(讀心術)로 상대방 생각을 읽을 수 있는 능력이지. 수천 년 전에 죽은 영혼을 불러오는 유체이동(幽體移動)도 자유자재로 된다. 그뿐인가. 몸은 땅에 두고 혼은 자유롭게 공간을 떠다닐 수 있어. 그러면 땅덩이 안에 일어나는 모든 일을 볼 수 있지."

선화는 스승 말을 수긍할 수 없었다. 사람의 능력으로 어찌 그렇게 될 수 있냐 싶었고, 그렇게 말하는 그가 온전한 정신을 가진 사람 같지 않았다.

"스승님께서는 초능력 어느 단계까지 들어갔습니까?"

"최상의 경지에 오르면 그렇게 된다는 말이지, 나야 입문 단계 아닌가. 그러나 호흡법으로 내 몸을 강건히 하고, 마음을 집중시키고, 분함과 성냄을 억누르고, 배가 고플 때 고프지 않게 하고, 졸음이 올 때 이를 물리치는 경지에는 이르렀지."

선화는 첫날을 호흡법에 대한 공부로 하루를 넘겼다. 둘쨋날, 백운은 선화에게 역의 세계를 설명했다.

"구공 스승께 역경을 배우기 시작하자 나는 침식을 잊을 정도였다. 우주 삼라만상의 이치가 그 변역(變易) 속에 있음을 깨닫고 감탄했었지. 『주역』을 일컬어 세상 사람들은 신비한 점괘풀이 정도로 알고 있으나 이는 우물 안 개구리가 세상을 말하는 어리석음에 불과할 뿐, 육십사괘가 풀어내는 이치야말로 동서고금 그 철리(哲理)를 능가할 사상이 없을 게다. 『계사전(繫辭傳)』 상권에 보면 이런 말이 있다. '사람은 우주의 근본 원리를 체득함으로써 천지와 나란히 하는 지위를 얻는다.' 이 말이 바로 『주역』을 한마디로 설파한 골격이 될 것이다……"

그날 가르침에서 선화는 스승이 상상세계에 사는 괴짜가 아님을 알았다. 그녀로서는 이해가 부족했으나 말에 조리가 섰다. 아니, 스승은 영계(靈界)의 망념과 역(易)의 철리를 아울러 탐구하는 유아독존(唯我獨尊)의 사유세계에 빠진 괴짜였다. 목소리는 확신과 자만심에 차 있어 쏟아내는 말에 거침이 없었다. 이틀 뒤부터 스승은 제자의 지식 정도를 가늠하지도 않고 대뜸 『계사전』부터 가르치기 시작했다. 들창을 통해 바닷바람에 섞여 꽃향기가 은은하게 묻어오던 지난 4월 초부터였다.

"이 우주는 건(天)과 곤(地)의 대립과 통일이 근본 원리이니라. 우주는 무한대의 공간과 무한대의 시간으로 짜여져 있다……" 백운이 꺼낸 첫마디였다.

선화는 말뜻을 머릿속에 새겼으나 얼른 이해되지 않았다. 그러나 처음부터 여쭐 수 없어 잠자코 있었다.

"주인님, 건은 하늘이고 곤은 땅이라 쉽게 말씀해주셔야 선화가 알아듣지요. 글자를 써가며 가르칠 수 없는 앞 못 보는 아이를 두고 어려운 말씀부터 하시면 첫 배움에서 기가 질리지 않겠습니까." 뒷전에서 다듬이질한 서방 도포에 동정을 달던 옥천댁이 말했다. 그네는 옥천 양갓집 출신 규수로 폐병이 심해 공기 좋고 물 좋은 계룡산으로 정양을 갔다 백운을 만나, 그의 호흡법과 양생법(養生法)으로 병을 고치게 되자 혼인하게 되었다 했다.

"가르치는 스승은 어려운 에움길을 빠져 넓은 평원으로 나가고, 생도는 넓은 평원에서 힘든 가풀막으로 올라감이 원칙이오. 생도가 스스로 열심을 다하여 깨우치지 못한다면 늘 넓은 평원에서 자족할 뿐 힘든 길로 오르지 못할 게다. 내 말뜻을 알겠느냐?" 백운말에 선화가 조그맣게, 예 하고 대답했다. "하늘과 땅, 시간과 공간, 높은 것과 낮은 것, 움직이는 것과 움직이지 않는 것, 이런 이치가 바로 우주의 대립 형상을 뜻한다. 만물은 나름대로 무리 짓고 나누어져 서로 관계를 맺음으로써 길흉(吉兇)이 생기게 되는 것이다. 하늘에는 상(象)이 있다. 유시 적에 너도 밝은 세상을 두 눈으로 보았다니 하늘의 일월성신(日月星辰)을 보았을 게다. 무한대 공간 건너 무한대 시간 동안 해와 달과 별은 그곳에 있어왔느니라. 그것을 상이라 한다. 땅에는 반대로 형(形)이 있다. 산천초목이 바로 형이다. 이들 상호작용이 모든 변화의 원천이 되니, 상의 천둥소리가 진동해서 형의 만물이 힘을 돋우며, 상의 바람과 비가 형의 삼라만상을 윤택하게 한다. 또한, 해와 달의 운행이 있으므로 이 땅에는 춥고 더움으로 계절이 바뀌게 되는 게다. 강(剛)을 양(陽)이라 하고 유(柔)를 음(陰)이라 하는데, 강한 것과 부드러운 것, 그 두 가지가 부딪쳐서 팔괘(八卦)의 변화가 생기니 그 변화의 결합을 나타낸 게 바로 역, 네가 배워나갈 『주역』이니라. 내 말이 어려울 게다. 그러면 내가 차근차근 설명해주마……"

첫날 백운은 거기까지 말한 뒤, 양과 음의 대립 형상과 상호 관련성을 두고 여러 예를 들어 설명했다. 선화는 스승의 말을 글로 옮겨 적어 길안여관에 돌아가 쉼 없이 외웠으면 좋으련만 그렇게 할 수 없어 안타까웠다. 깊은 뜻을 헤아려 들으며 건, 곤, 상(일월성신), 형(산천초목), 이런 말을 입속으로 되풀이 중얼거려 머릿속에 담았다.

선화가 백운에게 『주역』을 배우기 다섯번째 되는 날, 그는 역(易)이 왜 천지(天地)의 조화와 일치하는가에 대해 설명했다.

"……위로는 일월성신을 나타내는 천문을, 아래로는 산천초목을 만들어내는 땅의 지리를, 넓고 깊게 따져 이를 종합한 게 바로 역이다. 그러므로 역의 원리는 인간 눈에 보이는 세계뿐 아니

라 눈에 보이지 않는 세계에도 이치가 맞게 돼 있어. 또한 역이야
말로 만물의 시작과 마지막이 마치 수레바퀴가 굴러가듯, 크게 원
을 그리며 되풀이되는 현상임을 찾아낸 대발견이었다. 때문에 역
의 원리로서, 우리가 이렇게 살아 있음과 죽은 후의 세계를 설명
할 수 있는 거다. 동서고금 어느 고명한 책에 통달해도 역이 아니
곤 의문을 합당하게 풀 수 없다. 만물의 정기가 응집한 게 살아 있
는 모든 생명체라면, 그 정기가 흩어진 게 바로 보이지 않는 영혼
이다. 따라서 모이고 흩어짐의 원리에서 신령(神靈)의 모습 또한
통찰할 수 있느니라."

"역으로 눈에 안 보이는 신령한 일을 알 수 있단 말입니까?"

"우선 네 자세부터 틀렸다. 허리를 반듯이 곧추세워 앉아. 말을
할 때도 호흡법을 잊어서는 안 된다. 단전한 아랫배에 힘을 주어!"
스승 말이 서릿발 같아 선화가 자세를 고치고 긴 숨을 가득 들이
켰다. "네 눈에는 보이지 않지만 너는 내가 여기 있음을 알고 있듯,
내 말을 통해 보이거나 잡을 수 없는 역의 세계를 너는 지금 깨우
쳐가는 중이다. 마찬가지다. 눈에 보이는 가시적인 것 뒤에 드러
나지 않는 무형의 것이 있고, 역이 이를 풀어준다. 산목숨이 죽은
뒤의 일을, 오늘 내가 뒷날 어찌될 것임을 알게 해주는 원리가 역
속에 있다는 말이다. 이것은 무당이 접신(接神)하여 예시 받는 신
통력이 아니라, 신교육 받은 사람들이 곧잘 쓰는 말인, 과학적인
이치로 해석해낸 게 바로 역이니라."

선화는 스승의 그 말에 감동했다. 명구할멈이 명판수가 되려면
신내림을 받아야 한다고 말해서 새벽마다 정한수 떠놓고 비손했

으나 신내림은 영 자신이 없었는데, 선생은 이치로 인간 운세를 판단한다니 배움길에 바로 들어섰음을 알았다. 첫날, 스승이 초능력을 설파할 때의 허무맹랑함은 자취를 감추었다.

"역은 천지의 움직임을 그대로 비춰낸 것이라, 역의 지식은 만물을 덮고, 역의 도(道)는 천하를 구한다 했다."

백운의 가르침은 여섯 달 동안 명구할멈한테 배운 점술과 달랐다. 노파가 육갑 짚어 사람 운세를 판단하는 방법 역시 『주역』에서 나왔으나 그네는 오랜 실제 경험에 의지해 점술을 한다면, 스승은 역의 논리에 좇아 천, 지, 인, 그 세 가지 도(道)에 따라 역괘(易卦)로 풀이해 이치에 맞는 근거가 있었다.

"……역은 우주의 생성 소멸을 천명(天命)에 따라 풀이했으므로 역을 따르는 사람은 눈앞의 현상에 기뻐하거나 슬퍼하지 않는다. 자신 또한 역의 원리에 따라 살고 있기에 비록 처지가 죽을 고비에 있더라도 자기 처지를 이해하게 된다. 또한, 역을 진정으로 아는 이는 늘 인(仁)의 마음에 넘쳐 있어 만백성을 사랑할 아량을 가지는 것이다. 보아라. 천지의 도(道)는 만물을 키우면서도 인(仁)의 힘을 자랑하지 않고, 만물에 힘을 미친다. 이것이야말로 성대한 덕이요 대업의 극치가 아니겠는가. 그러나 대체로 인간은 선성(善性)을 좇으면서도, 실천과 드러냄이 옹졸하니 도를 체득한 참된 군자가 드문 법이다. 구공 스승님한테 기공법과 역을 배울 때도 스승은 늘 세속을 초월한 우주 체계의 질서 속에서 '나'를 보라 하셨느니라."

스승의 말에서 선화는 마음의 안정을 얻었다. 역을 배워 뜻에 통달되면 인의 마음이 넘쳐 속세의 희로애락을 초월한다 했다. 그렇게 된다면 소경 팔자로 사내 몸을 떡 주무르듯 하는 지금의 고통도 대수롭지 않을 터였다. 멍에를 지고 힘든 노역으로 평생을 사는 노새가 임금 수레를 끄는 말의 팔자를 부러워하지 않듯, 삼라만상은 음과 양으로 역할이 있을 것이다. 자신이 어진 마음으로 도를 좇는다면 주역이 앞날의 운명을 바꾸어줄 것이라 선화는 믿었다. 낙담하지 말고 교만하지도 말며 묵묵히 『주역』의 세계로 파고들어 가볼 일이었다.

"이 우주는 하늘과 땅으로 나누어져 있는데, 그 대립과 협력의 형국을 살피고, 삼라만상의 생육과 소멸의 법칙부터 먼저 보아야 한다. 그 이치를 깨닫게 되면 마음이 넓어지고 잔잔해져 선성(善性)으로 살아가야 할 길이 보인다. 바로 도에 들어서게 되는 게다. 그러나 대중들은 역을 오직 길흉화복 점괘로 보니 신비한 기서(奇書)라느니, 지신(至神)의 조화라고 말하지. 나는 구공 스승님께 그렇게 배웠으니 너 또한 나를 따라 기공법은 물론 우선 자기 수양부터 한 연후에 역괘 풀이를 공부해야 할 게다……" 『주역』이 나타내는 참된 뜻을 아는, 도사(道士)다운 말이었다. 그러나 『주역』에 달통한 그가 왜 계룡산에 있지 않고 속세 멀리까지 내려와 저자 사람들 사주나 보아주며 남루를 벗하여 사는지에 대해서는 말하지 않았다.

검정골에 판수를 찾아 점 보러 오는 사람은 대체로 가난의 때를 벗지 못한 아녀자들이었다. 가난과 병마에 찌들어 박복한 팔자의 한풀이나 액땜을 해보려는 아녀자와 늙은이가 시름을 잔뜩 짊어지고 언덕으로 올라왔던 것이다. 그들이 평생사주를 보고 내어놓는 돈은 보리쌀 서너 되 액수에 못 미쳤다. 판수들은 그런 단골이나마 맺힌 속마음을 잘 짚어 은근짜로 비위를 맞추며 욕구 불만을 해소해주었기에 발길이 판수 집으로 모일 수밖에 없었다. 간판까지 내걸었지만 백운역술소는 늘 한가했다. 백운은 간간이 맞는 손이나마『주역』역괘 그대로 풀이해주고 선화 가르치듯 꼬장꼬장하게 역리(易理) 강좌를 늘어놓아 몽매한 여자들은 말뜻을 새겨들을 수 없어 하품만 하다 돌아갔다. 검정골에서 연조가 짧은 탓이라기보다 그는 장소를 잘못 선택했던 것이다. 동남방 바다가 보이는 처소로 내려가 우민(愚民)을 제도하라는 자신의 주역 괘가 아직은 맞아떨어지지 않고 있었던 셈이다. 백운이 검정골에 정착했을 때, 단골을 빼앗길까봐 잔뜩 긴장했던 판수들은 역술소가 의외로 파리만 날리자 안심했고, 돈이 별 되잖은 작명(作名) 따위를 부탁하는 손은 그에게 보내주기까지 했다. 잘해야 하루에 한 건, 공치는 날이 더 많다 보니 백운역술소는 내외 입살이조차 빠듯했다. 그래서 옥천댁은 초장마을 갯가로 나가 조개 따위를 채취하는 날품을 팔아 보리쌀 됫박 값을 벌어 돌아오기도 했다. 둘 사이에는 자식이 없었고, 나이 차이가 많았으나 금슬은 좋았다. 옥천댁은 서방을 하늘같이 여겨 곤핍한 살림을 불평하지 않아, 검정골에서 원앙한 쌍으로 불렸다.

"살기에 누추함을 탓하면 군자가 아니요, 끼니가 곤궁해도 체통을 버릴 수 없다. 건과 곤이 불화하여 이 나라가 암흑의 시대를 맞아 백성이 사토(沙土)의 들짐승 꼴로 미망(迷妄)하는데, 군자가 호

의호식함은 참된 도를 익힘이 아니라 사도(邪道)의 좇음이다."백
운이 자주 하는 말이었다. 그는 그 실천의 뜻인지 하루 두 끼니로
소식(小食)했고, 선화를 가르치지 않는 오후 시간은 도사답게 기
공법을 통한 참선과 독서에 열중했다. 그러므로 마음이 자족한 자
가 그렇듯, 세상살이 근심보다는 천기(天機)의 운용에 따른 낙담
으로 한숨 쉴 적이 더 잦았다.

"진위뢰(震爲雷)라, 온 세상이 뒤집힐 듯 우뢰가 울리는구나. 서
방(西方)은 장차 뇌화(雷火)의 천기를 맞아 인민이 나락가(那落迦,
지옥)를 헤맬 것이다."구주 땅에 큰 전쟁이 일어날 것임을 두고
백운이 한 말이었다.

선화는 스승이 넉넉지 못한 중에도 수업료를 받지 않음이 이상
했다. 두 눈 멀쩡한 제자를 거둘 수도 있을 텐데 눈먼 자신에게 두
배로 열을 내어 가르치는 정성을 보더라도 내내 그냥 모른 체하며
검정골로 나다니기에 마음이 편치 않았다. 그렇다고 이유를 캐어
묻기에, 한편으로 수업료 명분으로 일정한 돈을 내밀기에는 자기
를 대하는 스승 태도가 너무 근엄했던 것이다.

"사모님, 제가 훌륭한 스승님을 만나 이렇게 역을 배워 인간의
도리를 익혀가는데 수업료를 아니 내어서야 말이 되겠습니까. 제
가 달마다 쌀 네 말 값을 내겠습니다. 제가 그만한 돈은 마련할 수
있습니다."스승 가르침을 받기 시작한 지 석 달째 되던 어느 날,
선화가 옥천댁에게 말했다.

"주인님 뜻이 그럴진대 그분 심중을 나 역시 짐작할 수 없는 입
장에서, 내가 그걸 받을 수야 없지. 때를 보아 자네 뜻을 여쭈어

보마. 내가 보자 하니 주인님은 천기가 어둡다며 괴로워하던 중에 자네를 만나자 빈 웅덩이에 물 만난 고기처럼 생기를 회복하셨어. 내 말인즉, 그렇게 생기를 회복했다 함은 좋은 제자를 받았다는 뜻도 있겠으나, 마음에 뭉쳐진 말을 쏟을 상대를 만났으니 환부의 고름을 빼듯 스스로 기를 되찾으신 게지. 자네를 가르칠 때 보면 상대 수준을 염두에 두지 않고 어려운 말을 거침없이 말씀하셔, 아 주인님이 스스로에게 다짐하는 말을 제자한테 저렇게 쏟는구나 하는 생각이 들 때도 있어." 나이에 비해 생각이 깊은 옥천댁이 그런 말로 선화의 대답을 피했다.

나흘이 지난 뒤 옥천댁은, 때가 되면 수업료를 받을 것이니 열심히 배우기나 하라는 주인님 말씀이 있었다고 선화에게 말했다.

선화는 다섯 달 남짓 동안 『계사전』『설괘전(說卦傳)』『잡괘전(雜卦傳)』을 배웠다. 백운이 멀쩡한 사람도 아닌 소경을 상대로 열성껏 가르쳤지만 선화에게는 그 강의가 주마간산 격이어서 체계적으로 역을 익히기에는 따라갈 수 없었다. 길안여관으로 돌아가 복습하려 해도 책을 볼 수 없어 스승이 했던 말을 다시 환기하여 음미하는 게 고작이었다. 학문이 어렵구나, 그렇게 수긍하면서도 우주와 삼라만상의 관계가 우연이 아닌 필연의 법칙으로 맺어져 있다는 정도만은 넉넉하게 깨달을 수 있었다. 미물로 태어난 지렁이조차 그저 생겨난 하등동물이 아니라, 지렁이가 땅 위와 땅속을 들락거리며 땅속에 공기를 불어넣어 풍화작용을 돕고 배설물로 땅을 기름지게 한다는, 그 역할의 지대함도 스승으로부터 배워 알게 된 지식이었다. "하물며 만물의 영장인 인간으로 태어났을 때,

네 비록 이 세상을 눈으로 볼 수 없으나 꼭 쓰임새가 있어 네가 이 땅에 존재함을 잊어서 안 된다. 네가 희망을 갖고 희망을 간구하며 노력할 때, 도를 찾아가는 길임을 알아야 한다." 스승의 말이 선화에게는 한 줄기 빛으로 눈앞이 밝게 트임을 느꼈다.

백운이 오동나무를 깎아 긴 것 여섯 개, 짧은 것 열두 개, 이렇게 윷가락 모양의 괘(卦) 열여덟 개를 만들어 선화에게 천지간의 변화와 그 길흉을 판단하는 방법을 가르치기 시작하기는 보름 전부터였다.

"이 괘야말로 이제 네 운명을 좌우하게 될 게다. 긴 것 여섯 개, 짧은 것 열두 개가 손에 닳아 젓가락만큼 가늘어지도록 익히고 익혀야 하리라. 네가 만약 밝은 두 눈을 가져 글을 읽을 수 있다면 한 해 정도 내게 배워도 길거리에 나앉는 사주야 봐줄 수 있겠지. 그러나 네 아무리 총명하다 해도 삼 년, 늦으면 오 년은 배워야 팔괘(八卦)가 지시하는 그 사람의 길흉을 판별할 수 있으렷다. 가르치는 자가 조급하지 않는데, 네가 빨리 배우고 싶어해도 물이 산으로 거슬러 오를 수는 없는 법. 순리(順理)의 이치에 따라 먼 앞을 내다볼 줄 알아야 한다. 정(靜)은 고요하므로 물밑까지 훤하게 비추게 되느니라. 고요함이란 분기 없이 오래 참음에 있고, 기다림에 있어. 기공법이 바로 참는 방법이 아니더냐."

스승이 오동나무를 깎아 괘를 만들 동안 칼질이 서툴러 손을 베이기도 여러 차례란 말을 옥천댁으로부터 들은 터라, 선화는 괘 열여덟 개를 마치 신주인 양 손으로 어루만졌다.

"명구할멈한테 육갑 짚어 사주 보는 법은 배웠으렷다?" 백운이 물었다. 꼿꼿하게 앉은 선화가 호흡을 가누며, 예 하고 대답했다. "그럼 팔괘 방위(方位)와 수리오행(數理五行)부터 익히도록 하자. 팔괘 모양은 역의 기본이다. 그러므로 팔괘에는 서로 다른 여러 가지 성질이 붙어 있다. 먼저 음과 양을 구별하자면, 긴 괘는 양이고 짧은 괘는 음이다." 그는 선화 앞에 긴 괘 세 개를 나란히 놓고(☰), 그 옆에 짧은 괘 여섯 개를 두 개씩 세 줄로 놓았다(☷). "긴 괘 세 개부터 만져보아라. 그 괘는 양으로, 방위는 서북방이다. 바로 건, 즉 하늘을 뜻한다. 인간으로 치자면 아버지요, 신체로는 머리에 해당되고, 동물은 말(馬)이다. 성질은 굳센 것을 나타낸다. 내 하는 말 따라 말해보아라. 건은 양으로 서북방이요, 하늘이요, 아버지요, 머리요, 말이요, 굳센 것이로다." 선화가 긴 괘 세 개를 손으로 더듬어 확인하며 낭랑한 목소리로 복창했다. "옆에 짧은 괘 여섯 개가 두 개씩 세 줄로 놓여 있느니라. 바로 음, 곤을 뜻한다. 땅은 어머니요, 신체로는 복부에 해당되고, 동물은 소(牛)요, 성질은 순하다는 뜻이다. 따라 말해보거라. 음은 곤이요, 땅이요, 어머니요, 복부요, 소요, 어질고 순한 것이로다."

첫날, 선화는 팔괘 방위와 뜻을 익히고, 나흘 동안 복습했다.

팔괘만으로는 단순해서 복잡한 사상(事象) 세계를 점치기 어렵기에 팔괘를 두 개씩 겹쳐 육효(六爻) 괘를 만들게 된 것이 바로 오늘의 역괘(易卦)라고 백운이 설명했다. 팔의 자승(제곱)이기 때문에 전부 육십사괘의 다른 결합이 생기게 되는 셈이었다. 그는 예를 들어 설명했다. "팔괘 중 리(離)는 긴 괘가 아래위를 막고 짧은 괘 두 개가 가운데 있는 꼴인데(☲), 방위가 남(南)이므로 절기로는 여름이요 양(陽)에 해당되며 불(火)을 뜻한다. 만약 여기에 곧, 즉 땅을 뜻하는 짧은 괘 여섯 개(☷)를 겹쳐놓아 꼴의 육효괘를 만들면, 불이 땅과 만나는 형국이다. 곧 욱일승천(旭日昇天)의 세력을 나타낸다……"

육십사괘로 점을 보는 육효점(六爻占)을 배우자면 만세력(萬歲曆)을 보면 쉽게 찾을 수 있으나 선화는 소경이라 손마디로 육갑 짚는 방법을 택할 수밖에 없었다. 그렇게 하여 '육효의 명칭' '육효의 위치' '육효의 상호관계'를 차례대로 익혀나갔다. 명칭만 해도 음과 양이, 여섯 개 모양에 따라 놓이는 위치마다 달랐으므로 생도가 배우는 구구셈보다 외기에 시간이 더 걸렸다.

"괘를 잘못 놓지 않았느냐. 사양(四陽)의 위치가 틀렸다!"

스승이 호통치면 선화는 재빨리 괘를 다시 놓기 여러 차례, 눈앞에 괘 모양이 훤히 떠오르는데도 머릿속은 혼란이 계속되었다. 그녀는 이렇게 어렵다면『주역』배우기를 포기해버릴까 하는 마음도 들었다. 그러나 평생 낯선 사람 몸을 마사해야 할 미천한 직업도 쉬운 일은 아니었다. 선생의 처음 말에서, 배우는 이는 넓은 평원에서 힘든 가풀막을 오른다 했고, 가풀막이 어디까지 높은지 모르나 이를 업(業)으로 알아 힘써 참고 따를 수밖에 없었다. 바로 기공법 인(忍)이 그런 가르침이었다. 또한 이 기회를 놓친다면 영원히 길안여관에서 빠져나올 수 없을 것 같았다.

선화가 가르침이 너무 어려워 스승으로부터 퇴박만 듣자, 옥천댁이, "선화야, 나도 옆에서 보아왔지만 역은 어려운 학문이란다. 칠백여 년 전 중국 송나라 대유학자로 주희란 분이 주자학을 세울 때, 우주 만물에서부터 인간사에 이르기까지 모든 이치를 역경에서 뽑아내어 이기이원론(理氣二元論)을 완성했다 하니, 그 학문의 깊이야 범인이 평생을 좇아도 쉽게 닿겠느냐. 더욱 너는 소경이니 배우기 몇 곱절 힘들겠지. 그러나 주인님도 네게 어떤 싹수가 보였기에 가르치는 것이니 참고 참아 더욱 정진하는 수밖에……" 하고 말했다.

힘들게 고산준령을 오르듯 선화가 백운 밑에서 『주역』을 배우기 그렇게 일곱 달이 후딱 지나갔다.

*

선화가 괘와 함께 싼 떡꾸러미를 들고 백운역술소 삽짝 안으로 들어섰다. 마당에 놀던 닭이 선화 지팡이질에 흩어졌다. 초가 처마 제비집에는 새끼제비가 재재거렸다.

"스승님, 저 왔습니다." 선화가 댓돌 앞에 지팡이질을 멈추며 말했다.

"날씨가 제법 더워졌구나." 도포 차림에 유건 쓴 백운이 방문을 열어놓고 꼿꼿이 앉아 책을 읽다 선화를 맞았다.

지팡이를 상기둥에 기대어 세우고 방으로 들어간 선화가 윗목에 다소곳이 앉았다. 소매 속에서 손수건을 꺼내어 이마와 인중에 맺힌 땀을 찍었다.

"수백 가지 한자 말을 무작정 외라 하니 너도 진력이 났을 게다. 글자를 눈으로 볼 수 있다면 뜻풀이해가며 익혀 한결 쉬울 텐데…… 너도 배우기 힘든 만큼 나도 가르치기 어렵구나. 어려움이란 참고 익히는 길밖에 다른 길이 없다." 백운이 말하곤 책상을 물렸다.

선화가 대답 없이 보자기를 풀어 열여덟 개 괘를 꺼내어 양과 음을 따로 갈라놓았다. 늘 그렇듯 등뼈를 세우고 아랫배에 힘을 주었다. 긴 숨을 한껏 내쉬고 잠시 멈추었다 깊이 빨아들였다.

"듣자 하니 법국에서는 팔십 년 전에 두꺼운 종이에 요철로 글자를 대신하는 부호를 만들었다더구나. 맹인이 손가락 끝의 촉각으로 점자를 만져 글을 읽을 수 있는 방법을 고안해, 서양 나라에서는 널리 통용된다는 말을 들었다. 그러나 그것이 소리글자는 몰라도 획이 난마 같은 뜻글자인 한자까지야 어디 이용이 쉽겠느냐. 연구가 더 필요하겠지."

"야소교 서양 선교사가 조선 맹인 교인을 위해 그런 점자 성경책을 만들었다는 말은 울산에 있을 때 들었습니다." 선화가 머리 숙여 괘를 만지작거리며 말했다. 눈 성한 사람도 어려운 『주역』교수를 맹인에게 가르치는 스승님 은혜가 한량없이 고마워 그녀는 얼굴을 들 수 없었다. 그러면서도 남아도는 시간이 많다지만 가망 없어 보이는 수고로움을 애써 실천하는 스승의 마음을 어렴풋이나마 짐작할 수 있었다.

"이론만 캐다 보면 점점 어려워져 네가 그만 평범한 점바치나 하겠다며 제풀에 지쳐 물러설지 모르겠구나. 점이야 『주역』에 통달하지 않고 들은풍월로 얼추 맞출 수 있겠지." 백운이 나직한 한숨을 쉬었다.

"아닙니다. 선생님이 소녀를 물리치지 않으신다면 십 년이 아니라 이십 년이 걸려도 공부를 계속하겠습니다." 선화가 얼굴을 들고 스승을 바라보았다.

"오늘부터는 딱딱한 이론을 거두고 실기에 임해보자. 네가 훨씬 재미있어할 것이다." 백운은 선화의 따가운 눈길을 피하며 육괘로 형(形) 한 가지를 만들었다. 그러며 그는 속으로, 맹인 시선이 왜 따가울까 하고 자신에게 물었다. 다른 까닭이 있지만 그렇게 질문하는 마음이 선화를 옆에 두는 이유임을 그도 깨닫고 있었다. "선화야, 이 육괘 명칭을 말해보아라."

육괘 형은 ☷☲로 되어 있었다. 선화가 손끝으로 육괘 형을 더듬었다. 한참 생각하고 그녀가, "이하(離下)와 곤상(坤上)인 줄 압니다" 하고 대답했다.

"잘 맞혔다. 육십사괘(六十四卦) 중에 처음으로 네게 가르치는 괘니 잘 새겨들거라. 괘효사(卦爻辭)를 말하기 전에 이 괘 명제는 명이(明夷)다. 명이를 뜻 그대로 풀이하자면 밝음이 깨어진다는 말이다. 비유로 풀이하건대, 현명한 것은 상해를 입는다는 뜻이다."

"흉운(凶運) 괘로군요?"

"그렇게 해석할 수도 있겠지. 그렇다면 명이를 실력껏 네 나름대로 해석해보아라."

"땅을 뜻하는 곤괘가 위에 있고, 불을 뜻하는 이괘가 아래에 있습니다. 그러므로 땅이 불을 품고 있다는 뜻입니다. 불을 품었음이 속으로 앓고 있다, 그래서 현명함이 상처를 입는다는 해석이옵니까?"

"지화명이(地火明夷). 따라 읽어라."

"지화명이."

"이 괘를 명이, 또는 지화명이라 읽는다. 태양이 땅속으로 들어간 상태다. 밝은 것이 자취를 감추고 어두운 것이 세상을 온통 지배한다. 선화 네 사주를 한마디로 말한다면 바로 그러하다."

순간, 선화의 해맑은 얼굴에 달이 구름 속으로 가리듯 넓게 그늘이 내림을 백운은 놓치지 않고 보았다. 표정이 조금도 변하지 않았고 탱탱하게 살결 어디에 한 줄 주름이 잡히지 않았는데, 그런 기미를 느낀다는 것이 사주에는 중요한 법이다. 그런즉 상대 관상은 물론, 있는 듯 없는 듯한 표정의 기미를 볼 수 없는 선화로서는, 그네가 설령 역술가가 된다 해도 앞길이, 바로 지화명이 해석 그대로이리라. 선화는 인간의 운세와 길흉을 오직 육효 자체 해석에 의존하지 않으면 안 되리라…… 그는 측은한 마음이 들었다. 그와 더불어 그는 첫 괘풀이에서 선화를 더 절망시키기로 마음먹었다.

"밝은 것이 멸하여 어둠뿐이라는 지화명이 풀이는 비단 네가 소경이라서 나온 육효가 아니다. 지화명이, 즉 빛이 멸하여 어둠뿐이라 밝음이 깨어진다는 뜻을 두고 어떤 이는 이렇게 풀이했다. 만약 선화 너를 두고 말한다면, 해석이 이러하다. 너는 등불이 없는 집과 같이 음울하고 적막하다. 서두르면 당황하게 되고, 모든 일이 어렵게만 꼬이며 분별력을 잃게 된다. 가정적으로 불행하고 친척과 우인도 너를 떠난다. 그러기에 너는 깜깜한 고난 속을 헤맨다. 네 마음의 어둠 속은 얼음과 눈덩이로 들어찼으나, 그것을 녹여줄 봄은 오지 않는다. 열매를 맺기는커녕 잎을 피우지도 못할 운명으로 늘 눈물로 어둠을 지새울 것이다……" 말을 하며 백운은 선화 표정을 살폈다. 그늘졌던 선화 얼굴은 표정이 없었다. 그늘이 지거나 개이지도 않은 상태에서 푸른 달빛을 받은 잔잔한 수면이듯 했다. 감정을 제할 줄 아는구나, 아니면 인내하고 있을까. 백운은 그렇게 짐작할 수밖에 없었다.

"스승님은 처음 저를 보시고 화수미제라, 초년 근심의 암흑이 차츰 그치고 서광이 비쳐올 것이라 말씀하시지 않았습니까. 그렇다면, 평생 땅속 숨은 빛이 땅 밖으로 나오지 않는다는 말씀입니까?"

"인간의 생사화복(生死禍福)은 태어날 때 완전무결하게 결정되는 게 아니다. 후천으로 운명이 바뀐다. 그러므로 『주역』의 참뜻은 운명의 결론을 내림에 있지 않고 운명의 개척을 촉구하는 데 있다. 『주역』의 역이 변화한다는 뜻을 지녀 변역(變易)이라 함도 바로 거기에 있다고 내가 말하지 않더냐. 전화위복(轉禍爲福)이 바로 역경(易經)의 도(道)고, 도는 군자로서 인격의 완성으로 나아가는 데 있다. 그러면 너의 평생운인 지화명이, 그 암흑 속 흉운에서 어떤 변역을 찾아내어야 할까를 들어보겠느냐." 백운이 활기차게 말했다. 그 말에 분명 표정이 밝아질 줄 알았던 선화 얼굴은 여전히 그늘이 앉았고 목석이듯 변화가 없었다. 그는 흥을 세웠다 제풀에 머쓱해지고 말았다. 순간 선화 양미간에 촉각을 세우는 느낌이 스쳐갔다. 그가 삽짝에 눈을 주었다. 처가 빨래한 버치를 이고 삽짝을 들어서고 있었다.

"선생님, 말씀을 계속해주세요." 발소리 기미를 느꼈을 텐데,

선화가 말했다.

"태양이 땅속에 숨어버려 어둠이 짙게 깔린 흉운을 다른 각도에서 해석하면, 어리석은 자가 위에 자리잡고 있어 암흑을 지배하는 형상이다. 선화 네 말처럼 현명한 이가 어리석은 자 밑에 눌려 상처를 입고 괴로워한다. 이를 큰 뜻으로 해석하자면 바로 고난이 사람을 옥(玉)으로 만든다는 이치와 같다. 고난 속에서 연마된 정성이 마침내 옥처럼 빛나려면 어떻게 해야 되겠느냐?"

옥천댁이 빨래해 온 버치를 마루에 내려놓고, 선화 왔구나 했다. 선화는 선생 질문이 떨어진 참이라 그쪽으로 목례만 하곤 선생을 마주보았다.

"어리석고 교만한 자가 세상을 다스릴 때는, 스승님이 늘 말씀하신 대로, 기다리며 참을 줄 알아야 할 것입니다."

"올바른 해석이다. 와신상담(臥薪嘗膽)이란 고사를 내 말하지 않았던가?"

"들어 알고 있습니다."

선화는 문득 지배인마님이 떠올랐다. 울산 백군수 댁 시절, 마치 동기간처럼 지냈건만 이제 마님과 하인 신분으로 격차가 나버려, 말끝마다 핀잔과 욕질이 따랐다. 그런 수모를 자신의 불행 탓으로 돌려 묵묵히 견디어왔지 언젠가 좋은 세월이 온다면 앙갚음하겠다고 마음먹어본 적 없었다.

"고난이 사람을 옥으로 만든다 함은 인(忍)을 수양의 지표로 삼아 덕(德)을 쌓고 도로 나아감을 게을리 말아야 할 것을 뜻한다. 어리석은 자가 위에서 누른다 해서 무리하게 재능을 발휘해보려

서둔다면 오히려 자신을 그르칠 뿐이다.『주역』에서도 명이(明夷)의 해석에 이런 고사를 예로 들었다. 안으로 밝은 지혜, 즉 이(離)덕을 몸에 감고 겉으로 유순한 태도로 어려운 난국을 극복한 이가 주나라 문왕이었다. 그가 은나라 주왕에게 사로잡혀 유리(羑里)에 갇혔을 때 그렇게 몸을 낮추어 겸손으로 처신하여 목숨을 부지하며 마음속으로는 자기 지조를 지켰느니라."

"스승님 말씀을 마음에 깊이 새겨 명심하겠습니다." 선화가 머리 숙여 절을 했다. 그녀는 다시 한번 이하(離下)와 곤상(坤上)의 육괘를 머릿속에 갈무리하려 앞에 놓인 윷가락 괘 모양을 손으로 확인했다.

"명덕을 갖추지 못한 어리석고 교만한 군주가 군림하면 처음에는 천자가 되어 사해(四海)를 지배하지만 마침내 갈 길을 잃고 나락의 구렁텅이로 전락하고 말 게다. 그러면 어둠 속에서 고난을 당하던 옥이 비로소 빛을 내게 된다는 이치다. 초년 네 운세가 바로 이러해. 그러므로 너는 지화명이(地火明夷) 괘를 평생 붙들고, 고난을 달게 받으며 성내지 않고 유순한 태도로, 참고 참아 네 때가 도래하기를 기다려야 하리라."

스승 말에 선화는 문득 소경인 자신에게 눈뜬 사람으로서도 익히기 어려운 역을 가르치는 이유를 어렴풋이 깨달을 수 있었다. 선생 역시 때를 기다릴 동안 스스로를 학대하는 방편으로 소경을 제자로 삼는 무거운 짐을 자청하여 지지 않았나 여겨졌다. 바윗덩이를 태산마루로 옮기듯, 소경에게 『주역』을 가르쳐줌으로써 스스로 지화명이를 실천하고 있지 않을까. 선화가 그런 상념에 매여 있을 때, 백운이 끊었던 말을 이었다.

"내가 보건대 현금의 조선이 그러하다. 일본은 어리석음과 교만을 앞세워 천하를 제패할 듯 한창 흥기하고 있는 형국이다. 조선은 지금 교만한 지배자에 눌려, 불이 땅속에 갇히듯 말할 수 없는 고초를 당하고 있다. 지금 만약 현명과 정의를 앞세워 흥기하는 운세를 탄 일본에 대항한다면 제 몸만 상할 뿐 목숨조차 부지하지 못할 것이다. 선친께서도 그리하여 객지 어느 황토에 목숨을 초개로 바치고 마셨다. 나는 새도 떨어뜨릴 듯 미친 군주가 날뛸 때는 천하의 운세가 그에게 있기에 모쪼록 온화한 얼굴로 조용히 숨어 있어야 한다. 지조를 잃지 않고 인내하여 견딘다면 멀지 않아 어리석고 교만한 지배자는 제 도끼로 제 머리를 치듯, 스스로 무너질 때가 올 것이다. 기자(箕子), 즉 아까 내가 말한 주나라 문왕은 그렇게 명지(明智)를 감추고 재능을 숨겨 폭군의 학정을 참고 이겨내었느니라." 백운이 말을 마쳤다. 그가 선화를 바라보니 자세는 꼿꼿했고 표정은 여전히 깎은 나무이듯 했다. 그녀의 그런 얼굴을 유심히 보고 있으면 그는 마음이 초조해졌다. 그는 기어코 그 말을 묻고 말았다. "내가 처음 지화명이 괘를 설명하며 네 평생 운세가 등불 없는 집과 같다고 말했을 때, 네 얼굴이 태무심한 연유가 무엇인가? 너무 달통한 듯한 표정이 내게는 괴이쩍었다." 이제 백운이 역술을 보러 온 손님이듯 선화에게 물었으나, 그녀는 한동안 잠자코 있다 뺨을 붉혔다.

"제 얼굴이 어떠했는지 제 자신은 잘 모르겠습니다만…… 소경은 성한 사람과 달리 듣는 귀가 밝은 줄 압니다. 하시는 말씀의 어조를 통해 말씀하시는 뜻의 앞뒤를 대충 판별하는 귀를 가졌습니다. 스승님께서 그 말씀을 하실 때, 저는 제 평생 운세를 두고 그렇게까지 비관하지 않았습니다. 어리석음과 교만이 차 있음인지, 아니면 여기서 더 나빠져본들, 하는 체념부터 앞선 탓인지 모르오나…… 아니, 스승님 말씀은 제게 희망을 주었습니다. 못된 자식을 두고 매질하는 아비가, 너는 이 세상에 살지 말고 어서 죽으라고 말하지만 그 아비 마음은 정말 자식이 어서 죽어주었으면 하고 바라지 않을 것입니다. 분김으로 그렇게 말하는 속에 담긴 정을 성한 사람도 알 듯, 소경은 앞을 못 보지만 말하는 이의 마음을 말뜻과 달리 읽어낼 때가 있사옵니다."

선화 말에 백운은 아무 말도 할 수 없었다. 상대의 표정이 아닌 말로써 그 마음을 읽어낸다? 연민인지 애정인지 선화에게 바람처럼 건너가던 마음 한 자락이 갑자기 뇌성벽력을 만나 갈가리 찢기는 느낌이었다. 말하는 이의 마음을 소경이 읽어내는 것까지 『주역』은 설명하지 않았다.

그날, 선화는 지화명이 괘 하나만 선생으로부터 배웠다. 이틀에 한 괘씩, 육십사괘 운세를 배우고 복습하자면 그 배움만으로도 겨울을 넘겨야 끝이 나리라 여겨졌다.

점심때가 되어 사온 떡을 풀어놓았으나 백운은 점심을 먹지 않았기에 입에 대지 않았고, 선화와 옥천댁이 떡을 나누어 먹었다. 선화는 모레 다시 뵙겠다는 인사를 하고 역술소에서 물러 나왔다.

선화가 역술소에서 나오면 힘들게 검정골까지 찾아온 길이라 두어 시간 동안 명구할멈 댁에 가서, 몽산댁이란 서른 중반의 젊은 판수가 손님을 상대로 점을 치는 것을 뒷전에서 듣는 일로 보내었다. 손이 없어 실습을 못할 때는 명구할멈에게 마사해주며 점술에 관한 이야기를 들었다.

"우리 같은 소경은 점을 배우는 데도 그 길이 따로 있어. 내 말하지만 네가 역에 너무 깊이 빠져들면 죽도 밥도 안 돼. 사지육신 멀쩡한 백운거사 그 사람도 농사나 짓는다면 한세상 밥걱정 잊고 살 팔잔데 기공법이다, 역이다 하며 거기에 홀려 자승자박(自繩自縛)한 꼴이지. 내 그 사람 사주를 보니 평생 궁기를 못 면하고 언젠가 남의 말안장에 얹혀살 팔자야. 그러니 선화 너는 부디 신내림을 받도록 하거라. 네가 신내림만 받으면 평생 팔자를 고쳐. 네 그 사주만은 틀림없다니깐." 명구할멈이 자주 하는 말이었다.

해가 시약산 쪽으로 비스듬히 기울 서너 시쯤이면 선화는 검정골을 떠났다. 그날도 명구할멈의 약한 허리를 지압해주고 그 시간쯤 검정골을 나섰다. 밤나무에서 매미가 귀따갑게 울었다. 그런 소리도 소경에게는 길잡이 구실이 되었다. 선화는 늙은 밤나무숲을 비껴 동으로 길을 잡아 언덕을 내려오며 지화명이, 자신의 괘를 입속말로 되풀이 읊었다. 읊을수록 자기 운세와 너무 합당함에 탄복했다. 그리고 역이 사람의 운을 결론지어 말하지 않고 변화를 근본으로 하여 인의(仁義)의 실천을 통해 운세를 극복하는 데 있음을 다시 한번 깨달았다. 내가 겪는 이 어둠으로부터 해방되는 길은 온화한 얼굴로 조용히 참는 데 있다. 그렇게 참고 참으면 어둠이 그칠 날이 오리라. 그렇게 다짐하자, 만약 서른 해고 마흔 해고 참고 참아도 살아생전 어둠이 그치지 않는다면 어찌하나 하는 생각이 들었다. 선생에게 미처 그 말을 여쭙지 못했으나『주역』은 그에 합당한 답을 지시하고 있을 터였다.

길안여관을 한 마장 남겨두었을 때, 마주 오던 중노미 봉술이가 선화를 불렀다.

"널 데리러 가는 길이야. 요시타로 조장이 와서 아까부터 너만 찾고 있어. 마님 화가 머리끝까지 치솟았어."

요시타로는 초량 헌병분대 사관으로 길안여관에 들를 때면 선화에게 안마를 받았다. 선화는 봉술이 손에 낚아 채인 채 잰걸음으로 길안여관에 돌아왔다.

"이것아, 가고 오는 걸음 합쳐 세 시간이면 족하다더니, 꼭 저녁 쌀 안칠 때 돼서야 돌아와. 내 주인어르신께 말씀드려 점 배우러 못 다니게 해야겠다. 소경 주제에 어디서 노닥거리다 이제 와. 그러고도 아가리에 밥 들어갈 줄 알았냐!" 홍이엄마의 악 패는 소리였다.

"마님, 죄송합니다. 앞으로는 일찍 돌아오겠어요." 선화가 두 손을 앞에 모두고 허리 깊이 숙여 절했다. 그녀는 온화한 얼굴로 참고 참으라는 스승님 말씀을 되새겼다.

"삼호실로 어서 가봐. 요시타로 사관님께서 소리치시다 조용한 걸 보니 그새 잠에 드셨는지 모르겠다."

선화는 벽을 짚고 삼호실로 갔다. 닫힌 방문을 두드리자, 방안에서 들어오라는 말이 들렸다.

"널 기다리다 잠이 들었나봐. 요즘도 점 배우러 다녀?" 유카타 차림으로 요에 누웠던 요시타로가 일어나 앉았다. 그는 서른 중반

나이로 작달막한 키에 콧수염을 길렀다.

"늦게 와 죄송합니다." 요시타로의 일본말이, 너를 찾았다는 뜻으로 짐작했기에 선화는 그 말만 했다. 급히 방으로 들어오느라 손을 씻지 않았으나 밖으로 나가기도 무엇했다. "편히 누우시지요." 요시타로 목소리로 보아 앉아 있음을 알고 선화가 말했다. 그녀는 그의 오른쪽 허리쯤에 앉아 그쪽 팔부터 주무르기 시작했다.

"승선하는 수상한 젊은 놈을 잡아 밤새 문초하느라 잠을 못 잤어."

선화는 요시타로가 하는 혼잣말 뜻을 대충 짐작했다. 초량 헌병분대 주임무는 관부연락선 승객 중 조선인 사찰이었다. 부산 부두는 섬과 대륙을 연결하는 관문이라 초량 헌병분대 임무가 막중했다. 그들은 불령선인 명단을 파악해 있었고, 배를 타고 내리는 조선인에 대해 검문검색이 철저했다.

선화는 요시타로의 팔뚝 힘살을 모지압(毋指壓)으로 누르며, 막내오빠가 울산헌병대에서 당한 고초를 떠올렸다. 요시타로는 그렇게 잡아들인 조선인을 취조하다 길안여관에 들러 선화로부터 마사를 받곤 한숨 자고 갔다.

숙주(宿主)

1915년 6월 10일, 한강 이남에서는 가장 물목 다채로운 상설시장으로 알려진 대구부 서문시장 옆에 위치한 달성공원은 남녀노소 흰옷 무리로 장사진을 쳤다. 팔도 씨름대회와 궁술대회가 연사흘 동안 공원에서 열리고 있어 구경 나온 인파가 초여름 녹음방초를 즐기며 동산을 메웠다. 공원에는 두 대회에 곁들여 아녀자들 그네타기 대회와 널뛰기 대회도 열렸다.

곳곳에 음식장사가 포장 치고 좌판을 벌였으며, 행상으로 엿장수, 과실장수, 들병이가 인파 사이를 누비며 목청을 돋구었다. 여러 지방에서 모여든 남사당패도 대목을 놓칠 수 없다는 듯 판을 벌여 풍물을 울려대고, 외줄타기며 무동희(舞童戲)를 펼쳤다. 문중회와 친목계 모임을 알리는 현수막도 곳곳에 걸렸다. '여강 이씨 종친회' '대구 약종상협회 친목회' '야소교 대구지방 전도대회' 따위의 현수막 아래도 많은 사람이 모였다.

달성공원 안에 있는 여러 개 정자 중 전망 좋은 정자에 열두어 명이 둘러앉아 주연을 즐기고 있었다. 서른 중반 장년 남자들로 옷차림도 각양각색이었다. 옷갓한 이가 있는가 하면, 국민복 차림, 양복쟁이, 승려도 있었다. 상덕태상회 주주 모임이란 명칭 아래 여러 지방에서 온 그들은 국권회복단체 발기를 위한 주무요원들이었다. 울산인 박상진과 백상충, 부산인 김조경, 풍기에 은거한 이관구, 김한종, 권영만, 채기중에, 강원도 삼척인 김동호, 전라도 보성인 이병호, 한양인 손일민, 대구인 우용대와 정운일, 서간도에서 들어온 부민단 요원 이석대 등이었다.

"……모이신 여러 동지가 견문한 바대로 네 해 전 표충사를 본부 삼아 영남유림단이 결성되었고, 세 해 전 풍기 지방을 중심으로 풍기광복단이 조직된 바 있습니다. 지난 정월대보름날 이 자리에 참석한 정운일, 김한종, 채기중, 우용대 동지를 필두로 대구지사가 안일암에서 조선국권회복단을 발기한 바 있습니다. 그 발기에 저도 참석했습니다만, 우리는 조선 국권을 회복할 그날까지 일심동체 왜적과 투쟁할 것임을 맹고한 바 있습니다. 영남 우도를 중심으로 조직된 세 갈래 비밀 구국단체는 배달민족이 광명을 찾을 그날까지 신명을 바치기로 하여 오늘에 이르렀습니다." 박상진이 잠시 말을 끊었다.

맞은쪽에 앉았던 채기중이 기침을 했던 것이다. 순사 둘이 정자로 걸어오고 있었다. 정자 주위에는 대구인 우용대가 동원한 교남학교 생도로 조직된 계명독서회 회원이 곳곳에 박혀 망을 보고 있었다.

"계속하시지요." 아래쪽 숲을 내려다보던 채기중이 순사가 오던 방향을 바꾸었다고 말했다.

"세 곳에 분산된 단체가 독자적으로, 또는 상호협조로 무력투쟁과 인민계몽을 모색하던 중, 이번에 세 단체를 총괄하고, 팔도에 걸친 전국적 조직으로 확장하려 뜻있는 여러 동지들이 자리에 모였습니다. 지면이 있거나 함자를 알 터인즉 개별 소개는 생략하겠습니다."

박상진이 말을 맺자, 김한종이 나섰다.

"박동지 말대로 우국지심을 달랠 길 없어 은거한 지사들이 향리를 중심으로 조직을 만들었으나 여태껏 활동이 여의치 못했다는 점은 인정해야 할 겁니다. 이는 총독부 무단정치가 날로 포악해지고 헌병, 경찰 감시가 조선 민중의 일거수일투족을 옥죄니 뜻은 있고 길은 보여도 수족을 움직일 수 없는 곤경에 처한 까닭도 있을 것입니다. 그렇다고 우리가 언제까지 때만 기다리며 세월을 보낼 수 없습니다……" 김한종이 잠시 숨을 돌렸다. 바지저고리 차림에 머리를 짧게 친 그는 충청도 예산 출신이었으나 1906년 민종식이 이끈 의병부대의 홍주의진(洪州義陳) 종군 이후, 집을 떠나 뜻 맞는 동지를 찾아 팔도와 만주를 주유했고, 근래 풍기를 은거처로 삼고 있었다. 그가 말을 이었다. "이번 우리가 여기 회합한 것은 세 단체는 그대로 유지하되 세 단체 열혈 동지를 따로 모아 보다 강력한 투쟁단체를 전국 규모로 결성하고, 곧바로 항일투쟁을 행동으로 옮기자는 데 뜻이 있는 줄 압니다. 박상진 동지가 주창하는 비밀, 명령, 폭동, 암살을 실천강령으로 삼자는 거지요. 새

658

단체를 결성함에 두고 혹자는 옥상옥(屋上屋)이라 여길지 모르나, 기존 단체에는 장로층 척사유림(斥邪儒林)이 다수 있어 그분들의 신중론이 오늘의 우유부단함을 자초했음이 사실입니다……"

"잠깐, 부언하여 제가 한말씀 드리겠습니다." 채기중이 나섰다. 그는 경북 영주 출신으로 김한종처럼 의병 종군자였다. 그는 강제 병합 이후 서간도로 솔가한 안동인 석주(이상룡)의 문하여서 그 역시 서간도로 들어가 석주가 유하현에 양기탁, 이시영 등과 함께 신흥강습소를 설치하고 부민단을 조직하자 스승을 도왔다. 그 와중에 박상진을 만나게 되었다. 채기중이 국내 거점을 풍기에 두었다 보니 김한종과 교분을 텄고, 한종을 박상진에게 소개했다. 그가 좌중을 둘러보며 김한종이 발언한 내용을 보충했는데, 비판이 옹골찼다. "김한종 동지가 말씀한 김에 '유명조선(有明朝鮮)'에 관해 한말씀 드리지 않을 수 없습니다. 제가 간도 지방을 자주 출입해 득한 바, 국권회복 투쟁에 신명을 바치고자 낯설고 물선 북지까지 망명해 온 척사유림측은 이역 땅에도 공자와 주자 영정을 모시며 명나라 숭정연호(崇禎年號)를 사용하고 있었습니다. 사후 자신의 묘비에 유명조선 글귀를 쓰라 유언하는 마당이라 그들의 구국운동이야말로 중화를 숭상해온 과거의 왕정 복귀를 뜻함이니, 급변하는 오늘의 만국 정세와 논리가 맞지 않는 모화사상(慕華思想)이라 하겠습니다. 중국이 공자를 숭상하고, 서양이 야소를 숭배하고, 왜놈이 천조대신(天照大神)을 받든다면, 우리 조선은 단군 대황조를 정신 지주로 삼아 이를 선양함이 원칙입니다. 독립될 그날, 조국이 공화제 정치를 펼칠지라도 단군 대황조를 받드는 정신은 자주성과 정통성을 지키는 길이요 선조가 세운 고토를 회복하자는 명분 또한 있을 것입니다."

채기중 말에 우용대가 찬성이요 하며 동의하자, 이관구와 권영만도 머리를 끄덕여 의견이 같음을 표했다.

회의 진행 과정을 지켜보는 백상충의 심기가 편하지 않았다. 회의는 처음부터 박상진 주장대로 진행되고 있었다. 상덕태상회 주주 모임 성격을 띠었다 보니, 집안 소유 부동산을 근저당 잡혀 현금 3만 원을 상회 설립에 출자한 장본인이라 회의 주재는 그가 맡음이 당연했다. 그러나 풍기광복단과 대구 조선국권회복단 주요 인물이 사전에 발언 내용을 두고 분담 역할을 모의했는지 주고받는 장단이 잘 맞았고, 그들에 의해 새 단체의 성격이 규정되고 정관이 마련될 것임이 자명했다. 이제 복벽파 유학자들은 그들의 우국진충(憂國盡忠)에도 불구하고 혁신 유생과 의병 출신자들에 의해 가차없이 비판당함을 지켜보며, 상충은 영남유림단 장래를 생각했다. 김한종이 기존 세 단체 존속을 인정한다 했으나 풍기광복단과 대구 조선국권회복단은 이번 모임으로 발전적 해체와 통합 수순을 밟게 될 터였다. 영남유림단 무력부 실무요원인 김조경, 우용대, 자기가 빠져나오면 결과적으로 문치부만 남게 되는 셈이었다. 변정기 단장과 전홍표 교장, 최규진 진사, 채병두 등 장로 얼굴이 암암하게 떠올랐다. 결과적으로 문치부 유림은 조직을 존속시키며 조선 민중계몽에 따른 사학 육성에 주력할 게 뻔했다. 표충사 승려도 무력 살상에는 관여하지 않을 것이 분명했다.

강성 발언은 박상진, 김한종, 채기중, 우용대에 의해 계속되었다.

결과, 회의는 박상진 주장을 수용하는 쪽으로 마무리되어갔다. 백상충 역시 국권회복 투쟁에 담대한 실천을 원한 터라 반대할 이유가 없었으나 박상진의 지도력, 대담성, 달변을 지켜보며 질투심이랄까, 열등의식이랄까, 묘한 비분을 씹었다.

비밀결사조직 명칭 제정에는 박상진이 '대한광복단'이란 명칭을 내놓자 이석대가 서간도에 있는 해외본부가 동일한 명칭을 사용하니 이와 구별해 '대한광복회'로 정하자는 의견을 내어 쉽게 합의를 보았다. 새 조직 대한광복회는 각 도에 지부를 두기로 했다. 지부는 자립 기반 구축을 위해 대구에 설립한 상덕태와 부산 백산상회처럼 상회를 설립하기로 하고, 상회를 지부 본부로 이용하기로 했다. 상회는 만주 안동에 설립된 삼달양행과 장춘에 설립된 상원양행이 독립운동 자금원으로 설립된 상회이기에 그쪽과 곡물을 거래하여 수익금은 만주 독립군 기지 군자금에 충당키로 합의했다. 국내 쪽과 만주 쪽 연락책은 이관구와 간도에서 온 이석대가 맡기로 했다. 이관구는 황해도 송화 출신으로 일찍 평양 대성학교를 졸업하고 숭실전문학교에 입교했으나 지하단체 조직으로 퇴학당한 뒤 하와이로 도항한 바 있었다. 그러나 독립운동에 뜻을 굳혀 1913년 귀국한 뒤 국내 거점을 풍기에 두고 만주 일대에서 여러 독립단체와 교유하며 안동과 봉천의 상회 설립에도 참여한 바 있었다.

다음 문제는, 새 단체 조직 정비였다. 대한광복회가 민족해방에 최우선을 둔다면 힘 있는 장년층이 이끌어가야 한다는 취지 아래, 노년층은 일선에서 물러앉게 했다. 이는 척사유림의 배제를 뜻함이었다. 이어, 김한종 발의에 따라 대한광복회 총사령으로 박상진을 만장일치 추대했다. 부사령은 간도 통화현 합니하 독립군 기지인 부민단과 관계를 맺고 있는 이석대로 정하고, 그가 함경도 지부장을 겸임케 했다. 경상북도 지부장은 채기중이 맡았다. 경상남도 지부장은 김조경과 백상충 합의제로 결정되었다. 경성과 경기도를 담당할 지부장은 의병 간부 출신 손일민으로 정해졌다. 황해도 지부장에는 서간도에서 돌아온 이관구가, 충청도 지부장은 출신이 그쪽인 김한종이 맡았다. 전라도 지부장과 강원도 지부장은 멀리서 온 의병 간부 출신 이병호와 삼척인 김동호가 임명되었다. 국내 총본부는 대구 상덕태상회로 결정되었고 본부 연락 책임자는 박상진이 우용대를 임명했다. 총사령은 국내 광복회를 총지휘하고, 부사령은 만주 쪽 국외 연락을 책임지기로 했다. 주무요원들이 모두 혈기 왕성한 장년층에 의병 출신이 많다 보니 광복회 지도부 명칭도 회장, 부회장보다 총사령, 부사령이란 전투적 이름을 붙이기로 결정했다. 대한광복회는 새로운 강령을 통과시켰는데, 문장이 과거 영남유림단과 달리 간명하고 현대적이었다.

大韓光復會 活動 趣旨.

一. 一般 富豪의 義捐과 日本人이 不法 徵收하는 稅金을 押收하여 이로써 武裝을 準備함.

二. 南北滿洲에 士官學校를 設置하고 人才를 養成하여 士官으로 採用함.

三. 우리 大韓의 前 義兵, 解散 軍人 및 南北滿洲 移住民을 召集하

여 訓練해서 採用함.

四. 中國과 阿羅娑에 의뢰하여 武器를 求入함.

五. 大韓, 滿洲, 北京, 上海 등 要處에 機關을 設置하되 大邱 尙德泰商會에 本店을 두고 各地에 穀物 取扱商 支店 및 旅館 또는 鑛業所를 두어, 이로써 光復會 軍事行動의 集會와 往來 등 一切 聯絡機關으로 함.

六. 行刑部를 組織하여 日本人 高等官과 韓國人 反逆分子는 隨時隨處 銃殺을 行함.

七. 武力이 完備되는 대로 日本人 殲滅戰을 斷行하여 最後 目的 大韓 光復의 完成을 기함.

회합은 강령이 통과하기까지 과거 영남유림단 발기 때와 달리 일사천리로 진행되었다. 백상충은 빠른 회의 진행을 지켜보며 한마디 발언도 하지 않았다. 같은 울산인으로 박상진이 총사령에 임명되니, 주무요원 중 유일하게 옷갓한 자신의 외톨이를 보듯 그는 비감에 잠겼다. 대의명분 앞에 옹졸한 마음을 가져서야 되냐고 자신을 타일렀으나 박상진 수하에 들어갔다는 감정이 마음을 저몄다. 한편, 대외적 활동상이 널리 알려지지 않았으나 팔도를 통틀어 을사년 국치 이후 영남 지방에서 가장 먼저 조직된 영남유림단의 공과를 평가 없이 묵살해버린 회의 분위기도 그의 마음을 허전하게 했다.

강령이 통과된 뒤 국수로 요기하고 회의는 계속되었다. 김조경이 발언권을 얻었다. 그는 유일하게 승복 차림이었다.

"영남유림단이 조직된 지 햇수로 네 해째, 우리는 일찍이 오늘 통과된 강령의 뜻을 실천하여 북지 간도에서 무기를 반입해 온 바 있고, 그 무기로 왜놈 고등관과 친일 매국노를 척살하려 기회를 엿보던 중, 작년 삼월 첫 대상자로 부산 경무국 경무부장 요시노를 지목해 저격했으나 동지의 조준 미숙으로 실패한 바 있습니다. 그러한즉, 일차 포살에 처할 왜놈 고등관이나 매국노를 오늘 선정하여 실행에 착수해야 될 줄 압니다. 우리가 이런 전체 회합을 자주 가질 수 없는 실정이라 전국 회합 때마다 반드시 실천사항을 채택함이 마땅한 줄 압니다."

"옳은 말씀입니다. 아무리 강령의 기상이 지고해도 실천이 따르지 못하면 잎만 무성할 뿐 열매를 맺지 못하는 실과나무와 같습니다. 대한광복회는 강령을 곧 실행에 옮겨야 할 것입니다." 우용대가 김조경 말을 거들었다.

"여러 동지들 뜻도 같을 줄 압니다. 그럼 실천할 구체적 안건을 토의하도록 합시다." 총사령에 임명된 박상진이 말했다.

회의는 두 시간 더 계속되어 오후 네시가 가까워서야 끝났다. 달성공원에 모처럼 잔치판이 벌어졌다 보니 사사로운 싸움과 주정꾼 행패와 왈자패들 분탕도 심심찮게 있어 관내 순사들이 바빴으므로, 대한광복회 발기총회는 순조롭게 마무리되었다. 다음 회합은 음력 7월 15일 백중날로 잡았다. 장소는 경주군 외동면 녹동리에 있는 박상진 총사령 별택(別宅)으로 결정되었다. 그날이 그의 백모 창녕 조씨 환갑날이었다.

각 지방에서 온 주무요원들이 헤어진 그날 밤, 우용대 집 대구 약전골목에 있는 약국 안채 사랑에서는 박상진, 우용대, 김한종, 채기중이 따로 모여 낮에 정한 실천강령을 실행하기로 한 결정대로 대구지방 의연 대상자를 뽑는 회의를 가졌다.

*

대구상공회의소 회두(會頭)요 선남은행 취체역인 이범덕이 히로히토 천황태자 탄신일 기념모임 연회에 참석하고 남산정 자택으로 돌아오기는 밤이 깊어서였다. 그가 인력거에서 내리자 솟을대문 앞에 비서와 청지기가 대기하고 있었다. 6월 중순의 좋은 절기였다. 우렁차게 짖던 서양견 세퍼드가 주인을 알아보고 꼬리를 흔들었다. 안채에서 노복과 비녀 여럿이 얼큰하게 취해 귀가한 주인장을 맞았다. 그는 두루 인사를 받고 사랑채로 건너갔다.

이범덕이 모자와 양복을 벗고 잠옷으로 갈아입을 때, 처가 소반에 탕약 사발과 물 축인 수건을 받쳐들고 왔다. 그는 수건으로 얼굴과 손발을 닦곤 약사발을 비웠다. 몇 마디 집안 이야기가 있고, 처가 물러갔다. 그가 잠자리에 들자 취기가 금세 잠을 불러왔다.

이범덕은 무엇이 내리누르듯 가슴이 답답해 눈을 떴다. 뭉친 헝겊이 그의 입을 틀어막고 있었다.

"소리 지르면 비수가 네놈 멱창을 딸 것이다."

그 말에 이범덕은 정신이 혼미했다. 문살에 비쳐든 희미한 달빛을 받아 비수 든 복면강도가 눈앞에 스쳤다. 무릎으로 가슴을 누르며 비수를 겨눈 자는 알머리에 검은 헝겊으로 복면하고 있었다.

도둑이구나, 하는 직감이 뇌리를 쳤다. 이런 놈이 월담하는데도 서양 명견이 왜 짖지 않았는지, 집안 노복은 태평으로 잠만 자는지, 그는 애가 탔으나 목숨이 경각에 달려 그런 생각만 엮고 있을 짬이 없었다.

복면한 장정은 이범덕 멱살을 잡아채어 일으켜 앉혔다. 장정은 허리춤에서 노끈을 풀더니 그의 손발을 묶었다. 사랑에서 그런 사태가 벌어지는데도 사위는 조용했고 대구역 쪽에서 기적만 아련하게 들려왔다.

"매국노 이가 놈, 내 말 들거라. 나는 조선 국권회복에 신명을 바친 애국단원이다. 두고 가는 포고문과 통고문은 광복운동 자금을 의연하라는 것이니 동족으로 일말의 양심이 남았다면 이에 순응해. 만약 내용을 왜경에 통고하면 네놈과 처자 일족이 도륙날 테니, 뒤늦게 후회한들 소용없을 것이다."

장정은 말을 마치자 방바닥에 놓은 종이 위에 비수를 꽂았다. 그는 방문을 열고 밖으로 사라졌다. 그제야 이범덕은 혼겁 먹은 정신을 수습했다. 까무러치지 않은 것만도 다행이라 그는 엉덩이를 밍기적거려 방문 쪽으로 옮아갔다. 묶인 두 발로 방문을 걸어찼다. 여러 차례 발길질하자 안채에서 인기척이 들렸다. 먼저 잠을 깬 이는 안방마님 양씨였다. 그네가 전등 스위치를 돌렸으나 불이 들어오지 않았다. 제한 송전하는 자정이 넘었음을 알고 촛불을 밝히자, 사랑채에서 연방 방문 차는 소리가 들려 바깥어른 방에 무슨 일이 있음을 알았다.

"마당쇠야, 어서 사랑으로 나와!" 양씨가 소리치곤 겉옷을 대충 걸치고 안방을 나섰다.

행랑채에서 수런거리는 소리가 들리고 사방등을 밝혀든 수돌이 뒤로 노복 여럿이 몰려나왔다. 양씨는 어둠 속에 신발 꿸 여유 없이 사랑채로 달려갔다. 마루까지 무릎걸음으로 나와 앉았던 이범덕은 집안 사람을 보자 이제 살았다는 듯 탈진하여 드러눕고 말았다. 양씨가 넘어진 서방을 안아 앉혔다. 재갈부터 풀자, 노복들이 달려와 주인장 팔다리 묶은 끈을 풀었다. 이범덕은 된숨만 헐떡였다.

집안사람이 모두 잠에서 깨어나 불을 밝혔다. 노복들이 홰까지 밝혀들고 나서니 사랑 마당이 낮같이 환했다.

도둑이 들었다는 아버지 말에 장자 용준이 훔쳐간 물건이 없나 하고 사랑으로 들어가려 했다. 이범덕은, 훔쳐간 물건은 없으니 방에 들지 말라며 황급히 손사래쳤다.

집안 상비약인 우황청심환 한 알을 씹곤 이범덕이 부축 없이 앉게 되었다. 청지기 추서방 말로는, 개가 짖지 않은 연유인즉 셰퍼드가 죽었다 했다. "도둑이 극약을 먹인 모양입니다. 음식 찌꺼기와 피를 토하고 급살당했습니다." 서양견은 동양척식주식회사 대구지점장 미즈노로부터 작년 신정에 선물로 받은 개였다.

"용준이와 안사람만 남고 모두 물러가. 날이 밝을 때까지 집 주위를 철저히 경계하고 내 언명이 있기 전 오늘 밤 일은 함구하렷다. 가문 체통이 있는 만큼 말이 밖으로 새어서는 안 돼!" 이범덕이 아랫사람들에게 으름장을 놓곤 몸을 일으켰다. 그는 처와 장자와 함께 사랑으로 들어갔다. 촛대를 들고 따라 들어온 양씨가 방바닥에 꽂힌 칼을 보곤 질겁했다. 이범덕은 도둑이 두고 간 포고문부터 읽었다.

布告文

李範德 賣國奴 前

　朝鮮 四千年 宗嗣는 灰塵되고 二千萬 生靈이 島夷의 奴隸 되어 國恥民辱을 당한 지 어언 다섯 해 星霜. 島夷의 强勸과 虐政이 날로 加重되는 現今에 즈음해, 愛國團은 祖國의 國權回復을 위해 血力과 性命을 다해 奮起했노라.

　賣國奴 李範德은 일찍 王室 度支部 主事로 出發하여 聖恩의 恩典을 입으며 國祿을 먹었으나 乙巳年 이후 親日 앞잡이로 變身, 鮮民의 財産을 苛斂誅求로 勒奪했으니, 慶山郡 一帶에 散在한 네놈 田이 一千 町步, 畓이 五百 町步가 上廻함을 光復會는 熟知하노라. 더욱 庚戌國恥 以後 네놈은 一身의 榮達을 目標로 島夷에 積極 아첨해 慶尙北道 道議員, 鮮南銀行 取締役, 大邱商工會議所 會頭로 官界와 商界를 누비며 飽滿安逸로 百姓의 膏血을 吸入하니, 네놈은 敬天하기 부끄러운 奸惡한 老賊이로다. 愛國團은 네놈 一族을 刺殺하여 萬群衆 앞에 背信者 末路를 公開하려 衆智를 모은 바 있도다……

"아버지, 도둑이 남긴 서찰입니까?" 이용준이 물었다.

이범덕은 포고문을 계속 읽었다.

　……그러나 네놈 一族을 處斷한다고 現今 朝鮮이 光復을 爭取할

바 아니요, 네놈 또한 檀君 子孫으로 同族인즉, 더러운 生命이나마 命을 延長키로 決定했다. 그러한즉 네놈은 이에 感恩하고 國權回復에 義捐 獻納으로 罪科를 뉘우쳐 千秋에 남을 辱된 姓名에 血淚의 懺悔가 있기를 바라노라.

　　　　　　　　檀紀 四二四八年 乙卯 三月 二十五日. 光復會.

통고문은 다음과 같았다.

　通告文.

　特定 配當金證

　金 一萬圓也

다가오는 陰曆 五月 十八日 八空山 東華寺에서 大雄殿 重建 完工에 따른 佛事가 있으니 午後 六時 定刻 一金 一萬圓을 現金 持參해 大雄殿 前 左右 石燈 중 左 石燈 前으로 出席하라. 그 時刻 갈모 쓴 壯丁이 石燈 前에 대기할 것이다. 現札 持參者는 張本人 李範德, 妻 梁氏, 長子 李容俊, 三人 中 一人이어야 하며, 現金 一萬圓은 一錢도 부족함이 있어서 아니 된다.

　만약 通告文을 事前에 倭警에 密告하여 일을 그르치게 할 경우, 네놈 一族은 溫全한 生命을 保存치 못할 것임을 天地神明께 宣言하며, 네놈이 義捐 約束을 履行할 時는 이 事實을 愛國團員 외 公開치 않을 것임을 盟約하는 바다. 잔꾀로 일을 수습하려다 때늦게 後悔해도 無主孤魂이 된 후 소용없음을 銘心하기 바란다.

　　　　　　　　檀紀 四二四八年 乙卯 陰曆 五月 七日. 光復會 財務部.

"지금이 어느 세상이라고, 일만 원이 개똥쇠 이름인가. 내 목이 날아간대도 어림없어!" 이범덕이 종이를 내던졌다.

장자 이용준이 포고문과 통고문을 읽었다. 양씨가 아들 말을 통해 내용을 알게 되었다.

"영감, 내용이 보통 아니구려. 우리 집 전담이며 내가 불공드리러 다니는 동화사까지 알고 있는 걸 보니 보통 도둑이 아닙니다. 철저하게 조사한 소행으로 미루어 큰일을 저지를 자가 틀림없어요." 양씨가 체머리 떨며 말했다.

"그렇다고 종이쪽지 두 장에 일만 원을 바치라고? 그 돈이 적은 돈이야? 일등 호답 몇 정보는 넘겠어. 아직 기일이 남았으니 날이 밝는 대로 경찰서에 신고하겠어. 날강도 떼거리를 잡아들여 배후를 철저히 조사하라고 말야!"

"아버지, 경찰서에 신고부터 할 게 아니라 대책을 강구함이 좋겠어요. 서양견을 독살한 점만 봐도 도둑이 여럿입니다. 놈들이 오래전부터 우리 집안 사정을 캤음이 분명합니다. 우선 장참의 어른을 뵙고 그쪽 사정은 어떤지 의논드려봄이 어떨지요? 이런 괴서찰이 우리 집에만 날아들란 법 없잖습니까." 이용준이 말했다.

장사직은 중추원 참의로 주식회사 남선합동전기(南鮮合同電氣) 대구부 취체역이요, 대구부의원, 경북양조연합회 회장을 겸임한, 경북 지방 관계와 재계 거두였다. 조선인으로서 경상북도 친일 거물로 이범덕과 양날개 역할을 하는 자로, 둘은 평소 교분이 두터웠다.

"영감, 그러시구려. 큰애, 둘째애, 딸애 밑에 손자 손녀가 아홉 아닙니까. 그중 학교에 다니는 애가 다섯인데 등하교 길에 그놈들이 인질 삼아 잡아챘다면 그런 변고가 어디 있겠어요. 그렇다고 애들 옆에 늘 순사를 붙일 수도 없고……"

양씨 말에 이범덕은 대꾸가 없었다. 따지고 보면 대구 우체국 주사인 장자 용준만 해도 보통학교에 다니는 자식이 둘이었다. 1만 원을 의연하지 않거나 경찰에 사전 신고할 경우 일족을 몰살하겠다니 강도 무리가 철없는 아이들까지 살해 대상에 포함하고 있었다.

"날이 밝는 대로 장참의를 만나도록 하지. 그쪽도 협박문이 왔는지 여쭤보고. 만약 그럴 경우 공동 방책을 강구해야겠지." 이범덕은 분김을 눌렀다. "집안 아랫것들한텐 협박문 내용을 비밀에 부치고, 앞으로 문단속에 신경 써야겠어. 야밤엔 안팎으로 경비보초를 세우고." 이범덕이 말했다.

날이 밝자 이범덕은 집안 하인을 장사직 참의 자택으로 보내, 조반 후 자신이 방문할 것임을 알렸다. 삼덕동을 다녀온 하인은 장참의가 선친 기제사를 맞아 칠곡 선향으로 출타했다는 소식만 갖고 돌아왔다. 장사직 선고 장원주는 강제합병 전 벼슬이 경북관찰사였던 판서급이었다.

이범덕이 장사직 참의를 만나기는 이튿날 오후, 남선합동전기 대구부 취체역실에서였다. 이범덕은 이틀 전 야밤에 당한 행패를 장사직에게 대충 들려주고, 도둑이 남긴 서찰 두 통을 보였다. 사직이 내용을 읽었다.

"국권회복을 빙자해 재물을 강탈하려는 도적떼가 틀림없소. 내가 경무부 우치다 부장한테 듣는, 반도 땅엔 불령선인 지하단체가 자취를 감추었답디다. 하물며 일본군 연대 병력이 주둔한 대구 한복판에서 이런 수작질을 벌이다니." 장사직이 늘어진 턱살을 쓸며 말했다. 그는 쉰여덟 나이로 이범덕보다 세 살 위였다.

"경무부에 신고해서 지하조직을 내사케 하고 초파일 저녁은 병대로 동화사를 포위해 일당을 체포함이 어떨는지요?"

이범덕이 묻지 않았으나 협박문이 장참의에게는 가지 않았음을 짐작했다. 선대부터 누려온 관직과 가세에, 소유한 장토나 총독부 협력 태도가 자기보다 윗길인 장참의를 협박하지 않고 화살이 이쪽으로 날아든 데 분통이 터질 노릇이었다.

"일을 경솔하게 대처해선 안 될 줄 아오. 필체나 문맥으로 보아 도적 무리 중에 신교육 소양을 갖춘 자가 있어요. 그런 협박문을 우편으로 송달치 않고 야밤에 통고한 걸 보니 과거 활빈당(活貧黨) 하던 짓거리와 일맥 상통하오. 이두취 일이 곧 내 일일 터인즉, 며칠 심사숙고해봅시다. 일간 우치다 형사부장을 초치해, 과연 대구에 그런 불령 지하단체가 있는가, 그쪽 말부터 들어봄이 좋겠어요. 협박문 말은 일단 접고."

둘은 그쯤에서 대화를 마무리지었다.

이범덕은 겉으로 태연했으나 불안한 나날을 보냈다. 노복을 동원하여 야간경비를 세우고, 사랑에 혼자 자지 않고 안방에서 처와 동침했으나 잠자리가 편치 않았다.

　이범덕과 장사직이 대구경찰서 우치다 형사부장을 일식 요릿집 '일광'으로 초대해 술자리를 벌이기는 사흘 뒤였다. 이날이 5월 5일 '고도모(어린이) 날'이라 대구에 거주하는 일본인들은 자녀를 데리고 번화가 중앙통으로 나와 외식하고 선물 사주는 북새통을 떨어, 길거리와 일식점은 오후 내내 왜나막신 달각대는 소리가 어지러웠다. 우치다 형사부장도 가족을 시내로 불러내어 저녁 외식을 하고 일광에 도착했던 것이다. 그는 통변을 겸해 조선인 순사보를 합석시켰다. 술이 한 순배 돌 동안 세계 정세에 대한 환담이 있었다.

　화제는 전 세계를 진동시키고 있는 서양 쪽 국제전쟁으로 옮아갔다. 세계의 화약고라 일컬어지던 발간(발칸)반도의 국지전이 끝난 이듬해인 작년(1914) 6월, 오지리(오스트리아) 황태자 부부가 육군 대연습의 통감(統監)으로 사라예보를 방문 중 세루비아(세르비아) 청년에게 암살당하자, 오지리는 그동안 발간에서의 열세를 한꺼번에 만회하려 세루비아에 선전포고했다. 이어, 오지리를 지원하던 덕국(독일)이 막강한 군사력을 앞세워 구라파를 제패하고자 아라사와 법국에 선전포고했고, 덕국 발흥에 위협을 느낀 영란이 법국을 지원하며 덕국에 선전포고함으로써 전쟁은 걷잡을 수 없는 국제전으로 확대되고 있었다.

　"덕국 비행기가 바다 건너 영란 륜돈(런던)을 공격한다니, 발달한 과학시대를 맞아 전쟁 양상이 달라졌어요. 예전엔 비축한 양식이 있고 성(城)만 튼튼하면 한동안 버텨냈는데, 이제 천공이 뚫렸으니 무공천지를 무슨 재주로 방비하겠습니까."

이범덕 말을 순사보가 받아 우치다에게 통역했다.

"그 말 맞소이다. 대 일본제국도 히코키(비행기) 생산에 과학지식을 총동원하고 있습니다. 앞으로 공중전이 전쟁 승패에 중요한 역할을 할 겁니다. 그러나 지금 구라파 전쟁은 참호전이라 할 만큼 참호 안에서 총질하는 지상 전투 아닙니까. 참호 함락 전투야말로 우리 천황군 주특기지요. 청국, 노국전쟁에서 승리한 요인도 참호전 승리, 즉 백전불퇴 사무라이 정신력으로 봐야지요. 천황군에겐 후퇴란 말이 없으니깐요." 우치다가 굵은 눈썹을 꿈적이며 큰 소리로 웃었다.

"도츠게키(돌격)가 있잖습니까. 상관 명령에 절대 복종하는 우리 천황군 군율이 천하를 호령하는 오늘의 일본제국으로 성장시켰소." 장사직이 분위기를 돋우곤 우치다에게, 건배를 제의해 셋이 정종 종짓잔을 비워냈다.

"바야흐로 만국은 열강 제국주의 패권시대로 돌입했습니다. 지구란 땅덩어리를 열강이 서로 찢어먹기지요. 십구세기까지는 남북 아메리카 대륙과 인도를 포함한 남아시아가 좋은 밥이 되어 식민지 쟁탈처를 제공했으나 이십세기로 넘어오며 서양 열강은 중국을 비롯해 동아시아 땅에 눈을 돌린 게 사실 아닙니까. 불과 십년 전만 해도 동북아시아가 화약고였습니다. 그러나 이제 서양 열강은 중근동과 동구라파, 즉 두루고(터키)와 발간반도로 시선을 돌렸습니다. 그곳 기득권을 차지하는 나라가 서양을 제패하는 셈이 되외다. 그렇게 국제적 이목이 중근동과 동구라파로 쏠렸을 때,

우리 일본은 착실한 군비 확장을 도모하며, 작년 십일월 중국 칭다오(靑島)를 일시에 점령하여 서양의 동북아시아 진출 기세를 아주 꺾어놓았지요. 이제 일본은 대륙 한복판에 교두보를 설치했습니다." 우치다가 나름대로 세계 정세를 설파했다.

"작년 팔월 우리도 대덕(對德) 선전포고를 해 세계대전에 개입하지 않았소이까?" 장사직이 서툰 일본말로 물었다.

"선언적 의미로 해석해야겠지요. 서양 열강에 대고, 동양에도 일본제국이 있다는 성명전(聲名戰) 성격이지요. 우리가 중근동에 교두보를 설정하지 못할 바에야 군대를 먼 그 땅까지 출동시켜본들 국력 낭비밖에 더 되겠습니까. 만약 동북아시아에 그런 사태가 벌어졌다면 몰라도 말입니다. 우리의 당면 목표는 반도 땅을 발판으로 대륙 진출에 있습니다. 중국 신해혁명이 실패로 끝나 수구파와 혁명파가 자중지란을 겪으며 자멸의 길을 재촉하는 것도 우리에겐 유리하게 작용하니, 앞으로 일본이 동양 평화와 안정을 위해 개입할 구실이 될 수 있겠지요." 우치다가 그쯤에서 딱딱한 화제를 거두려는 듯 옆에 앉은 기생을 건너다보았다. "너는 이런 정치 얘기보다 사랑 얘기가 좋겠지? 미인이로다. 반도 여자는 내지 여자보다 예뻐. 허리와 다리가 늘씬하니 오늘밤, 어떠냐? 나와 함께 눈으로 사랑 얘기를 나눌까? 꽃잎 지는 아름다운 이 밤이 하얗게 새도록."

우치다 말을 순사보가 통역하자 옆에 앉은 접대부가 얼굴을 붉히며, 부장님을 모시게 된다면 영광이지요 했다. 순사보는 이범덕과 장사직에게, 상관님은 관내에서도 하이쿠(俳句) 명수로 시인

칭송을 받는다고 자랑했다.

이범덕이 본론을 비추기는 술이 거나했을 때였다.

"조선이 일본에 합방된 지 오 년 차, 반도 치안도 확고부동해져 다리 뻗고 잠잘 수 있게 된 게 우치다 부장 같은 노련한 수사 지휘관 덕분인 줄 압니다. 어떻습니까, 경북 지방 치안상태는 완전무결하지요?"

"경상도 일대에 무력을 사용하는 불령선인 지하조직은 없다고 단언할 수 있소. 삼 년 차에 접어든 반도 토지조사사업이 한창 진행 중이라 지적(地籍) 분란에 따른 농민 집단항쟁은 끊이지 않았지요. 그 점은 궁민이 생존을 위한 자구책이지, 다른 목적은 없습니다."

"작년 봄, 칠곡 작인들이 대구 본가까지 죽창과 쇠스랑 들고 몰려왔을 땐 나도 혼쭐났지요. 농민 반항에서 보인 대구수비대와 경찰서 합동 수습조치는 정말 민첩했습니다." 장사직이 궐련을 물며 말했다.

작년 봄, 칠곡군 지천면과 가산면에서 집단 농민쟁의가 있었다. 토지 소유권 분할등기 과정에서 농민들에게 계출(신고) 마감날을 알리지 않고 있다 계출미필로 이천 정보에 이르는 농지를 국가 소유로 이관해버렸다. 그 과정에서 전(田) 일부와 개활지, 지소(池沼)가 장사직 앞으로 이전 등재되기도 했다. 뒤늦게 땅을 빼앗긴 농민들이 지천면과 가산면 주재소와 면사무소를 불지르고, 그 과정에서 일본인 순사 둘을 타살한 집단항쟁이 있었다. 그러자 대구수비대 전투중대 병력과 경찰서 특수무장조 중대 병력이 출동하여 총검으로 사태를 진압하고 80여 명을 체포했다. 1912년 8월, 총독부에 의해 전국 토지조사령이 공포되고 그런 사례는 전국적으로 비일비재했다. 이를테면 농민이 자기 농토 토지소유권 신청 과정에서 서류 절차의 유루(遺漏)에 따른 도장을 잃어버렸다든가, 형식에 맞지 않다든가 하여 서면 접수가 불가능해지면 이를 정정하러 면사무소에서 자기 집까지 20리든, 50리든 마다 않고 몇 차례나 다녀야 했다. 그 과정에서 마감일을 놓쳐 하루아침에 토지소유권을 잃어 농토를 강탈당하는 억울한 횡액이 허다하게 저질러졌다. 여기에 항의하는 자는 치안유치법을 적용하여 구속 수사를 원칙으로 가혹하게 다스렸다.

"내 막말합니다만, 조센징은 말로 통하지 않습니다. 무단 척결이 약이지요." 우치다가 기녀 치마폭 속으로 손을 넣으며 너털웃음을 터뜨렸다. "그러나 색시 같은 아름다운 여자를 그렇게 다뤄선 안 돼. 아주 부드럽게 다뤄야 하거든."

"우치다 부장, 일주일 전에 우리 집 개를 독살한 사건이 있었어요. 값비싼 덕국산 셰퍼든데, 불온한 자의 소행이 아닐까 여겨지오." 이범덕이 조심스럽게 말을 꺼냈다.

"관할 주재소에 신고했습니까? 도적 맞은 물건은 없었고?"

"개만 죽었습니다."

"내일 관할 주재소 소장을 두취 댁으로 보내리다. 감히 누구 집이라고 불경스런 짓을 저질러. 대구 지방 치안은 확고부동하다고 장담해온 체면이 있는데. 작년 말 평양 헌병본부가 폭도 괴수 채응언이란 자를 체포하러 현상금 이백팔십 원을 걸었지만, 우리 관할에는 현상금 걸 폭도가 없었습니다."

"새해 들고 불령선인 무리가 간흉의 음모를 암암리에 꾀한다는 소문이 저잣거리에 나도는 모양이오." 장사직이 우치다 말에 면박 주듯 말했다.

"저잣거리에?"

"서문시장 장꾼 사이에 퍼지는 소문이지요."

"정확한 정보요?"

"그런 정보야 경찰서가 더 빠르겠지요. 들은 풍문이라 귀뜸하는 겁니다." 장사직이 웃음으로 얼버무렸다. 그는 이범덕에게 눈짓으로, 화제를 그쯤에서 그치자는 속뜻을 알렸다.

"누구 입을 통해 들었나요?" 우치다가 물었다.

"미곡상 중개인들 하는 말을 들었소이다. 내가 다그치자 헛소문이라 얼버무립디다만, 선동적인 그런 소문이 퍼지고 있어요." 누구라고 이름을 팔면 당장 경찰서로 연행해 취조하겠기에 장사직이 둘러댔다.

"서문시장에 경무부 밀정이 깔렸으니 확인해보겠소이다."

"우치다 부장, 술 듭시다. 우리는 천황폐하께 충성을 다짐한 신민으로서 경찰의 철통같은 치안 유지를 신임하니깐요." 딱딱한 분위기를 누그러뜨리며 이범덕이 정종잔을 들었다.

화제는 그쯤에서 그쳤고, 노래판이 벌어졌다. 고소데(小袖)를 입은 일본 퇴물 기생이 거문고와 비슷한 소오(箏)를 들고 들어와 줄을 튕기며 애절한 연가를 불렀다.

술자리는 밤 열시가 넘어 끝났다. 이범덕, 장사직, 우치다는 식당 마당에 대기한 인력거에 취한 몸을 실었다. 헤어질 때, 이범덕은 장사직에게, 내일 다시 만나자고 약속했다.

요릿집에 불이 꺼지고, 기생들도 제 처소로 가려 출입복으로 갈아입고 몰려나왔다. 그중 장사직 옆자리에 앉았던 색시도 섞여 있었다. 요릿집에서는 마사코로 통하던 한수연이 역 쪽으로 길을 잡았다.

"마사코, 오늘은 왜 그리로 가?" 한 기생이 물었다.

"제사가 있어 큰댁으로 가야 해."

한수연은 그길로 대구역 광장으로 나가 인력거꾼을 잡고, 조합장을 찾았다. 조합장이 집으로 들어갔다는 말에 그녀는 인력거에 올라, 칠성시장으로 가자고 말했다.

이튿날, 이범덕은 애국단 이름의 포고문과 통고문을 두고 아침부터 가족회의를 열었다. 처 양씨와 출가한 자식 셋이 사랑에 모였다.

"사람 목숨을 천금과 바꿀 수 있겠어요. 애들 얼굴 봐요. 무서워 밤잠을 못 잔다잖아요. 초파일날 약조된 돈을 줘버립시다. 공물한 셈치면 되잖아요."

양씨가 입을 떼자 자식 셋이 말을 맞추었는지, 집안의 안녕을 위해 의연에 응하자는 의견이었다.

"아버지, 어린애들이 무슨 죄가 있어요. 대문 잠그고 집안에 가둬놔도 불안해 죽겠어요. 선남은행 돈을 차용하시면 간단히 해결할 수 있을 텐데요." 영남직포공장 사장 맏며느리가 된 출가한 딸의 말이었다.

"네놈들이 자식인가. 자기 주머니 축 안 난다고 아비를 도적과 야합하라니!" 이범덕이 호통을 치곤 자리 차고 일어났다.

이범덕은 그길로 상공회의소로 나가 평소 가까이 지내는 감사역 원동제를 만났다. 그는 의연 금액이 적힌 통고문만 원감사에게 보이곤 자초지종 사정을 설명했다.

"일만 원은 말도 안 되는 소립니다. 내 공장을 처분해도 삼천 원인수 작자도 쉽지 않을걸요. 제 소견으로는 천 원 정도 건네줌이 어떨까 합니다. 나머지는 백지로 대신 채워서 말입니다. 별도 서찰을 넣어, 만약 추가액을 요구할 시는 헌병대에 고지하여 일망타진하겠다고 으름장을 놓지요." 대구철공장 사장인 원감사가 꾀를 냈다.

그 정도 의견은 이범덕도 궁리한 바 있었다. 그러나 놈들에게 책잡히고 돈만 날릴 뿐, 그때부터 도적은 당당한 채권자로 행세하며 잔액을 갚으라며 포고문을 또 보낼 게 분명했다.

저녁 무렵, 이범덕은 장사직을 만났다. 더 날을 미룰 수 없으니 가부간 결론을 내려야 했다.

"나도 곰곰이 생각해봤는데, 아무래도 우치다 부장에게 협박장을 보이고 상의함이 좋겠어요. 우치다 부장도 단언했듯 대구 지방에 조직적인 폭도가 없으니 구국운동을 내세운 시정 날강도 소행일 수도 있으니깐요. 그런 놈들은 후안무치해 신의가 없지요. 만약 이두취가 군말 없이 거금을 바쳤다 칩시다. 그놈들이 그 돈 받아내고 입 닫을 것 같습니까. 이차, 삼차로 요구해 온다면 그때는 어떤 대책을 세우겠어요. 그때 가서야 경찰서에 통고한다면 빠져

나간 돈 출처를 두고 이두취도 내사깨나 받을 것이오. 싹은 미리 자를수록 좋고, 일은 정론(正論)으로 수습함이 가할 줄 아오." 장 사직 말이었다.

"맞아요. 만약 일을 잘못 수습했다간 다른 분도 같은 피해를 당할 수 있으니깐요." 그는 장사직을 염두에 두고 말했다.

"우치다 부장에게 부탁해 이두취 직계 가족 자택에 경비를 세워요. 요즘 나도 집안 단속을 철저히 합니다. 외출할 때도 인력거 좌우로 힘꼴 쓰는 장정을 호위로 세우지요."

"아직 퇴청 않았을 테니 이 길로 경찰서에 들르지요. 바쁘지 않다면 장참의께서 동행해주심이 어떨까 합니다."

"그래요. 먼저 전화부터 걸어두고."

그길로 둘은 경찰서로 떠났다.

우치다 부장은 집무실에서 둘을 맞았다. 우치다는 이범덕과 장 사직이 조선인이었으나 관내에서 노른자위 요직에 있는 인사라 맞는 범절이 깍듯했다. 둘은 한일강제병합 당시 통감부로부터 작위는 받지 않았으나 지방 문벌이요 대자본가로 일찍 일진회(一進會) 대구지부를 결성하는 데 앞장선 합병 공로자요 총독부 고관과 줄을 달고 있었다.

"친히 방문하시니, 경찰서에 협조를 요청할 게 있는 것 같군요." 통변 순사보를 입회시키고 우치다가 물었다. 어젯밤 일식집에서 꺼낼 듯 말 듯했던 용건 내용은 몰랐으나 무엇인가 할 말이 있음을 그는 민완 수사관 직감으로 파악했다.

"서문시장 쪽 정보는 알아보셨지요?" 급사가 가져온 일본차로 목을 축인 장사직이 물었다.

"싸전, 나무전, 잡화전을 훑었으나 별다른 정보가 없었습니다. 건달과 부랑패 놈들을 잡아들여 구류시키고 장형(杖刑)으로 다스렸지요. 불경해 보이는 두 놈은 조사를 계속하나 큰 고기는 아닙니다."

"우치다 부장, 그렇다면 괴이한 이 협박문을 읽어보십시오." 이범덕이 포고문과 통고문을 내놓았다.

한글을 얼추 깨친 우치다가 국한문 혼용의 포고문과 통고문을 읽다 뜻이 아리송한 대목은 통변에게 물었다. 그의 표정이 차츰 굳어졌다.

"이 협박장이 언제, 어떤 경로로 전해졌습니까?" 우치다가 물었다. 이범덕은 야밤에 당했던 정황을 사실대로 말하자, "당장 수사본부를 설치하겠습니다. 우리 특고과(특별고등경찰과)가 사건을 전담해 책임지고 해결하겠습니다. 가족에 위해가 없도록 오늘밤부터 보호조치를 시달하고, 특고과 명예를 걸어 총력으로 폭도를 체포하겠습니다" 하고 우치다가 말했다.

우치다는 자리 차고 일어나 비상전화로 특고과 과장 호출을 명령하곤 이범덕에게, "협박문을 극비에 부쳐주십시오. 헌병대에 알려 수사에 혼선이 있으면 그물에 든 고기도 놓칠 수 있습니다" 하고 말했다.

그날 밤부터 이범덕과 장사직 자택 대문 앞에 장총 메고 사벨(경찰용 장도) 찬 순사가 입초를 섰다. 이범덕의 분가한 아들과 딸 집에는 순사가 스물네 시간 특별 순찰을 돌았다.

승진의 호기를 잡은 우치다는 범인을 일망타진하여 명예를 독식하고자 대구헌병대 본부에는 사건을 통보하지 않고 독자적으로 은밀하게 수사에 착수했다. 범인이 남기고 간 칼은 대장간에서 흔히 만드는 무쇠 식칼이라 출처를 가려내기 용이하지 않았으나, 오래 사용했던 칼이 아니어서 관내 대장간과 시전에 순사를 풀어 출처와 매입자를 추적케 했다. 포고문 필적 감정 결과, 학식 있는 자란 결론이 나와 '한일합방' 전후부터 경찰에서 취조 받을 때 자술서를 썼던 불령선인 필적을 대조케 했다. 청지기 추서방이 지게에 지고 가서 앞산 중턱에 매장한 셰퍼드를 다시 파내어 위장을 조사한 결과 시안화칼륨(청산가리)이 검출되어, 구입 경로를 추정하려 독극물 취급소도 조사케 했다. 한편, 관내 불령선인 명단을 들추어 혐의가 갈 만한 자는 미행꾼을 붙였다.

대구경찰서 특고과는 며칠 동안 부산을 떨었으나 신통한 결과가 나오지 않았다. 1만 원을 가져오라는 날짜가 닥쳐, 음력 5월 18일을 기해 범인을 생포하는 길밖에 없다는 결론을 내릴 수밖에 없었다. 우치다와 특고과 과장 야마모토는 현금 1만 원을 인수하러 나올 폭도를 체포하려 서둘러 작전을 짰다. 보안과 1개 중대를 동화사 일대에 배치키로 하고, 형사 중 유도와 검도 유단자 일곱을 차출해 그들에게 조선인 불교도로 변복시켜 대웅전 주위에 대기시키기로 했다. 종이 뭉치만 넣은 돈가방을 지참하여 동화사로 나갈 인물은 이범덕 장자 용준이 선택되었다.

1만 원 수교를 이틀 남긴 날 새벽, 이슬 내린 마당을 비질하던 마당쇠 수돌이 봉함된 서찰을 들고 나리마님을 찾았다.

"어르신 아직 취침 중이신데 웬 소란이냐." 안주인 양씨가 안채 대청으로 나섰다.

"바깥마당을 비질하다 돌을 싼 보자기가 떨어져 있기에 이상히 여겨 풀어봤더니, 서찰이 들어 있었사옵니다."

"어디 보자꾸나."

또 그놈의 협박장이나 아닐까 하며 그네는 서찰을 받았다. 피봉에는 한자로 여러 자가 씌어 있었으나 그네가 알아볼 수 있는 글자는 서방 성명 석 자와 天下(천하)와 大(대)자, 세 글자뿐이었다. 양씨는 안방으로 들어가 잠자는 서방을 깨웠다. 이범덕이 청처짐한 몸을 일으켰다.

"영감, 마당쇠가 바깥마당을 비질하다 서찰을 주워왔지 뭐예요. 어느 놈이 야밤에 던져놓고 간 모양입니다. 도적 협박장이 아닌지 어서 피봉부터 뜯구려."

양씨 채근에 이범덕이 서찰을 받았다. 피봉에 쓰인, '天下 大逆罪人 李範德 前'이란 글자만 보고도 그는 서찰 보낸 장본인이 누구인지 알았다.

"뜯어볼 필요 없소. 비상전화부터 걸어야겠어."

이범덕이 며칠 전 중부주재소와 연결해놓은 비상전화를 돌렸다. 당직을 맡은 순사가 전화를 받았다.

"집으로 속히 와주시오. 형사부장을 만나야겠소."

이범덕은 인력거를 준비하라 이르고 외출복을 입었다. 뜯지 않은 서찰은 주머니에 넣었다. 모리 주재소장이 2인승 오토바이를 몰고 오자, 이범덕과 그는 곧 우치다 형사부장 사택으로 떠났다.

684

출근 시간이 안 된 아침 한길이 한적했다. 우치다 사택은 남산정에서 멀지 않은 공평 2정목에 있었다. 모리 소장이 사택에 전화를 해두었기에 셋은 곧 다다미 거실에 마주앉았다. 우치다가 피봉을 뜯었다.

第二次 布告文

李範德 賣國奴 前.

去頭截尾하고, 네놈이 最終 良心과 信義마저 忘却코 우리 布告文 內容을 警察府에 密告했음을 愛國團은 熟知하노라. 그런즉, 五月 十六日 八空山 東華寺 約束은 네놈 破約에 따라 取消됨을 通告한다. 光復會는 島夷 무리가 半島 땅에서 終熄되는 그날까지 殲滅戰을 單行키로 天地神明께 盟約했기에 此後로 救國鬪爭은 繼續될 것이다. 또한 李範德 네놈은 約條를 어긴 罪를 받아 마땅하니, 生命이 頃刻에 달렸음을 認知하라. 光復會는 正律에 따라 今明間 最後 布告文을 發送할 것이다.

檀紀 四二四八年 乙卯 五月 十七日.

내용을 대충 파악한 우치다가 포고문을 이범덕에게 넘겨주었다. 이범덕이 포고문을 받아 읽었다.

"놈들이 우리 쪽 활동을 알고 있어요. 장차 이 일을 어찌 수습함이 좋겠어요?" 이범덕이 겁에 질려 우치다를 보았다.

"폭도 무리가 적어도 열은 넘을 것이오. 두취께서 경무부에 출입하는 걸 본 자도 있습니다. 함께 갑시다. 경찰서로." 우치다가 말을 맺곤 제복을 갈아입으러 내실로 들어갔다.

대구경찰서는 곧 긴급 간부급 회의를 소집하여 공개수사를 원칙으로 한다는 결정을 보았다. 우선 대구부에서 파악하고 있는 관내 요시찰 인물로 지목되는 조선인을 죄 검거키로 하고, 시간을 이튿날 불효(拂曉)로 잡았다. 날 밝기 직전이 불시 검거 적기였다. 검거자 명단 예순여 명이 특고반에 하달되었다. 대구경찰서는 경성 헌병대사령부와 경무 총감부에 사건 개요를 속달로 보고했다.

이튿날, 날이 채 밝기 전 대구부와 도시를 싸고 있는 인근 경산, 칠곡, 달성, 영천 일대의 요시찰 불령선인 일제 검거가 시작되었다. 관할 주재소 협조를 받아 세 명으로 일개조를 짠 경찰 특고반 요원과 헌병대 사찰과 요원이 '폭도'를 속속 검거하여 대구경찰서와 헌병대 본부로 연행해 왔다. 검거해 온 자는 모두 쉰여덟 명이었다.

총독부의 무단통치 방법은 경미한 사안이라도 이를 확대하여 혐의자를 혹독하게 다룸으로써 공포정치를 조성하는 데 목적을 두는 만큼, 트집거리를 찾던 두 수사기관은 때를 만난 격이었다. 조선인 생살여탈권(生殺與奪權)을 쥔 두 곳은 잡아들인 자들을 문초했다.

일주일이 지나도 사건 실마리가 잡히지 않자 우치다 부장은 초조했다. 이범덕도 특고과로 불려다니랴, 피붙이들 안전을 살피랴, 약사발을 안고 지내는 형편이었다.

대한광복회 대구부 주무요원 우용대는 밀양 표충사 서상암에서 달포 넘게 머물고 있었다. 그는 별 하는 일 없이 자연을 벗하여 숲 짙은 높드리를 산책하거나 독서로 날수를 보냈다. 대구경찰서 특고과의 관내 불령선인 검거 선풍이 불기 사흘 전, 그는 경성에 볼 일이 있다는 말을 가족에게 남기고 대구 자택을 떠났다. 우용대가 교남학교 독서회 회원들에게 지령을 내린 이범덕 협박건이 소기의 목적을 달성하지 못한 채, 경찰의 강압 수사체제로 바뀌자 그는 2차 포고문 발송을 지휘하곤 대구를 탈출했던 것이다. 그는 서상암으로 들어오자 그곳조차 안전이 염려되어 암자 뒤쪽 사자봉으로 오르기 반 마장, 은신하기 알맞은 혈거를 처소로 쓰고 있었다. 혈거 안 땅 밑에 간도 청포촌에서 가져온 총포가 숨겨져 있음을 그는 모르고 있었다.

우용대는 하루 두 차례씩 서상암으로 내려가 끼니를 해결하며, 경주 외동면 녹동리 박상진 별택에서 모이기로 한 대한광복회 2차 회합 날을 기다렸다.

8월 초순을 넘기니 불볕더위가 쪄왔다. 그때까지 우용대는 신변에 위험이 없자 혈거 생활을 청산하고 서상암으로 내려왔다. 대한광복회 회합을 앞두었고, 채기중과 젊은 승려 경후를 만나기로 약속한 날이 닥쳤다.

경후는 곽돌과 주율과 함께 북지 간도를 다녀온 뒤, 1년 전부터 유랑객승으로 만행(萬行)을 하고 있었다. 겉보기에는 그랬으나 사실은 영우회(嶺右會) 연락 임무가 주무였다. 영남유림단은 지난달 표충사에서 열린 실무요원 회의 끝에 대한광복회에 발전적으로 흡수되었으니, 영남우도(嶺南右道) 모임이란 뜻을 따서 영우회로 호칭되고 있었다. 영우회는 무력부를 폐지하고 문치부 소임만 담당하되, 의연은 계속 모금하며 독립군 초모를 협조하기로 약속한 바 있었다.

경후는 밀양군 산내면 구만산 동남쪽에 있는 석골사에서 하룻밤을 묵고 어슴새벽에 길을 나서, 산내천 물줄기를 거슬러 표충사에 도착하기는 낮참이었다. 그는 교무승 자명을 만나 여러 지방에서 거두어온 의연금을 전달했다. 걸음이 날래어 북지행 선발요원으로 뽑히기도 했지만, 그의 일정은 열흘 전에 표충사를 출발하여 경주에서 대구로, 이어 청도, 창녕, 밀양을 거쳐 경상도 중부 지방을 한 바퀴 돈 셈이었다.

"수고 많았네. 오공(午供, 점심공양) 들고 서상암으로 나와 같이 올라감세." 자명이 말했다.

경후는 후원으로 가서 늦은 아침공양을 들고 나자 주율을 만나러 의중당으로 갔다. 출가 이후 업장반 동기로 만주 여행을 함께 했고 경성 고등불교강숙 동기생이었기에 표충사로 돌아오면 주율부터 찾았다. 의중당 앞 보라색꽃을 피운 참등나무 그늘에는 번호표를 쥔 환자와 가족이 진찰 차례를 기다리고 있었다.

"이십오번 차렙니다." 의중당 시자승이 다음 환자를 불렀다.

경후가 의중당으로 들어가 진료실 안을 들여다보니 방장승 무장이 헛배 찬 중년사내를 진맥하고, 각공과 정혜가 보좌하고 있었다. 무장이 마른숨을 헐떡이는 환자 혀를 뽑아보곤 가슴에 손을 얹어 진맥하더니, 두 보좌승을 보았다.

"보아라. 『동의수세보원(東醫壽世保元)』에서는 상한(傷寒)에 음이 성하고 양을 막아버리는 이런 병은 몸이 싸늘하고, 입술은 푸르고, 얼굴은 검고, 목이 말라 물을 마시다 도리어 토해낸다 하지 않았던가." 무장이 느릿느릿 말을 이었다. "이 중생 말인즉, 대변은 거무죽죽한 물이 저절로 쏟아진다 했으니 맥이 잠겨 가늘기도 하려니와 더러 맥이 없어진 것은, 음이 성하여 양을 막아버리는 극도의 헛증이다. 이런 증세에는 벽력산(霹靂散)을 써야 하고 관계부자이중탕(官桂附子理中湯)도 효험을 보느니라."

"스님, 신(腎)이 극도로 쇠약한 듯합니다." 정혜가 말했다.

"우선 두 제 정도 먹어 윗불부터 꺼서 생기를 돋워 대소변을 바로 세운 후 인진호탕(茵蔯弧湯)을 함께 써야 하리라."

무장 말이 떨어지자, 각공이 나복자 두 돈, 맥문동 한 돈, 감초 석 돈, 황금 한 돈…… 하며 처방을 불러나갔다. 처방전 받아쓰기는 주율 몫이었다.

환자가 가족 부축을 받아 진료실을 나가자, 호명된 초천댁이 열 살쯤 된 사내아이를 데리고 들어왔다. 소년은 얼굴과 목에 붉은 반점이 있었고 팔은 여기저기 살갗이 짓물러 고름이 흘렀다. 소년은 연방 아픔을 호소했다.

"스님, 옻 올라 생긴 자식놈 부스럼병을 고쳐주세요. 이러기가 벌써 두 달쨉니다." 아낙이 말했다.

무장이 소년의 발진 부위를 살피고 눈을 까뒤집어보았다. 소년을 뉘어놓고 아랫배와 옆구리를 눌렀다.

"옻으로 발진이 있으나 다른 중독증도 있어. 혹시 옻 오르고 돼지고기 같은 육질을 먹지 않았소?"

"큰스님 말씀이 맞습니다. 집안에 잔치가 있었습니다."

"상한 돈육에 간이 상했어. 부스럼을 탓할 게 아니라 간의 독기부터 씻어내야 돼. 나도 장담 못할 정도로 병이 깊어."

경후가 진료실 안을 구경하고 있자, 주율이 진찰을 끝낸 중년사내 처방전을 조제실로 넘기고 밖으로 나왔다.

"한창 바쁘군."

"언제 왔는가?"

"막 도착한 참이야."

"이따 공양시간에 봄세."

"장경각 뒤 느티목으로 와."

주율은 점심공양을 들지 않기에 타종시간에 맞추어 느티목으로 갔다. 둘은 나무 그늘에 앉았다.

"낌새로 보아 큰일이 터지고 있어." 경후가 말문을 떼었다.

"큰일이라니?"

"대구부는 검거 선풍이 불어 감옥이 터져 나가. 우리가 가져온 무기 말야……"

"쉿. 말조심." 주율이 주위를 살폈다. 듣는 자가 없었다. "그런 소문에는 관심이 없어."

"너야 수도승이니 세상 잡사쯤 잊고 살겠지. 참, 밀양 거쳐오며 네 속세 누님 집에 들렀지." 주율의 반응이 없었다. "곽처사가 두

번째 북지로 떠났는데 아직 소식이 없대."

"그쯤 해둬." 주율이 말을 바꾸었다. "난 곧 선방에 들어갈 테니 한동안 만날 수 없겠군."

"두문불출 선정(禪定)이라. 객진(客塵)을 털고 벽관(壁觀)을 뚫는다니 가상하군. 넌 한 해 석 달을 선방 좌정으로 보내니 머잖아 도통하겠어." 경후가 객승으로 떠도는 자신과 비교해 부럽다는 뜻인지, 고행 치를 주율 처지가 딱하다는 비아냥거림인지 한숨을 날렸다.

"자네야말로 여래선(如來禪)을 몸소 실천하잖는가. 나야 애초 중생구제가 틀렸으니 도나 닦을 수밖에. 선방 독거는 내가 원했기도 했고." 법랍 네 해째, 주율도 어느덧 수줍음 타던 동안(童顔)을 벗고 의연한 청년으로 성장해 있었다.

"네가 공무변처(空無邊處)에서 노닐 때, 간 졸이며 만행하는 나는 또 얼마나 파계할는지……" 경후가 혼잣말을 읊었다.

"파계라니?"

"잡승으로 떠돌다 보면 육고기 맛도 알게 돼. 철쭉꽃이 만개한 지난봄, 영천 죽림사에서 하룻밤 묵을 때 괴상한 잡승과 한방을 썼지. 그자야말로 환탈했는지, 환탈 끝에 광귀(狂鬼)에 잡혔는지, 밤중에 아랫마을로 내려가 술과 육고기를 구해 오더군. 내 눈치 안 보며 아귀아귀 먹다 내게 권하더라. 원효대사를 보더라도 고승이 되려면 고리타분한 절집 계율쯤 초월해야 된다면서 말야. 잡승 말에 따르면, 도통한 원로승치고 육고기 안 먹는 스님이 없다나. 하도 권하고 냄새도 구수해 술은 사양하고 갈비살은 몇 점 먹었어."

경후가 계면쩍게 웃었다.

"원효대사 겉만 보고 속은 못 보는 엉터리 같으니라고."

"승적(僧籍)도 있었어. 오대산 월정사에서 출가했더구먼. 월정 사라면 대찰 아닌가. 술이 얼큰해져 능가경을 좍좍 외는데, 눈에 는 퍼런 불이 일어."

"너 그러다간 사바세계 중생과 뭐가 달라?"

"감시망 뚫고 걸승으로 나다니는 내 구도(求道)에도 갈 길이 있 으니 염려 마." 경후가 엉덩이 털며 일어섰다. "종무소로 가봐야 겠다. 교무스님하고 서상암으로 올라가야 하니깐."

주율과 헤어질 때 경후 표정이 쓸쓸했다. 경후는 종무소로 가서 교무승 자명과 함께 서상암으로 떠났다.

서상암에는 김조경, 우용대와 풍기에서 온 채기중이 기다리고 있었다. 경후는 열흘 동안 대구를 기점으로 경상도 중부 지방을 다녀온 보고부터 했다.

"먼저 대구부 소식부터 말씀드리겠습니다. 정운일 처사를 만나 듣기로, 지난번 옥사(獄事)에 연루된 분들 중 마흔여섯 분은 장형 (杖刑)과 구류처분으로 풀려났고 열두 분은 감옥소에 갇힌 채 경 찰 문초를 받고 있다 합니다. 대구부 일환에 내려졌던 을호비상은 양력 칠월 말로 해제되었다고 들었습니다. 경찰서와 헌병대가 안 달내고 있으나 수사에는 진척이 없는 줄 아옵니다. 이범덕, 장사 직 자택 경비는 주야로 지키던 순사가 철수하고 순찰만 강화되었 다고 들었습니다."

"다른 소식은요?" 우용대가 물었다.

"이처사께서는, 대구 동지는 다 무사하다는 말만 전해달라 합디다. 우처사님 집안 소식을 물었더니 식구가 경찰서로 번갈아 잡혀가 문초 받았으나 풀려 나온 후 지금은 별다른 일 없다는 말씀이었습니다."

경후는 이어 영우회 실무요원으로 경주 최규훈 진사, 청도 현주면, 창녕 손응서, 밀양 전홍표, 영남유림단 단장에서 영우회 회장으로 물러앉은 변정기를 만난 전말을 보고했다. 의연 모금과 각 지부 서숙, 서당, 강습소 운영에 관한 보고, 만주 통화현 합리하 신흥무관학교 유학생 선발건을 경후로부터 보고 받고, 그들은 한동안 숙의했다.

"경후 스님은 잠시 자리를 비워주시오." 김조경이 경후를 바깥으로 내보낸 뒤 말했다. "점조직이라 뒤탈은 염려할 바 없습니다. 대구부 경계도 늦추어진 듯하니 이차 거사를 경주 집회에서 꼭 통과시킵시다."

"이가로부터 일만 원 의연은 어떤 일이 있더라도 회수하겠습니다." 우용대의 옹이진 말이었다.

"대구와 풍기 쪽은 연락됐습니다. 이번 북지 송금 목표액이 이만오천 원이니 각 지부에서 차질 없게 해주시고, 녹동리로 오실 때 조심해야겠습니다. 대구부 사건이 경주까지 영향을 미쳐 검문검색이 아직 심합니다." 채기중이 말했다.

"표충사는 천 원을 의연하겠습니다." 자명이 말했다.

"저는 곧 녹동리로 들어가겠습니다."

채기중의 말에 이어, 그들은 나흘 뒤 백중날 박상진 별택에서 조우하기로 했다.

*

8월 19일, 경주군 외동면 녹동리 박상진 별택은 아침부터 옷갓한 남정네와 새옷으로 치레한 아낙들 출입으로, 대문 앞이 번다했다. 잔치 장본인은 박상진 백모였으나 그가 큰댁 양자로 들어갔기에 친모와 다름없는 창녕 조씨 환갑날이었다. 날씨는 구름이 더께로 끼었고 태풍 조짐인지 바람까지 거세었으나 더위가 한풀 꺾여 시원했다.

경주 녹동리 별택은 경관 좋은 산촌으로 박시룡 형제 집안 여름나기 별장이었으나, 몇 년 전부터 울산 송정리 본가를 비워두고 식구가 아예 거처를 이곳으로 옮겨 살고 있었다.

권문세가라 너른 바깥마당과 안마당은 여러 개 차양이 쳐졌고 아래 펴놓은 멍석에는 울산과 경주에서 온 대소가 인척과 근동 친지에, 소작붙이들이 자리잡아 잔치 손이 2백을 윗돌았다. 돼지를 네 마리 잡고 떡쌀 여섯 가마에 막걸리 또한 대독 여러 개를 채웠다 보니 잔치가 성대했다.

아침부터 옷갓한 남정네에 섞여 대한광복회 주무요원들이 속속 잔칫집으로 모여들었다. 향교에 유림 열 명만 모여도 불온한 흉모나 꾸미지 않나 하고 순사와 밀정이 염탐하는 시국이었지만 잔칫날은 그런 걱정을 놓아도 되었다.

낮이 되어 안채 대청에서 환갑상을 받은 조씨의 만수무강을 축원하는 풍악이 요란할 즈음, 뒤채 별당에서 광복회 회합이 열렸다. 참석자는 아홉이었다. 총사령 박상진, 이관구, 채기중, 김한종, 우용대, 정운일, 백상충, 김조경, 최준이었다. 경주인 최준은 박상진 사촌처남으로 십대에 걸쳐 진사를 낸 문벌에 십대 만석꾼 대지주 집안 출신이었다. 그는 매형 박상진을 통해 조선 광복의 당위성을 배웠고, 대한광복회 재정책을 맡기로 하여 주무요원으로 뒤늦게 가입했던 것이다. 염탐꾼을 염려하여 별당 주위는 머슴 셋을 풀어 놓았다.

두 달 전 대한광복회 의연금 회사가 미수에 그친 이범덕이 화제에 올랐다.

"이범덕이 두 차례에 걸쳐 포고문을 받고도 신변에 아무 일이 없자 안심한 눈칩니다. 경비 순사도 철수했고요. 이젠 직계 가족 중 하나를 처단하거나 납치한 후 마지막 포고문을 송달한다면 그놈도 의연에 협조할 겁니다." 우용대가 말했다.

"일족 처단은 어디까지나 협박이지 실행할 일이 아니었잖습니까. 대책을 달리 강구해야 할 것입니다." 최준이 말했다.

"그렇다면 장사직 포살을 선행합시다. 그놈 죄질은 이범덕보다 윗길입니다. 이가가 유약 비굴하다면, 장가는 포악 잔인해 패행은 앞뒤가 없습니다. 길 가는 사람 잡아 묻더라도 경북 매국노 일호는 장가놈으로 꼽습니다." 대구인 김한일이 말했다.

"그 점은 아시다시피, 장사직이 의연 협조에 불응할 게 뻔하므로 이범덕을 선택하게 된 게지요. 장부가 뽑았던 칼을 다시 꽂을 수 없듯, 이범덕 건부터 성사시켜야 될 줄 압니다." 우용대는 자신이 추진한 일이었기에 고집을 부렸다.

"총사령이 이 지방 출신이니 전국 지부에 본때를 보이기 위해서도 포살 일호는 이 지방 매국노를 선택함이 마땅할 줄 압니다." 선택권은 총사령 결단에 달렸다는 듯 김조경이 박상진을 주목하자, 모두 상진을 보았다.

"장사직은 대한제국이 망하기 전 경상도 관찰사로 있을 때 평리원장(平理院長)으로 계셨던 스승님(허위)께서 의병 군자금 협조를 요청하자 당시 돈 이십만 원 의연을 약속한 바 있었습니다. 그 뒤 그자가 갖은 변명으로 위약을 일삼더니 이를 왜경에 밀고하여, 스승님과 스승님 중형께서 그 배반을 두고 몹시 언짢아하심을 제가 옆에서 보았습니다……"

박상진 말을 우용대가 받았다.

"장사직 자식 장영민은 그 아비에 그 자식으로, 장영민의 친일 행각이 더 가관입니다. 놈은 조선인 대표로 자청하며 총독부를 제 집 드나들 듯 갖은 아첨을 다하고, 놈의 소작 계약서는 왜놈 지주보다 더 가혹하다는 게 칠곡, 김천, 대구까지 알려졌습니다. 거기다 왜관 양민 학살 혐의까지 받고 있는데, 경찰은 권세에 눌려 수사를 못하고 있는 형편입니다."

"자산가이며 매국노인 장사직을 포살하면 조선 민중도 앓던 이가 뽑혔다고 시원해할 것이며, 광복회 이름도 선양될 것입니다. 심약한 이범덕 또한 더 버티지 못하고 선선히 의연에 협조할 게 뻔합니다." 채기중이 말했다.

"어떻습니까?"

박상진이 좌중을 둘러보았다. 여럿이 장사직 처형에 찬동한다고 동의했다. 이관구, 정운일은 시기상조론을 펼쳤고, 최준만이 통고문으로 족하지 처형만은 반대한다 했다.

"의연에 응하지 않는 자 중에 인민의 원성이 높은 친일노 자산가 한둘을 우선 처단하면 소기의 목적 달성에 큰 힘을 얻을 것입니다. 장사직을 처단하기로 결정 내립시다. 풍기지부 채동지, 대구지부 우동지가 이번 거사를 책임 추진하시오."

한 가지 의제 채택이 끝났다. 이어 각 지부 의연자 명단과 포살 대상자 명단을 제출키로 했다. 포살자는 죄질 정도를 따져 순서를 정하기로 했다.

백상충은 울산과 언양 지방 의연자 명단 셋을 제출했다. 그가 지목한 의연 대상자는 울산읍 교동골 장순후 판관, 울산 신현리 박제국 참봉, 언양읍 신화리 김용한 주사였다. 셋은 협조에 응할 만한 양식 있는 부호였다. 의연액은 정도에 따라 천 원 안팎으로 정했다. 상충이 포살로 응징해야 할 인물로는 얼른 떠오른 자가 둘이었다. 울산 헌병분견소 보조헌병으로 있다 상등병으로 영전되어 언양면 주재소 헌병경찰로 파견 근무 중인 강오무라와 언양 천정리 신당 마을 한초시였다. 하나는 이름까지 갈아치운 왜경 앞잡이요, 하나는 도요오카 농장과 손잡고 소작인의 가렴주구를 일삼는 악질 지주였다. 상충이 둘을 점찍고 보니 마음에 걸리는 점 또한 없지 않았다. 둘은 지엽적 인물로, 지금 조선인 중 그 정도 죄질을 가려내자면 수천 명이 넘을 터였다. 요컨대 둘은 경북 지방에 널리 알려져 원성이 드센 자가 아니었고, 상충에게 개인적 원한이 깊은 자였다. 둘을 포살함에 사감이 작용했다는 의구심이 들자 보국(輔國)의 중차대한 사명을 띠고 모인 자리에 학문을 익힌 자로서 수신이 모자라는 소치였다. 그는 둘을 포살자 명단에 기재하지 않기로 했다. 다만 한초시는 재물이 창고에 넘치니 통고문을 보낼 명단에 등재했다.

의연자 재산 정도, 그들의 행장과 인품 됨됨이에 대한 토론이 있고, 아홉 명 주무요원은 두 패로 나뉘어 분담 회의에 들어갔다. 한쪽은 박상진이 주무한 행형부였고, 한쪽은 김한종이 주무한 교육부였다.

행형부 역할은 의연 배당자에 대한 의연 취지와 금액을 기재한 통고문 작성과, 그 일의 추진에 따른 의논이었다. 먼저 전국적으로 일반 부호 명단을 작성하여 의연 금액을 할당하기로 했다. 만주 독립군 기지로 보낼 군자금 1차 목표액을 백만 원으로 정하고, 천 원에서 5만 원까지 할당함에 있어 이에 순순히 응하지 않는 부호는 강제성을 띠기로 했다. 모범을 보이기 위해 먼저 대한광복회 주무요원부터 모금액을 할당했다. 박상진은 재력가여서 집안 전 재산의 절반에 해당되는 5만 원을 내놓겠다고 말했다. 최준도 5만 원이 할당되었고, 대구 부호 정운일은 3만 원을 내놓기로 했다. 그리고 마땅히 총살로 응징할 매국노 순번을 정했다. 영남유림단이 북간도에서 가져온 총포가 있어 그 무기로 거사를 도모하기로 결정했다.

교육부는 각 지방 유지가 운영하는 사립학교의 민족교육 현황과, 생도 중에 서간도 통화현에 있는 조선인 독립군 양성소 신흥무관학교로 파견할 유학생 선발에 임했다. 서간도 부민단에서 연락 임무로 귀국한 동지 편에 모금된 의연금을 지참시켜 보내고, 무관학교 입교생은 추수 끝난 뒤 각 도별로 열 명 내외로 추천 받아 서간도로 보내기로 합의했다. "무관학교 입교생만 모집하는 게 아니라 만주로 이주할 가족도 모집합니다. 과거 의병에 참가했던 자의 가족, 독립운동에 뜻을 둔 가족도 대상이므로 참고하시기 바랍니다. 국권회복의 기지 만주벌은 지금 그런 이주민을 환영하고 있습니다. 개활지가 널려 소작지를 쉽게 얻을 수 있습니다. 중국인 아래 소작하더라도 소작료가 사 할이 넘지 않습니다." 김한종이 첨언했다.

백상충은 가세가 기울었다 보니 자신이 낼 의연금이 5백 원 정도라 의기소침해져 의견도 내지 않은 채 듣는 입장이었다. 그 역시 울산 읍내 광명서숙 설립을 주도하여 지금껏 관여했기에 교육반 회의에 참석했다. 애국심이 투철하고 신체 강건한 자를 뽑는 무관학교 요원 선발에, 그로서는 마땅히 천거할 만한 생도가 떠오르지 않았다. 읍내 학산리 본가를 장인 관리로 내어주고 가솔이 언양 고하골로 들어앉은 뒤, 읍내 걸음이 잦지 못한 탓에 광명서숙 소식이 어두울 수밖에 없었다. 선발할 생도는 조만간 읍내로 나가 함명돈 숙장과 장경부에게 천거를 의뢰할 수밖에 없었다.

여름의 긴 낮이 저물어 방과 마당에 등불이 켜졌다. 잔치 손은 밤이 되어도 자리 뜰 줄을 몰랐고 바깥마당에는 사당패가 횃불을 밝혀놓고 놀이판을 벌여, 왁자한 함성과 웃음이 흥을 돋우었다.

밤이 깊어서야 대한광복회 회의도 마무리되었다. 차기 소집은 음력 8월 스무닷샛날 대구부 대명정에 있는 안일암에서 발기 때와 같이 전국 규모의 주무요원 회의를 갖기로 했다.

주무요원들은 밖에서 망을 보던 집안 머슴들과 아낙의 안내를 받아 정해진 숙소로 헤어졌다. 김조경, 채기중, 우용대는 장사직 처형을 논의하러 박상진 자택에서 묵었다. 셋은 박상진과 함께 구체적인 세부계획을 짰다. 장사직 처단에는 행동대원 셋을 뽑았다. 우용대, 채기중에, 백상충이 천거한 보부상 곽돌이었다. 감사원(敢死員, 결사대) 셋 중 저격은 채기중이 맡기로 했으니 그는 총포를 다루는 데 능숙했다. 닭 울음소리가 들리고 봉창이 희뿌옇게 밝아오자 박상진이, 잠시라도 눈을 붙여야 장거리 보행이 수월하다 해서 셋은 잠자리에 들었다.

*

이튿날 아침, 우용대는 형산강 나루에서 배로 건너 서쪽 길을 잡았다. 한길은 순사 나부랭이라도 만날까봐 논둑길을 골라 걷고 마을을 피해 돌았다. 영천을 두어 마장 남긴 임포리 어귀를 지나자 낮참을 넘겨 망태기에 담아온 주먹밥으로 허기를 끄고, 금호강 방죽길 따라 대구 쪽으로 내처 나아갔다. 강물이 말라 괸 웅덩이에는 까맣게 그을린 아이들이 고기를 잡느라 통발을 들고 싸대었다. 달포가 넘는 가뭄으로 들에는 이삭이 채 패지 않은 벼포기가 누렇게 말라갔다. 그가 하양리를 넘어서자 어둑발이 내렸다. 한 무리의 농군이 마을 앞 공회당 마당에서 횃불을 들고 웅성거리는 모습이 먼 발치로 보였다. 우용대가 지나가는 농군을 잡고 연유를 물었다.

"올해 추수만 끝나면 대구와 영천 간에 철길 까는 공사를 벌인 답니다. 측량도 마쳤지요. 철길이 금호강 옆 들을 질러가게 되나 봐요. 그렇게 되면 작농은 이번 추수로 끝나는 셈인데 토지수용령 인가 뭔가, 헐값에 논밭을 뺏으니 지주도 지주지만 우리 같은 소 작농은 부쳐먹을 농지가 없지 뭡니까. 그래서 소작지라도 마련해 달라고 면사무소 앞에서 며칠째 단식농성을 벌이고 있답니다."

한차례 천둥이 울리더니 굵은 빗방울이 듣기 시작했다. 이틀을 벼르더니 빗발 한번 시원하구나 하며, 농군이 마을 쪽으로 종종걸 음쳤다. 우용대도 망태기에서 접사리를 꺼내어 둘러썼다. 쏟아지 는 빗발과 더불어 사위가 깜깜해졌다. 어둠이 짙고 폭우까지 쏟아 진다면 논둑길 걷기가 무리이고 접사리를 썼으니 큰길로 나가도 의심받을 염려가 없으려니 싶었다. 그는 한길로 나와 청천리를 거 쳐 반야월 마을을 지났다. 장대같이 꽂히는 빗발이 요란하더니 봇 도랑물이 한길로 넘어왔다.

우용대가 비에 쫄딱 젖은 채 대구 동북방 변두리 봉무리에 도착 하기는 밤 열시가 넘어서였다. 그는 우의원 집을 찾아들었다. 우 용대가 신의술을 배웠듯, 일가붙이 우의원 역시 침을 잘 놓는 시 골 의원으로 용대 항렬의 일가붙이였다. 그가 우의원 집을 찾기는 이쪽에 은신처를 마련해야 칠곡 가산면에 있는 장사직 향리가 그 리 멀지 않았던 것이다.

"자네, 비 맞고 어디서 오는 길인가? 집에서는 소식이 돈절되어 자네를 찾느라 난린데. 그저께도 약국 사동이 혹 이쪽으로 소식 없나 해서 다녀갔어." 우의원이 아우뻘 되는 우용대에게 말했다.

"멀리서도 집안 소식은 듣고 지냈습니다. 저 때문에 식구가 곤욕깨나 치렀다더군요."

"말도 말게. 모친이야 한나절 취조 받고 나왔다지만 용흠이는 태형 스물다섯 대를 맞고 혼절하여 풀려나 이제야 지팡이 짚고 문밖 출입을 한다더군. 자네 안사람은 물론이고, 애들까지 온갖 협박을 당했다지 않은가."

"불충을 면하려니 불효한 죄인이라 면목이 없습니다."

"자네 뜻이 장한 줄 문중이 왜 모르겠는가. 모두 용대만한 인물이 없다고 하지. 그러나 세월이 어디……" 우의원이 말끝을 흐리며 한숨을 쉬었다.

"형님, 추석 절기까지 어디 근방에 숨어 지낼 만한 데가 없을까요? 양식은 집에서 가져오도록 하겠습니다."

"여기도 대촌이라 주재소 순사들 내왕이 있고, 우리는 모르지만 마을 사람 중 저들이 박아놓은 밀정도 있겠지" 하곤, 잠시 생각하더니 반색하며, "지산동 넘어가는 파군재 잿마루에 처가 재실이 있으니 거기 머무르게. 처족 한 가구가 밭농사를 짓고 있으니 자네 조석은 수발해줄 걸세" 하고 말했다.

"여기서 멉니까?"

"반 마장 남짓하니 한 시간이면 당도할 거야."

"그러겠습니다. 형님, 내일 아침 집에 사람을 보내어 허집사를 잠시 다녀가게 해줘요. 허집사 만나고 저는 곧 파군재 재실로 올라가겠습니다."

이튿날, 새벽같이 우의원이 아들을 성내로 보냈고, 낮참에 우서

702

방이 약전골 건재상 실무를 맡아보는 허집사와 함께 장마비를 가르며 봉무리로 왔다. 이게 몇 달 만의 상봉이냐며 허집사가 넙죽절하며 눈물부터 글썽였다.

"나야 탈 없이 잘 지냈소. 나는 구국운동에 신명을 바치기로 맹약한 터, 건재상은 허집사가 맡아 경영을 도모해주오." 우용대가심장하게 말했다.

"집으로 영 들어오시지 않을 작정입니까?"

"당분간 그럴 형편이 못 되오." 우용대가 허집사에게 은밀하게물었다. "정대 군과 박창규 씨와 자주 연락되지요?"

"박가는 어제 봤습니다. 정대 군도 자주 들릅니다."

"그럼 정대 군을 내게 보내주시오. 여기 머무르지 않고 파군재재실에 있을 테니 허집사가 내 있는 곳을 알아두었다 통기하오.이백 원을 마련해서 정대 군 편에 보내주시고."

"제가 혹시나 해서 백 원을 준비해 왔습니다."

"그 돈부터 주시오. 나랑 파군재로 나섭시다."

그길로 우용대는 우의원과 허집사와 함께 파군재 재실로 떠났다.비가 내리고 있었다. 우용대가 접사리를 둘러쓰니 이목을 피하기마춤했다.

파군재는 해발 1천2백 미터에 이르는 팔공산이 남으로 줄기를뻗다 문암천 골짜기를 만난 가녘에 자리했다. 외뿔고개로 오르는길섶에 우의원 처가 재실이 있었고 재실지기 집은 귀틀집이었다.우용대는 돌아앉은 뒷방을 숙소로 정하고, 쌀말값이라며 후하게20원을 주인장에게 건네주었다. 사람 내왕이 없는 산채라 피신하기에 적당했다.

사흘 뒤 저녁 무렵, 빗발이 뜸해져 우용대가 근방 지리를 익히느라 중산간 어름을 산책하고 돌아오자, 학생복 차림의 김정대가 마당 평상에 앉아 그를 기다리고 있었다. 그는 대구 지방 학생들로 조직된 계명독서회 회장으로 교남학교 학생이었다. 우용대가 김정대를 뒷방으로 데리고 갔다.

우용대는 1909년 안희제, 서상일, 박중화 등과 항일 비밀결사인 대동청년당(大同靑年黨) 조직에 관여한 바 있고, 그 산하에 학생들 중심으로 '계명독서회'와 상인 친목계인 '상조회'를 두었다. 대동청년당 주무요원들이 뿔뿔이 간도로 들어가 그쪽에서 독립운동에 투신하게 되자 당은 몇 년 사이 와해되었으나, 산하 두 단체는 아직껏 명맥만은 잇고 있었다. 우용대는 두 단체 핵심요원과 선을 달고 있었으니 독서회 쪽은 김정대였고, 상조회 쪽은 '대구 인력거 친목계' 총무 박창규였다.

"정대 군, 드디어 우리가 장사직 매국노를 해치우기로 했어. 날짜를 추석으로, 그놈이 추석 성묘차 칠곡 선산으로 내려갈 때 거사키로 했네. 그놈을 척살할 총포도 마련되었어." 우용대가 낮은 목소리로 말했다.

"우리가 할 일은 무엇입니까?"

"이번 일에 자네만 나를 도와주면 되네."

"소임을 주시니 감사합니다."

"이번은 이범덕 의연 건과 달라. 포살이니깐."

"그렇다면 이가 의연금 회수는 어찌할 작정이십니까?"

704

"장가를 처치하면, 이가도 생명이 경각에 달렸음을 알 테지. 이가에게 보낼 마지막 포고문은 장가부터 죽이고 추진할 일이야." 우용대가 김정대로부터 다짐을 받았다. "요원 한 명이 잡혀 일이 들통나면 연줄로 모두가 잡히게 되니 특별히 조심하게. 이번 이가 건을 보더라도 애매한 인사가 얼마나 고초를 겪었어. 대구를 떠나 있었지만 소식은 늘 접했네."

그날, 김정대는 우용대 방에서 하룻밤을 묵고 이튿날 새벽에 재실에서 내려갔다.

나흘 뒤에는 인력거꾼 박창규가 파군재로 올라왔다. 그는 우용대가 대구를 비운 두 달 사이 벌어진 상황을 설명했다.

"며칠 전 우치다 형사부장과 장사직, 이범덕이 일광에서 주연을 가졌답니다. 한양이 당번으로 들어갔는데, 우리들 포고문 사건은 일단 종결된 것으로 들었다더군요. 광역수사를 벌여도 뒤가 드러나지 않자, 돈을 갈취하려는 시정 불량배 소행으로 간주해 수사본부를 해체했답니다. 요즘은 이범덕도 생기가 나서 거리를 활보합니다. 이번 사건으로 장과 이가 더 밀착되어 두 놈이 대구신사(大邱神社) 확장 공사비로 3천 원씩을 희사하기로 그날 술자리에서 합의했답니다."

요릿집 일광에 적을 둔 기녀 한수연은 '매화회' 회원이었다. 매화회는 대구 기녀들로 조직된 친목계로 조선인 고학생 장학금을 댄다는 목적으로 계원을 모았으나, 작년부터 의연 모금에도 발벗고 나서, 올해 천5백 원을 모금하여 상덕태상회를 통해 서간도 독립군 기지로 보낸 바 있었다. 그리고 요릿집에 출입하는 일본인

고관을 통해 경찰, 헌병, 군대 동태를 상조회 박창규에게 수시로 보고했다. 한일강제병합 이후 전국 기녀들의 비밀 조직은 도청이 있는 큰 도시마다 있었고, 그곳 기녀들 군자금 모집이 어느 비밀 결사 못지않게 활발했다.

"……그러한즉 박형이 정대 군을 만나 칠곡 가산면 장사직 본가 구조를 파악해주시오. 장가가 작년 추석 성묘차 며칠 날에 선산 행차했냐도 알아봐주시고. 우리가 가산까지 나가지 않고 장가 놈 대구집에서 처치할 수도 있으나, 매국노들과 왜경 간담을 서늘케 하는 방법으로 시골이 총포 사용에 유리하며, 포살 후 도피가 용이해 그쪽을 택했으니 그리 아시게. 입추날 정대 군과 여기로 와주시오. 비밀이 누설될 수 있으니 상조회 간부에게도 이번 거사만은 귀띔 마시오."

지시를 받고 박창규가 돌아갔다. 입추까지 스무여 날이 남아 있었다. 그동안 우용대 처자가 산채를 다녀갔다. 그의 장자는 관립 대구사범학교에 다니고 있었다.

"아비는 구국운동에 신명을 바치기로 했으니 네가 집안 기둥이 되어야 한다. 모쪼록 너는 대한 남아로 장한 기상을 가지고 학업에 충실하거라. 앞으로 교단에 서는 날, 많은 애국지사를 네 가르침으로 길러내어야 할 책임이 있다." 우용대가 꿇어앉은 아들에게 말했다.

입추날 오후에 박창규가 김정대, 채기중과 함께 파군재 재실로 올라왔다.

"장사직은 매년 추석 전날에 향리로 들어와 이틀 정도 머물다 대구로 나간답니다. 장토 작황을 둘러보고 추석날은 선산을 다녀온 후 마을 유지들의 문안인사를 받는데, 칠곡 생가에 머무를 때는 사랑채를 쓴다고 들었습니다. 여기 학산리 생가 약도를 가져왔습니다." 박창규가 품에서 약도를 꺼냈다. 사랑채는 집 뒷산과 붙은 객사 앞에 있었고 그 아래로 본채, 마당, 솟을대문 좌우로 행랑채가 있었다. 객사는 늘 비어 있다 했다.

"작년 경우 추석 하루 전 장사직이 역참이 있던 반계리까지 자동차 편에 와서 거기서부터 차가 못 들어가는 농로라 말을 타고 학산리로 들어갔답니다. 반계에서 학산까지 이십 리 남짓한데, 소학산 고개턱을 적당한 장소로 보았으나 집안 대소가 어른들이 반계까지 마중을 나갔다 함께 들어오니 일행이 서른에 이르러 저격이 용의치 않을 것 같아요." 박창규가 말했다.

"장가를 포살함에는 추석날 밤 자정 넘겨 새벽 두시로 잡음이 좋겠습니다. 엿새 전 나와 박총무님이 장가 향리를 둘러보고 얻은 결론입니다." 김정대가 말했다.

"곽동지가 오는 대로 현지 답사를 한 차례 더 해보는 게 좋겠군요." 채기중이 말했다.

양력 9월 초순을 넘겨 노염이 한풀 꺾이자 잿마루는 옻나무부터 철 이른 단풍이 들었다. 우용대와 채기중이 경주와 표충사 쪽에서 연락 있기를 기다리던 참에, 봉무리 우의원이 보부상 곽돌과 경후를 데리고 재실로 올라왔다. 날이 저물어 소슬바람이 선득할 때였다.

"우린 주야장천 노상에서 살다 보니 하절 넘길 동안 깜부기가 됐는데 우선다님은 신선놀음 하시느라 신수가 훤하십니다." 곽돌이 농부터 던졌다.

"어서 오세요. 학수고대하던 참입니다." 우용대가 둘을 뒷방으로 맞아들였다.

곽돌이 경주 쪽 소식을 대충 들려주었다. 의연금을 지참하고 이주민이 개척할 땅을 알아보려 서간도로 들어간 박상진 총사령은 추석 전 거사를 앞두고 대구로 올 것이라 했다. 경후는 그동안 돌아다닌 경상도 여러 지방의 광복회원 동정과 의연 모금, 간도 지방 신흥학교 유학생 선발 현황을 설명했다.

"총포는 추석 사흘 전날 여기로 가져오면 좋겠어요. 의진(義陣) 시절 총포를 많이 다뤄봤지만 을사년 이후로 만져볼 기회가 없었으니 성능도 시험할 겸 사격 연습도 해봐야 하니깐요." 채기중이 말했다.

이튿날, 경후는 파군재에서 멀지 않은 동화사에 의연금 수금차 아침 일찍 떠나고, 채기중과 곽돌은 칠곡군 가산면 장사직 고향을 정찰해보려 뒤이어 하산했다.

둘은 팔공산 남녘을 빠져 서북 방향으로 내처 나아갔다. 골짜기를 돌 때마다 다랑이밭을 부쳐먹는 산간 마을이 나섰다. 가산 성터 아랫녘을 돌아나가자 해가 정수리에서 기웃하여, 둘은 황서방처가 뭉쳐준 주먹밥으로 요기를 했다. 가산 성터에서 다부리를 빠져나가면 유학산 아래 터에 장사직 본가가 있었다. 너른 들은 없었으나 성곡천변으로 널린 논이 수월찮았고, 그 일대 전답이 모두 장사직 장토였다. 둘은 장사직이 거쳐 올 달구지길을 둘러보았고,

그의 선영이 있다는 유학산 중턱에도 올라갔다. 성곡천을 아래에 두고 남쪽 등성이에 자리한 장사직 선대 선영은 왕릉에 못지않게 치장이 호화로웠다.

"대충 둘러봤으니 선다님은 다리쉼이나 하시구려. 떡 본 김에 제사 지낸다고, 저는 등짐이나 덜고 올게요." 학산리 고개턱에서 곽돌이 말하곤, 지붕만도 스무 채가 넘는 장사직 본가로 내려갔다. 한참만에 곽돌이 싱글거리며 돌아왔다.

"명태 한 쾌를 팔아치웠지요. 바깥마당까지 들어가봤는데, 열두 줄 행랑채엔 노복들이 분주하게 싸댑디다. 다행히 행랑채 쪽에 개집이 있어 떨어져 앉은 뒤쪽 사랑채까지 어슬렁거리진 않겠습디다."

*

추석 사흘 전날이었다. 오후부터 우용대는 봉무리 아래 단산리 앞 못둑까지 마중 나가 총포를 숨겨올 곽돌을 기다렸다. 그러나 동쪽으로 난 길에 어둠이 내릴 때까지 그가 나타나지 않아 우용대는 파군재 재실로 돌아오고 말았다. 덮쳐오는 어둠처럼 일이 잘못되었는지 모른다는 기우가 그의 마음을 답답하게 했다. 만약 권총 입수가 여의치 못할 때는 비수로 척결할 수밖에 없었다.

마음이 심란해진 우용대는 저녁밥을 뜨는 듯 마는 듯하곤 고추 말리는 평상귀에 앉아 열린 삽짝을 보고 있었다. 그가 곰방대에 잎담배를 쟁이기 세 차례였다. 만월로 차오르는 달빛 아래 밤바람이 산채를 흔들었다. 우용대는 아무래도 오늘은 글렀고, 대구로 나간 채기중이 재실로 올라올 내일을 기약하는 수밖에 없다 싶어 뒷방으로 걸음을 돌렸다.

삼경에야 바깥에 두런두런 말소리가 들렸다. 우용대가 반가운 김에 방문을 열고 뛰어나갔다. 정운일 집에서 조우한 두루마기 차림의 박상진과 패랭이에 등짐 진 곽돌이었다.

"어서들 오십시오. 안으로 듭시다." 우용대가 버선발로 뛰어나가 둘을 방안으로 맞아들였다.

곽돌이 고의춤을 풀더니 사추리에 감추고 온 권총을 내놓았다. 무명포 위에 펼쳐놓은 권총은 아라사제 6연발 자동소총이었다. 박상진은 장사직을 포살한 뒤 현장에 남겨둘 사형선고문과 거사 성취를 기원하는 선서식 원고를 작성했다. 사형선고문은 한지에 한문으로, '張嗣直 死刑處 惟吾同胞戒之 光復會 指令員'이라 썼다.

이튿날 낮, 채기중과 정운일이 재실로 올라오자, 일행 넷은 선서식부터 가졌다. 채기중, 우용대, 곽돌을 앞에 두고 박상진이 거사에 쓸 권총을 가운데 선 채기중에게 넘겨주었다.

"그럼 간단한 선서식을 갖도록 하겠습니다." 박상진이 간밤에 써둔 한지를 펴들고 낭독했다. "조국이 광복의 날을 맞을 그날까지 대한광복회 회원은 일본인 섬멸전과 매국노 섬멸전에 심신을 바쳐 투쟁할 것임을 선서하며, 뜻이 있는 자는 마침내 이 일을 이루리라. 이번 거사가 비록 일개 매국노를 처단함에 있으나 무릇 생각을 가진 자라면 이 거룩한 뜻을 깨우칠 것이니, 모든 조선인은 낙심을 떨치고 광복의 길로 용진해야 할 것이다. 장한 뜻을 이루거나 비록 실패하여 왜경의 오라에 포박되더라도 동지를 팔지 않고 순국할 것임을 천지신명께 맹약하노라."

박상진의 선서서를 채기중이 넘겨받아 복창했다.

"저는 추석 전후로는 대구에 있지 못할 것입니다. 모쪼록 동지들의 성공을 빕니다." 선서식을 마치자 정운일과 함께 총총히 재실을 떠나며 박상진이 남긴 말이었다.

그날 밤, 우용대, 채기중, 곽돌은 권총에 실탄 한 발을 장전하여 외뿔고개로 올라갔다. 드센 밤바람이 산채의 숲을 흔들었으나 달이 밝아 없는 길을 헤쳐나가기에 어려움이 없었다. 우용대가 보아둔 자연 동굴에 도착하자, 동굴 안에 관솔불을 밝히고 만들어온 표적판을 세웠다. 채기중이 30미터 후방 동굴 입구에서 권총을 들어 표적판 먹점을 조준했다. 발사를 하자 총소리와 함께 탄환은 정확하게 먹점을 관통했다.

"성공입니다." 곽돌이 활짝 웃으며 말했다.

이튿날, 아침밥을 먹고 채기중과 곽돌은 파군재를 떠났다. 채기중은 장사직의 정확한 귀향 날짜를 알아오기로 했고, 곽돌은 장생포에서 지고 온 건어물을 대구 서문시장에 넘기고 잡화를 매입하여 다시 들르기로 했다.

이튿날 점심참을 넘겨 김정대가 재실로 올라왔다.

"박총무님 말로는 장가 처와 며느리 둘, 취학하지 않은 손자들은 어제 칠곡으로 먼저 들어갔고 장가 귀향 날짜는 내일 열나흘로 잡혔답니다." 김정대가 말했다. 그는 어스름이 내리기 전 재실에서 내려갔다.

추석날 셋은 햇곡으로 지은 점심밥을 먹고 느지막이 거사 목적지를 향해 파군재 재실을 떠났다. 등짐을 파군재 재실에 부려놓고 홀가분히 나선 곽돌이 서리 찬 길섶 풀을 헤치며 앞장서서 길을 열었다. 실탄 세 발을 장전한 권총은 채기중이 왼쪽 겨드랑이에 품고 가운데서 걸었다. 파군재에서 칠곡군 가산면까지는 빠듯한 50리 길이었다. 세 사람이 험한 산길을 걸어 목적지인 가산면 학산리에 도착하기는 해가 머물 무렵이었다. 그들은 학산리 뒷산 쪽으로 이동했다. 한가위 둥근 달이 떠올랐다. 학산리 마을 뒷산에서 회청색 창공에 떠오르는 달을 보았다. 제가끔 살아온 길이 다르듯 달을 보는 그들의 감회 또한 달랐으나, 이번 거사의 성공을 달에 비는 마음은 한결같았다.

달마중 나온 마을 사람들의 흰옷들도 정자마당에서 흩어지고 달빛 아래 술래잡기를 하던 아이들조차 제 집을 찾아든 뒤, 시간의 흐름에 따라 방문과 봉창에 비친 불빛도 하나둘 꺼져갔다. 장사직의 너른 집안만이 오랫동안 불빛이 남아 있다 유학산 조련사에서 치는 종소리가 들려올 삼경에 들자 방마다 불이 꺼졌다. 바람 소리뿐 사위가 적막에 잠겼다. 장사직 본가의 기와지붕과 마당이 달빛 아래 음영을 드러내며 고즈넉이 가라앉아 있었다.

곽돌이 줌치에서 회중시계를 꺼내 달빛 아래 비춰보며 때를 기다렸다. 새벽 한시를 넘기고, 두시가 가까워왔다.

"준비합시다."

각자가 줌지에 넣어왔던 검은 수건 복면으로 코 아래를 가렸다. 들메끈을 죄어매고 노끈으로 바지 아랫단을 묶었다. 낮에 쪄둔 죽창을 든 우용대가 앞장섰다. 셋은 마을로 내려갔다. 장사직 저택 뒤 대밭까지 내려오자 우용대가 먼저 객청 쪽 담장을 넘었다. 대숲을 흔드는 바람 소리와 낙엽 쓸리는 소리뿐 집안이 괴이적적했다. 우용대가 월담해도 좋다는 손 신호를 보내자 곽돌과 채기중이 담을 넘었다. 셋은 잠시 객사 그늘에 몸을 붙여 서 있다 곽돌을 선두로 후원으로 빠져 들어갔다. 큰사랑 뒤까지 오자 셋은 집안 동정에 귀를 세웠다. 먼 데 개 짖는 소리와 바람 소리뿐 인기척은 들리지 않았다.

셋은 사랑채 앞마당으로 돌아 나왔다. 축담 아래에서 죽창을 든 우용대가 경비를 맡았다. 채기중과 곽돌이 발소리 죽여 큰사랑 앞으로 다가갔다. 채기중이 문고리를 당겼다. 방문은 안에서 잠겨 있었다. 그는 허리춤에서 쇠갈고리를 꺼냈다. 바깥 문고리 옆 창호지에 구멍을 내어 쇠갈고리를 밀어넣었다. 소리 없이 문고리를 따자, 그는 권총을 뽑아들었다. 방문을 열고 방으로 들어섰다. 곽돌도 뒤따라 방으로 들어가 방문을 닫았다. 방안은 문살 창호지를 통해 스며든 달빛으로 어스름하게 밝았다. 문갑 옆 아랫목에 비단 이불을 덮고 한 사내가 잠들어 있었다. 채기중이 말코지에 걸린 마고자를 보곤 잠에 든 자가 장사직임을 알았다. 그가 손짓을 하자 곽돌이 장사직 옆에 다가갔다. 곽돌이 호랑이가 앞발로 먹잇감을 치듯, 잠에 든 자의 입을 한순간에 눌러 막고 주먹으로 머리통을 내리쳤다. 채기중이 지체하지 않고 장사직 가슴팍에 총구를 대고 방아쇠를 당겼다. 곽돌이 선고문을 흘리고 둘은 화급하게 방에서 뛰쳐나왔다. 갑작스레 터진 총소리에 놀라 잠이 깬 집안사람들이 방문을 열고 뛰어나왔을 때, 우용대와 합세한 그들은 사랑채 뒤를 돌아 객사 쪽으로 내달았다. 셋은 담을 타넘자 복면을 풀고 뒷산으로 도주했다.

그길로 셋은 가산 성터로 방향을 잡아 어스름 달빛이 내려앉은 숲속을 비호같이 내달았다. 시간 반이 걸려 전주사 절마을 뒷산까지 오자 그들은 비로소 숨을 돌렸다.

"성공이오. 수고들 많았습니다. 이제 사태의 귀추를 지켜볼 일과 이범덕에게 마지막 포고문 보낼 일만 남았습니다. 이범덕 건은 김정대 군과 의논해 독서회 회원들 손으로 일을 마무리짓겠습니다." 우용대가 두 동지의 손을 잡고 말했다.

—2권에 계속